MICHAEL HJORTH, geboren 1963, ist ein erfolgreicher schwedischer Produzent, Regisseur und Drehbuchautor. Er schrieb u. a. Drehbücher für die Verfilmungen der Romane von Henning Mankell.

HANS ROSENFELDT, Jahrgang 1964, schreibt ebenfalls Drehbücher, zuletzt für die ZDF-Koproduktion «The Bridge», und ist in Schweden ein beliebter Radio- und Fernsehmoderator.

Ihr gemeinsames Krimidebüt «Der Mann, der kein Mörder war» wurde ein Riesenerfolg. Das Buch erschien in 20 Ländern und stand monatelang auf den internationalen Bestsellerlisten. Der zweite Band der Reihe um den Stockholmer Kriminalpsychologen Sebastian Bergman, die von Sveriges Television in Kooperation mit dem ZDF verfilmt wird, ist unter dem Titel «Die Frauen, die er kannte» im August 2012 bei Rowohlt Polaris erschienen.

«Ein beeindruckendes Krimidebüt ... psychologisch dicht, mit unerwarteten Wendungen und einem ungewöhnlichen Ermittler.» 3SAT, KULTURZEIT

«Was für ein Buch! ... Schlaflose – weil durchlesene – Nächte sind garantiert.» LESER-WELT

«Spannung über die gesamte Distanz – Bergman & Co, gerne wieder!» KRIMI-COUCH.DE

«Großartig, makellos.» POLITIKEN, DÄNEMARK

«Fesselnd!» SANDEFJORDS BLAD, NORWEGEN

«Verblüffend intelligent.» DE TELEGRAAF, NIEDERLANDE

«Sensationell gut!» HALLANDS NYHETER, SCHWEDEN

«Das wahrscheinlich beste schwedische Krimidebüt seit Larsson.» KRISTIANSTADSBLADET, SCHWEDEN

# HJORTH & ROSENFELDT

# DER MANN, DER KEIN MÖRDER WAR

## EIN FALL FÜR SEBASTIAN BERGMAN

Kriminalroman
Aus dem Schwedischen von Ursel Allenstein

**ROWOHLT TASCHENBUCH VERLAG**

Die Originalausgabe erschien 2010
unter dem Titel «Det Fördolda»
bei Norstedts Förlagsgrupp AB, Stockholm.


Veröffentlicht im  Rowohlt Taschenbuch Verlag, Januar 2013
Copyright © 2011 by Rowohlt Verlag GmbH,
Reinbek bei Hamburg
«Det Fördolda» Copyright © 2010 by
Michael Hjorth & Hans Rosenfeldt
Redaktion Annika Ernst
Umschlaggestaltung any.way, Hamburg, nach einem Entwurf von
HAUPTMANN & KOMPANIE Werbeagentur, Zürich
(Abbildung: plainpicture/Bildhuset)
Satz aus der TheAntiqua, InDesign, bei
Pinkuin Satz und Datentechnik, Berlin
Druck und Bindung CPI – Clausen & Bosse, Leck
Printed in Germany
ISBN 978 3 499 25670 7

8. Auflage Juli 2013

D er Mann war kein Mörder.

Er redete es sich selbst ein, während er den toten Jungen den Abhang hinunterschleifte: Ich bin kein Mörder.

Mörder sind Kriminelle. Mörder sind schlechte Menschen. Die Finsternis hat ihre Seele verschlungen, sie haben die Schwärze umarmt und willkommen geheißen, dem Licht ihren Rücken zugewandt. Er war kein schlechter Mensch. Ganz und gar nicht.

Hatte er in letzter Zeit nicht sogar genau das Gegenteil bewiesen? Hatte er nicht zum Wohl anderer seine eigenen Gefühle, seinen eigenen Willen zurückgestellt und sich damit beinahe selbst Gewalt angetan? Die andere Wange hingehalten, das hatte er. War nicht die Tatsache, dass er hier, in dieser sumpfigen Senke mitten im Nirgendwo, mit einem toten Jungen stand, ein weiterer Beweis dafür, dass er das Richtige tun wollte? Es tun *musste*. Dass er nie wieder versagen durfte.

Der Mann blieb stehen und verschnaufte. Der Junge war nicht sonderlich groß, aber er war schwer. Trainiert. Viele Stunden im Fitnessstudio. Doch nun war es nicht mehr weit. Er packte das Hosenbein, das einmal weiß gewesen war, in der Dunkelheit jedoch fast schwarz aussah. Der Junge hatte so stark geblutet.

Ja, es war falsch, einen Menschen umzubringen. Fünftes Gebot. Du sollst nicht töten. Doch es gab Ausnahmen. An vielen Stellen forderte die Bibel sogar zum Töten auf, wenn es gerechtfertigt war. Es gab jene, die es verdient hatten. Aus falsch konnte richtig werden. Nichts war absolut.

Wenn das Motiv nicht egoistisch war. Wenn der Verlust eines Menschenlebens andere retten würde. Ihnen eine Chance gäbe, ein neues Leben schenkte. Dann konnte die Tat doch unmöglich schlecht sein? Wenn die Absicht gut war?

Als er das dunkle Gewässer erreicht hatte, blieb der Mann stehen. Die Regenfälle der letzten Tage hatten den Boden durchweicht, sodass der Tümpel, der sonst nur wenige Meter tief war, sich nun wie ein kleiner See über die gestrüppreiche Senke erstreckte.

Der Mann beugte sich vor und fasste den Jungen an den Schultern. Mühsam zog er den leblosen Körper in eine halb aufrechte Position hoch. Für einen Moment sah er dem Jungen direkt in die Augen. Was war sein letzter Gedanke gewesen? Hatte er überhaupt Zeit gehabt, etwas zu denken? Hatte er begriffen, dass er sterben würde? Und sich gefragt, warum? Hatte er an all das gedacht, wofür er in seinem kurzen Leben keine Zeit mehr gehabt hatte? Oder an das, was er geschafft hatte?

Es spielte keine Rolle.

Warum quälte er sich dann so?

Er hatte keine Wahl.

Er durfte nicht versagen, nicht noch einmal.

Dennoch zögerte er. Nein, sie würden es nicht verstehen. Ihm nicht verzeihen. Nicht wie er die andere Wange hinhalten.

Er gab dem Jungen einen Stoß, und der Körper fiel mit einem lauten Platsch ins Wasser. Überrascht von dem plötzlichen Geräusch in der Stille der Dunkelheit, fuhr der Mann zusammen.

Die Leiche des Jungen versank im Wasser und verschwand.

Der Mann, der kein Mörder war, kehrte zu seinem Auto zurück, das er auf einem kleinen Waldweg geparkt hatte, und fuhr nach Hause.

Polizei Västerås, Sie sprechen mit Klara Lidman.»

«Ich möchte meinen Sohn vermisst melden.»

Die Frau klang beinahe entschuldigend. Als wäre sie nicht sicher, ob sie die richtige Nummer gewählt hatte, oder als erwartete sie im Grunde nicht, dass man ihr glauben würde. Klara Lidman zog ihren Notizblock heran, obwohl das Gespräch ohnehin auf Band aufgezeichnet wurde.

«Wie ist Ihr Name?»

«Lena Eriksson. Mein Sohn heißt Roger. Roger Eriksson.»

«Und wie alt ist Ihr Sohn?»

«Sechzehn. Ich habe ihn seit gestern Nachmittag nicht mehr gesehen.»

Klara notierte das Alter und begriff, dass sie diese Angelegenheit sofort an die Kollegen weiterleiten musste. Vorausgesetzt, der Junge war tatsächlich verschwunden.

«Seit wann genau gestern Nachmittag?»

«Er hat sich so gegen fünf aus dem Staub gemacht.»

Vor zweiundzwanzig Stunden. Zweiundzwanzig wichtige Stunden, wenn ein Mensch vermisst wurde.

«Wissen Sie, wohin er gegangen ist?»

«Ja, zu Lisa.»

«Wer ist das?»

«Seine Freundin. Ich habe heute bei ihr angerufen, aber sie hat gesagt, dass er gestern Abend gegen zehn wieder gegangen ist.»

Klara strich die beiden Zweien auf dem Notizzettel durch und ersetzte sie durch eine Siebzehn.

«Wohin ist er dann gegangen?»

«Das wusste sie nicht. Nach Hause, dachte sie. Aber er kam hier nicht an. Die ganze Nacht nicht. Und jetzt ist fast schon ein Tag vergangen.»

Und da rufst du erst jetzt an, dachte Klara.

Die Frau am anderen Ende wirkte nicht sonderlich aufgeregt, das fiel ihr nun auf. Eher gedämpft. Resigniert.

«Wie heißt Lisa weiter?»

«Hansson.»

Klara notierte den Namen.

«Besitzt Roger ein Handy? Haben Sie schon versucht, ihn zu erreichen?»

«Ja, aber er geht nicht ran.»

«Und Sie haben keine Ahnung, wo er hingegangen sein könnte? Hat er vielleicht bei einem Freund übernachtet?»

«Nein, dann hätte er angerufen.»

Die Frau machte eine kurze Pause, und Klara vermutete zunächst, ihr hätte die Stimme versagt, bis sie am anderen Ende der Leitung ein Inhalieren hörte. Sie hatte lediglich einen tiefen Zug von ihrer Zigarette genommen.

Die Frau stieß den Rauch aus.

«Er ist einfach weg.»

**D**er Traum kehrte jede Nacht wieder. Er ließ ihm keine Ruhe. Der immer gleiche Traum, die immer gleichen Szenen der Angst. Das irritierte ihn. Machte ihn wahnsinnig. Sebastian Bergman war einfach zu gut dafür. Wer, wenn nicht er, wusste, was Träume bedeuteten; wer, wenn nicht er, müsste diese fieberhaften Erinnerungen zu verkraften lernen. Doch so gut er auch gewappnet war, so klar er diesen Traum zu interpretieren vermochte, er konnte nicht verhindern, von ihm verfolgt zu werden. Es schien, als könne der Traum seine Professionalität austricksen, um ihm vor Augen zu führen, was auch ein Teil von ihm war.

4:43 Uhr.

Es dämmerte. Sein Mund war trocken. Hatte er geschrien? Vermutlich nicht, denn die Frau, die neben ihm lag, war nicht aufgewacht. Sie atmete ruhig, er sah, wie ihr langes Haar über ihre nackte Brust fiel und sie zur Hälfte bedeckte. Sebastian streckte seine verkrampften Finger, ohne einen Gedanken daran zu verschwenden. Er hatte sich bereits daran gewöhnt, dass seine rechte Faust fest geballt war, wenn er aus dem Traum erwachte.

Er versuchte, sich an den Namen des Wesens zu erinnern, das neben ihm schlief. Katarina? Karin?

Sie musste ihn gestern Abend irgendwann genannt haben. Kristina? Caroline?

Nicht, dass es irgendeine Rolle spielte, er hatte nicht vor, sie jemals wieder zu treffen. In seinem Gedächtnis zu wühlen, half ihm jedoch, die verschwommenen Reste des Traumes zu verjagen, die an all seinen Sinnen zu haften schienen.

Dieses Traumes, der ihn seit mehr als fünf Jahren verfolgte. Jede Nacht der gleiche Traum, die gleichen Bilder. Sein Unterbewusstsein war hellwach und verarbeitete, was ihm tagsüber nicht gelang: mit seiner Schuld fertigzuwerden.

Sebastian erhob sich langsam aus dem Bett, unterdrückte ein Gähnen und nahm seine Kleider von dem Stuhl, auf dem er sie vor einigen Stunden abgelegt hatte. Während er sich anzog, blickte er sich desinteressiert in dem Zimmer um, in dem er die Nacht verbracht hatte. Ein Bett, zwei Wandschränke, einer davon mit Spiegeltür, ein einfacher, weißer Nachttisch von IKEA, darauf ein Wecker und eine Ausgabe *Fit for Fun*. Außerdem ein Tisch mit einem Foto vom Scheidungskind und allerlei Kleinkram neben dem Stuhl, von dem er gerade seine Kleider genommen hatte. Nichtssagende Kunstdrucke hingen an den Wänden, die ein gewiefter Makler sicherlich als «Latte-farben» bezeichnet hätte, dabei waren sie einfach nur schmutzigbeige. Das Zimmer war genau wie der Sex, den er hier gehabt hatte: phantasielos und ein wenig langweilig, aber er erfüllte seinen Zweck. So wie immer. Leider hielt die Befriedigung nie besonders lange an.

Sebastian schloss die Augen. Dies war der Moment, der am meisten schmerzte. Der Übergang zur Wirklichkeit. Der U-Turn der Gefühle, den er so gut kannte. Er konzentrierte sich auf die Frau im Bett, insbesondere auf die eine Brustwarze, die nicht bedeckt war.

Wie hieß sie bloß? Er wusste, dass er sich vorgestellt

hatte, als er mit den Drinks zu ihr zurückkam, das machte er immer so. Nie in dem Moment, wenn er sich erkundigte, ob der Platz neben ihr noch frei sei, was sie trinken wolle und ob er sie zu etwas einladen dürfe. Immer erst dann, wenn er das Glas vor ihr abstellte.

‹Ich heiße übrigens Sebastian.›

Und was hatte sie geantwortet? Irgendwas mit K, da war er sich ziemlich sicher. Er zog den Gürtel durch die Schlaufen seiner Hose. Ein kurzes, metallisches Klirren von der Schnalle.

«Du gehst?» Ihre Stimme war schläfrig-heiser, ihr Blick suchte nach dem Wecker auf dem Nachttisch.

«Ja.»

«Ich dachte, wir frühstücken noch zusammen. Wie viel Uhr ist es?»

«Kurz vor fünf.»

Die Frau stützte sich auf einen Ellbogen. Wie alt war sie? Knapp vierzig? Sie strich sich eine Haarsträhne aus dem Gesicht. Die Reste des Schlafs wurden von der Erkenntnis vertrieben, dass der Morgen nicht so verlaufen würde, wie sie es sich vorgestellt hatte.

Sebastian hatte sich aus dem Bett geschlichen, angezogen und gehen wollen, ohne sie zu wecken. Sie würden weder gemeinsam frühstücken, noch Zeitung lesen, noch einen Sonntagsspaziergang machen. Er würde sie nicht näher kennenlernen wollen und nicht wieder anrufen, was auch immer er behauptet hatte. Das wusste sie.

Deshalb sagte er nur: «Mach es gut.»

Sebastian bemühte sich nicht einmal mehr, ihren Namen zu erraten. Plötzlich war er sich sogar unsicher, ob er überhaupt mit K anfing.

In der Morgendämmerung war es noch ruhig auf der Straße. Der Vorort schlummerte, und alle Geräusche wirkten so dezent, als wollten sie ihn nicht wecken. Sogar der Verkehr auf dem nahe gelegenen Nynäsvägen klang geradezu respektvoll gedämpft. Sebastian blieb vor dem Straßenschild an der nächsten Kreuzung stehen. Varpavägen. Irgendwo in Gubbängen. Ein gutes Stück bis nach Hause. Fuhr die U-Bahn so früh schon? Heute Nacht hatten sie ein Taxi genommen. Unterwegs bei einem 7-Eleven gehalten und Brötchen fürs Frühstück gekauft, weil ihr eingefallen war, dass sie nichts mehr im Haus hatte. Denn er habe doch wohl vor, zum Frühstück zu bleiben? Brötchen und Saft hatten sie gekauft, er und ... es war einfach zum Verzweifeln. Wie hieß diese Frau? Sebastian setzte seinen Weg auf der menschenleeren Straße fort.

Er hatte sie verletzt, wie auch immer sie hieß.

In vierzehn Stunden würde er nach Västerås fahren und erledigen, was zu tun war. Diese Frau würde ihn nichts mehr angehen.

Es begann zu regnen.

Was für ein beschissener Morgen.

In Gubbängen.

Es ging alles schief, was nur schiefgehen konnte. Die Schuhe von Polizeikommissar Thomas Haraldsson waren undicht, sein Funkgerät funktionierte nicht, und obendrein hatte er seinen Suchtrupp verloren. Die Sonnenstrahlen blendeten ihn so sehr, dass er blinzeln musste, um nicht über die niedrigen Büsche und Wurzeln zu stolpern, die auf dem sumpfigen Boden wucherten. Haraldsson fluchte vor sich hin und sah auf die Uhr. In knapp zwei Stunden begann Jennys Mittagspause im Krankenhaus. Sie würde sich ins Auto setzen und nach Hause fahren in der Hoffnung, dass er ebenfalls käme. Doch er würde es nicht schaffen. Er würde noch immer in diesem verfluchten Wald umherstapfen.

Haraldsson sank mit dem linken Fuß ein und spürte, wie die Tennissocke das Wasser in seinen Schuh hineinsog. In der Luft lag bereits die junge, flüchtige Wärme des Frühjahrs, aber das Wasser bewahrte noch die Kälte des Winters. Ihn schauderte, doch es gelang ihm, den Fuß aus dem sumpfigen Untergrund herauszuziehen und festen Boden zu erreichen.

Haraldsson sah sich um. In diese Richtung musste Osten sein. Waren dort nicht die Soldaten unterwegs? Oder die Pfadfinder? Es war allerdings auch möglich, dass er im Kreis gelaufen war und völlig die Orientierung verloren hatte. Ein Stück entfernt erblickte er jedoch einen Hügel, der trockenen Boden versprach, eine kleine Oase in diesem Höllenpfuhl. Er begann, dorthin zu stapfen. Sein Fuß sank erneut ein. Diesmal der rechte. Eine schöne Scheiße.

Es war alles Hansers Schuld.

Er müsste hier nicht bis zu den Waden durchnässt stehen, hätte Hanser nicht unbedingt Handlungsstärke demonstrieren wollen. Dazu hatte sie auch allen Grund, denn eigentlich war sie ja noch nicht einmal eine richtige Polizistin. Sie gehörte zu jenen Juristen, die sich bis zur Führungsebene durchmogelten, ohne sich je die Hände schmutzig zu machen oder, wie in seinem Fall, die Füße nass.

Nein, hätte die Entscheidung bei Haraldsson gelegen, wären sie die Sache vollkommen anders angegangen. Sicher, der Junge war seit Freitag verschwunden, und laut Vorschrift war es richtig, das Suchgebiet auszuweiten, insbesondere, weil ein Anrufer an dem betreffenden Wochenende «nächtliche Aktivitäten» und «Licht im Wald» in der Gegend um Listakärr beobachtet hatte. Doch Haraldsson wusste aus Erfahrung, dass diese Aktion völlig sinnlos war. Der Junge war in Stockholm und lachte über seine besorgte Mutter. Er war sechzehn Jahre alt. Und sechzehnjährige Jungs taten das nun mal – über ihre Mütter lachen.

Hanser.

Je nasser Haraldsson wurde, desto mehr hasste er sie. Sie war das Schlimmste, was ihm je passiert war. Jung, attraktiv, erfolgreich, politisch, eine Repräsentantin der neuen, modernen Polizei.

Hanser war ihm in die Quere gekommen. Schon als sie das erste Mal bei der Polizei in Västerås vorsprach, war Haraldsson klar geworden, dass seine Karriere eine Vollbremsung hingelegt hatte. Er bewarb sich um den Posten. Sie bekam ihn. Mindestens fünf Jahre lang würde sie dort Chefin sein. Seine fünf Jahre. Man hatte ihm die Leiter nach oben weggezogen. Stattdessen hatte sich seine Karriere langsam auf dem jetzigen Niveau eingependelt, und es schien nur noch eine Frage der Zeit, bis sie eine Talfahrt machte. Es war geradezu symbolisch, dass er nun ein paar Kilometer von Västerås entfernt in einem Wald bis zu den Knien im stinkenden Schlamm steckte.

«HEUTE KUSCHELIGE MITTAGSPAUSE» war in Großbuchstaben in der SMS zu lesen gewesen, die er vorhin erhalten hatte. Was bedeutete, dass Jenny über Mittag nach Hause kommen würde, um mit ihm zu schlafen, und abends würden sie es dann noch ein- oder zweimal tun. So sah ihr Leben zurzeit aus. Jenny war in Behandlung, weil sie nicht schwanger wurde, und sie hatte gemeinsam mit dem Arzt einen Zeitplan ausgearbeitet, um die Befruchtungschancen zu optimieren. Und heute war ein optimaler Tag. Daher die SMS. Haraldsson war zwiegespalten. In gewisser Hinsicht wusste er es zu schätzen, dass ihr Sexleben in der letzten Zeit eine Aktivitätssteigerung von mehreren hundert Prozent erfahren hatte, dass Jenny ihn ständig wollte. Gleichzeitig wurde er den Gedanken nicht los, dass sie im Grunde gar nicht ihn wollte, sondern nur seine Spermien. Ohne ihren Kinderwunsch wäre sie niemals auf die Idee gekommen, für einen Quickie über Mittag nach Hause zu fahren. Das Ganze erinnerte ein wenig an Tierzucht. Sobald eine Eizelle ihre Wanderung in Richtung Gebärmutter antrat, legten sie los wie die Kaninchen. Und zwischendurch auch, nur um auf der sicheren Seite zu sein. Doch es ging nie mehr um Genuss, nie mehr um Nähe. Was war aus der Leidenschaft geworden? Der Lust? Und jetzt würde sie mittags in ein leeres Haus kommen. Vielleicht hätte er sie anrufen sollen, um zu fragen, ob er in ein Glas ejakulieren und es in den Kühlschrank stellen sollte, bevor er ging. Und das Schlimmste: Er war sich nicht einmal sicher, ob Jenny das für eine gänzlich schlechte Idee gehalten hätte.

Alles hatte am Samstag begonnen.

Gegen 15 Uhr hatte die Notrufzentrale ein Gespräch zur Polizei Västerås durchgestellt. Eine Mutter hatte ihren sechzehnjährigen Sohn vermisst gemeldet. Da es sich um einen Minderjährigen handelte, wurde die Vermisstenmeldung mit der höchsten Priorität versehen. Ganz vorschriftsgemäß.

Leider blieb die dringende Meldung dann allerdings bis Sonntag liegen, als eine Streife damit beauftragt wurde, der Sache nachzugehen – mit dem Ergebnis, dass die Mutter gegen 16 Uhr Besuch von zwei uniformierten Beamten bekam. Ihre Angaben wurden nun ein zweites Mal aufgenommen und registriert, bevor die Beamten am späteren Abend ihren Dienst beendeten. Noch immer hatte man keinerlei Maßnahmen ergriffen, abgesehen davon, dass nun zwei sorgfältige, nahezu identische Vermisstenmeldungen zum selben Vermissten vorlagen. Beide mit dem Vermerk «höchste Priorität» gekennzeichnet.

Erst am Montagmorgen, als Roger Eriksson bereits seit achtundfünfzig Stunden verschwunden war, fiel dem diensthabenden Beamten auf, dass die Vermisstenmeldung ohne weitere Konsequenzen geblieben war. Leider zog sich eine Fachsitzung über den Vorschlag des Reichspolizeiamtes zum Thema neue Uniformen so sehr in die Länge, dass man Haraldsson den aufgeschobenen Fall erst nach der Mittagspause zuteilte. Als er das Eingangsdatum sah, dankte Haraldsson seinem Schutzengel, dass die Streife Lena Eriksson am Sonntagabend besucht hatte. Dass die Beamten lediglich eine weitere Meldung geschrieben hatten, musste Rogers Mutter ja nicht erfahren. Nein, die Ermittlungen hatten bereits am Sonntag ernsthaft begonnen, aber noch zu keinem Ergebnis geführt. An dieser Version würde Haraldsson festhalten.

Er sah ein, dass er gezwungen war, zumindest einige zusätzliche Informationen einzuholen, bevor er mit Lena Eriksson sprach. Also versuchte er, Lisa Hansson zu erreichen, die jedoch noch in der Schule war.

Er suchte im Polizeiregister sowohl nach Lena Eriksson als auch nach ihrem Sohn. Bei Roger tauchten einige Anzeigen wegen Ladendiebstahls auf. Die letzte war bereits ein Jahr her und nur schwer mit seinem Verschwinden in Verbindung zu bringen. Zur Mutter gab es nichts.

Haraldsson rief bei der Gemeindeverwaltung an und erfuhr, dass Roger auf die Palmlövska-Schule ging.

Nicht gut, dachte Haraldsson.

Dieses Gymnasium war eine Privatschule mit angeschlossenem Internat. Ranglisten zufolge eine der besten Schulen des Landes. Auf die Palmlövska gingen begabte und äußerst motivierte Kinder reicher Eltern. Eltern mit guten Kontakten. Man würde einen Sündenbock dafür suchen, dass die Ermittlungen nicht sofort aufgenommen worden waren, und in diesem Zusammenhang machte es keinen guten Eindruck, am dritten Tag rein gar nichts erreicht zu haben. Haraldsson beschloss, alles andere beiseitezulegen. Seine Karriere war bereits zum Stillstand gekommen, und es wäre dumm, weitere Risiken einzugehen.

Also hatte er an jenem Nachmittag hart gearbeitet und der Schule einen Besuch abgestattet. Sowohl Rektor Ragnar Groth als auch Roger Erikssons Klassenlehrerin Beatrice Strand reagierten äußerst besorgt und bestürzt, als sie erfuhren, dass Roger vermisst wurde, konnten davon abgesehen allerdings nicht weiterhelfen. Zumindest hatten sie nichts Ungewöhnliches bemerkt. Roger habe sich verhalten wie immer, ganz normal die Schule besucht, Freitagnachmittag eine Klausur in Schwedisch geschrieben, und laut seinen Mitschülern war er hinterher gut gelaunt gewesen.

Immerhin konnte Haraldsson hier mit Lisa Hansson sprechen, die Roger am Freitagabend als Letzte gesehen hatte. Sie ging in die Parallelklasse und wurde ihm in der Cafeteria des Gymnasiums vorgestellt. Sie war ein hübsches, wenn auch ziemlich durchschnittliches Mädchen. Glattes, blondes Haar, den Pony mit einer einfachen Haarspange hochgesteckt. Ungeschminkte blaue Augen. Eine bis zum vorletzten Knopf geschlossene, weiße Bluse, darüber eine Weste. Haraldsson musste unmittelbar an die Freikirche denken, als er ihr gegenüber Platz nahm. Oder an das Mädchen aus dieser Serie, «Der weiße Stein», die im Fernsehen gelaufen war, als er noch ein Kind war. Er fragte, ob sie etwas trinken wolle. Sie schüttelte den Kopf.

«Erzähl mir von dem Freitag, als Roger bei dir war.»

Lisa sah ihn an und zuckte kurz mit den Achseln.

«Er ist vielleicht so um halb sechs gekommen, wir haben in meinem Zimmer gesessen und ferngesehen, und dann ist er gegen zehn nach Hause gegangen. Jedenfalls hat er gesagt, er würde nach Hause gehen ...»

Haraldsson nickte. Viereinhalb Stunden auf ihrem Zimmer. Zwei Sechzehnjährige. Ferngesehen, das konnte sie vielleicht ihrer Großmutter erzählen. Oder schloss er zu sehr von sich auf andere? Wie lange war es her, seit Jenny und er das letzte Mal einen ganzen Abend lang ferngesehen hatten? Ohne Quickie in der Werbepause? Monate.

«Und etwas anderes ist nicht passiert? Ihr habt euch nicht gestritten oder vielleicht sogar Schluss gemacht?»

Lisa schüttelte den Kopf. Sie kaute an einem kaum noch vorhandenen Daumennagel. Haraldsson sah, dass die Nagelhaut entzündet war.

«Ist er schon mal einfach so verschwunden?»

Lisa schüttelte erneut den Kopf.

«Nicht dass ich wüsste, aber wir sind auch noch nicht so lange zusammen. Haben Sie denn nicht mit seiner Mutter gesprochen?»

Für einen kurzen Moment fasste Haraldsson die Frage als Vorwurf auf, bevor er begriff, dass sie natürlich keineswegs so gemeint war. Hansers Schuld. Sie hatte ihn dazu gebracht, an sich selbst zu zweifeln.

«Es waren schon andere Polizisten bei ihr, aber wir müssen mit allen sprechen. Uns ein Gesamtbild machen.» Harald räusperte sich.

«Was für eine Beziehung hat Roger zu seiner Mutter? Gibt es da irgendwelche Probleme?»

Lisa zuckte erneut mit den Achseln. Haraldsson fand ihr Repertoire etwas beschränkt. Kopfschütteln und Achselzucken.

«Haben sie sich manchmal gestritten?»

«Ja, wohl schon. Ab und zu. Ihr gefällt die Schule nicht.»

«Diese Schule?»

Lisa nickte.

«Sie findet sie versnobt.»

Womit sie den Nagel auf den Kopf trifft, dachte Haraldsson.

«Wohnt Rogers Vater auch hier in der Stadt?»

«Nein. Ich habe keine Ahnung, wo er wohnt. Ich bin mir

20

nicht mal sicher, ob Roger das überhaupt weiß. Er spricht nie über ihn.»

Haraldsson machte sich eine Notiz. Interessant. Möglicherweise hatte sich der Sohn auf die Suche nach seinen Wurzeln begeben. Um seinen abwesenden Vater zur Rede zu stellen. Und vor der Mutter hielt er das geheim. Es waren schon ganz andere Dinge geschehen.

«Was ist Ihrer Meinung nach passiert?»

Haraldsson wurde aus seinen Gedanken gerissen. Er sah Lisa an und bemerkte zum ersten Mal, dass sie den Tränen nahe war.

«Ich weiß es nicht. Aber er wird sicher wieder auftauchen. Vielleicht ist er einfach eine Zeitlang nach Stockholm gefahren oder so. Ein kleines Abenteuer, du weißt schon.»

«Warum sollte er das tun?»

Haraldsson betrachtete ihre aufrichtig ratlose Miene. Den unlackierten, abgekauten Daumennagel zwischen ihren ungeschminkten Lippen. Nein, dieses kleine Freikirchenfräulein konnte sich wohl kaum einen Grund vorstellen. Haraldsson hingegen war sich zunehmend sicher, dass der Vermisste eher ein Ausreißer war.

«Manchmal kommt man plötzlich auf merkwürdige Ideen und setzt sie dann einfach in die Tat um. Er wird sicher wieder auftauchen, du wirst schon sehen.»

Haraldsson setzte ein überzeugendes und vertrauenerweckendes Lächeln auf, doch er sah Lisa an, dass es seine Wirkung verfehlte.

«Ich verspreche es», fügte er hinzu.

Bevor er ging, bat er Lisa um eine Liste von Rogers Freunden und allen anderen, mit denen er zu tun hatte. Lisa überlegte lange, schrieb dann etwas auf und reichte ihm den

Zettel. Zwei Namen: Johan Strand und Sven Heverin. Ein einsamer Junge, dachte Haraldsson, und einsame Jungs hauen von zu Hause ab.

Als er sich am Montagnachmittag ins Auto setzte, war Haraldsson ziemlich zufrieden mit seinem Tagwerk. Zwar hatte das Gespräch mit Johan Strand nicht viel ergeben; Johan hatte Roger zum letzten Mal am Freitag gesehen, nach der Schule. Soweit er wisse, habe Roger am Abend Lisa besuchen wollen. Er habe keine Idee, wo er danach hingegangen sein könne. Was Sven Heverin betraf, so hatte dieser offenbar gerade Langzeitferien. Sechs Monate in Florida. Er war bereits seit sieben Wochen verreist. Die Mutter des Jungen hatte einen Beratungsauftrag in den USA angenommen, und die ganze Familie begleitete sie. Manchen Menschen geht es einfach zu gut, dachte Haraldsson und überlegte, an welche exotischen Orte ihn seine Arbeit schon geführt hatte. Das Seminar in Riga war das Einzige, was ihm unmittelbar einfiel, doch da hatte er die ganze Zeit mit einer Magengeschichte im Bett gelegen. Er konnte sich nur noch daran erinnern, dass seine Kollegen eine verdammt gute Zeit gehabt hatten, während er in einen blauen Plastikeimer gestarrt hatte.

Dennoch war Haraldsson heute ganz zufrieden. Er war mehreren Spuren nachgegangen und das Wichtigste: Er hatte einen möglichen Konflikt zwischen Mutter und Sohn aufgespürt, der vermuten ließ, dass dies bald kein Fall mehr für die Polizei wäre. Hatte die Mutter bei ihrer Meldung nicht sogar gesagt, ihr Sohn habe sich «aus dem Staub gemacht»? Doch, hatte sie. Haraldsson erinnerte sich, dass ihm das aufgefallen war, als er sich die Aufzeichnung angehört hatte.

Ihr Sohn «ging» nicht etwa oder «verschwand», sondern er «machte sich aus dem Staub». Deutete das nicht darauf hin, dass er im Zorn gegangen war? Eine Tür, die vor der Nase einer resignierten Mutter zugeschlagen worden war. Haraldsson war immer mehr davon überzeugt. Der Junge war in Stockholm und erweiterte seinen Horizont.

Nur zur Sicherheit hatte er jedoch vor, noch einen kurzen Abstecher zu Lisas Haus zu machen. Er wollte sich in der Öffentlichkeit zeigen und einige Leute abklappern, die ihn wiedererkennen würden, falls jemand fragen sollte, wie es mit den Ermittlungen voranging. Vielleicht war Roger ja auch wirklich gesehen worden, bestenfalls sogar auf dem Weg in Richtung Zentrum und Bahnhof. Danach weiter zur Mutter, um sie ein wenig unter Druck zu setzen, damit sie zugab, dass sie sich häufig mit ihrem Sohn stritt. Guter Plan, dachte er und startete den Motor.

In dem Moment klingelte sein Handy. Ein kurzer Blick auf das Display ließ ihn erschaudern. Hanser.

«Was ist denn nun schon wieder», brummelte Haraldsson vor sich hin und stellte den Motor ab. Sollte er das Gespräch wegdrücken? Ein verlockender Gedanke, aber vielleicht war der Junge ja zurückgekehrt. Vielleicht wollte Hanser ihm genau das mitteilen. Dass er die ganze Zeit richtiggelegen hatte. Er ging ran.

Das Gespräch dauerte nur achtzehn Sekunden, in denen Hanser insgesamt sechs Wörter von sich gab.

«Wo bist du?», lauteten die ersten drei.

«Im Auto», antwortete Haraldsson wahrheitsgemäß. «Ich war gerade in der Schule des Jungen und habe mit seiner Freundin und den Lehrern gesprochen.»

Zu seinem Verdruss bemerkte Haraldsson, dass er sofort in Verteidigungsstellung ging. Seine Stimme wurde ein wenig gefügiger. Höher. Verdammt, er hatte doch alles so gemacht, wie er sollte.

«Komm sofort her.»

Haraldsson wollte gerade erklären, wohin er eigentlich auf dem Weg war, und fragen, was denn so wichtig sei, doch Hanser hatte bereits aufgelegt. Blöde Kuh. Er drehte erneut den Zündschlüssel, wendete und fuhr zum Präsidium.

Dort erwartete Hanser ihn bereits. Diese kühlen Augen. Die etwas zu makellose blonde Haarpracht. Das perfekt sitzende und garantiert teure Kostüm. Sie habe gerade einen Anruf von einer aufgebrachten Lena Eriksson erhalten, die sich frage, was eigentlich unternommen werde, und müsse sich nun dasselbe fragen. Was wurde unternommen?

Haraldsson referierte kurz seine Aktivitäten des Nachmittags, wobei es ihm gelang, ganze viermal zu erwähnen, dass der Fall erst nach der heutigen Mittagspause auf seinem Schreibtisch gelandet war. Falls sie plane, sich zu beschweren, solle sie sich bitte an die Verantwortlichen vom Wochenende wenden.

«Das werde ich auch tun», entgegnete Hanser ruhig. «Aber warum hast du mich nicht darüber informiert, dass der Fall so lange liegengeblieben ist? Über genau solche Angelegenheiten muss ich unbedingt Bescheid wissen.»

Haraldsson spürte, dass das Gespräch eine Wendung nahm, mit der er nicht gerechnet hatte. Er versuchte nur noch, sich herauszureden.

«So was kann doch mal passieren. Ich kann nicht jedes Mal zu dir rennen, wenn es gerade ein bisschen im Getriebe knirscht. Du hast garantiert Wichtigeres zu tun.»

«Wichtigeres, als auf der Stelle nach einem verschwundenen Kind zu suchen?»

Sie blickte ihn fragend an. Haraldsson verstummte.

Das Gespräch verlief nicht nach seinem Plan. Ganz und gar nicht.

Das war am Montag gewesen. Jetzt stand er mit durchnässten Socken in der Nähe von Listakärr. Hanser hatte das ganze Register gezogen: Befragung der Nachbarn und Suchtrupps, die ein Gebiet durchkämmten, das jeden Tag ausgeweitet wurde. Bisher ohne Ergebnis. Gestern war Haraldsson auf dem Präsidium dem Kreispolizeidirektor in die Arme gelaufen und hatte ihn in scherzhaftem Ton darauf hingewiesen, dass die ganze Aktion nicht ganz billig werden würde. Viele Männer, die viele Stunden arbeiteten, um einen Jungen zu suchen, der sich lediglich in der Hauptstadt vergnügte. Haraldsson hatte die Reaktion des Polizeidirektors nicht zweifelsfrei deuten können, doch spätestens wenn Roger von seinem kleinen Ausflug zurückkehrte, würde sich der Vorgesetzte wohl an Haraldssons Worte erinnern. Dann würde er begreifen, welche Unsummen Hanser verschwendet hatte. Bei der Vorstellung musste Haraldsson grinsen. Dienstvorschriften waren eine Sache, die Intuition eines Polizisten etwas ganz anderes. Man lernte nie aus.

Haraldsson blieb stehen. Auf halbem Weg zum Hügel. Er war erneut eingesunken. Und diesmal richtig. Er zog den Fuß hoch. Ohne Schuh. Er konnte gerade noch sehen, wie sich der Schlamm gierig über dem schwarzen Exemplar Größe dreiundvierzig zusammenzog, während die Socke an seinem linken Fuß weitere Milliliter des kalten Wassers aufsog.

Jetzt hatte er genug.

Es reichte.

Dies war der Tropfen, der das Fass zum Überlaufen brachte.

Auf die Knie, mit der Hand hinein in den Morast, hoch mit dem Schuh. Und dann würde er nach Hause fahren. Sollten die anderen doch mit ihren dämlichen Suchtrupps hier herumrennen. Er hatte eine Frau zu befruchten.

Eine Taxifahrt später und um dreihundertachtzig Kronen ärmer stand Sebastian vor seiner Wohnung in der Grev Magnigatan in Östermalm. Eigentlich wollte er sich schon seit langem von ihr trennen, sie war teuer und luxuriös, wie geschaffen für einen erfolgreichen Autor und Akademiker, der ständig zu Vorträgen eingeladen wurde und über ein großes soziales Netzwerk verfügte. All das, was er jetzt nicht mehr war oder hatte. Aber schon bei dem Gedanken daran, auszumisten, zu packen und sich um die Sachen zu kümmern, die sich über Jahre hinweg angesammelt hatten, erschien ihm die Aufgabe unüberwindbar. Daher hatte er einfach große Teile der Wohnung abgeschlossen und benutzte nur noch die Küche, das Gästezimmer und ein kleineres Badezimmer. Der Rest blieb unberührt. In Erwartung von ... ja, irgendwas.

Sebastian warf einen schnellen Blick auf sein ungemachtes Bett, entschied sich dann aber für eine Dusche. Warm und ausgiebig. Die Intimität der letzten Nacht war schon lange vergessen. War es ein Fehler gewesen, so schnell zu verschwinden? Hätte sie ihm in den folgenden Stunden noch etwas geben können? Mehr Sex vermutlich. Und ein Frühstück. Saft und Brötchen. Aber dann? Der endgültige Abschied war unausweichlich gewesen. Es hätte nie auf eine andere Weise enden können. Also konnte man es ebenso gut kurz machen. Dennoch. Den Augenblick der Zusammengehörigkeit, der ihn für kurze Zeit abheben ließ, vermisste er tatsächlich. Er fühlte sich schon wieder schwerfällig und leer. Wie lange hatte er letzte Nacht eigentlich geschlafen? Zwei Stunden? Zweieinhalb? Verkatert war er jedenfalls nicht. Er betrachtete sich im Spiegel. Seine Augen wirkten müder als gewöhnlich, und er bemerkte, dass er dringend etwas an seiner Frisur ändern musste. Vielleicht ein Stoppelschnitt? Nein, das würde ihn zu sehr an früher erinnern. Und früher war eben nicht jetzt. Aber er könnte seinen Bart stutzen, die Haare in Form schneiden und sich vielleicht sogar ein paar Strähnchen färben lassen. Er lächelte sich selbst zu, sein charmantestes Lächeln. Unglaublich, dass es immer Erfolg hat, dachte er. Mit einem Mal fühlte er sich schrecklich müde. Der U-Turn war vollendet. Die Leere war wieder da. Er sah auf die Uhr. Eine Weile sollte er sich auf jeden Fall noch hinlegen. Er wusste, dass der Traum wiederkehren würde, aber er war zu müde, um sich darüber jetzt Gedanken zu machen. Er kannte seinen ständigen Begleiter mittlerweile so gut, dass er ihn hin und wieder sogar vermisste, wenn er ausnahmsweise geschlafen hatte, ohne von ihm geweckt zu werden.

Anfangs war das anders gewesen. Als der Traum ihn monatelang gequält hatte, war Sebastian das ewige Aufwachen leid gewesen, diesen ständigen Wechsel von Angst und Atemnot, Hoffnung und Verzweiflung. Er hatte begonnen, einen nicht zu knapp bemessenen Schlummertrunk einzunehmen, Problemlöser Nummer eins für männliche, weiße Akademiker mittleren Alters mit einem komplizierten Gefühlsleben. Eine Zeitlang war es ihm gelungen, das Träumen völlig zu umgehen, doch sein Unterbewusstsein fand allzu schnell einen Weg an den alkoholischen Sperren vorbei, sodass er immer größere Mengen zu immer früheren Zeiten trinken musste, um überhaupt eine Wirkung zu erzielen. Am Ende musste Sebastian einsehen, dass er den

Kampf verloren hatte. Er hörte von einem Tag auf den anderen damit auf. Wollte die Schmerzen stattdessen aushalten. Den Dingen Zeit lassen zu heilen.

Das funktionierte überhaupt nicht. Nach einer weiteren Phase, in der er nie durchschlief, begann er, sich mit Medikamenten zu behandeln. Was er sich niemals zu tun geschworen hatte. Aber man konnte nicht all seine Versprechen halten, das wusste er aus eigener Erfahrung und besser als die meisten. Insbesondere, wenn man mit den wirklich großen Fragen des Lebens konfrontiert wurde. Da musste man flexibler sein. Er rief einige seiner eher schamlosen alten Patienten an und entstaubte einen Rezeptblock. Der Deal war einfach. Sie teilten halbe-halbe.

Natürlich meldete sich das Zentralamt für Gesundheit und Soziales bei ihm, verwundert darüber, dass er plötzlich so große Mengen an Psychopharmaka verschrieb. Aber Sebastian gelang es, alles mit einigen wohlkonstruierten Lügen über eine «wiederaufgenommene Tätigkeit» mit «intensiver Einleitungsphase» für «Patienten im Stadium der Selbstfindung» zu begründen. Zudem erhöhte er die Zahl seiner Patienten, damit nicht ganz so offensichtlich wurde, was er eigentlich trieb.

Zu Beginn hatte er hauptsächlich mit Propavan, Prozac und Di-Gesic experimentiert, doch die Wirkung war irritierend kurz. Daher versuchte er es stattdessen mit Dolcontin und anderen Substanzen auf Morphiumbasis.

Wie sich herausstellte, war das Zentralamt sein geringstes Problem. Viel belastender waren die Nebenwirkungen seiner Versuche. Der Traum verschwand zwar, aber mit ihm auch sein Appetit, fast alle Aufträge als Dozent und sein Sexualtrieb – eine vollkommen neue und erschreckende Erfahrung. Am schlimmsten war jedoch die chronische

Müdigkeit. Es kam ihm vor, als könne er seine Gedanken nicht mehr zu Ende führen, als würden sie mittendrin abgeschnitten. Ein alltägliches Gespräch konnte er mit einer gewissen Anstrengung führen, eine Diskussion oder eine längere Ausführung waren hingegen völlig undenkbar.

Da Sebastian seine gesamte Existenz auf einem intellektuellen Selbstbild aufbaute, auf der Illusion seiner messerscharfen Gedanken, war dieser Zustand entsetzlich. Ein betäubtes Leben zu führen, mit betäubten Schmerzen, gewiss, aber alles andere ebenfalls nur gedämpft wahrzunehmen, sogar das Leben selbst, und den eigenen Scharfsinn nicht mehr spüren zu können: Hier verlief für ihn die Grenze. Er war gezwungen, eine Entscheidung zu treffen, zu wählen zwischen Angstzuständen mit vollständigen Gedanken oder einem trägen, stumpfen Leben mit halbierter Erkenntnis. Als er begriff, dass er sein Dasein vermutlich so oder so hassen würde, egal, was er tat, entschied er sich für die Angst und hörte auch mit den Medikamenten von einem Tag auf den anderen auf.

Seither hatte er weder Alkohol noch Drogen angerührt. Nicht einmal mehr eine Kopfschmerztablette. Doch er träumte. Jede Nacht.

Aber warum musste er eigentlich gerade darüber nachdenken, fragte er sich, während er sich im Badezimmerspiegel betrachtete. Warum jetzt? Der Traum begleitete sein Leben nun schon seit vielen Jahren. Er hatte ihn studiert und analysiert. Hatte ihn mit seinem Therapeuten diskutiert. Gelernt, damit zu leben.

Warum also jetzt?

Es lag an Västerås, dachte er, hängte sein Handtuch auf und verließ nackt das Badezimmer. Västerås war schuld.

Västerås – und seine Mutter. Aber heute würde er dieses Kapitel seines Lebens beenden. Für immer.

Heute könnte ein guter Tag werden.

Es war der beste Tag seit langem für Joakim, dort im Wald außerhalb von Listakärr, und er wurde noch besser, als er schließlich zu den Auserwählten gehörte, die von dem Polizisten direkt angewiesen wurden, wie und wohin sie gehen sollten. Das sonst eher triste Pfadfindertreffen hatte sich plötzlich zu einem richtigen Abenteuer entwickelt. Joakim warf einen verstohlenen Blick auf den Polizisten, der vor ihm stand, besonders auf seine Pistole, und er beschloss, selber Polizist zu werden. Mit Uniform und Pistole, fast wie die Pfadfinder, aber ordentlich aufgerüstet. Das wäre gut. Denn wenn man ehrlich war, war das Pfadfinderleben nicht unbedingt die interessanteste Beschäftigung, die man sich vorstellen konnte, fand Joakim. Nicht mehr. Er war gerade vierzehn geworden, und diese Freizeitbeschäftigung, der er seit seinem sechsten Lebensjahr nachging, verlor allmählich ihren Reiz. Die Faszination, die das Leben im Freien, das Überleben, Tiere und Natur auf ihn ausgeübt hatten, war weg. Dabei fand er es keinesfalls albern, so wie alle anderen Jungs in seiner Klasse, nein, er hatte lediglich damit abgeschlossen. Danke, es war nett, aber jetzt war die Zeit für etwas Neues gekommen. Etwas Richtiges.

Vielleicht wusste ihr Leiter Tommy das.

Vielleicht war er deshalb auf die Polizei und die Soldaten zugegangen und hatte sich erkundigt, was vor sich ging, als sie in Listakärr angekommen waren.

Was auch immer Tommys Beweggrund gewesen war – der Polizist, der Haraldsson hieß, hatte jedenfalls über die

Sache nachgedacht und nach einigem Zögern beschlossen, dass es auf keinen Fall schaden konnte, weitere neun Augenpaare im Wald zur Verfügung zu haben. Sie bekamen ein eigenes kleines Suchgebiet, in dem sie umherstapfen durften. Haraldsson hatte Tommy gebeten, die Gruppe in drei Trupps aufzuteilen, je einen Anführer auszuwählen und zur Einweisung zu ihm zu schicken. Joakim zog das große Los. Er durfte eine Gruppe mit Emma und Alice bilden, den hübschesten Mädchen des ganzen Pfadfinderverbandes. Und obendrein wurde er auch noch zum Gruppenleiter erkoren.

Jetzt ging Joakim zu den Mädchen zurück, die auf ihn warteten. Dieser Haraldsson war genauso einsilbig und entschlossen gewesen wie die Polizisten aus den Kommissar-Beck-Filmen, und Joakim fühlte sich ungemein wichtig. Er stellte sich bereits vor, wie der Rest dieses phantastischen Tages aussehen würde: Er würde den vermissten Jungen schwerverletzt finden, und der Junge würde Joakim so flehend ansehen, wie nur Sterbende es konnten. Er wäre zu schwach zum Sprechen – doch seine Augen würden alles sagen. Joakim würde ihn hochheben und zum Treffpunkt schleppen, total dramatisch. Die anderen würden ihn sehen und anfangen zu applaudieren, zu jubeln, und alles wäre perfekt.

Wieder bei seiner Gruppe angelangt, ordnete Joakim seine Gruppenmitglieder so, dass Emma links von ihm stand und Alice rechts. Haraldsson hatte sie strengstens ermahnt, die Kette nicht aufzulösen, und Joakim sah die Mädchen mit ernstem Blick an und erklärte, sie müssten unbedingt zusammenbleiben. Jetzt war es ernst! Nach einer gefühlten Ewigkeit gab Haraldsson ihnen einen Wink, und die Suchmannschaft konnte sich endlich in Bewegung setzen.

Joakim merkte schnell, dass es ziemlich schwierig war,

eine Suchkette zusammenzuhalten, auch wenn sie lediglich aus drei Gruppen mit je drei Personen bestand. Besonders, als sie tiefer in den Wald eindrangen und wegen des sumpfigen Bodens gezwungen waren, von ihrem vorbestimmten Kurs abzuweichen. Die eine Gruppe hatte Schwierigkeiten mitzuhalten, die andere verlangsamte das Tempo kein bisschen und war schon bald hinter den Hügeln verschwunden. Genau wie Haraldsson es vorausgesagt hatte. Joakim war mehr und mehr von diesem Mann beeindruckt. Er schien wirklich alles zu wissen. Joakim lächelte die Mädchen an und referierte noch einmal Haraldssons letzte Worte:

«Wenn ihr etwas findet, dann schreit: ‹Fund!›.»

Emma nickte entnervt.

«Das hast du jetzt schon mindestens hundertmal gesagt.»

Doch Joakim ließ sich davon nicht entmutigen. Die Augen gegen die Sonne zusammengekniffen, stapfte er weiter und bemühte sich, Abstand und Richtung einzuhalten, obwohl es immer schwieriger wurde. Und Lasses Gruppe, die noch vor kurzem ein Stückchen links von ihnen gelaufen war, war nicht mehr zu sehen.

Nach einer halben Stunde wollte Emma eine Pause einlegen. Joakim versuchte ihr klarzumachen, dass sie das nicht einfach so tun konnten. Es bestand die Gefahr, die anderen vollkommen zu verlieren.

«Welche anderen?»

Alice lachte vielsagend, und Joakim musste sich eingestehen, dass sie die anderen nun schon seit geraumer Zeit nicht mehr gesehen hatten.

«Es klingt so, als wären sie hinter uns.»

Sie schwiegen und lauschten. In weiter Ferne waren schwache Geräusche zu hören. Jemand rief etwas.

«Wir gehen weiter», bestimmte Joakim, obwohl ihm insgeheim dämmerte, dass Alice vermutlich recht hatte. Sie waren wahrscheinlich zu schnell gelaufen. Oder in die falsche Richtung.

«Dann geh doch allein!», antwortete Emma und blickte ihn wütend an. Für einen Moment hatte Joakim das Gefühl, die Kontrolle über seine Gruppe zu verlieren, vor allem über Emma. Ausgerechnet über sie, die ihn während der vergangenen dreißig Minuten einige Male so sanft angeblickt hatte. Joakim brach der Schweiß aus, und das lag nicht nur an seiner viel zu warmen langen Unterwäsche. Eigentlich hatte er sie angetrieben, um sie zu beeindrucken, begriff sie das denn nicht? Und jetzt war plötzlich alles seine Schuld.

«Hast du Hunger?», unterbrach Alice Joakims Gedanken. Sie hatte einige belegte Brote aus ihrem Rucksack geholt.

«Nein», antwortete er etwas zu schnell, noch bevor er bemerkte, dass er doch hungrig war. Joakim ging ein Stück weiter und stellte sich auf einen Hügel, um den Anschein zu erwecken, er habe einen Plan. Emma nahm freudig ein Brot entgegen und würdigte Joakims Versuch, sich wichtig zu machen, mit keinem Blick. Er begriff, dass er seine Taktik ändern musste. Er holte tief Luft und ließ die frische Waldluft durch seine Lungen strömen. Der Himmel hatte sich zugezogen; die Sonne war verschwunden und mit ihr auch das Versprechen von einem perfekten Tag. Joakim ging zu den Mädchen zurück. Er beschloss, einen etwas sanfteren Ton anzuschlagen.

«Ich hätte doch gern ein Brot, falls du noch eins übrig hast», sagte er so freundlich wie möglich.

«Klar», antwortete Alice und kramte ein in Frischhaltefolie eingewickeltes Brot hervor. Sie lächelte ihn an, und Joachim merkte, dass seine neue Taktik besser ankam.

«Ich frage mich, wo wir eigentlich sind», sagte Emma und zog eine kleine Karte aus ihrer Tasche. Die drei beugten sich darüber und versuchten, ihre Position zu bestimmen. Das war ziemlich kompliziert, das Gebiet hatte keine eindeutigen Orientierungspunkte, es war ein einziges Durcheinander aus Hügeln, Wald und Sumpfland. Aber sie wussten ja, wo sie losgelaufen und in welche Richtung sie ungefähr gegangen waren.

«Wir sind fast die ganze Zeit nach Norden gegangen, also müssten wir ungefähr hier sein», schlug Emma vor. Joakim nickte beeindruckt. Emma war schlau.

«Sollen wir weitergehen oder auf die anderen warten?», fragte Alice.

«Ich finde, wir sollten weitergehen», antwortete Joakim prompt, fügte aber blitzschnell hinzu: «Es sei denn, ihr wollt lieber warten?»

Er sah die beiden Mädchen an, Emma mit ihren klaren, blauen Augen und Alice mit ihren etwas kantigeren Zügen. Sie waren einfach beide furchtbar hübsch, dachte er und wünschte sich plötzlich, die Mädchen würden vorschlagen, hier zu warten. Und dass die anderen sehr, sehr lange nicht kämen.

«Wahrscheinlich können wir genauso gut weitergehen. Wenn wir hier sind, dürften wir eigentlich nicht weit von dem Punkt entfernt sein, wo wir uns wieder treffen sollen», sagte Emma und zeigte auf die Karte.

«Ja, aber ihr habt natürlich recht, die anderen sind hinter uns, also können wir auch genauso gut auf sie warten», schlug Joakim versuchsweise vor.

«Ich dachte, du wolltest als Erster da sein. Du bist doch losgestürmt wie ein D-Zug», erwiderte Alice. Die Mädchen lachten, und Joakim genoss das angenehme Gefühl, mit so hübschen Mädchen zusammen zu lachen. Er knuffte Alice scherzhaft.

«Aber du hast doch ganz gut mitgehalten!»

Sie fingen an, sich gegenseitig zu jagen. Joakim und die Mädchen rannten zwischen den Wasserpfützen umher, zunächst ziellos, doch als Emma in einer Pfütze stolperte, begannen sie sich gegenseitig nass zu spritzen. Das machte wesentlich mehr Spaß als die langweilige Suchkette, fand Joakim. Er rannte Emma nach und bekam für eine Sekunde ihren Arm zu fassen. Sie riss sich los und versuchte, ihm wieder zu entkommen. Doch ihr linker Fuß verkeilte sich unter einer Wurzel, und Emma verlor das Gleichgewicht. Einen Moment lang sah es so aus, als käme sie wieder auf die Beine, aber der Boden rings um ein großes Wasserloch war vom Schlamm glitschig, und sie fiel bis zur Hüfte hinein. Joakim lachte, und Emma schrie. Als sich Joakim wieder beruhigt hatte, ging er zu ihr. Aber Emma schrie noch lauter. Merkwürdig, dachte Joakim. So gefährlich war das doch nun auch wieder nicht. Das bisschen Wasser. Dann sah er den weißen, bleichen Körper, der direkt vor Emma aus dem Wasser ragte. Als hätte er dort unter der Oberfläche gelegen und seinem Opfer aufgelauert. Die Ausgelassenheit ihres Spiels war wie weggeblasen, Panik und Übelkeit packte die drei. Emma übergab sich, und Alice schluchzte. Joakim stand wie versteinert da und starrte auf das Bild, das ihn für den Rest seines Lebens verfolgen würde.


Haraldsson lag im Bett und döste. Jenny lag neben ihm, die Fußsohlen in die Matratze gestemmt und mit einem Kissen unter dem Po. Sie hatte die Angelegenheit nicht in die Länge ziehen wollen.

«Es ist besser, wir erledigen es gleich, dann schaffen wir noch einen Durchgang, bevor ich wieder zurückmuss», hatte sie gesagt.

Erledigen. Gab es ein unromantischeres Wort? Haraldsson bezweifelte das. Aber jetzt war es eben erledigt, und er schlummerte. Irgendwo hörte jemand Abba: «Ring Ring».

«Das ist dein Handy.» Jenny stupste ihn in die Seite. Haraldsson schreckte hoch in dem Bewusstsein, dass er sich eigentlich nicht im Bett an der Seite seiner Frau befinden durfte. Er riss seine Hose vom Boden und kramte das Handy aus der Tasche. Tatsächlich. Hanser. Er holte tief Luft und nahm das Gespräch an. Auch diesmal waren es nur sechs Wörter.

«Wo zum Teufel steckst du wieder?!»


Hanser knallte irritiert den Hörer auf. «Den Fuß verstaucht.» Zum Teufel. Sie hatte nicht übel Lust, zum Krankenhaus zu fahren, oder wenigstens eine Streife dorthin zu schicken, um die Lügen dieses Idioten zu entlarven. Aber sie hatte keine Zeit für so etwas. Von einem Moment auf den anderen war sie für die Aufklärung eines Mordes zuständig. Und es machte die Sache nicht gerade leichter für sie, dass der Leiter der Einsatztruppe rund um Listakärr nicht vor Ort gewesen war und sich obendrein dazu hatte breitschlagen lassen, minderjährige Pfadfinder an der Suchaktion zu beteiligen. Kinder, für die sie nun psychologische Hilfe organisieren musste, weil eines von ihnen in einen Tümpel gefallen war und beim Aufstehen eine Leiche an die Oberfläche befördert hatte.

Hanser schüttelte den Kopf. Bei dieser Vermisstenmeldung war alles schiefgelaufen. Einfach alles. Jetzt mussten die Fehler ein Ende haben. Von nun an mussten sie alles richtig machen. Professionell sein. Sie starrte das Telefon an. Ihr war ein Gedanke gekommen. Es wäre ein großer Schritt. Zu früh, würden viele denken. Eventuell würde es ihre Autorität schwächen. Aber sie hatte sich selbst vor langer Zeit geschworen, nicht vor unbequemen Entscheidungen zurückzuschrecken. Dafür stand zu viel auf dem Spiel.

Ein Junge war tot.

Ermordet.

Es war an der Zeit, mit den Besten zusammenzuarbeiten.

«Ein Gespräch für dich», sagte Vanja, als sie ihren Kopf durch Torkel Höglunds Tür steckte. Sein Büro war wie fast alles an Torkel: nüchtern und schlicht. Kein Schnickschnack, nichts Wertvolles, kaum etwas Persönliches. Mit den Möbeln, die Torkel aus irgendeinem Zentrallager beschafft hatte, vermittelte der Raum eher den Eindruck, als würde hier ein Realschulrektor in einer von Haushaltskürzungen betroffenen Kleinstadt arbeiten, nicht einer der ranghöchsten Polizeichefs in Schweden. Manche Kollegen fanden es merkwürdig, dass der Mann, der die Mordkommission der schwedischen Reichskriminalpolizei leitete, der Welt nicht zeigen wollte, wie weit er es gebracht hatte. Andere zogen den Schluss, dass ihm sein Erfolg einfach nicht zu Kopf gestiegen war. Die Wahrheit war schlichter und weniger ehrenhaft. Torkel hatte einfach keine Zeit. Sein Beruf verlangte ihm viel ab, und er war ständig auf Reisen. Außerdem hatte er keine Lust, seine spärliche Freizeit ausgerechnet mit der Einrichtung eines Büros zu verschwenden, in dem er sich nur selten aufhielt.

«Aus Västerås», ergänzte Vanja und nahm ihm gegenüber Platz. «Ein sechzehnjähriger Junge wurde ermordet.»

Torkel sah, dass Vanja es sich auf dem Stuhl bequem machte. Offenbar sollte er dieses Telefonat nicht allein führen. Torkel nickte und griff zum Hörer. Seit seiner zweiten Scheidung hatte er das Gefühl, dass für ihn eingehende Anrufe nur von schrecklichen, plötzlichen Todesfällen handelten. Es war mehr als drei Jahre her, dass sich zuletzt jemand erkundigt hatte, ob er rechtzeitig zum Essen zu Hause sein würde, oder irgendetwas anderes, erfrischend Banales von ihm wissen wollte.

Er kannte den Namen, Kerstin Hanser, Leiterin der Kripo Västerås. Er hatte sie vor vielen Jahren auf einer Fortbildung kennengelernt. Ein sympathischer Mensch und mit Sicherheit eine kompetente Chefin, war sein damaliger Eindruck gewesen, und er erinnerte sich daran, dass er sich gefreut hatte, als er von ihrer Beförderung gelesen hatte. Jetzt klang ihre Stimme gepresst und angestrengt.

«Ich brauche Hilfe und habe beschlossen, die Reichsmordkommission anzufordern, und am liebsten wäre es mir, wenn du kommen könntest», hörte er sie sagen.

«Glaubst du, das wäre möglich?», fuhr sie beinahe flehend fort.

Einen kurzen Moment lang überlegte Torkel, ob er sich eine Ausrede einfallen lassen sollte. Er und sein Team waren gerade von einem äußerst unangenehmen Fall in Linköping zurückgekehrt. Aber er wusste, dass Kerstin Hanser nur dann anrief, wenn sie dringend Hilfe benötigte.

«Wir lagen von Anfang an falsch, und es besteht das Risiko, dass wir den Karren nun völlig gegen die Wand fahren. Ich brauche wirklich deine Unterstützung!», fügte sie hinzu, als hätte sie seine Zweifel hören können.

«Worum geht es?»

«Ein Sechzehnjähriger. Eine Woche lang vermisst. Tot aufgefunden. Ermordet. Brutal.»

«Schick mir alle Unterlagen per Mail zu, ich sehe mir den Fall an», antwortete Torkel und beobachtete Vanja, die inzwischen aufgestanden war und den Hörer des anderen Telefons abgehoben hatte.

«Billy, komm mal in Torkels Büro. Wir haben zu tun», sagte sie und legte wieder auf. Als hätte sie Torkels Antwort bereits gekannt. Das schien sie immer zu tun, und es machte Torkel einerseits stolz, andererseits ärgerte es ihn auch ein bisschen. Vanja Lithner war seine engste Verbündete im Team. Obwohl sie gerade erst dreißig geworden war, hatte Vanja sich in den vergangenen zwei Jahren, die sie mit ihm zusammengearbeitet hatte, in eine professionelle Polizistin verwandelt, und in Torkels Augen war es fast schon irritierend, wie gut sie war. Ein so guter Polizist wäre er selbst gern mit Anfang dreißig gewesen. Er lächelte sie an, nachdem er das Gespräch mit Kerstin Hanser beendet hatte.

«Noch bin ich hier der Chef», stellte er klar.

«Ich weiß, ich rufe doch nur das Team zusammen, damit du unsere Einschätzung des Falls hören kannst. Anschließend triffst wie immer du die Entscheidungen», entgegnete sie mit einem Augenzwinkern.

«Als ob ich eine Wahl hätte, wenn du dich erst mal in etwas verbissen hast», antwortete er und stand auf. «Dann müssen wir uns wohl ans Packen machen. Wir fahren nach Västerås.»

Billy Rosén fuhr routiniert die E18 entlang, wie immer zu schnell. Torkel hatte es schon lange aufgegeben, etwas zu sagen. Stattdessen konzentrierte er sich auf die Unterlagen zum Mordfall, die sie inzwischen erhalten hatten. Der Bericht war ziemlich dürftig, und der leitende Ermittler, Thomas Haraldsson, schien nicht gerade übereifrig zu sein. Wahrscheinlich würden sie ganz von vorn anfangen müssen. Torkel wusste, dass dies einer von jenen Fällen war, auf die sich die Boulevardpresse mit Vorliebe stürzte. Dass die vorläufig am Tatort festgestellte Todesursache auf eine extreme Gewalteskalation mit unzähligen Messerstichen in Herz und Lunge hindeutete, machte die Sache dabei nicht besser. Doch das war es nicht, was Torkel am meisten beunruhigte. Es war der kurze letzte Satz des Berichts, den der Arzt noch am Fundort der Leiche verfasst hatte:

«Die vorläufigen Untersuchungsergebnisse deuten darauf hin, dass das Herz des Toten zu großen Teilen fehlt.»

Torkel blickte durch das Fenster auf die Bäume, die draußen vorbeirauschten. Jemand hatte das Herz entnommen. Torkel hoffte, dass der Junge weder Heavy Metal gehört hatte, noch leidenschaftlicher World-of-Warcraft-Spieler gewesen war. Denn sonst würde die Presse mal wieder mit den aberwitzigsten Spekulationen aufwarten.

Vanja sah von ihren Unterlagen auf. Mit großer Wahrscheinlichkeit hatte sie gerade denselben Satz gelesen.

«Vielleicht wäre es eine gute Idee, Ursula auch gleich hinzuzuziehen», sagte sie. Wie immer hatte sie seine Gedanken gelesen. Torkel nickte kurz. Billy warf einen kurzen Blick nach hinten.

«Haben wir eine Adresse?»

Torkel reichte sie ihm, und Billy tippte sie behände in das Navigationsgerät ein. Es gefiel Torkel nicht, dass Billy sich beim Fahren mit anderen Dingen beschäftigte, aber immerhin drosselte er dabei das Tempo ein wenig.

«Noch eine halbe Stunde.» Billy drückte das Gaspedal erneut durch, und der große Van reagierte sofort. «Vielleicht schaffen wir es auch in zwanzig Minuten, je nach Verkehrslage.»

«Eine halbe Stunde ist völlig in Ordnung. Ich finde es immer so unangenehm, wenn wir die Schallmauer durchbrechen.»

Billy wusste genau, was Torkel von seiner Fahrweise hielt, aber er lachte nur über seinen Chef, den er im Rückspiegel sah. Gute Straße, gutes Auto, guter Fahrer, warum sollte man das nicht maximal ausnutzen?

Billy gab noch mehr Gas.

Torkel holte sein Handy hervor und wählte Ursulas Nummer.

Der Zug verließ den Stockholmer Hauptbahnhof um 16:07 Uhr. Sebastian setzte sich in die erste Klasse. Er lehnte sich zurück und schloss die Augen, als sie aus der Stadt rollten.

Früher hatte er in Zügen nie wach bleiben können. Jetzt fand er keine Ruhe, obwohl er spürte, wie dringend sein Körper eine Stunde Schlaf brauchte.

Also holte er den Brief vom Bestattungsinstitut hervor, öffnete ihn und begann zu lesen. Er wusste bereits, was darin stand. Eine ehemalige Kollegin seiner Mutter hatte ihn angerufen und ihm mitgeteilt, dass sie gestorben sei. Still und würdevoll, sagte sie. Still und würdevoll – das Leben seiner Mutter auf den Punkt gebracht. Diese Beschreibung hatte nichts Positives, jedenfalls nicht, wenn man Sebastian Bergman hieß. Nein, für ihn war das Leben von der ersten bis zur letzten Stunde ein Kampf. Die Stillen und Würdevollen hatten bei ihm keinen Platz. Die Sterbenslangweiligen, so nannte er sie. Jene Menschen, die immer mit einem Bein im Grab standen. Doch ganz so überzeugt wie früher war er nicht mehr. Wie hätte sein Leben sich wohl entwickelt, wenn er still und würdevoll gelebt hätte?

Vermutlich besser. Weniger schmerzvoll.

Das versuchte zumindest Stefan Hammarström, Sebastians Therapeut, ihm einzureden. Bei einer der letzten Sitzungen hatten sie genau darüber diskutiert, nachdem Sebastian ihm vom Tod seiner Mutter erzählt hatte.

«Wie gefährlich ist es denn, so zu sein wie andere?», hatte

Stefan gefragt, als Sebastian ihm klargemacht hatte, was er von «still und würdevoll» hielt.

«Lebensgefährlich!», hatte Sebastian geantwortet. «Anscheinend sogar tödlich.»

Anschließend hatten sie fast eine ganze Stunde damit zugebracht, die genetische Veranlagung des Menschen in seinem Verhältnis zur Gefahr zu diskutieren. Eines von Sebastians Lieblingsthemen.

Er hatte gelernt, wie wichtig die Gefahr als Triebkraft sein konnte, teils aus eigener Erfahrung, teils durch seine Forschungen über Serienmörder. Jetzt erklärte er seinem Therapeuten, dass ein Serienmörder nur von zwei Dingen wahrhaftig getrieben werde: der Phantasie und der Gefahr. Die Phantasie sei der schnurrende Motor, immer zugegen, wenn auch im Leerlauf.

Die meisten Menschen hatten Phantasien. Sexuelle, dunkle, brutale, in denen ständig das eigene Ego bestärkt wurde und mitunter Dinge oder Menschen vernichtet wurden, die im Weg standen. In der Phantasie war man übermächtig, doch nur die wenigsten lebten ihre Phantasien aus. Wer es tat, hatte den Schlüssel gefunden:

Die Gefahr.

Die Gefahr, entdeckt zu werden.

Die Gefahr dabei, das Unaussprechliche zu tun.

Das Adrenalin und Endorphin, das dabei freigesetzt wurde, war der Turboantrieb, der Brennstoff, das, was verpuffte und den Motor dazu brachte, auf Hochtouren zu laufen. Aus diesem Grund suchten manche Menschen immer neue Kicks, und Mörder wurden zu Serienmördern. Es war schwer, wieder in den Leerlauf zurückzufallen, wenn man den Motor einmal hochgejagt hatte. Die Kraft gespürt und entdeckt hatte, was einen zum Leben erweckte. Die Gefahr.

«Meinst du denn wirklich Gefahr, nicht eher den Nervenkitzel?» Stefan beugte sich vor, nachdem Sebastian verstummt war.

«Sind wir hier im Schwedischunterricht?»

«Du hast doch gerade einen Vortrag gehalten.» Stefan nahm die Karaffe vom Tisch neben sich, schenkte ein Glas Wasser ein und reichte es Sebastian. «Wirst du nicht eigentlich dafür bezahlt, Vorträge zu halten, anstatt nun selbst dafür zu bezahlen, welche halten zu dürfen?»

«Ich bezahle dich dafür, dass du mir zuhörst. Egal, was ich sage.»

Stefan lachte und schüttelte den Kopf.

«Nein, du weißt genau, wofür du mich bezahlst. Du brauchst Hilfe, und durch diese kleinen Exkurse haben wir weniger Zeit, über die Dinge zu sprechen, die wir wirklich behandeln sollten.»

Sebastian erwiderte nichts und verzog keine Miene. Er mochte Stefan, er gab keinen Mist von sich.

«Wenn wir also nochmal auf deine Mutter zurückkommen könnten: Wann findet die Beerdigung statt?»

«Hat schon stattgefunden.»

«Und, warst du da?»

«Nein.»

«Warum nicht?»

«Weil ich der Meinung war, dass die Zeremonie den Leuten vorbehalten sein sollte, die sie wirklich mochten.»

Stefan betrachtete ihn einen Moment lang schweigend.

«Wie du siehst, haben wir noch eine Menge zu bereden.»

Der Waggon neigte sich in die Kurve. Draußen erstreckte sich eine schöne Landschaft, der Zug donnerte durch die frischgrünen Wiesen und Wälder nordwestlich von Stockholm. Der Mälarensee schimmerte in seiner glitzernden Pracht durch die Bäume hindurch. Jedem anderen Fahrgast wäre bei diesem Anblick wahrscheinlich der Gedanke an die Vielfalt des Lebens gekommen. Bei Sebastian war das Gegenteil der Fall. Er sah keine Möglichkeiten in der Schönheit, die ihn umgab. Er richtete seinen Blick zur Decke. Sein ganzes Leben lang war er vor seinen Eltern geflüchtet. Vor dem Vater, gegen den er seit seiner Jugend angekämpft hatte, und vor seiner Mutter, die still und würdevoll gewesen war, aber nie auf seiner Seite. Nie auf seiner Seite, so hatte er es empfunden.

Für einen Moment stiegen ihm Tränen in die Augen. Dieses Weinen hatte er erst in den letzten Jahren gelernt. Komisch, dachte er, dass man in meinem Alter etwas so Einfaches wie Tränen entdeckt. Emotional, irrational, genau das, was er nie hatte sein wollen. Seine Gedanken wanderten wieder zu dem Einzigen zurück, von dem er wusste, dass es seine Gefühle betäuben konnte: Frauen. Noch ein Versprechen, das Sebastian gebrochen hatte. Als er Lily begegnet war, hatte er beschlossen, ihr treu zu sein, und war von diesem schmalen Pfad nicht abgewichen. Doch wegen des aufreibenden Traums, der ihn jede Nacht heimsuchte, und wegen seiner leeren, sinnlosen Tage hatte er schließlich doch keinen anderen Ausweg mehr gewusst. Die Jagd nach neuen Eroberungen und kurzen Stunden mit unterschiedlichen Frauen erfüllte sein Leben, denn dabei gewannen seine Gedanken zumindest vorübergehend den Kampf gegen das Ohnmachtsgefühl. Als Mann, als Liebhaber, als Raubtier auf der ständigen Jagd nach neuen Frauen funktionierte er. Wenigstens diese Fähigkeit war ihm erhalten geblieben, was ihn freute und zugleich ängstigte. Sollte das alles sein, was ihn ausmachte – ein alleinstehender Mann, der sich die Zeit mit Jungen, Alten, Studentinnen, Kolleginnen, Verheirateten und Singles vertrieb. Er diskriminierte niemanden. Es gab nur eine Regel für ihn: Die Frau sollte ihm gehören. Sie sollte ihm zeigen, dass er nicht wertlos war, dass er lebendig war. Er wusste selbst, wie destruktiv sein Verhalten war, aber er behielt es bei und verdrängte die Erkenntnis, dass er eines Tages vermutlich gezwungen sein würde, einen anderen Ausweg zu finden.

Er fing an, sich im Großraumwagen umzusehen. Sein Blick blieb an einer Brünetten hängen, die ein Stück entfernt von ihm saß. Etwa vierzig, graublaue Bluse, teure Goldohrringe. Nicht schlecht, dachte er. Sie las ein Buch. Perfekt. Lesende Frauen in den Vierzigern stellten seiner Erfahrung nach lediglich eine Drei auf der Schwierigkeitsskala dar. Auch wenn es ein wenig davon abhing, was sie lasen.

Er stand auf und ging die wenigen Schritte zu ihrem Platz.

«Ich gehe ins Bordrestaurant, darf ich Ihnen etwas mitbringen?»

Die Frau sah fragend von ihrem Buch auf. Unsicher, ob er sie meinte. Das tat er offenbar, wie sie begriff, als sich ihre Blicke trafen.

«Nein, danke.» Beinahe demonstrativ wandte sie sich wieder ihrem Buch zu.

«Sicher? Nicht mal eine Tasse Kaffee?»

«Nein, danke.» Diesmal sah sie nicht mal mehr hoch.

«Tee? Heiße Schokolade?» Jetzt ließ sie das Buch sinken und blickte irritiert zu Sebastian auf. Er setzte sein fast schon patentiertes Lächeln auf.

«Mittlerweile kann man dort auch Wein kaufen, aber dafür ist es vielleicht noch ein bisschen früh?» Die Frau antwortete nicht.

«Sie wundern sich vielleicht, warum ich Sie frage», fuhr Sebastian fort. «Ich fühlte mich dazu gezwungen. Ich sehe es als meine Pflicht an, Sie vor diesem Buch zu retten. Ich habe es gelesen. Sie werden mir noch dankbar sein.» Die Frau sah auf, und ihre Blicke trafen sich erneut. Sebastian lächelte. Die Frau erwiderte sein Lächeln.

«Eine Tasse Kaffee wäre prima. Schwarz, ohne Zucker.»

«Wird erledigt.» Sebastians Lächeln breitete sich immer mehr auf seinem Gesicht aus, während er seinen Weg durch den Waggon fortsetzte. Die Reise nach Västerås würde auf jeden Fall ganz nett werden.


Auf dem Polizeipräsidium in Västerås herrschte geschäftiges Treiben. Kerstin Hanser warf einen gestressten Blick auf die Uhr. Sie musste los. Dabei wollte sie weiß Gott nicht. Sie konnte mit Leichtigkeit neunundneunzig Dinge aufzählen, die sie lieber getan hätte, als in die Rechtsmedizin zu fahren und Lena Eriksson zu treffen. Aber es führte kein Weg daran vorbei. Obwohl sie hundertprozentig sicher waren, dass der tote Junge, den sie gefunden hatten, wirklich Roger Eriksson war, wollte die Mutter ihn sehen. Hanser hatte ihr abgeraten, doch Lena Eriksson hatte darauf bestanden. Sie wollte ihren Sohn sehen. Allerdings hatte sie den Termin schon zweimal verschoben. Warum, wusste Hanser nicht, aber ihr wäre es ohnehin am liebsten gewesen, wenn die Mutter ganz abgesagt hätte. Oder wenn sie nicht mitgehen müsste. Diesen Teil ihrer Arbeit mochte sie am wenigsten, und wenn sie ehrlich war, zählte er auch nicht zu ihren Stärken. Sie versuchte diese Situationen zu vermeiden, wann immer das ging, aber es schien, als erwarteten die Kollegen von ihr, dass sie – als Frau – besser damit umgehen könne. Dass sie leichter die richtigen Worte fand. Dass die Angehörigen, die Trauernden, eine Todesnachricht besser verkrafteten, wenn sie von einer Frau ausgesprochen wurde. Hanser fand das idiotisch. Sie wusste nie, was sie sagen sollte. Sie konnte ihr tiefes Mitgefühl ausdrücken, möglicherweise eine Umarmung oder eine Schulter zum Weinen anbieten, die Telefonnummer eines seelischen Beistands vermitteln und wieder und wieder versichern, dass die Polizei alles in ihrer Macht Stehende unternahm, um den oder die Täter zu fassen. Klar, all das konnte sie tun, aber meistens ging es einfach nur darum, dazustehen. Und das konnte jeder übernehmen.

Sie erinnerte sich noch nicht einmal daran, wer von der Polizei dabei gewesen war, als sie und ihr Mann Niklas identifiziert hatten. Ein Mann. Ein Mann, der einfach nur dagestanden hatte.

Eigentlich hätte sie einen Kollegen schicken können. Hätte das sicher auch getan, wenn der bisherige Ermittlungsstand anders ausgesehen hätte. Jetzt durfte sie nichts riskieren. Die Medien waren überall. Offenbar wussten sie bereits, dass das Herz des Opfers fehlte. Es war nur eine Frage der Zeit, bis sie auch herausfinden würden, dass der Junge bereits seit drei Tagen verschwunden war, als die Polizei mit der Suche begann. Und die Sache mit den traumatisierten minderjährigen Pfadfindern im Wald und Haraldssons «schwerer Verstauchung». Ab sofort würde es bei dieser Ermittlung keinen weiteren Anlass zur Kritik geben.

Dafür würde sie persönlich sorgen. Sie wollte mit den Besten zusammenarbeiten und diesen grausamen Fall schnell abschließen. Das war ihr Plan.

Das Telefon klingelte. Es war die Kollegin vom Empfang. Die Reichsmordkommission war eingetroffen. Hanser warf einen Blick auf die Wanduhr. Die waren früh dran.

Sie wollte sie wenigstens schnell begrüßen, Lena Eriksson würde ein paar Minuten warten müssen, daran ließ sich jetzt nichts ändern. Hanser glättete ihre Bluse, richtete sich auf und ging die Treppen hinunter, die in den Eingangsbereich führten. Vor der letzten verschlossenen Tür, die den Empfang von den Innenräumen des Präsidiums trennte, blieb sie stehen. Durch das feine Karomuster des Sicherheitsglases sah sie Torkel Höglund mit den Händen auf dem Rücken gemächlich auf und ab gehen. In der grünen Sitzecke am Fenster zur Straße saßen ein Mann und eine Frau, beide jünger als Hanser. Torkels Kollegen, vermutete sie, als sie den Öffner drückte und die Tür aufmachte. Torkel drehte sich um, als er das Schloss klicken hörte, und lächelte, als er sie erblickte.

Plötzlich war Hanser verunsichert. Was war angemessen? Eine Umarmung oder ein kollegialer Handschlag? Sie hatten gemeinsam einige Seminare besucht, waren ein paarmal zusammen Essen gegangen und sich auf einigen Fluren begegnet. Aber Hansers Überlegungen waren überflüssig. Torkel ging auf sie zu und umarmte sie freundschaftlich. Dann drehte er sich zu den beiden anderen um, die sich inzwischen vom Sofa erhoben hatten, und stellte sie vor. Hanser begrüßte sie.

«Es tut mir furchtbar leid, aber ich habe es etwas eilig, ich bin gerade auf dem Weg in die Rechtsmedizin.»

«Der Junge?»

«Ja.»

Hanser wandte sich an die Empfangsdame.

«Haraldsson?»

«Müsste unterwegs sein. Ich habe ihn sofort angerufen, nachdem ich mit Ihnen gesprochen habe.» Hanser nickte und warf erneut einen hastigen Blick auf die Uhr. Sie durfte nicht allzu spät kommen. Sie sah kurz zu Vanja und Billy, wandte sich dann aber Torkel zu, als sie sprach.

«Haraldsson hat die Ermittlungen bisher geleitet.»

«Ja, ich habe seinen Namen in den Unterlagen gelesen.»

Hanser stutzte. Hatte sie eine Spur von Herablassung in Torkels Stimme vernommen? Falls ja, verriet sein Gesicht nichts davon.

Wo steckte Haraldsson eigentlich schon wieder? Hanser wollte gerade ihr Handy herausholen, als erneut das Schloss der Tür klickte, durch die sie selbst gerade gekommen war, und Haraldsson schwer hinkend die Empfangshalle betrat. Er nahm sich provozierend viel Zeit. Immerhin erreichte er am Ende doch noch sein Ziel und begrüßte die Neuankömmlinge.

«Was haben Sie denn angestellt?» Torkel deutete auf Haraldssons rechten Fuß.

«Ich habe ihn mir verstaucht, als wir auf der Suche nach dem Jungen den Wald durchkämmt haben. Deshalb war ich nicht vor Ort, als man ihn fand.» Seinen letzten Satz richtete er mit einem kurzen Blick an Hanser.

Sie glaubte ihm nicht, das wusste er. Also durfte er in nächster Zeit das Hinken nicht vergessen. Sie würde doch wohl nicht im Krankenhaus nachfragen? Wenn sie es tat, würde man ihr dort sicherlich keine Auskunft über ihn geben; müsste das nicht unter irgendeine Art von Schweigepflicht oder Patientenschutz fallen? Arbeitgeber hatten hoffentlich keinen Anspruch darauf, die Patientenakten ihrer Angestellten einzusehen? Oder doch? Er musste sich bei der Gewerkschaft über die Rechtslage erkundigen. Haraldsson war so tief in seine eigenen Gedanken versunken, dass er seiner Chefin eine Weile lang nicht zugehört hatte. Jetzt bemerkte er, dass sie ihn ernst ansah.

«Torkel und sein Team übernehmen die Ermittlung.»

«An Ihrer Stelle?» Haraldsson war ehrlich verwundert. Das hatte er nicht erwartet. Plötzlich erschien alles in einem etwas helleren Licht. Das waren echte Polizisten, genau wie er. Keine Frage, dass sie seine Arbeit mehr schätzen würden als diese Schreibtischjuristin, die er zur Chefin hatte.

«Nein, ich bin noch immer die Hauptverantwortliche, aber die Reichsmordkommission wird mit sofortiger Wirkung den operativen Teil der Ermittlung leiten.»

«Mit mir zusammen?»

Hanser seufzte innerlich und betete stumm, dass Västerås nicht von einer Serie von Verbrechen heimgesucht werden würde. Dann hätten sie keine Chance.

Vanja warf Billy einen amüsierten Blick zu. Torkel lauschte dem Gespräch, ohne eine Miene zu verziehen. Die lokale Polizei vorzuführen oder lächerlich zu machen war der denkbar schlechteste Beginn einer Zusammenarbeit. Torkel hatte noch nie viel davon gehalten, anderen ins Revier zu pinkeln. Es gab andere Möglichkeiten, das Beste aus allen herauszuholen.

«Nein, sie werden die Verantwortung für die Ermittlungen voll und ganz übernehmen. Dir wird diese Aufgabe entzogen.»

«Aber wir würden eine enge Zusammenarbeit natürlich sehr begrüßen», schaltete Torkel sich ein und sah Haraldsson ernst an. «Sie haben detaillierten Einblick in den

Fall, was ganz entscheidend für unseren weiteren Erfolg sein kann.»

Vanja sah Torkel voller Bewunderung an. Sie selbst hatte Haraldsson längst in ihre «HF-Schublade» gesteckt. Ein hoffnungsloser Fall, der kurz seine Meinung zu dem Fall äußern durfte, damit man ihn dann so weit wie möglich von den Ermittlungen fernhalten konnte.

«Also soll ich mit Ihnen zusammenarbeiten?»

«Sie sollen in enger Abstimmung mit uns arbeiten.»

«Wie eng?»

«Das werden wir sehen. Wir können ja heute damit anfangen, dass Sie uns über alles informieren, was bisher geschehen ist, und dann entscheiden wir weiter.» Torkel legte eine Hand auf Haraldssons Schulter und lenkte ihn sanft in Richtung Tür.

«Wir sehen uns später», rief er Hanser über die Schulter hinweg zu. Billy ging zurück zu der Sitzecke, um ihr Gepäck zu holen. Vanja blieb irritiert stehen. Sie hätte schwören können, dass der ehemalige leitende Ermittler die ersten Schritte neben Torkel gegangen war, ohne zu humpeln.


Lena Eriksson saß in dem kleinen Wartezimmer und schob sich zum wiederholten Mal eine Läkerol-Pastille in den Mund. Die Schachtel hatte sie an ihrem Arbeitsplatz mitgehen lassen. Sie hatte im Regal direkt neben der Kasse gelegen. Eukalyptus. Nicht gerade ihre Lieblingssorte, doch sie hatte bei Ladenschluss einfach die nächstliegende genommen und in die Tasche gesteckt, ohne genau hinzusehen.

Gestern.

Als sie noch davon überzeugt war, dass ihr Sohn lebte. Als sie blind diesem Polizisten geglaubt hatte, der behauptet hatte, alles deute darauf hin, dass Roger nur ein paar Tage abgehauen sei. Vielleicht nach Stockholm. Oder woanders hin. Ein kleines Teenagerabenteuer.

Gestern.

Von diesem Tag trennte sie nun eine ganze Welt. In der die Hoffnung noch lebte. Und heute war ihr Sohn für immer fort. Ermordet, in einem Tümpel aufgefunden, ohne Herz.

Nachdem sie die Nachricht von seinem Tod erhalten hatte, hatte sie die Wohnung den ganzen Tag über nicht verlassen. Sie hätte die Polizistin schon früher treffen sollen, doch sie hatte angerufen und den Termin verschoben. Zweimal. Sie kam einfach nicht hoch. Eine Weile fürchtete sie, nie wieder die Kraft zu haben, um aufstehen zu können. Also blieb sie sitzen. In ihrem Sessel, im Wohnzimmer, in dem sie immer weniger Zeit miteinander verbracht hatten, sie und ihr Sohn. Sie versuchte sich zu erinnern, wann sie das letzte Mal gemeinsam dort gesessen hatten – einen Film gesehen, gegessen, geredet, einfach nur gelebt hatten. Sie wusste es nicht mehr. Vermutlich kurz nachdem Roger auf diese schreckliche Schule gekommen war. Schon nach wenigen Wochen mit diesen Bonzenkindern hatte er sich verändert. Letztes Jahr hatten sie zunehmend getrennte Leben geführt.

Die Boulevardreporter klingelten immerzu, aber sie wollte mit niemandem reden, noch nicht. Irgendwann legte sie den Hörer vom Festnetztelefon nebendran und schaltete ihr Handy aus. Da kamen sie zu ihr nach Hause, riefen durch den Briefschlitz, hinterließen Nachrichten auf ihrer Fußmatte. Aber sie öffnete niemandem die Tür, stand nicht aus ihrem Sessel auf.

Ihr war schrecklich übel. Der Automatenkaffee, den sie nach ihrer Ankunft getrunken hatte, fuhr in ihrer Speiseröhre Fahrstuhl. Hatte sie seit gestern überhaupt etwas gegessen? Wohl nicht, aber getrunken, Alkohol. Das tat sie sonst nie, jedenfalls nicht in nennenswerten Mengen. Sie war sehr zurückhaltend, was Außenstehende nicht unbedingt von ihr vermuten würden. Lenas eigenhändig blondierten Haare mit dem dunklen Ansatz und ihr Übergewicht. Ihr Nagellack, der von den Nägeln ihrer knubbeligen, mit Ringen besetzten Finger abblätterte, und ihr Piercing. Ihre Vorliebe für schlabberige Jogginghosen und weite T-Shirts: Die meisten Menschen bildeten sich schnell eine Meinung über Lena, wenn sie ihr begegneten. Und tatsächlich bestätigte sich ein Großteil ihrer Vorurteile auch. Lena hatte die Schule nach der achten Klasse abgebrochen, war mit siebzehn schwanger geworden. Sie war chronisch pleite. Eine Alleinerziehende mit schlechtbezahltem Job. Aber ein Drogenproblem? Nein, das hatte sie nie gehabt.

Heute hatte sie allerdings getrunken. Um die leise Stimme zu betäuben, die sich unmittelbar nach der Todesnachricht in ihrem Hinterkopf bemerkbar gemacht hatte und die über den Tag hinweg an Stärke zugenommen hatte. Die leise Stimme, die sich weigerte, zu verschwinden.

Lena bekam Kopfschmerzen. Sie brauchte frische Luft und eine Zigarette. Sie erhob sich von dem Stuhl, nahm ihre Handtasche vom Boden und ging zum Ausgang. Ihre abgelaufenen Absätze hallten einsam auf dem Steinboden. Als Lena ihr Ziel fast erreicht hatte, eilte eine etwa fünfundvierzigjährige Frau im Kostüm durch die Drehtür. Mit entschlossenen Schritten kam sie auf Lena zu.

«Lena Eriksson? Ich bin Kerstin Hanser, Polizei Västerås. Es tut mir leid, dass ich zu spät bin.»

Im Aufzug sprachen sie kein Wort, und als sie das Kellergeschoss erreicht hatten, öffnete Hanser die Tür und hielt sie Lena auf. Sie gingen den Korridor entlang, bis sie von einem kahlköpfigen Mann mit Brille und weißem Kittel empfangen wurden. Er führte sie in einen kleineren Raum, wo eine einzige neonbeleuchtete Bahre stand. Unter dem weißen Laken zeichneten sich deutlich die Konturen eines Körpers ab. Hanser und Lena gingen langsam näher. Der Kahlköpfige trat ruhigen Schrittes an das Kopfende, blickte Hanser an und nickte kurz. Dann schlug er langsam das Laken zurück und entblößte Roger Erikssons Gesicht und Hals bis zum Schlüsselbein. Lena sah schweigend auf die Bahre hinab, während Hanser respektvoll einen Schritt zurücktrat. Die Frau neben ihr hatte weder heftig nach Luft geschnappt noch einen Schrei unterdrückt. Kein Schluchzen, keine Hand, die reflexartig zum Mund schnellte. Nichts.

Es war Hanser bereits aufgefallen, als sie sich kurz vor dem Eingang getroffen hatten. Lena sah nicht verheult aus. Nicht verstört oder verkrampft. Sie wirkte beinahe ruhig. Im Aufzug hatte Hanser jedoch einen halspastillengedämpften Alkoholgeruch vernommen und vermutet, dass dies die Ursache für Lena Erikssons mangelnde Gefühlsregung war. Das, und der Schock.

Lena stand unbeweglich da und sah auf ihren Sohn hinab. Was hatte sie erwartet? Eigentlich nichts. Sie hatte nie daran zu denken gewagt, wie er aussehen würde. Sich nicht vorstellen können, wie es wäre, hier zu stehen. Und wie die Zeit im Wasser ihn verändert haben würde. Er war tatsächlich etwas aufgedunsen, als hätte er einen allergischen Anfall erlitten. Doch davon abgesehen sah er aus wie immer, fand sie. Das dunkle Haar, die helle Haut, die markanten, schwarzen

Augenbrauen, der leichte Bartansatz über der Oberlippe. Die geschlossenen Augen, leblos. Was sonst.

«Ich habe gedacht, er würde aussehen, als wenn er schläft.»

Hanser schwieg. Lena wandte sich zu ihr um, als wollte sie von Hanser eine Bestätigung für ihren Eindruck.

«Er sieht nicht aus, als würde er schlafen.»

«Nein.»

«Ich habe ihn so viele Male schlafend gesehen. Besonders, als er noch kleiner war. Ich meine, er ist stumm. Er hat die Augen geschlossen, aber ...»

Lena beendete den Satz nicht. Stattdessen streckte sie ihre Hand aus und berührte Roger. Er war kalt. Tot. Sie ließ die Hand an seiner Wange ruhen.

«Ich habe meinen Sohn verloren, als er vierzehn war.»

Lena berührte noch immer die Wange des Jungen, drehte sich aber ein wenig in Hansers Richtung.

«Ja?»

«Ja ...»

Erneutes Schweigen. Warum hatte sie das gesagt? Hanser hatte es nie zuvor in ähnlichen Situationen erwähnt. Aber irgendetwas war mit der Frau an der Bahre. Hanser hatte das Gefühl, dass Lena Eriksson ihre Trauer nicht zuließ. Es nicht konnte. Vielleicht nicht einmal wollte. Hanser hatte etwas Tröstendes sagen wollen, sozusagen als ausgestreckte Hand, um zu zeigen, dass sie begriff, was Lena durchmachen musste.

«Wurde er auch ermordet?»

«Nein.»

Plötzlich fühlte Hanser sich dumm. Als ob ihr Kommentar als Leidensvergleich gedacht gewesen wäre, «ich habe auch jemanden verloren, nur dass Sie es wissen». Doch Lena schien mit den Gedanken bereits woanders. Sie hatte sich wieder abgewandt und betrachtete erneut ihren Sohn.

So viele Jahre, in denen er das Einzige gewesen war, auf das sie hatte stolz sein können.

Beziehungsweise so viele Jahre, in denen er das Einzige gewesen war, das sie hatte.

Punkt.

*Ist es deine Schuld?*, begann die leise Stimme erneut zu fragen. Lena zog ihre Hand weg und trat einen Schritt zurück. Ihr Kopfschmerz zeigte keine Gnade.

«Ich glaube, ich möchte jetzt gehen.»

Hanser nickte. Während die beiden Frauen zur Tür gingen, zog der Kahlköpfige das Tuch wieder über den Leichnam.

Lena kramte ein Zigarettenpäckchen aus ihrer Tasche hervor.

«Gibt es jemanden, den Sie anrufen können? Vielleicht sollten Sie jetzt lieber nicht allein sein.»

«Aber das bin ich nun mal. Ich bin jetzt allein.»

Lena verließ den Raum. Hanser stand einfach nur da.

Genau, wie sie es vorausgeahnt hatte.


Der Konferenzraum des Präsidiums in Västerås war der modernste Raum von allen. Die Möbel aus hellem Birkenholz waren nur wenige Wochen alt. Um einen ovalen Tisch herum standen acht Stühle. Die neuen Tapeten waren an drei Wänden in einem diskreten und beruhigenden Grünton gehalten, die vierte Wand war eine Kombination aus Whiteboard und Leinwand. In der Ecke neben der Tür stand die neuste Technik, die mit einem Projektor an der Decke verbunden war. Mitten in den Konferenztisch war eine Schalttafel eingelassen, mit der man alles im Raum bedienen konnte. Torkel hatte entschieden, den Raum zur Basis seines Teams zu machen, kaum dass er seinen Fuß zum ersten Mal auf den grauen Teppichboden gesetzt hatte.

Jetzt kramte er die Papiere zusammen, die vor ihm auf der lackierten Tischplatte gelegen hatten, und leerte den letzten Rest seiner Wasserflasche. Das Gespräch mit Haraldsson über die bisherige Ermittlung war in etwa so verlaufen, wie er es erwartet hatte. Haraldssons Bericht bot eigentlich nur zweimal Anlass zur Überraschung. Das erste Mal, als sie die Ermittlung chronologisch durchgingen und Vanja von ihren Unterlagen aufsah und fragte:

«Und was haben Sie am Sonntag gemacht?»

«Da hat die polizeiliche Arbeit ernsthaft eingesetzt, führte jedoch zu keinem Ergebnis.»

Die Antwort kam schnell. Einstudiert schnell. Torkel bemerkte es und wusste, dass Vanja es auch tat. Von allen Wesen, die Torkel kannte, kam sie einem menschlichen Lügendetektor am nächsten. Jetzt beobachtete er mit einer gewissen Anspannung, wie sie Haraldsson einen langen Blick zuwarf, ehe sie sich wieder in ihre Papiere vertiefte. Haraldsson atmete auf. Natürlich standen sie auf derselben Seite, doch es gab keinen Anlass dazu, die Kollegen wissen zu lassen, dass zu Ermittlungsbeginn der eine oder andere Fehler begangen worden war. Sie mussten jetzt nach vorn blicken. Deshalb war er leicht irritiert und ein wenig beunruhigt, als Vanja erneut mit ihrem Stift herumfuchtelte. Billy lächelte, auch ihm war nicht entgangen, dass Vanja einen verräterischen Klang herausgehört hatte, dem sie weiter nachgehen wollte. Wie sie es immer tat. Billy lehnte sich in dem bequemen Stuhl zurück und verschränkte die Arme. Das konnte amüsant werden.

«Wenn Sie vom Einsetzen der Polizeiarbeit sprechen», fragte Vanja mit zunehmender Schärfe, «was haben Sie da genau getan? Ich kann hier kein Protokoll einer Vernehmung finden, weder mit der Mutter noch mit irgendjemand anderem, kein Resultat einer Nachbarschaftsbefragung, keine Person, die den zeitlichen Verlauf am Freitag dokumentiert hat.» Sie sah von ihren Unterlagen auf und blickte Haraldsson an. «Was also haben Sie genau unternommen?»

Haraldsson richtete sich ein wenig auf. Es war einfach zu dumm, dass er hier stehen und sich für die Fehler anderer rechtfertigen musste. Er räusperte sich.

«Ich hatte an diesem Wochenende frei und bekam den Fall erst am Montag zugeteilt.»

«Was geschah also genau am Sonntag?»

Haraldsson sah die beiden Männer an, als suche er Unterstützung für seine Auffassung, dass es nicht so wichtig sei, allzu genau in die Vergangenheit zu blicken. Er erhielt keine. Torkel und Billy sahen ihn auffordernd an. Haraldsson räusperte sich erneut.

«Soweit ich weiß, fuhren zwei uniformierte Kollegen zu der Mutter.»

«Um was genau zu tun?»

«Informationen über das Verschwinden des Jungen aufzunehmen.»

«Welche Informationen? Wo ist die Aktennotiz dazu?»

Vanja sah Haraldsson unverwandt an. Haraldsson begriff, dass er aus dieser Zwickmühle nicht herauskam. Also erzählte er den dreien die Wahrheit.

Anschließend erfüllte Schweigen den Raum. Ein Schweigen, das entstand, wenn eine Gruppe von Menschen das Dümmste verdauen musste, was sie je gehört hatte – vermutete Haraldsson. Schließlich ergriff Billy das Wort.

«Das heißt, das Einzige, was am Sonntag getan wurde, war eine zweite Anzeige zu demselben Vermissten zu schreiben?»

«Im Prinzip ja.»

«Okay. Der Junge verschwindet also am Freitag um 22 Uhr. Wann fangt ihr wirklich mit der Suche an?»

«Am Montag. Nach der Mittagspause. Nachdem man mir die Anzeige übergeben hat. Das heißt, genau genommen suchen wir auch zu diesem Zeitpunkt noch nicht, sondern holen erst Erkundigungen bei der Freundin des Jungen, in seiner Schule und bei anderen Zeugen ein ...»

Erneut wurde es still im Raum. Die Ermittler wussten aus Erfahrung, dass der Junge zu diesem Zeitpunkt mit größter Wahrscheinlichkeit schon tot war, aber wenn nicht, wenn er irgendwo gefangen gehalten worden war. Herrgott! Torkel beugte sich vor und betrachtete Haraldsson mit echter Neugier.

«Warum haben Sie uns nicht gleich gesagt, was am Sonntag geschah?»

«Es ist nie schön, Fehler zuzugeben.»

«Aber das war doch nicht Ihr Fehler. Sie bekamen den Fall erst am Montag. Der einzige Fehler, den Sie begangen haben, ist, dass Sie uns nicht ehrlich berichtet haben, wie die Sache ablief. Wir sind ein Team, wir können es uns nicht leisten, nicht ehrlich zueinander zu sein.»

Haraldsson nickte. Plötzlich fühlte er sich wie ein Siebenjähriger, der zum Rektor gerufen wurde, weil er auf dem Schulhof etwas angestellt hat.

Am Ende erzählte er dann wirklich alles. (Bis auf den Mittagssex mit Jenny und den erfundenen Besuch beim ärztlichen Notdienst.) Es war schließlich nach 21 Uhr, als sie den gesamten Fall chronologisch durchgesprochen hatten.

Torkel dankte Haraldsson, Billy räkelte sich auf dem Stuhl und gähnte, und Vanja packte bereits ihre Unterlagen zusammen, als die zweite Überraschung des Abends folgte.

«Da ist noch eine Sache.» Haraldsson machte eine effektvolle kleine Pause. «Wir haben weder die Jacke noch die Uhr des Jungen gefunden.» Torkel, Vanja und Billy richteten sich auf. Das war allerdings interessant. Haraldsson sah, dass Vanja eilig ihre Unterlagen wieder aus der Tasche fischte.

«Ich habe es nicht mit in den Bericht aufgenommen, man weiß ja nie, wer ihn liest und wo eine solche Information dann landet.»

Vanja nickte. Raffiniert, genau solche Details durften auf keinen Fall zur Presse durchsickern. In einem Verhör konnten sie Gold wert sein. Vielleicht war Haraldsson ja doch kein so hoffnungsloser Fall, obwohl ansonsten fast alles darauf hindeutete.

«Also wurde er beraubt?», mutmaßte Billy.

«Das glaube ich nicht. Er hatte noch sein Portemonnaie mit fast dreihundert Kronen bei sich. Und sein Handy war in der Hosentasche.»

Alle in der Gruppe ließen die Tatsache sacken, dass irgendjemand dem Opfer ausgewählte Dinge entwendet hatte, vermutlich der Mörder. Das hatte etwas zu bedeuten. Das – und das verschwundene Herz.

«Es war eine Diesel-Jacke», fuhr Haraldsson fort. «Grün. Ich habe Bilder von diesem Modell auf meinem Schreibtisch. Und die Uhr war eine ...», Haraldsson bemühte seine Aufzeichnungen. «Eine Tonino Lamborghini Pilot. Auch davon habe ich Bilder.»

Nach dem langen Gespräch blieb Torkel allein in dem fensterlosen Raum zurück und versuchte einen Grund dafür zu finden, nicht ins Hotel fahren zu müssen. Sollte er den Zeitverlauf auf das Whiteboard zeichnen? Die Karte aufhängen? Die Bilder? Noch einmal Haraldssons Angaben durchgehen? Nein, all das würde Billy morgen früh viel schneller und besser erledigen, vermutlich sogar noch bevor er überhaupt im Präsidium angekommen war.

Er konnte essen gehen. Aber er war nicht besonders hungrig, jedenfalls nicht genügend, um allein in ein Restaurant zu gehen. Natürlich konnte er Vanja bitten, ihm Gesellschaft zu leisten, aber sie würde ihren Abend wohl lieber damit verbringen, sich auf ihrem Hotelzimmer in den Fall einzulesen. Das wusste er. Wahnsinnig ehrgeizig und sorgfältig, das war Vanja. Vermutlich würde sie nicht nein sagen, wenn er sie fragte, ob sie mit ihm essen gehen wolle. Aber es wäre nicht das, was sie eigentlich vorgehabt hatte, und sie wäre den gesamten Abend über unterschwellig gestresst, also verwarf Torkel die Idee wieder.

Und Billy? Torkel fand, dass Billy viele Qualitäten besaß und mit seinem Wissen über Computer und Technik ein unersetzlicher Bestandteil des Teams war, aber Torkel konnte sich nicht daran erinnern, dass sie jemals zusammen zu Abend gegessen hätten, nur sie beide allein. Mit Billy plätscherte das Gespräch einfach nicht so mühelos dahin. Billy liebte die Nächte im Hotel. Zwischen 22 und 2 Uhr nachts gab es keine Fernsehsendung auf irgendeinem Kanal, die Billy nicht gesehen hatte, und er diskutierte gern darüber. Ebenso wie über Filme, Musik, Spiele, Computer, neue Telefone oder ausländische Zeitschriften, die er im Internet las. Neben Billy fühlte Torkel sich wie ein Dinosaurier.

Er seufzte. Der Abend würde mit einem Spaziergang,

einem Sandwich und einem Bier auf seinem Zimmer enden, mit dem Fernseher als Gesellschaft. Er tröstete sich damit, dass Ursula morgen kommen würde. Dann hatte er eine Essensbegleitung.

Torkel schaltete die Neonröhre aus und verließ den Konferenzraum. Wie immer war er der Letzte im Haus, stellte er fest, als er durch die leeren Büros ging. Kein Wunder, dass all seine Frauen irgendwann die Nase voll gehabt hatten.

Es war bereits dunkel, als Sebastian das Taxi bezahlte und ausstieg. Der Fahrer verließ den Wagen ebenfalls, öffnete den Kofferraum, hob Sebastians Koffer heraus und wünschte ihm einen schönen Abend. Einen schönen Abend in seinem Elternhaus? Tja, einmal war immer das erste Mal, dachte Sebastian, und die Tatsache, dass beide Eltern nun tot waren, erhöhte die Chancen enorm.

Sebastian überquerte die Straße, und das Taxi, das in der Auffahrt des Nachbarn gewendet hatte, fuhr hinter ihm vorbei. Er blieb vor dem niedrigen, weißen Zaun stehen, der einen Anstrich nötig hatte, und sah, dass der Briefkasten überquoll. Ging denn nicht irgendeine zentrale Todesbenachrichtigung raus, die alles stoppte, wenn man verstorben war? Offenbar nicht.

Als Sebastian vor einigen Stunden Västerås erreicht hatte, war er gleich zum Bestattungsinstitut gefahren und hatte den Haustürschlüssel abgeholt. Anscheinend hatte sich eine von Mutters ältesten Freundinnen um die Beerdigung gekümmert, nachdem er sich geweigert hatte. Berit Holmberg. Sebastian konnte sich nicht erinnern, den Namen jemals gehört zu haben. Das Bestattungsinstitut hatte ihm angeboten, eine Art Fotoalbum von der Zeremonie anzusehen, die sehr schön, stimmungsvoll und gut besucht gewesen sei. Sebastian hatte abgelehnt.

Dann war er essen gegangen. Hatte gut und ausgiebig gespeist, war anschließend noch sitzen geblieben und hatte ein Buch gelesen und Kaffee getrunken. Er hatte die Visitenkarte der lesenden Frau aus dem Zug in der Hand gedreht und gewendet, dann aber beschlossen, noch zu warten. Morgen oder Übermorgen würde er anrufen. Interessiert, aber nicht verzweifelt, das war immer die beste Kombination. Nach dem Essen hatte er einen Spaziergang gemacht. Überlegt, ins Kino zu gehen, sich aber dagegen entschieden. Kein Film im Programm hatte ihn gereizt. Am Ende konnte er seine wahre Verpflichtung in Västerås nicht länger aufschieben und rief sich ein Taxi.

Nun stand er auf der Straße und betrachtete das Haus, das er am Tag nach seinem neunzehnten Geburtstag verlassen hatte. Auf beiden Seiten der mit Steinen gepflasterten Zufahrt wuchsen gepflegte Rabatten. Zurzeit standen dort hauptsächlich akkurat gestutzte Buchsbäume, doch schon bald würden die Mehrjährigen blühen. Seine Mutter hatte ihren Garten sehr geliebt und gepflegt. Hinter dem Haus gab es Obstbäume und Gemüsebeete. Der Steinweg endete an einem zweistöckigen Einfamilienhaus. Sebastian war zehn Jahre alt gewesen, als sie hier einzogen. Damals war es gerade neu erbaut worden. Sogar im schwachen Schein der Straßenlaterne sah Sebastian, dass es jetzt einer Renovierung bedurfte. Der Putz bröckelte von der Fassade, an den Fensterrahmen blätterte die Farbe ab, und an zwei Stellen hatte das Dach dunkle Schatten, vermutlich, weil Dachziegel fehlten. Sebastian überwand seinen physischen Widerwillen, das Haus zu betreten, und ging die letzten Schritte zur Eingangstür.

Er schloss auf und betrat den Flur. Es war stickig. Drückend. Sebastian stellte seinen Koffer ab und blieb unter dem Türbogen stehen, der in die Wohnräume führte. Direkt dahinter stand ein Esstisch, und weiter rechts begann das Wohnzimmer. Sebastian bemerkte, dass eine Wand entfernt worden war und das Untergeschoss nun das war, was man eine offene Wohnlösung nannte. Er ging weiter. Nur einen Bruchteil der Möbel erkannte er wieder. Eine Kommode von seinem Großvater und einige der Gemälde an der Wand wirkten vertraut, die Tapeten dahinter dagegen vollkommen unbekannt. Genau wie das Parkett. Wie lange war er nicht mehr hier gewesen? Sebastian weigerte sich, das Haus als ein «Zuhause» zu betrachten. Seine Möbel waren abgeholt worden, als er neunzehn war, aber er war danach noch mehrmals zu Besuch gekommen. Hatte vergeblich die Hoffnung genährt, dass seine Eltern und er sich wieder normal begegnen könnten, wenn alle erwachsen waren. Aber nein. Er erinnerte sich daran, dass er in der Woche nach seinem fünfundzwanzigsten Geburtstag hier gewesen war. War es das letzte Mal gewesen? Vor bald dreißig Jahren? Kein Wunder, dass er nichts wiedererkannte.

An der Schmalseite des Wohnzimmers befand sich eine geschlossene Tür. Als Sebastian noch hier gewohnt hatte, war dahinter das Gästezimmer gewesen. Selten in Anspruch genommen. Zwar hatten die Eltern einen ziemlich großen Bekanntenkreis, aber die meisten stammten aus dem Ort. Er öffnete die Tür. Eine Wand war mit Bücherregalen bedeckt, und dort, wo früher das Bett gewesen war, stand nun ein Schreibtisch mit einer Schreibmaschine und einer Rechenmaschine mit eingelegter Papierrolle. Sebastian schloss die Tür wieder. Offenbar war das ganze Haus voll mit solchem Schrott. Was sollte er bloß mit all dem Zeug machen?

Er ging in die Küche. Neue Küchenschränke, ein neuer Tisch, aber noch derselbe alte Bodenbelag aus PVC. Sebastian öffnete die Kühlschranktür. Gut gefüllt. Aber alles verdorben. Er nahm eine der Milchtüten aus der Tür. Sie war geöffnet, haltbar bis zum achten März, dem Internationalen Frauentag. Obwohl er wusste, was ihn erwartete, steckte Sebastian seine Nase in die aufgerissene Öffnung. Mit einer Grimasse stellte er die Milch wieder zurück und nahm eine Dose Leichtbier heraus, die neben einer Verpackung von etwas lag, das vermutlich einmal Käse enthalten hatte, nun aber eher einem erfolgreichen Forschungsprojekt aus dem Schimmelzuchtlabor glich.

Während er das Bier öffnete, ging er zurück ins Wohnzimmer. Unterwegs schaltete er die Deckenbeleuchtung ein. Die Lampen waren auf die Decke gerichtet und an einer Leiste befestigt, die über das gesamte Zimmer verlief, sodass es von einem gleichmäßigen und behaglichen Licht erleuchtet wurde. Ein geschmackvolles Detail, das beinahe modern wirkte. Sebastian ertappte sich dabei, gegen seinen Willen beeindruckt zu sein.

Er machte es sich in einem der Sessel bequem und legte die Füße auf den niedrigen Wohnzimmertisch, ohne die Schuhe auszuziehen. Dann nahm er einen Schluck aus der Dose und legte den Kopf in den Nacken. Er nahm die Stille in sich auf. Völlige Stille. Nicht einmal Straßenlärm hörte man hier. Das Haus lag am Ende einer Sackgasse, und die nächste große Straße war einige hundert Meter entfernt. Sebastians Blick fiel auf das Klavier. Er nahm noch einen Schluck, stellte die Dose auf den Tisch, stand auf und ging zu dem schwarzglänzenden Instrument.

Geistesabwesend drückte er eine weiße Taste. Ein stummes, etwas verstimmtes A durchbrach die Stille.

Sebastian hatte als Sechsjähriger mit dem Klavierspielen begonnen. Und aufgehört, als er neun war. Damals hatte seine Klavierlehrerin seinen Vater nach dem Unterricht beiseite genommen, weil sich Sebastian im Prinzip geweigert hatte, mit seinen Fingern die Tasten zu berühren. Sie hatte ihm erklärt, dass es ihre Zeit – und sein Geld – vergeude, einmal in der Woche zu einem Schüler zu kommen, der eindeutig unmotiviert war und sich noch dazu, dessen war sie sich sicher, durch einen völligen Mangel an Musikalität auszeichne. Was nicht stimmte. Sebastian war keineswegs unmusikalisch. Auch hatte er sich nicht geweigert, zu spielen, um gegen seinen Vater zu rebellieren, das kam erst Jahre später. Er hatte es nur unbeschreiblich öde gefunden. Sinnlos. Er konnte sich nicht für etwas engagieren, was er dermaßen uninteressant fand.

Damals nicht. Später nicht. Heute nicht.

Er konnte nahezu grenzenlos Zeit und Energie in Dinge investieren, die ihn interessierten und faszinierten, doch wenn das nicht der Fall war ...

Begriffe wie «durchstehen» und «aushalten» existierten einfach nicht in Sebastian Bergmans Vokabular.

Langsam beugte er sich vor und begutachtete die Fotos, die auf dem Klavier standen. In der Mitte das Hochzeitsfoto der Eltern, rechts und links davon zwei Bilder von Sebastians Großeltern väterlicher- und mütterlicherseits. Dann ein Bild von Sebastian als Abiturient und eins, auf dem er vielleicht acht oder neun Jahre alt war und im Mannschaftstrikot vor einem Fußballtor posierte, mit ernstem, siegessicherem Blick. Daneben ein Foto von seinen Eltern, Seite an Seite vor einem Touristenbus, auf Reisen irgendwo in Europa. Seine Mutter sah auf dem Foto aus, als sei sie etwa fünfundsechzig. Das war also zwanzig Jahre her. Obwohl es eine sehr bewusste Entscheidung gewesen war, überraschte es Sebastian doch, wie wenig er über das Leben wusste, das die Eltern nach seinem Weggang geführt hatten. Er wusste nicht einmal, woran seine Mutter gestorben war.

Dann fiel Sebastians Blick auf ein Foto, das ganz hinten stand. Er nahm es in die Hand. Das dritte Foto von ihm selbst. Er saß auf seinem neuen Moped in der Garageneinfahrt. Seine Mutter hatte dieses Bild sehr gemocht. Vermutlich lag es daran, dass es eines der wenigen Bilder aus seiner Jugend war, vielleicht sogar das einzige, auf dem er wirklich glücklich aussah. Doch nicht das Bild von ihm auf seiner Puch Dakota hatte seine Aufmerksamkeit geweckt. Unter dem Rahmen lugte ein eingeklemmter Zeitungsausschnitt hervor. Auf ihm war Lily in ihren weißen Krankenhauskleidern zu sehen. Sie hielt ein kleines, schlafendes Baby in den Armen, und unter dem Bild stand auf Deutsch «Eine Tochter» und ein Datum. 11. August 2000. Darunter: sein Name und der von Lily. Sebastian löste den Ausschnitt aus dem Rahmen und untersuchte ihn vorsichtig.

Er erinnerte sich daran, wie er das Foto gemacht hatte, und nahm plötzlich beinahe den Geruch des Krankenhauses und den Atem der beiden wahr. Lily hatte ihn angelächelt. Sabine schlief.

«Wie zum Teufel bist du da rangekommen?»

Sebastian blieb mit dem Ausschnitt in der Hand stehen. Darauf war er vollkommen unvorbereitet. Es hätte nichts in diesem Haus geben dürfen, was ihn daran erinnerte. Doch jetzt stand er mit einem Bild von den beiden im Wohnzimmer. Sie hatten hier nichts zu suchen. Sie gehörten in eine andere Welt. Seine zwei Welten, seine zwei Höllen. Jede für sich allein schon schwer zu bewältigen, aber zusammen – sie durften nichts miteinander zu tun haben. Er ballte wieder und wieder die rechte Faust, ohne es selbst zu bemerken. Der Teufel sollte sie holen! Sogar nach ihrem Tod ließ ihm seine Mutter keine Ruhe! Sebastian spürte, wie er nach Luft rang. Zum Teufel mit ihr! Zum Teufel mit dem ganzen Haus! Was sollte er bloß mit diesem ganzen SCHEISS hier anfangen?!

Sebastian faltete den Zeitungsausschnitt vorsichtig zusammen, legte ihn behutsam in seine Innentasche und ging mit schnellen Schritten in die Küche. Er öffnete die Tür zur Besenkammer und richtig, das Telefonbuch lag auf demselben Regalbrett wie immer. Sebastian nahm es mit ins Wohnzimmer und suchte in den Gelben Seiten nach Immobilienmaklern. Er fing bei A an. Natürlich ging niemand ans Telefon. Die ersten drei Firmen informierten über ihre Bürozeiten und forderten dazu auf, noch einmal anzurufen, die vierte Ansage endete jedoch mit den Worten: «Wenn Sie uns eine Nachricht nach dem Signalton hinterlassen, rufen wir Sie gern zurück.»

Sebastian wartete den Ton ab.

«Hier ist Sebastian Bergman. Ich möchte ein Haus verkaufen, mit allem, was sich darin befindet. Ich habe keine Ahnung, wie das abläuft, aber ich will, dass es schnell geht, damit ich diese verdammte Drecksstadt so bald wie möglich wieder verlassen kann. Ich scheiße auf das Geld, Sie können also so viele Prozente vom Kaufpreis behalten, wie Sie wollen, Hauptsache, es geht schnell. Falls das für Sie interessant klingt, rufen Sie mich an.»

Sebastian hinterließ seine Handynummer und legte auf. Dann lehnte er sich im Sessel zurück. Mit einem Mal war er schrecklich müde. Er schloss die Augen und konnte in der Stille sein Herz schlagen hören. Zumindest hatte er den Eindruck.

Es war zu still. Er war einsam. Langsam ließ er seine Hand zur Brusttasche seines Hemdes wandern, wo die Visitenkarte der Frau aus dem Zug steckte. Wie spät war es eigentlich? Zu spät. Wenn er jetzt anrief, konnte er sie gleich fragen, ob sie mit ihm vögeln wolle. Aber das würde bei ihr nicht funktionieren, das wusste er. Er würde lediglich den

Vorsprung verlieren, den er sich bereits erarbeitet hatte, und wäre nicht nur gezwungen, wieder bei Null anzufangen, sondern sogar im Minus. So interessiert war er dann doch nicht an ihr. Er holte tief Luft und atmete ganz langsam wieder aus. Und noch einmal. Mit jedem Atemzug spürte er, wie schwer die Müdigkeit auf ihm lastete. Er würde niemanden anrufen, sondern einfach nichts tun. Er würde schlafen. Er musste schlafen.

Bis der Traum ihn weckte.

Torkel saß im Speisesaal des Hotels und frühstückte. Billy war bereits ins Präsidium gefahren, um den Raum vorzubereiten, Vanja hatte er noch nicht zu Gesicht bekommen. Draußen vor dem Fenster eilten die Västeråser an diesem grauen, bewölkten Frühsommertag zur Arbeit. Torkel überflog die Tageszeitungen, überregionale wie regionale. Alle berichteten über den Mord. Die überregionalen Zeitungen nur knapp, ihnen ging es hauptsächlich darum, die Fakten zu aktualisieren. Sie erwähnten, dass die Reichsmordkommission eingeschaltet worden war und dass es sich laut polizeinahen Quellen um einen Ritualmord handeln könne, da das Herz des Opfers fehle. Torkel seufzte. Wenn schon die großen Tageszeitungen über einen Ritualmord spekulierten, was würde dann erst die Boulevardpresse mutmaßen? Satanismus? Organraub? Kannibalismus? Möglicherweise würden sie irgendeinen «Experten» auftreiben, der erklärte, es sei keineswegs auszuschließen, dass eine gestörte Person das Herz eines anderen Menschen verschlinge, um auf diese Weise dessen Kraft auf sich zu übertragen. Dann würde man auf die Inkas oder irgendeinen anderen, längst ausgestorbenen Stamm verweisen, den die Leser für gewöhnlich mit Menschenopfern in Verbindung brachten.

Und dazu die Internetumfrage am Rand:

Könnten Sie sich vorstellen, einen Menschen zu essen?

☐ Ja, wir sind doch auch nur Tiere.

☐ Ja, aber nur, wenn mein eigenes Überleben davon abhängt.

☐ Nein, lieber würde ich selber sterben.

Torkel schüttelte den Kopf. Er musste sich zusammenreißen. Er war dabei, ein – wie Billy es nannte – «3S» zu werden, ein seniles, schimpfendes Scheusal. Obwohl er ständig
von jüngeren Leuten umgeben war, ertappte er sich immer häufiger bei Gedanken, die man so auslegen konnte,
als wäre seiner Meinung nach früher alles besser gewesen. Nichts war früher besser gewesen. Abgesehen von seinem Privatleben, aber das beeinflusste den Rest der Welt ja
nicht. Er musste versuchen, die Gegenwart zu akzeptieren.
Torkel hatte auf keinen Fall vor, einer dieser müden, alten
Polizisten zu werden, die sich zynisch über die Zeit auslie-
ßen, in der sie lebten, während sie tiefer und tiefer in ihren Sesseln versanken, mit einem Whiskyglas in der Hand
und Puccini in der Stereoanlage. Also galt es, sich zusammenzureißen.

Torkels Handy vibrierte. Eine SMS von Ursula. Er öffnete
sie. Ursula war schon angekommen und direkt zum Fundort der Leiche gefahren. Ob sie sich dort treffen könnten?
Torkel leerte seine Kaffeetasse und machte sich auf den
Weg.

Ursula Andersson stand am Ufer des kleinen Tümpels. Sie
hatte ihren Wollpullover in die dunkelgrüne Regenhose gestopft, die ihr bis zur Brust reichte. Sie sah eher aus wie eine
Fischerin oder jemand, der einen Strand von der Ölpest rei-
nigen musste, als wie eine der scharfsinnigsten Polizistin-
nen des Landes.

«Willkommen in Västerås.»

Ursula wandte sich um und sah, wie Torkel Haraldsson
zunickte und sich dann unter dem rot-weißen Band hin-
durchduckte, das einen Großteil der Senke absperrte.

«Schicke Hose.»

Ursula lächelte ihn an.

«Danke!»

«Warst du etwa da drin?» Torkel deutete in Richtung des Tümpels.

«Ich habe die Tiefe gemessen und ein paar Wasserproben genommen. Wo hast du die anderen gelassen?»

«Billy trifft gerade auf dem Präsidium alle Vorbereitungen für uns, und Vanja ist auf dem Weg zur Freundin des Opfers. Soweit wir wissen, ist sie die Letzte, die den Jungen lebend gesehen hat.» Torkel kam näher und stoppte am Ufer des Tümpels. «Wie kommst du voran?»

«An Fußabdrücke ist nicht zu denken. Hier ist eine ganze Horde von Menschen durchgetrampelt. Die Kinder, die die Leiche gefunden haben, die Polizei, das Notarztpersonal, normale Spaziergänger.» Ursula ging in die Hocke und zeigte auf ein unförmiges Loch in dem schlammigen Boden. Torkel hockte sich neben sie.

«Außerdem sind die Abdrücke tief und ausgewaschen. Es ist einfach zu sumpfig und schlammig.» Ursula unterstrich ihre Ausführungen mit einer Geste. «Vor einer Woche war der Boden allem Anschein nach noch aufgeweichter. Große Teile der Senke standen unter Wasser.» Sie stand auf, blickte über die Schulter zu Haraldsson und beugte sich dann näher zu Torkel.

«Wie heißt der Typ da drüben eigentlich?» Sie nickte in Haraldssons Richtung, und Torkel sah sich ebenfalls um, obwohl er genau wusste, wen Ursula meinte.

«Haraldsson. Er hat die Ermittlungen geleitet, bis wir ankamen.»

«Ich weiß. Das hat er mir auf dem Weg hierher mindestens dreimal erzählt.»

«Er müsste etwas an seinem Auftreten arbeiten, aber er ist wohl ... in Ordnung.»

Ursula wandte sich an Haraldsson.

«Können Sie mal kurz herkommen?»

Haraldsson bückte sich unter der Absperrung hindurch und hinkte zu Ursula und Torkel.

«Haben Sie den Grund mit Draggen abgesucht?»

Haraldsson nickte.

«Zweimal. Nichts.» Ursula nickte vor sich hin. Sie hatte auch nicht mit einer Mordwaffe gerechnet. Nicht hier. Ursula wandte sich von Haraldsson ab und ließ ihren Blick erneut über die Umgebung schweifen. Alles passte.

«Was denkst du?», fragte Torkel, der aus Erfahrung wusste, dass Ursula vermutlich bedeutend mehr sah als die feuchte Waldsenke, die Torkel vor sich hatte.

«Er starb nicht hier. Laut dem vorläufigen Obduktionsbericht waren die Messerstiche so tief, dass der Griff des Messers Abdrücke auf der Haut hinterließ. Jedenfalls in den Weichteilen.»

Torkel warf ihr einen bewundernden Blick zu. Obwohl sie nun schon so viele Jahre zusammenarbeiteten, war er immer noch von ihrem Wissen und ihrem Kombinationsvermögen beeindruckt. Torkel dankte seinem Glücksengel, dass Ursula ihn damals, wenige Tage, nachdem er zum Chef des Ermittlerteams der Reichsmordkommission ernannt worden war, aufgesucht hatte. Eines Morgens vor siebzehn Jahren war sie einfach aufgetaucht. Hatte vor seinem Büro auf ihn gewartet. Sie hatte keinen Termin mit ihm vereinbart, sagte jedoch, dass es höchstens fünf Minuten dauern würde. Er hatte sie hineingebeten.

Damals arbeitete sie beim SKL, dem Staatlichen Kriminaltechnischen Labor, hatte ihre Karriere bei der Polizei begonnen, sich aber schon bald auf die Untersuchung von Tatorten spezialisiert und später auch auf technische Beweisführung und Rechtsmedizin. Auf diese Weise war sie beim SKL in Linköping gelandet. Es sei nicht so, dass ihr die Arbeit nicht gefiele, hatte sie im Laufe ihrer fünf Minuten berichtet, aber ihr fehle die Jagd. So hatte sie sich ausgedrückt. Die Jagd. Es sei ja ganz nett, im weißen Kittel in einem Labor zu stehen und DNA zu sichern und Probeschüsse mit Waffen abzufeuern. Etwas ganz anderes aber sei es, vor Ort Beweismaterial zu analysieren und gemeinsam mit den anderen die Beute einzukreisen, um sie später zu fangen. Das verschaffe ihr einen Kick und eine Befriedigung, die eine passende DNA-Probe nie bei ihr bewirken könne. Ob Torkel das verstehe? In der Tat. Ursula nickte. Ja dann. Sie hatte auf ihre Uhr gesehen. Vier Minuten, achtundvierzig Sekunden. Die verbleibenden zwölf Sekunden nutzte sie dazu, ihre Telefonnummer aufzuschreiben und den Raum zu verlassen.

Torkel hatte sich umgehört, und alle hatten nur Gutes über Ursula zu berichten gewusst. Den Ausschlag für Torkels endgültige und schnelle Entscheidung gab jedoch, dass ihm der Chef vom SKL geradezu mit physischer Vergeltung drohte, wenn er auch nur einen Blick in Ursulas Richtung werfen würde. Torkel tat mehr als das, er stellte sie noch am selben Nachmittag ein.

«Also hat er die Leiche hier nur entsorgt?»

«Vermutlich ja. Wenn wir davon ausgehen, dass der Mörder diesen Tümpel bewusst auswählte, dass er ihn kannte, dann ist er ortskundig und dürfte sein Auto so nah wie möglich geparkt haben. Dort oben.»

Sie zeigte auf einen dreißig Meter entfernt liegenden Hang, vielleicht zwei Meter hoch gelegen und steil abfallend. Wie auf ein unsichtbares Kommando setzten sie sich in Bewegung. Haraldsson humpelte hinterher.

«Wie geht es Mikael?»

Ursula stutzte.

«Gut. Warum fragst du?»

«Du bist erst vor ein paar Tagen wieder nach Hause gekommen. Er hatte nicht besonders lange etwas von dir.»

«So ist meine Arbeit eben. Er versteht das. Er ist es gewohnt.»

«Gut.»

«Außerdem musste er sowieso zu einer Messe in Malmö.»

Sie hatten den Steilhang erreicht. Ursula warf einen Blick zurück auf den Tümpel. Irgendwo hier musste der Täter hinabgestiegen sein. Zu dritt untersuchten sie den Hang. Nach einigen Minuten hielt Ursula inne. Trat einen Schritt zurück, um zu vergleichen. Ging in die Knie, um einen Blick von der Seite auf die Stelle zu werfen. Doch sie war sich sicher. Die Vegetation war ein wenig plattgedrückt. Vieles hatte sich wieder aufgerichtet, aber diese Spuren sahen so aus, als wäre hier etwas entlanggeschleift worden. Sie ging in die Hocke. An einem dürren Busch waren einige Zweige abgeknickt, und an den weißlich gelben Bruchstellen waren Verfärbungen zu erkennen, die von Blut herrühren konnten. Ursula holte einen verschließbaren Plastikbeutel aus ihrer Tasche, knipste vorsichtig einen Zweig ab und legte ihn hinein.

«Ich glaube, ich habe den Weg gefunden, den er hinunterkam. Könnt ihr mal eben da hochgehen?»

Torkel bedeutete Haraldsson mit einem Wink, dass sie weiter den Hang hinaufsteigen sollten. Ganz oben, am Ende des schmalen Kieswegs, drehte Torkel sich um. Ein Stück weiter unten standen die Polizeiwagen.

«Wohin führt dieser Weg?»

«In die Stadt, es ist ja derselbe Weg, den wir auch gekommen sind.»

«Und in die andere Richtung?»

«Er schlängelt sich ein wenig durch den Wald, aber nach einiger Zeit gelangt man auf die Bundesstraße.»

Torkel blickte den Abhang hinab, wo Ursula vorsichtig auf allen vieren herumkroch und akribisch jedes Blatt umdrehte. Wenn die Leiche hier hinuntertransportiert worden war, hatte man sie möglicherweise direkt oberhalb des Weges aus einem Kofferraum oder einer Rücksitztür geschleift. Es gab keinen Grund für den Mörder, nicht den kürzesten Weg nach unten zu wählen. Der Belag des Kieswegs war fest, keine Chance auf Reifenspuren. Torkel blickte zu den geparkten Autos hinüber, mit denen sie selbst gekommen waren. Sie hatten am Rand geparkt, um den schmalen Weg nicht vollständig zu blockieren. Wäre es denkbar ...? Torkel positionierte sich direkt oberhalb des schmalen Gebiets, das Ursula gerade untersuchte. Er stellte sich vor, wie das Auto hier geparkt haben könnte. Mit dem Kofferraum in diese Richtung? Das bedeutete, wenn es Reifenspuren gab, mussten sie einige Meter entfernt zu finden sein. Langsam ging Torkel am Seitenstreifen entlang. Zu seiner Freude bemerkte er, dass der Boden hier bedeutend weicher war als auf dem eigentlichen Weg, aber nicht so schlammig wie in der Senke. Vorsichtig bog er Gestrüpp und Buschwerk zur Seite und stieß fast unmittelbar auf das Gesuchte.

Tiefe Reifenabdrücke. Torkel lächelte.

Das fing doch gut an.

«Sind Sie wirklich sicher, dass Sie nichts möchten?»

Die Frau stellte eine Tasse dampfenden Tee auf den Tisch und zog sich den Stuhl gegenüber von Vanja heran, die den Kopf schüttelte.

«Nein danke.» Die Frau setzte sich und begann, in ihrer Tasse zu rühren. Der Küchentisch war für das Frühstück gedeckt. Milch und Sauermilch standen neben einem Paket Müsli und Getreideflakes. In einem Brotkorb aus geflochtener Birkenrinde lagen mehrere Scheiben grobes Brot und zwei verschiedene Sorten Knäckebrot. Butter, Käse, Schinken, Gurkenscheiben und Leberpastete machten das Ensemble komplett. Der gedeckte Tisch stand im Kontrast zur übrigen Küche, die unbenutzt aussah wie aus einem Möbelkatalog. Zwar nicht das Allerneuste, aber auffallend ordentlich. Kein Geschirr in der Spüle, keine Krümel auf den Sitzen, alles war leer und rein. Die schwarzen Herdplatten waren vollkommen fleckenfrei, genau wie die Schranktüren. Vanja war sich sicher, dass sie nicht einmal eine kleine Fettschicht auf dem Gewürzregal über den Schränken finden würde, wenn sie aufgestanden wäre und es nachgeprüft hätte. Selbst an dem Wenigen, das Vanja bisher gesehen hatte, konnte sie erkennen, dass Nulltoleranz gegenüber Staub auch im übrigen Haus galt. Ein Gegenstand stach jedoch ein wenig heraus. Vanja bemühte sich, doch sie konnte ihren Blick nicht von dem Wandschmuck abwenden, der hinter der teetrinkenden Frau hing. Es war ein gerahmtes Bild aus Kunststoffperlen. Allerdings nicht in der üblichen Topfuntersetzergröße, nein, dieses Exemplar maß mindestens vierzig mal achtzig Zentimeter und stellte Jesus dar, mit ausgebreiteten Armen, in einem wallenden, weißen Gewand. Um seinen Kopf strahlte ein gelbgoldener Glorienschein, und das Gesicht mit dem dunklen Bart und den intensiven, tiefblauen Augen war schräg nach oben gerichtet. Über seinem Kopf stand in roten Perlen «Ich bin der Weg, die Wahrheit und das Leben». Die Frau folgte Vanjas Blick.

«Das hat Lisa gebastelt, als sie die Windpocken hatte. Mit ein wenig Hilfe, versteht sich. Damals war sie elf.»

«Es ist sehr schön», sagte Vanja. Und ein bisschen unheimlich, ergänzte sie innerlich.

Die Frau gegenüber, die sich als Ann-Charlotte vorgestellt hatte, als sie die Tür geöffnet und Vanja hereingebeten hatte, nickte zufrieden über das Lob und nahm einen kleinen Schluck von ihrem Tee. Dann stellte sie die Tasse ab.

«Ja, Lisa ist sehr begabt. Das Bild besteht aus über fünftausend Perlen. Ist das nicht phantastisch?»

Ann-Charlotte reckte sich nach einer Knäckebrotscheibe und begann sie zu schmieren. Vanja konnte sich den Gedanken nicht verkneifen, woher die Frau wohl wissen konnte, wie viele Perlen es waren. Ob sie sie gezählt hatte? Sie war kurz davor, Ann-Charlotte zu fragen, als diese das Buttermesser beiseite legte und sie mit einer Sorgenfalte auf der Stirn ansah.

«Es ist so schrecklich, was passiert ist. Mit Roger. Wir haben die ganze Woche, in der er verschwunden war, für ihn gebetet.»

Und jetzt überleg mal, wie viel es geholfen hat, dachte Vanja, murmelte stattdessen aber zustimmend und einfühlsam, wobei sie gleichzeitig einen womöglich allzu deutlichen Blick auf ihre Uhr warf. Eine Geste, die Ann-Charlotte offenbar verstand.

«Lisa wird sicher bald fertig sein. Hätten wir gewusst, dass Sie kommen ...» Ann-Charlotte machte eine entschuldigende Geste.

«Das macht nichts. Ich bin sehr dankbar, dass ich die Gelegenheit bekomme, mit ihr zu sprechen.»

«Ja natürlich. Wenn wir irgendwie behilflich sein können ... Wie geht es denn seiner Mutter? Lena, heißt sie nicht so? Sie muss ja völlig am Boden zerstört sein.»

«Ich habe sie noch nicht getroffen», antwortete Vanja, «aber so wird es wohl sein. War Roger Einzelkind?»

Ann-Charlotte nickte und sah plötzlich noch bekümmerter aus. Als habe man ihr soeben fast alle Probleme der Welt aufgebürdet.

«Sie hatten es ja nicht leicht. Soweit ich weiß, hatten sie eine Weile finanzielle Schwierigkeiten, und dann dieser Ärger in Rogers früherer Schule. In letzter Zeit schien er endlich keine Probleme mehr zu haben. Und dann passiert so etwas.»

«Hatte er auf seiner vorherigen Schule Ärger?», fragte Vanja.

«Er wurde gemobbt», sagte eine Stimme im Türrahmen.

Vanja und Ann-Charlotte drehten sich um. In der Tür stand Lisa. Ihr glattes Haar fiel weich und ordentlich gekämmt über ihre Schultern. Der Pony wurde von einer einzelnen Spange aus dem Gesicht gehalten. Sie trug ein weißes Hemd, das fast bis zum Hals zugeknöpft war, darüber eine einfache Strickweste. An ihrem Hals baumelte ein goldenes Kreuz an einer Kette, die sich am Hemdkragen verfangen hatte. Dazu trug sie einen Rock, der direkt über dem Knie endete, und dicke Strumpfhosen. Vanja musste sofort an ein Mädchen aus irgendeiner Fernsehserie aus den Siebzigern denken, die wiederholt wurde, als sie klein war. Nicht zuletzt wegen Lisas ernster, beinahe beleidigter Miene. Vanja erhob sich von ihrem Stuhl und streckte ihre Hand dem Mädchen entgegen, das nun die Küche betreten hatte und an der Schmalseite des Tisches einen Stuhl herauszog.

«Hallo, Lisa, ich heiße Vanja Lithner. Ich bin Polizistin.»

«Ich habe aber doch schon mit einem Polizisten gesprochen», antwortete Lisa und nahm gleichzeitig Vanjas ausgestreckte Hand, drückte sie kurz und machte einen Knicks. Dann setzte sie sich. Ann-Charlotte stand auf und holte eine Tasse aus einem der Küchenschränke.

«Ich weiß», fuhr Vanja fort und setzte sich wieder, «aber ich arbeite in einer anderen Abteilung, deshalb würde ich es wirklich zu schätzen wissen, wenn du auch mit mir sprechen würdest, obwohl ich möglicherweise dieselben Sachen wissen will.»

Lisa zuckte mit den Achseln und griff nach der Müslipackung auf dem Tisch. Dann schüttete sie eine ansehnliche Menge davon in den tiefen Teller vor ihr.

«Du sagst, dass Roger in seiner alten Schule gemobbt wurde, weißt du denn auch, von wem?» Lisa zuckte erneut mit den Schultern.

«Es waren alle, glaube ich. Jedenfalls hatte er dort keine Freunde. Er wollte nicht so viel darüber sprechen. Er war einfach nur froh, dass er dort wegkam und stattdessen auf unsere Schule gehen konnte. Lisa griff nach der Sauermilch und bedeckte das Müsli mit einer dicken Schicht. Ann-Charlotte stellte ihrer Tochter eine Tasse Tee hin.

«Roger ist ein guter Junge. Ruhig. Sensibel. Reif für sein Alter. Es ist völlig unbegreiflich, dass er ...» Ann-Charlotte beendete ihren Satz nicht. Sie setzte sich wieder auf ihren Platz. Vanja schlug ihren Notizblock auf und schrieb «alte Schule – Mobbing» auf. Dann wandte sie sich Lisa zu, die sich gerade einen Löffel Müsli mit Sauermilch in den Mund schob.

«Wenn wir zu diesem Freitag zurückgehen, an dem er verschwand. Kannst du mir sagen, was ihr gemacht habt, ob etwas Besonderes passiert ist, als Roger hier war? Erzähl mir alles, woran du dich erinnern kannst, egal, wie gewöhnlich oder unbedeutend es auch erscheinen mag.»

Lisa ließ sich Zeit, kaute und schluckte, bevor sie Vanja mit festem Blick ansah und antwortete.

«Das habe ich doch schon getan. Als der andere Polizist da war.»

«Ja, aber wie ich schon gesagt habe, ich muss es noch einmal hören. Wann kam Roger hierher?»

«Irgendwann nach fünf. Vielleicht halb sechs.» Lisa blickte ihre Mutter hilfesuchend an.

«Eher halb sechs», sagte Ann-Charlotte. «Erik und ich mussten um halb sechs los, und wir waren gerade auf dem Weg nach draußen, als Roger kam.» Vanja nickte und notierte.

«Und was habt ihr gemacht, als er hier war?»

«Wir waren in meinem Zimmer. Haben ein paar Hausaufgaben gemacht, die wir für Montag aufhatten, und dann haben wir uns einen Tee gekocht und ‹Let's Dance› geguckt. Um kurz vor zehn ist er dann gegangen.»

«Hat er gesagt, wo er hin wollte?»

Lisa zuckte wieder mit den Schultern.

«Nach Hause, hat er gesagt. Er wollte wissen, wer diesmal rausfliegen würde, aber das erfährt man erst nach den Nachrichten und der Werbung.»

«Und wer ist rausgeflogen?»

Vanja beobachtete, wie der Löffel stockte, der gerade mit einer neuen Ladung Müsli und Sauermilch zu Lisas Mund wanderte. Nicht lange. Kaum merklich, aber dennoch. Das Zögern war vorhanden. Vanja hatte zunächst nur über Belangloses sprechen wollen. Eine gute Taktik, um ein Gespräch nicht als Verhör erscheinen zu lassen. Doch die Frage hatte Lisa überrumpelt, da war Vanja sich sicher. Lisa aß weiter.

«Chwßnch ...»

«Sprich nicht mit vollem Mund», unterbrach Ann-Charlotte sie. Lisa verstummte. Sie kaute ausführlich, den Blick ununterbrochen auf Vanja gerichtet. Wollte sie Zeit gewinnen? Warum hatte sie nicht geantwortet, bevor sie den Löffel in den Mund gesteckt hatte? Vanja wartete. Lisa kaute. Und schluckte.

«Ich weiß nicht. Ich habe nach den Nachrichten nicht weitergeguckt.»

«Und was für Tänze haben sie getanzt? Erinnerst du dich daran?» Lisas Blick verfinsterte sich. Nun war Vanja sich sicher. Aus irgendeinem Grund irritierten die Fragen sie.

«Keine Ahnung, wie die heißen. Wir haben nicht so genau hingesehen. Wir haben geredet und Musik gehört und so. Ein bisschen gezappt.»

«Ich verstehe nicht, warum der Inhalt einer Fernsehserie so wichtig sein sollte, wenn es darum geht, den- oder diejenigen zu finden, die Roger das angetan haben», unterbrach Ann-Charlotte. Mit einem leicht irritierten Scheppern stellte sie ihre Tasse ab. Vanja wandte sich ihr mit einem Lächeln zu.

«Ist er auch nicht. Ich wollte nur ein bisschen plaudern.» Sie wandte sich erneut Lisa zu, noch immer lächelnd. Lisa lächelte nicht zurück. Sie blickte Vanja trotzig an.

«Hat Roger an diesem Abend erwähnt, dass ihn irgendwas beunruhigt?»

«Nein.»

«Und er wurde von niemandem angerufen? Keine SMS,

über die er nicht sprechen wollte oder die ihn beunruhigte?»

«Nein.»

«Also verhielt er sich nicht anders als sonst, auch nicht unkonzentriert oder so etwas?»

«Nein.»

«Und er sagte nichts davon, dass er noch zu jemand anders gehen wollte, als er hier aufbrach gegen ... zehn, war es nicht so?»

Lisa musterte Vanja kritisch. Wen versuchte diese Polizistin hier eigentlich reinzulegen? Sie wusste ganz genau, dass Lisa ihr gesagt hatte, Roger wäre gegen zehn gegangen. Sie wollte sie testen. Um zu sehen, ob sie sich in Widersprüche verwickelte. Aber damit würde sie keinen Erfolg haben. Lisa hatte alles gut einstudiert.

«Ja, er ist um zehn gegangen, und nein, er sagte, er wolle nach Hause gehen und sehen, wer rausfliegen würde.» Lisa streckte sich und nahm eine Scheibe Brot aus dem Korb. Ann-Charlotte mischte sich erneut ein.

«Das hat sie doch schon gesagt. Ich verstehe nicht, warum sie wieder und wieder dieselben Fragen beantworten soll? Glauben Sie ihr etwa nicht?» Ann-Charlotte klang fast gekränkt. Als wäre allein der Gedanke daran, dass ihre Tochter vielleicht nicht die Wahrheit sagte, zutiefst anstößig. Vanja sah Lisa an. Möglicherweise fand ihre Mutter das anstößig – aber Lisa verheimlichte etwas. Etwas war an diesem Abend vorgefallen. Etwas, das Lisa nicht erzählen wollte. Jedenfalls nicht im Beisein ihrer Mutter. Lisa hobelte einige Scheiben Käse ab und legte sie mit langsamen, umständlichen Bewegungen auf das Brot. Hin und wieder warf sie Vanja einen Blick zu. Sie musste vorsichtig sein. Diese Frau war bedeutend klüger als der Polizist, mit dem sie in der Schulcafeteria gesprochen hatte. Jetzt war es wichtig, sich an die auswendig gelernte Geschichte zu halten. Die Uhrzeiten zu wiederholen. An Einzelheiten des Abends musste sie sich nicht erinnern, es war nichts Besonderes passiert.

Roger kam. Hausaufgaben. Tee. Fernsehen. Roger ging.

Sie konnte sich schließlich auch nicht an jedes Detail von einem normalen, ein bisschen langweiligen Freitagabend erinnern. Außerdem stand sie unter Schock. Ihr Freund war tot. Wäre sie besser darin gewesen zu weinen, hätte sie jetzt ein paar Tränchen herausgepresst. Die Mutter dazu gebracht, das Gespräch abzubrechen.

«Natürlich glaube ich ihr», sagte Vanja in ruhigem Tonfall, «aber Lisa ist die letzte Person, die Roger an diesem Abend lebend gesehen hat. Es ist wichtig, alle Einzelheiten zu kennen.» Vanja zog ihren Stuhl zurück. «Aber jetzt werde ich gehen, damit Sie beide rechtzeitig zur Arbeit und in die Schule kommen.»

«Ich arbeite nicht. Abgesehen von ein paar Stunden in der Gemeinde. Aber das ist ehrenamtlich.»

Eine Hausfrau! Das erklärte natürlich, warum dieses Zuhause so perfekt wirkte. Jedenfalls was die Sauberkeit anging.

Vanja kramte eine Visitenkarte hervor und schob sie Lisa zu. Sie hielt die Karte so lange mit dem Finger fest, bis Lisa gezwungen war, hochzublicken und ihr in die Augen zu sehen.

«Ruf mich an, falls dir noch etwas einfällt, was du über diesen Freitag nicht erzählt hast.» Dann richtete sie sich an Ann-Charlotte. «Ich finde allein raus. Frühstücken Sie nur in Ruhe weiter.»

Vanja verließ die Küche und das Haus und kehrte zum Präsidium zurück. Unterwegs dachte sie an den toten Jungen und wurde von einem Gedanken überrascht, der sie zugleich traurig und wütend machte: Bisher hatte sie niemanden getroffen, der sonderlich erschüttert oder traurig über Rogers Tod zu sein schien.

Fredrik hatte geglaubt, dass es höchstens zehn Minuten dauern würde, maximal. Rein, der Polizei Bericht erstatten und wieder raus. Natürlich hatte er gewusst, dass Roger verschwunden war. Darüber hatte die ganze Schule geredet. Wahrscheinlich hatte man auf der Runeberg-Schule insgesamt noch nie so viel über Roger gesprochen wie in der letzten Woche, ihm noch nie so viel Aufmerksamkeit gewidmet. Und gestern erst, nachdem er gefunden worden war! Die Schule hatte sofort Trauerbewältigung angeboten, und Leute, die sich in der kurzen Zeit, in der Roger hier Schüler gewesen war, nicht einen Dreck um ihn geschert hatten, hatten weinend den Unterricht verlassen, in Gruppen zusammengesessen, einander an den Händen gehalten und sich mit gedämpften Stimmen an die schöne Zeit mit ihm erinnert.

Fredrik hatte Roger nicht gekannt und trauerte nicht direkt um ihn. Sie waren sich einige Male auf dem Gang begegnet, ein bekanntes Gesicht, nicht mehr. Wenn er ehrlich war, hatte Fredrik keinen einzigen Gedanken an Roger verschwendet, seit dieser im Herbst die Schule gewechselt hatte. Doch jetzt kam das Lokalfernsehen zu Besuch, und einige Mädchen aus der Oberstufe, die nicht mal dann mit Roger geredet hätten, wenn er der einzige Junge auf der Welt gewesen wäre, hatten Kerzen angezündet und beim Fußballtor auf dem Kiesplatz vor der Schule Blumen niedergelegt.

Vielleicht war das ja auch gut? Ein Zeichen dafür, dass es doch noch Empathie und Mitmenschlichkeit gab? Vielleicht war Fredrik zynisch, wenn er das Verhalten der Menschen ausschließlich als Heuchelei interpretierte, als eine Möglichkeit, die tragische Begebenheit auszunutzen, um sich selbst in den Mittelpunkt zu stellen und eine undefinierbare Leere in sich selbst auszufüllen. Vielleicht wollten sie die Zusammengehörigkeit erleben, um überhaupt etwas zu erleben.

Er musste an die Bilder aus dem NK-Kaufhaus in Stockholm denken, die sie im Gemeinschaftskundeunterricht angesehen hatten, nachdem Anna Lindh ermordet worden war. Berge von Blumen. Fredrik erinnerte sich daran, dass er sich damals bereits gewundert hatte. Wo kam es her, dieses Bedürfnis, Menschen zu betrauern, die wir nicht kennen? Denen wir nicht einmal persönlich begegnet sind? Offenbar existierte es einfach nur. Vielleicht stimmte nur mit Fredrik etwas nicht, wenn er die kollektive Trauer nicht fühlte oder erlebte.

Doch er las die Zeitungen. Immerhin war es ein Gleichaltriger und kein Unbekannter, dem jemand das Herz herausgeschnitten hatte. Die Polizei suchte Zeugen, die Roger gesehen hatten, nachdem er am Freitag verschwunden war. Als Roger lediglich vermisst wurde, hatte Fredrik keinen Anlass gesehen, zum Präsidium zu gehen, denn er hatte Roger ja *vor* seinem Verschwinden gesehen. Nun hatte die Polizei aber mitteilen lassen, dass alle Beobachtungen vom Freitag, danach oder sogar davor, von Interesse seien. Also machte Fredrik mit seinem Fahrrad einen Abstecher zum Präsidium, bevor er in die Schule fuhr – und dachte, dass es sehr schnell gehen würde.

Er sagte der uniformierten Frau hinter dem Empfangstresen, dass er mit jemandem über Roger Eriksson sprechen wolle, doch noch bevor sie überhaupt den Hörer in die Hand

genommen hatte, kam ein Polizist in Zivil mit einer Kaffeetasse in der Hand auf ihn zugehumpelt und sagte, er könne
gleich mitkommen.

Seither waren – Fredrik warf einen Blick auf die Uhr an
der Wand – zwanzig Minuten vergangen. Er hatte dem hin-
kenden Polizisten alles mitgeteilt, was er zu sagen hatte,
manche Dinge sogar zweimal, den Ort musste er ganze dreimal nennen, beim dritten Mal hatte er ihn auf einer Karte
einkreisen sollen. Jetzt wirkte der Polizist zufrieden. Er
schlug seinen Notizblock auf und sah Fredrik an.

«Dann danke ich dir, dass du zu uns gekommen bist.
Kannst du noch einen kurzen Moment hier warten?» Fredrik
nickte, und der Polizist humpelte davon.

Fredrik setzte sich und betrachtete das Großraumbüro,
wo rund zehn Polizisten durch mobile Trennwände voneinander abgegrenzt an Schreibtischen saßen. An den Wänden hingen Kinderzeichnungen, Familienfotos und Speisekarten, daneben Computerausdrucke. Die Geräuschkulisse
war eine gedämpfte Mischung aus Tastaturgeklapper, Gesprächen, Telefonklingeln und Kopierergebrumm. Obwohl
er selbst seine Hausaufgaben immer mit den Stöpseln seines iPods im Ohr erledigte, wunderte Frederik sich, wie man
in einer solchen Umgebung irgendetwas zustande bringen
konnte. Wie konnte man jemandem gegenübersitzen, der
gerade telefonierte, ohne darauf zu achten, was der andere
sagte?

Der Polizist hinkte zu einer Tür, doch noch bevor er sie
erreicht hatte, kam eine Frau auf ihn zu. Eine blonde Frau
im Kostüm. Fredrik bildete sich ein, dass er sehen konnte,
wie der humpelnde Mann in sich zusammensackte, als die
Frau sich näherte.

«Wer ist das denn?», erkundigte Hanser sich und machte

eine Kopfbewegung in Richtung des Jungen, der im Büro saß und sie musterte. Haraldsson folgte ihrem Blick, obwohl er genau wusste, wen sie meinte.

«Er heißt Fredrik Hammer und verfügt über Informationen zu Roger Eriksson.» Haraldsson hielt seinen Notizblock hoch, als wolle er unterstreichen, dass er alles aufgenommen hatte. Hanser tat ihr Bestes, um ruhig zu bleiben.

«Wenn es um Roger Eriksson geht, warum spricht dann nicht die Reichsmordkommission mit ihm?»

«Ich war zufällig da, als er kam, und dachte, ich könnte ihn erst mal anhören. Um zu sehen, ob es überhaupt relevant ist, was er zu sagen hat. Es ist doch Unsinn, wenn Torkel Höglund seine Zeit mit Dingen verschwenden muss, die die Ermittlungen nicht voranbringen.»

Hanser holte tief Luft. Sie konnte sich vorstellen, wie schwierig es war, die Verantwortung für einen Fall abgeben zu müssen. Wie man die Umstände auch drehte und wendete, so signalisierte es letzten Endes doch mangelndes Vertrauen. Dass obendrein sie es gewesen war, die diese Entscheidung getroffen hatte, machte die Sache nicht leichter. Haraldsson hatte sich auf ihre Stelle beworben, das wusste sie. Man brauchte kein ausgebildeter Psychologe sein, um zu ahnen, was Haraldsson von ihr hielt. Alles, was er tat, verriet seine Abneigung und Feindseligkeit, permanent. Eigentlich hätte sie froh darüber sein müssen, dass sich Haraldsson mit der Sturheit eines Bekloppten an diesen Fall klammerte. Seine Aufopferung loben, sein echtes Engagement. Vielleicht hatte er aber auch ganz einfach noch nicht begriffen, dass er nicht länger ein aktiver Bestandteil der Ermittlungen war. Hanser tendierte eher zu der zweiten Schlussfolgerung.

«Es gehört nicht mehr zu deinen Aufgaben, in diesem

Fall zu entscheiden, was relevant ist und was nicht.» Haraldsson nickte auf eine Weise, die verriet, dass er nur darauf wartete, bis sie ihren Satz beendet hatte, um sie korrigieren zu können. Und tatsächlich gelang es Hanser nicht weiterzusprechen, weil er sie unterbrach.

«Ich weiß, dass sie verantwortlich sind, aber gleichzeitig haben sie mir deutlich signalisiert, dass sie eng mit mir zusammenarbeiten wollen.»

Hanser verfluchte Torkels Diplomatie. Jetzt musste sie die Rolle der Bösen übernehmen. Nicht, dass das groß etwas an Haraldssons Verhältnis zu ihr ändern würde, aber unangenehm war es dennoch.

«Thomas, die Reichsmordkommission hat die Ermittlungen übernommen, und das bedeutet, dass du nicht mehr, in keinerlei Weise, daran teilhaben wirst. Es sei denn, sie bitten dich ausdrücklich darum.»

So, jetzt war es gesagt. Zum zweiten Mal.

Haraldsson sah sie kalt an. Er verstand schon, was sie vorhatte. Wenn sie es aufgrund ihrer nicht vorhanden Erfahrung und ihren mangelnden Führungsqualitäten für notwendig erachtete, die Reichsmordkommission zu Hilfe zu rufen, wollte sie natürlich nicht, dass einer ihrer eigenen Untergebenen mit den Rettern zusammenarbeitete. Die sollten den Fall allein lösen und Hansers Vorgesetzten beweisen, dass sie die richtige Entscheidung getroffen hatte, weil der Polizei in Västerås ganz einfach die Kompetenz dafür fehlte.

«Das können wir gern noch einmal mit Torkel besprechen. Er sagte ausdrücklich, dass ich eng mit ihnen zusammenarbeiten soll. Außerdem besitzt dieser Junge hier ziemlich interessante Informationen, die ich ihnen gerade weitergeben wollte. Mir wäre es ja am liebsten, wenn wir einfach den Fall lösen würden, aber wenn du es vorziehst, hier herumzustehen und die Befehlskette zu diskutieren – bitte.»

Diese Nummer wollte er also abziehen. Sie als Paragraphenreiterin hinstellen, während er der gute Polizist war, dem es nur um den Fall ging. Den er selbstlos aufklären wollte. Plötzlich bemerkte Hanser, dass Haraldsson möglicherweise ein gefährlicherer Gegner war, als sie zunächst gedacht hatte.

Sie trat einen Schritt beiseite. Haraldsson lächelte siegesgewiss und humpelte von dannen. Hanser hörte, wie er so beiläufig wie möglich in das Büro der Reichsmordkommission hineinrief:

«Billy, hast du mal eine Minute?»


Vanja schlug ihren Notizblock auf. Sie hatte sich gerade dafür entschuldigen müssen, dass Fredrik gezwungen war, alles zu wiederholen, was er bereits gesagt hatte. Das ärgerte sie. Vanja wollte die Zeugen und Personen, die in den Fall verwickelt waren, als Erste anhören. Es bestand das Risiko, dass sie beim zweiten Mal nachlässiger waren, ohne sich dessen selbst bewusst zu sein. Oder dass sie Informationen wegließen, weil sie meinten, sie hätten sie bereits erwähnt. Dass sie anfingen, Informationen zu bewerten und als uninteressant einzustufen. Sie sprach nun schon zum zweiten Mal bei dieser Ermittlung mit jemandem, der nicht mehr so konzentriert war, weil er seine Geschichte bereits Haraldsson erzählt hatte. Zwei von insgesamt Zweien. Vanja schwor sich, dass das nicht noch einmal passieren würde. Sie nahm sich einen Stift.

«Du hast also Roger Eriksson gesehen?»

«Ja, am Freitag.»

«Und du bist dir ganz sicher, dass er es war?»

«Ja, wir waren in der Mittelstufe gemeinsam auf der Vikinga-Schule. Und anschließend war er zu Beginn des letzten Schulhalbjahrs auch auf der Runeberg-Schule. Dann wechselte er zur Palmlövska.»

«Wart ihr in einer Klasse?»

«Nein, ich bin ein Jahr älter.»

«Wo hast du Roger gesehen?»

«Die Straße heißt Gustavsborgsgatan, neben dem Parkplatz an der Hochschule. Wissen Sie, wo das ist?»

«Wir finden es heraus.»

Billy machte sich eine Notiz. Wenn Vanja in diesem Zusammenhang «wir» sagte, meinte sie ihn. Der Ort sollte auf der Karte eingezeichnet werden.

«Wohin ging er?»

«In Richtung Stadt. Also, welche Himmelsrichtung oder so, das weiß ich nicht.»

«Auch das finden wir heraus.»

Billy notierte erneut.

«Um welche Uhrzeit hast du ihn am Freitag gesehen?»

«Um kurz nach neun.»

Zum ersten Mal im Laufe des Gesprächs stutzte Vanja. Sie sah Fredrik mit milder Skepsis an. Hatte sie etwas falsch verstanden? Sie blickte erneut in ihre Aufzeichnungen.

«Um 9 Uhr abends? 21 Uhr?»

«Ja, kurz danach.»

«An dem betreffenden Freitag?»

«Ja.»

«Du bist dir ganz sicher? Auch in Bezug auf die Uhrzeit?»

«Ja, ich habe um halb neun mit dem Training aufgehört

und war auf dem Weg in die Stadt. Wir wollten ins Kino, und ich weiß genau, dass ich auf die Uhr gesehen habe und noch fünfundzwanzig Minuten Zeit hatte. Der Film fing um halb zehn an.»

Vanja verstummte. Billy wusste, warum. Er hatte erst kürzlich den Zeitverlauf auf dem Whiteboard in ihrem Konferenzraum zusammengestellt. Roger war angeblich um 22 Uhr von seiner Freundin aufgebrochen. Laut Aussage dieser Freundin hatte er ihr Zimmer, vom Elternhaus ganz zu schweigen, den ganzen Abend über nicht verlassen. Was also hatte er genau eine Stunde vorher in der Gustavsborgsgatan zu suchen? Vanja dachte genau dasselbe. Also hatte Lisa gelogen, genau wie sie vermutet hatte. Der junge Mann, der Vanja gegenübersaß, wirkte glaubwürdig. Trotz seines jugendlichen Alters reif. Nichts an seinem Auftreten deutete darauf hin, dass er hergekommen war, um sich wichtigzumachen, einen Kick zu erleben oder weil er ein notorischer Lügner war.

«Okay. Du hast Roger also gesehen. Und warum bist du auf ihn aufmerksam geworden? An einem Freitagabend um neun müssen doch eine Menge Leute auf der Straße unterwegs gewesen sein?»

«Er ist mir aufgefallen, weil er allein war und die ganze Zeit von einem Moped umkreist wurde, Sie wissen schon, da wollte ihn jemand terrorisieren.»

Sowohl Vanja als auch Billy beugten sich vor. Der Zeitpunkt war wichtig, denn bisher hatten sie lediglich Informationen über den Weg des Opfers *vor* seinem Verschwinden erhalten. Jetzt kam plötzlich noch jemand ins Bild. Einer, der Roger terrorisiert hatte. Das fing doch gut an. Vanja verfluchte noch einmal, dass sie das alles erst als Zweite erfuhr.

«Ein Moped?» Nun ergriff Billy an Vanjas Stelle das Wort, was ihr vollkommen recht war.

«Ja.»

«Erinnerst du dich noch an Einzelheiten? Was es für eine Farbe hatte oder Ähnliches?»

«Ja, obwohl ich weiß ...»

«Welche Farbe hatte es?» Billy unterbrach ihn. Dies war sein Spezialgebiet.

«Rot, aber ich weiß ...»

«Kennst du Mopedmarken?» Billy schnitt ihm erneut das Wort ab. «Weißt du, was für ein Typ Moped es war? Hatte es Nummernschilder, kannst du dich daran erinnern?»

«Ja – oder nein, ich erinnere mich nicht daran.» Fredrik wandte sich an Vanja. «Aber ich weiß, wem es gehört, also, ich weiß, wer der Fahrer war. Leo Lundin.»

Vanja und Billy sahen sich an. Vanja sprang auf.

«Warte hier, ich muss meinen Chef holen.»

**D**er Mann, der kein Mörder war, war stolz auf sich. Obwohl er es eigentlich nicht sein durfte. Doch er hatte die einfühlsame Reportage über eine Schule in Trauer gesehen und daneben die zahlreichen Pressekonferenzen mit grimmigen Polizisten. Tragisch, dunkel und traurig. Aber er konnte es nicht sein lassen. So sehr er es auch zurückzudrängen versuchte, immer wieder wurde er von einem Gefühl der Selbstbestätigung eingeholt. Doch damit war er allein. Niemand würde es je verstehen. Egal, wie nah sie ihm standen und was sie auch sagten.

Sein Stolz war erbaulich und befreiend, ließ ihn beinahe überschwänglich werden. Mit seiner Tat hatte er Stärke bewiesen. Wie ein echter Mann. Das Schützenswerte beschützt. Er war nicht zurückgewichen, hatte niemanden im Stich gelassen, als es wirklich darauf ankam. Der strenge, süßliche Duft von Blut und Eingeweiden hatte sich tief in seine Sinne gebohrt, und er hatte mit aller Kraft gegen den Würgreiz kämpfen müssen. Aber er hatte weitergemacht. Das Messer in seiner Hand hatte nicht gezittert. Seine Beine hatten nicht unter ihm nachgegeben, als er die Leiche entsorgt hatte. Er hatte bestmöglich reagiert in einer Situation, die viele nicht gemeistert hätten – oder in die sie niemals geraten wären. Und darauf war er stolz.

Gestern war er so aufgedreht gewesen, dass er kaum hatte stillsitzen können. Er hatte einen mehrstündigen Spaziergang gemacht. Durch die Stadt, die nur ein Thema kannte: sein Geheimnis. Nach einer Weile war er am Polizeipräsidium vorbeigelaufen. Beim Anblick des vertrauten Gebäudes hatte er instinktiv umkehren wollen. Er war so sehr in Gedanken versunken gewesen, dass er nicht darüber nachgedacht hatte, wohin er spazierte. Aber als er dort angelangt war, begriff er, dass er genauso gut am Gebäude vorbeigehen konnte. Er war lediglich ein Spaziergänger, dessen Weg hier entlangführte. Die Männer und Frauen dort drinnen würden nichts ahnen. Sie konnten nicht wissen, dass der, den sie suchten, so nah war. Er ging weiter. Dennoch wagte er es nicht, durch die großen Glasfenster ins Innere zu schauen. Als er die Einfahrt erreicht hatte, kam ein Polizeiwagen angefahren und bremste, um ihn vorbeizulassen. Er nickte den uniformierten Polizisten zu, als ob er sie kennen würde. Im Grunde tat er das ja auch. Sie waren seine Widersacher. Er war der Mann, den sie suchten, ohne es zu ahnen. Es war ungemein spannend und befriedigend, über dieses Wissen zu verfügen, die Wahrheit, nach der sie so fieberhaft suchten, in der eigenen Hand zu halten. Er blieb stehen, um den Polizeiwagen durchfahren zu lassen. Eine freundliche Geste an den Feind.

Er wusste, wer ihm diese Kraft verliehen hatte. Nicht Gott. Gott begleitete einen auf dem Weg und spendete Trost. Nein, sein Vater hatte ihn so stark gemacht. Sein Vater, der ihn herausgefordert, ihn abgehärtet und ihm vermittelt hatte, worauf es ankam. Es war nicht immer leicht gewesen. Auf irgendeine Weise erinnerte ihn sein jetziges Geheimnis an das, was er als Kind mit sich herumgetragen hatte. Was auch niemand hatte verstehen können.

Egal, wie nah sie ihm gestanden hatten.

Was sie auch gesagt hatten.

Einmal hatte er es in einem Moment der Schwäche und Verzweiflung der blonden, blumig duftenden Schulschwester erzählt. Das Ergebnis war Aufregung. Chaos. Die Schule und die Sozialbehörden griffen ein. Redeten, riefen an, kamen zu Besuch. Schulpsychologen und Sozialamtsmitarbeiter. Seine Mutter weinte, und er, der kleine Junge, verstand plötzlich, was er Gefahr lief zu verlieren. Alles. Weil er Schwäche gezeigt hatte. Nicht die Stärke bewiesen hatte, seinen Mund zu halten. Er wusste, dass sein Papa ihn liebte. Nur gehörte dieser eben zu jener Sorte Mensch, die ihre Liebe durch Disziplin und Ordnung zeigt. Ein Mann, der seine Botschaft lieber mit Fäusten, dem Teppichklopfer oder dem Gürtel vermittelte als mit Worten. Ein Mann, der seinen Jungen mittels Gehorsam auf die Wirklichkeit vorbereitete, in der man gezwungen war, stark zu sein.

Er hatte die Gefahr gebannt, indem er seine Worte zurückgenommen hatte. Sie geleugnet. Gesagt, dass man ihn missverstanden hätte. Er hatte die Ordnung wiederhergestellt, weil er seinen Vater, seine Familie nicht verlieren wollte. Die Schläge konnte er ertragen, aber nicht den Verlust des Vaters. Sie waren in eine andere Stadt gezogen. Der Vater hatte sein Leugnen und Lügen zu schätzen gewusst. Sie waren einander nähergekommen, das spürte er. Die Schläge wurden nicht weniger, im Gegenteil, doch für den Jungen fühlten sie sich leichter an. Und er schwieg. Wurde stärker. Niemand verstand, welche Gabe sein Vater ihm vermittelt hatte. Nicht einmal er selbst. Doch jetzt erkannte er sie. Die Möglichkeit, das Chaos zu überwinden und zu handeln. Der Mann, der kein Mörder war, lächelte. Er fühlte sich seinem Vater näher denn je.

Sebastian war am Morgen um kurz vor vier in einem der schmalen, harten Einzelbetten im Obergeschoss aufgewacht. Der übrigen Einrichtung des Zimmers nach zu urteilen, war es das Bett seiner Mutter. Als Sebastian von zu Hause auszog, hatten seine Eltern noch keine getrennten Schlafzimmer gehabt, aber diese Neuordnung verwunderte ihn nicht. Freiwillig Nacht für Nacht neben seinem Vater ins Bett zu kriechen, konnte man eigentlich nicht als gesundes menschliches Verhalten bezeichnen. Offenbar hatte das auch seine Mutter allmählich erkannt.

Meistens stand Sebastian sofort auf, wenn er aus dem Traum erwachte, egal, wie viel Uhr es war. Meistens, aber nicht immer. Manchmal blieb er liegen. Schloss die Augen. Spürte, wie sich der Krampf in seiner rechten Hand löste, während er den Traum erneut zuließ.

Manchmal sehnte er sich nach diesen Morgen. Und fürchtete sie zugleich. Wenn er dem Traum erlaubte, sich erneut festzusetzen, wenn er das reine, unverfälschte Gefühl der Liebe aus ihm heraussog, war seine Rückkehr in die Wirklichkeit anschließend beträchtlich schwieriger und angsterfüllter, als wenn er einfach losließ, aufstand und weitermachte. Das war meistens die bessere Variante. Denn auf die Liebe folgte der Schmerz. Der Verlust, unweigerlich und immerwährend. Es war wie eine Abhängigkeit. Er kannte die Folgen. Er wusste, dass es ihm unmittelbar danach so schlechtgehen würde, dass er kaum noch zurechtkam. Kaum noch zu atmen vermochte, kaum noch zu leben.

Aber er brauchte diesen wahren Kern hin und wieder. Das stärkere, das echte Gefühl, das seine Erinnerungen ihm nicht mehr geben konnten. Seine Erinnerungen waren trotz allem nur Erinnerungen. Im Vergleich zu seinen Gefühlen wirkten sie blass, fast leblos. Wahrscheinlich waren auch nicht alle von ihnen wirklichkeitsgetreu. Er hatte ausgelassen und hinzugedichtet, mal bewusst, mal unbewusst. Gewisse Dinge hatte er verbessert und verstärkt, andere abgeschwächt oder verdrängt. Erinnerungen waren subjektiv. Sein Traum war objektiv, unerbittlich, unsentimental und unerträglich schmerzhaft. Aber lebendig.

An diesem Morgen in seinem Elternhaus blieb er im Bett und erlaubte dem Traum, ihn erneut zu umfangen. Er wollte es so, brauchte es. Und es war einfach, der Traum war fest in ihm verankert wie ein unsichtbares Wesen, dem er nur etwas neue Kraft einhauchen musste, und wenn er es tat ...

Dann konnte er sie spüren. Sich nicht nur an sie erinnern, sondern sie wirklich spüren. Er spürte ihre kleine Hand in seiner und hörte ihre Stimme. Er hörte auch andere Stimmen und andere Geräusche, ihre jedoch am deutlichsten. Er konnte sie sogar riechen. Kinderseife und Sonnencreme. Im Halbschlaf war sie bei ihm. Real. Wieder da. Sein großer Daumen strich unbewusst über den billigen kleinen Ring, den sie am Zeigefinger trug. Einen Schmetterling. Er hatte ihn zwischen billigem Krimskrams auf einem Ramschmarkt entdeckt und gekauft. Sie hatte ihn sofort geliebt. Ihn nie mehr abnehmen wollen.

Jener Tag hatte in Slow Motion begonnen. Sie waren erst spät aufgestanden und hatten vorgehabt, im Hotel zu bleiben und einen ruhigen Tag am Pool zu verbringen. Lily war joggen gegangen, zu einem verspäteten, verkürzten Lauf. Als er mit Sabine nach draußen kam, zeigte sie nicht das geringste Interesse daran, am Pool zu liegen und zu faulenzen. Nein, sie hatte solche Hummeln im Hintern, dass er die Idee hatte, kurz an den Strand zu gehen. Sabine liebte den Strand. Sie liebte es, wenn er sie unter den Achseln fasste und mit ihr in den Wellen spielte. Sie kreischte vor Freude, wenn er ihren kleinen Körper in die Luft warf und wieder ins Wasser tauchte, hoch und runter wirbelte. Auf dem Weg zum

Strand begegneten ihnen einige andere Kinder. Es war zwei Tage nach Heiligabend, und die Kinder probierten ihr neues Spielzeug aus. Er trug Sabine auf seinen Schultern. Ein Mädchen spielte mit einem aufblasbaren Delfin, hellblau und niedlich, und Sabine streckte sich danach und sagte:

«Papa, so einen will ich auch.»

Das war der letzte Satz, den sie an ihn richtete. Der Strand lag etwas entfernt hinter einer großen Düne, und er ging mit schnellen Schritten dorthin, damit sie den blauen Delfin vergaß. Es funktionierte, und Sabine lachte, als er im warmen Sand voranstapfte. Ihre zarten Hände an seiner unrasierten Wange. Ihr Lachen, als er fast stolperte.

Es war Lilys Idee gewesen, über Weihnachten zu verreisen. Und er hatte nichts dagegen gehabt. Feiertagsrummel war nicht gerade Sebastians Stärke, und noch dazu tat er sich mit Lilys Familie schwer, sodass er sofort einwilligte, als sie die Reise vorschlug. Er war zwar kein Freund von Sonne und Meer, aber er begriff, dass Lily ihm – wie immer – das Leben ein wenig erleichtern wollte. Außerdem liebte Sabine Sonne und Meer, und was Sabine gefiel, machte auch ihn glücklich. Es war für Sebastian eine relativ neue Erfahrung, Dinge anderen Menschen zuliebe zu tun. Das hatte er erst durch Sabine kennengelernt. Eine schöne Erfahrung, dachte er, als er dort am Strand stand und auf den Indischen Ozean blickte. Er setzte Sabine ab, die sofort mit ihren kurzen Beinchen auf das Wasser zurannte. Es schien viel seichter als an den vorangegangenen Tagen, und der Strand war breiter als sonst. Er vermutete, dass die Ebbe das Wasser so weit hatte abfließen lassen. Er hob seine kleine Tochter hoch und rannte mit ihr zum Wasser. Es sah etwas trüb und grau aus, aber die Temperatur von Luft und Wasser war perfekt. Vollkommen unbekümmert küsste er Sabine ein letztes Mal, bevor er sie bis zum Bauch in das warme Meerwasser tauchte. Sie kreischte und lachte, für sie war das Wasser respekteinflößend und wunderbar zugleich, und eine Sekunde lang musste Sebastian an den psychologischen Fachbegriff für ihr gemeinsames Spiel denken. Vertrauensübungen. Papa lässt nicht los, das Kind wird immer mutiger. Ein einfaches Wort, dessen Bedeutung er früher eigentlich nie praktiziert hatte. Vertrauen. Sabine kreischte voller angstdurchmischter Freude, und Sebastian hörte das Donnern nicht gleich. Zu sehr war er fasziniert von dem Vertrauen, das zwischen ihm und ihr bestand. Als er das Geräusch wahrnahm, war es zu spät.

An diesem Tag hatte er ein neues Wort gelernt. Ein Wort, das er, der so belesen war, nie zuvor gehört hatte: Tsunami. In jenen Morgenstunden, in denen er den Traum zuließ, verlor er sie aufs Neue.

Und die Trauer zerriss ihn so sehr, dass er glaubte, nie wieder aufstehen zu können.

Aber er schaffte es.

Allmählich.

Und das, was sein Leben war, ging weiter.

Leonard! Clara Lundin wusste sofort, dass es um ihren Sohn ging, als sie das junge Paar auf dem Treppenabsatz erblickte. Noch bevor sie sich vorstellten und ihre Dienstausweise zeigten, wusste sie, dass diese beiden weder Zeugen Jehovas noch irgendwelche Vertreter waren. Sie wusste es, und ihr Magen krampfte sich vor Nervosität zusammen. Vielleicht intensivierte sich das Gefühl auch nur. Clara hatte dieses Ziehen im Magen nun schon so lange, dass sie es manchmal kaum noch bemerkte. Wenn abends das Telefon klingelte. Wenn sie an den Wochenenden Sirenen auf den Straßen hörte. Wenn sie aufwachte, weil Leonard seine Freunde mit nach Hause brachte. Wenn sie in ihrem Posteingang eine Mail von der Schule entdeckte.

«Ist Leo da?», fragte Vanja und steckte ihren Dienstausweis zurück in die Jackentasche.

«Leonard», korrigierte Clara sie aus reinem Reflex. «Ja, ist er. Was wollen Sie von ihm?»

«Ist er krank?», fragte Vanja ausweichend.

«Nein, ich wüsste nicht ... Wie kommen Sie darauf?»

«Weil er nicht in der Schule ist?»

Clara fiel auf, dass sie nicht einmal darüber nachgedacht hatte. Im Krankenhaus arbeitete sie in unregelmäßigen Schichten, und sie kümmerte sich immer weniger um den Schulbesuch ihres Sohnes. Er kam und ging, wie es ihm gerade passte. Tat meistens das, was er wollte.

Im Grunde genommen immer.

Sie hatte die Kontrolle verloren. So war es. Sie musste es

sich nur noch eingestehen. Völlig verloren, in weniger als einem Jahr. Das war ganz natürlich, so stand es in den Ratgebern, die sie sich ausgeliehen hatte, und in den Zeitschriften, die sie las. In diesem Alter sagten sich die Jungen von ihren Eltern los und begannen zögernd, die Welt der Erwachsenen zu erforschen. Man sollte ihnen mehr Freiräume lassen, die Zügel lockern, sie aber dennoch fest im Griff behalten und ihnen vor allem die Grundsicherheit vermitteln, dass man immer für sie da war. Leonard war jedoch nie zögerlich gewesen. Er machte einfach den Absprung, von einem Tag auf den anderen. Als sei er von einem Schwarzen Loch verschluckt worden. Plötzlich war er verschwunden, und auf der ganzen Welt gab es keine Zügel, die sich so weit lockern ließen. Clara existierte, aber er brauchte sie nicht mehr. Überhaupt nicht mehr.

«Er hat heute ein bisschen verschlafen. Was wollen Sie von ihm?»

«Können wir bitte mit ihm sprechen?», fragte Billy nachdrücklich. Vanja und er betraten den Flur.

Hier drinnen hörte man noch deutlicher das Bassgewummer, das sie bereits vernommen hatten, als sie auf den L-förmigen Bungalow zugegangen waren. Hip-Hop. Billy kannte das Lied. DMX. «X Gon' Give it to Ya» von 2002. Oldschool.

«Ich bin immerhin seine Mutter und würde schon gern wissen, was er angestellt hat.»

Vanja registrierte, dass die Mutter keineswegs wissen wollte, weshalb die Polizei ihren Sohn sprechen wollte. Nein, sie ging sofort davon aus, dass er etwas angestellt hatte.

«Wir würden gern mit ihm über Roger Eriksson sprechen.»

Der tote Junge. Warum wollte die Polizei mit Leonard über den toten Jungen sprechen? Jetzt krampfte sich ihr Magen endgültig zusammen. Clara nickte nur schweigend, trat zur Seite und ließ Vanja und Billy herein. Sie verschwand nach links durch das Wohnzimmer und ging zu einer geschlossenen Tür. Einer Tür, die sie nicht öffnen durfte, ohne anzuklopfen, was sie jetzt auch tat.

«Leonard. Die Polizei ist hier und möchte mit dir sprechen.»

Billy und Vanja warteten im Flur, der eng und ordentlich war. An der rechten Wand Garderobenhaken, an denen drei Jacken auf Bügeln hingen, von denen zwei offenbar Leonard gehörten. Am vierten Haken baumelte eine einsame Handtasche. Darunter stand ein kleines Schuhregal mit vier Paar Schuhen. Zwei davon Turnschuhe. Reebok und Eckō, registrierte Billy. Auf der gegenüberliegenden Seite war eine kleine Kommode mit einem Spiegel darüber. Abgesehen von einem Deckchen und einer Vase mit Strohblumen stand nichts darauf. Kurz dahinter endete der Flur, und das Wohnzimmer begann. Clara klopfte erneut an die geschlossene Tür.

«Leonard. Sie wollen mit dir über Roger sprechen. Jetzt komm schon raus.»

Sie klopfte noch einmal. Im Flur warfen Billy und Vanja sich einen Blick zu und trafen stillschweigend eine Entscheidung. Sie putzten ihre Schuhe an der Fußmatte ab und gingen durch das Wohnzimmer. Vor der Küchentür stand ein schlichter Esstisch auf einem Teppich, braune Vierecke auf gelbem Grund, und davor, mit dem Rücken zum Tisch, ein Sofa. Ein zweites Sofa stand gegenüber, dazwischen ein niedriger Couchtisch aus hellem Holz. Birke, vermutete Vanja, ohne sich wirklich auszukennen. An der Wand hing ein Flachbildfernseher, und auf einem flachen Möbel darunter stand ein DVD-Spieler. Aber nirgendwo waren DVDs zu sehen, auch keine Spielkonsolen oder Spiele. Das Zimmer war aufgeräumt und sauber. Es sah nicht so aus, als habe kürzlich jemand auf diesen Sofas gesessen. Ordentlich aufgereihte Zierkissen, eine zusammengelegte Decke, zwei Fernbedienungen an der Seite akkurat nebeneinander platziert. Hinter dem zweiten Sofa verlief eine Bücherwand, Bücher mit festem Einband und Taschenbücher in perfekten Reihen, die nur hier und dort von sorgsam abgestaubtem Nippes unterbrochen wurden. Vanja und Billy gingen zu Clara, die langsam unruhig wurde.

«Leonard, mach jetzt auf!» Doch keine Reaktion. Die Musik lief mit hoher Lautstärke weiter. Womöglich sogar noch lauter als zuvor, überlegte Vanja. Oder kam es ihr nur so vor, weil sie direkt vor der Zimmertür standen? Billy klopfte an. Energisch.

«Leo, können wir kurz mit dir sprechen?» Keine Reaktion. Billy klopfte erneut.

«Komisch, es klang, als hätte er abgeschlossen.»

Vanja und Billy sahen Clara an. Billy drückte den Türgriff nach unten. Tatsächlich. Abgeschlossen.

Vanja warf einen schnellen Blick durch das Wohnzimmerfenster. Plötzlich sah sie, wie ein stattlicher rothaariger Junge weich auf dem Gras vor dem Haus landete und anschließend auf Socken über den Rasen aus ihrem Blickfeld sprintete. Das Ganze ging blitzschnell. Vanja rannte zur verschlossenen Terrassentür und schrie:

«Leo! Bleib stehen!»

Was Leo auf keinen Fall zu tun gedachte. Im Gegenteil, er wurde immer schneller. Vanja drehte sich zum verdutzten Billy um.

«Übernimm du die Vorderseite», rief sie, während sie versuchte, die Terrassentür zu öffnen. In einiger Entfernung sah sie den flüchtenden Jungen. Sie bekam die Tür auf und setzte mit ein paar schnellen Schritten über die Rabatten. Dann erhöhte sie ihr Tempo und schrie dem Jungen erneut hinterher.

Sebastian war gegen acht aus dem Bett gekommen, hatte geduscht und einen Ausflug zur Statoil-Tankstelle unternommen, die nur wenige hundert Meter entfernt lag. Er bestellte einen Caffè Latte und ein Frühstück, das er an Ort und Stelle verspeiste, während er die Morgenpendler beobachtete, die sich mit Zigaretten, Kaffee und Super-Bleifrei versorgten. Als er zu seinem temporären Wohnsitz zurückgekehrt war, sammelte er die Zeitungen, Briefe, Rechnungen und Reklame aus dem überfüllten Briefkasten zusammen. Bis auf die Zeitung von heute warf er alles in einen Pappkarton, den er sorgfältig zusammengefaltet in der Besenkammer gefunden hatte. Er hoffte, dass dieser Makler bald zurückrufen würde, damit er das Tankstellenessen nicht zur Gewohnheit machen musste. Gelangweilt ging er nach draußen und setzte sich hinter das Haus, wo die Sonnenstrahlen bereits die neue Holzterrasse aufwärmten. Als Sebastian klein war, hatten dort Steinplatten gelegen, diese Fliesen aus lauter runden, hervorstehenden Steinchen, die damals alle hatten, wenn er sich recht erinnerte. Heute besaßen stattdessen offenbar alle Holzterrassen.

Er nahm die Zeitung und wollte gerade mit dem Kulturteil beginnen, als er hörte, wie eine energische Frauenstimme rief: «Leo! Bleib stehen!» Nur wenige Sekunden später brach ein großgewachsener, rothaariger Jugendlicher durch die Tujahecke des Nachbarn, rannte über den schmalen Fuß- und Radweg, der die beiden Grundstücke voneinander trennte, und überquerte mit einem schnellen Satz den einen Meter hohen weißen Zaun zu Sebastians Grundstück. Hinter ihm kam eine Frau um die dreißig angesprintet. Schnell. Gelenkig. Sie lag nur wenige Schritte zurück, als auch sie durch die Hecke brach und immer weiter zu dem jungen Mann aufschloss. Sebastian beobachtete die Verfolgungsjagd und wettete darauf, dass der Flüchtende den Zaun zum nächsten Grundstück nicht mehr erreichen würde. Und richtig. Nur wenige Meter davon entfernt legte die Frau einen beachtlichen Spurt hin und warf den Rothaarigen mit einem gezielten Hechtsprung zu Boden. Man musste allerdings zugeben, dass sie auf dem weichen Bodenbelag im Vorteil war, da sie Schuhe trug, dachte Sebastian, während er sah, wie die beiden durch den Schwung des Sturzes ein Stück über den Boden kullerten, bevor sie zum Stillstand kamen. Mit einem schnellen Griff drehte die Frau den Arm des Jungen auf den Rücken. Ein Polizeigriff. Sebastian stand auf und ging ein paar Schritte über den Rasen. Nicht, dass er auch nur im Entferntesten behilflich sein wollte – es ging ihm nur darum, besser sehen zu können. Die Frau schien die Situation unter Kontrolle zu haben. Außerdem kam bereits ein ungefähr gleichaltriger Mann angerannt, um zu helfen. Anscheinend auch er Polizist, denn er zauberte schnell ein paar Handschellen hervor und begann, die Arme des jungen Mannes auf seinem Rücken zu fesseln.

«Lassen Sie mich los, verdammt! Ich habe nichts getan!» Der Rothaarige wand sich unter dem effektiven Griff der Frau auf dem Rasen, so gut es ging.

«Warum rennst du dann vor uns weg?», fragte die Frau und zog den Jungen gemeinsam mit ihrem Kollegen auf die Füße. Sie gingen zur Vorderseite des Hauses, wo vermutlich ein Auto wartete. Auf dem kurzen Weg dorthin bemerkte die Frau, dass sie nicht allein auf dem Grundstück waren. Sie sah zu Sebastian hinüber, zog einen Dienstausweis aus der Tasche und klappte ihn auf. Aus dieser Entfernung hätte sie ihm genauso gut einen Bibliotheksausweis hinhalten können. Sebastian hatte keine Chance zu erkennen, was darauf stand.

«Vanja Lithner, Reichskriminalpolizei. Wir haben die Lage unter Kontrolle. Sie können wieder hineingehen.»

«Ich war aber gar nicht im Haus. Darf ich trotzdem draußen bleiben?»

Doch die Frau hatte offenbar bereits mit ihm abgeschlossen. Sie stopfte ihren Dienstausweis zurück in die Tasche und packte erneut den Arm des Rothaarigen. Er sah aus wie einer jener Jungen, die das Leben schon früh auf die schiefe Bahn schickte. Es war mit Sicherheit weder das erste noch das letzte Mal, dass man ihn zu einem wartenden Polizeiwagen brachte. Auf dem Fußweg kam eine weitere Frau angelaufen. Sie hielt inne, schlug die Hände vor den Mund und unterdrückte einen Schrei, als sie sah, was auf Sebastians Grundstück vor sich ging. Sebastian betrachtete sie. Die Mutter, ganz eindeutig. Sehr rotes, leichtgelocktes Haar. Ungefähr fünfundvierzig. Nicht besonders groß, vielleicht eins fünfundsechzig. Ziemlich durchtrainiert, vermutlich Fitness. Anscheinend war sie die Nachbarin von der anderen Seite der Hecke. Als er als Kind hier gelebt hatte, wohnte nebenan ein deutsches Paar mit zwei Schnauzern. Schon damals alt. Sicherlich inzwischen verstorben.

«Leonard, was hast du getan? Was machen Sie denn da? Was hat er getan?» Es schien der Frau völlig egal zu sein, dass ihr niemand antwortete. Die Fragen sprudelten nur so aus ihr heraus. Schnell und gepresst, mit einer Stimme, die immer höher wurde. Wie das Sicherheitsventil bei einem Dampfkochtopf. Wenn sie den Mund gehalten hätte, wäre sie vor lauter Druck wohl explodiert. Die Frau lief weiter über den Rasen. «Was hat er getan? Bitte, sagen Sie es mir! Leonard! Warum handelst du dir ständig Ärger ein? Was hat er getan? Wo bringen Sie ihn hin?»

Die Polizistin ließ den Arm des Jungen los und ging einige Schritte auf die aufgelöste Mutter zu. Der Mann führte den Jungen weiter.

«Wir wollen mit ihm sprechen. Sein Name tauchte im Rahmen unserer Ermittlungen auf», sagte sie, und Sebastian bemerkte, wie sie zur Beruhigung ihre Hand auf den Oberarm der Mutter legte. Körperkontakt. Das war gut. Professionell.

«Was heißt denn auftauchen? In welchem Zusammenhang?»

«Er wird jetzt gemeinsam mit uns ins Präsidium fahren. Wenn Sie später vorbeikommen, können wir die ganze Angelegenheit in Ruhe besprechen.» Vanja hielt kurz inne und achtete darauf, der Frau in die Augen zu blicken, während sie fortfuhr. «Frau Lundin, momentan wissen wir auch noch nichts. Bitte machen Sie sich keine unnötigen Sorgen. Kommen Sie später vorbei, fragen Sie nach mir oder Billy Rosén. Ich heiße Vanja Lithner.» Natürlich hatte Vanja sich vorgestellt, als sie bei Lundins geklingelt hatte, aber es garantierte nicht, dass Clara Lundin sich daran erinnerte oder den Namen überhaupt richtig verstanden hatte. Deshalb zog Vanja sicherheitshalber eine Visitenkarte hervor und gab sie ihr. Clara nahm sie und nickte, sie war zu schockiert, um zu protestieren. Vanja drehte sich um und verließ das Grundstück. Clara sah hinter ihr her, wie sie bei den Johannisbeerbüschen um die Ecke verschwand. Eine

Weile stand sie einfach nur da, völlig ratlos. Dann richtete sie sich an den Erstbesten, und das war unglücklicherweise Sebastian.

«Dürfen die das denn einfach so machen? Ihn mitnehmen, ohne mich? Er ist doch gar nicht volljährig.»

«Wie alt ist er?»

«Sechzehn.»

«Dann dürfen sie.»

Sebastian schlenderte wieder in Richtung Holzterrasse, Vormittagssonne und Kulturteil. Clara blieb stehen und blickte in die Richtung, in die Vanja verschwunden war, als erwarte sie, dass alle drei gleich lachend um die Ecke springen und erklären würden, dass es lediglich ein Scherz gewesen sei. Ein gut geplanter Streich. Clara wandte sich Sebastian zu, der es sich gerade wieder in seinem weißen Rattansessel bequem gemacht hatte.

«Können Sie denn nicht irgendwas tun?», flehte sie ihn an. Sebastian warf ihr einen fragenden Blick zu.

«Ich? Was sollte ich denn tun können?»

«Sind Sie nicht Bergmans Sohn? Sebastian? Sie arbeiten doch in so einem Bereich.»

«Arbeitete. Imperfekt. Ich bin da nicht mehr. Und als ich noch dort arbeitete, war ich nie für die Rechtmäßigkeit von Verhaftungen zuständig. Ich war Polizeipsychologe, kein Jurist.»

Draußen auf der Straße startete das Auto mit ihrem einzigen Sohn und fuhr davon. Sebastian sah die Frau an, die auf seinem Rasen zurückblieb, ratlos und verlassen.

«Was hat er denn angestellt? Ihr Sohn? Wenn sich sogar die Reichskriminalpolizei für ihn interessiert?»

Clara ging ein paar Schritte auf ihn zu.

«Es hat irgendwas mit diesem Jungen zu tun, der ermordet wurde. Ich habe keine Ahnung. So etwas würde Leonard nie tun. Nie.»

«Ach, wirklich nicht? Und was tut Leonard stattdessen?» Clara blickte völlig verständnislos zu Sebastian hinüber, der mit seinem Kopf in Richtung Zaun nickte.

«Als Sie vorhin über diesen Zaun gestiegen sind, haben Sie ihm doch vorgeworfen, dass er sich immer Ärger einhandelt.»

Clara blickte ihn verblüfft an und dachte nach. Hatte sie das wirklich getan? Sie erinnerte sich nicht. In ihren Gedanken herrschte ein solches Durcheinander, aber vielleicht hatte sie es wirklich gesagt. Leonard hatte sich tatsächlich immer wieder Ärger eingehandelt, besonders in der letzten Zeit, aber das hier war doch wohl etwas anderes.

«Aber er ist kein Mörder!»

«Niemand ist ein Mörder – bis er jemanden umbringt.» Clara betrachtete Sebastian, der mit einem Mal völlig desinteressiert wirkte und gänzlich unberührt von den Ereignissen schien, die sich auf seinem Grundstück abgespielt hatten. Er trommelte mit den Fingern auf einer Zeitung herum, als sei nichts Außergewöhnliches passiert.

«Sie haben also nicht vor, mir zu helfen?»

«Ich habe die Gelben Seiten im Haus, ich könnte unter A wie Anwalt nachschlagen.»

Clara spürte, wie der Knoten aus Unruhe und Angst in ihrem Magen nun durch eine Zornkomponente erweitert wurde. In den Jahren, die sie neben Esther und Ture gewohnt hatte, hatte sie eine Menge über den Sohn der Bergmans gehört. Nichts davon war positiv gewesen. Gar nichts.

«Und ich habe immer gedacht, Esther hätte übertrieben, wenn sie von Ihnen sprach.»

«Das würde mich wundern. Meine Mutter hatte nie etwas für große Gesten übrig.»

Clara warf Sebastian einen kurzen Blick zu, dann wandte sie sich ab und ging wortlos davon. Sebastian hob den ersten Teil der Zeitung von der Terrasse auf. Er hatte den Artikel bereits gesehen, sich aber nicht sonderlich dafür interessiert. Jetzt schlug er ihn auf.

«Reichskriminalpolizei ermittelt im Mordfall des Jungen.»

**W**arum bist du abgehauen?»

Vanja und Billy saßen Leonard Lundin gegenüber. Es war ein unpersönlicher Raum, ein Tisch, drei relativ bequeme Stühle. Tapeten in gedämpften Farben, einzelne, gerahmte Poster, eine Stehlampe hinter einem kleinen Sessel. Tageslicht fiel durch ein Fenster, dessen Glas zwar gefrostet war, aber immerhin war es Tageslicht. Wenn man sich ein Stockbett hinzudachte und die zwei Überwachungskameras weg, die alles registrierten und in einen benachbarten Raum übertrugen, wirkte der Raum eher wie ein Zimmer in einer kleineren Jugendherberge als wie ein Verhörraum.

Leonard lümmelte auf seinem Stuhl, den Hintern an der Vorderkante, die Arme vor der Brust verschränkt, die nur mit Socken bekleideten Füße seitlich unter dem Tisch ausgestreckt. Er sah die Polizisten nicht an, sondern fixierte einen imaginären Punkt links unten an der Fußleiste. Sein gesamter Körper strahlte Desinteresse und eine gewisse Verachtung aus.

«Ich weiß nicht. Aus Reflex.»

«Aha, du hast also den Reflex wegzurennen, wenn ein Polizist mit dir sprechen möchte? Wieso?»

Leonard zuckte mit den Achseln.

«Hast du was auf dem Kerbholz?»

«Das scheinen Sie jedenfalls zu glauben.»

Das Ironische daran war, dass sie überhaupt nichts geglaubt hatten, als sie zu den Lundins gefahren waren, um mit ihm zu sprechen, aber eine Flucht auf Socken erhöhte natürlich sowohl das Interesse als auch einen Tatverdacht. Vanja hatte bereits den Entschluss gefasst, Leonards Zimmer zu durchsuchen. Einfach den Weg durchs Fenster zu nehmen war schon ziemlich extrem. Vielleicht gab es Sachen in diesem Zimmer, die sie auf keinen Fall hatten sehen sollen. Sachen, die ihn mit dem Mord in Verbindung brachten. Bisher sprach gegen ihn nur, dass er das Opfer am Freitagabend mit seinem Moped umkreist hatte. Vanja lenkte das Gespräch in diese Richtung.

«Du hast Roger Eriksson am Freitag getroffen.»

«Hab ich das?»

«Wir haben einen Zeugen, der euch zusammen gesehen hat. In der Gustavsborgsgatan.»

«Aha, na dann wird es wohl so gewesen sein. Und weiter?»

«‹Aha, dann wird es wohl so gewesen sein›, ist das ein Eingeständnis?» Billy blickte von seinem Notizblock auf und fixierte den Jungen. Leonard erwiderte seinen Blick eine Sekunde lang und nickte dann. Billy übersetzte das Nicken für das Aufnahmegerät auf dem Tisch: «Leonard beantwortet die Frage mit Ja.»

Vanja fuhr fort.

«Du bist auf dieselbe Schule gegangen wie Roger, aber er wechselte. Weißt du, warum?»

«Das müssen Sie ihn fragen.»

So was von dämlich! So – respektlos. Billy hätte ihn am liebsten am Schlafittchen gepackt und geschüttelt. Vanja spürte es und legte ihre Hand diskret auf den Unterarm des Kollegen. Ohne auch nur im Geringsten auf die Provokation zu reagieren, öffnete sie die Mappe, die vor ihr auf dem Tisch lag.

«Das hätte ich zu gern getan. Aber wie du vielleicht mitbekommen hast, ist er tot. Man hat ihm das Herz herausgeschnitten und ihn in einen Tümpel geworfen. Ich habe ein paar Fotos hier ...»

Vanja begann, die großformatigen, hochauflösenden Aufnahmen vom Fundort und aus dem Leichenhaus vor Leonard auszubreiten. Vanja und Billy wussten beide, dass es keinerlei Rolle spielte, wie viele Tote man bereits in Filmen und Computerspielen gesehen hatte. Kein Medium wurde dem Tod gerecht. Nicht einmal die besten Spezialeffekte konnten den Anblick einer echten Leiche heraufbeschwören und dieselben Gefühle auslösen. Insbesondere dann nicht, wenn man die Person noch eine Woche zuvor lebend gesehen hatte, so wie Leonard. Er warf einen kurzen Blick auf die Fotos. Versuchte unberührt zu wirken, doch Vanja und Billy bemerkten sofort, dass es schwer, wenn nicht sogar unmöglich für ihn war, sich die Bilder anzusehen. Aber das hatte nichts zu bedeuten. Dass er es nicht über sich brachte, genauer hinzusehen, konnte ebenso gut an den schockierenden Fotos wie an Schuldgefühlen liegen. Bilder wie diese trafen Täter mit derselben Wucht wie Unschuldige. Nahezu ausnahmslos. Die Reaktion war also nicht das Wichtige. Es ging eher darum, das Verhör in eine ernstere Richtung zu lenken. Dieses freche, ausweichende Verhalten zu durchbrechen. Vanja fuhr fort, Bild für Bild vor Leo auf dem Tisch aufzureihen, und Billy dachte, dass sie ihn immer wieder aufs Neue beeindruckte. Obwohl sie einige Jahre jünger war als er, war sie wie eine große Schwester. Eine Schwester, die in allen Fächern eine Eins hatte, aber keine Streberin war, sondern cool. Und die immer für ihre kleinen Geschwister eintrat. Jetzt beugte sie sich zu Leonard vor.

«Wir wollen denjenigen finden, der das getan hat. Und das werden wir auch. Momentan haben wir allerdings nur einen Verdächtigen, und das bist du. Also – wenn du hier rauskommen und vor deinen Kumpels damit angeben willst, wie du vor den Bullen abgehauen bist, wäre es am besten, du würdest deine Abwehrhaltung ablegen und anfangen, meine Fragen zu beantworten.»

«Ich sage doch, dass ich ihn am Freitag getroffen habe.»

«Das ist aber nicht die Antwort auf meine Frage. Ich habe gefragt, warum er die Schule wechselte.»

Leonard seufzte.

«Vermutlich, weil wir ein bisschen fies zu ihm waren. Vielleicht deshalb. Aber ich war nicht der Einzige. Niemand auf unserer Schule mochte ihn.»

«Jetzt enttäuschst du mich aber, Leonard. Die wirklich harten Jungs schieben doch nicht den anderen die Schuld zu. Du warst doch einer der Anführer, oder? Das habe ich jedenfalls gehört.»

Leo sah sie an und wollte gerade mit Ja antworten, als Billy einwarf: «Tolle Uhr. Ist das eine Tonino Lamborghini Pilot?»

Es wurde still im Raum. Vanja sah Billy verwundert an. Nicht weil er die Uhr an Leonards Arm identifiziert hatte, sondern wegen seines unerwarteten Themenwechsels. Leonard änderte die Stellung seiner verschränkten Arme, sodass die Uhr vom rechten Arm verdeckt wurde. Aber er sagte nichts. Das brauchte er auch nicht. Vanja wandte sich ihm zu.

«Wenn du keinen Kassenbeleg für diese Uhr vorweisen kannst, dann sieht es nicht gut für dich aus.»

Leonard blickte in ihre ernsten Gesichter. Er schluckte.

Und fing an zu erzählen. Alles.

«Er gibt zu, dass er die Uhr gestohlen hat. Er war mit seinem Moped unterwegs, als er Roger *hier* begegnete.» Vanja zeichnete ein Kreuz auf der Karte an der Wand ein. Ursula und Torkel hörten aufmerksam zu, während Billy und Vanja die wichtigsten Ergebnisse aus dem Verhör mit Leo zusammenfassten.

«Er sagte aus, dass er ihn nur ein bisschen ärgern wollte und anfing, ihn mit dem Moped zu umkreisen. Dann soll Roger ihn umgestoßen haben, das behauptet Leonard jedenfalls. Daraufhin gerieten sie richtig aneinander und prügelten sich. So sehr, dass Roger Nasenbluten bekam. Mit ein paar Fausthieben streckte Leonard Roger zu Boden und nahm ihm obendrein die Uhr weg.»

Es herrschte betretenes Schweigen. Das Einzige, was sie jetzt noch gegen Leonard in der Hand hatten, war die Uhr. Es gab nichts, was dagegen sprach, dass Leonard die Wahrheit gesagt hatte, keine Zeugenaussage, keine Indizien. Vanja fuhr fort.

«Aber das sind natürlich nur Leonards Behauptungen. Der Streit kann genauso gut eskaliert sein, und er hat am Ende sein Messer gezogen und Roger umgebracht.»

«Mit mehr als zwanzig Stichen? In einer relativ belebten Straße und ohne, dass jemand etwas bemerkt?» Ursula klang zu recht skeptisch.

«Wir wissen ja noch nicht, wie es dort in der Gegend aussieht. Er kann in Panik geraten sein. Ein Stich, und Roger liegt am Boden und schreit. Leo begreift, dass er dafür ins Gefängnis wandern wird, schleppt ihn ins Gebüsch und sticht weiter auf ihn ein. Um ihn zum Schweigen zu bringen.»

«Und das Herz?» Ursula klang noch immer alles andere als überzeugt.

Vanja konnte ihre Zweifel nachvollziehen.

«Ich weiß nicht. Aber unabhängig davon, *was* genau geschehen ist, es geschah auf jeden Fall um kurz nach neun. Leo hat die Zeitangabe bestätigt. Er hat auf die Uhr gesehen, als er sie von Rogers Arm nahm. Was bedeutet, dass Roger nicht, wie Lisa behauptet, bis 22 Uhr bei ihr war.» Torkel nickte.

«Okay, gute Arbeit. Haben wir etwas vom Fundort?» Er wandte sich Ursula zu.

«Nicht viel. Die Reifenabdrücke, die wir gefunden haben, stammen von einem Pirelli P7. Nicht gerade ein Standardreifen, aber trotzdem ziemlich häufig. Außerdem wissen wir auch nicht mit Sicherheit, ob der Abdruck tatsächlich von dem Auto stammt, das die Leiche dorthin transportiert hat.»

Ursula zog ein Blatt und ein Foto von dem Reifenabdruck aus ihrer Mappe und überreichte sie Billy. Er ging nach vorn, um die neuen Informationen an der Tafel zu befestigen.

«Hatte Leo Lundin Zugang zu einem Auto?», fragte Torkel, während Billy das Foto und das Informationsblatt zum Pirelli-Reifen festpinnte.

«Nicht dass ich wüsste. Heute Vormittag stand keins in der Auffahrt.»

«Wie soll er dann eine Leiche bis nach Listakärr transportiert haben? Auf seinem Moped?» Die anderen schwiegen. Natürlich nicht. Eine ohnehin schwache Theorie über den Tathergang wurde mit einem Mal noch schwächer. Dennoch waren sie gezwungen, ihr nachzugehen, bevor sie sie ganz verwarfen.

«Ursula und ich werden den Lundins mit ein paar uniformierten Kollegen einen Besuch abstatten und das Haus durchsuchen. Billy, du fährst zur Gustavsborgsgatan und untersuchst, ob es überhaupt denkbar ist, dass der Mord dort stattgefunden hat. Vanja, du sprichst ...»

«... nochmal mit Lisa Hansson», ergänzte Vanja und konnte ihre Freude nur schwer verbergen.


Clara stand vor dem Haus und rauchte. Vor einer halben Stunde waren erneut Beamte von der Reichskriminalpolizei mit uniformierten Polizisten im Schlepptau eingetroffen. Als Clara sich erkundigt hatte, ob sie zum Polizeipräsidium fahren und mit dieser Vanja Lithner sprechen könne, deren Visitenkarte sie hatte, bekam sie lediglich die knappe Antwort, Leonard sitze noch in Untersuchungshaft, bis sie seine Angaben kontrolliert hätten. Und ihr Haus durchsucht. Wenn sie jetzt also bitte so freundlich wäre ...

Und nun stand sie da, aus ihrem eigenen Haus vertrieben, sie rauchte, fror trotz der Frühlingswärme und versuchte, ihre Gedanken zu ordnen. Oder, besser gesagt, einen Gedanken zu verdrängen, der hartnäckig wiederkehrte und den sie mehr als alles andere fürchtete: Leonard konnte tatsächlich etwas mit Rogers Tod zu tun haben. Clara wusste, dass sie nicht gerade die besten Freunde gewesen waren. Nein, wem wollte sie hier eigentlich etwas vormachen? Leonard hatte Roger gemobbt und schikaniert. Teilweise auch mit Gewalt.

Als die Jungen in die Mittelstufe kamen, war Clara unzählige Male beim Rektor gewesen, zuletzt ging es sogar darum, Leonard von der Schule zu werfen. Aber die allgemeine Schulpflicht hatte diese letzte Konsequenz verhindert. Ob denn keine Möglichkeit bestehe, dass Clara mit Leonard rede, die Situation sozusagen innerhalb der eigenen vier Wände löse? Es sei nämlich äußerst wichtig, das Problem in den Griff zu bekommen, hatte man Clara erklärt. Es würden mittlerweile zunehmend Schadenersatzforderungen an Schulen gestellt, die nicht gegen Mobbing vorgingen. Und die Vikinga-Schule habe kein Interesse daran, Teil dieser wachsenden Statistik zu werden.

Irgendwie war es dann doch gegangen. Nach einem Sommerhalbjahr, in dem Clara das Gefühl hatte, nichts anderes zu tun, als Leonard zu drohen oder ihn zu bestechen, endete die Mittelstufe, und während der Sommerferien redete sie sich erfolgreich ein, dass auf dem Gymnasium alles besser werde. Sie würden einen Neuanfang machen. Doch so kam es nicht. Denn Leonard und Roger waren am selben Gymnasium angemeldet, dem Runeberg-Gymnasium. Leonard war noch immer dort, Roger hatte die Schule nach nur einem Monat verlassen. Clara wusste, dass Leonard einer der Hauptgründe für Rogers Schulwechsel gewesen war. Aber war er am Ende sogar mehr als das? Wütend wischte Clara diesen Gedanken sofort beiseite. Was war sie denn für eine Mutter, dass sie so etwas von ihrem Sohn dachte! Aber es gelang ihr nicht, die nagende Sorge zu verdrängen. War ihr Sohn ein Mörder?

Jetzt hörte Clara in der Einfahrt Schritte, die sich näherten, und wandte sich um. Sebastian Bergman kam mit zwei Plastiktüten von Statoil in der Hand angeschlendert. Claras Gesichtszüge verhärteten sich.

«Sind die schon wieder hier?», fragte er und wies mit dem Kopf auf ihr Haus. «Wenn Sie möchten, können Sie zu mir kommen und dort warten, das wird sicherlich noch eine Weile dauern.»

«Ach, jetzt machen Sie sich auf einmal Gedanken um mich?»

«Nicht direkt, aber ich bin eben gut erzogen. Wir sind immerhin Nachbarn.»

Clara schnaubte verächtlich und warf ihm einen kühlen Blick zu.

«Nein danke, ich komme schon zurecht.»

«Das kann sein, aber Sie scheinen zu frieren, und das ganze Viertel weiß bereits, dass die Polizei bei Ihnen ist. Es ist nur noch eine Frage der Zeit, bis auch die Pressemeute kommt. Und die wird nicht an Ihrer Grundstücksgrenze haltmachen. Wenn Sie mich anstrengend finden, dann seien Sie sich gewiss, dass ich im Vergleich zu denen völlig harmlos bin.»

Clara blickte Sebastian erneut an. Zwei Journalisten hatten tatsächlich schon angerufen. Einer davon sogar viermal hintereinander. Clara hatte nicht die geringste Lust, ihnen persönlich zu begegnen. Sie nickte und machte ein paar Schritte auf ihn zu. Gemeinsam gingen sie zur Gartenpforte.

«Sebastian?»

Sebastian erkannte die Stimme sofort wieder und drehte sich zu dem Mann um, den er schon so lange nicht mehr gesehen hatte. Auf der Treppe vor Claras Eingangstür stand Torkel mit einem, milde gesagt, erstaunten Gesichtsausdruck. Sebastian wandte sich kurz an Clara.

«Gehen Sie schon mal rein, es ist offen. Können Sie die mitnehmen?» Er reichte ihr die Einkaufstüten. «Falls Sie Lust haben, uns etwas zu essen zu machen, hätte ich nichts dagegen.»

Ein wenig verwundert nahm Clara die Einkäufe entgegen. Einen Moment lang schien es, als wollte sie etwas fragen, dann besann sie sich und steuerte auf Sebastians Haus zu. Sebastian sah Torkel an, der völlig verblüfft wirkte.

«Was zum Teufel machst du hier?»

Torkel streckte ihm seine Hand entgegen, und Sebastian schlug ein. Torkel drückte sie fest. «Schön, dich zu sehen! Es muss Ewigkeiten her sein.»

Was offenbar bedeutete, dass er Sebastian nun unbedingt auch noch umarmen musste. Eine kurze, energische Umarmung, die Sebastian nicht direkt erwiderte. Anschließend trat Torkel einen Schritt zurück.

«Was machst du in Västerås?»

«Ich wohne da drüben.» Sebastian deutete auf das Nachbarhaus. «Im Haus meiner Mutter. Sie ist gestorben. Ich muss es verkaufen, deshalb bin ich hier.»

«Das tut mir leid zu hören – das mit deiner Mutter.»

Sebastian zuckte mit den Schultern. Ganz so tragisch war es nicht, und das hätte Torkel eigentlich auch wissen müssen, immerhin hatten sie sich über einige Jahre hinweg ziemlich nahegestanden. Das war zwar schon lange her, zwölf Jahre, um genau zu sein, aber sie hatten damals unzählige Male über Sebastians Eltern und sein Verhältnis zu ihnen gesprochen. Wahrscheinlich hatte Torkel nur höflich sein wollen. Wie hätte er sich auch sonst verhalten sollen? Es war zu viel Zeit vergangen, um einfach dort anzuknüpfen, wo sie aufgehört hatten. Zu viel Zeit, als dass sie überhaupt noch behaupten konnten, einander zu kennen. Zu viel Zeit, um ihre Unterhaltung ungezwungen dahinplätschern zu lassen. Und so entstand eine Pause.

«Ich arbeite immer noch bei der Reichsmordkommission», brach Torkel nach einigen Sekunden das Schweigen.

«Das weiß ich bereits. Ich habe von dem Jungen gehört.»

«Ja ...»

Erneutes Schweigen. Torkel räusperte sich und deutete in Richtung des Hauses, aus dem er gerade gekommen war.

«Ich muss weitermachen ...» Sebastian nickte verständnisvoll. Torkel lächelte ihn an.

«Und halte dich lieber fern, damit Ursula dich nicht zu Gesicht bekommt.»

«Ihr arbeitet also immer noch zusammen?»

«Sie ist eben die Beste.»

«Ich bin der Beste.»

Torkel betrachtete den Mann, den er vor vielen Jahren als seinen Freund bezeichnet hätte. Vielleicht nicht gerade als besten oder guten Freund, aber definitiv als Freund. Natürlich hätte er Sebastians Kommentar einfach ignorieren können oder zustimmend nicken, lachen, ihm einen Klaps auf die Schulter geben und wieder ins Haus gehen können, aber das wäre nicht fair gewesen. Keine dieser Varianten. Deshalb sagte er:

«Du *warst* der Beste. In vielen Bereichen. Und in anderen ein völlig hoffnungsloser Fall.»

Eigentlich hatte Sebastian mit seinem blöden Kommentar gar nichts bezwecken wollen. Er war eher ein Reflex gewesen. Ein Rückenmarksreflex. In den vier Jahren, die er mit Ursula zusammengearbeitet hatte, hatten sie in ständiger Konkurrenz zueinander gestanden: unterschiedliche Gebiete, unterschiedliche Aufgaben, unterschiedliche Ansichten. Allein in einer Sache waren sie auf geradezu rührende Weise einer Meinung gewesen: Nur einer von ihnen konnte der Beste im Team sein. Diese Einschätzung lag ihnen beiden im Blut. Doch Torkel hatte recht. In vielen oder zumindest einigen Bereichen war Sebastian unschlagbar gewesen. In anderen ein völlig hoffnungsloser Fall. Sebastian lächelte schwach.

«Leider habe ich meine hoffnungslose Seite weiter ausgebaut. Pass auf dich auf.»

«Du auch.»

Sebastian drehte sich um und ging zum Gartentor. Zu seiner Verwunderung folgte kein «Wir sollten uns mal wieder treffen» oder «Gehen wir doch mal ein Bier trinken» von Torkel. Offenbar hatte er genauso wenig wie Sebastian das Bedürfnis, die Freundschaft wieder aufzuwärmen.

Als Sebastian nach links zu seinem Elternhaus abgebogen war, sah Torkel, wie Ursula auf die Treppe vor Claras Haus hinaustrat. Sie blickte dem Mann nach, der im Nachbarhaus verschwand. Ihr Blick strahlte etwas ganz anderes aus als die Verwunderung, die Torkel gezeigt hatte, als er Sebastian sah.

«War das Sebastian?»

Torkel nickte.

«Was zum Teufel macht der hier?»

«Offenbar war seine Mutter die Nachbarin.»

«Aha, und womit beschäftigt er sich zurzeit?»

«Angeblich damit, seine hoffnungslose Seite weiter auszubauen.»

«Also keine Veränderung zu früher», antwortete Ursula vieldeutig.

Torkel musste innerlich lächeln, als er daran dachte, wie Ursula und Sebastian sich ständig über jedes Detail, jede Analyse, jeden weiteren Ermittlungsschritt gestritten hatten. Im Grunde waren sie sich furchtbar ähnlich, wahrscheinlich konnten sie genau deshalb nicht zusammenarbeiten. Sie gingen zum Haus zurück. Unterwegs überreichte Ursula Torkel eine verschlossene Plastiktüte.

«Was ist das?»

«Ein T-Shirt. Wir haben es im Wäschekorb im Badezimmer gefunden. Voller Blut.»

Mit Interesse betrachtete Torkel das Kleidungsstück in der Tüte. Es sah nicht gut aus für Leonard Lundin.

Vanja hatte länger als erhofft darauf warten müssen, wieder mit Lisa Hansson sprechen zu können. Zunächst war sie zum Palmlövska-Gymnasium gefahren, das ein Stück außerhalb von Västerås lag. Es war zweifelsohne eine Schule mit großen Ambitionen. Akkurat gepflanzte Baumreihen, gelbverputzte, graffitifreie Mauern und, wie man hörte, immer wieder Bestnoten im nationalen Leistungsvergleich. Ein Ort, den Schüler wie Leonard Lundin noch nicht einmal von Fotos her kannten. Dieses Vorzeigegymnasium hatte Roger also besucht, nachdem er von der Runeberg-Schule in der Stadtmitte hierher gewechselt war. Vanja spürte, dass irgendetwas mit diesem Schulwechsel einherging, dem sie auf den Grund gehen musste. Roger war in eine völlig andere Umgebung gekommen. Ob in diesem Zusammenhang etwas vorgefallen war? Große Veränderungen konnten zu Konflikten führen. Vanja beschloss herauszufinden, wer Roger Eriksson eigentlich gewesen war. Das würde ihr nächster Schritt sein. Aber zuvor musste sie sich Klarheit über diese Abendstunden verschaffen, über die Lisa Hansson so hartnäckig log.

Bis Vanja endlich herausbekommen hatte, in welche Klasse Lisa ging, den richtigen Raum gefunden und die Englischstunde unterbrochen hatte, war bereits eine halbe Stunde vergangen.

Die Klasse hatte neugierig geflüstert, als Lisa aufgestanden und für Vanjas Begriff demonstrativ langsam auf sie zugegangen war. Ein Mädchen in der ersten Reihe meldete sich, sprach aber fast gleichzeitig ohne jede Erlaubnis ihrer Lehrerin sofort drauflos.

«Wissen Sie schon, wer es war?»

Vanja schüttelte den Kopf.

«Nein, noch nicht.»

«Ich habe gehört, dass es ein Junge von seiner alten Schule war.»

«Ja. Leo Lundin», ergänzte ein Junge mit kurzgeschorenen Haaren und zwei großen, falschen Edelsteinen in den Ohren. «Von seiner alten Schule», verdeutlichte er, als Vanja nicht auf den Namen reagierte.

Eigentlich war die Ermittlerin nicht verwundert. Västerås war eine relativ kleine Stadt, und die Jugendlichen waren ständig online und erreichbar. Natürlich hatten sie sich SMS geschickt und darüber gechattet oder getwittert, dass ein Gleichaltriger verhört worden war. Noch dazu unter ziemlich spektakulären Umständen. Doch Vanja dachte nicht daran, die Gerüchte weiter anzuheizen. Im Gegenteil.

«Wir sind immer noch dabei, mit allen Zeugen zu sprechen, und wir ermitteln in alle Richtungen», sagte sie, ehe sie Lisa den Vortritt ließ und die Tür des Klassenraums hinter sich schloss.

Als sie auf den Flur traten, verschränkte Lisa die Arme vor der Brust, warf Vanja einen frechen Blick zu und fragte, was sie wolle. Vanja erklärte wahrheitsgemäß, dass sie einige Angaben überprüfen musste.

«Dürfen Sie mich überhaupt verhören, ohne dass meine Eltern dabei sind?» Vanja war leicht irritiert, legte aber alles daran, es nicht zu zeigen. Stattdessen lächelte sie Lisa an und sagte so undramatisch, wie sie nur konnte:

«Ich verhöre dich nicht. Du bist nicht wegen irgendetwas angeklagt. Ich möchte nur ein bisschen reden.»

«Ich hätte trotzdem gern, dass Mama und Papa dabei sind.»

«Aber warum? Es dauert nur ein paar Minuten.»

Lisa zuckte mit den Achseln.

«Trotzdem.»

Einen entnervten Seufzer konnte Vanja sich nicht verkneifen, dennoch wusste sie, dass es besser war, das Gespräch nicht gegen den Willen des Mädchens fortzusetzen. Also rief Lisa ihren Vater an, der offenbar in der Nähe arbeitete, und nachdem sie Vanjas Angebot einer Tasse Kaffee oder einer Limo in der Cafeteria dankend abgelehnt hatte, gingen sie zum Eingang, um dort auf ihn zu warten.

Vanja nutzte die Gelegenheit, Billy und Ursula anzurufen. Im Prinzip sei es ausgeschlossen, dass ein so brutaler Mord auf der Gustavsborgsgatan stattgefunden habe, berichtete Billy. Da es dort eine Hochschule, ein Schwimmbad und einen Sportplatz in der Nähe gab, herrschte ein ziemlich reger Fußgänger- und Autoverkehr. Wo keine Gebäude standen, lagen Parkplätze und Freiflächen. Gewiss war es zu früh, Leo Lundin ganz von der Liste zu streichen, aber sie mussten einen neuen, realistischen Tathergang konstruieren. Die gute Nachricht war, dass Billy auf der Straße Überwachungskameras entdeckt hatte. Im besten Falle gab es die Aufzeichnungen von dem betreffenden Freitagabend noch. Das würde er gleich überprüfen.

Ursula hatte nicht viel zu berichten, außer, dass das blutige T-Shirt im Labor untersucht wurde. Sie hatte sich die Garage und das Moped – auf dem sich keine Blutspuren befanden – vorgenommen und würde jetzt mit dem Haus weitermachen. Vanja bat sie, sich Leos Zimmer besonders genau anzusehen, und wurde belehrt, dass es unmöglich sei, noch genauer zu arbeiten, als Ursula es ohnehin schon tat.

Lisa saß mit dem Rücken an die Wand gelehnt auf dem Fußboden des Korridors und beobachtete Vanja, die mit dem Handy am Ohr auf und ab lief. Nach außen hin wirkte Lisa völlig gelangweilt. Doch in Wirklichkeit überlegte ihr Gehirn fieberhaft, was diese Polizistin sie fragen wollte. Und wie sie antworten sollte. Am Ende entschied sie sich, ganz einfach an ihrer bisherigen Strategie festzuhalten. An Details würde sie sich nicht erinnern.

Roger kam. Hausaufgaben. Tee. Roger ging.

Ein ganz gewöhnlicher, etwas langweiliger Freitagabend. Die Frage war, ob das ausreichen würde.


Lisas Vater kam nach zwanzig Minuten. Vanja wusste nicht, ob die Erinnerung an den riesigen Perlenjesus oder der Anblick des hellblauen Anzugs der billigsten Warenhauskategorie oder der akkurate Seitenscheitel schuld daran waren, dass sie sofort an die Freikirche denken musste, als der äußerst empörte Mann in den Flur gestürzt kam. Er stellte sich als Ulf Hansson vor und erläuterte Vanja in den darauffolgenden drei Minuten, dass er ernsthaft vorhabe, Anzeige zu erstatten, weil die Polizei seine minderjährige Tochter in Abwesenheit von Erziehungsberechtigten verhöre, noch dazu in der Schule der Tochter! Genauso gut hätte man ihr ein Schild mit der Aufschrift «verdächtig» um den Hals hängen können. Hatte sie den keine Ahnung, wie die Jugendlichen sich das Maul zerrissen? Hätte sie die Angelegenheit nicht etwas diskreter handhaben können?

Vanja erklärte so ruhig wie möglich, dass Lisa nach der gesetzlichen Definition nicht mehr unmündig sei, dass sie immerhin die letzte Person sei, die Roger lebend gesehen habe – abgesehen von seinem Mörder, fügte sie vorsichtshalber hinzu – und dass sie lediglich gewisse Angaben überprüfen wolle. Außerdem sei Vanja sofort auf Lisas Wunsch eingegangen, ihren Vater zu dem Gespräch hinzuzubitten, und habe ihr seither keine einzige Frage gestellt. Ulf Hansson sah Lisa prüfend an, und diese nickte. Des Weiteren bot Vanja an, Lisa nachher in die Klasse zurückzubegleiten und zu erklären, dass sie in keinster Weise verdächtig sei, in den Mord an Roger Eriksson verwickelt zu sein.

Damit schien sich Ulf Hansson zufriedenzugeben und beruhigte sich etwas. Gemeinsam gingen sie in einen blitzsauberen Aufenthaltsraum und ließen sich auf den weichen Sofas nieder.

Vanja berichtete, dass im Verlauf der Ermittlungen zwei Zeugen unabhängig voneinander ausgesagt hätten, dass Roger sich an jenem Freitagabend um kurz nach neun in der Stadt aufgehalten habe und nicht, wie Lisa angab, bei ihr zu Hause. Zu Vanjas Verwunderung drehte Ulf sich noch nicht einmal zu seiner Tochter um, bevor er antwortete.

«Dann irren sich Ihre Zeugen.»

«Beide?» Vanja konnte ihre Verwunderung nicht verbergen.

«Ja. Wenn Lisa sagt, dass Roger bis 22 Uhr bei ihr war, dann war es auch so. Meine Tochter lügt nicht.» Ulf legte beschützend seinen Arm um Lisa, als wolle er seiner Aussage damit noch mehr Gewicht verleihen.

«Vielleicht hat sie sich aber auch die ganze Zeit über getäuscht, so etwas kann passieren», sagte Vanja und ließ ihren Blick zu Lisa wandern, die stumm an der Seite ihres Vaters saß.

«Aber sie sagt doch, dass Roger gegangen ist, bevor die Nachrichten bei TV4 anfingen. Und die beginnen jeden Abend um 22 Uhr, wenn mich nicht alles täuscht.»

Vanja gab auf. Stattdessen richtete sie sich nun direkt an Lisa.

«Kann es denn sein, dass du dich mit dem Zeitpunkt vertan hast? Es ist wichtig, dass unsere Informationen genau stimmen, damit wir denjenigen finden können, der Roger umgebracht hat.»

Lisa drückte sich ein wenig enger an ihren Vater und schüttelte den Kopf.

«Na also, da sehen Sie es. Gibt es sonst noch etwas zu besprechen? Ansonsten muss ich dringend wieder zurück zur Arbeit.»

Vanja verkniff es sich zu erwähnen, dass sie eine halbe Stunde darauf gewartet hatte, ihre Fragen stellen zu dürfen, und dass auch sie Arbeit zu erledigen hatte. Die vermutlich wichtiger war als seine. Sie unternahm einen letzten Versuch.

«Beide Personen, mit denen wir gesprochen haben, sind sich bezüglich des Zeitpunkts sicher, und das völlig unabhängig voneinander.»

Ulf fixierte sie, und seine Stimme nahm an Schärfe zu, als er zu reden begann. Offenbar war er es nicht gewohnt, dass ihm jemand widersprach.

«Meine Tochter ist sich auch sicher. Also steht hier Aussage gegen Aussage, oder?»

Vanja kam nicht weiter. Lisa gab keinen Mucks von sich, und Ulf machte deutlich, dass er künftig bei jedem Gespräch dabei zu sein hatte. Vanja klärte ihn nicht darüber auf, dass die Entscheidung darüber nicht bei ihm, sondern bei ihr und ihren Kollegen lag. Stattdessen schwieg sie, während Ulf aufstand, seine Tochter umarmte, ihr einen Kuss auf die Wange drückte, Vanja mit einem Nicken und Händedruck verabschiedete und den Aufenthaltsraum und das Gebäude verließ.

Vanja blieb stehen und sah ihm nach. Eigentlich waren Eltern, die so hundertprozentig hinter ihren Kindern standen, ja etwas Großartiges. In ihrem Job begegnete Vanja nur allzu oft das genaue Gegenteil. Familien, in denen die Jugendlichen mehr oder weniger Fremde waren und die Eltern keine Ahnung hatten, was ihre Kinder trieben und mit wem. Eigentlich hätte ein Vater, der von der Arbeit gestürzt kam, den Arm um seine Tochter legte, ihr vertraute und sie verteidigte, deshalb eine willkommene Ausnahme in Vanjas Welt sein müssen. Eigentlich. Doch sie wurde das Gefühl nicht los, dass Ulf nicht Lisa verteidigte, sondern vielmehr das Bild von der perfekten Familie mit der wohlerzogenen Tochter, die niemals log. Dass es ihm wichtiger war, um jeden Preis Klatsch und Spekulationen zu vermeiden, als die Wahrheit darüber herauszufinden, was an jenem Freitagabend geschehen war. Vanja wandte sich Lisa zu, die gerade am Fingernagel ihres Ringfingers kaute.

«Ich bringe dich noch in den Klassenraum.»

«Das ist nicht nötig.»

«Ich weiß, aber ich tue es trotzdem.»

Lisa zuckte mit den Schultern. Sie gingen schweigend an den Spinden der Schüler vorbei, bogen an der Tür zur Cafeteria links ab und stiegen die Treppe zum zweiten Stock hinauf. Lisa hielt den Kopf gesenkt, sodass Vanja ihren Gesichtsausdruck hinter dem Pony nicht erkennen konnte.

«Was hast du jetzt?»

«Spanisch.»

«¿Qué hay en el bolso?» Lisa sah mit völlig verständnislosem Blick zu Vanja auf. «Das bedeutet ‹Was hast du in der Tasche?›.»

«Ich weiß.»

«Ich habe in der Mittelstufe auch Spanisch gelernt, und

das ist im Prinzip das Einzige, woran ich mich erinnern kann.»

«Aha.»

Vanja verstummte. Lisa hatte ihr deutlich signalisiert, wie wenig sie an Vanjas armseligen Spanischkenntnissen interessiert war. Offenbar waren sie an Lisas Raum angelangt, denn sie blieb stehen und streckte ihre Hand zum Türgriff. Vanja legte ihre Hand auf Lisas Arm. Lisa zuckte kurz zusammen, dann sah sie wieder zu Vanja auf.

«Ich weiß, dass du lügst», sagte Vanja leise und sah dem Mädchen tief in die Augen. Lisa blickte mit völlig ausdrucksloser Miene zurück. «Ich weiß zwar nicht, warum, aber das werde ich irgendwie herausfinden.»

Vanja schwieg und wartete auf eine Reaktion. Doch die blieb aus.

«Möchtest du mir jetzt, wo du weißt, dass ich es weiß, noch etwas sagen?»

Lisa schüttelte den Kopf.

«Was soll ich schon sagen?»

«Die Wahrheit zum Beispiel.»

«Ich hab jetzt Spanisch.» Lisa blickte auf Vanjas Hand, die noch immer auf ihrem Arm lag. Vanja nahm sie zurück.

«Na gut, dann werden wir uns wohl bald wiedersehen.»

Vanja wandte sich um und ging, und das Mädchen sah ihr nach, bis sie durch die Glastüren am Ende des Gangs verschwunden war. Vorsichtig ließ Lisa den Türgriff los, entfernte sich einige Schritte und holte ihr Handy aus der Tasche. Schnell wählte sie eine Nummer. Sie hatte weder den Namen noch die Nummer der Person, die sie jetzt anrief, in ihrem Adressbuch gespeichert und es sich zur Gewohnheit gemacht, ihre Anrufliste nach jedem Gespräch zu löschen. Nach mehreren Freizeichen nahm jemand ab.

«Ich bin's.» Lisa blickte nochmals den Gang hinunter. Vollkommen leer. «Die Polizei war gerade hier.»

Sie verdrehte die Augen, als sie hörte, was die Person am anderen Ende der Leitung sagte.

«Nein, natürlich habe ich nichts gesagt, aber sie werden es rausfinden. Eine von denen hat schon zweimal mit mir gesprochen. Und sie wird wiederkommen. Das weiß ich.»

Lisa, der es während der gesamten Vernehmung gelungen war, desinteressiert dreinzuschauen, wirkte nun nervös. Sie hatte es schon so lange verheimlicht, hatte die Wahrheit in einem kleinen Winkel tief in ihrem Inneren verborgen und begraben. Jetzt begriff sie mehr und mehr, dass es viele Menschen gab, die sie ihr entreißen wollten, und ihre Kräfte schwanden. Die Person am anderen Ende versuchte, sie zu bestärken, ihr Mut zu machen und ihr Argumente an die Hand zu geben. Sie nickte und fühlte sich wieder ein wenig gefestigt. Es würde schon gutgehen. Sie legte schnell auf, als sie Schritte hinter sich auf dem Gang hörte, strich eine Strähne ihres Ponys beiseite, die sich in ihren Wimpern verfangen hatte, verdrängte ihre Unruhe und ging in den Spanischunterricht. So leichtfüßig, wie sie konnte.


Lena Eriksson hatte den Vormittag im selben Sessel zugebracht wie am Vortag. Jetzt taumelte sie durch die Wohnung. Kettenrauchend. Ein blauer Nikotindunst hing in der kleinen Dreizimmerwohnung im ersten Stock. An keinem Platz hielt sie es lange aus. Eine Weile hatte sie auf Rogers zerwühltem Bett gesessen, doch es wurde immer unerträglicher, die Jeans, den Stapel mit Schulbüchern und sein altes Videospiel anzusehen, all die Spuren, dass ein sechzehnjähriger Junge in diesem Zimmer gelebt hatte. Sie versuchte im Badezimmer, in der Küche, in ihrem eigenen Schlafzimmer zur Ruhe zu kommen. Doch jeder Ort erinnerte sie zu sehr an ihn, sodass sie zum nächsten weiterzog und dann zum nächsten. So drehte sie Runde für Runde in der Wohnung, eine trauernde Mutter. Doch da war auch noch das andere, das sie rastlos umherlaufen ließ. Die Stimme. Die leise Stimme tief in ihrer Seele.

War es ihr Fehler? Verdammt, warum hatte sie sich auch zu diesen Gesprächen hinreißen lassen. Aber sie war so wütend gewesen. Sie hatte sich rächen wollen. So hatte es angefangen. Mit dem Geld. Die Gespräche, das Geld, die Gespräche. Runde für Runde, so, wie sie jetzt durch ihre Wohnung taumelte. Hatte genau das zu diesem Ende geführt? Sie wusste es nicht, wusste es wirklich nicht. Und sie hatte keine Ahnung, wie sie es herausfinden sollte. Aber sie musste es wissen. Sie brauchte Gewissheit darüber, dass sie lediglich eine Mutter war, die ihren Sohn verloren hatte, eine Unschuldige, der das Schlimmste widerfahren war, das man sich vorstellen konnte. Lena steckte sich eine weitere Zigarette an. Heute wären sie eigentlich zusammen einkaufen gegangen. Wie immer hätten sie sich um Geld, Kleidung, Benehmen, Respekt gestritten. Sie wusste genau, wie leid Roger all diese Wörter gewesen war. Lena fing an zu weinen. Sie vermisste ihn so sehr. Sie fiel auf die Knie und ließ Trauer und Schmerz zu. Es war eine Befreiung, aber durch die Tränen hindurch hörte sie erneut die Stimme.

*Was, wenn du schuld bist.*

«Man fühlt sich so sehr wie eine schlechte Mutter. Man denkt, man hätte alles getan, aber sie entgleiten einem einfach.»

Clara trank den letzten Rest Kaffee aus und stellte ihre Tasse wieder auf den Tisch. Sie blickte Sebastian an, der ihr gegenübersaß. Er nickte zustimmend, ohne richtig zugehört zu haben. Seit sie im Haus waren, hatte Clara von nichts anderem geredet als von ihrem schlechten Verhältnis zu Leonard. Angesichts der morgendlichen Ereignisse war das verständlich, aber für niemanden als die nächsten Angehörigen sonderlich interessant. Jetzt überlegte Sebastian, ob er sie darauf hinweisen sollte, dass ihr ständiger Gebrauch von «man» anstelle von «ich», wenn sie von sich selbst redete, ein verbaler Verteidigungsmechanismus war, eine Möglichkeit, eigenes Versagen allgemeingültiger und weniger persönlich erscheinen und so einen Teil des Schmerzes von sich abprallen zu lassen. Aber er sah ein, dass sie das als boshaft auffassen und er damit nur ihre negative Meinung von ihm bestärken würde. Und das wollte er nicht.

Jedenfalls noch nicht.

Nicht, ehe er sich entschieden hatte, ob er versuchen sollte, sie ins Bett zu kriegen oder nicht. Daher machte er auf die sanfte Tour weiter. Ruhig und vertrauenerweckend. Nicht urteilend, sondern verständnisvoll. Er schielte kurz auf ihre Brüste, die unter diesem gelbbraunen Pullover sehr verlockend aussahen.

«So ist das mit Kindern. Manchmal klappt es, manchmal nicht. Eine Blutsverwandtschaft ist keine Garantie für ein funktionierendes Verhältnis.»

Sebastian musste innerlich grinsen. Wie scharfsinnig! Sieben Jahre Psychologiestudium, zwanzig Jahre Berufserfahrung und dann eine derartige Weisheit, derart tröstende Worte an eine Frau, deren Leben innerhalb weniger Stunden komplett auf den Kopf gestellt worden war. «Manchmal klappt es, manchmal nicht.»

Zu seinem Erstaunen nickte Clara ernst, offenbar gefiel ihr seine fundierte Analyse. Sie lächelte ihn sogar voller Dankbarkeit an. Wenn er sich nicht allzu dumm anstellte, könnte es durchaus klappen, sie ins Bett zu kriegen. Als er ins Haus gekommen war, hatte sie schon Essen zubereitet. Pyttipanna mit Spiegeleiern. Sie hatte noch ein Glas unverdorbene Rote Beete im Kühlschrank gefunden. Und zwei Leichtbier. Sebastian hatte das Essen mit gutem Appetit verschlungen, während sie fast nur darin herumgestochert hatte.

Der Klumpen in ihrem Magen wuchs mit jeder Minute, ihr war inzwischen permanent übel. Aber es war ein schönes Gefühl gewesen, an einem gedeckten Tisch zu sitzen. Und jemandem zum Reden zu haben, mit dem man die Sache noch einmal durchgehen konnte. Jemand, der zuhörte und der so klug war. Es war beruhigend. Im Grunde genommen war er doch ziemlich nett, dieser vermeintliche Grobian.

Sie wandte sich Sebastian zu, der gerade mit dem Rücken zu ihr stand und die Geschirrspülmaschine einräumte.

«Sie waren nicht besonders oft hier zu Besuch, oder? Wir sind 1999 eingezogen, und ich glaube, ich habe Sie noch kein einziges Mal gesehen.» Sebastian antwortete nicht sofort. Wenn Clara mit Esther gesprochen hatte, so, wie sie es vorhin im Garten erwähnt hatte, kannte sie seine Besuchsfrequenz im Elternhaus vermutlich ganz genau. Sebastian richtete sich auf.

«Ich war nie hier.»

«Warum nicht?»

Sebastian ertappte sich selbst bei der Überlegung, welchen Grund für seine totale Abwesenheit seine Mutter wohl genannt hatte. Die Frage war, ob sie sich je eingestanden hatte, weshalb sie keinerlei Kontakt hatten.

«Wir konnten einander nicht ausstehen.»

«Warum nicht?»

«Meine Eltern waren Idioten. Leider.»

Clara betrachtete ihn und entschied, der Frage nicht weiter nachzugehen. Natürlich hatten die Bergmans nicht gerade den humorvollsten Eindruck gemacht. Aber sie fand, dass seine Mutter nach dem Tod des Vaters vor einigen Jahren aufgelebt war. Man sich leichter mit ihr hatte unterhalten können. Ein paarmal hatten sie sogar miteinander Kaffee getrunken, und sie war aufrichtig betroffen gewesen, als sie erfahren hatte, dass Esther nicht mehr lange zu leben hatte.

Es klingelte an der Tür, und kurz darauf wurde die Haustür geöffnet. Torkel rief aus dem Flur ein Hallo herein und stand im nächsten Moment schon vor ihnen. Er wandte sich direkt an Clara.

«Wir sind jetzt fertig, Sie können wieder rüberkommen. Falls wir Ihnen Umstände bereitet haben, tut es mir leid.»

In Torkels Stimme lag jedoch keine echte Anteilnahme. Er war korrekt wie immer. Sebastian schüttelte kaum merklich den Kopf. Umstände. Diese Phrase hatte er wohl aus einem Verhaltenskodex für das Auftreten von Polizisten gegenüber der Bevölkerung aus dem Jahr 1950. Natürlich hatte er Clara Umstände bereitet. Er hatte ihren Sohn verhaftet und ihr Zuhause auf den Kopf gestellt. Clara schien jedoch nicht darauf zu reagieren. Sie stand auf und wandte sich beinahe demonstrativ Sebastian zu.

«Vielen Dank für das Essen. Und für die Gesellschaft.» Dann verließ sie die Küche, ohne Torkel auch nur anzusehen.

Nachdem die Haustür hinter Clara ins Schloss gefallen war, trat Torkel einen Schritt in die Küche. Sebastian stand noch immer gegen die Spüle gelehnt.

«Wie ich sehe, hast du dich keinen Deut geändert. Der Ritter der Frauen, in glänzender Rüstung.»

«Sie hat vor der Tür gestanden und gefroren.»

«Ein Papa Lundin würde aber garantiert immer noch vor der Tür stehen. Darf ich?»

Torkel zeigte auf die Kaffeemaschine. In der Kanne auf der Wärmeplatte war noch ein Rest.

«Natürlich.»

«Tassen?»

Sebastian deutete auf den Küchenschrank, und Torkel nahm eine Iittala-Tasse mit rotem Rand heraus.

«Es ist schön, dich zu sehen. Viel zu lange her.»

Sebastian fürchtete, dass dies eine Einleitung war, die doch noch damit enden könnte, dass Torkel eine Verabredung oder ein gemeinsames Bier vorschlug.

«Lange her ist es wirklich», antwortete er ausweichend.

«Was machst du denn so zurzeit?»

Torkel goss den letzten Rest Kaffee aus der Kanne und stellte die Maschine aus.

«Ich lebe von Tantiemen und von der Lebensversicherung meiner Frau. Und jetzt, wo meine Mutter gestorben ist, kann ich dieses Haus verkaufen und auch davon eine Zeitlang leben. Aber um deine Frage zu beantworten: nichts. Zurzeit mache ich nichts.»

Torkel hatte innegehalten. Viel Information auf einmal und nicht der allgemeingültige Alles-wie-immer-Bericht, den er vermutlich erwartet hatte, dachte Sebastian. Aber vielleicht würde Sebastians völliges Desinteresse in Kombination mit Todesfällen in der Familie Torkel davon abhalten, an alte Zeiten anknüpfen zu wollen. Sebastian betrachtete seinen ehemaligen Kollegen und bemerkte einen Zug aufrichtiger Betroffenheit in dessen Augen. Das war eine von Torkels guten Eigenschaften, die Empathie. Korrekt, aber mitfühlend. Trotz allem, was er bei seiner Arbeit gesehen hatte.

«Die Versicherung deiner Frau ...» Torkel nahm einen Schluck Kaffee. «Ich wusste nicht einmal, dass du geheiratet hast.»

«Doch doch, Ehemann und Witwer. In zwölf Jahren kann eine Menge passieren.»

«Das tut mir leid.»

«Danke.»

Es wurde still. Torkel nippte an seinem Kaffee und tat so, als sei er viel wärmer, als es tatsächlich der Fall war, damit er das stockende Gespräch nicht wieder in Gang bringen musste. Sebastian sprang ein und rettete ihn. Offenbar suchte Torkel den Kontakt und seine Gesellschaft. Aus irgendeinem Grund. Und fünf weitere Minuten geheuchelten Interesses konnte Sebastian nach zwölf Jahren schon einmal aufbringen.

«Und du? Wie geht es dir?»

«Ich bin wieder geschieden. Seit etwas mehr als drei Jahren.»

«Das tut mir leid.»

«Ja. Ansonsten alles wie immer. Ich bin immer noch da. Bei der Reichsmordkommission.»

«Ja, das sagtest du bereits.»

«Ja ...»

Erneutes Schweigen. Ein weiterer Schluck Kaffee. Wieder eine Rettungsinsel, der kleinste gemeinsame Nenner: die Arbeit.

«Habt ihr denn was bei den Lundins gefunden?»

«Selbst wenn es so wäre, dürfte ich es dir nicht erzählen.»

«Nein, schon klar. Eigentlich interessiert es mich auch gar nicht. Ich wollte nur ein bisschen plaudern.»

Hatte Sebastian da etwa einen Anflug von Enttäuschung in Torkels Gesicht beobachtet? Was auch immer es gewesen war, es war sofort verschwunden, und Torkel warf einen kurzen Blick auf die Uhr und streckte sich.

«Ich muss los.» Er stellte die halbvolle Tasse neben die Spüle. «Danke für den Kaffee.»

Sebastian begleitete ihn in den Flur hinaus. Er lehnte sich mit verschränkten Armen gegen die Wand und sah zu, wie Torkel einen Schuhlöffel vom Haken nahm und in seine Slipper schlüpfte, die er auf der Fußmatte ausgezogen hatte. Plötzlich sah Sebastian einen etwas ergrauten, älteren Herrn, einen alten Freund, der es nur gut gemeint hatte und den Sebastian ziemlich brüsk abgewiesen hatte.

«Ich hätte ja mal eine Postkarte schreiben können, oder so.»

Torkel unterbrach seine Schuhprozedur und sah Sebastian erstaunt an.

«Wie bitte?»

«Ich meine, falls du der Meinung bist, es wäre deine Schuld, dass wir den Kontakt verloren haben. Deshalb sagte ich, dass ich mich ja auch hätte melden können, wenn ich geglaubt hätte, dass es wichtig gewesen wäre.»

Torkel brauchte einige Sekunden, um Sebastians Worte zu verarbeiten, während er den Schuhlöffel an seinen Platz zurückhängte.

«Ich bin eigentlich nicht der Meinung, dass es meine Schuld war.»

«Gut.»

«Jedenfalls nicht ausschließlich.»

«Na dann.»

Mit der Hand auf dem Türgriff hielt Torkel einen Moment inne. Sollte er etwas sagen? Sollte er Sebastian erklären, dass es nicht unbedingt tröstlich war, wenn jemand einem sagte, dass er der Meinung sei, die Freundschaft sei ohnehin unwichtig und sie aufrechtzuerhalten wertlos gewesen? Auch wenn es nicht so gemeint war? Sollte er das sagen? Er verdrängte den Gedanken. Eigentlich hätte er sich nicht einmal wundern dürfen. Sie hatten früher oft darüber gescherzt, dass Sebastian für einen Psychologen erstaunlich wenig Verständnis für die Gefühle anderer Menschen aufbrachte. Sebastian hatte immer damit gekontert, dass das Verständnis für die Gefühle anderer Menschen eine überschätzte Eigenschaft sei. Die Antriebskräfte seien das Interessante, nicht die Gefühle, die seien lediglich Abfallprodukte, pflegte er damals zu sagen. Torkel musste bei der Vorstellung innerlich grinsen, dass auch er in diesem Moment vermutlich nur ein Abfallprodukt in Sebastians Erinnerung war.

«Bis bald», sagte er und öffnete die Tür.

«Vielleicht.»

Torkel ließ die Tür hinter sich zuschlagen. Er hörte, wie der Riegel vorgeschoben wurde. Dann ging er los, in der Hoffnung, dass Ursula mit dem Auto auf ihn gewartet hatte.

Vor dem Polizeipräsidium sprang er aus dem Wagen. Ursula fuhr weiter, um einen Parkplatz zu suchen. Sie hatten während der ganzen Fahrt nicht über Sebastian gesprochen. Torkel hatte einen Versuch unternommen, doch Ursulas Reaktion darauf war so unmissverständlich gewesen, dass sie den Rest des Weges nur noch über den Fall diskutiert hatten. Die vorläufige Laboranalyse des blutigen T-Shirts war abgeschlossen, und Ursula bekam per Handy Bescheid, dass sich auf dem Kleidungsstück ausschließlich Blutspuren von einer Person befanden. Roger Eriksson. Leider passte die Menge des Blutes viel weniger zu einer in blinder Wut ausgeführten Messerattacke als zu Leos Erklärung, dass die beiden sich geprügelt hätten.

Außerdem hatte sich das anfänglich so freche Auftreten des Jungen während der letzten Verhöre zunehmend in Schluchzen und Geheul verwandelt. Torkel fiel es daher immer schwerer, sich vorzustellen, dass diese jämmerliche Figur zu etwas so Durchdachtem und Geplanten in der Lage gewesen sein sollte, wie eine Leiche in einem Tümpel zu entsorgen. Mit einem Auto, das Leo nicht besaß. Nein, trotz der Blutspuren schien es einfach unrealistisch.

Dennoch waren sie noch nicht bereit, die Akte Leonard ganz zu schließen. Im Zuge dieser Ermittlung waren schon zu viele Fehler begangen worden. Sie würden Leonard noch eine Nacht dabehalten. Wenn sie keine weiteren Beweise gegen ihn fanden, wäre der Staatsanwalt jedoch nur schwer davon zu überzeugen, ihn länger in Untersuchungshaft zu lassen. Torkel und Ursula beschlossen, das gesamte Team zusammenzutrommeln, um das weitere Vorgehen zu besprechen.

Mit diesen Gedanken trat Torkel durch die Türen des Polizeipräsidiums, wo ihn die Empfangsdame sofort zu sich winkte.

«Sie haben Besuch», sagte sie und deutete auf die grüne Sitzlandschaft am Fenster. Dort saß eine übergewichtige, schlechtgekleidete Frau. Als sie sah, dass die Rezeptionistin auf sie zeigte, erhob sie sich.

«Wer ist das?», fragte Torkel, der es eigentlich nicht gewohnt war, überrumpelt zu werden, mit gesenkter Stimme.

«Lena Eriksson. Roger Erikssons Mutter.»

Die Mutter also, na klasse, dachte Torkel noch schnell, ehe diese ihm im nächsten Moment auf die Schulter tippte.

«Sind Sie zuständig? Für den Mord an meinem Sohn?»

Torkel drehte sich um.

«Ja. Torkel Höglund. Mein Beileid.»

Lena Eriksson nickte nur.

«Also war es Leo Lundin?»

Torkel blickte die Frau an, die ihn erwartungsvoll fixierte. Natürlich wollte sie es wissen. Es bedeutete viel für die Trauerarbeit, dass der Mörder gefunden, verhaftet und verurteilt wurde. Aber mit dieser Antwort konnte Torkel ihr nicht dienen.

«Es tut mir leid, aber ich kann Ihnen zum jetzigen Zeitpunkt keine Auskunft über Ermittlungsdetails geben.»

«Aber Sie haben ihn doch verhaftet?»

«Wie gesagt, ich darf mit Ihnen nicht darüber sprechen.»

Lena schien nicht einmal zuzuhören. Sie kam einen Schritt auf Torkel zu. Zu nah. Torkel musste den Impuls unterdrücken, zurückzuweichen.

«Er hatte es immer schon auf Roger abgesehen und hat auf ihm herumgehackt. Immer. Es war seine Schuld, dass Roger auf diese bescheuerte, versnobte Schule gewechselt ist.»

Ja, es war seine Schuld gewesen. Leo Lundins Schuld. Oder Leonard, was war das eigentlich für ein bescheuerter Name? Wie lange das Mobbing schon angedauert hatte, wusste Lena nicht. Es hatte in der Mittelstufe begonnen, so viel konnte sie sagen, aber Roger hatte es nicht gleich erzählt. Hatte nichts erwähnt von gehässigen Spitznamen und Rempeleien im Gang, von zerrissenen Büchern und aufgebrochenen Spinden. Hatte Ausreden erfunden, warum er mitunter mit nacktem Oberkörper oder durchnässten Schuhen nach Hause gekommen war, hatte nicht gebeichtet, dass man ihm das T-Shirt zerrissen hatte und er seine Schuhe nach dem Sportunterricht in der Toilette wiedergefunden hatte. Hatte immer eine Erklärung dafür parat gehabt, warum sein Geld und andere Dinge verschwunden waren. Doch Lena hatte den wahren Grund geahnt, und Roger hatte schließlich manches davon eingestanden. Aber jetzt sei alles in Ordnung, hatte er gesagt. Er habe die Lage unter Kontrolle und käme allein damit klar. Wenn sie sich einmischte, würde alles nur noch schlimmer. Doch dann kam die Gewalt. Die Schläge. Die blauen Flecke. Die aufgeplatzten Lippen und geschwollenen Augen. Der Tritt gegen den Kopf. Da hatte Lena mit der Schule Kontakt aufgenommen. Hatte Leo und seine Mutter getroffen und unmittelbar nach dem einstündigen Gespräch beim Rektor eingesehen, dass hier keine Hilfe zu erwarten war. Es bestand kein Zweifel daran, wer bei den Lundins das Sagen hatte.

Lena wusste, dass sie intellektuell nicht gerade eine Leuchte war, aber sie verstand etwas von Macht. Der Chef war nicht notwendigerweise derjenige, der die Entscheidungen traf. Der Rektor nicht derjenige, der über das Lehrerkollegium bestimmte. Und nicht alle Eltern besaßen Autorität. Lena erkannte leicht, wer wirklich die Macht hatte und wie sie eingesetzt wurde. Und sie verstand, wie sie selbst sich verhalten musste, um so viele Vorteile wie möglich daraus zu ziehen. Oder zumindest keine Nachteile. Vermutlich galt sie deswegen bei manchen Menschen als intrigant, als eine, die ihr Fähnchen nach dem Wind drehte oder sich überall anbiederte. Aber nur so konnte man ein Leben bewältigen, in dem man von Macht umgeben war, ohne selbst welche zu besitzen.

*Das ist aber nicht wahr,* sagte die leise Stimme in ihrem Kopf, die sie schon den ganzen Tag begleitete. *Du hattest Macht.*

Lena verdrängte die Stimme, sie wollte nicht darauf hören. Sie wollte hören, dass Leo es getan hatte. Er war es gewesen! Sie wusste es. Es musste einfach so sein. Sie musste den gutgekleideten, älteren Herren vor ihr lediglich davon überzeugen.

«Ich bin mir sicher, dass er es war. Er hat Roger nicht das erste Mal verprügelt. Wir haben es nie bei der Polizei angezeigt, aber Sie können in der Schule nachfragen. Er war es. Ich weiß, dass er es war.»

Torkel konnte ihre Überzeugung und Hartnäckigkeit nachvollziehen. Das hatte er schon so oft erlebt. Diesen Willen – eine Lösung zu finden, aber auch tieferes Verständnis. Der Plagegeist, der Peiniger ihres Sohnes, war zu weit gegangen. Das wäre verständlich und greifbar. Das würde die Wirklichkeit wieder etwas realer erscheinen lassen. Er wusste auch, dass sie in ihrem Gespräch nicht weiterkommen würden, legte seine Hand auf Lenas Arm und lenkte sie sanft und fast unmerklich zum Ausgang.

«Wir werden sehen, was unsere Ermittlungen ergeben. Ich werde Sie über alles auf dem Laufenden halten.»

Lena nickte und bewegte sich nun wie ferngesteuert von selbst auf die Glastüren zu. Doch dann hielt sie inne.

«Da ist noch was.»

Torkel ging wieder zu ihr.

«Ja?»

«Die Zeitungen rufen an.»

Er seufzte. Natürlich. In ihren schwersten Stunden, wenn sie am wehrlosesten war. Es spielte keine Rolle, wie häufig die Presse sich selbst einer kritischen Prüfung unterzog, nachdem sie wieder einmal Interviews mit Menschen veröffentlicht hatte, die aus dem Gleichgewicht geraten waren und ganz offensichtlich nicht mehr wussten, worauf sie sich einließen. Menschen, die unter Schock standen und trauerten. Es war wie ein Naturgesetz: Ein Kind wird ermordet – die Zeitungen rufen an.

«Ich habe die Erfahrung gemacht, dass die meisten, die in einer Situation wie der Ihren mit der Presse reden, es später bereuen», sagte Torkel ehrlich. «Sie müssen nicht antworten, Sie können die Reporter gern an uns verweisen.»

«Aber sie wollen ein exklusives Interview, und sie würden auch dafür zahlen. Ich wollte eigentlich nur fragen, ob Sie vielleicht wissen, was man da so verlangen kann?»

Torkel machte ein Gesicht, das Lena so auffasste, als habe er sie nicht richtig verstanden. Das hatte er auch nicht, aber auf eine andere Weise, als sie glaubte.

«Ich dachte, weil Sie so was doch schon öfter erlebt haben. Was halten Sie denn für angemessen?»

«Ich weiß nicht.»

«Ich hatte noch nie mit der Presse zu tun, in welcher Größenordnung bewegen wir uns? Tausend? Fünftausend? Fünfzehntausend?»

«Ich weiß es wirklich nicht. Mein Rat wäre, überhaupt nicht mit Journalisten zu sprechen.»

Lena sah ihn mit einer Miene an, die deutlich machte, dass genau dieser Vorschlag für sie keine Alternative war.

«Das habe ich ja bisher auch nicht. Aber jetzt wollen sie etwas zahlen.»

Torkel versuchte, sich in ihre Lage hineinzuversetzen. Offenbar brauchte sie Geld. Offenbar wollte sie seine moralischen Bedenken und seine erfahrungsbasierte Fürsorge nicht. Sie wollte ein Preisschild. Besaß er wirklich das Recht, darüber zu urteilen? Wie lange war es her, dass er dringend Geld gebraucht hatte? War er überhaupt schon einmal in einer solchen Lage gewesen?

«Das können Sie handhaben, wie Sie wollen. Aber passen Sie auf sich auf.» Lena nickte, und zu seiner eigenen Verwunderung hörte Torkel sich noch sagen: «Verkaufen Sie sich so teuer wie möglich.»

Lena nickte erneut, lächelte, drehte sich um und ging. Torkel blieb einige Sekunden stehen und sah ihr nach, wie sie sich in der Frühlingssonne auf der Straße vor dem Fenster entfernte. Dann versuchte er, die Gedanken an ihren Besuch abzuschütteln, er wollte zu seiner Arbeit und seinen Kollegen zurückkehren.

Aber die Belastungsproben nahmen kein Ende.

Haraldsson kam auf ihn zugehumpelt. Sein ernster Blick verriet Torkel, dass er reden wollte. Und zwar über das Thema, das Torkel schon lange vor sich herschob. Das zu klären Vanja ihn nun schon zum dritten Mal gebeten hatte.

**W**as würdest du darunter verstehen, wenn jemand zu dir sagt, dass man in enger Abstimmung miteinander arbeiten wird?»

Haraldsson lag auf dem Rücken in seiner Betthälfte, hatte die Arme unter dem Kopf verschränkt und starrte in die Luft. Neben ihm lag Jenny, die Fußsohlen in die Matratze gestemmt, zwei Kissen unter dem Po. Hin und wieder streckte sie ihren Unterleib der Zimmerdecke entgegen, die ihr Mann mit leeren Augen fixierte. Es war 22:30 Uhr.

Sie hatten miteinander geschlafen, oder besser gevögelt. Eigentlich nicht einmal das, wenn Haraldsson ganz ehrlich war. Er hatte pflichtschuldig seinen Samen in seiner Ehefrau entleert, während er mit den Gedanken ganz woanders gewesen war. Bei der Arbeit.

Er hatte Torkel Höglund von Hansers Versuch berichtet, ihn von den Ermittlungen auszuschließen – gegen Torkels ausdrücklichen Wunsch.

«Das bedeutet wohl, dass man zusammenarbeiten wird», antwortete Jenny, die ihre Hüften erneut von der Matratze hob, um den Zugangsweg zu ihrer erwartungsvollen Gebärmutter noch steiler zu gestalten.

«Ja, das sollte man wohl glauben, oder? Ich meine, wenn du zu einem Kollegen sagst, dass ihr in enger Abstimmung miteinander arbeiten werdet, dann bedeutet das wohl, dass ihr zusammenarbeiten werdet. An derselben Sache. Demselben Ziel entgegen, oder?»

«Mm.»

In Wirklichkeit hörte Jenny nur mit halbem Ohr hin. Der Sachverhalt war alles andere als neu für sie. Seit ihr Mann eine neue Vorgesetzte hatte, redete er fast ausschließlich über Dinge, die die Arbeit betrafen – und immer wenn er von seiner Arbeit sprach, ging es ausschließlich darum, seinen Unmut loszuwerden. Dass nun ausnahmsweise die Reichsmordkommission und nicht Kerstin Hanser die Zielscheibe seiner Wut war, änderte daran nicht viel. Neuer Text, alte Melodie.

«Weißt du, was dieser Torkel Höglund von der Reichsmordkommission mit in enger Abstimmung zusammenarbeiten meint, kannst du dir das vorstellen?»

«Ja, du sagtest es bereits.»

«Überhaupt nicht, meint er damit! Als ich ihm endlich entlocke, wie unsere Zusammenarbeit aussehen soll, kommt nach und nach heraus, dass wir überhaupt nicht zusammenarbeiten werden! Ist das nicht verdammt merkwürdig?»

«Ja, das ist vollkommen unbegreiflich.»

Jenny benutzte seine eigenen Worte, mit denen er die Geschichte bereits beim Abendessen erzählt hatte. Das war eine gute Möglichkeit, informiert zu wirken, ohne es wirklich zu sein. Sie war nicht desinteressiert am Job ihres Mannes, keineswegs. Normalerweise liebte sie es, alles zu erfahren, von ungeschickten Fälschern bis hin zu Details über den Raub eines Geldtransports im vorletzten Sommer. Doch dann war Hanser in Thomas' Leben getreten, und seine Berichte über die Polizeiarbeit waren langen Ausführungen über die Ungerechtigkeit gewichen. Verbittertem Gejammer. Er musste dringend auf andere Gedanken gebracht werden.

«Aber weißt du, wem du jetzt richtig, richtig nah kommen darfst?» Jenny drehte sich zu ihm und ließ ihre Hand unter der Decke zu seinem schlaffen Penis wandern. Haraldsson sah sie mit der Miene eines Patienten an, dem man nach drei Zahnbohrungen berichtete, dass auch der vierte Zahn ein Loch hat.

«Schon wieder?»

«Ich habe gerade meinen Eisprung.» Ihre Hand hatte ihr Ziel erreicht und packte zu. Pumpte. Sanft, aber zugleich fordernd.

«Schon wieder?»

«Das glaube ich zumindest. Gestern Vormittag war meine Temperatur ein halbes Grad erhöht. Man sollte lieber kein Risiko eingehen.»

Haraldsson spürte zu seiner eigenen Verwunderung, wie sich das Blut erneut staute. Jenny legte sich ganz auf seine Betthälfte, mit dem Rücken zu ihm.

«Nimm mich von hinten, dann kommst du tiefer rein.»

Haraldsson legte sich auf die Seite, nahm die gewünschte Stellung ein und glitt widerstandslos in sie hinein. Jenny wandte sich halb zu ihm.

«Morgen muss ich früh raus, es braucht also nicht die ganze Nacht zu dauern.» Sie tätschelte Haraldssons Kinn und drehte sich wieder um. Und während Thomas Haraldsson seine Frau an den Hüften fasste, ließ er seine Gedanken schweifen. Er würde es ihnen wahrhaftig zeigen.

Ihnen allen.

Ein für alle Mal.

Er schwor sich, den Mordfall Roger Eriksson aufzuklären.


Während Haraldsson versuchte, seine Frau zu befruchten, ohne ihre Nachtruhe allzu sehr zu gefährden, saß der Mann, der kein Mörder war, nur wenige Kilometer entfernt in einer sporadisch erleuchteten Eigenheimsiedlung und hielt sich über den Stand der Ermittlungen auf dem Laufenden. Im Internet. Er saß in der Dunkelheit, die lediglich vom kalten Licht des Bildschirms durchbrochen wurde, in dem Raum, den er etwas hochtrabend als Arbeitszimmer bezeichnete. In der Lokalzeitung war der Todesfall – er konnte sich nicht dazu durchringen, ihn als Mord zu bezeichnen – noch immer groß aufgemacht, obwohl sie die Fakten nicht mehr so häufig aktualisierten wie zu Beginn. Heute lag der Schwerpunkt der Berichterstattung auf einer «Schule im Schock», vier Seiten Reportage über das Palmlövska-Gymnasium. Anscheinend hatte sich jeder, von Schülern und Lehrern bis hin zum Kantinenpersonal, äußern dürfen. Die meisten von ihnen hätten genauso gut den Mund halten können, stellte der Mann, der kein Mörder war, fest, als er jede schablonenhafte Zeile und jedes klischeetriefende Zitat las. Anscheinend hatten alle eine Meinung, aber niemand etwas zu sagen. Die Lokalzeitung wusste auch zu berichten, dass der Staatsanwalt entschieden hatte, einen gleichaltrigen Jungen aufgrund äußerst spärlicher Verdachtsmomente festzunehmen. Die Boulevardzeitungen hatten Genaueres zu bieten. Sie wussten mehr und machten den Fall noch größer auf. *Aftonbladet.se* konnte verkünden, dass der Junge den Ermordeten früher terrorisiert und misshandelt hatte und offenbar der unmittelbare Grund dafür gewesen war, dass dieser die Schule gewechselt hatte. Ein Journalist, der mit Ganzkörperfoto in der Verfasserzeile abgedruckt war, gestaltete die ohnehin tragische Geschichte noch herzzerreißender. Er beschrieb, wie der gemobbte Junge versuchte, seinen Peinigern zu entkommen und sich wieder aufrappelte; wie der Junge an einer neuen Schule neue Freunde fand und allmählich einen Streifen Licht am Horizont sah – bis er Opfer sinnloser Gewalt wurde. Da blieb kein Auge trocken.

Der Mann, der kein Mörder war, las den rührseligen Text und dachte nach. Wünschte er sich, dass es nie geschehen wäre? Definitiv. Aber so durfte er nicht denken. Es war geschehen. Man konnte es nicht ungeschehen machen. Spürte er Reue? Eigentlich nicht. Für ihn bedeutete Reue, dass man anders handeln würde, wenn man noch einmal mit der gleichen Situation konfrontiert würde. Aber das würde er nicht. Er konnte es nicht. Es stand zu viel auf dem Spiel.

Er wechselte auf die Seite von *Expressen.se*. Hier hatte man unter der Rubrik «Aktuelles» eine Notiz mit dem Teaser «Verdacht gegen festgenommenen Västerås-Mörder zunehmend entkräftet» abgedruckt. Das war nicht gut. Wenn die Polizei den jungen Mann freiließ, würden sie von neuem mit der Suche beginnen. Er lehnte sich in seinem Bürostuhl zurück. Wie er es immer tat, wenn er nachdenken musste.

Er dachte an die Jacke. Die grüne Dieseljacke, die in eine Schublade gestopft hinter ihm in einer Kommode lag. Rogers blutige Jacke. Angenommen, man würde sie im Haus des verhafteten jungen Mannes finden ... Auf den ersten Blick mochte das wie ein eigennütziger Gedanke, ein egoistisches Vorgehen erscheinen. Ein falsches Indiz, um die Schuld auf einen Mitmenschen abzuwälzen. Ein unmoralischer Versuch, sich den Konsequenzen des eigenen Handelns selbstsüchtig zu entziehen. Aber war es wirklich so?

Der Mann, der kein Mörder war, konnte Rogers Angehörigen und Freunden damit sogar helfen. Sie müssten dann nicht mehr darüber nachgrübeln, wer den Jungen getötet hatte, und könnten sich voll und ganz der wichtigen Trauerarbeit widmen. Er konnte das Rätsel lösen. Allen dabei helfen, wieder weiterzumachen. Das war viel wert. Und obendrein würde er die Aufklärungsquote der Polizei in Västerås verbessern. Je mehr er darüber nachdachte, desto mehr erschien ihm seine Idee als selbstloser Akt. Als gute Tat geradezu.

Es brauchte nicht viele Klicks, bis er den Verhafteten identifiziert hatte. Leonard Lundin. Sein Name wurde in Chatrooms, Foren, Blogs und Logs ausposaunt. Das Internet war einfach phantastisch.

Schon bald hatte er auch seine Adresse herausgefunden.

Jetzt würde er wirklich helfen können.


Zum wievielten Mal sah Sebastian nun schon auf die Uhr? Er konnte es nicht sagen. 23:11 Uhr. Zuletzt war es 23:08 Uhr gewesen. War es wirklich möglich, dass die Zeit so langsam verstrich? Rastlosigkeit plagte ihn. Er wollte nicht in dieser Stadt sein, in diesem Haus. Was sollte er tun? Es sich in einem der Sessel bequem machen, ein Buch lesen und sich wie zu Hause fühlen? Unmöglich. Nicht einmal als er noch hier gewohnt hatte, war dieses Haus ein Zuhause für ihn gewesen. Er zappte durch die Fernsehkanäle, ohne etwas Interessantes zu finden. Die Hausbar reizte ihn nicht, da er nicht trank. Und er war auch nicht der Typ, der die aromatischen Badeöle und exklusiven Badekugeln seiner Mutter untersuchte, um in ein entspannendes/belebendes/harmonisches/energiespendendes Bad einzutauchen; in dem großzügigen und beinahe luxuriösen Badezimmer, das der Zufluchtsort seiner Mutter gewesen war, wenn er sich recht erinnerte. Der einzige Raum im ganzen Haus, den zu gestalten und selbst einzurichten sie ihrem Mann abgefordert hatte. Ihr Zimmer in *seinem* Haus.

Eine Weile war Sebastian aufs Geratewohl umhergegangen und hatte Schränke und Schubladen im Haus geöffnet, zu einem gewissen Grad aus reiner Neugier. So, wie er bei allen Menschen, bei denen er zu Gast war, grundsätzlich die Badezimmerschränke öffnete. Aber – das musste er sich widerwillig eingestehen – er wurde auch von dem Wunsch getrieben, zu sehen, was vor sich gegangen war, seit er das Haus verlassen hatte. Sein bisheriger Eindruck: eigentlich nichts. Das gute Porzellan von Rörstrand stand noch an seinem Platz in der weißen Eckvitrine, Tischdecken und -läufer für jedes Fest und alle Jahreszeiten lagen gebügelt und akkurat aufgerollt in den Schränken. Natürlich gab es eine Menge neuer, sinnloser Urlaubssouvenirs aus Glas und Porzellan, die sich den engen Raum auf Regalbrettern hinter den geschlossenen Vitrinentüren mit Geschenken eines ganzen Lebens teilen mussten: Kerzenleuchter, Vasen und ein Aschenbecher aus einer anderen Epoche. Gegenstände, die man selten oder nie benutzte und nur aufhob, weil jemand anders sie ins Haus gebracht hatte und man sie unmöglich loswerden konnte, ohne undankbar zu wirken oder gar den Anschein zu erwecken, dass man einen besseren Geschmack hatte als der Schenkende. Gewiss, da waren Dinge, die er nie zuvor gesehen hatte, doch die Atmosphäre im Haus hatte sich nicht verändert. Trotz neuer Möbel, entfernter Wände und moderner Lichtarrangements war und blieb dieses Heim in Sebastians Augen eine Ansammlung von Sinnlosigkeit. Es vermittelte den Eindruck, dass das Leben im Bergman'schen Haus genauso ruhig und still, so mittelstandskonventionell und ängstlich gelebt worden war, wie er es in Erinnerung hatte. Allein der Anblick dieser Hinterlassenschaften langweilte ihn fast zu Tode, und das einzig wahre Gefühl, was sie ihm entlocken konnten, war eine enorme Müdigkeit angesichts der Aufgabe, sich um diesen ganzen Mist zu kümmern.

Der Makler hatte gegen drei angerufen. Er war ein wenig erstaunt über Sebastians Einstellung gewesen. Heutzutage sahen alle Menschen ihre Häuser als Investition an, und eine solche bewachte man für gewöhnlich unter den Gesichtspunkten des modernen Kapitalismus. Sebastian hatte jedoch kein bisschen verhandelt. Er wollte verkaufen, im Prinzip zu jedem Preis. Am liebsten noch heute. Der Makler hatte versprochen, so schnell wie möglich vorbeizukommen. Sebastian hoffte, dass das schon morgen der Fall wäre.

Er dachte über die Frau aus dem Zug nach. Der Zettel mit ihrer Telefonnummer lag neben seinem Bett. Warum war er nicht etwas vorausplanender gewesen? Hatte sie früher angerufen und ein Abendessen in einem schönen Restaurant ihrer Wahl vorgeschlagen? Gut und lange gegessen und getrunken. Sie einen Abend lang kennengelernt. Dann könnten sie jetzt in den bequemen Sesseln einer Hotellobby versinken, mit einem Drink in der Hand und ruhiger Loungemusik in den Ohren. Und er könnte zögernd, geradezu unabsichtlich, mit seinen Fingern ihre nackten Knie unterhalb des Kleidersaums streifen.

Die Verführung. Das Spiel, das er gewinnen musste. Der Sieg und der Genuss. All das war außer Reichweite gerückt, weil er momentan nicht wie gewöhnlich funktionierte. Er gab dem Haus die Schuld. Seiner Mutter. Torkels plötzlichem Auftauchen aus der Vergangenheit. Es gab Gründe, trotzdem ärgerte es ihn maßlos. Äußere Umstände beeinflussten ihn sonst nicht, brachten ihn nicht so sehr aus dem Gleichgewicht.

Das Leben passte sich Sebastian Bergman an, nicht umgekehrt. So war es jedenfalls einmal gewesen, vor Lily und Sabine.

Nein, er würde nicht nachgeben. Nicht heute. Es spielte keine Rolle, was geschehen war, wer sich wem anpasste oder dass manche Menschen die Tage, wie er sie verbrachte, eher als Zustand denn als Leben bezeichnen würden. Es spielte keine Rolle, dass er allem Anschein nach die Kontrolle verloren hatte. Er besaß noch immer die Kraft, das Beste aus einer Situation zu machen. Er war nicht totzukriegen, im wahrsten Sinne des Wortes.

Er ging in die Küche und nahm eine Flasche Wein aus dem schlichten Weinregal oberhalb des Küchenschranks. Er sah nicht einmal auf das Etikett, die Sorte war egal. Es war Wein, er war rot, und er würde seinen Zweck erfüllen. Als er die Terrassentür aufschob, überlegte er, wie er sich annähern sollte.

Einfühlsam.

*Ich dachte, du willst jetzt vielleicht nicht allein sein ...*

Besorgt.

*Ich habe gesehen, dass noch Licht brennt, ist alles in Ordnung ...*

Oder entschlossen, aber fürsorglich.

*An einem Abend wie diesem solltest du auf keinen Fall allein sein ...*

Das Ergebnis wäre jeweils dasselbe.

Er würde Sex mit Clara Lundin haben.


An der Decke war die Farbe ein wenig abgebröckelt, stellte Torkel fest, als er auf dem Rücken im Bett eines weiteren anonymen Hotelzimmers lag. Mit den Jahren hatte er so viele Nächte in Hotels verbracht, dass das Unpersönliche zur Norm geworden war, das Schlichte wichtiger als das Originelle, die Funktionalität entscheidender als die Gemütlichkeit. Wenn man ganz ehrlich war, unterschied sich seine Zweizimmerwohnung südlich von Stockholm sowieso kaum von einem durchschnittlichen Zimmer im Scandic Hotel. Torkel streckte sich und legte seine Arme unter Kissen und Kopf. Die Dusche rauschte noch immer. Im Bad war sie keineswegs schnell.

Die Ermittlung. Was hatten sie bisher überhaupt erreicht?

Sie hatten einen Fundort, aber keinen Tatort. Sie hatten einen Reifenabdruck, der vielleicht vom Auto des Mörders stammte, vielleicht auch nicht. Sie hatten einen jungen Mann verhaftet, doch es sprach immer mehr dafür, ihn morgen wieder freizulassen. Auf der Positivliste konnten sie verzeichnen, dass Billy, nachdem er kreuz und quer weiterverbunden worden war, endlich eine Frau von der verantwortlichen Überwachungsfirma am Apparat gehabt hatte, die wusste, mit wem er sprechen musste, um an die Kameraaufzeichnungen in der Gustavsborgsgatan zu kommen. Der zuständige Mitarbeiter war gerade auf einer Geburtstagsfeier in Linköping, würde sich aber morgen Vormittag so schnell wie möglich darum kümmern. Es war allerdings nicht sicher, ob die Aufnahmen vom Freitag noch existierten. Manche Bänder durften nur achtundvierzig Stunden lang gespeichert werden. Die Bezirksregierung vertrat in dieser Hinsicht gewisse Standpunkte. Der Mitarbeiter würde das überprüfen. Morgen Vormittag. Billy setzte ihm eine Frist bis 11 Uhr.

Vanja war sich sicher, dass Rogers Freundin log, was den Abend von Rogers Verschwinden anging. Doch wie Lisas Vater richtig festgestellt hatte, stand in dieser Sache Aussage gegen Aussage. Auch hier konnten ihnen die angeforderten Filme helfen. Torkel seufzte. Es war schon ein wenig deprimierend, dass der Ermittlungsfortschritt derzeit offenbar davon abhing, wie lange die Firma G4 in Västerås ihre Überwachungsaufnahmen von öffentlichen Plätzen speicherte. Was war nur aus der altehrwürdigen Polizeiarbeit geworden? Sofort verbat er sich den Gedanken. Genau so dachten die opernbegeisterten, whiskyschlürfenden alten Kommissare in Kriminalfilmen. Die vorhandene Technik anzuwenden war eben die neue, ehrwürdige Polizeiarbeit. DNA, Überwachungskameras, Computertechnologie, Datenabgleich, Abhörtechniken, Handyortung, Wiederherstellung gelöschter SMS – so klärte man heutzutage Verbrechen auf. Das nicht wertzuschätzen wäre nicht nur zwecklos, sondern käme geradezu einer Huldigung der Lupe als wichtigstem Bestandteil der Polizeiausrüstung gleich. Dämlich und rückwärtsgewandt. Dafür war jetzt nicht der richtige Zeitpunkt. Ein junger Mensch war ermordet worden, und alle Blicke waren auf sie gerichtet. Torkel hatte gerade die Nachrichten auf TV4 gesehen und im Anschluss daran eine Talkshow, deren Hauptthema die zunehmende Gewalt unter Jugendlichen war: Ursache – Wirkung – Lösung. Auch wenn immer mehr darauf hindeutete, dass Leo Lundin unschuldig war und Torkel und sein Team genau das deutlich kommuniziert hatten, damit Leo von der Öffentlichkeit und der Presse nicht vorverurteilt wurde. Anscheinend waren die Programmmacher der Ansicht, dass ein jugendliches Opfer ausreichte, um das Thema Jugendgewalt sofort zur Debatte zu machen. Egal, wie alt der Täter war. Selbstverständlich führte die Diskussion zu keinen neuen Ergebnissen. Die Schuld wurde bei den abwesenden Vätern im Besonderen und den abwesenden Eltern im Allgemeinen gesucht, bei Filmen und vor allem bei Gewaltspielen. Zuletzt äußerte eine gepiercte Frau um die dreißig das, was Torkel bereits erwartet hatte:

«Man sollte nicht vergessen, dass unsere Gesellschaft immer rücksichtsloser wird.»

Das waren die Ursachen: Eltern, Videospiele und die Gesellschaft. Lösungsvorschläge glänzten wie immer durch Abwesenheit. Es sei denn, man rechnete eine gesetzlich verordnete Elternzeit, die sich beide Eltern zu fünfzig Prozent teilten, eine strengere Zensur oder mehr Umarmungen zu den Lösungen. An der Gesellschaft ließ sich offenbar nichts ändern. Torkel hatte den Fernseher noch vor Ende der Sendung ausgeschaltet und angefangen, über Sebastian zu sprechen. In den letzten Jahren hatte er nicht oft an seinen ehemaligen Kollegen gedacht, aber stets geglaubt, dass ein Wiedersehen anders ablaufen würde, herzlicher. Er war enttäuscht.

An dieser Stelle seiner Überlegungen war Ursula unter die Dusche gegangen. Jetzt kam sie aus dem Bad, nackt bis auf ein Handtuch, dass sie sich um die Haare gewickelt hatte. Torkel fuhr einfach fort, als habe die viertelstündige Unterbrechung des Gesprächs nicht stattgefunden.

«Du hättest ihn sehen sollen. Er war ja schon damals, als wir zusammengearbeitet haben, ziemlich eigen. Aber jetzt ... Es schien geradezu, als wolle er mich zum Feind haben.»

Ursula antwortete nicht. Torkel folgte ihr mit dem Blick, als sie zum Nachttisch ging, ihre Bodylotion nahm und sich einzucremen begann. Aloe Vera, wie er wusste. Er hatte sie schon so oft dabei beobachtet. Über einige Jahre hinweg.

Wann hatte das mit ihnen eigentlich angefangen? Er wusste es nicht genau. Noch vor der Scheidung, aber erst nachdem seine Ehe in die Krise geraten war. Nach dieser Definition waren das allerdings immer noch viele Jahre. Es spielte keine Rolle. Er hatte sich scheiden lassen. Ursula war noch immer verheiratet. Soweit Torkel wusste, hatte sie nicht die Absicht, Mikael zu verlassen. Aber er wusste nur wenig über die Beziehung der beiden. Mikael hatte schwere Zeiten mit zu viel Alkohol durchgemacht. Ein Quartalssäufer. Das wusste er, aber wenn er es richtig verstanden hatte, waren diese Quartale immer seltener und kürzer geworden. Vielleicht führten sie eine freie Ehe, und jeder durfte schlafen, mit wem er wollte, wann er wollte und sooft er wollte? Vielleicht betrog Ursula Mikael aber auch mit Torkel. Torkel war durchaus der Meinung, dass er Ursula nahestand, aber von ihrem Leben außerhalb des Berufs wusste er so gut wie nichts. Anfangs hatte er gefragt, aber Ursula hatte schnell deutlich gemacht, dass ihn das nichts anging. Sie suchten die Nähe des anderen, wenn sie zusammenarbeiteten, und so funktionierte es auch. Mehr musste nicht sein. Torkel hatte beschlossen, nicht weiter nachzubohren, aus Angst, sie am Ende ganz zu verlieren. Das wollte er nicht. Er konnte selbst nicht genau einschätzen, was er eigentlich von ihrer Beziehung erwartete, nur, dass es mehr war, als Ursula zu geben bereit war. Deshalb gab er sich mit dem zufrieden, was er bekam. Sie verbrachten die Nächte miteinander, wenn sie es wünschte. Wie jetzt, als sie die Decke hob und neben ihm ins Bett kroch.

«Ich warne dich. Wenn du noch weiter von Sebastian sprichst, gehe ich.»

«Es ist ja nur, dass ich dachte, ich würde ihn kennen, und dann ...»

Ursula legte einen Finger auf seine Lippen und stützte sich auf den Ellbogen. Sie sah ihn mit ernstem Blick an.

«Ich meine es so. Ich habe ein eigenes Zimmer. Du willst doch nicht, dass ich gehe?»

Sie hatte recht, das wollte er nicht. Er schwieg und knipste das Licht aus.

Sebastian erwachte aus dem Traum. Während er die Finger seiner rechten Hand ausstreckte, überlegte er kurz, wo er war. Im Nachbarhaus, bei Clara Lundin. Sie hatten unerwartet guten Sex gehabt.

Trotzdem war er mit einem Gefühl der Enttäuschung aufgewacht. Es war so leicht gewesen. Zu leicht, um mit dem Gefühl kurzzeitiger Befriedigung aufzuwachen.

Die Verführung des anderen Geschlechts gehörte zu Sebastian Bergmans Stärken. So war es immer schon gewesen. Sein Erfolg bei den Frauen verwunderte die anderen Männer mitunter. Er sah nicht auf klassische Weise gut aus. Hatte immer zwischen Übergewicht und Beinahe-Übergewicht geschwankt und sich in den letzten Jahren in der Mitte eingependelt. Seine Gesichtszüge waren weder ausgeprägt noch markant, eher Bulldogge als Dobermann, wenn man den Hundevergleich wählte. Das Haar hatte sich immer mehr auf dem Kopf zurückgezogen, und sein Kleidungsstil entsprach eher der allgemeinen Vorstellung eines Psychologieprofessors als den Trends der Modezeitschriften. Natürlich gab es Frauen, die sich von Geld, Aussehen und Macht beeindrucken ließen. Aber das war nur ein Teil. Wollte man bei *allen* Frauen Erfolg haben, musste man etwas anderes besitzen. So wie Sebastian. Charme, Intuition, ein großes Repertoire. Und die Einsicht, dass alle Frauen unterschiedlich waren, damit einhergehend die Fähigkeit, verschiedene Taktiken zu entwickeln, zwischen denen man wählen konnte. Die man antesten und mittendrin wechseln konnte, für die man ein Gefühl bekam, um sie dann nach Bedarf anzuwenden. Feinfühligkeit und Hellhörigkeit.

Am besten funktionierte es, wenn die Frau glaubte, dass sie in Wirklichkeit ihn verführte. Ein Gefühl, das die reichen Männer, die in den Bars ihre Platinkreditkarten zückten, niemals würden nachvollziehen können.

Es versetzte Sebastian einen Kick, das Geschehen zu lenken, zu reagieren und zu regulieren, und schließlich, wenn er sich schlau anstellte, auf den physischen Genuss hinzusteuern. Doch Clara Lundin hatte es ihm zu leicht gemacht. So, als hätte man einen Sternekoch gebeten, ein Spiegelei zu braten. Er hatte sein Können nicht unter Beweis stellen dürfen. Es wurde langweilig. Einfach nur Sex.

Auf dem Weg zum Nachbarhaus hatte er sich für die einfühlsame Variante entschieden.

«Ich dachte, du willst jetzt vielleicht nicht allein sein ...»

Sie hatte ihn hereingebeten, und sie hatten auf dem Sofa gesessen und die Weinflasche geöffnet. Er hatte sich dieselben Dinge wie beim Mittagessen noch einmal anhören müssen, nur in einer längeren und bearbeiteten Fassung, in der ihre Unzulänglichkeit als Mutter noch mehr Raum einnahm. Er hatte an den richtigen Stellen gebrummt und genickt, ihr Weinglas erneut gefüllt, weiter zugehört, hier und da Fragen rein polizeilicher Art über die Vorgehensweise bei einer Verhaftung beantwortet: womit man als Nächstes rechnen musste, was Verdachtsgrad bedeutete und so weiter. Als sie ihre Tränen zuletzt nicht mehr hatte zurückhalten können, hatte er tröstend seine Hand auf ihr Knie gelegt und sich mitfühlend an sie geschmiegt. In diesem Moment spürte er, wie ein Stoß ihren Körper durchfuhr. Ihr stilles Schluchzen verebbte, und ihr Atem veränderte sich und wurde heftiger. Sie wandte sich Sebastian zu und blickte ihm in die Augen. Bevor er überhaupt reagieren konnte, küssten sie sich.

Im Schlafzimmer nahm sie ihn dann mit völliger Hingabe entgegen. Anschließend weinte sie, küsste ihn und wollte ihn gleich noch einmal. Sie schlief mit so viel Körperkontakt wie überhaupt möglich ein.

Als er erwachte, ruhte ihr Arm noch immer auf Sebastians Brust und ihr Kopf tief in der Rundung zwischen seinem Kopf und seiner Schulter. Behutsam befreite er sich aus ihrer Umarmung und verließ das Bett. Sie wachte nicht auf. Während er sich leise anzog, betrachtete er sie. So sehr Sebastian an der Verführungsphase interessiert war, so wenig war er dazu bereit, das Beisammensein nach dem Sex unnötig in die Länge zu ziehen. Was sollte es ihm auch geben? Reine Wiederholung, ohne Spannung. Er hatte genügend Frauen nach diesen nächtlichen Abenteuern verlassen, um zu wissen, dass diese Ansicht nur in Ausnahmefällen auf Gegenseitigkeit beruhte. Bei Clara Lundin war er sich sicher, dass sie irgendeine Art der Fortsetzung erwartete. Nicht nur Frühstück und Smalltalk, sondern mehr. Etwas Richtiges. Also ging er.

Ein schlechtes Gewissen war normalerweise nicht Bestandteil seines Gefühlsregisters, doch sogar er begriff, dass Clara Lundin ein böses Erwachen bevorstand. Eigentlich hatte er schon tagsüber im Garten gespürt, wie einsam sie war, was sie später auf dem Sofa bestätigt hatte. Dadurch, wie sie ihre Lippen an seine gedrückt, wie sie ihren Körper an seinen gepresst hatte. Sie hatte geradezu verzweifelt Nähe gesucht. Auf allen Ebenen, nicht nur physisch. Nachdem sie vermutlich jahrelang angeschnauzt, ihre Gefühls- und Gedankenwelt vollständig ignoriert, sie schlimmstenfalls sogar beschimpft oder bedroht worden war, hungerte sie nun nach Zärtlichkeit und Fürsorge. Wie der Wüstensand den Regen sog sie alles in sich auf, was im Entferntesten an normale Menschlichkeit erinnerte. Seine Hand auf ihrem Knie. Körperkontakt, ein deutliches Signal dafür, dass sie begehrenswert war. Als hätte er den Staudamm ihrer Bedürfnisse geöffnet, nach Haut, nach Nähe, nach irgendjemandem.

Das war der Fehler gewesen, dachte Sebastian, als er die wenigen Schritte zu seinem Elternhaus hinüberging. Es war zu leicht gewesen, und sie war zu dankbar. Mit den meisten Gefühlen seiner weiblichen Eroberungen konnte er umgehen, aber Dankbarkeit ekelte ihn immer ein wenig an. Hass, Geringschätzung, Traurigkeit, alles war besser. Dankbarkeit hingegen machte so deutlich, dass alles nach seinen Bedingungen ablief. Das tat es zwar ohnehin, aber es war angenehmer, sich einzureden, dass die Situation in irgendeiner Weise gleichberechtigt war. Es verstärkte die Illusion. Dankbarkeit zerstörte sie. Und machte ihn zu dem Scheißkerl, der er in Wirklichkeit war.

Als er die Haustür aufschloss, war es erst 4 Uhr morgens, und er hatte keinerlei Lust, sich wieder hinzulegen. Was sollte er tun? Obwohl er es eigentlich nicht wollte und darauf hoffte, dass sich sein Problem auf andere Weise löste, würde er wohl früher oder später gezwungen sein, die Schränke und Schubladen in Angriff zu nehmen. Allein vom Warten würden sie sich jedenfalls nicht leeren.

Er ging in die Garage und fand einige zusammengefaltete Umzugskartons, die neben dem alten Opel an der Wand lehnten. Mit dreien von ihnen in der Hand blieb er im Flur stehen. Wo sollte er bloß anfangen? Er wählte das alte Gäste-

und Arbeitszimmer. Den Schreibtisch und die alten Bürogeräte ignorierte er, faltete einen Pappkarton auseinander und begann, die Bücher aus der Regalwand hineinzuschaufeln. Es war ein Durcheinander aus Belletristik, Sachbüchern, Nachschlagewerken und Lehrbüchern. Alles kam in den Karton. Mit Büchern war es wohl wie mit dem Opel in der Garage: Der Wiederverkaufswert tendierte gegen null. Als er einen der Kartons gefüllt hatte, versuchte er ihn zu schließen. Er schaffte es nicht, aber damit sollte sich irgendein Umzugshelfer abplagen, dachte Sebastian und schleppte die Kiste mit Mühe und Not bis zur Tür. Dann faltete er einen neuen Karton auseinander und setzte die Aufräumaktion fort. Als es 5 Uhr morgens war, hatte er weitere vier Kartons aus der Garage geholt und fast das ganze Bücherregal geleert. Nur zwei Regalbretter ganz rechts waren noch übrig. Hier standen Fotoalben, die ordentlich mit Datum und Inhalt gekennzeichnet waren. Sebastian zögerte. Es war immerhin das sogenannte Leben seiner Eltern, das auf diesen Regalbrettern stand. Sollte er es einfach in einen Pappkarton werfen und zur Müllhalde transportieren lassen? Durfte er sich das erlauben? Er vertagte die Entscheidung, aus dem Regal mussten sie ja so oder so. Wo sie anschließend landeten, würde er später überlegen.

Sebastian hatte beim obersten Regalbrett begonnen und war bis «Winter/Frühjahr 1992 – Innsbruck» gelangt, was ungefähr die Hälfte darstellte, als seine Hand auf etwas stieß, das hinter den dicken Fotoalben versteckt lag. Eine Schachtel. Er tastete danach, bekam sie zu fassen und nahm sie aus dem Regal. Es war ein Schuhkarton, ein kleineres Modell, hellblau mit einer Sonne auf dem Deckel. Vermutlich für Kinderschuhe. Aber ein Bücherregal war ein merkwürdiger Ort, um Schuhe zu verwahren. Sebastian setzte sich aufs Bett und hob neugierig den Deckel. Die Schachtel war kaum zur Hälfte gefüllt. Darin lagen ein Sexspielzeug aus den Kindertagen des Sexspielzeugs, sorgfältig in seinem Karton verschlossen, darauf Bleistiftzeichnungen, die aussahen wie aus dem Kamasutra. Daneben fand er einen Schlüssel für ein Bankschließfach und einige Briefe. Sebastian nahm die Umschläge heraus. Es waren insgesamt drei. Zwei davon an seine Mutter adressiert. Eine weibliche Handschrift. Der dritte war von seiner Mutter an eine Anna Eriksson in Hägersten geschickt worden und an sie zurückgekommen. Unbekannt verzogen, stand auf dem Umschlag. Dem Poststempel nach zu urteilen war der Brief mehr als dreißig Jahre alt. Aus Hägersten und Västerås. Die Schachtel schien Geheimnisse zu enthalten, die seine Mutter vor dem Rest der Welt verborgen hatte. Offenbar wichtig genug, um sie aufzuheben, wenn auch heimlich. Was hatte sie getan? Von wem stammten die beiden anderen Briefe? Von einer Geliebten? Ein kleines, kurzes amouröses Abenteuer fernab des Hauses und des Vaters? Sebastian öffnete den ersten Brief.

*Hallo,*

*ich weiß nicht, ob ich diesen Brief an die richtige Person adressiere. Mein Name ist Anna Eriksson. Ich muss mit Ihrem Sohn Sebastian Bergman sprechen. Er war Dozent für Psychologie an der Universität Stockholm, wo ich ihn auch kennengelernt habe. Ich habe versucht, über die Universität mit ihm Kontakt aufzunehmen, aber dort unterrichtet er nicht mehr, und man konnte mir seine neue Adresse nicht nennen. Die Kollegen von ihm, mit denen ich gesprochen habe, sagten mir, er lebe jetzt*

*in den USA, aber niemand wusste, wo genau. Schließ-*
*lich erzählte mir jemand, dass er aus Västerås komme*
*und seine Mutter Esther heiße. Ich habe Sie im Telefon-*
*buch gefunden und hoffe, dass ich an die richtige Person*
*schreibe und dass Sie mir helfen können, mit Sebastian*
*in Kontakt zu treten. Wenn Sie nicht Sebastians Mut-*
*ter sind, bitte ich zu entschuldigen, dass ich Ihnen Um-*
*stände bereitet habe. Aber egal ob Sie es sind oder nicht –*
*antworten Sie mir doch bitte, ich muss Sebastian wirklich*
*dringend erreichen und daher wissen, ob ich diesen Brief*
*an die richtige Adresse geschickt habe.*

*Mit freundlichen Grüßen*
*Anna Eriksson*

Unter dem Brief war eine Adresse angegeben. Sebastian
überlegte. Anna Eriksson. Der Herbst, bevor er in die USA gezogen war. Ihr Name sagte ihm zunächst nichts, aber das war
nicht weiter verwunderlich. Es war dreißig Jahre her, und die
Zahl der Frauen, die zu Unizeiten seinen Weg gekreuzt hatten, war groß. Nachdem er sein Examen mit Bestnoten abgeschlossen hatte, bot man ihm eine einjährige Stelle als wissenschaftlicher Mitarbeiter am psychologischen Institut an.
Er war mindestens zwanzig Jahre jünger gewesen als seine
Kollegen und hatte sich gefühlt wie ein Hundewelpe in einem Raum mit Dinosaurierskeletten. Wenn er sich wirklich
anstrengte, würde er sich unter Umständen an die Namen
einiger Frauen erinnern, mit denen er geschlafen hatte, aber
es war ziemlich unwahrscheinlich. Jedenfalls fiel ihm keine
Anna ein. Aber vielleicht würde sich die Sache mit dem
nächsten Brief klären.

*Hallo,*

*vielen Dank für Ihre schnelle und freundliche Antwort.*
*Bitte entschuldigen Sie, dass ich mich noch einmal melde*
*und Ihnen weitere Umstände bereite. Ich verstehe, dass*
*es möglicherweise ein merkwürdiges Gefühl ist, die*
*Adresse Ihres Sohnes an wildfremde Menschen weiter-*
*zugeben, die Ihnen einfach so schreiben, aber ich MUSS*
*wirklich mit Sebastian sprechen, sehr dringend. Es er-*
*scheint mir zwar nicht richtig, Ihnen das zu schreiben,*
*aber ich fühle mich dazu gezwungen, damit Sie verste-*
*hen, wie wichtig es ist:*
*Ich bekomme ein Kind von Sebastian und muss ihn errei-*
*chen. Bitte. Wenn Sie wissen, wo er ist, lassen Sie es mich*
*wissen. Sie werden verstehen, dass es sehr wichtig für*
*mich ist.*

Der Brief ging noch weiter, es war von einem Umzug die
Rede und dass sie sich wieder melden würde, doch Sebastian kam nicht weiter. Er las wieder und wieder denselben
Satz. Er hatte ein Kind. Jedenfalls möglicherweise, einen
Sohn oder eine Tochter. Vielleicht war er zweimal Vater geworden. Vielleicht. Vielleicht. Diese augenblickliche Einsicht
darüber, dass sein Leben ganz anders hätte verlaufen können, ließ ihn fast ohnmächtig werden. Er beugte den Kopf
nach unten, zwischen die Knie, und holte tief Luft. Seine Gedanken überschlugen sich. Ein Kind. Hatte sie es abtreiben
lassen? Oder war es am Leben?

Fieberhaft versuchte er sich zu erinnern, wer Anna war,
und ein Gesicht zu dem Namen vor Augen zu bekommen.
Doch es tauchten keine Erinnerungsbilder auf. Vielleicht fiel
es ihm nur schwer, sich zu konzentrieren. Er holte erneut

tief Luft, um sein visuelles Gedächtnis zu reaktivieren. Noch immer nichts. Seine widerstreitenden Gefühle von Glück und Schock wurden einen Moment lang von plötzlichem Zorn überschattet. Möglicherweise hatte er ein Kind, von dem ihm seine Mutter nie etwas erzählt hatte. Das wohlbekannte Gefühl, dass sie ihn im Stich ließ, überkam ihn erneut. Drehte ihm den Magen um. Ihm, der gerade begonnen hatte, ihr verzeihen zu wollen. Oder zumindest gehofft hatte, dass der ewige Zweikampf, den er innerlich mit ihr führte, bald ein Ende fände. Dieses Gefühl war plötzlich wie weggeblasen. Der Kampf würde immer weitergehen. Für den Rest seines Lebens, das hatte er nun begriffen.

Er musste mehr erfahren. Sich erinnern, wer Anna Eriksson war. Er stand auf und ging im Gästezimmer auf und ab. Der letzte Brief fiel ihm ein, in der Schachtel hatten doch drei Briefe gelegen. Vielleicht würde er weitere Puzzleteilchen enthalten. Er nahm ihn vom Boden der Schachtel. Die geschwungene Handschrift seiner Mutter auf der Vorderseite, für eine Sekunde wollte er den Umschlag vernichten, verschwinden und nie wieder zurückblicken. Dieses Geheimnis hinter sich lassen und es dort begraben, wo es schon so lange verwahrt worden war. Doch sein Zögern hielt nicht lange an, er musste etwas tun. Mit zitternden Händen zog Sebastian vorsichtig den letzten Brief aus dem Kuvert. Vor ihm lag die Handschrift seiner Mutter, ihr Satzbau, ihre Worte. Zunächst begriff er nicht, was dort stand, seine Gedanken drehten sich im Kreis.

*Hallo, Anna,*

*der Grund dafür, dass ich Ihnen Sebastians Adresse in den USA nicht gegeben habe, ist nicht etwa, dass Sie eine*

*fremde Person sind, sondern, dass wir nicht wissen, wo er*
*wohnt, wie ich es Ihnen bereits im letzten Brief geschrie-*
*ben hatte. Wir haben keinerlei Kontakt mehr zu unserem*
*Sohn. Schon seit Jahren nicht. Sie müssen mir glauben. Es*
*ist so, wie ich es sage.*
*Es macht mich ein wenig traurig zu hören, dass Sie*
*schwanger sind. Obwohl es völlig gegen meine Überzeu-*
*gung ist, habe ich das Gefühl, Ihnen diesen Rat geben zu*
*müssen. Lassen Sie einen Abbruch vornehmen, wenn das*
*noch möglich ist. Versuchen Sie, Sebastian zu vergessen.*
*Er würde niemals die Verantwortung übernehmen, we-*
*der für Sie, noch für das Kind. Es schmerzt mich, Ihnen*
*das schreiben zu müssen, und Sie wundern sich sicher-*
*lich, was ich für eine Mutter bin. Aber den meisten Men-*
*schen geht es ohne Sebastian in ihrem Leben besser.*
*Ich hoffe dennoch, dass sich alles für Sie zum Besten*
*wendet.*

Sebastian las den Brief ein zweites Mal. Seine Mutter war dem Drehbuch ihrer Beziehung auf den Punkt genau gefolgt. Sogar nach ihrem Tod gelang es ihr, ihn zu verletzen. Er versuchte erneut, etwas Ruhe in seine Gedanken zu bringen. Sich auf die Fakten zu konzentrieren, nicht auf Gefühle. Das Ganze von außen zu betrachten. Professionell zu bleiben. Was wusste er? Vor dreißig Jahren, als er an der Universität in Stockholm arbeitete, hatte er eine Frau namens Anna Eriksson geschwängert. Vielleicht hatte sie abgetrieben, vielleicht auch nicht. Jedenfalls war sie irgendwann vor dreißig Jahren aus dem – er blickte auf Annas Adresse – Vasaloppsvägen 17 weggezogen. Er hatte mit ihr geschlafen. War sie eine seiner ehemaligen Studentinnen? Vermutlich. Er war mit mehreren von ihnen im Bett gewesen.

Der mittlerweile pensionierte Leiter seines Instituts hatte einen Namen, den man bei der Telefonauskunft finden konnte, Arthur Lindgren. Arthur hob nach drei Anrufen und beim fünfundzwanzigsten Klingeln ab. Er wohnte noch immer in der Surbrunnsgatan, und nachdem er etwas wacher war und begriffen hatte, wer ihn da morgens um halb sechs anrief, war er erstaunlicherweise sehr hilfsbereit. Er versprach, in den alten Papieren und Akten, die er noch bei sich zu Hause aufbewahrte, nach Anna Eriksson zu suchen. Sebastian dankte ihm. Arthur hatte stets zu den wenigen Menschen gehört, die Sebastian respektierte, und dieser Respekt beruhte auf Gegenseitigkeit. Er wusste, dass Arthur ihn sogar in Schutz genommen hatte, als die Universitätsleitung zum ersten Mal versucht hatte, ihn zu feuern. Am Ende war die Situation allerdings sogar für Arthur untragbar geworden. Sebastians Frauengeschichten waren nicht mehr nur kleine, diskrete Affären. Es kursierten mittlerweile so viele Gerüchte, dass es der Leitung schließlich beim dritten Mal gelang, ihn zu suspendieren. Daraufhin war er in die USA gezogen und hatte an der University of North Carolina angefangen. Er hatte eingesehen, dass seine Tage gezählt waren, und sich um ein Fullbright-Stipendium beworben.

Sebastian versuchte, den zeitlichen Verlauf zu skizzieren. Er notierte das Datum des ersten Briefs, den 9. Dezember 1979. Der zweite Brief war auf den 18. Dezember datiert. Er rechnete neun Monate zurück und kam auf den März 1979.

Er war Anfang November des Jahres in Chapel Hill in North Carolina angekommen. Also musste es in der Zeit zwischen März und Oktober geschehen sein, noch acht Monate standen zur Auswahl. Vermutlich hatte sie die Schwangerschaft jedoch kurz vor dem ersten Brief bemerkt. Also waren die Monate September und Oktober am wahrscheinlichsten. Sebastian versuchte so viele Erinnerungen wie möglich an seine sexuellen Abenteuer im Herbst 1979 hervorzukramen. Das war gar nicht so einfach, denn in genau dieser Zeit an der Universität war seine Sexsucht am stärksten ausgeprägt gewesen. Teils, weil der Stress durch die ständigen Ermittlungen vonseiten des Instituts gegen ihn sein Bedürfnis nach Bestätigung verstärkt hatten. Teils, weil er die Rolle des Verführers nach einigen Jahren des Experimentierens bis zur Perfektion beherrschte. Die Plumpheit, die Furcht und die Unbeholfenheit der Anfangszeit waren verflogen. Jetzt genoss er die Früchte seines Könnens und hatte nach seiner anfänglichen Nervosität alle Hemmungen fallenlassen. Rückblickend hatte er über sein Verhalten zu dieser Zeit gestaunt. Als zu Beginn der achtziger Jahre die Angst vor HIV und Aids um sich griff, wurde ihm klar, wie gefährlich seine Abhängigkeit eigentlich war. Er begann, nach Wegen zu suchen, um ihr widerstehen zu können, und zog dabei viel Kraft aus seiner Forschung über Serienmörder in den USA. Er erinnerte sich noch genau an den Augenblick, als er in Quantico saß, dem Ausbildungscenter des FBI, das mit der University of South California kooperierte, und erkannte, wie sehr sein Verhalten der Triebhaftigkeit eines Serienmörders glich. Natürlich mit ganz anderen Folgen – als pokerte er selbst um Streichhölzer, der Serienmörder dagegen um Goldbarren. Aber die Ursache war dieselbe. Eine schwierige Kindheit mit Mangel an Empathie und Liebe, ein niedriges Selbstwertgefühl und ein Bedürfnis danach, Stärke zu beweisen. Und dann dieser ewige Angstkreislauf von Phantasie und Durchführung, der sich immer weiter drehte. Das Individuum sucht Bestätigung und phantasiert von Kontrolle, er in seinem Fall von sexueller, der Serienmörder von der

Kontrolle über Leben und Tod eines anderen Menschen. Die Phantasie wird schließlich so übermächtig, dass man nicht mehr widerstehen kann, sie auszuleben. Anschließend folgt die Angst vor dem, was man getan hat. Die Bestätigung war eigentlich nichts wert. Man ist ein schlechter Mensch. Mit den Zweifeln kehren die Phantasien zurück, sie lindern die Angst. Die Phantasien, die bald wieder so mächtig werden, dass erneut das Bedürfnis entsteht, sie auszuleben. Und immer so weiter.

Diese Einsicht hatte Sebastian erschreckt, ihn aber auch für seine Arbeit gerüstet, die darin bestand, die Polizei bei der Suche nach Serienmördern zu unterstützen. Er erreichte mit seinen Analysen mehr als andere, war detaillierter in seinen Täterprofilen. Als besäße er das gewisse Extra, das ihn besser dafür eignete, die Psychologie des Täters zu verstehen. Und so war es ja auch. Tief drinnen, hinter der akademischen Fassade, dem großen Wissen und den intelligenten Kommentaren, glich er jenen, die er jagte.

Arthur rief eine Stunde später zurück. In der Zwischenzeit hatte Sebastian bereits die Auskunft angerufen und erfahren, dass es in Schweden so viele Anna Erikssons gab, dass der Computer lediglich den Hinweis «zu viele Treffer» ausspuckte. Daraufhin beschränkte er die Suche auf Stockholm und bekam die Trefferzahl vierhundertdreiundsechzig genannt, dabei wusste er nicht einmal, ob sie überhaupt noch in Stockholm lebte. Oder ob sie geheiratet und einen anderen Namen angenommen hatte.

Arthur hatte sowohl gute als auch schlechte Nachrichten. Die schlechte war, dass im Jahr 1979 keine Anna Eriksson am psychologischen Institut eingeschrieben gewesen war. 1980 hatte eine Studentin mit diesem Namen das Studium angetreten, aber das konnte sie ja nicht sein.

Die gute Nachricht war, dass es ihm gelungen war, Zugang zu Ladok zu erhalten.

Natürlich, warum hatte Sebastian nicht selbst daran gedacht? Das Dokumentationssystem aller Studienergebnisse war nur wenige Jahre alt gewesen, als er sein Studium abschloss. Adressen, Namensänderungen und Ähnliches wurden automatisch mit Angaben aus dem Einwohnermeldeamt abgeglichen. Und das Beste daran: Die Informationen waren öffentlich. Zwar wurden sie eigentlich nicht telefonisch weitergegeben, aber einer der Personalverwaltungsangestellten der Uni hatte an jenem frühen Morgen eine Ausnahme für den alten Institutsleiter gemacht. Nun besaß er Adresse und Telefonnummer von drei Anna Erikssons, die in der betreffenden Zeit eingeschrieben waren.

Sebastian konnte Arthur nicht genug danken. Mit dem Versprechen, ihn in eines der besten Restaurants in Stockholm einzuladen, sobald er wieder in der Stadt wäre, legte er auf. Sein Herz pochte. Drei Anna Erikssons.

Ob eine von ihnen die Richtige war?

Die erste Anna dieser kurzen Liste war zum aktuellen Zeitpunkt einundvierzig gewesen, sodass Sebastian sie schnell strich. Natürlich hätte auch sie schwanger werden können, aber Frauen, die fast seine Mutter sein könnten, waren noch nie sein Ding gewesen. Jedenfalls damals nicht. Später, heute, spielte das Alter eine geringere Rolle.

Blieben noch zwei. Zwei mögliche Anna Erikssons. Sebastian hatte lange nicht mehr eine solche Mischung aus Energie, Furcht und Erwartung gespürt wie in dem Augenblick, als er den Hörer hob und die erste von ihnen anrief. Sie wohnte in Hässleholm und hatte Filmwissenschaften studiert. Sie war gerade auf dem Weg zur Arbeit, als er anrief. Sebastian entschied, mit entwaffnender Ehrlichkeit vorzugehen und erzählte die komplette Geschichte über die Briefe, die er am Morgen gefunden hatte. Sie war ein wenig überrumpelt von dem ziemlich unerwarteten und privaten Gespräch am frühen Morgen, erklärte dann aber freundlich, sie habe keine Ahnung, wer er sei, und definitiv kein Kind von ihm. Sie habe zwar Kinder, aber die seien 1984 und 1987 geboren worden. Sebastian bedankte sich und strich sie von der Liste.

Noch eine übrig.

Sebastian rief sie an. Weckte sie. Vielleicht war sie deshalb bedeutend reservierter. Sie sagte kurz angebunden, sie kenne ihn nicht. Immerhin räumte sie ein, Sozialwirtschaft studiert und 1980 abgeschlossen zu haben, aber sie hatte nicht mit einem der Doktoranden des Psychologischen Instituts geschlafen. Daran würde sie sich erinnern. Erst recht, wenn sie dadurch schwanger geworden wäre. Nein, sie habe keine Kinder. Wenn es ihm geglückt sei, sie und ihre Telefonnummer nach so vielen Jahren ausfindig zu machen, würde er das bestimmt ebenfalls leicht nachprüfen können. Dann legte sie auf.

Sebastian strich die letzte Anna Eriksson von seiner Liste.

Er atmete aus, als habe er die letzten Stunden die Luft angehalten. Die Energie, die ihn beflügelt hatte, wich. Er sank auf einen Stuhl in der Küche. Die Gedanken kreisten in seinem Kopf. Er musste sie ordnen.

Also war die Anna Eriksson, die er suchte, keine Studentin gewesen. Das erschwerte die Sache. Aber sie hatte irgendeine Verbindung zur Universität gehabt. Sie hatte ja geschrieben, dass sie sich dort kennengelernt hatten. Doch welche? War sie Dozentin, Mitarbeiterin oder einfach nur eine Freundin von jemandem, der dort studierte, und sie hatten sich auf einer Party kennengelernt? Viele Möglich-keiten, keine Antworten.

Ein Name, eine Adresse, eine Jahreszahl und eine Verbindung zu seiner Stockholmer Unizeit, das war alles. Er wusste nicht einmal, wie alt sie war – das hätte die Sache vielleicht etwas erleichtert. Aber er musste Genaues in Erfahrung bringen. Mehr. Alles. Zum ersten Mal seit langem spürte Sebastian etwas anderes als die ewige Müdigkeit, die ihn so lange begleitet hatte. Es war nicht direkt Hoffnung, aber irgendetwas war da. Eine kleine Brücke zur Welt. Er erkannte das Gefühl wieder. Lily hatte ihm ein solches Gefühl von Zusammenhang vermittelt. Von Zugehörigkeit. Früher hatte sich Sebastian immer einsam gefühlt. Als hätte er neben dem Leben und den anderen Menschen hergelebt. Als wäre er neben ihnen hergelaufen, aber nie mit ihnen. Lily hatte das geändert. Sie hatte einen Zugang zu ihm gefunden, hatte seine Mauer aus Attitüde und Intelligenz durchbrochen und ihn berührt, wie niemand anderes es je vermocht hatte. Sie hatte in ihn hineingesehen. Ihm seine Fehler vergeben, jedoch auch Forderungen gestellt. Das war etwas Neues für ihn. Liebe. Er hörte auf, in der Gegend herumzuvögeln. Es war ein harter Kampf, aber es gelang ihr immer, ihm in Stunden des Zweifels mit Worten und Trost zur Seite zu stehen. Plötzlich begriff er, dass nicht nur sie es war, die für sie beide kämpfte. Er tat es auch. Er, der sonst immer nach einem Ausweg suchte, wollte nun den Weg nach vorn antreten. Das war ein wunderbares Gefühl. Er war nicht mehr länger der einsame Soldat, jetzt waren sie zu zweit. Und als Sabine an jenem Augusttag geboren wurde, war er vom Leben umgeben. Er fühlte sich ganz, er war Teil von etwas, und er war nicht allein.

Der Tsunami hatte alles verändert. Hatte jegliche Verbindung, jeden feingesponnenen Faden zwischen ihm und allem anderen abgerissen. Und wieder stand er da und war einsamer als je zuvor, denn jetzt wusste er, wie sich das Leben anfühlen konnte, wie es sich anfühlen sollte.

Sebastian ging hinaus auf die Holzterrasse. Er war merkwürdig aufgekratzt. Als ob man ihm plötzlich einen Rettungsanker zugeworfen hätte. Sollte er nach ihm greifen? Es würde sicher ein böses Ende nehmen. Ganz sicher. Doch an diesem Morgen spürte er zum ersten Mal seit langem etwas in sich sprudeln, eine Energie, eine Lust. Keine Lust auf Sex oder Eroberungen, sondern eine Lust am Leben. Er wollte die Chance ergreifen. Es lastete ja ohnehin ein Fluch auf ihm, also hatte er nichts zu verlieren. Er konnte nur gewinnen. Er musste es wissen. Hatte er noch ein Kind? Er musste diese Anna Eriksson finden. Aber wie? Plötzlich kam ihm eine Idee. Es gab Menschen, die ihm helfen konnten. Aber es würde nicht einfach werden.

Es war reiner Zufall, dass Torkel und Ursula gleichzeitig den Frühstücksraum betraten. In den Nächten, die Ursula in Torkels Zimmer verbrachte, stellte sie den Wecker auf halb fünf, stand auf, wenn er klingelte, zog sich an und ging zurück in ihr eigenes Zimmer. Torkel stieg ebenfalls aus dem Bett und verabschiedete sie an der Tür, komplett bekleidet und korrekt. Sollte jemand zu dieser unchristlichen Zeit auf dem Hotelflur vorbeikommen, würde es für ihn so aussehen, als hätten die beiden Kollegen die ganze Nacht durchgearbeitet, und nun ginge einer von ihnen zurück auf sein Zimmer, um noch einige Stunden wohlverdienten Schlaf zu genießen. Heute Morgen waren sie sich auf der Treppe begegnet, weshalb sie nun ausnahmsweise gemeinsam in den Frühstückssaal kamen. Daher hörten sie gleichzeitig den grellen Pfiff und wandten die Köpfe zu dem Fenstertisch, wo er herkam. Dort saß Sebastian. Er hob eine Hand zum Gruß. Torkel hörte, wie Ursula neben ihm seufzte, dann wich sie von seiner Seite und begann das Frühstücksbuffet zu studieren, wobei sie Sebastian geradezu demonstrativ den Rücken kehrte.

«Sei doch so nett und setz dich kurz zu mir. Ich habe dir Kaffee mitgebracht.» Sebastians Stimme dröhnte durch den gesamten Frühstücksraum. Die Gäste, die sich nach dem Pfiff noch nicht für sie interessiert hatten, taten es jetzt. Torkel ging entschlossen auf den Tisch zu.

«Was willst du?»

«Ich will wieder arbeiten. Mit euch. An diesem Mordfall.» Torkel sah Sebastian forschend an, um herauszufin-

183

den, ob das ein Scherz sein sollte. Als er keine Anzeichen dafür erkennen konnte, schüttelte er den Kopf.

«Das geht nicht.»

«Warum nicht? Weil Ursula das nicht will? Komm schon, gib mir zwei Minuten.» Torkel warf einen Blick zu Ursula hinüber, die ihnen noch immer den Rücken zuwandte. Dann zog er sich einen Stuhl heran und setzte sich. Sebastian schob ihm den Kaffeebecher hin. Torkel sah kurz auf die Uhr und stützte seinen Kopf auf die Hände.

«Zwei Minuten.» Einige Sekunden war es still, Sebastian erwartete zunächst, dass Torkel etwas sagen würde. Ihn etwas fragen. Doch er tat es nicht.

«Ich möchte wieder arbeiten. Mit euch. An diesem Fall mit dem ermordeten Jungen. Was gibt es daran nicht zu verstehen?»

«*Warum* du wieder arbeiten möchtest. Mit uns. An diesem Fall mit dem ermordeten Jungen.»

Sebastian zuckte mit den Achseln und nahm einen Schluck aus seiner Kaffeetasse.

«Das hat persönliche Gründe. Mein Leben ... läuft gerade nicht so rund. Mein Therapeut sagt, es wäre hilfreich für mich, wieder Routine hineinzubringen. Ich brauche Disziplin. Eine Aufgabe. Außerdem braucht ihr mich.»

«Ist das so?»

«Ja. Ihr seid doch völlig auf dem Holzweg.»

Das war Torkel schon gewohnt. Wie oft hatten er und seine Kollegen eine Theorie vorgelegt oder einen Tathergang konstruiert, nur um anschließend brutal von Sebastian verrissen zu werden. Trotzdem ertappte Torkel sich dabei, dass er sich darüber ärgerte, wie vermessen der ehemalige Kollege ihre gesamte Arbeit aburteilte. Eine Arbeit, in die er nicht einmal involviert war.

«Sind wir das?»

«Es war nicht der Nachbarjunge. Die Leiche wurde an einen entlegenen und ziemlich ausgeklügelten Ort gebracht. Die Attacke auf das Herz wirkt beinahe rituell.» Sebastian beugte sich vor und senkte seine Stimme, um einen dramatischen Effekt zu erzeugen. «Der Mörder ist viel raffinierter und vor allem viel reifer als ein jugendlicher Mobber, der sich nicht einmal dazu aufraffen kann, in die Schule zu gehen.»

Sebastian lehnte sich mit seinem Kaffeebecher zurück und begegnete Torkels Blick über dem Becherrand. Torkel schob den Stuhl zurück.

«Das wissen wir auch schon, deshalb lassen wir ihn heute frei. Und die Antwort auf deine Frage lautet noch immer nein. Danke für den Kaffee.»

Torkel stand auf und schob den Stuhl wieder zurück. Er sah, dass Ursula sich an einem Fensterplatz weiter hinten im Raum niedergelassen hatte und wollte gerade zu ihr gehen, als Sebastian seine Tasse absetzte und die Stimme hob.

«Erinnerst du dich noch daran, wie Monica dir untreu war, diese ganze Geschichte mit deiner Scheidung?»

Torkel blieb stehen und wandte sich Sebastian zu, der ihn gelassen ansah.

«Also mit deiner ersten Scheidung.»

Torkel schwieg und wartete auf die Fortsetzung, die garantiert kommen würde.

«Damals warst du wirklich am Boden zerstört. Oder?»

Torkel antwortete nicht und warf Sebastian einen Blick zu, der deutlich machte, dass er keine Lust hatte, darüber zu reden. Einen Blick, den Sebastian komplett ignorierte.

«Ich könnte wetten, dass du heute nicht Chef wärst, wenn in diesem Herbst nicht jemand für dich eingesprungen wäre. Nein verdammt, eigentlich sogar das ganze Jahr über.»

«Sebastian ...»

«Was wäre deiner Meinung nach passiert, wenn niemand die Berichte rechtzeitig abgegeben hätte? Deine Fehler korrigiert? Den Schaden begrenzt?»

Torkel ging die paar Schritte zu Sebastian zurück und stützte sich mit den Händen auf die Tischplatte.

«Ich weiß nicht, was du bezwecken willst, aber wir sind offenbar gerade auf unserem absoluten Tiefpunkt angelangt. Auch du.»

«Du verstehst mich nicht.»

«Drohungen? Erpressungen? Was gibt es daran nicht zu verstehen?»

Sebastian schwieg für einen Moment. War er zu weit gegangen? Er musste wirklich dringend in das Ermittlerteam aufgenommen werden. Außerdem mochte er Torkel eigentlich, oder hatte es zumindest einmal getan, vor langer Zeit, in einem anderen Leben. Die Erinnerung an dieses Leben brachte Sebastian dazu, es noch einmal zu versuchen. Diesmal in einem freundlicheren Tonfall.

«Ich drohe dir nicht. Ich bitte dich. Um einen Gefallen.» Sebastian sah zu Torkel auf, in seinem Blick lag ein aufrichtiges Flehen. Torkel konnte sich nicht entsinnen, das je bei Sebastian beobachtet zu haben. Er bemühte sich, trotzdem den Kopf zu schütteln, aber Sebastian kam ihm zuvor.

«Um einen Freundschaftsdienst. Wenn du mich nur halb so gut kennen würdest, wie du glaubst, dann wüsstest du, dass ich dich nie auf diese Weise bitten würde, wenn es nicht wirklich wichtig wäre.»

Sie waren im Konferenzraum des Präsidiums versammelt. Ursula hatte Torkel einen verächtlichen Blick zugeworfen, als sie das Zimmer betreten und Sebastian zusammengesunken auf einem der Stühle entdeckt hatte. Vanja blickte eher fragend auf die unbekannte Person, als sie hereinkam und sich vorstellte. Aber Sebastian glaubte zu beobachten, dass der fragende Blick in offene Missbilligung umschlug, als er seinen Namen nannte. Hatte Ursula über ihn gesprochen? Natürlich hatte sie. Darüber, wie es war, bei der Arbeit ständig mit Widerständen kämpfen zu müssen.

Der Einzige, der nicht sichtbar auf seine Anwesenheit reagierte, war Billy, der mit einem 7-Eleven-Frühstück vor sich am Tisch hockte. Torkel wusste, dass es keinen idealen Weg gab, um das zu sagen, was er wollte. Der einfachste war oft der beste. Also drückte er sich so direkt aus, wie er nur konnte.

«Sebastian wird eine Weile mit uns zusammenarbeiten.»

Kurzes Schweigen. Blicke, die getauscht wurden. Verwunderung. Zorn.

«Ach, wird er das?»

Torkel konnte sehen, wie sich Ursulas Kieferpartie anspannte, weil sie die Zähne zusammenbiss. Sie war professionell genug, Torkel nicht vor versammelter Mannschaft als Idioten zu beschimpfen, obwohl Torkel überzeugt war, dass sie das am liebsten getan hätte. Er hatte sie gleich doppelt hintergangen. Zum einen, weil er Sebastian wieder in ihr Berufsleben gebracht hatte, zum anderen, und das war vielleicht noch schlimmer, weil er ihr nichts von seinen Plänen erzählt hatte, weder beim Frühstück, noch bei ihrem gemeinsamen Spaziergang zum Präsidium. Ja, sie war wütend. Zu Recht. Den restlichen Zeitraum der Ermittlungen würde er allein im Bett verbringen, vielleicht sogar darüber hinaus.

«Ja, wird er.»

«Und warum? Was ist so besonders an diesem Fall, dass wir den ach so imposanten Sebastian Bergman einspannen müssen?»

«Dass wir ihn noch nicht aufgeklärt haben und Sebastian zur Verfügung steht.»

Torkel merkte selbst, wie dürftig das klang. Seit sie die Leiche gefunden hatten, waren nicht einmal zwei volle Tage vergangen, und sie durften sich einen Durchbruch auf mehreren Ebenen ausrechnen, wenn die Filme aus den Überwachungskameras hielten, was sie sich davon versprachen. Und was hieß schon zur Verfügung stehen? Gab es denn wirklich Gründe, um ihn in die Ermittlungen mit einzubeziehen? Natürlich nicht. Es standen genug Psychologen zur Verfügung. Viele davon waren besser als Sebastian in seiner jetzigen Form, davon war Torkel überzeugt. Warum also saß Sebastian in diesem Raum? Torkel war ihm nichts schuldig, im Gegenteil. Ohne seinen alten Kollegen in der Nähe wäre sein Leben vermutlich um einiges leichter. Aber in Sebastians Wunsch hatte etwas sehr Aufrichtiges gelegen, etwas Verzweifeltes. Egal, wie unberührt und distanziert er auch war, Torkel hatte eine Leere in ihm erkannt. Eine Trauer. Das mochte übertrieben klingen, aber Torkel hatte den Eindruck bekommen, dass Sebastians Leben, oder zumindest seine mentale Gesundheit, davon abhing, an den Ermittlungen beteiligt zu werden. Torkel hatte im Frühstückssaal ganz einfach das Gefühl gehabt, das Richtige zu tun. Jetzt spürte er, wie sich ein Zweifel in ihm einnistete und zu wachsen begann.

«Und ich habe auch ein bisschen abgenommen.»

Alle vier drehten sich gleichzeitig um und sahen Sebastian, der sich auf seinem Stuhl aufrichtete, fragend an.

«Wie bitte?»

«Ursula hat mich als imposant bezeichnet. Dabei habe ich ein bisschen abgenommen. Es sei denn, du spielst mit dem Wort auf einen anderen Teil meines Körpers an als auf meinen Bauch?» Sebastian bedachte Ursula mit einem anzüglichen Grinsen.

«Jetzt halt dich gefälligst zurück! Es sind kaum dreißig Sekunden vergangen, und schon fängst du wieder mit so was an.» Ursula wandte sich an Torkel. «Und du meinst allen Ernstes, dass wir beide versuchen sollten, zusammenzuarbeiten?»

Sebastian machte eine entschuldigende Geste.

«Ich bitte um Verzeihung. Ich wusste nicht, dass eine Anspielung auf mein imposantes Gehirn in dieser Runde solchen Anstoß erregen würde.»

Ursula schnaubte nur, schüttelte den Kopf und verschränkte ihre Arme vor der Brust. Sie sah Torkel mit einem Blick an, der unzweifelhaft signalisierte, dass sie von ihm eine Lösung der Situation erwartete. Eine Lösung, die auf Sebastians Verschwinden hinauslief. Vanja, die noch keine Erfahrungen mit Sebastian gemacht hatte, betrachtete ihn mit einer Mischung aus Abscheu und Faszination, wie ein großes Insekt unter einem Mikroskop.

«Meinst du das ernst?»

Sebastian machte erneut eine entschuldigende Geste.

«Kann ein so schöner Mann etwa lügen?»

Torkel spürte, wie der Zweifel in ihm größer und größer wurde. Bisher hatte er immer gute Erfahrungen gemacht, wenn er nach seinem Bauchgefühl entschied. Aber jetzt? Wie viel Zeit war vergangen? Drei Minuten? Und die Stimmung im Raum war so schlecht wie schon seit Jahren nicht mehr, wenn sie überhaupt jemals so schlecht gewesen war. Torkel hob seine Stimme.

«Okay, es reicht für heute. Sebastian, du wirst jetzt rausgehen und dich irgendwo hinsetzen und in den Fall einlesen.»

Torkel hielt Sebastian eine Mappe hin. Sebastian griff danach, aber Torkel hielt sie so lange fest, bis Sebastian gezwungen war, ihn mit fragendem Blick anzusehen.

«Und ab sofort wirst du mich und mein Team mit Respekt behandeln. Ich habe dich eingestellt. Ich kann dich genauso gut wieder feuern. Kapiert?»

«Ach, wie ärgerlich, dass ich so respektlos bin, wo doch alle ihr Bestes gegeben haben, mich herzlich willkommen zu heißen!»

Sebastians Sarkasmus prallte wirkungslos an Torkel ab.

«Ich meine es ernst. Ich werfe dich raus, wenn du dich nicht zusammenreißt. Verstanden?»

Sebastian begriff, dass dies nicht unbedingt der richtige Moment war, um sich gegen Torkel aufzulehnen. Er nickte gehorsam.

«Ich bitte alle vorbehaltlos um Entschuldigung. Für alles. Von nun an werdet ihr kaum noch merken, dass ich da bin.»

Torkel ließ die Mappe los. Sebastian nahm sie, klemmte sie unter den Arm und winkte den vieren zum Abschied zu.

«Dann bis später.»

Er öffnete die Tür und verschwand nach draußen. Ursula baute sich vor Torkel auf und wollte gerade einen Redeschwall loslassen, als Haraldsson an den Türrahmen klopfte und ins Zimmer trat.

«Wir haben eine Mail bekommen.»

Er streckte Torkel einen Ausdruck entgegen, den dieser nahm und las. Vanja kam heran, um ihm über die Schulter zu blicken, doch das war nicht nötig, da Haraldsson den Inhalt bereits mündlich referierte.

«Darin behauptet jemand, dass sich Rogers Jacke in Leo Lundins Garage befindet.»

Torkel musste kein Wort verlieren. Ursula und Billy sprangen auf, drängten sich an Haraldsson vorbei durch die Tür und eilten davon.

Sebastian durchquerte das Großraumbüro, unter dem Arm die Mappe, die er nicht vorhatte zu öffnen. So far, so good. Er nahm an den Ermittlungen teil, jetzt musste er nur noch an das herankommen, weswegen er eigentlich hier war. Wenn man jemanden wirklich finden wollte, musste man in den Polizeicomputern suchen. Das Strafregister war eine Möglichkeit, aber dort war nicht jeder verzeichnet und auch nicht Anna Eriksson – zumindest hoffte Sebastian das. Aber auch abgesehen davon war die Menge persönlicher Daten beachtlich, an die eine befugte Person bei der Polizei gelangen konnte. Und diese Ressource brauchte er.

Jetzt musste er nur noch jemanden finden, der ihm helfen würde. Die richtige Person für diese Aufgabe. Sebastian ließ seinen Blick über die Arbeitsplätze schweifen. Er entschied sich für eine Frau um die vierzig, die am Fenster saß. Praktische Kurzhaarfrisur. Braune Augen. Diskretes Make-up. Ohrringe. Ehering. Sebastian ging zu ihr und setzte ein gewinnendes Lächeln auf.

«Hej. Ich heiße Sebastian Bergman und arbeite seit heute mit der Reichsmordkommission zusammen.» Sebastian deutete in Richtung Konferenzraum, als die Frau von ihrer Arbeit aufsah.

«Aha. Hallo. Ich bin Martina.»

«Hallo, Martina. Ich brauche bei einer Sache deine Hilfe.»

«Klar. Wobei denn?»

«Ich muss eine Frau namens Anna Eriksson ausfindig machen. Sie wohnte 1979 unter dieser Adresse in Stockholm.»

Sebastian faltete den linierten Zettel auseinander, auf dem er Anna Eriksson Adresse notiert hatte, und legte ihn vor die Frau auf den Schreibtisch. Sie warf einen kurzen Blick darauf und sah dann ein wenig misstrauisch zu Sebastian hoch.

«Hat sie denn etwas mit euren Ermittlungen zu tun?»

«Auf jeden Fall. In höchstem Grad.»

«Warum suchst du sie denn dann nicht selbst?»

Ja, warum nicht? Glücklicherweise passte in diesem Fall ausnahmsweise die Wahrheit.

«Ich habe heute erst angefangen und noch keinen Benutzernamen und kein Passwort und so.» Sebastian setzte sein charmantestes Lächeln auf, konnte jedoch an Martinas Augen ablesen, dass es die erwünschte Wirkung verfehlte. Sie betrachtete den Zettel mit der Adresse und schüttelte den Kopf.

«Warum bittest du nicht jemanden aus deiner Gruppe, das zu überprüfen? Die haben ja Zugang zum gesamten System.»

Warum freust du dich nicht einfach, bei einer so prestigeträchtigen Ermittlung helfen zu dürfen, suchst mir das heraus, was ich haben will, und hörst auf, so verdammt viele Fragen zu stellen, dachte Sebastian, während er sich zu ihr herabbeugte und einen vertraulichen Ton anschlug.

«Um ganz ehrlich zu sein – mein Verdacht ist vielleicht etwas weit hergeholt, na ja, du weißt schon, man will sich am ersten Tag nicht gleich blamieren.»

«Ich helfe dir gern, aber ich muss das erst mit deinem Chef absprechen. Wir dürfen nicht einfach so nach irgendwelchen Personen suchen.»

«Es geht hier nicht um irgendwelche ...»

Sebastian verstummte, als er bemerkte, dass Torkel aus dem Konferenzraum kam und sich suchend umsah. Anscheinend hatte er auch schon gefunden, was er suchte. Sebastian. Torkel ging mit energischen Schritten auf ihn zu. Sebastian riss den Zettel an sich und richtete sich schnell wieder auf.

«Ach, weißt du was, vergiss es einfach. Ich kläre es stattdessen mit der Gruppe, das ist einfacher. Aber trotzdem vielen Dank.»

Noch während er sprach, setzte Sebastian sich in Bewegung. Er musste ausreichend Abstand zwischen sich, Martina und Torkel bringen, damit sie nicht auf die Idee kam, den Kommissar im Vorbeigehen zu fragen, ob sie nach Anna Eriksson aus dem Jahr 1979 suchen solle. Dann würde Torkel Sebastians Motiv für seine Mitarbeit sofort in Frage stellen. Und würde künftig unnötig wachsam sein. Also entfernte sich Sebastian von Martina. Schritt für Schritt. Bis ...

«Sebastian.»

Sebastian wägte die Angelegenheit kurz ab. Musste er sein Gespräch mit Martina erklären? Vielleicht wäre das nicht schlecht. Er entschied sich, Torkel einen Grund zu nennen, der ihm plausibel erscheinen würde.

«Ich war gerade auf dem Weg, mich einzulesen, aber dann kam mir ein enges Top mit üppigem Inhalt dazwischen.»

Torkel überlegte kurz, ob er Sebastian noch einmal klar-

machen sollte, dass er seit heute Morgen Teil der Reichs-
kripo war. Und dass jede seiner Handlungen auch für das
Team Konsequenzen haben würden, es also nicht unbedingt
die beste Idee wäre, verheiratete Kolleginnen anzubaggern.
Aber Torkel wusste auch, dass Sebastian das selbst ganz genau wusste. Und sich nicht darum scherte.

«Wir haben einen anonymen Hinweis erhalten, der erneut auf Lundin deutet. Ursula und Billy sind los, um die Sache zu untersuchen, aber ich dachte, du könntest vielleicht
auch hinfahren und ein wenig mit der Mutter sprechen.»

«Mit Clara?»

«Ja, ich hatte den Eindruck, als hättest du einen ganz guten Kontakt zu ihr.»

Ja, das konnte man wohl so sagen. Körperkontakt. Schon
wieder eine Frau, die nicht nur Torkel wachsam machen,
sondern Sebastian obendrein schneller aus seinem neuen
Job katapultieren konnte, als ihm lieb war. Man schlief nicht
mit den Müttern mordverdächtiger Jungs. Sebastian war
sich ziemlich sicher, dass Torkel in diesem Punkt eine klare
Meinung vertrat.

«Lieber nicht. Es ist besser, wenn ich mich erst mal ein-
lese, schaue, ob ich neue Anregungen geben kann.»

Torkel schien einen Moment lang protestieren zu wollen, nickte dann aber nur.

«In Ordnung, tu das.»

«Da ist noch eine Sache. Kannst du dafür sorgen, dass ich
Zugang zu den Computern hier bekomme? Zu den Registern
und so.»

Torkel wirkte ernsthaft verblüfft. «Warum?»

«Warum nicht?»

«Weil du für deine Alleingänge bekannt bist.»

Torkel kam näher. Sebastian wusste warum. Es gab keinen Grund dafür, neugierige Ohren mithören zu lassen, dass es potenzielle Spannungen im Team gab. Nach außen hin bildeten sie eine Einheit. Das war wichtig. Was allerdings bedeutete, dass Torkel ihm nicht unbedingt etwas Positives zu sagen hatte. Und so war es auch.

«Du bist kein vollwertiges Mitglied des Teams, sondern nur ein Berater. Alle Untersuchungen, die du vornimmst, alle Spuren, denen du nachgehst, laufen über uns. Vorzugsweise über Billy.»

Sebastian versuchte seine Enttäuschung zu verbergen. Was ihm offenbar nicht ganz glückte.

«Hast du ein Problem damit?»

«Nein, überhaupt nicht. Du entscheidest.»

Dieser dämliche Torkel! Jetzt würde er mehr Zeit brauchen als geplant. Allzu lange hatte er nicht Teil dieser Ermittlungen sein wollen. Erst recht kein aktiver Teil. Er hatte in keinster Weise vor, auch nur mit irgendjemandem zu sprechen, jemanden zu verhören oder jemanden oder etwas zu analysieren. Er wollte auch nicht mit möglichen Tatverläufen oder Täterprofilen zu den Ermittlungen beitragen. Er würde das bekommen, weshalb er gekommen war – eine aktuelle Adresse von Anna Eriksson, oder wie sie mittlerweile hieß – und sich anschließend schnell und effektiv aus der Gruppe verabschieden, die Stadt verlassen und nie wieder zurückkehren.

Sebastian hielt die Mappe hoch.

«Dann suche ich mir jetzt einen Platz zum Lesen.»

«Sebastian, noch eine Sache.»

Sebastian seufzte innerlich, warum konnte er nicht einfach gehen, sich in Ruhe irgendwo mit einer Tasse Kaffee hinsetzen und so tun, als ob er lesen würde.

«Dass du hier bist, ist ein reiner Freundschaftsdienst.

Weil ich dir geglaubt habe, als du sagtest, dass es dir wichtig sei. Ich erwarte keine Dankbarkeit, aber jetzt liegt es an dir, dafür zu sorgen, dass ich es nicht bereue.»

Noch ehe Sebastian antworten konnte, hatte Torkel kehrtgemacht und ihn stehengelassen.

Sebastian sah ihm nach. Er verspürte keine Dankbarkeit. Aber es war klar, dass Torkel es bereuen würde.

Das taten alle, die ihn in ihr Leben ließen.


Billy öffnete das Garagentor. Momentan stand kein Auto darin. Billy und Ursula waren in den letzten Jahren schon in vielen Garagen gewesen. Die meisten waren mit allem Möglichen vollgestopft, nur nicht mit einem Auto. In Lundins Garage herrschte im Verhältnis dazu gähnende Leere. Der Boden war ölbefleckt und schmutzig, ein Abfluss befand sich in der Mitte. Während Ursula noch nach dem Lichtschalter tastete, hatte Billy schon das Tor hochgeschoben.

Sie betraten die Garage. Obwohl die zwei nackten Neonröhren blinkend ansprangen, holten beide ihre Taschenlampen hervor. Ohne sich absprechen zu müssen, wählte jeder eine Garagenhälfte. Ursula die rechte, Billy die linke. Der Fußboden auf Ursulas Seite war im Prinzip leer. Dort standen nur ein altes Krocketspiel, ein Plastikboccia, bei dem eine Kugel fehlte, und ein elektrischer Rasenmäher. Ursula hob den Grasauffang hoch. Leer, genau wie letztes Mal. Die Regalbretter waren dafür umso gefüllter. Allerdings deutete nichts von ihrem Inhalt darauf hin, dass sich jemals ein Auto in dieser Garage befunden hatte. Kein Öl, keine Zündkerzen, Multisprays oder Scheinwerfer. Dafür umso mehr Gartenwerkzeuge. Drahtrollen, halbleere Samentüten, Arbeitshandschuhe und Sprühflaschen mit Insektenvernichtungsmittel. Dort konnte man keine Jacke verstecken. Es hätte Ursula sehr verwundert, wenn sich die Angaben aus der E-Mail bewahrheitet hätten. Wäre die Jacke hier, hätte sie sie schon beim ersten Mal gefunden.

«Hattest du letztes Mal unter dem Abflussgitter nach-gesehen?»

«Na rate mal.»

Billy antwortete nicht. Er begann die drei Säcke mit Blu-menerde anzuheben, die an der Langseite neben den wei-ßen Gartenmöbeln aus Plastik gestapelt waren. Wie dumm von ihm. Ursula ließ ihre Arbeit nicht gern in Frage stellen. Ohne besonders viel über ihre frühere Zusammenarbeit zu wissen, vermutete Billy, dass sie Sebastian Bergman des-halb nicht leiden konnte. Zu dem Wenigen, was Billy bisher über Sebastian gehört hatte, zählte, dass er konsequent al-les und jeden in Frage stellte. Es immer besser wusste, um nicht zu sagen: am besten. Aber wenn er tatsächlich etwas auf dem Kasten hatte, war das für Billy in Ordnung. Er ar-beitete täglich mit Ermittlern zusammen, die besser waren als er. Kein Problem. Billy hatte sich noch keine Meinung von Sebastian gebildet. Der kleine, anzügliche Witz vorhin konnte ihm auch aus Nervosität herausgerutscht sein. Doch Ursula mochte ihn nicht, und Vanja auch nicht, also wa-ren die Chancen, dass sich Billy ihrem Lager bald anschloss, ziemlich groß. Er war auf seiner Garagenseite an der Ecke angelangt. In einem Gestell auf dem Boden standen ein paar Gartengeräte, an einer Leiste an der Wand hingen ordentlich aufgereiht Werkzeuge.

«Ursula ...»

Billy war vor den Gartengeräten stehen geblieben. Ne-ben dem Holzgestell mit einer Harke, einem Rechen und et-was Hackenähnlichem, dessen Namen Billy nicht kannte, stand ein weißer Zweilitereimer mit Pflanzgranulat. Ursula kam zu Billy herüber, der mit einer Taschenlampe in den Eimer leuchtete. Zwischen den Kügelchen aus gebranntem Ton war deutlich etwas Grünes erkennbar.

Schweigend begann Ursula zu fotografieren. Nach einigen Bildern ließ sie die Kamera sinken und sah Billy an. Offenbar las sie eine gewisse Skepsis in seinem Gesichtsausdruck, den er selbst für neutral gehalten hatte.

«Ich übersehe keine Jacke, die schlecht versteckt in einem Eimer mit Granulat in der Garage eines Verdächtigen liegt. Nur, dass du es weißt.»

«Ich habe doch gar nichts gesagt.»

«Ich sehe deinen Blick. Das reicht.»

Ursula holte einen größeren verschließbaren Plastikbeutel aus der Tasche und fischte mit Hilfe einer Zange vorsichtig die Jacke aus dem Eimer. Beide betrachteten sie ernst. An mehreren Stellen war sie großflächig mit getrocknetem Blut bedeckt. Auf dem Rücken hing der Stoff kaum noch zusammen. Mit einem Mal war es allzu gut vorstellbar, wie es ausgesehen haben musste, als sich ein lebender Körper in der Jacke befunden hatte. Schweigend legte Ursula das Kleidungsstück in die Tüte und verschloss sie.


Im Polizeipräsidium auf der Västgötegatan saß Haraldsson an seinem Computer und wartete auf Post. Er war noch immer mit im Spiel, daran bestand kein Zweifel. Zwar taten die anderen alles, um ihn loszuwerden, aber er hielt sich tapfer, dank seiner vorausplanenden Art und seinem Talent, herauszufinden, wer in diesem Haus die meisten Informationen besaß. Personen, denen die meisten seiner Kollegen höchstens ein zerstreutes Hallo zumurmelten: die Damen vom

Empfang. Haraldsson hatte früh erkannt, dass sie fast alles mitbekamen. Deshalb machte er schon seit einigen Jahren hin und wieder eine Kaffeepause mit ihnen, zeigte sein Interesse, erkundigte sich nach der Familie, sprang bei Bedarf auch für sie ein. Aus diesem Grund war es für sie selbstverständlich, sich bei ihm zu melden, sobald etwas mit Roger Eriksson zu tun hatte. Kam eine Information über das Hinweistelefon oder per Formular über die Homepage der Polizeibehörde Västmanland herein, dann gelangte sie auch zu Haraldsson. Als der anonyme Hinweis auf die Jacke in Lundins Garage eintraf, hatte die Rezeption bei ihm angerufen, und eine Sekunde später war das Pling der weitergeleiteten Nachricht in seinem Posteingang ertönt. Er hatte sie nur noch ausdrucken und überreichen müssen. Gut, aber nicht ausreichend. Einen Ausdruck konnte jeder überreichen. Das war ein unqualifizierter Praktikantenjob. Aber den Absender nachzuverfolgen – das war Polizeiarbeit. Nichts an dieser Mitteilung deutete darauf hin, dass ihr Verfasser schuldig war. Doch wenn sich die Angaben als richtig erwiesen, besaß er Informationen über das Verbrechen, die für die Reichsmordkommission sicherlich von Interesse wären, und Haraldsson konnte sie auf die richtige Spur bringen.

Die Datenabteilung war ein Witz. Sie bestand lediglich aus Kurre Dahlin, einem Mann Mitte fünfzig, dessen Kompetenz darin bestand, die Tastenkombination «ctrl + alt + delete» zu drücken, den Kopf zu schütteln und die widerspenstigen Rechner anschließend einzuschicken. Wahrscheinlich hätte man Kurre Dahlin schneller beibringen können zu fliegen, als den Absender einer E-Mail zu lokalisieren.

Der Computer, von dem der anonyme Hinweis verschickt worden war, hatte eine Internet-Protokoll-Adresse. Haraldsson wiederum hatte einen siebzehnjährigen Neffen. Kaum war die E-Mail in Haraldssons Posteingang gelandet, hatte er sie auch schon an seinen Neffen weitergeleitet. Gleichzeitig schrieb er ihm eine SMS und versprach ihm fünfhundert Kronen, wenn er die Postadresse des Absenders herausfände. Ja, er wisse, dass der Neffe in der Schule sei, aber er brauche die Information bitte trotzdem so schnell wie möglich.

Der Neffe hatte die SMS gelesen, sich bei seinem Lehrer entschuldigt und den Unterricht verlassen. Zwei Minuten später hatte er die Mail in seinem Posteingang auf einem der Schulrechner geöffnet. Als er die Absenderadresse der Original-Mail sah, lehnte er sich frustriert in seinem Stuhl zurück. Haraldsson glaubte, dass sein Neffe eine Art Wunderkind war, was Computer betraf. Meistens waren die Dinge, um die er ihn bat, auch lächerlich einfach, aber in diesem Fall musste er seinen Onkel wohl enttäuschen. Es war kein Problem, eine IP-Adresse herauszufinden. Wenn die Mail jedoch über einen der großen Internetanbieter verschickt worden war, war es nahezu unmöglich, etwas Konkretes zu finden. Na ja, er konnte es zumindest versuchen.

Nach zwei Minuten lehnte er sich erneut zurück. Diesmal mit einem breiten Grinsen. Er hatte Glück gehabt. Der Hinweis war von einem freistehenden Server verschickt worden. Seine fünfhundert Kröten würde er bekommen. Er drückte auf «Senden».

Auf dem Präsidium ertönte erneut ein Pling auf Haraldssons Computer. Schnell öffnete er die eingegangene Mail und nickte zufrieden. Der Server, von dem der Hinweis verschickt worden war, stand nur unweit der Stadt.

Genauer gesagt, im Palmlövska-Gymnasium.

**D**ie nächste musst du links abbiegen.»

Sebastian saß auf dem Beifahrersitz eines zivilen Polizeiwagens, einem Toyota. Vanja fuhr. Sie warf einen kurzen Blick auf den kleinen Monitor über dem Armaturenbrett.

«Das GPS sagt geradeaus.»

«Aber es ist kürzer, wenn wir links abbiegen.»

«Bist du sicher?»

«Ja.»

Vanja fuhr weiter geradeaus. Sebastian versank im Beifahrersitz und blickte durch das schmutzige Seitenfenster auf die Stadt, für die er nichts als eine einzige, große Leere empfand.

Zuvor hatten Torkel, Vanja, Billy und er sich im Konferenzraum versammelt. Sebastian war keine gute Ausrede eingefallen, um der Besprechung fernzubleiben, als Torkel zu ihm kam und sagte, dass sie neue Informationen zum Fall hätten. Dann erfuhr er, dass sie die Jacke des Opfers gefunden hatten. Das Blut war zwar noch nicht analysiert, aber eigentlich glaubte niemand so recht daran, dass es sich nicht um die Jacke und das Blut von Roger handeln könnte. Was dazu führte, dass Leo Lundin wieder mehr in den Mittelpunkt des Interesses rückte. Nach der Besprechung wollte Vanja ihn erneut verhören.

«Das kannst du gern tun, aber es ist reine Zeitverschwendung.»

Alle Augen richteten sich auf Sebastian, der am Tischende saß und mit seinem Stuhl kippelte. Eigentlich hätte er auch still sitzen und die anderen Fehler machen lassen können, so viel sie wollten, während er sich überlegte, wie er Zugang zu den Computern erlangen und die Informationen beschaffen könnte, die er brauchte. Oder anders gesagt: wie er eine Frau in dieser Abteilung fand, die seinem Charme gegenüber empfänglicher war als Martina. Das war wahrscheinlich nicht sonderlich schwer. Auf der anderen Seite mochte ihn hier sowieso niemand, also konnte er seine besserwisserischen Seiten eigentlich ruhigen Gewissens ausleben.

«Das ist unlogisch.» Sebastian kippte wieder vor, bis der Stuhl mit allen Beinen auf dem Boden stand.

Ursula betrat den Raum und ließ sich schweigend auf einem Platz nahe der Tür nieder.

«Leo würde die Jacke seines Opfers doch niemals in seiner eigenen Garage verstecken», fuhr Sebastian fort.

«Und warum nicht?» Billy schien ernsthaft interessiert, das zu erfahren. Keine Spur defensiv. Vielleicht könnte er ihn ja ein wenig mehr an sich binden, überlegte Sebastian.

«Weil er sie seinem Opfer nicht einmal ausziehen würde.»

«Aber die Uhr hat er genommen.» Auch Vanja wirkte keineswegs defensiv, eher angriffslustig. Darauf aus, ihn zu korrigieren und seine Argumente zu widerlegen. Sie war genau wie Ursula. Oder so, wie er selbst zu der Zeit gewesen war, als ihn die Dinge noch interessierten. Wettbewerbsorientiert. Ein Siegertyp.

Aber leider würde sie dieses Match nicht gewinnen. Gelassen begegnete Sebastian ihrem Blick.

«Es gibt einen Unterschied. Die Uhr hatte einen Wert. Wir haben hier einen sechzehnjährigen Jungen mit einer alleinerziehenden Mutter mit Pflegeberuf. Versucht euch einfach mal das materialistische Wettrennen vorzustellen, das ständig um ihn herum stattfindet. Warum sollte er eine zerschnittene, blutige Jacke mitnehmen, wenn er das Portemonnaie und das Handy dalässt? Das passt nicht zusammen.»

«Sebastian hat recht.» Nun blickten alle Ursula an. Sebastian sah dabei aus, als könne er nicht glauben, was er gerade gehört hatte. Diese drei Worte hatte Ursula in ihrem bisherigen Leben noch nicht oft gesagt. Eigentlich konnte Sebastian sich aus dem Stegreif an kein einziges Mal erinnern.

«Es fällt mir zwar schwer, das zu sagen, aber so ist es.» Ursula stand auf und zog zwei Fotos aus einem Umschlag.

«Ich weiß, dass ihr glaubt, ich hätte die Jacke beim ersten Mal übersehen. Aber seht mal her.» Sie legte eines der Bilder auf den Tisch. Alle beugten sich vor.

«Als ich die Garage gestern untersucht habe, interessierte ich mich vor allem für drei Dinge: für das Moped natürlich, für den Abfluss und ob darin Blutspuren zu finden wären, also jemand das Moped oder eine Waffe dort abgewaschen hat, und zuletzt für die Gartengeräte, weil wir die Mordwaffe bisher nicht gefunden haben. Dieses Bild habe ich gestern aufgenommen.»

Sie tippte mit dem Finger auf das Foto, das die Gartengeräte in ihrem Holzgestell in der Garage zeigte. Das Bild war von schräg oben aufgenommen, und der weiße Eimer mit dem Granulat war deutlich in der einen Ecke sichtbar.

«Dieses Bild habe ich heute aufgenommen. Findet den Fehler!» Ursula legte das zweite Bild auf den Tisch. Fast identisch mit dem ersten. Doch hier sah man den grünen Stoff an mehreren Stellen deutlich durch die dünne Granulatschicht schimmern. Einen Moment lang herrschte Stille im Raum.

«Jemand hat die Jacke in der Nacht dort versteckt.» Billy sprach zuerst aus, was alle dachten. «Um den Verdacht auf Leo Lundin zu lenken.»

«Aber das ist nicht sein Hauptgrund.» Sebastian ertappte sich dabei, dass er die Bilder mit einem gewissen Interesse betrachtete. Was gerade passierte, war wie eine Energiespritze für ihn. Der Mörder hatte dem Opfer Dinge weggenommen und setzte sie nun gezielt ein, um falsche Spuren zu legen. Und zwar nicht irgendwo, sondern beim Hauptverdächtigen in den Ermittlungen. Das bedeutete, dass er die Arbeit der Polizei genau verfolgte und dementsprechend handelte, geplant und überlegt. Anscheinend verspürte er nicht einmal Reue. Ein Mann ganz nach Sebastians Geschmack.

«Er will den Verdacht von sich selbst ablenken, das ist sein Hauptgrund, die Jacke in die Garage zu legen. Er hat nichts gegen Leo persönlich, er passte einfach nur gerade gut, weil wir ihn sowieso schon im Visier hatten.»

Torkel betrachtete Sebastian mit einer gewissen Zufriedenheit. Der Zweifel, den er zuvor verspürt hatte, war schwächer geworden. Torkel kannte Sebastian besser, als dieser glaubte. Er kannte die Unfähigkeit des Kollegen, sich für etwas zu engagieren, das ihn nicht interessierte. Aber er wusste auch, wie gefesselt Sebastian sein konnte, wenn er auf eine Herausforderung stieß, und welche Bereicherung er dann für die Ermittlungen darstellte. Torkel hatte das Gefühl, dass sie auf einem guten Weg waren. Im Stillen dankte er für die Mail und den Fund der Jacke.

«Also ist derjenige, der die Mail geschickt hat, vermutlich der Mörder.»

Vanja zog schnell die richtigen Schlüsse.

«Wir müssen versuchen, sie rückzuverfolgen. Herausfinden, wo sie herkommt.»

Es war wie in einer Theatervorführung. Ein vorsichtiges Klopfen an der Tür: Auftritt Haraldsson. Als ob er draußen auf sein Stichwort gewartet hätte, um die Bühne zu betreten.

Jetzt löste Sebastian den Sicherheitsgurt und stieg aus dem Auto. Er blickte zur Fassade des Gebäudes hoch, vor dem sie parkten, und wurde von einer enormen Müdigkeit überwältigt.

«Diese Schule hat er also besucht?»

«Ja.»

«Armer Teufel. Können wir einen Selbstmord denn völlig ausschließen?»

Über dem Eingang des Palmlövska-Gymnasiums befand sich ein riesiges Wandgemälde, das unzweifelhaft Jesus darstellte. Er breitete die Arme in einer Geste aus, die der Künstler sicherlich einladend gemeint hatte. Sebastian empfand sie als bedrohlich oder gar freiheitsberaubend. Unter dem Bild stand: «Joh 12,46».

«Ich bin als Licht in die Welt gekommen, auf dass jeder, der an mich glaubt, nicht in der Finsternis bleibe», leierte Sebastian herunter.

«Du kennst die Bibel auswendig?»

«Nein, aber das.»

Sebastian nahm die letzten Treppenstufen und öffnete eine der beiden Flügeltüren. Vanja warf einen letzten, kurzen Blick auf das gewaltige Gemälde und folgte ihm dann.

Rektor Ragnar Groth wies mit der Hand auf ein Zweisitzersofa und einen Sessel in einer Ecke seines Büros. Vanja und

Sebastian nahmen Platz. Groth selbst öffnete sein Sakko und ließ sich hinter einem altmodischen, rustikalen Schreibtisch nieder. Ohne sich dessen bewusst zu sein, rückte er einen Stift zurecht, bis dieser exakt parallel zur Tischkante lag. Sebastian bemerkte es und ließ seinen Blick schweifen, zunächst über den Schreibtisch. Der Arbeitsplatz des Rektors war nahezu leer. Links von ihm lag ein Stapel Plastikmappen. Kante an Kante. Keine Mappe ragte auch nur einen Millimeter hervor. Sie lagen so in der Ecke, dass rechts und links davon genau zwei Zentimeter frei waren. Rechts vor Ragnar Groth lagen drei Stifte, zwei Füllfederhalter und ein Bleistift, parallel zueinander, die Spitzen in eine Richtung zeigend, darüber in geradem Winkel ein Lineal und ein Radiergummi, die beide unbenutzt aussahen. Telefon, Computer und Lampe waren akkurat an den Ecken des Schreibtischs und aneinander ausgerichtet.

Sebastians Blick wanderte weiter durch den Raum. Alles war im selben Stil gehalten. Keine Gemälde, die schief hingen. Keine Notizzettel, alles an der Pinnwand ordentlich und in gleichem Abstand zueinander aufgehängt, die Buchrücken schlossen genau mit dem Rand des Bücherregals ab. Ein Tisch ohne den kleinsten Abdruck von Kaffeetassen oder Wassergläsern. Auch die Möbel standen zentimetergenau im Verhältnis zur Wand und dem darunterliegenden Teppich. Sebastian stellte sofort eine Diagnose über Rektor Groth: ein Pedant mit Neigung zu Zwangshandlungen.

Der Rektor hatte Vanja und Sebastian mit ernster Miene vor seinem Zimmer empfangen und sie mit einer lächerlich gerade ausgestreckten Hand begrüßt. Dann hatte er zu einem langen Sermon darüber angesetzt, wie furchtbar es sei, dass man einen Schüler dieser Schule ermordet aufgefunden hatte. Natürlich würden alle ihr Bestes tun, um bei der

Aufklärung dieses abscheulichen Verbrechens behilflich zu sein. Sie würden der Polizei keinerlei Hindernisse in den Weg legen. Absolute Kooperationsbereitschaft. Vanja konnte sich des Eindrucks nicht erwehren, dass die Worte des Rektors wie ein für Krisenfälle auswendig gelernter PR-Text klangen. Der Rektor bot ihnen Kaffee an. Vanja und Sebastian lehnten dankend ab.

«Was wissen Sie über unsere Schule?»

«Genug», sagte Sebastian.

«Nicht viel», sagte Vanja.

Groth lächelte Sebastian entschuldigend zu und wandte sich an Vanja.

«In den fünfziger Jahren haben wir als Internat begonnen, jetzt sind wir ein privates Gymnasium mit gesellschaftskundlicher und naturwissenschaftlicher Ausrichtung und unterschiedlichen Schwerpunkten: Sprachen, Wirtschaft und Unternehmensführung. Wir haben zweihundertachtzehn Schüler. Jugendliche aus ganz Mälardalen und sogar aus Stockholm besuchen unsere Schule. Deshalb haben wir den Internatsteil auch beibehalten.»

«Damit sich die Kinderchen der Reichen nicht unter den Pöbel mischen müssen.»

Groth wandte sich wieder Sebastian zu, und obwohl seine Stimme tief und wohlmoduliert blieb, konnte er seine Irritation nicht ganz verbergen.

«Unser Ruf als Schule für die Oberklasse schwindet mittlerweile. Heutzutage richten wir uns an Eltern, die wollen, dass ihre Kinder in der Schule etwas lernen. Unsere Schule erreicht im nationalen Vergleich Bestnoten.»

«Natürlich, denn nur so bleiben Sie konkurrenzfähig und können Ihre idiotisch hohen Schulgebühren rechtfertigen.»

«Wir haben die Schulgebühren abgeschafft.»

«Klar, Sie mussten das Ganze ja auch nur in ‹angemessene Materialgebühr› umtaufen.»

Groth warf Sebastian einen finsteren Blick zu und lehnte sich in seinem ergonomischen Bürostuhl zurück. Vanja spürte, wie ihnen die ganze Angelegenheit gleich zu Beginn aus den Händen zu gleiten drohte. Trotz seines übertrieben korrekten Tonfalls hatte der Rektor den Eindruck vermittelt, dass er ihnen bei den Ermittlungen behilflich sein wollte. Sebastians Unverschämtheiten konnten das innerhalb von drei Minuten zunichte machen. Und dann würden sie um jede Information über Schüler und Lehrer kämpfen müssen. Wenn Ragnar Groth nicht einverstanden wäre, würden sie sich nicht einmal ein Schulfoto ansehen dürfen, ohne vorher eine Genehmigung einholen zu müssen. Vanja war nicht sicher, ob sich Rektor Groth überhaupt darüber im Klaren war, wie sehr er ihnen die Arbeit erschweren konnte. Aber in diesem Fall war sie nicht bereit, Risiken einzugehen. Sie beugte sich im Sofa vor und lächelte ihn interessiert an.

«Erzählen Sie mal ein bisschen über Roger. Wie kam es, dass er letztendlich auf dieser Schule landete?»

«In seiner früheren Schule und später auch auf dem Gymnasium gab es Probleme mit Mobbing. Eine meiner Lehrerinnen kannte ihn gut, er war mit ihrem Sohn befreundet. Daher legte sie ein gutes Wort für ihn ein, und wir organisierten einen Platz für ihn.»

«Aber hier ging es ihm gut? Es gab keinen Streit oder Ähnliches?»

«Wir arbeiten sehr aktiv daran, Mobbing zu verhindern.»

«Sie nennen es einfach nur anders, oder? Hier gibt es stattdessen Initiationsriten, oder wie war das noch?»

Groth ignorierte Sebastians Einwurf. Vanja warf Sebastian einen scharfen Blick zu, der ihn hoffentlich dazu bringen würde, seinen Mund zu halten. Dann wandte sie sich wieder an den Rektor.

«Wissen Sie, ob sich Rogers Verhalten in letzter Zeit verändert hat? Ob er beunruhigt wirkte, aggressiv war oder etwas in dieser Art?»

«Nein, das kann ich nicht bestätigen. Aber Sie sollten lieber mit seiner Klassenlehrerin Beatrice Strand sprechen, sie hatte täglich mit ihm zu tun.»

Er richtete seine Worte nun ausschließlich an Vanja.

«Es war auch Beatrice, die dafür gesorgt hat, dass Roger hierherkam.»

«Wie konnte er sich denn die angemessene Materialgebühr leisten?», warf Sebastian blitzschnell ein. Er hatte nicht vor, sich ignorieren zu lassen. Das hätte es dem Herrn Groth ein bisschen zu einfach gemacht. Der Rektor sah etwas verwundert drein, fast so, als sei es ihm einen Moment lang tatsächlich gelungen, die Anwesenheit dieses untersetzten und nachlässig gekleideten Mannes in seinem Büro zu verdrängen.

«Roger war von der Gebühr ausgenommen.»

«Also war er Ihr kleines soziales Projekt? Um die Wohltätigkeitsquote zu erfüllen? Das muss ein schönes Gefühl für Sie gewesen sein.»

Mit einer kontrollierten Bewegung schob Groth seinen Stuhl zurück und erhob sich. Er blieb hinter dem Schreibtisch stehen, mit geradem Rücken, die Fingerspitzen auf der staubfreien Oberfläche gespreizt. Wie die Karikatur eines sadistischen Lateinlehrers aus alten Paukerfilmen, dachte Sebastian und registrierte, wie der Rektor reflexartig sein Sakko wieder zugeknöpft hatte, als er aufgestanden war.

«Ich muss zugeben, dass mich Ihre Einstellung zu unserer Schule irritiert.»

«Oje. Aber wissen Sie, ich habe drei der schlimmsten Jahre meines Lebens hier verbracht, es braucht also ein bisschen mehr als ihr PR-Gebrabbel, damit ich in den Lobesgesang mit einstimme.»

Groth blickte Sebastian skeptisch an.

«Sie sind ein ehemaliger Schüler?»

«Ja, leider hatte mein eigener Vater höchstpersönlich die Idee, diesen Wissenstempel zu gründen.»

Groth nahm die Information in sich auf, und nachdem er begriff, was er da gerade gehört hatte, setzte er sich wieder. Der Knopf des Sakkos wurde wieder geöffnet. Der irritierte Gesichtsausdruck wich einer misstrauischen Miene.

«Sie sind Ture Bergmans Sohn?»

«Ja.»

«Sie sind sich nicht besonders ähnlich.»

«Danke, das ist das schönste Kompliment, was ich je an diesem Ort erhalten habe.»

Sebastian stand auf und machte eine Geste, die Vanja und Groth einschloss.

«Aber jetzt dürfen Sie beide gern fortfahren. Wo finde ich denn Beatrice Strand?»

«Sie unterrichtet gerade.»

«Aber doch wohl irgendwo hier auf dem Schulgelände, oder?»

«Es wäre mir lieber, wenn Sie bis zur Pause warten könnten, um mit ihr zu sprechen.»

«Okay, ich finde sie schon selbst.»

Sebastian ging in den Flur hinaus. Bevor er die Tür schloss, konnte er hören, wie Vanja sich für sein Benehmen entschuldigte. Er kannte das bereits. Nicht von ihr, aber von anderen Kollegen, die sich in anderen Zusammenhängen für ihn entschuldigt hatten. Sebastian fühlte sich in diesen Ermittlungen mehr und mehr heimisch. Er trabte in schnellem Tempo die Treppen hinunter. Früher hatten die meisten Klassenzimmer ein Stockwerk tiefer gelegen. Das würde sich wohl kaum geändert haben. Überhaupt sah das meiste noch genauso aus wie vor vierzig Jahren, nur die Wände hatten einen neuen Anstrich erhalten. Eine Hölle veränderte sich normalerweise nicht, und das Palmlövska-Gymnasium war wohl der Inbegriff von Hölle: der immerwährende Schmerz.

Sebastian brauchte länger als gedacht, um den richtigen Raum zu finden. Minutenlang wanderte er in den vertrauten Gängen umher und klopfte an verschiedene Türen, bis er endlich das Klassenzimmer fand, in dem Beatrice Strand unterrichtete. Auf dem Weg dorthin hatte er beschlossen, nichts zu empfinden. Die Schule war lediglich ein Gebäude. Ein Gebäude, in dem er unter Protest drei Jahre seines Lebens zugebracht hatte. Sein Vater hatte ihn gezwungen, auf die Palmlövska zu gehen, als er ins Gymnasium kam, und Sebastian hatte sich bereits am ersten Tag vorgenommen, sich dort nicht wohlzufühlen. Nicht hinzupassen. Er hatte jede nur denkbare Regel verletzt und war in seiner Eigenschaft als Rektorensohn eine Herausforderung für jeden Lehrer und jede Respektsperson gewesen. Sein Verhalten hätte ihm einen gewissen Status bei den anderen Schülern einbringen können, doch er hatte sich entschieden, dass *nichts* an seinen Jahren auf dieser Schule positiv sein sollte. Er hatte daher keine Sekunde lang gezögert, die anderen Schüler zu verpfeifen und gegeneinander oder gegen die Lehrer auszuspielen. Das führte zu einer extremen Unbeliebtheit bei allen und zu einem Außenseiterstatus, den Sebastian sehr begrüßte. Er dachte, er könnte seinen Vater bestrafen, indem er sich systematisch von allem und allen entfremdete. Und es war nicht zu verleugnen, dass ihm seine totale Ausgeschlossenheit eine neue Form von Freiheit gab. Man erwartete von ihm nur noch, dass er immer das tat, was ihm gerade in den Sinn kam. Und das konnte er zunehmend besser.

Diesen Weg, den er als Jugendlicher eingeschlagen hatte, hatte er für den Rest seines Lebens nicht mehr verlassen. My way or the highway, sein ganzes Leben lang. Nein, nicht das ganze. Nicht mit Lily. Mit ihr war es nicht so gewesen. Wie war es eigentlich möglich, dass ein Mensch – und später sogar zwei – einen solchen Einfluss auf sein Leben genommen hatte? Ihn so von Grund auf geändert hatte? Er wusste es nicht. Er wusste nur, dass es passiert war. Es war passiert, und anschließend hatte man ihm alles wieder genommen.

Er klopfte an der hellbraunen Tür und trat ein. Eine etwa vierzigjährige Frau saß hinter dem Lehrerpult. Sie hatte dickes, rotes Haar, das im Nacken zu einem Pferdeschwanz gebunden war. Kein Make-up auf dem sommersprossigen, offenen Gesicht. Eine dunkelgrüne Bluse, die über nicht gerade unansehnlichen Brüsten zusammengeknöpft war. Dazu ein langer, brauner Rock. Mit einem fragenden Blick musterte sie Sebastian, der sich vorstellte und der Klasse für den Rest der Stunde freigab. Beatrice Strand erhob keinen Einspruch.

Jetzt waren sie allein im Klassenraum, und Sebastian zog einen Stuhl aus einer der vorderen Reihen heran und setzte sich. Er bat sie, von Roger zu erzählen, wartete auf ihren Gefühlsausbruch, den er bereits kommen sah. Und richtig. Beatrice war gezwungen, vor den Schülern die Starke zu spielen, die alle Fragen beantworten konnte, diejenige zu sein, die für Sicherheit und Normalität sorgte, wenn das Unbegreifliche eintraf. Doch jetzt war sie mit einem anderen Erwachsenen allein. Einem, der in dem Fall ermittelte und damit die Rolle von Sicherheit und Kontrolle übernahm. Jetzt brauchte sie nicht die Starke zu mimen. Sebastian brauchte nur abzuwarten, bis es aus ihr herausbrach.

«Ich kann es einfach nicht verstehen ...» Zwischen ihren Schluchzern presste Beatrice die Worte hervor. «Am Freitag haben wir uns wie immer verabschiedet, und jetzt ... wird er nie wieder zurückkommen. Wir hatten bis zuletzt gehofft, aber dann, als sie ihn fanden ...»

Sebastian sagte nichts. Es klopfte an der Tür, Vanja steckte den Kopf herein. Beatrice schnäuzte sich und trocknete ihre Tränen, während Sebastian die Frauen einander vorstellte. Beatrice deutete mit dem Taschentuch auf ihr tränenüberströmtes Gesicht, entschuldigte sich, stand auf und verließ den Raum. Vanja setzte sich auf die Kante eines Pultes.

«Die Schule überwacht den Datenverkehr nicht, und es sind nirgendwo Kameras installiert. Das gebühre der gegenseitige Respekt, sagt der Rektor.»

«Also kann jeder die Mail geschickt haben?»

«Es muss nicht einmal ein Schüler gewesen sein. Jeder kann von der Straße aus einfach hereinkommen.»

«Aber es muss jemand gewesen sein, der sich ein bisschen in der Schule auskennt.»

«Schon, aber das sind zweihundertachtzehn Schüler plus Eltern plus Freunde plus das gesamte Lehrerkollegium und Personal.»

«Das wusste er.»

«Wer?»

«Derjenige, der die Mail verschickt hat. Er wusste, dass man ihn unmöglich weiter als bis hierher zurückverfolgen

213

kann. Aber er ist schon einmal hier gewesen. Er hat irgendeine Verbindung zu dieser Schule. Davon können wir ausgehen.»

«Vermutlich. Wenn es tatsächlich ein Er war.»

Sebastian blickte Vanja skeptisch an.

«Es würde mich sehr wundern, wenn es eine Frau gewesen wäre. Sein Vorgehen und insbesondere die Sache mit dem Herz deuten auf einen männlichen Täter hin.»

Sebastian wollte gerade zu einem Vortrag über den Drang des männlichen Täters nach Trophäen ansetzen, über das Streben nach Macht über das Opfer, indem man etwas von ihm behielt. Ein Verhalten, das bei weiblichen Tätern so gut wie nie vorkam. Doch Beatrice kehrte zurück und unterbrach ihn, noch bevor er richtig loslegen konnte. Sie setzte sich unter weiteren Entschuldigungen hinter das Pult und wandte sich ihnen zu. Jetzt sah sie etwas gefasster aus.

«Sie haben erreicht, dass Roger hier anfangen konnte?», fragte Vanja.

Beatrice nickte.

«Ja, er ist mit meinem Sohn Johan befreundet.»

Beatrice bemerkte, welche Zeitform sie gewählt hatte, und korrigierte sich sofort. «War befreundet. Er war oft bei uns zu Hause, und ich wusste, dass er sich in der Mittelstufe nicht wohlfühlte, und dann stellte sich heraus, dass es auf dem Runeberg-Gymnasium genauso weiterging, wenn nicht noch schlimmer.»

«Aber hier fühlte er sich wohl?»

«Mehr und mehr. Am Anfang war es natürlich schwer.»

«Warum?»

«Für ihn bedeutete es eine große Umstellung. Die Schüler hier sind enorm motiviert. Er war das Tempo und das

Niveau, auf dem wir hier arbeiten, nicht gewohnt. Aber mit der Zeit wurde es besser. Er blieb nach dem Unterricht länger hier und ging zur Nachhilfe. Er nahm das Problem wirklich in Angriff.»

Sebastian schwieg. Beatrice hatte ihre Aufmerksamkeit auf Vanja gerichtet. Sebastian betrachtete ihr Profil und ertappte sich bei der Überlegung, wie es wäre, mit seinen Fingern durch ihr dickes, rotes Haar zu fahren. Das sommersprossige Gesicht zu küssen. Zu sehen, wie die großen, blauen Augen sich genussvoll schlossen. Irgendetwas an ihr signalisierte ... Sebastian war sich nicht sicher. Möglicherweise Einsamkeit. Aber nicht wie bei Clara Lundin, nicht so verletzlich. Beatrice wirkte sicherer, reifer. Sebastian vermutete, dass man sie schwerer ins Bett kriegen würde, aber dass sie die Anstrengung wert war. Er gab den Gedanken auf. *Eine* Frau, die in den Fall verwickelt war, genügte. Er konzentrierte sich wieder auf das Gespräch.

«Hatte Roger hier Freunde?»

«Nicht so viele. Er hatte mit Johan zu tun und manchmal auch mit Erik Heverin, der aber in diesem Halbjahr in den USA ist. Und dann natürlich mit Lisa, seiner Freundin. Er war keineswegs unbeliebt oder ein Außenseiter, eher ein einsamer Wolf.»

«Gab es Streit?»

«Nicht hier. Aber mitunter traf er auf die Schulkameraden von seiner alten Schule.»

«Machte er den Eindruck, als hätte er irgendwelche Sorgen?»

«Nein. Als er ging, war er genau wie immer. Wie alle anderen froh darüber, dass Freitag war. Sie hatten eine Schwedischarbeit geschrieben, und er kam bei mir vorbei und erzählte mir, dass er ein gutes Gefühl hätte.»

Beatrice verstummte und schüttelte den Kopf, als würde ihr erst in diesem Moment auffallen, wie sinnlos die ganze Situation war. Erneut stiegen ihr die Tränen in die Augen.

«Er war ein wirklich feiner Junge. Sensibel. Erwachsen. Es ist vollkommen unbegreiflich.»

«Ist Ihr Sohn Johan hier?»

«Nein, er ist zu Hause. Rogers Tod hat ihn schwer getroffen.»

«Wir würden gern mal mit ihm sprechen.»

Beatrice nickte resigniert.

«Ich verstehe. Ich werde so gegen 16 Uhr zu Hause sein.»

«Sie brauchen nicht dabei zu sein.»

Beatrice nickte erneut. Noch resignierter. Das klang vertraut. Dass niemand sie brauchte. Sebastian und Vanja erhoben sich.

«Wir kommen eventuell wieder, sollte es notwendig sein, nochmal mit Ihnen zu sprechen.»

«Tun Sie das. Ich hoffe wirklich, dass Sie den Fall aufklären. Es ist so ... es ist so schwer. Für alle.»

Sebastian täuschte ein einfühlsames Lächeln vor. Dann fiel Beatrice etwas ein.

«Da ist noch eine Sache, aber ich weiß nicht, ob sie von Bedeutung ist. Roger hat bei uns angerufen, an dem besagten Freitagabend.»

«Wann?»

Das war eine vollkommen neue Information, man sah es Vanja an. Sie kam automatisch näher.

«Gegen Viertel nach acht. Er wollte mit Johan sprechen, aber der war mit Ulf unterwegs, seinem Vater. Ich habe ihm gesagt, dass er Johan auf dem Handy anrufen kann, aber das hat er nicht getan, sagt Johan.»

«Was wollte er? Hat er irgendetwas dazu gesagt?»

Beatrice schüttelte den Kopf.

«Er wollte mit Johan sprechen.»

«Freitagabend um Viertel nach acht?»

«Ja, so ungefähr.»

Vanja bedankte sich und ging. Viertel nach acht.

Zu diesem Zeitpunkt hätte Roger bei seiner Freundin Lisa sein müssen. Vanja war sich zunehmend sicher, dass er dort gar nicht erst aufgetaucht war.

Das Material war auf zwei LaCie-Festplatten gespeichert, die ein Kurier vor einer Stunde von der Überwachungsfirma geliefert hatte. Innerhalb kürzester Zeit hatte Billy die erste stahlgraue Kassette mit seinem Computer verbunden und mit der Arbeit begonnen. Die Platte war mit den Angaben «Fr 23. April 06.00–00.00, Kameras 1:02–1:16» gekennzeichnet. Nach dem Verzeichnis, das die Firma mitgeliefert hatte, deckten die Kameras 1:14 und 1:15 die Gustavsborgsgatan ab, oder zumindest einen Teil davon. Der letzte bekannte Ort, an dem Roger sich an jenem schicksalhaften Abend aufgehalten hatte.

Billy suchte in den verschiedenen Unterordnern direkt nach Kamera 1:14 und öffnete sie per Doppelklick. Die Wiedergabequalität war besser als erwartet. Das Kamerasystem war keine sechs Jahre alt, anscheinend hatte das Unternehmen nicht gespart. Billy war froh darüber, oftmals war das Material aus Überwachungskameras dermaßen verschwommen, dass es sie kaum voranbrachte. Dies war eine ganz andere Größenordnung. Krasse Zeiss-Optik, dachte Billy, während er auf 21:00 Uhr vorspulte. Bereits nach einer halben Stunde rief er Torkel an, der sofort kam.

Er setzte sich neben Billy. An der Deckte surrte der Projektor, der mit Billys Computer verbunden war. An der Wand liefen die Bilder der Überwachungskamera 1:15. Von der Perspektive der Bilder konnte man mühelos herleiten, dass die Kamera circa zehn Meter über der Erde angebracht war. Sie war auf einen offenen Platz gerichtet, in dessen Mitte eine Straße entlangführte, die zwischen zwei hohen Häusern verschwand. Das Gebäude links war die Hochschule, rechts lag eine andere Schule. Der leere, offene Platz vor der Kamera wirkte kalt und windig. In einer Ecke des Bildes lief die Zeitangabe. Plötzlich wurde die Stille von einem Moped durchbrochen, das ins Bild fuhr. Billy stoppte das Video.

«Da. Um 21:02 Uhr fährt Leo Lundin vorbei. Kurz danach kommt Roger von links.»

Billy bediente die Tastatur, und die Aufnahme lief weiter. Nach knapp einer Minute kam eine andere Gestalt ins Bild. Bekleidet mit einer grünen Jacke, der Gang schnell und zielgerichtet. Billy hielt das Band erneut an, und sie betrachteten die Gestalt. Obwohl sie eine Mütze trug, die das Gesicht verdeckte, handelte es sich zweifelsohne um Roger Eriksson. Die Größe, die halblangen Haare und diese Jacke, die jetzt im Beweisarchiv der Polizei hing, dunkel von getrocknetem Blut. Auf der Aufnahme war sie noch heil und fleckenfrei.

«Er taucht um genau 21:02:48 Uhr auf», sagte Billy und ließ den Film weiterlaufen. Roger machte einen Satz und ging weiter. Bewegte Bilder von einem Menschen, der nur noch wenige Stunden zu leben hatte, waren etwas sehr Spezielles. Das Wissen um die bevorstehende Katastrophe führte dazu, dass man jeden einzelnen Schritt genauer betrachtete, jede Bewegung war von größter Bedeutung. Hinter der nächsten Ecke lauerte der Tod, doch dieser alltägliche Spaziergang ließ nichts davon erahnen. Das Bewusstsein des künftigen Schicksals lag beim Betrachter, nicht bei dem sechzehnjährigen Jungen, der stumm an der Kamera 1:15 vorbeiwanderte. Er wusste nicht, was ihm bevorstand.

Torkel beobachtete, wie Roger stutzte und aufsah. In der nächsten Sekunde war das Moped wieder da. An Rogers Körpersprache konnten sie erkennen, dass er den Fahrer erkannte und ahnte, dass das Auftauchen des Mopeds für ihn mit Schwierigkeiten verbunden war. Er erstarrte, sah sich um, als suche er nach einem Fluchtweg. Dann entschied er sich, das Moped zu ignorieren, das ihn mittlerweile provozierend umkreiste. Roger versuchte, ein paar Schritte weiterzukommen, doch das kreisende Moped hinderte ihn daran, es fuhr immer enger um ihn herum, Runde für Runde. Roger hielt an. Nach einigen weiteren Kreisen stoppte auch das Moped. Leo stieg ab. Roger fixierte den Jungen, der seinen Helm abnahm, und richtete sich auf, als wolle er sich größer machen. Er wusste, dass es gleich Ärger geben würde, er bereitete sich darauf vor. Rüstete sich für das, was erfahrungsgemäß folgen würde.

Für Torkel war das die erste eigentliche Begegnung mit dem toten Jungen. Sie vermittelte ihm ein Gefühl davon, wie er wohl gewesen war. Er war nicht weggerannt. Vielleicht war er nicht nur ein Opfer. Roger richtete sich noch mehr auf. Leo sagte etwas. Roger antwortete, und darauf folgte der erste Schubser. Roger stolperte rückwärts, Leo blieb dicht an ihm dran. Als Roger das Gleichgewicht wiedererlangte, packte Leo seinen linken Arm und zog den Jackenärmel hoch, sodass Rogers Uhr zum Vorschein kam. Anscheinend sagte Leo irgendetwas, bevor Roger versuchte, den Arm zurückzuziehen. Leo reagierte mit einem Fausthieb, mitten in Rogers Gesicht. Schnell und brutal, ohne Vorwarnung.

Torkel konnte sehen, wie das Blut über Rogers rechte Hand rann, als er sich ins Gesicht fasste. Dann schlug Leo erneut zu. Roger geriet ins Wanken und hielt sich an Leos T-Shirt fest, als er zusammensackte.

«So kam das Blut auf Leonards T-Shirt», bemerkte Billy knapp. Torkel nickte, es erklärte ihren Fund. Das blutbefleckte T-Shirt war offenbar das Startsignal für Leos Gewaltausbruch. Rasend vor Wut stürzte er sich auf Roger. Es dauerte nicht lang, bis dieser auf dem Boden lag und es Tritte auf ihn hagelte. Die Zeitangabe des Bandes zählte mechanisch weiter, während Roger in Embryonalstellung auf der Straße lag und das entgegennahm, was er in Leos Augen verdiente. Erst um 21:05 Uhr hörte Leo auf zu treten, beugte sich über Roger und riss ihm die Uhr vom Arm. Dann warf er einen letzten Blick auf den zusammengekrümmt daliegenden Jungen, setzte lächerlich langsam seinen Helm auf, als wollte er seine Überlegenheit noch einmal demonstrieren, sprang auf sein Moped und fuhr aus dem Bildausschnitt. Roger blieb noch eine Weile liegen.

Billy sah Torkel an.

«Jedenfalls hat er nicht mit seiner Freundin ‹Let's Dance› geguckt.»

Torkel nickte. Lisa log. Aber auch Leos Aussage war falsch. Roger hatte keinen Streit angefangen, indem er Leo auf dem Moped umgestoßen hatte. Sie hatten sich nicht gestritten. Dazu gehörten Torkels Meinung nach immer noch zwei.

Torkel lehnte sich zurück und verschränkte die Arme hinter dem Kopf. Sie konnten Leo Lundin wegen Körperverletzung und Raub einbuchten, aber nicht wegen Mordes. Jedenfalls nicht sofort. Und später wohl auch nicht, Torkel war sich da ziemlich sicher. Leo war ein Krawallmacher. Aber ein Herz herauszuschneiden? Nein, das passte nicht zu ihm. Möglicherweise in ein paar Jahren, wenn sein Leben komplett vor die Hunde ging. Aber jetzt noch nicht.

«Wohin ist Roger dann gegangen?»

«Ich weiß nicht. Aber sieh mal hier.» Billy stand auf und ging zu der Karte, die an der Wand hing. «Er geht weiter geradeaus und kommt zur Vasagatan. Dort kann er rechts oder links abbiegen. Geht er nach links, gelangt er auf den Norra Ringvägen. An dieser Kreuzung gibt es eine Kamera, aber dort taucht er nie auf.»

«Also ist er nach rechts gegangen?»

«Dann hätte er irgendwann bei einer Kamera auftauchen müssen, die hier installiert ist.» Billy deutete auf eine Stelle vor dem Sportplatz, die auf der Karte einige Dezimeter nördlich lag. In Wirklichkeit einige hundert Meter. «Aber das tut er auch nicht.»

«Also ist er vorher abgebogen.»

Billy nickte und zeigte auf eine kleinere Straße, die schräg von der Vasagatan abging.

«Vermutlich hier. Apalbyvägen. Direkt in ein Wohngebiet. Dort gibt es keine Kameras. Wir wissen nicht einmal, in welche Richtung er gegangen ist.»

«Dann überprüft alle Richtungen. Vielleicht kommt er auf einer der größeren Straßen wieder heraus. Schick die Kollegen los, sie sollen in diesem Bereich bei den Leuten klingeln und sie befragen. Irgendwer muss ihn gesehen haben. Ich will wissen, wo er hingegangen ist.»

Billy nickte, und beide Männer holten ihre Handys hervor.

Billy rief den etwas verkaterten Geburtstagsgast in der Sicherheitsfirma an und bat ihn um weitere Aufnahmen.

Torkel rief Vanja an. Wie immer ging sie schon nach dem ersten Klingeln ran.

Vanja und Sebastian verließen gerade die Palmlövska-Schule, als Torkel anrief. Torkel gab Vanja einen schnellen Überblick. Am Telefon war er gern effektiv, und das Gespräch dauerte weniger als eine Minute. Als es beendet war, wandte sich Vanja an Sebastian.

«Sie haben das Band von der Gustavsborgsgatan gesichtet. Roger war um kurz nach neun dort.»

Sebastian verarbeitete die neue Information. Vanja hatte hartnäckig behauptet, dass die sechzehnjährige Lisa Hansson auf die Frage, wo sich ihr Freund Roger in der Mordnacht aufgehalten habe, immer wieder gelogen hatte. Jetzt konnten sie beweisen, dass Vanja recht hatte. Für Lisa war es also wichtiger, die Wahrheit geheim zu halten, als den Mord an ihrem Freund aufzuklären. Diese Art von Geheimniskrämerei reizte Sebastian. Scheiße, im Grunde genommen begann der ganze Fall ihn mehr und mehr zu reizen. Er musste einsehen, dass ihm diese Unterbrechung seiner ewigen Grübeleien keinesfalls ungelegen kam. Solange er wollte, würde er wohl dabeibleiben und das Beste aus der Situation machen. Und neue Entscheidungen über sein Mitwirken und seine Zukunft dann treffen, wenn es notwendig war.

«Was meinst du, Vanja? Wollen wir einen kleinen Abstecher zu Lisa machen und mit ihr reden?»

«Ich hätte nie gedacht, dass du fragen würdest.»

Sie machten kehrt und gingen zur Schule zurück. Doch Lisa war nach dem Englischunterricht nach Hause gegangen. Es war ihr kürzester Schultag der Woche. Blieb zu hoffen, dass sie jetzt zu Hause war. Vanja hatte keine Lust, anzurufen und nachzufragen. Dann würden sich die Eltern darauf einstellen und eine neue Verteidigungsstrategie aufbauen. Sie setzten sich ins Auto, und Vanja beschleunigte, weit über die zulässige Höchstgeschwindigkeit.

Sie schwiegen während der Fahrt. Vanja passte das gut. Sie hatte kein Interesse daran, einen Kollegen näher kennenzulernen, den man ihr im höchsten Maße aufgezwungen hatte und der hoffentlich nicht lange zum Team gehörte. Dass Sebastian nicht zum bloßen Zeitvertreib Smalltalk führen würde, wusste sie. Ursula hatte ihn als sozialen Super-GAU bezeichnet. Sie hatte auch gesagt, dass sein Schweigen auf jeden Fall vorzuziehen wäre, denn sobald er den Mund öffnete, sei er entweder plump, sexistisch, kritisch oder einfach nur widerwärtig. Solange er schwieg, machte er einen wenigstens nicht wütend.

Wie Ursula war auch Vanja extrem irritiert gewesen, als Torkel Sebastian vorgestellt und ihnen mitgeteilt hatte, dass er sie von nun an bei den Ermittlungen unterstütze. Nicht so sehr, weil es Sebastian war. Natürlich hatte sie über ihn mehr Schlechtes gehört als über alle anderen Kollegen zusammen. Aber viel mehr stieß sie sich daran, dass Torkel die Entscheidung getroffen hatte, ohne sie einzubeziehen. Sie wusste, dass Torkel in keinerlei Hinsicht dazu verpflichtet war, sie um Rat zu bitten. Trotzdem: Sie hatte das Gefühl, dass sie so eng zusammenarbeiteten und dabei so wichtig füreinander waren, dass sie das Recht haben sollte, ihre Meinung zu einer Entscheidung zu äußern, die das gesamte Team betraf. Und zwar, bevor diese Entscheidung gefällt wurde. Torkel war der beste Chef, den sie je gehabt hatte. Umso mehr verwunderte es sie, dass er derart umfassende Veränderungen über ihren Kopf hinweg entschied. Über die

Köpfe aller. Es verwunderte sie, und wenn sie ganz ehrlich war, enttäuschte es sie auch.

«Wie heißen ihre Eltern?»

Vanja wurde aus ihren Gedanken gerissen. Sie blickte Sebastian an, der sich keinen Zentimeter bewegt hatte. Er sah noch immer durch das Seitenfenster.

«Ulf und Ann-Charlotte. Warum?»

«Nur so.»

«Das steht in den Unterlagen, die du bekommen hast.»

«Ich hab sie mir nicht angesehen.»

Vanja konnte sich unmöglich verhört haben.

«Du hast sie nicht gelesen?»

«Nein.»

«Warum arbeitest du eigentlich an diesem Fall mit?»

Vanja hatte sich diese Frage bereits nach Torkels milde gesagt vager Erklärung über Sebastians Anwesenheit gestellt. Hatte er etwas gegen Torkel in der Hand? Nein, undenkbar. Torkel würde eine Ermittlung nie aus persönlichen Gründen gefährden, egal aus welchen. Sebastians Antwort kam schneller als erwartet.

«Weil ihr mich braucht. Ohne mich werdet ihr diesen Fall nie lösen.»

Ursula hatte recht. Man konnte leicht auf Sebastian Bergman wütend werden. Vanja parkte und stellte den Motor ab. Bevor sie ausstiegen, wandte sie sich an Sebastian.

«Eine Sache noch.»

«Was denn?»

«Wir wissen, dass sie lügt. Wir haben Beweise. Aber ich möchte sie zum Reden bringen. Wir werden dort nicht hineintrampeln und ihr diese Beweise um die Ohren hauen, bis sie keinen Pieps mehr von sich gibt. Verstanden?»

«Klar.»

«Ich kenne sie. Ich werde das Gespräch führen. Du hältst die Klappe.»

«Wie ich schon sagte, du wirst kaum merken, dass ich da bin.»

Vanja signalisierte ihm mit einem Blick, dass sie es ernst meinte, bevor sie ausstieg und zum Haus ging. Sebastian folgte ihr.

Genau wie Vanja gehofft hatte, war Lisa allein zu Hause. Sie wirkte geschockt, als sie Vanja und einen unbekannten Mann vor ihrer Haustür stehen sah, und stammelte einige schlechte Ausflüchte. Aber Vanja stapfte ungebeten in den Flur, sie wollte die Gelegenheit nutzen, dass Lisas Eltern nicht zu Hause waren.

«Es dauert nur ein paar Minuten. Wir können uns hier unterhalten.» Vanja ging voran in die blitzsaubere Küche, die andern folgten ihr. Sebastian hielt sich im Hintergrund. Er hatte das Mädchen nur freundlich begrüßt und seither geschwiegen. Bisher hatte er sich zu Vanjas Erleichterung an ihre Abmachung gehalten. In Wahrheit konnte er gerade einfach nur nicht sprechen. Er hatte den Perlen-Jesus erblickt und war sprachlos. So etwas hatte er noch nie gesehen. Phantastisch.

«Setz dich doch.» Vanja glaubte, eine kleine Veränderung an dem Mädchen zu bemerken. Sie wirkte müder, hatte nicht mehr dieselbe defensive Glut in den Augen. Es schien, als bildeten sich erste Risse in ihrem Verteidigungswall. Vanja versuchte, so persönlich wie möglich zu klingen. Sie wollte nicht, dass Lisa ihre Worte als aggressiv empfand.

«Folgendes, Lisa. Wir haben ein Problem. Ein großes Problem. Wir *wissen*, dass Roger an dem betreffenden Freitag um 21 Uhr nicht hier war. Wir wissen, wo er stattdessen war, und wir können es beweisen.»

Täuschte sie sich, oder sackten Lisas Schultern ein wenig nach unten? Aber sie sagte nichts, noch nicht. Vanja beugte sich vor und berührte ihre Hand. Diesmal weicher.

«Du musst uns jetzt die Wahrheit erzählen. Ich habe keine Ahnung, warum du lügst. Aber du musst damit aufhören. Nicht unseretwegen, sondern deinetwegen.»

«Ich will, dass meine Eltern kommen», stieß Lisa hervor.

«Willst du das wirklich? Willst du wirklich, dass sie erfahren, warum du lügst?» Zum ersten Mal sah Vanja nun das Flackern in Lisas Augen, diese kurze Schwäche, die normalerweise die Wahrheit ankündigte.

«Roger war um fünf nach neun auf der Gustavsborgsgatan. Ich habe Videoaufnahmen davon. Die Gustavsborgsgatan liegt ziemlich weit von hier entfernt», fuhr Vanja fort. «Ich tippe mal, dass dein Freund um Viertel nach acht hier weggegangen ist. Spätestens um halb neun. Falls er überhaupt hier war.»

Sie redete nicht weiter. Bemerkte die Müdigkeit und Resignation in Lisas Augen. Alle Spuren von Trotz und jugendlicher Frechheit waren wie weggeblasen. Jetzt sah das Mädchen nur noch nervös aus. Ein nervöses Kind.

«Sie werden so wütend sein», stieß Lisa schließlich hervor. «Mama und Papa.»

«Wenn sie es denn erfahren.»

Vanja drückte die Hand des Mädchens, die immer wärmer wurde, je länger sie sprachen.

«Scheiße, scheiße, scheiße», brach es aus Lisa heraus, und diese verbotenen Worte waren der Anfang vom Ende. Die Schutzmauer war eingestürzt. Sie löste sich aus Vanjas Griff und begrub ihr Gesicht zwischen den Händen. Vanja und Sebastian vernahmen einen langen, fast erleichterten Seufzer. Geheimnisse wogen schwer, sie machten einsam.

«Er war nicht mein Freund.»

«Wie bitte?»

Lisa hob den Kopf und sprach etwas lauter.

«Er war nicht mein Freund.»

«Nicht?»

Lisa schüttelte den Kopf und wandte sich von Vanja ab. Sie sah aus dem Fenster. Ihr Blick blieb starr in der Ferne hängen. Als wünschte sie sich dorthin. Fort.

«Was war er dann? Was hattet ihr geplant?»

Lisa zuckte mit den Achseln.

«Nichts. Er war genehmigt.»

«Wie, genehmigt?»

Lisa sah Vanja müde an. Kapierte sie es denn nicht?

«Von deinen Eltern genehmigt, meinst du?»

Lisa ließ die Hände sinken und nickte.

«Ich durfte mit ihm ausgehen. Oder mit ihm allein zu Hause bleiben. Obwohl wir nie rausgingen.»

«Oder jedenfalls nicht zusammen?»

Lisa schüttelte den Kopf.

«Du hast einen anderen Freund, stimmt's?»

Lisa nickte erneut und warf Vanja zum ersten Mal einen flehenden Blick zu. Den eines Mädchens, das ein Leben lang die perfekte Tochter spielte, eine Maske, die nicht mehr aufrechtzuerhalten war.

«Den deine Eltern nicht mögen?»

«Sie würden mich umbringen, wenn sie von ihm wüssten.»

Vanja sah erneut auf das Perlenbild. Es hatte eine neue Bedeutung angenommen. «Ich bin der Weg.» Nur nicht, wenn man sechzehn Jahre alt und in den falschen Jungen verliebt war.

«Du weißt, dass wir diesen Jungen treffen müssen? Mit

ihm reden. Aber deine Eltern werden nichts davon erfahren, das versprechen wir dir.»

Lisa nickte. Sie hatte keine Lust, noch länger Widerstand zu leisten. Die Wahrheit wird dich befreien, hatte der Jugendpfleger ihrer Kirche bei jeder Gelegenheit betont. Sie hatte diese Worte immer wieder gegen das ständig wachsende Lügengeflecht abgewogen, in dem sie in den letzten Jahren gezwungenermaßen lebte. Aber gerade jetzt, in diesem Moment, verstand sie, dass sie die Worte anders interpretieren musste. Die Wahrheit wird dich befreien, aber deine Eltern furchtbar wütend machen. So war es im Grunde. Trotzdem war es die Wahrheit, und sie war tatsächlich befreiend.

«Was ist denn falsch an ihm? Zu alt? Kriminell? Drogen? Muslim?»

Die Frage kam von Sebastian. Vanja sah ihn an, und er machte eine entschuldigende Handbewegung. Sie nickte ihm zu, schon okay.

«Es ist nichts falsch an ihm. Er ist einfach nur nicht … all das hier.» Lisa machte eine Geste, die nicht nur das Haus umfasste, sondern die gesamte Umgebung, die gepflegten Gärten vor den Häusern entlang der ruhigen Straße. Sebastian verstand sie genau. Er selbst hätte seine Situation nicht auf dieselbe Weise analysieren und formulieren können, als er in Lisas Alter war, aber er erkannte das Gefühl wieder. Die Sicherheit, die zu einem Gefängnis geworden war. Die Fürsorge, die einen erdrückte. Die Konventionen, die einen festbanden, lähmten.

Vanja beugte sich zu ihr vor. Nahm erneut ihre Hand. Lisa ließ es zu, wollte sie spüren.

«War Roger überhaupt hier?»

Lisa nickte.

«Aber nur bis um Viertel nach acht. Bis wir sicher sein konnten, dass Mama und Papa wirklich weg waren.»

«Und wohin ist Roger dann gegangen?»

Lisa schüttelte den Kopf.

«Ich weiß es nicht.»

«Wollte er jemanden treffen?»

«Vermutlich ja. Das machte er immer.»

«Und wen?»

«Ich weiß es nicht. Roger hat nie etwas erzählt. Er hatte gern Geheimnisse.»

Sebastian beobachtete, wie Lisa und Vanja nebeneinander an dem lächerlich blankgeputzten Tisch saßen und über einen Abend sprachen, der alles enthielt, außer Roger. Die Ordnung in dieser Küche erinnerte Sebastian an sein eigenes Elternhaus, an die Häuser aller Nachbarn, die so gern mit seinen erfolgreichen Eltern befreundet gewesen waren. Es fühlte sich an, als sei er in einer Kopie seiner eigenen, beschissenen Kindheit gelandet. Er hatte immer dagegen gekämpft. Hatte die oberflächliche Wahrung der Form und Ordnung erlebt, aber nie Liebe oder Mut. Sebastian hegte immer mehr Sympathie für das Mädchen. Aus ihr konnte noch etwas werden. Einen heimlichen Geliebten im Alter von sechzehn, ihre Eltern würden noch ordentlich mit ihr zu kämpfen haben, wenn sie älter wurde. Das freute ihn.

Plötzlich hörten sie, wie die Haustür geöffnet wurde. Aus dem Flur kam ein freundliches «Lisa, wir sind wieder da!».

Reflexartig zog Lisa ihre Hand zurück und erstarrte. Vanja warf ihr blitzschnell ihre Visitenkarte hin.

«Schick mir eine SMS, wie ich deinen Freund erreiche, und wir verlieren nie wieder ein Wort darüber.»

Lisa nickte, nahm die Karte und konnte sie gerade noch

rechtzeitig in ihrer Tasche verschwinden lassen, bevor Papa Ulf in der Tür stand.

«Was machen Sie hier?»

Der freundliche Tonfall aus dem Flur war verschwunden.

Vanja stand auf. Begegnete ihm mit einem etwas zu künstlichen Lächeln. Einem Lächeln, das ihm klarmachen würde, dass er zu spät gekommen war. Vanja war zufrieden. Ulf bemühte sich, seine Autorität wiederherzustellen.

«Ich dachte, wir hätten uns darauf geeinigt, dass Sie nicht in meiner Abwesenheit mit meiner Tochter sprechen. Das ist vollkommen inakzeptabel!»

«Sie haben kein Recht, das zu verlangen. Außerdem ging es lediglich um ein paar Details, die wir mit Lisa abklären mussten. Aber jetzt gehen wir ja auch schon wieder.»

Vanja drehte sich um und lächelte Lisa an, die es nicht bemerkte, da sie die Tischplatte fixierte. Sebastian stand auf. Vanja ging an den Eltern vorbei zur Tür.

«Ich glaube, dass wir Sie ab sofort nicht mehr stören müssen.»

Ulf blickte von Vanja zu seiner Tochter und wieder zu Vanja. Einige Sekunden lang war er um eine Antwort verlegen, aber dann griff er erneut zu der einzigen Drohung, die er kannte.

«Sie sollten darauf vorbereitet sein, dass ich mit Ihrem Chef rede. Damit kommen Sie nicht einfach so durch.»

Vanja machte sich nicht einmal die Mühe zu antworten und ging weiter in Richtung Tür. Plötzlich hörte sie Sebastians Stimme hinter sich. Sie klang besonders kraftvoll, so, als habe er lange auf diesen Moment gewartet.

«Aber eins sollten Sie noch wissen», sagte er und schob seinen Stuhl mit einer nahezu formvollendeten Bewegung zurück an den Küchentisch. «Ihre Tochter hat sie angelogen!»

*Was zum Teufel tut er da?* Schockiert drehte Vanja sich um und starrte Sebastian mit finsterer Miene an. Dass sich Sebastian seinen Kollegen und anderen Erwachsenen gegenüber wie ein Schwein verhielt, war eine Sache, aber ein Kind auf diese Weise auszuliefern? Vollkommen unnötig! Lisa sah aus, als würde sie am liebsten im Erdboden versinken. Ihr Vater war verstummt. Alle sahen nur noch den Mann an, der mit einem Mal das Zentrum der Küche ausmachte.

Dies war einer der Momente, die Sebastian Bergman während seiner selbstgewählten Berufsabstinenz am meisten vermisst hatte. Er nahm sich reichlich Zeit. Kostete die Magie des Augenblicks aus. Dazu hatte er ja nicht mehr so häufig Gelegenheit.

«Roger ist an besagtem Freitag viel früher gegangen, als Lisa zunächst zugeben wollte.»

Die Eltern blickten sich an. Schließlich brach die Mutter das Schweigen.

«Unsere Tochter lügt nicht.»

Sebastian trat einen Schritt auf die Eltern zu.

«Doch, das tut sie.» Er hatte nicht vor, die wahren Verlogenen glimpflich entkommen zu lassen. «Allerdings sollten Sie sich die Frage stellen, warum sie das tut. Vielleicht gibt es ja einen Grund dafür, dass sie es nicht wagt, Ihnen die Wahrheit zu erzählen?»

Sebastian schwieg und fixierte die Eltern. In der Küche hing die Angst vor der Fortsetzung. Seiner Fortsetzung. Vanjas Gehirn lief auf Hochtouren. Wie sollte sie in diesem Morast, in den sie nun geraten war, je wieder festen Boden unter den Füßen gewinnen? Das Einzige, was sie hervorbrachte, war ein schwaches Flehen.

«Sebastian ...»

Doch es drang nicht bis zu Sebastian vor. Er beherrschte den Raum und hielt das Leben eines sechzehnjährigen Mädchens in seinen Händen. Warum sollte er auf jemanden hören?

«Lisa und Roger stritten sich an diesem Abend. Er ging schon gegen acht. Sie stritten sich, und anschließend starb er, was glauben Sie, wie das für sie sein muss? Wenn sie sich nicht gestritten hätten, wäre er wohl noch am Leben. Es war ihre Schuld, dass er früher ging. Eine solche Schuld lastet enorm auf einem jungen Mädchen.»

«Stimmt das, Lisa?» Die Stimme der Mutter klang flehend, und ihre Augen füllten sich mit Tränen. Lisa sah ihre Eltern an, als wäre sie gerade aus einem Traum erwacht und wüsste nicht mehr, was richtig und was falsch war. Sebastian zwinkerte ihr diskret zu. Er gefiel sich in seiner Rolle.

«Das, was Lisa getan hat, kann man eigentlich nicht als Lüge bezeichnen. Es ist eher ein Verteidigungsmechanismus, um weiterleben zu können. Um mit der Schuld klarzukommen. Deshalb erzähle ich Ihnen das», fuhr Sebastian mit strengem Blick fort. Dann senkte er seine Stimme etwas, um den Ernst der Lage zu betonen. «Lisa muss jetzt erfahren, dass sie nichts falsch gemacht hat.»

«Aber natürlich hast du das nicht, mein Herzchen.» Diesmal sprach Vater Ulf. Er war auf seine Tochter zugegangen und legte den Arm um sie. Lisa wirkte von allen am meisten verwundert. Der Wechsel von ihrer möglichen Enttarnung hin zu Liebe und Fürsorge hatte sich so schnell vollzogen.

«Aber meine arme Kleine, warum hast du uns denn nichts gesagt?», fragte die Mutter schwach, wurde aber erneut von Sebastian unterbrochen.

«Weil sie Sie nicht enttäuschen wollte. Begreifen Sie das denn nicht? Sie fühlt eine enorme Schuld. Schuld und Trauer. Und Sie reden die ganze Zeit nur von lügen oder nicht lügen. Verstehen Sie nicht, wie sehr Sie Lisa damit in die Einsamkeit gedrängt haben?»

«Aber wir wussten doch nicht ... wir glaubten ...»

«Sie haben an das geglaubt, was Ihnen in den Kram passte. An nichts anderes. Das ist nur verständlich. Das ist menschlich. Aber Ihre Tochter braucht jetzt Liebe und Fürsorge, sie muss spüren, dass Sie ihr vertrauen.»

«Aber das tun wir doch.»

«Nicht genug. Geben Sie ihr Liebe, aber auch Freiheit. Genau das braucht sie jetzt. Viel Vertrauen und Freiheit.»

«Aber natürlich. Danke. Wir wussten doch nicht. Bitte entschuldigen Sie, dass wir aufbrausend waren, aber ich hoffe, Sie können verstehen ...», versuchte die Mutter sich zu verteidigen.

«Aber natürlich. Wir alle wollen unsere Kinder schützen. Vor allem. Das liegt in der Natur von Eltern.»

Sebastian strahlte die Mutter mit seinem wärmsten Lächeln an. Sie beantwortete es dankbar mit einem leichten Nicken. Zu wahr, zu wahr.

Sebastian richtete sich an Vanja, deren Zorn inzwischen Verwirrung gewichen war.

«Fahren wir?»

Vanja versuchte, so natürlich zu nicken, wie es nur ging.

«Selbstverständlich. Wir wollen nicht länger stören.» Sebastian und sie warfen den Eltern ein letztes Lächeln zu.

«Und denken Sie immer daran, Sie haben ein tolles Mädchen. Geben Sie Ihr Liebe und Freiheit. Sie muss wissen, dass Sie ihr vertrauen.»

Mit diesen Worten verließen sie das Haus. Sebastian

freute sich unbändig darüber, dass er eine kleine Bombe mit Zeitzünder im Leben der Familie Hansson platziert hatte. Denn Freiheit war genau das, was Lisa brauchte, um diesen ganzen Misthaufen schneller in die Luft zu sprengen. Je eher, desto besser.

«War das wirklich nötig?», fragte Vanja, als sie die Gartenpforte öffneten.

«Es war in jedem Fall sehr unterhaltsam, reicht das nicht?» Sebastian konnte an Vanjas Miene ablesen, dass der Unterhaltungswert als Begründung für seinen Auftritt nicht ausreichte. Sebastian seufzte. Immerzu musste man alles erklären.

«Ja, es war notwendig. Früher oder später wird zur Presse durchsickern, dass Roger nicht dort gewesen ist, wo Lisa behauptet hat. Jetzt hatten wir Gelegenheit, gleich zu erklären, warum. Ihr zu helfen.»

Sebastian ging weiter. Er hatte beinahe Lust, vor sich hin zu pfeifen, als er zum Auto lief. Das war schon lange nicht mehr der Fall gewesen.

Sehr lange.

Vanja ging einige Schritte hinter ihm und versuchte mitzuhalten. Natürlich. Lisa einfach so zurückzulassen, wäre das Dümmste gewesen, was sie hätten tun können. Daran hätte sie denken müssen. Sie hatte sich schon lange nicht mehr so übertrumpft gefühlt.

Sehr lange.


Torkel und Hanser saßen in Hansers Büro im dritten Stock. Torkel hatte die Besprechung einberufen. Sie mussten über die Beweislage sprechen. Ihre Entdeckung auf den Überwachungskameras war zwar ein Durchbruch, denn jetzt konnten sie mit Sicherheit sagen, dass Roger an jenem schicksalhaften Freitag um kurz nach neun auf der Gustavsborgsgatan gewesen war. Außerdem hatten diese Informationen den Verdacht gegen Leo weiter entkräftet. Sein Geständnis stimmte in ausreichendem Maße mit der Wirklichkeit überein, und Torkel hatte in Absprache mit dem Staatsanwalt beschlossen, ihn freizulassen, um in diesem komplizierten Fall nicht noch mehr Zeit und Konzentration zu verlieren. Das würde die Presse sicherlich in Aufruhr versetzen, denn die hatte bereits ein Urteil über Leo Lundin gefällt: Er war der Mobber, der zu weit gegangen war. Die Zeitungen würden darauf herumreiten, dass es gewisse Beweise gab, die doch wieder auf Leo hindeuteten. Das Blut des Opfers auf seinem T-Shirt war bereits hinlänglich bekannt. Die grüne Jacke geisterte zwar noch nicht in den Nachrichten herum, dass die Polizei einen weiteren Fund in der Garage des Verhafteten gemacht hatte, war jedoch schon mehreren Zeitungen bekannt. Dass dieser Fund gezielt bei Leo platziert worden war, wurde gegenüber der Presse nicht erwähnt und sollte auch nicht an die Öffentlichkeit dringen. Dies waren Informationen, von denen nur Torkels Team etwas wusste, und so sollte es auch bleiben. Torkel wollte Hanser seine Entscheidung persönlich mitteilen, bevor er den Staatsanwalt kontaktierte. Immerhin war sie formal für die Ermittlungen verantwortlich und stand unter dem Druck, Ergebnisse vorzuweisen. Torkel wusste, dass es nie leicht war, einen Verdächtigen freizulassen, ohne einen neuen zu präsentieren. Doch Hanser folgte seinen Argumenten und teilte seine Schlussfolgerung. Sie bestand jedoch darauf, dass Torkel die nächste Pressekonferenz übernahm. Er verstand, warum. Es war immer besser für die eigene Karriere, wenn auch die Reichsmordkommission im Dunkeln tappte.

Torkel versprach, sich um die Presse zu kümmern, und verließ Hansers Büro, um den Staatsanwalt anzurufen.

Sie hielten mit dem Auto in einer weiteren Straße, vor einem weiteren Einfamilienhaus in einer weiteren Eigenheimsiedlung. Wie viele davon gab es eigentlich in Västerås? In diesem Verwaltungsbezirk? Oder in ganz Schweden?, überlegte Sebastian, als er und Vanja den Kiesweg zu dem gelben, zweistöckigen Haus entlangliefen. Sebastian vermutete, dass es möglich war, in einer solchen Umgebung glücklich zu werden. Er hatte diese Erfahrung zwar nicht gemacht, aber das hieß ja noch lange nicht, dass es ausgeschlossen war. Doch, für ihn schon. Es lag eine Aura von «still und würdevoll» über diesem Wohngebiet, die er zutiefst verachtete.

«Jetzt hauen Sie doch endlich ab!»

Sebastian und Vanja drehten sich um und sahen einen etwa fünfundvierzigjährigen Mann aus dem offenen Gartentor kommen und auf sie zulaufen. Er hielt eine blaue Stoffrolle unter dem Arm. Ein Zelt. Mit hastigen Schritten kam er näher.

«Mein Name ist Vanja Lithner, und das ist Sebastian Bergman.» Vanja hielt ihren Dienstausweis hoch. Sebastian hob seine Hand zum Gruß. «Wir sind von der Reichsmordkommission und ermitteln im Mordfall Roger Eriksson. Wir haben in der Schule bereits mit Beatrice gesprochen.»

«Oh, entschuldigen Sie bitte. Ich dachte, Sie wären Journalisten. Ich musste heute schon mehrere von denen vom Grundstück jagen. Ulf Strand, Johans Vater.»

Er streckte ihnen die Hand entgegen. Sebastian fiel auf, dass Johans Vater nun schon der Zweite war, der sich auf diese Weise vorstellte. Als Elternteil. «Ulf, Johans Vater», nicht etwa «Ulf, Beatrices Mann». Und Beatrice hatte genauso von Ulf gesprochen. Als Vater ihres Sohnes, nicht als ihrem Mann.

«Sind Sie gar nicht verheiratet, Beatrice und Sie?»

Ulf wirkte ernsthaft verwundert über die Frage.

«Doch, warum fragen Sie?»

«Aus reiner Neugier. Ich hatte das Gefühl, dass ... ach, es spielt keine Rolle. Ist Johan zu Hause?»

Ulf warf einen Blick aufs Haus und runzelte die Stirn.

«Ja, aber muss es unbedingt heute sein? Er ist furchtbar mitgenommen von alldem, was passiert ist. Deshalb wollen wir zelten fahren. Mal eine Weile hier raus.»

«Es tut mir leid, aber wir sind bei dieser Ermittlung aus verschiedenen Gründen in Verzug, wir müssen so schnell wie möglich mit Johan sprechen.»

Ulf begriff, dass er dem nicht viel entgegensetzen konnte, zuckte mit den Schultern, legte seine Campingausrüstung ab und führte sie zum Haus.

Sie zogen im Flur die Schuhe aus, wo bereits eine Reihe von Schuhen stand, Sneakers und Pantoffeln, kreuz und quer durcheinander. Wollmäuse auf dem Boden. Mindestens drei verschiedene Jacken lagen achtlos hingeworfen auf einer schwarzen Holzbank, die an einer Wand des Flurs stand. Als sie weiter ins Haus hineingingen, hatte Vanja das Gefühl, dass sie es hier mit dem absoluten Gegenteil des gepflegten Heims der Familie Hansson zu tun hatten. Im Wohnzimmer stand in einer Ecke ein Bügelbrett, darauf lag Wäsche, aber auch ein Teil der Post, eine Tageszeitung und eine Kaffeetasse. Auf der vollgekrümelten und fleckigen Tischplatte vor dem Fernseher standen ebenfalls zwei Tassen. Weitere Kleiderhaufen, ob sauber oder schmutzig, war unmöglich auszumachen, lagen über den Sesseln und der

Sofalehne verteilt. Sie gingen ins Obergeschoss. Dort saß ein schmächtiger Junge mit Brille, der jünger aussah als sechzehn, in seinem Zimmer und war mit Computerspielen beschäftigt.

«Johan, die beiden sind von der Polizei und würden gern ein bisschen mit dir über Roger reden.»

«Gleich.»

Johan konzentrierte sich weiter auf den Bildschirm. Offenbar handelte es sich um ein Actionspiel. Ein Mann mit einem extrem verwachsenen und missgebildeten Arm sprang durch die Gegend und kämpfte gegen etwas, anscheinend Soldaten. Seinen Arm verwendete er dabei als Waffe. Billy würde vermutlich wissen, wie das Spiel hieß. Die Gestalt kletterte in einen Panzer, der an einer Straßenecke stand, und der Bildschirm erstarrte unter dem Hinweis «Loading». Als das Bild wieder aufflackerte, befand man sich offenbar in dem Panzer und konnte ihn lenken. Johan drückte auf eine Taste. Das Bild stoppte. Er wandte sich zu ihnen um. Sein Blick war müde.

«Mein Beileid. Wir wissen, dass du eng mit Roger befreundet warst», sagte Vanja.

Johan nickte.

«Daher wäre es denkbar, dass Roger dir Sachen erzählt hat, die er sonst niemandem erzählte.»

«Was denn zum Beispiel?»

Nichts Neues, wie sich herausstellte. Johan glaubte nicht, dass Roger Sorgen gehabt hatte. Auch nicht, dass er unmittelbar Angst vor jemandem hatte, obwohl er ab und zu einigen der Jungs von der Vikinga-Schule begegnet war. Er hatte sich auf der Palmlövska wohlgefühlt, niemandem Geld geschuldet und sich auch nicht für die Freundinnen anderer interessiert. Er hatte ja selbst eine gehabt. Johan hatte geglaubt, dass Roger an jenem Freitagabend bei ihr gewesen wäre. Er war ja häufig bei Lisa gewesen. Zu häufig, fand Johan wohl, vermuteten Sebastian und Vanja. Und nein, er wusste auch nicht, wen Roger hätte treffen wollen, wenn er nicht bei Lisa war. Er wusste auch nicht, warum Roger an jenem Abend bei ihm zu Hause angerufen hatte. Danach hatte er jedenfalls nicht auf Johans Handy angerufen. Viele Neins.

Vanja war am Verzweifeln. Sie kamen nicht weiter. Alle sagten dasselbe. Roger war ein ruhiger und pflichtbewusster Junge gewesen, der gern für sich blieb und mit niemandem Streit hatte. Was, wenn dies einer der wenigen Fälle war, bei denen der Täter sein Opfer nicht gekannt hatte? Was, wenn jemand an einem Freitagabend mit dem Plan aus dem Haus gegangen war, irgendjemanden zu ermorden, und Roger gewählt hatte. Aus Zufall, weil sich ihm die Gelegenheit geboten hatte.

Natürlich wäre das ziemlich ungewöhnlich. Vor allem, wenn man bedachte, wie dieser Mord abgelaufen war. Das Herz herauszunehmen. Die Leiche wegzutransportieren und zu verstecken. Gezielt Beweise zu platzieren. Ungewöhnlich, aber nicht unmöglich.

Gleichzeitig war etwas faul an den nahezu identischen Beschreibungen, die alle von Roger gaben, das spürte Vanja immer stärker. Lisas Worte, dass Roger gern Geheimnisse hatte, waren ihr in Erinnerung geblieben. Diese wenigen Worte, die der Wahrheit allem Anschein nach am nächsten kamen. Es schien, als habe es zwei Roger Erikssons gegeben, einen, der kaum sichtbar war und nie auffiel, und einen anderen, der eine Menge Geheimnisse hütete.

«Dir fällt also niemand ein, der einen Grund gehabt hätte, auf Roger wütend zu sein?»

Vanja war bereits drauf und dran, das Zimmer zu verlas-

sen, in der Gewissheit, dass er ihre Frage nur mit einem weiteren Kopfschütteln beantworten würde.

«Doch, Axel war natürlich wütend auf ihn. Aber nicht *so*
wütend.»

Vanja hielt inne. Sie spürte, wie ihr Adrenalinspiegel
stieg. Ein Name. Von jemandem, der wütend auf Roger gewesen war. Ein Strohhalm. Möglicherweise ein Teil eines
weiteren Geheimnisses.

«Wer ist Axel?»

«Er war Hausmeister an unserer Schule.»

Ein erwachsener Mann. Mit Führerschein. Der Strohhalm rückte in greifbare Nähe.

«Warum war Axel sauer auf Roger?»

«Weil er vor ein paar Wochen dafür gesorgt hat, dass Axel
gefeuert wurde.»

A ch, dieser bedauerliche Vorfall, ja.»
Rektor Groth knöpfte sein Sakko auf und setzte sich mit einer Miene hinter den Schreibtisch, als hätte er etwas Widerliches gegessen. Vanja stand mit verschränkten Armen in der Tür. Es fiel ihr schwer, sich den Zorn nicht anmerken zu lassen.

«Als wir letztes Mal hier waren, hatte ich erwähnt, dass jemand von Ihrer Schule in den Mord an Roger Eriksson verwickelt sein könnte. Und da mussten Sie nicht an Ihren ehemaligen Angestellten denken, dem wegen Roger gekündigt wurde?»

Der Rektor breitete seine Arme zu einer entschuldigenden, aber zugleich herablassenden Geste aus.

«Leider nein, ich bitte um Verzeihung. Ich habe überhaupt keine Verbindung dazu hergestellt.»

«Können Sie uns ein bisschen was über diesen ‹bedauerlichen Vorfall› erzählen?»

Groth blickte mit deutlicher Missbilligung zu Sebastian, der in einen der Sessel versunken saß und in einer Informationsbroschüre der Schule blätterte, die er sich aus einem Ständer vor dem Büro des Rektors genommen hatte, als sie warten mussten.

*Das Palmlövska-Gymnasium: Der Beginn aller Möglichkeiten.*

«Da gibt es nicht viel zu erzählen. Es stellte sich heraus, dass einer unserer Hausmeister Alkohol an die Schüler verkaufte. Schwarzhandel, ganz einfach. Natürlich wurde er mit sofortiger Wirkung entlassen, und schon war die Sache aus der Welt geräumt.»

«Und wie haben Sie davon erfahren?», fragte Vanja.

Ragnar Groth warf ihr einen müden Blick zu und wischte einige imaginäre Staubkörner von seiner Schreibtischplatte.

«Das ist der eigentliche Grund Ihres Besuchs, oder? Als verantwortungsbewusster Schüler, der er war, kam Roger Eriksson zu mir und berichtete, was vor sich ging. Ich setzte eines der Mädchen aus der elften Klasse als Lockvogel ein und ließ sie bei Axel anrufen, um etwas zu bestellen. Als er mit der Ware zum vereinbarten Treffpunkt kam, konnten wir ihn auf frischer Tat ertappen.»

«Weiß Axel, dass Roger ihn verraten hat?»

«Das weiß ich nicht. Vermutlich ja. Soweit ich informiert bin, wussten auch einige Schüler davon.»

«Aber Sie haben den Fall nie bei der Polizei angezeigt?»

«Ich habe keinen Sinn darin gesehen, nein.»

«Könnte es sein, dass sonst Ihr Image als ‹optimale Ausbildungsstätte, die ausgehend von einem christlichen Menschenbild und Wertesystem jedem Individuum Geborgenheit, Inspiration und umfassende Entwicklungschancen bietet›, etwas befleckt worden wäre?» Sebastian sah von der Broschüre auf, aus der er soeben zitiert hatte, und konnte sich ein kleines, schadenfrohes Grinsen nicht verkneifen. Ragnar Groth musste mit sich kämpfen, um seine Verachtung zu verbergen, als er antwortete.

«Es ist kein Geheimnis, dass unser Renommee eines unserer wertvollsten Güter ist.»

Vanja schüttelte nur verständnislos den Kopf.

«Und deshalb zeigen Sie Straftaten, die an der Schule begangen werden, nicht an?»

«Es ging doch nur um den illegalen Handel mit Alkohol. In kleinen Mengen. Natürlich hat er ihn an Minderjährige verkauft, aber trotzdem. Axel hätte vielleicht eine Geldstrafe erhalten, nicht wahr? Wenn überhaupt.»

«Vermutlich, aber darum geht es nicht.»

«Nein!», Groth unterbrach sie mit schneidender Stimme. «Es geht darum, dass der Vertrauensverlust der Eltern mich einiges mehr gekostet hätte. Es geht darum, Prioritäten zu setzen.» Er stand auf, knöpfte sein Sakko zu und ging zur Tür. «Wenn das alles war – ich habe jetzt zu tun. Aber Sie können Axel Johanssons Adresse im Sekretariat erfragen, wenn Sie mit ihm sprechen möchten.»


Sebastian stand im Gang vor dem Sekretariat und wartete auf Vanja. An der ganzen Wand hingen schwarz-weiße Porträtaufnahmen von früheren Rektoren und Lehrern, die sich so verdient gemacht hatten, dass sie von späteren Generationen in Erinnerung behalten werden sollten. Inmitten dieser Fotogalerie hing ein einziges Ölgemälde. Von Sebastians Vater, in voller Größe. Er stand an einem Pult, das mit Symbolen vollgestellt war, die den Betrachter an klassische Erziehungswerte denken lassen sollten. Das Gemälde war aus einer leichten Froschperspektive angefertigt, sodass Ture Bergman ständig auf seine Betrachter herabsah. Was ihm garantiert sehr gut gefiel, dachte Sebastian. Auf alles und alle herabzusehen, verurteilend, aus einer hervorgehobenen Position heraus.

Sebastian ließ seine Gedanken weiterwandern. Wie war er selbst als Vater gewesen, in den vier Jahren, in denen er Sabine bei sich haben durfte? Die Antwort war wohl: Es geht so.

Oder besser: Er war ein so guter Vater gewesen, wie er

konnte, aber es hatte eben nur zu einem «Es geht so» gereicht. Wenn Sebastian in schweren Stunden an seiner Fähigkeit als Vater gezweifelt hatte, dann hatte er sich damit beruhigt, dass ihr Verhältnis eigentlich so war, wie Sabines Einstellung zum Fernsehen: Die Qualität des Gezeigten spielte überhaupt keine Rolle. Solange es bunt war und sich etwas auf dem Bildschirm bewegte, war sie zufrieden. War es mit ihm dasselbe? Mochte Sabine ihn ganz einfach aus dem Grund, weil er ihr am nächsten war, ohne Qualitätsansprüche? Er hatte mit seiner Tochter viel Zeit verbracht, mehr als Lily. Das hatte nichts mit einem bewussten Gleichberechtigungsanspruch zu tun gehabt, es war eher das Ergebnis ihres Alltags gewesen. Sebastian hatte oft zu Hause gearbeitet, war kurze, intensive Zeiträume an anderen Orten tätig gewesen, hatte dann lange frei gehabt und schließlich wieder zu Hause gearbeitet. Anwesend, ja, das war er gewesen. Dennoch hatte Sabine bei Lily Zuflucht gesucht, wenn ihr etwas passiert war. Immer zuerst bei Lily. Das musste doch etwas zu bedeuten haben. Sebastian weigerte sich zu glauben, dass so etwas in den Genen lag. Dass man eine Mutter ganz einfach nicht ersetzen konnte, wie manche Frauen in ihrem Umfeld behauptet hatten, war reiner Nonsens. Also hatte er sich selbst einer kritischen Prüfung unterzogen. Was gab er seiner Tochter eigentlich, abgesehen von dem Gefühl der Geborgenheit, der Gewissheit, dass immer jemand bei ihr war? Sebastian fand nicht, dass die ersten Jahre mit Sabine besonders speziell oder – wenn er ganz ehrlich war – besonders lustig gewesen waren. Oder doch, speziell schon. Verwirrend. Er hatte von vielen gehört, die sich einredeten, es würde sich nichts verändern, wenn sie Eltern würden. Sie würden ihr Leben so weiterleben wie bisher, nur dass sie nun eben Eltern wären. So blauäugig war Sebastian nicht gewesen. Er wusste, dass er gezwungen war, sein gesamtes Leben zu verändern. Alles, was er war. Und er war dazu bereit gewesen. Auf diese Weise waren sie natürlich speziell gewesen, diese ersten Jahre, aber nicht sonderlich bereichernd. Um es extrem auszudrücken: Sabine hatte ihm in den ersten Jahren zu wenig gegeben. Das hatte er zumindest damals gedacht. Jetzt würde er alles darum geben, diese Jahre zurückzubekommen.

Es war mit der Zeit besser geworden, das musste er zugeben. Besser, je älter sie wurde. Er hatte das Gefühl, dass sich ihre Beziehung entwickelte und festigte, je mehr sie in der Lage war, ihm etwas zurückzugeben. Aber was sagte das eigentlich aus, außer, dass er ein Egoist war? Er hatte kaum daran zu denken gewagt, wie es wohl sein würde, wenn sie größer war und Forderungen stellte. Wenn aus dem Kind eine eigenständige Persönlichkeit würde. Wenn er nicht länger alles besser wüsste. Wenn sie ihn durchschaute. Er liebte sie über alles. Aber wusste sie das? Hatte er ihr das zeigen können? Er war sich nicht sicher. Lily hatte er auch geliebt. Und es ihr gesagt. Manchmal, viel zu selten.

Er fühlte sich unwohl, wenn er diese Worte aussprach. Jedenfalls wenn er sie tatsächlich so meinte. Er ging davon aus, dass sie wusste, wie sehr er sie liebte. Und er zeigte es ihr auf andere Weise. Er war nie untreu gewesen in der Zeit, in der er mit ihr zusammen war. Konnte man seine Liebe anhand von Dingen zeigen, die man nicht tat? Konnte man sie überhaupt zeigen?

Und nun stand er hier und hatte möglicherweise irgendwo einen erwachsenen Sohn oder eine Tochter. Anna Erikssons Brief hatte ihn aus der Fassung gebracht. Seither bewegte er sich wie ferngesteuert durch die Welt. Er hatte sofort beschlossen, dass er diese Frau unbedingt finden musste. Er war gezwungen, sein Kind zu finden. Aber wenn er genau darüber nachdachte, war er das wirklich? Sollte er wirklich jemanden suchen, der schon fast dreißig war und sein ganzes Leben ohne ihn verbracht hatte? Und wenn ja, was sollte er diesem Menschen sagen? Vielleicht hatte Anna ihr Kind belogen und einen anderen als Vater angegeben. Vielleicht hatte sie behauptet, dass er tot sei. Vielleicht würde er alles nur durcheinanderbringen. Für alle, aber am allermeisten für sich selbst.

Eigentlich war es Sebastian völlig egal, ob es richtig oder falsch war, in das Leben eines erwachsenen Menschen einzudringen und es auf den Kopf zu stellen. Die Frage war vielmehr, was ihm das bringen würde. Glaubte er, dass es irgendwo eine neue Sabine gab, die auf ihn wartete? Das war natürlich nicht der Fall. Niemand würde eine Hand mit Schmetterlingsring in seine legen und von der Sonne erhitzt an seiner Schulter einschlafen. Niemand würde morgens, noch warm vom Schlaf, auf ihn zurobben und fast unmerklich an ihm schnuppern. Stattdessen drohte das Risiko, dass er barsch abgewiesen wurde. Oder im besten Fall unbeholfen von einem Fremden umarmt wurde, aus dem nie mehr werden würde als ein entfernter Bekannter. Im allerbesten Fall sogar ein Freund. Davon hatte er in der Tat nicht viele. Aber das wäre eben nur der Idealfall. Was, wenn er überhaupt nicht die Chance bekam, künftig eine Rolle im Leben seines Kindes zu spielen? Würde er das verkraften? Wenn er also weiterhin an dieser egoistischen Unternehmung festhielt, musste er sicher sein, dass er selbst am meisten davon haben würde. Aber das war er nicht mehr. Vielleicht sollte er die ganze Sache einfach vergessen. Das Haus verkaufen, Västerås und den Mordfall hinter sich lassen und zurück nach Stockholm fahren.

Er wurde aus seinen Gedanken gerissen, weil Vanja die Tür vom Sekretariat ein wenig zu laut hinter sich schloss und mit schnellen, zornigen Schritten auf ihn zukam.

«Ich habe eine Adresse», sagte sie, als sie an Sebastian vorbeieilte, ohne ihr Tempo zu mindern. Er folgte ihr.

«Wie viel darf hier eigentlich passieren, ohne, dass es zu einer Anzeige kommt?», fragte Vanja wutentbrannt, als sie die Türen aufstieß und auf den Schulhof stürmte. Sebastian vermutete, dass es eine höchst rhetorische Frage war, und antwortete nicht. Das war auch gar nicht nötig. Sie schimpfte bereits weiter.

«Kaum zu glauben, wie weit würden die wohl noch gehen, um den guten Ruf der Schule nicht zu beschädigen? Roger hat zehn Tage vor seinem Tod dafür gesorgt, dass einer ihrer Angestellten gefeuert wird, und sie verlieren kein Wort darüber. Ob Ragnar Groth es wohl auch vertuscht, wenn jemand ein Mädchen auf der Schultoilette vergewaltigt?»

Erneut vermutete Sebastian, dass Vanja eigentlich keine Antwort erwartete, aber er konnte ja wenigstens Interesse zeigen.

«Definitiv, wenn er der Meinung ist, dass eine Anzeige einen zu großer Schaden für die Schule bedeuten würde. Er ist ziemlich leicht zu durchschauen. Der Ruf des Gymnasiums hat immer die höchste Priorität. Irgendwie ist das ja auch verständlich; es ist das wichtigste Wettbewerbsargument.»

«Also ist dieses Gerede davon, dass es hier kein Mobbing gibt, auch blanker Unsinn?»

«Natürlich. Es liegt in der Natur des Menschen, Hierarchien zu schaffen. Sobald wir einer Gruppe angehören, müssen wir wissen, wo wir stehen, und wir handeln so, wie es erforderlich ist, um uns diesen Platz zu sichern oder sogar aufzusteigen. Mehr oder weniger gezielt. Mehr oder weniger raffiniert.»

Sie waren am Auto angekommen. Vanja blieb an der Fahrertür stehen und warf Sebastian über das Autodach hinweg einen skeptischen Blick zu.

«Ich arbeite schon seit mehreren Jahren in unserem Ermittlerteam. Bei uns ist das nicht so.»

«Aber nur, weil die Hierarchie statisch ist und Billy, der am weitesten unten steht, keine Ambitionen hat, aufzusteigen.»

Vanja blickte ihn amüsiert und zugleich ungläubig an.

«Du denkst, Billy steht am weitesten unten?»

Sebastian nickte. Natürlich. Dass Billy im Team der Rangniedrigste war, hatte er in weniger als drei Sekunden erkannt.

«Und wo stehe ich dann deiner Einschätzung nach in dieser Gruppe?»

«Direkt unter Torkel. Ursula macht dir diese Position nicht streitig, weil ihr nicht im selben Bereich arbeitet. Sie weiß, dass sie auf ihrem Gebiet die Beste ist, also steht ihr in keinem direkten Konkurrenzverhältnis. Wenn es so wäre, hätte sie dich längst von deiner Position verdrängt.»

«Oder ich sie.»

Sebastian lächelte sie an, als sei sie ein kleines Mädchen, das gerade etwas unfreiwillig Komisches gesagt hatte.

«Ja, das glaubst du vielleicht.»

Sebastian öffnete die Beifahrertür und setzte sich. Vanja blieb noch einen kurzen Moment draußen stehen und versuchte, das wachsende Gefühl der Irritation abzuschütteln. Sie würde ihm nicht den Gefallen tun und sich ärgern lassen. Sie verfluchte sich. Nicht zu einem Gespräch einladen, das war die Devise. So lange er den Mund hielt, wurde man jedenfalls auch nicht wütend. Noch zweimal tief durchatmen. Dann öffnete sie die Tür und nahm hinter dem Steuer Platz. Sie warf Sebastian einen kurzen Blick zu. Wider besseren Wissens sprach sie ihn erneut an. Er sollte auf keinen Fall das letzte Wort haben.

«Du kennst uns doch gar nicht. Du redest einfach nur irgendwas daher.»

«Tue ich das? Torkel hat mich eingestellt. Billy war es egal. Ursula und du, ihr wisst nicht, wie ihr mich einschätzen sollt. Euch ist nur klar, dass ich verdammt gut bin, und ihr habt euch deutlich von mir distanziert.»

«Und du meinst, das liegt daran, dass wir uns bedroht fühlen?»

«Woran denn sonst?»

«Weil du ein Arsch bist.»

Vanja startete das Auto. Ha! Gewonnen! Sie hatte das letzte Wort gehabt. Wenn es nach ihr ging, konnten sie nun schweigend zu Axel Johansson nach Hause fahren.

Doch es ging nicht nach ihr.

«Das ist dir wichtig, was?»

Mein Gott, konnte er nicht einfach mal seine Klappe halten. Vanja stieß einen lauten Seufzer aus.

«Was ist mir wichtig?»

«Immer das letzte Wort zu haben.»

Vanja biss die Zähne zusammen und starrte geradeaus. Wenigstens entging ihr so das selbstgefällige Grinsen auf Sebastians Lippen, als er sich in seinem Sitz zurücklehnte und die Augen schloss.


Vanja nahm den Finger nicht vom Klingelknopf. Das monotone Surren drang durch die Tür hindurch in das hallende Treppenhaus, wo Sebastian und sie standen. Aber das war auch alles, was man hörte. Vanja hatte durch den Briefschlitz in der Tür in die Wohnung hineingelauscht, bevor sie das erste Mal klingelte. Doch da war keine Bewegung wahrnehmbar gewesen, kein Geräusch zu hören.

Vanja hatte ihren Zeigefinger noch immer auf der Klingel geparkt. Sebastian überlegte, ob er sie darauf hinweisen sollte, dass Axel Johansson wahrscheinlich bereits nach dem ersten ihrer acht Klingelversuche aufgemacht hätte, wenn er zu Hause wäre. Selbst wenn er geschlafen hätte, wäre er nun schon längst an der Tür gewesen. Ja, sogar wenn er dort drinnen aufgebahrt und in den letzten Zügen läge, würde er sich spätestens jetzt aufrappeln und zur Tür kriechen.

«Was machen Sie denn da draußen?»

Vanja ließ die Klingel los und drehte sich um. Hinter einer halbgeöffneten Tür spähte neugierig eine kleine, graue Alte hervor. Das war in der Tat Sebastians erster Eindruck. Dass sie grau war. Und das lag nicht nur an dem glatten, dünnen Haar. Die Frau trug eine graue Strickjacke, graue Jogginghosen und Wollsocken an den Füßen. Graue Wollsocken. Mitten in dem grauen, runzligen Gesicht saß eine farblose Brille, die den Eindruck von Grauheit und Transparenz zusätzlich verstärkte. Jetzt blinzelte sie die Eindringlinge im Treppenausgang herausfordernd an. Ein Wunder, wenn sie nicht auch noch grauäugig ist, dachte Sebastian und trat näher. Tatsächlich.

Vanja stellte sich und Sebastian vor und erklärte, dass sie Axel Johansson suchten. Ob die Nachbarin möglicherweise wisse, wo er sich aufhielte? Anstelle eines Ja oder Nein bekamen sie eine nicht völlig überraschende Gegenfrage zur Antwort.

«Was hat er denn gemacht?»

Die kleine graue Nachbarsoma erhielt eine vage Standardantwort.

«Wir möchten nur kurz mit ihm reden.»

«Reine Routine», ergänzte Sebastian, eigentlich mehr zum Spaß. In Wirklichkeit sagte niemand «reine Routine», aber irgendwie passte es gerade so gut. Als ob die alte graue Dame es erwartete. Vanja signalisierte ihm, dass sie es keineswegs lustig fand. Das hatte er auch nicht erwartet. Sie wandte sich wieder der Nachbarin zu und erhaschte gleichzeitig den Namen über ihrem Briefschlitz.

«Frau Holmin, wissen Sie denn zufällig, wo er sein könnte?»

Frau Holmin wusste es nicht. Sie wusste nur, dass er nicht zu Hause war. Und zwar seit mehr als zwei Tagen. Da war sie sich sicher. Nicht dass sie kontrolliere, was im Haus geschehe und wer komme und gehe, nein, aber gewisse Dinge bekäme man eben mit, ob man wolle oder nicht. Zum Beispiel, dass Axel Johansson vor einiger Zeit gefeuert wurde. Oder dass seine viel zu junge Freundin vor einigen Tagen ausgezogen war. Das sei allerdings auch an der Zeit gewesen. Was sie an diesem Axel gefunden hatte, begriff Frau Holmin nicht. Nicht, dass Axel auf irgendeine Weise unangenehm sei, aber er sei eben ziemlich eigen. Bliebe lieber für sich. Unsozial. Grüße kaum im Treppenhaus. Das Mädchen sei dagegen ziemlich gesprächig gewesen. Und sehr nett. Der Meinung seien alle im Haus. Nicht, dass sie spioniere, aber das Haus sei eben hellhörig, und sie habe einen leichten Schlaf, deshalb wisse sie so viel. Aus keinem anderen Grund.

«Ist denn oft viel los bei Axel?»

«Ja, ziemlich viel. Oft kommen Jugendliche. Es geht ständig das Telefon oder die Türklingel. Was für ein Verdacht besteht denn gegen ihn?»

Vanja schüttelte den Kopf und wiederholte nur, dass sie Johansson sprechen müssten. Sie lächelte der Nachbarin zu, streckte ihr ihre Visitenkarte entgegen und bat sie, anzurufen, wenn sie Johansson zurückkommen hörte.

Die kleine graue Alte betrachtete mit zusammengekniffenen Augen die Visitenkarte mit dem Logo der Reichskriminalpolizei. Es schien, als zähle sie nun zwei und zwei zusammen. «Hat das etwa was mit dem toten Jungen zu tun?» Ihre grauen Augen funkelten erwartungsvoll, als sie auf der Suche nach Bestätigung zwischen Vanja und Sebastian hin und her blickte. «Er arbeitete in derselben Schule, in die auch der Junge ging, aber das wissen Sie sicher schon?»

Vanja kramte in ihrer Innentasche.

«Wissen Sie, ob der mal hier gewesen ist?»

Sie zog das Foto von Roger hervor, das alle Polizisten bei sich trugen. Es stammte vom letzten Besuch des Schulfotografen. Sie hielt es der grauen Dame entgegen, die einen kurzen Blick darauf warf und den Kopf schüttelte.

«Ich weiß nicht, ich finde, die sehen alle gleich aus mit ihren Mützen und Kapuzen und ihren viel zu großen Jacken. Ich kann es nicht sagen.»

Vanja und Sebastian dankten ihr und erinnerten sie noch einmal daran, dass sie von sich hören lassen sollte, sobald Axel wieder auftauchte.

Als sie die Treppe hinunterliefen, holte Vanja ihr Handy hervor und rief Torkel an. Sie schilderte kurz die Lage und schlug vor, Axel Johansson zur Fahndung auszuschreiben. Torkel versprach, sich sofort darum zu kümmern. An der Haustür stießen sie fast mit einer Person zusammen, die gerade auf dem Weg ins Haus war. Haraldsson. Vanjas Miene verfinsterte sich sofort.

«Was machst du hier?»

Haraldsson erklärte, dass sie den Auftrag hatten, in dieser Gegend nach Zeugen zu suchen. Roger Eriksson war auf einem Film der Überwachungskamera auf der Gustavsborgsgatan zu sehen, aber auf keiner anderen, was der Fall hätte sein müssen, wenn er weiter der großen Straße gefolgt wäre. Also musste er irgendwo abgebogen sein, und dieser Bereich war Teil des möglichen Gebiets. Jetzt war man auf der Suche nach Zeugen, die ihn am Freitagabend gesehen hatten.

Klinken putzen. Vanja hatte das Gefühl, dass Haraldsson endlich auf der richtigen Position gelandet war. Also lag Axel Johanssons Haus innerhalb des Suchgebiets. Der Strohhalm war noch etwas greifbarer geworden.


Es war eine erschöpfte Truppe, die sich da um den hellen Birkentisch im Konferenzsaal des Präsidiums versammelt hatte. Als sie ihre Ergebnisse zusammentrugen, wurde ihnen schmerzlich bewusst, dass sie nicht weit gekommen waren. Dass die Mail von der Palmlövska-Schule verschickt worden war, hatte den Kreis der möglichen Verdächtigen nur unwesentlich eingeschränkt. Und dass sie nun beweisen konnten, dass Lisa gelogen hatte, bestätigte zwar Vanjas lange gehegten Verdacht, führte aber dennoch nirgendwo hin. Die wichtigste Erkenntnis aus der Vernehmung mit Lisa war, dass Roger gern Geheimnisse hatte. Sie mussten sein Leben außerhalb der Schule genauer unter die Lupe nehmen, darüber waren sich alle einig. Besonders interessant schien der Hinweis, dass er möglicherweise eine geheime Beziehung gehabt hatte. Eine Beziehung zu jemandem, den er traf, wenn alle glaubten, dass er bei Lisa wäre. Sie beschlossen, dass ein Teil des Teams sich darauf konzentrieren sollte, Roger näher kennenzulernen. Was für ein Junge war er eigentlich gewesen?

«Haben wir schon seinen Computer untersucht?», fragte Billy.

«Er hatte keinen.»

Billy sah Vanja an, als hätte er sich verhört.

«Er hatte keinen Computer?»

«Jedenfalls ist keiner auf der Liste der Beamten vermerkt, die sein Zimmer durchsucht haben.»

«Aber er war sechzehn! Könnte der Computer gestohlen worden sein? Genau wie die Uhr?»

«Auf den Bildern der Überwachungskamera hatte er keinen Laptop bei sich», wandte Torkel ein.

Billy schüttelte den Kopf, während er sich das Leid ausmalte, das dieser arme Junge durchlitten haben musste. Nicht verbunden zu sein. Isoliert. Einsam.

«Er kann ja trotzdem im Netz aktiv gewesen sein», fuhr Torkel fort. «Mit Lisas Computer oder in irgendeinem Jugendzentrum, einem Internetcafé. Prüf mal nach, ob du ihn irgendwo findest.»

Billy nickte.

«Und dann haben wir noch Axel Johansson.» Torkel ließ seinen Blick über den Tisch schweifen. Billy nahm den Ball an.

«Die Haustürbefragungen heute haben nichts ergeben. Niemand konnte sich daran erinnern, Roger am Freitagabend in diesem Gebiet gesehen zu haben.»

«Was nicht bedeuten muss, dass er nicht da war», warf Vanja ein.

«Was aber auch nicht bedeuten muss, dass er da war», konterte Billy.

«Was wissen wir überhaupt über Johansson, abgesehen

davon, dass er in einem Gebiet wohnt, in dem sich Roger vielleicht, vielleicht aber auch nicht an dem Freitag aufhielt, als er verschwand?», fragte Sebastian.

«Johansson ist wegen Roger gefeuert worden», warf Vanja ein, «das ist bislang das stärkste Motiv, das wir haben.»

«Und er ist seit zwei Tagen verschwunden», ergänzte Billy.

Einen kurzen Moment spürte Sebastian, wie ihn die Ungeduld packte. Er war den ganzen Tag mit Vanja unterwegs gewesen. Hatte dieselben Dinge gehört wie sie. Es war ihm also durchaus bewusst, dass es etwas gab, was man als Tatmotiv auslegen konnte, und dass Axel Johansson nicht zu Hause gewesen war.

«Abgesehen davon, meinte ich natürlich.»

Um den Tisch herum entstand Schweigen. Billy blätterte in seinen Papieren und fand, wonach er suchte.

«Axel Malte Johansson. Zweiundvierzig Jahre alt. Ledig. Geboren in Örebro. Häufig innerhalb Schwedens umgezogen. In den letzten zwölf Jahren wohnte er in Umeå, Sollefteå, Gävle und Helsingborg. Nach Västerås kam er vor zwei Jahren. Anstellung als Hausmeister auf der Palmlövska. Hauptsächlich Einträge im Schuldenregister. Laut Strafregister nicht vorbestraft, aber er tauchte immer wieder in Zusammenhang mit Scheckbetrügereien und Urkundenfälschung auf, und es gab Anzeigen wegen sexueller Belästigung. Alles wurde aus Mangel an Beweisen eingestellt.»

Vanja fühlte sich dennoch ein wenig bestärkt. Immerhin kam er in den Registern vor. Das machte Axel Johansson zweifellos interessanter für die Ermittlungen. Die Erfahrung in Mordfällen besagte, dass diejenigen, die töteten oder mordeten, fast immer schon einmal mit dem Gesetz in

Konflikt geraten waren. Häufig waren solch extreme Verbrechen nur die Spitze eskalierender Kriminalität und Gewalt. Meistens wurde der Weg zum schlimmsten Verbrechen von anderen Straftaten gesäumt, und fast immer kannten sich Täter und Opfer. Fast immer.

Vanja überlegte, ob sie erwähnen sollte, was ihr heute in den Sinn gekommen war, nämlich, dass der Mörder Roger möglicherweise überhaupt nicht gekannt hatte. Dass sie lediglich ihre Zeit verplemperten, wenn sie alles daransetzten, ein Profil des Opfers zu erstellen. Vielleicht sollten sie sich dem Fall unter einem ganz anderen Blickwinkel nähern. Aber sie schwieg. Bisher war sie bei der Aufklärung von zwölf Mordfällen dabei gewesen. In sämtlichen Fällen hatten Täter und Opfer einander gekannt. Es war höchst unwahrscheinlich, dass Roger von einer Person ermordet worden war, die ihm völlig unbekannt war. Wenn es so war, würde dieser Fall mit größter Wahrscheinlichkeit ungelöst bleiben, das wussten alle, die um den Tisch versammelt saßen. Die Chance, einen unbekannten Mörder ohne Verbindung zu seinem Opfer zu finden, war sehr gering, insbesondere ohne technisch beweisbare Spuren wie in diesem Fall. Seit den Neunzigern konnten solche Fälle dank DNA-Analyse immer häufiger aufgeklärt werden. Bei Wasserleichen fehlten die DNA-Spuren des Täters jedoch meistens. Sie hatten keine leichte Aufgabe vor sich.

«Wissen wir, ob Axel Johansson sich bewusst aus dem Staub gemacht hat? Er könnte ja auch einfach nur verreist sein, zum Beispiel, um seinen alten Vater zu besuchen?» Sebastians nachvollziehbarer Einwand machte die Sache nicht leichter.

Billy warf einen kurzen Blick in seine Papiere, um sich zu vergewissern.

«Beide Eltern sind tot.»

«Okay, aber er könnte ja auch jemand anderen besuchen, der noch lebt?»

«Schon möglich», bestätigte Torkel, «wir wissen nicht, wo er sich aufhält.»

«Könnte Ursula nicht ein bisschen in seiner Wohnung herumschnüffeln?»

Torkel stand auf und begann, auf und ab zu gehen. Er unterdrückte ein Gähnen. Die Luft in diesem Raum wurde schnell stickig. Im Gegensatz zu allem anderen hier war die Ventilation offenbar nicht auf dem neusten Stand.

«Wir haben zu wenig gegen ihn in der Hand, um einen Durchsuchungsbefehl zu erwirken. Wenn wir Roger mit der Gegend dort in Verbindung bringen könnten, dann vielleicht, aber im Moment nicht.»

Ein resigniertes Schweigen machte sich im Zimmer breit. Billy unterbrach die düstere Stimmung. Zu seinen wahren Stärken gehörte es, immer nach vorn zu sehen, auch wenn sich die Probleme häuften.

«Ich habe mit dem Kriminaltechnischen Labor gesprochen. Sie können alle SMS rekonstruieren, sogar die bereits gelöschten. Außerdem sind die Anruflisten von der Telefongesellschaft unterwegs.» Billy hielt inne, als Vanjas Telefon klingelte. Sie warf einen Blick auf das Display, entschuldigte sich und verließ den Raum. Torkel und Billy sahen ihr verwundert nach. Sie konnten sich an kein einziges Mal erinnern, bei dem Vanja wegen eines privaten Gesprächs die Arbeit zurückgestellt hatte. Es musste wichtig sein.


Das Telefonat mit ihrem Vater hatte eine Menge Gefühle in Vanja aufgewühlt, und sie verließ das Präsidium, um ihre

Gedanken zu ordnen. In der Regel gelang es ihr, Beruf und Privatleben weit voneinander zu trennen. Wie zwei parallele Welten, die nur selten zusammentrafen. Doch im letzten halben Jahr war ihr das zunehmend schwergefallen. Ihre Kollegen hatten ihr nichts angemerkt, dafür war sie zu diszipliniert, doch die Befürchtungen und Sorgen hatten an ihr gezehrt.

Im Zentrum ihrer wild durcheinanderwirbelnden Gedanken stand der Mann, den sie über alles liebte, ihr Vater Valdemar. Eine Unruhe, die man verdrängte, kehrte immer wieder zurück. Je energischer man sie von sich schob, desto aufgeladener kam sie zurück. In der letzten Zeit war es immer schlimmer geworden, und Vanja war jeden Morgen früher aufgewacht, ohne wieder einschlafen zu können.

Sie bog nach links in den kleinen Schlosspark ab. Vom Mälarensee wehte ein leichter Wind, die frischgrünen Triebe und das junge Laub wiegten sich und raschelten im Wind. Ein Frühlingsduft lag in der Luft. Vanja stapfte über den weichen Boden, ohne ein richtiges Ziel vor Augen zu haben.

Das erste Ergebnis nach der Chemotherapie war also positiv ausgefallen, doch es würden weitere Tests folgen.

Die Bilder kehrten zurück. Das Krankenhaus. Vor acht Monaten, als sie die Diagnose erhalten hatten. Die Mutter hatte geweint. Der Arzt hatte neben ihrem Vater gestanden und professionell ausgesehen. Das hatte Vanja an jene Male denken lassen, in denen sie selbst so eine Rolle einnehmen musste. Ruhig und konzentriert gegenüber dem Opfer und den Angehörigen. Diesmal waren die Rollen vertauscht. Sie hatte ihren Gefühlen einfach freien Lauf gelassen. Die Diagnose war nicht schwer zu verstehen gewesen. Entartete Zellen in der Lunge. Lungenkrebs.

Vanja war neben ihrem Vater auf dem Stuhl zusammengesackt. Ihre Lippe hatte ein wenig gezittert, ihre Stimme hatte nur schwer die Balance wiedergefunden. Der Vater hatte sie von seinem Krankenhausbett aus beobachtet und wie immer versucht, Ruhe auszustrahlen. Er war der Einzige in der Familie, der noch immer dazu in der Lage war, seine übliche Haltung zu bewahren.

An jenem Tag vor acht Monaten war Vanja mit dem Versprechen des Arztes über die Möglichkeiten der modernen Wissenschaft im Ohr an die Arbeit zurückgekehrt. Chemotherapie und Bestrahlung. Es bestand eine große Chance, dass der Vater den Krebs besiegte und wieder gesund würde. Sie hatte sich auf ihren Platz gegenüber von Billy gesetzt und seinem aktuellen Konzertbericht von einer Band gelauscht, deren Namen sie noch nie gehört hatte und bei der sie vermutlich sofort ausschalten würde, wenn sie im Radio lief. Eine Sekunde lang hatte er sie angesehen und innegehalten. Als hätte er bemerkt, dass etwas vorgefallen war. Er hatte sie mit seinen freundlichen Augen ruhig betrachtet. Doch der Augenblick war schnell vergangen. Denn sofort hörte sie sich etwas Sarkastisches über seinen Musikgeschmack sagen und dass er nächsten Monat zweiunddreißig werde und nicht zweiundzwanzig, falls er das vergessen habe. Und so hatten sie sich eine Weile lang ein scherzhaftes Wortgefecht geliefert. Wie sie es immer taten. In diesem Moment hatte Vanja entschieden, dass es dabei bleiben sollte. Nicht, weil sie ihm nicht traute. Billy war mehr als nur ihr Kollege. Er war auch ihr bester Freund. Aber genau in diesem Moment brauchte sie ihn als den, der er immer war. So würde es weniger wehtun. Ein Teil des Lebens konnte plötzlich enden, aber ein anderer Teil ging wie gewöhnlich weiter. Und dieses Gefühl brauchte sie.

An jenem Tag hatte sie sich besonders viel mit Billy ge-
kabbelt.

Vanja war nun dem Bachlauf bis zum Ufer gefolgt. Die
Nachmittagssonne schien auf das Wasser. Einige tapfere
Boote kämpften mit dem kalten Wind. Sie holte ihr Handy
heraus, verdrängte den Gedanken, dass sie eigentlich zu ihren Kollegen zurückgehen musste, und wählte stattdessen
die Kurzwahl für ihre Eltern. Valdemars Krankheit hatte
die Mutter überraschend schwer getroffen. Eigentlich hätte
Vanja selbst die ganze Zeit weinen, schreien und sich klein
und machtlos fühlen können angesichts des Gedankens,
dass Valdemar sie verlassen könnte. Aber diese Rolle war
bereits vergeben. Normalerweise war es Vanja so auch lieber. Die Familiendynamik war gefestigt: die Mutter gefühls-
geladen, die Tochter eher rational und beherrscht wie ihr Vater. Letztes Jahr hatte Vanja zum ersten Mal gemerkt, dass es
Momente gab, in denen sie sich wünschte, die Rollen zu tau-
schen. Und sei es nur für ein paar Sekunden. Plötzlich hatte
sie das Gefühl, an einem Abgrund zu balancieren, dessen
Tiefe sie nicht kannte. Und derjenige, der immer da gewesen
war, um aufzupassen, dass sie nicht abstürzte, war plötzlich
auf dem Weg, sie zu verlassen – für immer. Oder vielleicht
doch nicht?

Die Medizin hatte Hoffnung in die Waagschale geworfen.
Er würde mit großer Wahrscheinlichkeit durchkommen.
Vanja lächelte vor sich hin. Sah über das glitzernde Wasser
und ließ sich von einem Glücksgefühl erfassen.

«Hallo, Mama.»

«Hast du es schon gehört?»

«Ja, er hat eben gerade angerufen. Das ist großartig.»

«Ja, ich kann es kaum glauben. Er ist auf dem Weg nach
Hause.»

Vanja hörte, dass ihre Mutter mit den Tränen kämpfte. Freudentränen. Die hatte sie schon lange nicht mehr geweint.

«Drück ihn ganz fest von mir. Und ganz lange und sag ihm, dass ich komme, so schnell ich kann.»

«Wann denn genau?»

«Spätestens am Wochenende, hoffe ich.»

Sie beschlossen, nächste Woche zu dritt Essen zu gehen. Es fiel der Mutter schwer, den Hörer aufzulegen. Vanja, die diese langen Abschiede normalerweise anstrengend fand, genoss es. Es sprudelte nur so aus ihnen heraus, die Unruhe, die sie beide verspürt hatten, machte sich mit vielen Worten Luft. Als ob sie sich gegenseitig bestätigen müssten, dass nun alles wieder wie immer war. Das Handy piepte. Eine SMS.

«Ich liebe dich, Vanja.»

«Ich dich auch. Aber ich muss jetzt los.»

«Wirklich?»

«Ja, das weißt du doch, Mama, aber wir sehen uns bald.»

Vanja beendete das Gespräch und öffnete die Kurzmitteilung. Von Torkel. Die andere Welt forderte wieder ihre Aufmerksamkeit.

*Wo steckst du? Ursula ist auf dem Weg hierher.*

Eine schnelle Antwort.

*Ich komme.*

Sie überlegte, einen Smiley einzufügen, entschied sich jedoch dagegen.

**B**eatrice Strand war wie immer mit dem Bus nach Hause gefahren. Sie stieg eine Haltestelle früher aus, um Luft zu schnappen. In der Schule war das unmöglich. Zu Hause ebenso. Rogers Tod war überall spürbar wie ein Dammbruch, der alle Menschen mit sich riss. Ihr Schüler, für den sie sich so eingesetzt hatte. Johans Freund, mit dem er so viel Zeit verbracht hatte. So etwas passierte einfach nicht. Freunde starben nicht. Schüler wurden nicht ermordet im Wald aufgefunden.

Normalerweise brauchte sie acht Minuten von der Bushaltestelle bis zu dem Kiesweg, der zu ihrem blassgelben, zweistöckigen Haus führte. Heute waren es fünfunddreißig. Nicht, dass Ulf sie vermissen würde. Es war ihm schon lange egal, wann sie nach Hause kam.

Das Haus war still, als sie es betrat.

«Hallo?»

Nichts.

«Johan?»

«Wir sind hier oben», kam als Antwort.

Mehr nicht. Kein «ich komme runter» oder «wie geht's dir?». Nur Schweigen. Wir sind hier oben. Immer Ulf und Johan. Immer seltener sie alle drei. Wen versuchte sie eigentlich zu belügen? *Nie* sie alle drei.

«Ich setze Teewasser auf», rief sie und bekam wieder keine Antwort.

Beatrice stellte den Wasserkocher an. Sie blieb stehen und starrte auf die rote Lampe am Gerät. Verlor sich in Gedanken. In den ersten Tagen hatte sie darum gekämpft, dass die Familie zusammenkam, redete, sich gegenseitig stützte. Wie Familien es normalerweise taten. In schweren Stunden. Einander stützen. Doch Johan wollte nicht. Er zog sich immer mehr von ihr zurück. In dieser Familie tat man alles gemeinsam mit dem Vater, auch das Trauern. Sie wurde ausgeschlossen, aber sie dachte nicht daran aufzugeben. Sie holte die großen Teetassen mit dem französischen Obstmuster hervor und stellte sie zusammen mit Honig und Würfelzucker auf ein Tablett. Betrachtete die ruhige Wohnstraße durch das Fenster. Bald würde sie die rosaweißen Blüten, die sie so liebte, im Blick haben. Ihr Kirschbaum hatte gerade die ersten Knospen entwickelt. Früh in diesem Jahr. Die Familie hatte ihn einst gemeinsam gepflanzt, vor einer gefühlten Ewigkeit. Johan, der damals fünf Jahre alt gewesen war, hatte darauf bestanden, selbst das Loch auszuheben, und sie hatten ihn kichernd gewähren lassen. Sie erinnerte sich noch daran, was sie gesagt hatte: Eine richtige Familie besitzt einen Obstbaum.

Eine richtige Familie. Der Wasserkocher schaltete sich aus, und sie goss das dampfende Wasser in die Tassen. Drei Teebeutel. Dann ging sie die Treppen hinauf. Zu dem, was von ihrer richtigen Familie noch übrig war.

Johan saß am Computer und spielte irgendein Gewaltspiel, bei dem es darum ging, so viele Menschen wie möglich zu erschießen. «First Person Shooter» hieß es, wie sie gelernt hatte. Ulf hatte es sich auf der Kante des Jugendbettes bequem gemacht und sah zu. Als sie die Tür öffnete und das Zimmer betrat, blickte Ulf sie an. Immerhin etwas.

«Habt ihr Hunger?»

«Nein. Wir haben gerade gegessen.» Beatrice stellte das

Tablett auf der Kommode ab, in der die Mangabücher ihres Sohnes verstaut waren.

«War die Polizei heute hier?»

«Ja.»

Erneutes Schweigen. Beatrice ging zu ihrem Sohn und legte still die Hand auf seine Schulter. Ließ sie dort ruhen und konnte seine warme Haut durch das T-Shirt spüren. Für eine Sekunde hoffte sie, er würde es zulassen.

«Mama ...» Ein Ruck mit der Schulter, der deutlich signalisierte, dass sie die Hand wegnehmen sollte.

Widerstrebend zog Beatrice ihre Hand zurück, aber sie dachte nicht daran aufzugeben. Noch nicht. Sie setzte sich ein Stück von Ulf entfernt auf das Bett.

«Wir müssen über das alles sprechen. Es hilft niemandem, sich abzuschotten», begann sie.

«Ich spreche doch mit Papa», sagte Johan von seinem Schreibtisch aus, ohne sich umzudrehen.

«Aber ich habe auch das Bedürfnis, darüber zu sprechen», sagte sie, und ihre Stimme zitterte ein wenig. Sie hatte nicht nur das Bedürfnis zu reden. Sie brauchte ihre Familie, vor allem ihren Sohn. Sie hatte gehofft, dass auch Johan zu ihr zurückkehren würde, nachdem Ulf es getan hatte.

Vergessen, vergeben und weitergehen.

Sie hatte gehofft, dass alles wieder normal werden würde. So wie früher. Vor all dem. Als sie diejenige gewesen war, der sich Johan abends mit seinen Sorgen anvertraute. Als sie in langen Gesprächen die Probleme und Freuden des Lebens miteinander geteilt hatten und sie das sein durfte, wonach sie sich sehnte, eine Mutter, eine Frau, ein Teil von etwas. Doch diese Stunden schienen genauso lange zurückzuliegen wie der Tag, an dem die Familie stolz ihren Kirschbaum gepflanzt hatte.

Ulf wandte sich zu ihr. «Wir reden später. Mit der Polizei gab es keine Probleme. Johan hat ihnen erzählt, was er wusste.»

«Das ist gut.»

«Du, wir fahren nachher weg, Johan und ich. Irgendwo zelten. Um von all dem ein bisschen wegzukommen.»

Weg von ihr. Diesen Gedanken konnte Beatrice sich nicht verkneifen, aber sie nickte nur.

«Das wird sicher schön.»

Erneutes Schweigen. Was gab es sonst noch zu sagen?

Johan feuerte in seinem Computerspiel weitere Schüsse ab.


Ursula betrat den Raum. Sie lächelte.

«Bitte bitte, sag mir, dass ich richtig sehe und du gute Nachrichten hast», bat Torkel.

«Ich habe den Obduktionsbericht. Er steckt voller Überraschungen. Wie eine Wundertüte.»

Vanja, Sebastian und Torkel richteten sich in ihren Stühlen auf. Ursula öffnete die Mappe, die sie unter dem Arm getragen hatte, und befestigte eine Handvoll Fotos an der Wand. Aufnahmen, die Rogers Rumpf und Arme aus unterschiedlicher Distanz und allen nur denkbaren Winkeln zeigten.

«Zweiundzwanzig Messerstiche in Rücken, Rumpf, Armen und Beinen. So viel konnten wir zählen. Hinzu kommen die Verletzungen, die entstanden sind, als das Herz entfernt wurde.» Sie deutete auf eines der Bilder, das den Rücken des Opfers zeigte, mit einem asymmetrischen, tiefen Spalt zwischen den Schulterblättern.

Sebastian wandte seinen Blick ein wenig ab. Er hatte

den Anblick von Messerstichen schon immer schwer ertragen können. Es hatte wohl mit der grotesken Kombination von glatter, weißer Haut und den tiefen, scharfen Wunden zu tun, die das offenbarten, was die Haut eigentlich verbergen sollte.

«Keine Abwehrverletzungen an den Handflächen oder Unterarmen», fuhr Ursula fort. «Und wisst ihr, warum?» Sie wartete gar nicht erst ab, ob jemand antwortete. «Weil alle Stichverletzungen post mortem zugefügt wurden.»

Torkel sah von seinem Notizblock auf und nahm seine Brille ab.

«Wie meinst du das?»

«Er war bereits tot, als man auf ihn einstach.» Ursula blickte ernst in die Runde, als wolle sie die Bedeutung des Fundes unterstreichen.

«Und woran ist er dann gestorben?»

Ursula deutete erneut auf die klaffende Wunde in Rogers Rücken. Sie war bis zu acht Zentimeter breit. Hier und da sah man Splitter der abgebrochenen Rippen. Es musste eine beträchtliche Kraft dazu gehört haben, solche Schäden zu verursachen. Kraft und Zielstrebigkeit.

«Ein Großteil des Herzens fehlt, aber das hat keineswegs etwas mit einem Ritual oder einem Opfergedanken zu tun. Man hat eine Kugel herausgeschnitten. Nichts anderes.»

Ursula befestigte ein neues Bild an der Tafel. Niemand im Raum sagte etwas.

«Man hat ihm in den Rücken geschossen. Die Kugel ist weg, aber wir haben Spuren davon an den Rippen gefunden.» Ursula deutete auf die extreme Vergrößerung von Rogers Wunde, die sie gerade aufgehängt hatte. An einer Rippe konnte man den kleinen, halbmondförmigen Abdruck einer Kugel erkennen.

«Es handelt sich um eine relativ kleinkalibrige Waffe. Dem Schaden nach zu urteilen Kaliber .22.»

Diese Information erweckte alle zu neuem Leben. Sofort zählten sie verschiedene Waffen dieses Kalibers auf. Torkel suchte in der Datenbank eine Liste heraus. Sebastian konnte zu einer solchen Diskussion nichts beitragen, also stand er auf und ging zur Wand. Er zwang sich dazu, die Bilder näher zu betrachten. Hinter ihm verebbte das Gespräch. Der Drucker begann zu surren und spuckte Torkels Liste aus. Torkel sah zu seinem alten Kollegen hinüber.

«Was entdeckt?»

Sebastian betrachtete noch immer das Bild der klaffenden Wunde im Rücken.

«Ich glaube, dass Rogers Tod nicht beabsichtigt war.»

«Wenn man jemanden erschießt und zweiundzwanzigmal auf ihn einsticht, sollte man aber schon damit rechnen», sagte Vanja trocken.

«Okay, falsche Wortwahl. Ich glaube nicht, dass Roger Erikssons Tod geplant war.»

«Und warum?»

«Weil es nicht leicht war, diese Kugel herauszuschneiden. Eine blutige Angelegenheit, die Zeit in Anspruch nimmt und das Risiko erhöht, erwischt zu werden. Aber der Mörder war dazu gezwungen. Weil er wusste, dass man ihn anhand der Kugel identifizieren könnte.»

Vanja verstand sofort, was er meinte. Für einen kurzen Moment ärgerte sie sich darüber, dass sie nicht selbst darauf gekommen war. Eifrig ergänzte sie Sebastian, damit die Schlussfolgerung nicht von ihm allein kam.

«Und wenn er den Mord geplant hätte, dann hätte er eine andere Waffe verwendet. Eine, die keine Rückschlüsse auf den Täter zulässt.»

Sebastian nickte zustimmend. Sie war eine schnelle Denkerin.

«Was ist also genau passiert?», fragte Torkel. «Roger war in einem ziemlich belebten Teil von Västerås unterwegs, traf jemanden mit einer Waffe vom Kaliber .22, ging an ihm vorbei und wurde in den Rücken getroffen. Der Schütze denkt, oh nein, die Kugel wird mich verraten, und beschließt, sie zurückzuholen und noch dazu nach Listakärr zu fahren, um die Leiche dort zu versenken.» Torkel betrachtete die anderen, die seinem Gedankengang stumm gefolgt waren. «Klingt das in euren Ohren wahrscheinlich?»

«Wir wissen nicht, was passiert ist.» Sebastian blickte den Chef müde und leicht entnervt an. Er hatte doch nur ein Puzzleteil geliefert, nicht das gesamte Puzzle gelegt.

«Wir wissen nicht einmal, wo er starb. Ich sagte lediglich, dass sein Tod vermutlich nicht geplant war.»

«Also besteht die Möglichkeit, dass hier nicht ein Mord, sondern ein Tötungsdelikt vorliegt, aber es bringt uns nicht einen Schritt weiter in der Frage, wer den Jungen getötet hat, verstehe ich das richtig?»

Schweigen. Sebastian wusste aus Erfahrung, dass es keinen Sinn machte zu antworten, wenn Torkel auf diese Weise nölte. Offenbar wussten das auch die anderen. Torkel wandte sich Ursula zu.

«Diese Kerbe an der Rippe, könnte man die einer bestimmten Kugel zuordnen, wenn wir die Waffe finden?»

«Nein. Leider nicht.»

Torkel sackte resigniert auf seinem Stuhl zusammen.

«Also haben wir eine neue Todesursache, aber das ist auch alles.»

«Das stimmt nicht.» Sebastian zeigte auf eine der anderen Fotografien an der Wand. «Wir haben die Uhr.»

«Und was soll damit sein?»

«Sie war teuer.»

Er deutete noch immer auf die Hochglanzbilder, die Rogers Kleidung zeigten.

«Acne-Jeans. Eine Dieseljacke. Nike-Sneakers. Alles Markenklamotten.»

«Er war halt ein Teenager.»

«Ja, aber wo hatte er das Geld her? Seine Mutter scheint ja nicht besonders betucht zu sein. Immerhin war er das Wohltätigkeitsexperiment der Palmlövska-Schule.»


Lena Eriksson saß in ihrem Sessel im Wohnzimmer und klopfte die Asche ihrer Zigarette in den Aschenbecher auf der Armlehne. Am Morgen hatte sie ein neues Päckchen angebrochen und vor einer knappen Stunde das zweite. Dies war die dritte Zigarette des zweiten Päckchens, die dreiundzwanzigste des Tages also. Das waren zu viele. Insbesondere, wenn man den ganzen Tag nichts gegessen hatte. Sie spürte einen leichten Schwindel, als sie sich räusperte und die Polizisten anblickte, die auf dem Sofa auf der anderen Seite des eckigen Couchtisches saßen. Es waren zwei andere. Drei, wenn man die Frau mitzählte, die sich in Rogers Zimmer aufhielt. Die Frau, die Lena in der Pathologie getroffen hatte, war nicht dabei. Überhaupt war keiner von denen gekommen, die bislang mit ihr gesprochen hatten. Die neuen Polizisten waren in Zivil gekleidet und kamen von einer Einheit namens Reichsmordkommission. Sie fragten, wo Roger sein Geld hergehabt habe.

«Er bekam die staatliche Studienbeihilfe, weil er über sechzehn war.»

Sie zog erneut an ihrer Zigarette. Diese Bewegung war

so vertraut, so alltäglich, beinahe reflexhaft. Was hatte sie heute eigentlich anderes getan als im Sessel zu sitzen und zu rauchen? Nichts. Mehr Energie konnte sie nicht aufbringen. Am Morgen war sie nach einigen Stunden Schlaf aufgewacht und hatte geplant, eine Runde spazieren zu gehen. Ein bisschen frische Luft zu schnappen. Etwas zu essen zu kaufen. Vielleicht ein wenig die Wohnung zu putzen. Einen ersten Schritt zu machen, um wieder zu irgendeiner Form von Alltag zurückzukehren. Ohne Roger.

Sie war auf jeden Fall dazu gezwungen, sich aufzuraffen und das *Aftonbladet* zu kaufen. Fünfzehntausend Kronen in bar hatte die Zeitung ihr dafür gezahlt, dass sie knapp zwei Stunden mit einer jungen Journalistin gesprochen hatte. In der ersten halben Stunde war ein Fotograf dabei gewesen, der dann jedoch wieder gegangen war. Die junge Frau, deren Namen Lena vergessen hatte, hatte ein Aufnahmegerät auf den Tisch gelegt und Fragen über Roger gestellt. Wie er war, auch als Kind, was er gern gemacht hatte und über die Lücke, die er hinterlassen hatte. Zu ihrer eigenen Verwunderung hatte Lena während des Interviews nicht weinen müssen. Sie hatte damit gerechnet, in Tränen auszubrechen, da sie zum ersten Mal seit Rogers Verschwinden mit jemand anderem als der Polizei über ihn sprach. Wirklich sprach. Zwar hatte Maarit, eine Arbeitskollegin, sie angerufen und unbeholfen und unangenehm berührt ihr Beileid ausgesprochen, aber Lena hatte das Gespräch so schnell wie möglich beendet. Ihr Chef hatte angerufen, allerdings hauptsächlich, um ihr mitzuteilen, dass er Verständnis dafür habe, wenn Lena ein paar Tage freinehmen wolle, und dass sie versuchten, ihre Schicht unter den Kollegen aufzuteilen. Aber sie solle sich bitte rechtzeitig vorher melden, wenn sie plane wiederzukommen. Die Polizisten, die vorher da gewesen waren, hatten lediglich mehr über Rogers Verschwinden erfahren wollen, war er schon mal von zu Hause abgehauen, hatte er Sorgen, wurde er bedroht? Sie wollten nichts über seine Persönlichkeit wissen. Über ihn als Sohn. Nichts darüber, wer er gewesen war und wie viel er ihr bedeutet hatte.

Im Gegensatz zu der Journalistin. Sie hatten gemeinsam Fotoalben angesehen, und sie hatte Lena in ihrem eigenen Tempo erzählen lassen und nur hin und wieder eine Frage eingeworfen oder genauer nachgefragt. Nachdem Lena das gesagt hatte, was sie über ihren Sohn sagen konnte und wollte, hatte die Frau begonnen, direktere Fragen zu stellen. War Roger einer, zu dem die Freunde kamen, wenn sie Hilfe brauchten? Engagierte er sich ehrenamtlich? Trainierte er irgendeine Jugendmannschaft, stand er Pate für jemanden? Irgendetwas dieser Art? Lena hatte alle Fragen wahrheitsgemäß mit nein beantwortet. Die einzigen Freunde, die ihn zu Hause besucht hatten, waren Johan Strand und ein anderer Junge von der neuen Schule. Erik Soundso. Der war einmal da gewesen. Lena hatte gemeint, einen Anflug von Enttäuschung im Gesicht der Journalistin zu erkennen. Ob Lena denn etwas mehr über das Mobbing berichten könne? Über ihre Gefühle, als sie erfuhr, dass der ehemalige Peiniger ihres Sohnes wegen Mordverdachts verhaftet worden war? Obwohl das nicht die aktuellsten Nachrichten waren, fand die Journalistin – die Katarina hieß –, dass man sie noch einmal aufwärmen konnte. Mit einem Bild von Rogers Bett und den beiden Kuscheltieren darauf konnte das funktionieren. Also hatte Lena erzählt. Vom Mobbing. Von der Gewalt. Vom Schulwechsel. Aber am meisten darüber, wie sicher sie sich war, dass Leo Lundin ihren Sohn umgebracht hatte und dass sie ihm nie verzeihen würde. Dann hatte Katarina das Diktiergerät ausgeschaltet, gefragt, ob sie einige Bilder aus dem Familienalbum mitnehmen dürfe, bezahlt und war gegangen. Das war gestern gewesen. Lena hatte das Geld in die Tasche gestopft. So viel Geld. Sie hatte überlegt, essen zu gehen. Sie musste wirklich einmal aus der Wohnung kommen. Sie musste etwas essen. Aber sie blieb sitzen. Im Sessel. Mit ihren Zigaretten und dem Geld in der Tasche. Immer, wenn sie ihre Sitzposition änderte, spürte sie das Geld am Bein. Und jedes Mal erwachte die leise Stimme in ihr von neuem.

*Dieses Geld hat ihn jedenfalls nicht umgebracht.*

Schließlich war sie aufgestanden und hatte das Geldbündel in eine Kommodenschublade gelegt. Sie ging nicht raus, sie aß nicht, sie saß im Sessel und rauchte. Wie sie es schon den ganzen Tag getan hatte. Und nun waren zwei neue Polizisten da und wollten über Geld reden.

«Das Kindergeld und die Studienhilfe reichten aus, bis er auf diese verdammte Bonzenschule wechselte. Ab da musste er ständig etwas Neues haben.»

Vanja stutzte verwundert. Sie hatte vorausgesetzt, dass Lena nur Gutes über das Palmlövska-Gymnasium zu sagen hätte. Immerhin hatte ihr Sohn einen Platz auf einer Schule angeboten bekommen, die ausgezeichnet und attraktiv war, davon war Vanja überzeugt, egal, was sie von dem Schulleiter hielt. Und Roger war auf diese Weise vor seinen Peinigern gerettet worden.

«Fanden Sie den Schulwechsel Ihres Sohnes denn nicht gut?»

Lena sah sie nicht an. Sie blickte zu dem großen Fenster hinüber. Auf dem Fensterbrett standen eine Lampe mit blauem Glasschirm und zwei Blumentöpfe mit verwelkten Diefenbachien. Wann hatte sie sie zum letzten Mal gegossen? Es musste lange her sein. Die Einblättrigen hatten sich besser gehalten, aber auch sie waren ganz schlaff. In dem abnehmenden Sonnenlicht, das durch das Fenster hereinfiel, bemerkte sie, wie verräuchert ihre Wohnung war.

«Sie hat ihn mir weggenommen», sagte sie und drückte dabei ihre Zigarette aus, erhob sich aus dem Sessel und ging zur Balkontür, um sie zu öffnen.

«Wer hat Ihnen Roger weggenommen?»

«Beatrice. Und diese ganze Bonzenschule.»

«Auf welche Weise haben sie Ihnen Roger weggenommen?»

Lena antwortete nicht sofort. Sie schloss die Augen und atmete die sauerstoffreiche Luft ein. Sebastian und Vanja spürten, wie ein willkommener Windstoß mit frischer, kühler Luft durch die Balkontür hereinwehte. In der Stille hörten sie, wie Ursula im Zimmer des Jungen umherging. Sie hatte darauf bestanden, mitzukommen. Teils, weil sie nicht mit dem nörgelnden Torkel allein sein wollte, auf den sie zudem noch immer wütend war, und teils, weil das Zimmer des Jungen bisher nur von der Västeråser Polizei durchsucht worden war. Und Ursulas Vertrauen in die hiesigen Kollegen war minimal. Immerhin hatten die sich zwei Tage lang nicht um das Verschwinden des Jungen gekümmert. Wenn sie sichergehen wollte, dass die Sache ordentlich erledigt wurde, musste sie es selber tun. Und das tat sie jetzt auch.

Lena hörte, wie der Kleiderschrank geöffnet wurde, Schubladen herausgezogen und Bilder und Poster von den Wänden genommen wurden, während sie mit leeren Augen auf den Baum neben dem Parkplatz starrte. Das einzig Grüne, was man vom Fenster aus sah. Davon abgesehen wurde das Blickfeld von der grauen Fassade des nächsten Hauses ausgefüllt.

Auf welche Weise hatten sie ihr Roger weggenommen? Wie sollte sie das überhaupt erklären?

«Plötzlich war es wichtig, in den Weihnachtsferien auf die Malediven zu fahren, über Ostern in die Alpen und im Sommer an die Riviera. Er wollte keine Zeit mehr zu Hause verbringen. Die Wohnung war ihm nicht mehr gut genug. Nichts, was ich tat oder besaß, war gut genug. Ich hatte keine Chance.»

«Aber Roger ging es anscheinend besser auf der Palmlövska?»

Ja, natürlich. Er wurde nicht mehr gemobbt. Nicht mehr verprügelt. Doch in ihren dunkelsten Momenten hatte Lena gedacht, dass diese Zeit trotzdem besser war. Damals war er bei ihr gewesen. Wenn er nicht beim Sport war oder bei Johan, war er zu Hause gewesen. Damals hatte er sie genauso gebraucht wie sie ihn. Jetzt lautete die bittere Wahrheit, dass niemand sie brauchte. Im letzten Jahr war sie nicht nur allein gewesen, sondern auch einsam. Und das war schlimmer.

Plötzlich wurde sich Lena der Stille im Raum bewusst. Die anderen erwarteten eine Antwort.

«Ich vermute es.» Lena nickte vor sich hin. «Ich vermute, dass es ihm besserging.»

«Arbeiten Sie?», fragte Vanja, die begriffen hatte, dass sie keine zufriedenstellenderen Antworten über Rogers neue Schule erhalten würde.

«Ja, stundenweise. Im Lidl. Warum?»

«Ich überlege, ob er Ihnen vielleicht Geld gestohlen haben könnte. Ohne, dass Sie es gemerkt haben.»

«Das hätte er vielleicht getan, wenn etwas zum Stehlen da gewesen wäre.»

«Hat er jemals darüber gesprochen? Dass es wichtig für

ihn war, Geld zu haben? Wirkte er verzweifelt? Könnte er sich irgendwo Geld geliehen haben?»

Lena zog die Balkontür zu, ohne sie ganz zu schließen. Sie ging zum Sessel zurück. Widerstand dem Impuls, eine weitere Zigarette anzustecken. Sie fühlte sich mit einem Mal so müde. In ihrem Kopf drehte sich alles. Konnten sie sie nicht einfach in Ruhe lassen?

«Ich weiß es nicht. Warum ist es so wichtig, wo er das Geld herhatte?»

«Wenn er es sich geliehen oder der falschen Person gestohlen hat, könnte das ein Motiv sein.»

Lena zuckte mit den Schultern. Sie wusste nicht, wo Roger sein Geld herhatte. Sollte sie es wissen?

«Hat er jemals von einem Axel Johansson gesprochen?» Vanja versuchte es mit einer neuen Spur. Man konnte nicht behaupten, dass die Mutter sonderlich kooperativ war. Jede Antwort mussten sie ihr mühsam aus der Nase ziehen.

«Nein, wer ist das?»

«Der Hausmeister der Palmlövska. Der ehemalige.»

Lena schüttelte den Kopf.

«Als die anderen Polizisten hier waren, haben Sie gesagt ...», Vanja blätterte einige Seiten in ihrem Notizblock zurück und las vor, «... dass Roger sich nicht bedroht fühlte und mit niemandem Streit hatte. Würden Sie dem immer noch zustimmen?»

Lena nickte.

«Meinen Sie denn, Sie hätten überhaupt davon erfahren, wenn er bedroht worden wäre oder Ärger gehabt hätte?»

Die Frage kam von dem Mann. Bisher hatte er nichts gesagt. Hatte sich nur vorgestellt, als sie hereingekommen waren, und seither geschwiegen, oder nein, nicht einmal das. Die Frau hatte sie beide vorgestellt, als sie ihren Dienstausweis vorgezeigt hatte. Der Mann hatte nichts gezeigt. Sebastian hieß er, soweit Lena sich erinnern konnte. Sebastian und Anja. Lena blickte in Sebastians blaue Augen und wusste, dass er die Antwort bereits kannte. Er hatte die Situation durchschaut.

Er wusste, dass es nicht nur um die Mietwohnung in dieser trostlosen Gegend ging oder darum, dass der DVD-Player eigentlich ein Blu-ray sein sollte und man jedes halbe Jahr ein neues Handy brauchte. Er wusste, dass sie nicht gut genug war. Mit ihrem Aussehen, ihrem Übergewicht und ihrer schlechtbezahlten Arbeit. Er wusste, dass Roger sich für sie geschämt hatte. Dass er sie nicht länger als Teil seines Lebens hatte ansehen wollen und sie hinausgeworfen hatte. Aber er wusste nicht, dass sie einen Ausweg gefunden hatte. Einen Weg zurück zu ihm. Zurück zu ihnen beiden.

*Aber dann starb er,* sagte die leise Stimme, *so viel zum Weg zurück.*

Mit zittrigen Händen öffnete Lena die Schachtel und zündete Zigarette Nummer vierundzwanzig an, bevor sie Sebastian die Antwort gab, die er bereits kannte.

«Vermutlich nicht.»

Lena verstummte und schüttelte den Kopf, als sei sie gerade erst von der Einsicht überrascht worden, was für eine schlechte Beziehung sie eigentlich zu ihrem Sohn hatte. Ihr Blick verlor sich in der Ferne.

Das Gespräch wurde von Ursula unterbrochen, die mit ihren zwei Taschen und einer Kamera um den Hals aus Rogers Zimmer kam.

«Ich bin so weit. Wir sehen uns später auf dem Präsidium.» Ursula richtete sich an Lena. «Mein Beileid nochmal.»

Lena nickte abwesend. Ursula warf Vanja einen ziemlich vielsagenden Blick zu, ignorierte Sebastian und verließ die Wohnung. Vanja wartete, bis die Wohnungstür ins Schloss gefallen war.

«Rogers Vater, wie können wir den erreichen?»

Ein erneuter Versuch von Vanja. Eine neue Fährte. Mal sehen, ob es möglich war, der Mutter über irgendetwas einen Satz mit mehr als drei Wörtern zu entlocken.

«Es gibt keinen Vater.»

«Alle Achtung, so was hat es zum letzten Mal vor zweitausend Jahren gegeben!»

Lena sah Vanja durch den Rauch hindurch ruhig an.

«Verurteilen Sie mich? Sie würden gut auf Rogers neue Schule passen.»

«Niemand verurteilt Sie, aber es muss doch irgendwo einen Vater geben.» Es war Sebastian, der sich einmischte. Bildete Vanja sich das nur ein, oder hatte seine Stimme einen neuen Unterton? Verriet sie ein besonderes Interesse? Ein Engagement?

Lena klopfte die Asche von ihrer Zigarette und zuckte mit den Schultern.

«Ich weiß nicht, wo er ist. Wir waren nie ein Paar. Es war eine einmalige Geschichte. Er weiß nicht einmal, dass Roger existiert.»

Sebastian beugte sich vor. Mittlerweile eindeutig interessierter. Er begegnete Lenas Blick offen.

«Wie haben Sie das gelöst? Ich meine, Roger wird doch irgendwann mal nach seinem Vater gefragt haben?»

«Ja, als er kleiner war.»

«Und was haben Sie ihm gesagt?»

«Ich habe ihm gesagt, dass er tot wäre.»

Sebastian nickte nur. War es das, was auch Anna Eriksson ihrem Sohn oder ihrer Tochter erzählt hatte? Dass Papa tot war? Was aber würde in einem solchen Fall passieren, wenn der Vater mit einem Mal auftauchte? Nach dreißig Jahren? Man würde ihm natürlich mit Misstrauen begegnen. Irgendwie müsste wohl bewiesen werden, dass er wirklich derjenige war, für den er sich ausgab. Vermutlich wäre der Mann oder die Frau fürchterlich wütend auf die Mutter oder enttäuscht von ihr. Sie hatte gelogen. Ein Kind seines Vaters beraubt. Vielleicht würde Sebastians Auftauchen ihre Beziehung komplett zerstören. Mehr Schaden als Nutzen anrichten. Wie er die ganze Sache auch drehte und wendete, kam er zu dem Ergebnis, dass es am besten war, ganz einfach so weiterzuleben, als hätte er die Briefe nie gefunden. Es nie erfahren.

«Und warum haben Sie behauptet, er wäre tot? Wenn Roger die Wahrheit gewusst hätte, hätte er ihn treffen können.»

«Daran habe ich auch gedacht. Aber ich hielt es für besser zu sagen, dass er tot wäre, als Roger zu erklären, dass er ihn nicht haben wollte. Für Rogers Selbstbewusstsein, verstehen Sie.»

«Aber das wissen Sie doch gar nicht! Sie wissen doch gar nicht, was der Vater wollte! Er bekam ja nie eine Chance!» Vanja schielte zu Sebastian herüber. Es war unglaublich, wie engagiert er auf einmal war. Seine Stimme war höher und lauter geworden. Er war zur äußersten Kante des Sofas vorgerutscht und sah aus, als wollte er jeden Moment aufspringen.

«Stellen Sie sich einmal vor, dass er Roger vielleicht hätte haben wollen. Wenn er es nur gewusst hätte.»

Lena schien von Sebastians heftigem Ausbruch ziemlich unberührt. Sie drückte ihre Zigarette aus und blies den letzten Rauch aus ihren Lungen.

«Er war verheiratet. Er hatte schon andere Kinder. Eigene Kinder.»

«Wie heißt er?»

«Rogers Vater?»

«Ja.»

«Jerry.»

«Angenommen, Jerry hätte Roger irgendwann aufgesucht, später, als er größer war. Was glauben Sie, wie Roger reagiert hätte?»

Vanja blickte ihn verblüfft an. Was hatte Sebastian eigentlich vor? Das führte doch zu rein gar nichts.

«Wie hätte er das tun sollen? Er wusste doch nicht einmal, dass der Junge existierte.»

«Aber wenn.»

Vanja legte vorsichtig ihre Hand auf Sebastians Arm, um seine Aufmerksamkeit zu erlangen.

«Das ist doch eine rein hypothetische Überlegung, die nicht wirklich hierhergehört, oder?»

Sebastian hielt inne. Er spürte Vanjas verwunderten Seitenblick.

«Das stimmt ... Ich ...» Zum ersten Mal seit langem wusste Sebastian nicht, was er sagen sollte, deshalb wiederholte er sich nur: «Das stimmt.»

Es wurde still. Sie erhoben sich und betrachteten ihren Besuch als beendet. Sebastian ging Richtung Flur, Vanja folgte ihm. Lena machte zunächst keinerlei Anstalten, aufzustehen und sie hinauszubegleiten. Als sie gerade den Flur betreten wollten, rief ihnen Lena jedoch hinterher.

«Rogers Uhr.»

Sebastian und Vanja drehten sich zu ihr um. Vanja wurde den Eindruck nicht los, dass mit der Frau in dem zerschlissenen Sessel etwas nicht stimmte. Etwas, das sie nicht richtig benennen konnte.

«Was ist damit?»

«Die Journalistin, mit der ich gesprochen habe, sagte, dass Lundin Roger eine Uhr weggenommen hat, bevor er ihn umbrachte. Eine wertvolle Uhr. Die gehört dann jetzt wohl mir?»

Vanja tat wieder einen Schritt in den Raum hinein. Etwas verwundert darüber, dass Lena nicht Bescheid wusste. Normalerweise informierte Torkel die Angehörigen immer sehr genau.

«Momentan deutet alles darauf hin, dass Leonard Lundin nichts mit dem Mord an ihrem Sohn zu tun hat.»

Lena nahm die Information so ungerührt auf, als hätte Vanja gerade berichtet, was sie zu Mittag gegessen hatte.

«Okay, aber die Uhr gehört doch wohl trotzdem mir?»

«Vermutlich ja.»

«Dann hätte ich sie gern.»


Sebastian und Vanja waren im Auto unterwegs zum Präsidium, um dort den Arbeitstag zu beschließen. Vanja fuhr schnell. Zu schnell. Sie spürte einen Klumpen der Wut im Bauch. Lena hatte sie provoziert. Normalerweise ließ Vanja sich nur äußerst selten provozieren. Das war eine ihrer Stärken: die Fähigkeit, kühl und distanziert zu bleiben. Aber Lena ging ihr an die Nieren. Sebastian hatte das Handy am Ohr. Vanja lauschte einem Teil des Gesprächs. Er telefonierte mit Lisa. Nach einer abschließenden Frage, wie es zu Hause so lief, und einer offenbar kurzen Antwort beendete er das Telefonat und steckte sein Handy in die Tasche.

«Lisa hat Roger dafür bezahlt, dass er ihren Freund spielt.»

«Das konnte ich heraushören.»

«Nicht gerade Riesensummen, die seine Einkäufe gedeckt hätten, aber es ist immerhin ein Anhaltspunkt. Er war geschäftstüchtig.»

«Oder gierig. Es scheint in der Familie zu liegen, immer nur Geld im Kopf zu haben. Ihr Sohn wurde gerade ermordet, und sie denkt nur ans Geldeintreiben.»

«Aus der Situation Vorteile zu ziehen, ist auch eine Art, mit dem Schmerz fertigzuwerden.»

«Eine miese Art.»

«Vielleicht kann sie nicht anders.»

Typisch Psychologe. Immer verständnisvoll. Alle Reaktionen sind natürlich. Es gibt für alles eine Erklärung. Aber so leicht wollte Vanja Sebastians Erklärung nicht hinnehmen. Sie war wütend, und sie hatte keine Skrupel, ihre Wut auch an ihm auszulassen.

«Jetzt mal ehrlich. Ihre Augen waren ein bisschen gerötet von dem ganzen Qualm. Ich würde wetten, dass sie noch nicht mal geweint hat, nichts! Ich habe Menschen gesehen, die unter Schock standen, aber sie ist anders. Sie ist einfach gleichgültig.»

«Ich hatte das Gefühl, dass sie keine Verbindung zu den Gefühlen hat, die wir von ihr erwarten. Trauer. Verzweiflung. Vielleicht nicht einmal Empathie.»

«Und warum nicht?»

«Woher soll ich das denn wissen? Ich habe sie gerade mal fünfundvierzig Minuten erlebt. Wahrscheinlich hat sie sie einfach abgestellt.»

«Man kann seine Gefühle doch nicht einfach ‹abstellen›.»

«Nicht?»

«Nein.»

«Hast du noch nie von Menschen gehört, die so sehr von
einer Person verletzt wurden, dass sie sich nie wieder an jemand Neues binden?»

«Das ist aber doch ein Unterschied. Ihr Kind ist ermordet
worden. Warum sollte man sich freiwillig dafür entscheiden,
nicht darauf zu reagieren?»

«Um überhaupt weiterleben zu können.»

Vanja schwieg. Da kam eine neue Seite an Sebastian zum
Vorschein.

Erst verbiss er sich wie ein Terrier in die Angelegenheit
um Rogers Vater. Ein Thema, dass sich bereits nach der zweiten Frage als völlig belanglos für die Ermittlung erwiesen
hatte, und jetzt glaubte Vanja, eine neue Nuance in seiner
Stimme wahrzunehmen. Gedämpfter, nicht mehr so wider-
borstig. Nicht darauf aus, schlagfertig, witzig oder herablas-
send zu sein. Nein, da war etwas anderes. Trauer vielleicht.

«Das glaube ich einfach nicht. Es ist doch abartig, nicht
um seinen Sohn zu trauern.»

«Sie trauert, so gut sie kann.»

«Einen Teufel tut sie.»

«Woher willst du das bitte schön wissen?»

Vanja zuckte angesichts der plötzlichen Schärfe in Sebastians Stimme zusammen.

«Was weißt du überhaupt von Trauer? Hast du jemals
jemanden verloren, der dir alles bedeutet hat?»

«Nein.»

«Woher willst du also wissen, was eine normale Reaktion
ist?»

«Das tue ich ja auch gar nicht, aber ...»

«Nein. Eben!», unterbrach Sebastian sie. «Du hast nicht den geringsten Schimmer, wovon du eigentlich redest, und in solchen Fällen solltest du vielleicht lieber die Klappe halten.»

Vanja schielte zu Sebastian hinüber, überrascht von seinem Wutausbruch. Aber er blickte nur starr geradeaus auf die Straße. Vanja schwieg den Rest der Fahrt über. Wir wissen so wenig voneinander, dachte sie. Du verbirgst etwas. Ich weiß, was für ein Gefühl das ist. Besser, als du glaubst.

Das Großraumbüro im Polizeipräsidium lag mehr oder weniger im Dunkeln. Hier und da erhellte ein eingeschalteter Bildschirm oder eine vergessene Schreibtischlampe einen Teil des Raums, davon abgesehen war es dunkel, leer und still. Auf dem Weg zum erleuchteten Pausenraum ging Torkel langsam zwischen den Schreibtischen entlang. Dass auf dem Polizeipräsidium in Västerås nicht rund um die Uhr geschäftiges Treiben herrschte, hatte er geahnt, dass allerdings große Teile des Hauses schon ab 17 Uhr völlig ausgestorben wirkten, überraschte ihn doch.

Torkel erreichte den ziemlich unpersönlichen Aufenthaltsraum. Drei runde Tische mit je acht Stühlen. Kühl- und Gefrierschrank, drei Mikrowellen, eine Kaffeemaschine. An der Längsseite eine Arbeitsplatte mit Spüle und Spülmaschine. In der Mitte jedes Tisches Plastikblumen auf einem dunkelroten, runden Deckchen. Ein pflegeleichter, zerkratzter Linoleumfußboden. An keinem der drei Fenster Gardinen. Ein einsames Telefon auf dem Fensterbrett. Sebastian saß mit einem Pappbecher Kaffee vor sich an dem

Tisch, der am weitesten von der Tür entfernt war. Er las das *Aftonbladet*. Torkel hatte auch darin geblättert. Lena Eriksson hatte vier Seiten bekommen, wohlformuliert und entblößend.

Laut Artikel glaubte Lena noch immer, dass Leonard Lundin ihren Sohn ermordet hatte. Torkel fragte sich, wie sie die Nachricht aufgenommen hatte, dass er heute freigelassen worden war. Er hatte mehrmals versucht sie anzurufen, um es ihr zu sagen, aber sie war nie ans Telefon gegangen. Vielleicht wusste sie es immer noch nicht.

Sebastian sah nicht von seiner Lektüre auf, obwohl er gehört haben musste, dass Torkel sich näherte. Erst als Torkel sich auf einen Stuhl ihm gegenüber setzte, warf er einen kurzen Blick auf die Gesellschaft, bevor er sich wieder der Zeitung widmete. Torkel faltete die Hände auf dem Tisch und beugte sich vor.

«Wie lief es heute?»

Sebastian blätterte um.

«Was?»

«Alles. Die Arbeit. Du warst viel mit Vanja unterwegs.»

«Ja.»

Torkel seufzte innerlich. Offenbar sollte er nichts umsonst bekommen. Vermutlich sogar gar nichts.

«Und wie lief es?»

«Gut.»

Torkel beobachtete, wie Sebastian erneut eine Seite umblätterte und bei der rosa Beilage angelangte. Sport. Er wusste, dass Sebastian vollkommen desinteressiert an jeder nur erdenklichen Sportart war, egal, ob es darum ging, sie auszuüben, anzuschauen oder darüber zu lesen. Dennoch schien er die Seiten nun mit großem Interesse zu studieren. Torkel lehnte sich zurück, beobachtete Sebastian

285

einige Sekunden lang schweigend und ging dann zur Kaffeemaschine, um sich per Knopfdruck einen Cappuccino zubereiten zu lassen.

«Hast du Lust, mit mir was essen zu gehen?»

Sebastian erstarrte. Da war es. Wie befürchtet. Kein «wir sollten uns mal wieder treffen» oder «wir sollten mal ein Bier trinken gehen», sondern essen gehen. Same shit, different name.

«Nein danke.»

«Warum nicht?»

«Ich habe andere Pläne.»

Das war gelogen. Genau wie sein plötzliches Interesse für den Sportteil. Torkel wusste es, aber er beschloss, nicht weiter nachzufragen. Er würde nur weitere Lügen zu hören bekommen. Torkel hatte genug für diesen Abend. Er nahm seinen Becher aus der Maschine, doch anstatt den Raum zu verlassen, wie Sebastian gehofft hatte, ging er zurück zum Tisch und setzte sich wieder. Sebastian warf ihm einen fragenden Blick zu, bevor er seine ungeteilte Aufmerksamkeit wieder der Zeitung schenkte.

«Erzähl mir von deiner Frau.»

Das hatte er nicht erwartet. Sebastian sah überrascht zu Torkel hinüber, der gerade mit einem so entspannten Gesichtsausdruck seinen randvollen Pappbecher zum Mund hob, als hätte er sich nach der Uhrzeit erkundigt.

«Warum das denn?»

«Warum nicht?»

Torkel setzte seinen Becher ab und wischte sich die Mundwinkel mit dem Daumen und Zeigefinger der rechten Hand, fixierte Sebastian über den Tisch hinweg und wandte den Blick nicht mehr ab. Sebastian überlegte schnell, was seine Alternativen waren. Aufstehen und gehen. Zum vorgetäuschten Lesen zurückkehren. Torkel zum Teufel jagen. Oder ...

Tatsächlich von Lily zu erzählen. Instinktiv wollte er eine der ersten drei Möglichkeiten wählen. Andererseits, wenn er näher darüber nachdachte, was konnte es schon schaden, wenn Torkel etwas mehr wusste? Vermutlich fragte er aus einer Art Anteilnahme, nicht aus Neugier. Seine Frage war eine weitere ausgestreckte Hand. Ein Versuch, eine wenn nicht gestorbene, so doch sehr eingeschlafene Freundschaft neu zu beleben. Seine Hartnäckigkeit war bewundernswert. War es womöglich an der Zeit, dass Sebastian etwas zurückgab? Wie viel, konnte er ja selbst bestimmen. Besser so, als dass Torkel auf die Idee käme, im Netz nach ihm zu suchen, und mehr über ihn erfuhr, als Sebastian recht war.

Sebastian legte die Zeitung beiseite.

«Sie hieß Lily. Sie war Deutsche, wir lernten uns in Deutschland kennen, als ich dort arbeitete, und heirateten 1998. Leider gehöre ich nicht zu den Typen, die ein Foto mit sich im Portemonnaie herumtragen.»

«In welchem Bereich arbeitete sie?»

«Sie war Soziologin. An der Uni Köln. Dort wohnten wir.»

«Älter als du? Jünger? Gleich alt?»

«Fünf Jahre jünger.»

Torkel nickte. Drei schnelle Fragen, drei offenbar ehrliche Antworten. Jetzt wurde es kniffliger.

«Wann starb sie?»

Sebastian erstarrte. Okay, jetzt reichte es. Die Fragestunde war damit offiziell beendet. Hier verlief die Grenze.

«Vor mehreren Jahren. Ich möchte nicht darüber reden.»

«Warum nicht?»

«Weil es eine private Angelegenheit ist und du nicht mein Therapeut bist.»

Torkel nickte. Das stimmte, trotzdem hatte es eine Zeit gegeben, in der sie fast alles voneinander gewusst hatten. Es wäre wohl übertrieben zu behaupten, dass Torkel diese Zeit vermisste. Er hatte Sebastian jahrelang höchstens einen flüchtigen Gedanken geschenkt. Aber jetzt, wo er wieder zurück war und Torkel ihn bei der Arbeit beobachtete, begriff er, dass seine Arbeit, und vielleicht auch sein Leben in all den Jahren, in denen Sebastian weg gewesen war, ein wenig trister ausgesehen hatte. Das hatte natürlich nicht an Sebastians Abwesenheit gelegen, trotzdem wurde Torkel das Gefühl nicht los, dass er seinen alten Kollegen, seinen alten Freund, im Grunde doch vermisst hatte. Mehr, als er geglaubt hatte. Torkel machte sich keinerlei Hoffnungen, dass dieses Gefühl auf Gegenseitigkeit beruhte, aber er konnte wenigstens versuchen, mit ihm zu reden.

«Wir waren doch mal Freunde. Wie oft warst du gezwungen, dir meine Probleme anzuhören, über Monica und die Kinder und den ganzen Mist.» Torkel sah seinen Kollegen über den Tisch hinweg aufrichtig an. «Ich höre gern zu.»

«Bei was?»

«Was du willst. Falls es etwas gibt, das du erzählen möchtest.»

«Dem ist nicht so.»

Torkel nickte. Er hatte auch nicht erwartet, dass es so einfach werden würde. Immerhin sprach er mit Sebastian Bergman.

«Wolltest du mich deshalb zum Essen einladen? Um mir die Beichte abzunehmen?»

Torkel hob erneut seinen Kaffeebecher. Wollte etwas Zeit schinden, bevor er antwortete.

«Ich habe nur das Gefühl, dass es dir nicht so gut geht.»

Sebastian antwortete nicht. Vermutlich würde noch mehr kommen.

«Ich habe Vanja gefragt, wie es heute lief. Davon abgesehen, dass sie dich furchtbar anstrengend findet, sagte sie, sie hätte den Eindruck, dass du vielleicht, ich weiß nicht … Sie hatte den Eindruck, dass du irgendwas hast.»

«Vanja sollte sich lieber auf ihre Arbeit konzentrieren.»

Sebastian stand auf, ließ die Zeitung liegen, nahm aber seinen Pappbecher mit und zerknüllte ihn. «Und du solltest nicht auf den ganzen Scheiß hören, den man dir erzählt.»

Sebastian ging und warf den Pappbecher im Vorbeigehen in den Mülleimer neben der Tür. Torkel blieb allein zurück. Er atmete tief durch. Was hatte er auch erwartet? Er hätte es besser wissen sollen. Sebastian Bergman ließ sich nicht analysieren. Und damit war auch seine mögliche Gesellschaft für ein Abendessen gestorben. Billy und Vanja würden arbeiten, und an Ursula war nicht zu denken. Aber er wollte beileibe nicht noch einen einsamen Restaurantbesuch durchstehen. Er holte sein Handy hervor.

Nachdem Sebastian den Pausenraum verlassen hatte, ging er mit schnellen Schritten durch das dunkle Großraumbüro. Er war sauer. Auf Torkel, auf Vanja, am allermeisten jedoch auf sich selbst. Noch nie hatte Sebastian einem Kollegen das Gefühl vermittelt, dass er «irgendwas hatte». Nie zuvor hatte jemand überhaupt ahnen können, was er dachte. Das Einzige, was sie über Sebastian wussten, war das, was er zuließ. Nur auf diese Weise war er zu seiner Position gekommen. An der Spitze. Bewundert und gefürchtet.

Aber im Auto hatte er sich entblößt. Die Kontrolle verloren. Eigentlich auch bei Lena Eriksson zu Hause, wenn er genauer darüber nachdachte. Völlig inakzeptabel. Es war die Schuld seiner Mutter. Ihre Schuld und die Schuld der Briefe. Er war gezwungen, zu einer Entscheidung zu kommen, wie er die Sache weiter angehen würde. Momentan beeinflusste sie ihn mehr, als er sich erlauben durfte.

Im Konferenzraum brannte noch Licht. Durch das Glas hindurch konnte Sebastian Billy an seinem aufgeklappten Laptop arbeiten sehen. Sebastian wurde langsamer und blieb stehen. Jedes Mal, wenn er während des heutigen Tages an Anna Eriksson gedacht hatte, war er zu dem Entschluss gekommen, dass er auf sein Vorhaben pfeifen sollte. Es gab zu wenig zu gewinnen, zu viel zu verlieren. Aber konnte er das wirklich? Konnte er einfach vergessen, was er erfahren hatte, und so weiterleben, als wäre nichts geschehen? Vermutlich nicht. Außerdem würde es wohl nicht schaden, ihre Adresse zu besitzen, wenn er sie denn herausfinden konnte. Dann hatte er später immer noch die Möglichkeit, sich neu zu entscheiden. Sie nutzen oder wegwerfen. Hingehen oder sich fernhalten. Er konnte sogar dort hinfahren und das Terrain ein wenig sondieren. Sehen, was für Leute da wohnten. Sich einen Eindruck verschaffen, wie man ihm begegnen würde, wenn er sich zu erkennen gab. Er traf eine Entscheidung. Es wäre einfach nur dumm, sich nicht alle Möglichkeiten offenzuhalten.

Sebastian trat in das Büro. Billy sah von seinem Computer auf.

«Hallo.»

Sebastian nickte ihm zu, setzte sich und streckte die Beine aus. Er zog die Obstschale zu sich heran, die auf dem Tisch stand, und nahm sich eine Birne. Billy hatte seine Aufmerksamkeit wieder auf den Computer gerichtet.

«Was machst du gerade?»

«Ich sehe mir Facebook und ein paar andere soziale Netzwerke an.»

«Und das erlaubt dir Torkel während der Arbeitszeit?»

Billy guckte über den Bildschirmrand, lachte und schüttelte den Kopf.

«Keine Chance. Ich suche nach Roger.»

«Und, was gefunden?»

Billy zuckte mit den Achseln. Es kam darauf an, wie man die Sache betrachtete. Er hatte Roger zwar gefunden, aber darüber hinaus nichts von Interesse.

«Er war nicht besonders aktiv. Er hatte ja keinen eigenen Computer, und es ist mehr als drei Wochen her, dass er etwas auf Facebook geschrieben hat. Eigentlich auch kein Wunder, dass er dort nicht mehr gemacht hat. Er hatte sechsundzwanzig Freunde.»

«Ist das wenig?» Natürlich wusste Sebastian, was Facebook war, er hatte die letzten Jahre nicht in einer einsamen Höhle gelebt, aber er hatte nie den Anreiz verspürt, herauszufinden, wie es genau funktionierte oder wie man selbst Mitglied – oder wie auch immer das hieß – wurde. Er hatte auch keine Lust, mit ehemaligen Schulkameraden oder Arbeitskollegen Kontakt zu halten. Allein der Gedanke daran, dass sie ihn «als Freund einladen» und ihn mit ihrer schmierigen Nähe und albernen Trivialität nerven würden, ermüdete ihn völlig. Im Gegenteil, er arbeitete aktiv daran, mit niemandem etwas zu tun zu haben, ob nun im wirklichen oder im virtuellen Leben.

«Sechsundzwanzig Freunde sind nichts», sagte Billy. «Normalerweise bekommt man schon an dem Tag, an dem man sich registriert, mehr. Genauso ist es mit MSN. Dort war er seit vier Monaten nicht mehr und hatte eigentlich nur Kontakt zu Lisa, Erik Heverin und Johan Strand.»

«Er hatte also kaum Cyberfreunde.»

«Aber auch keine Cyberfeinde, ich habe nichts Negatives über ihn im Netz gefunden.»

Sebastian beschloss, dass er nun ausreichend viel Interesse bekundet hatte, um das vorzubringen, weshalb er eigentlich gekommen war. Jetzt konnte er sich zusätzlich durch ein bisschen Lob den Weg bereiten.

«Soweit ich verstanden habe, bist du ein ziemlicher Computercrack?»

Billy konnte sich ein Lächeln nicht verkneifen, das verriet, dass Sebastian recht hatte.

«Besser als der Durchschnitt jedenfalls. Es macht mir einfach Spaß», fügte er etwas bescheidener hinzu.

«Meinst du, du könntest mir bei einer Sache behilflich sein?»

Sebastian zog den gefalteten Zettel mit Anna Erikssons Adresse aus seiner Innentasche und warf ihn Billy hin.

«Ich müsste eine Anna Eriksson finden. Sie war 1979 unter dieser Adresse registriert.»

Billy nahm den Zettel und faltete ihn auf.

«Hat sie denn was mit den Ermittlungen zu tun?»

«Möglicherweise ja.»

«Und inwiefern?»

Es war doch zum Verrücktwerden, dass alle hier genau nach Vorschrift arbeiteten. Sebastian war zu müde und zu langsam, also begnügte er sich mit einer leeren Phrase und hoffte, dass sie ausreichend war.

«Es ist nur so eine Sache, die ich nebenbei verfolge, ziemlich weit hergeholt. Ich habe den anderen nichts gesagt, aber vielleicht ergibt sich daraus ja irgendwas.»

Billy nickte, und Sebastian entspannte sich etwas. Er wollte gerade aufstehen, als Billy ihn unterbrach.

«Aber in welchem Zusammenhang steht sie denn mit Roger Eriksson?»

Okay, die Phrase reichte also doch nicht aus. Was würde schon groß passieren, wenn die Leute einfach nur täten, was ihnen gesagt wurde? Wenn es Ärger gäbe, könnte Billy die Schuld immer noch auf Sebastian abwälzen, der wiederum behaupten würde, Billy hätte ihn missverstanden. Torkel würde sich ein wenig aufregen. Man würde darüber sprechen, die Abläufe neu zu überprüfen. Alles würde so weitergehen wie gehabt. Sebastian warf Billy einen neuen Köder hin, der noch weniger Substanz hatte als der letzte.

«Das ist eine lange Geschichte, aber es wäre toll, wenn du helfen würdest, auch für deine Arbeit. Ich glaube wirklich, dass sich etwas daraus ergeben könnte.»

Billy faltete den Zettel wieder zusammen. Für den Fall, dass er nun auch ablehnen würde, nach der Adresse zu suchen, legte sich Sebastian schnell eine neue Lüge zurecht. Er würde sagen, dass die Möglichkeit bestünde, dass Anna Eriksson Rogers biologische Mutter wäre. Nein, das tauchte in keinem Adoptionsregister auf, es war eine Insiderinformation. Nein, er konnte keine Auskunft darüber geben, woher er das hatte. Das könnte funktionieren. Wenn es biologisch möglich wäre. Sebastian fing an zu rechnen. Wie alt wäre Anna Eriksson dann gewesen, als sie Roger bekam? Ungefähr vierzig, oder? Es ging auf.

«Okay.»

Sebastian kehrte in die Wirklichkeit zurück, unsicher, was er gerade gehört hatte und ob er etwas verpasst hatte.

«Okay?»

«Klar, aber es muss ein bisschen warten, ich habe noch eine Menge Material von den Überwachungskameras, das ich mir bis morgen ansehen muss.»

«Ja natürlich, es hat keine Eile. Danke.»

Sebastian stand auf und ging zur Tür.

«Noch eine Sache.»

Billy sah erneut von seinem Computer auf.

«Ich würde es sehr zu schätzen wissen, wenn diese Recherche unter uns bliebe. Wie gesagt, es ist weit hergeholt, und du weißt ja, Schadenfreude ist die beste Freude.»

«Klar. Kein Problem.»

Sebastian lächelte dankbar und verließ den Raum.

Das Limone Ristorante Italiano. Sie hatte reserviert, aber Torkel war als Erster da und wurde zu einem Tisch in einer Ecke des Raums geführt, der neben zwei Fenstern stand. Darüber hingen bowlingkugelgroße Metallbälle an Drähten von der Decke. Ein Tisch für vier Personen. Zwei Sofas anstelle von Stühlen. Hart, mit gerader Rückenlehne und mauvefarbenem Bezug. Torkel nippte an einem Flaschenbier. War es eine schlechte Idee gewesen, Hanser einzuladen? Obwohl, eigentlich hatte er sie ja nicht wirklich eingeladen. Er wollte lediglich mit ihr das Gespräch über die Ermittlungen vertiefen, da ihr kurzes Meeting heute nur oberflächlich gewesen war, und das konnten sie genauso gut bei einem angenehmen Essen machen wie in ihrem Büro. Natürlich war Hanser freiwillig einen Schritt zurückgetreten und ließ sie die Ermittlungen nach ihren eigenen Vorstellungen durchführen. Aber man durfte nicht vergessen, dass sie immer noch die Hauptverantwortliche war, und Torkel hatte das Gefühl, dass er in den letzten Tagen ihr gegenüber ein wenig mürrisch gewesen war.

Hanser kam, entschuldigte sich für die Verspätung, setzte sich und bestellte ein Glas Weißwein. Der Polizeidirektor hatte ihr einen Besuch abgestattet, um sich über die Lage zu informieren. Er war darüber besorgt, dass sie Leonard Lundin hatten freilassen müssen, und hätte gern gehört, dass eine andere, haltbarere Verhaftung bevorstand. Natürlich war sie gezwungen, ihn zu enttäuschen. Auch der Polizeidirektor stand unter Druck. Das Interesse der Medien, insbesondere der Boulevardpresse, hatte nicht abgenommen. Jeden Tag brachten sie mindestens vier Seiten. Das Interview mit Lena Eriksson wurde dick und breit präsentiert. Man stellte Rogers Einsamkeit in den Mittelpunkt und spekulierte darüber, ob Roger den Täter möglicherweise gar nicht gekannt hatte. In einem solchen Fall konnte es erneut geschehen. Ein «Experte» berichtete darüber, dass eine Grenze überschritten wurde, nach der es kein Zurück mehr gab, wenn ein Mensch zum ersten Mal tötete. Vermutlich würde die Person erneut morden. Vermutlich sehr bald. Es war die übliche Panikmache der Medien vom Kaliber der letzten Pandemiehysterie oder Artikeln wie «Dein Kopfschmerz könnte ein Hirntumor sein». Die Zeitung *Expressen* stellte die Effektivität der Polizei in Frage, nachdem es ihr geglückt war, die Versäumnisse des ersten Wochenendes aufzudecken. Im Zusammenhang mit dem Artikel präsentierte man Infokästen über andere ungelöste Mordfälle, angeführt vom Mord an Olof Palme. Hanser hatte erklärt, dass sie Torkel treffen würde und dem Polizeidirektor hoffentlich schon morgen mehr Information bieten könnte. Damit hatte er sich zufriedengegeben. Bevor er ging, hatte er ihr jedoch deutlich gemacht, dass er zum einen hoffe, dass es kein Fehler gewesen sei, die Reichsmordkommission hinzuzuziehen, und dass zum anderen sie allein, und niemand sonst, die Verantwortung dafür trage, falls es sich als Fehler herausstellte.

Als die Kellnerin den Wein brachte und fragte, ob sie schon gewählt hätten, vertieften sie sich für einen Moment in die Speisekarten. Torkel wusste bereits, was er bestellen würde. Salmone alle Calabrese. Gebratenes Lachsfilet mit Kirschtomaten, Frühlingszwiebeln, Kapern, Oliven und einem Kartoffelgratin. Er war nicht der Vorspeisentyp. Hanser entschied sich schnell für Agnello alla Griglia, gegrillte Lammkrone mit Parmesankartoffeln in Rotweinsauce. Teurer als sein Essen. Nicht, dass es eine Rolle spielte. Er hatte sie angerufen und um ihre Gesellschaft gebeten. Er betrachtete das Ganze als Geschäftsessen, und es war selbstverständlich, dass er die Rechnung übernahm. Dass die Reichsmordkommission bezahlte.

Während sie auf ihr Essen warteten, gingen sie den Fall durch. Ja, Torkel hatte die Zeitungsartikel gelesen. Ein unbekannter Täter. Vanja hatte als Erste die gleiche Spur verfolgt. Aber die Entdeckung, dass Roger erschossen worden war, sprach Sebastians Meinung nach gegen eine solche Möglichkeit. Ein Mensch, der einen Mord plante, verwendete keine Waffe, deren Kugel er später aus dem Opfer herausschneiden musste, um nicht entdeckt zu werden. Leider war dies keine Information, die Hanser an die Presse weitergeben durfte. Es sollte nicht an die Öffentlichkeit und damit auch bis zum Mörder vordringen, dass sie Rogers wahre Todesursache kannten. Davon abgesehen hatte Torkel nicht viel zu berichten. Bis auf Axel Johansson hatten sie keine nennenswerten Fortschritte gemacht. Es hing viel vom morgigen Tag und von den Berichten des Staatlichen Kriminaltechnischen Labors ab. Torkels Handy vibrierte in der Innentasche. Er nahm es heraus und sah auf das Display. Vilma.

«Ich muss ganz kurz rangehen.»

Hanser nickte und nahm einen Schluck Wein. Torkel meldete sich.

«Hallo Kleine.» Noch bevor er ihre Stimme hörte, strahlte er über das ganze Gesicht. Diese Wirkung hatte seine jüngste Tochter immer auf ihn.

«Hallo Papa, was machst du gerade?»

«Ich bin mit einer Kollegin im Restaurant. Und du?»

«Ich gehe auf eine Schulparty. Bist du in der Stadt?»

«Nein, ich bin noch in Västerås. Fragst du aus einem besonderen Grund?»

«Ja, ich wollte eigentlich fragen, ob du mich heute Abend abholen kannst. Nach der Party. Wir wussten nicht, ob du schon wieder zu Hause bist, also hat Mama gesagt, ich soll dich anrufen und nachfragen.»

«Wenn ich zu Hause wäre, täte ich es gern.»

«Ist schon gut. Mama holt mich. Ich sollte nur mal fragen.»

«Was ist es für ein Fest?»

«Eine Verkleidungsparty.»

«Und als was gehst du?»

«Als Teenie.»

Torkel hatte eine dumpfe Ahnung, was sich hinter diesem Begriff verbarg. Er war mit der Wahl der Verkleidung seiner Tochter nicht ganz glücklich, andererseits war er auch nicht vor Ort, um das zu verhindern oder eine kreative Alternative beizusteuern. Außerdem würde Yvonne schon dafür sorgen, dass alles im Rahmen blieb, davon war er überzeugt. Im Unterschied zu der Scheidung von Monica war die von Yvonne positiv verlaufen. So positiv Scheidungen eben sein konnten. Sie waren sich einig gewesen, dass sie keine gute Beziehung führten. Er war fremdgegangen. Sie auch, da war er sich sicher. Beide wollten voneinander los, auch zu Vilmas und Elins Bestem. Tatsächlich verstanden sie sich jetzt besser als während ihrer Ehe.

«Okay. Grüß Mama von mir und amüsier dich gut.»

«Mache ich. Sie lässt auch grüßen. Wir sehen uns, wenn du wieder da bist.»

«Ja. Ich vermisse dich.»

«Ich dich auch. Tschüss.»

Torkel beendete das Gespräch und wandte sich wieder Hanser zu.

«Das war meine Tochter.»

«Das habe ich mir gedacht.»

Torkel steckte das Handy zurück in seine Innentasche.

«Und du hast einen Sohn, oder? Wie alt ist der jetzt?»

Hanser zauderte. Obwohl sie diese Situation in den letzten sechs Jahren schon so häufig erlebt hatte, zögerte sie mittlerweile immer mehr, über ihren Sohn zu sprechen. Anfangs hatte sie ehrlich geantwortet, wie es war, aber die Leute waren jedes Mal so offensichtlich peinlich berührt gewesen, und nach einem qualvollen Schweigen oder krampfhaften Versuchen, das Gespräch am Leben zu halten, hatten sie schnell einen Anlass gefunden, sich zu verabschieden. Also beantwortete sie die Frage, ob sie Kinder hatte, jetzt meistens einfach mit Nein. Das war am unkompliziertesten, und noch dazu stimmte es. Sie hatte keine. Nicht mehr. Torkel wusste allerdings, dass sie Mutter gewesen war.

«Er ist tot. Niklas starb vor drei Jahren. Mit vierzehn.»

«O nein, das tut mir leid. Ich wusste ja nicht ... es tut mir so leid.»

«Nein, woher hättest du das auch wissen sollen?»

Hanser wusste aus Erfahrung, was Torkel jetzt dachte. Das, was sich alle fragten, wenn sie hörten, dass Niklas gestorben war. Vierzehnjährige fallen normalerweise nicht einfach tot um. Es musste etwas passiert sein. Aber was? Alle wollten erfahren, was geschehen war. Torkel stellte keine Ausnahme dar, dessen war Hanser sich sicher. Die Ausnahme war allerdings, dass er tatsächlich fragte.

«Wie starb er?»

«Er wollte eine Abkürzung nehmen. Über eine Lok. Er kam zu nah an die Oberleitung.»

«Ich kann nicht einmal ansatzweise ahnen, wie das für dich und deinen Mann gewesen sein muss. Wie habt ihr das durchgestanden?»

«Wir haben es nicht durchgestanden. Es heißt, dass achtzig Prozent der Paare, die ein Kind verlieren, sich scheiden lassen. Ich wünschte, ich könnte sagen, dass wir zu den anderen zwanzig Prozent gehören, aber leider ist es nicht so.» Hanser nahm einen weiteren Schluck Wein. Es war leicht gewesen, es Torkel zu erzählen. Leichter, als sie gedacht hatte.

«Ich war so wütend auf ihn. Auf Niklas. Er war vierzehn. Ich weiß nicht, wie oft wir schon von Jugendlichen gelesen hatten, die auf dem Dach eines Zuges verbrennen. Jedes Mal sagten wir, sie hätten es besser wissen müssen. Sie waren Teenager. Einige von ihnen fast erwachsen. Und Niklas stimmte uns zu. Er wusste, dass es gefährlich war. Lebensgefährlich. Und trotzdem ... Ich war so wütend auf ihn.»

«Das ist verständlich.»

«Ich fühlte mich wie die schlechteste Mutter der Welt. In jeglicher Hinsicht.»

«Auch das ist verständlich.»

Die Kellnerin kam mit einem Teller in jeder Hand zu ihrem Tisch. Das hätte ein Anlass sein können, sich schweigend der Mahlzeit zu widmen. Aber sie unterhielten sich beim Essen angeregt weiter, und nach einigen Minuten dachte Torkel, dass sie nach dem Essen bedeutend mehr voneinander wissen würden als vorher. Er lächelte in sich hinein. Es war schön, wenn so etwas passierte.

**H**araldsson saß in seinem grünen Toyota vor Axel Johanssons Haustür und fror, obwohl er lange Unterhosen und einen Fleecepullover unter der Daunenjacke trug. Er wärmte sich am Kaffeebecher. Tagsüber spürte man den ersten Anflug richtiger Frühjahrswärme, aber die Abende und Nächte waren noch immer kalt.

Haraldsson war der Meinung, in höchstem Maße daran beteiligt gewesen zu sein, dass Johansson heute zur Fahndung ausgeschrieben worden war. Mehr als beteiligt. Sein Einsatz war unmittelbar entscheidend gewesen. Es war seiner Tatkraft zu verdanken, dass sie den Absender der Mail gefunden hatten, welche die Reichsmordkommission zur Palmlövska-Schule führte und weiter zu dem gefeuerten Hausmeister. Torkel hatte ihm zwar zugenickt und leicht gelächelt, als er am Nachmittag an ihm vorbeiging, aber das war auch alles. Davon abgesehen hatte ihm niemand die Anerkennung zuteilwerden lassen, die ihm als demjenigen zustand, der mit der entscheidenden Information zum Durchbruch im Fall Roger beitrug. Haraldsson begriff, dass ihm nie jemand für seine Arbeit danken würde. Jedenfalls nicht Torkel und seine Kollegen. Wie würde das auch aussehen, wenn eines der lokalen Talente den Fall vor den Augen der Reichsmordkommission löste? Bevor er nach Hause gehumpelt war, hatte Haraldsson sich bei Hanser erkundigt, ob die Fahndung auch eine ständige Bewachung der Wohnung des Verdächtigen zur Folge hatte. Das war nicht der Fall. Der Fahndungsaufruf war in der ersten Phase nur intern rausgegangen, damit die Beamten bei ihren normalen Streifen und Einsätzen besonders wachsam waren. Außerdem hatte man Nachbarn, Freunde und Verwandte kontaktiert und ihnen mitgeteilt, dass man nach Axel suchte – um mit ihm zu sprechen. Man hatte peinlich genau darauf geachtet zu unterstreichen, dass derzeit keinerlei Verdacht gegen ihn bestand. Wie man weiter vorgehen und ob man die Wohnung bewachen sollte, würde die Reichsmordkommission in der nächsten Zeit entscheiden.

Haraldsson hingegen traf seine Entscheidung sofort. Dieser Mann versteckte sich doch ganz offensichtlich. Ein Unschuldiger würde sich nicht verstecken, und was Haraldsson in seiner Freizeit tat und wie er die Nacht verbrachte, war ja wohl seine Sache. Also saß er hier in seinem Toyota und fror.

Er spielte mit dem Gedanken, das Auto zu starten und eine Runde zu fahren, um zu heizen, aber dann bestand nun mal das Risiko, Axel Johansson zu verpassen, wenn er nach Hause käme. Und den Motor für einige Minuten einfach so laufen zu lassen, daran war nicht zu denken. Teils, weil der Verdächtige darauf aufmerksam werden könnte, dass so spät am Abend ein Auto vor seiner Tür stand und tuckerte. Teils, weil es innerhalb der Stadt verboten war, den Motor länger als eine Minute im Stand laufen zu lassen. Das war zwar nur eine kleine Ordnungswidrigkeit, aber dennoch. Gesetze und Regeln waren da, um befolgt zu werden. Und betrachtete man das Ganze erst unter dem Aspekt des Umweltschutzes, war es völlig verwerflich. Um sich aufzuwärmen, goss Haraldsson noch mehr Kaffee in die Tasse und umklammerte sie. Er hätte Handschuhe mitnehmen sollen. Er wärmte die Hände auch mit seinem Atem und betrachtete die Kompresse auf seinem Handrücken. Jenny hatte sich von hinten angeschlichen, als er gerade den Kaffee in die Thermoskanne gegossen hatte, und er hatte vor Schreck einen Satz gemacht, als sie ihre Hände auf seinen Bauch gelegt und sie schnell nach unten hatte wandern lassen. Im Bad hatte er die kleine Brandwunde mit Xylocainsalbe und einer Kompresse behandelt. Jenny hatte ihm Gesellschaft geleistet, und als er die leere Kompressenpackung im rostfreien Mülleimer im Badezimmer entsorgt hatte, schmiegte sie sich erneut von hinten an ihn und erkundigte sich, ob er es sehr eilig hätte.

Sie trieben es in der Dusche. Anschließend musste er die durchweichte Kompresse wechseln und die Wunde neu einreiben. Trotz Duschsex hatte Jenny enttäuscht ausgesehen, als er ging, und ihn gefragt, wann er wiederkäme. Ob er vielleicht für eine halbe Stunde nach Hause käme, bevor er morgen wieder zur Arbeit führe. Hoffnungsvoll. Haraldsson zweifelte daran. Er hatte vor, direkt zum Präsidium zu fahren. Sie würden sich ganz einfach morgen Abend wiedersehen. Küsschen und Tschüss.

Er dachte darüber nach, als er einen Schluck des abkühlenden Kaffees trank. Jenny war sauer gewesen, als er ging. Er wusste es. Und jetzt saß er hier und war sauer, weil sie sauer war. Er wollte wirklich ... falsch. Er *musste* den Mord an Roger Eriksson aufklären, aber es schien, als könne sie überhaupt nicht verstehen, wie wichtig das für ihn war. Ihr Wunsch, schwanger zu werden, überschattete alles andere in ihrem Leben. Bis zu einem gewissen Grad konnte Haraldsson sie verstehen. Er wünschte sich auch Kinder. Er sehnte sich danach, Vater zu werden, und machte sich Sorgen, weil es so schwierig war. Aber bei Jenny grenzte es an Besessenheit. Momentan bestand ihre Beziehung nur aus Sex. Er versuchte sie zu überreden, einmal auszugehen, ins

Kino, vielleicht ins Restaurant, aber sie war der Meinung, sie könnten genauso gut DVDs gucken und zu Hause essen, weil sie dort auch Sex haben konnten. Wenn sie ein seltenes Mal Freunde besuchten, gingen sie immer früh, und keiner von ihnen trank je etwas. Gäste einzuladen – daran war überhaupt nicht zu denken. Am Ende würde der Besuch nie wieder gehen, und Jenny und er kämen nicht zur Sache. Haraldsson versuchte mit ihr über seine Arbeit zu sprechen, über die Probleme, die er hatte, erst mit Hanser, jetzt mit der Reichsmordkommission, aber er hatte zunehmend den Eindruck, dass sie nicht zuhörte. Sie nickte, brummte zustimmend und antwortete immer häufiger mit seinen eigenen Worten. Woraufhin sie wieder Sex haben wollte. Bei den wenigen männlichen Kollegen, die jemals über ihre Beziehungen oder Ehen sprachen, war es immer umgekehrt. Da war das Problem zu wenig Sex, zu selten, zu langweilig.

Haraldsson hatte es nicht gewagt, ihnen die Situation bei sich zu Hause zu schildern. Aber er musste immer häufiger darüber nachgrübeln. Was, wenn Jenny auch während der Schwangerschaft so hysterisch wäre? Würde er dann zwangsläufig zu denjenigen gehören, die jeden Warnhinweis über jedes Lebensmittel lasen und mitten in der Nacht zig Kilometer entfernt nach geöffneten Tankstellen suchten, um eingelegte Gurken und Lakritze zu beschaffen? Haraldsson schüttelte den Gedanken ab. Er musste seine Arbeit erledigen. Deshalb war er hier. Denn er befand sich doch nicht etwa auf der Flucht vor seiner Frau?

Haraldsson beschloss, sich ein bisschen zu bewegen, um wieder warm zu werden. Er konnte ja so laufen, dass er Axel Johanssons Tür die ganze Zeit im Blick hatte.

Vanja saß über ihren Schreibtisch gebeugt und blickte aus dem Fenster. Die Sicht wurde größtenteils vom Haus gegenüber verdeckt, einem modernen Glasklotz. Aber immerhin sah sie den Abendhimmel und einen Schimmer der Bäume, die sich bis zum Mälarensee erstreckten. Vor ihr lagen einige Notizblöcke, lose Blätter und schwarze Taschenkalender. Die Sachen stammten von Rogers Schreibtisch und waren ein Teil dessen, was Ursula aus seinem Zimmer geschafft hatte. Eine Stunde zuvor hatten Vanja und Billy einen Hirtensalat bei dem Griechen gegessen, den ihnen das Mädchen von der Rezeption empfohlen hatte. Das Essen war mehr als akzeptabel gewesen, und beide wussten, dass sie garantiert wiederkommen würden. In einer mittelgroßen schwedischen Stadt sollte man keine kulinarischen Risiken eingehen. Wenn sie einmal ein gutes Lokal gefunden hatten, wurden sie dort schnell Stammgäste. Zurück im Hotel war Vanja direkt auf ihr Zimmer gegangen, um ihren Vater anzurufen. Valdemar klang müde, aber glücklich, der ganze Tag war wie eine emotionale Achterbahnfahrt für ihn gewesen, und die Behandlung machte ihn schläfrig. Für Vanja war es dennoch ein wunderbares Gespräch. Zum ersten Mal seit langem hatte sie nach dem Auflegen nicht das Gefühl, ihn möglicherweise zu verlieren. Sie war überglücklich und aufgekratzt und hatte entschieden, dass sie ihre Energie genauso gut sinnvoll nutzen konnte. Sie ging zurück zum Polizeipräsidium. Eigentlich arbeitete sie immer so viel sie konnte, wenn sie in einer fremden Stadt ermittelten. Diesmal schien der Gedanke an eine zusätzliche Abendschicht aber noch verlockender als sonst. Ursula hatte gegen sechs das Büro verlassen. Etwas merkwürdig, hatten sowohl Vanja als auch Billy gedacht. Normalerweise arbeitete Ursula lange, und sie hatten beide spekuliert, ob Torkel der eigentliche Grund war. So diskret sie sich auch verhielten – Billy und Vanja hegten schon lange den Verdacht, dass die beiden mehr als Kollegen waren.

Vanja begann mit den losen Blättern. Überwiegend alte Klassenarbeiten, Lerntests und ein paar Aufzeichnungen aus dem Unterricht. Vanja katalogisierte sie: Arbeiten auf einen Stapel, Aufzeichnungen auf einen zweiten, Diverses auf einen dritten. Sie bildete zuerst drei Grundstapel, die sie anschließend durchging und dann nach Datum und Thema sortierte. Am Ende lagen insgesamt zwölf Stapel vor ihr, die sie aufmerksamer durchsah. Die Methode, das Material etappenweise zu katalogisieren, hatte sie von Ursula gelernt. Der große Vorteil daran war, dass man sich schnell einen Überblick über das Vorhandene verschaffte und dieselben Dokumente mehrmals und mit zunehmender Konzentration durchsah. Auf diese Weise entdeckte man leichter außergewöhnliche Muster oder Begebenheiten und erhöhte die Treffsicherheit. Systeme entwickeln – das konnte Ursula gut. Vanja musste plötzlich daran denken, was Sebastian über die Hierarchie der Gruppe gesagt hatte. Er hatte recht. Ursula und sie hatten eine stumme Übereinkunft, nicht im Spezialgebiet der anderen herumzutrampeln. Dabei ging es nicht nur um Respekt, sondern auch um die beiderseitige Einsicht, dass sie ansonsten schnell in einen Wettstreit gerieten und so die Position der anderen in Frage stellen würden. Denn eigentlich konkurrierten sie schon darum, auf welcher Stufe des Entscheidungsfindungsprozesses sie standen. Um Resultate. Darum, die Beste zu sein.

Vanja widmete sich dem übrigen Material. Die losen Papiere hatten nichts ergeben, außer, dass Rogers Mathekenntnisse schlechter gewesen waren als sein Schwedisch und sein Englisch ausbaufähig. Sie betrachtete die schwarzen Taschenkalender. Sie sahen ziemlich unbenutzt aus und gingen von 2007 bis heute. Sie nahm sich den aktuellsten Kalender vor und begann mit dem Januar. Roger hatte nicht viel hineingeschrieben, es wirkte eher so, als hätte er den Kalender zu Weihnachten bekommen und dann allmählich damit aufgehört, ihn zu benutzen. Einige Geburtstage waren darin notiert, Hausaufgaben und Klassenarbeiten, aber je weiter das Jahr fortschritt, desto weniger Notizen gab es.

Die Abkürzung PW tauchte zum ersten Mal Anfang Februar auf, dann wieder Ende Februar und in der ersten Märzwoche, um sich dann jeden zweiten Mittwoch um 10 Uhr zu wiederholen. Sie fiel Vanja sofort auf – es schien die einzige wiederkehrende Notiz zu sein. Sie blätterte bis zu jenem schicksalsschweren Freitag im April vor. Jeden zweiten Mittwoch stand dort PW. Immer um zehn. Wer oder was war PW? Da die Termine innerhalb der Schulzeit lagen, mussten sie wohl etwas mit der Schule zu tun haben. Sie blätterte über den Freitag hinaus und sah, dass Roger nach seinem Tod einen Termin mit PW verpasst hatte. Vanja schnappte sich den Kalender des letzten Jahres, um zu prüfen, ob PW auch hier auftauchte. So war es. Zum ersten Mal Ende Oktober, dann jeden zweiten Dienstag um 15 Uhr, regelmäßig bis Ende November.

Rogers Freundeskreis war ansonsten sehr begrenzt und hatte bisher nur wenig zu den Ermittlungen beigetragen. Hier gab es immerhin eine Person, die er regelmäßig getroffen hatte; falls es wirklich eine Person war und keine Aktivität. Sie sah auf die Uhr, es war erst Viertel vor neun. Auf keinen Fall zu spät, um anzurufen. Zuerst versuchte sie es bei Rogers Mutter Lena. Sie ging nicht ran. Damit hatte Vanja auch nicht gerechnet. Als sie mit Sebastian dort war, hatte das Telefon mehrmals geklingelt, und Lena hatte keinerlei Anstalten gemacht, aufzustehen.

Sie beschloss, stattdessen Beatrice Strand anzurufen. Als Klassenlehrerin musste sie am besten wissen, was Roger jeden zweiten Mittwoch um zehn gemacht hatte.

«Da hatte er eine Freistunde.» Beatrice klang etwas müde, schien aber gewillt, zu helfen.

«Und wissen Sie, was er in dieser Zeit tat?»

«Leider nein, die nächste Stunde begann um Viertel nach elf, und er war immer pünktlich.» Vanja nickte und nahm den Kalender des letzten Jahres in die Hand.

«Und letzten Herbst? Dienstags um 15 Uhr?»

Einen Moment lang war es still.

«Ich glaube, da war der Unterricht schon beendet. Ja, so war es, dienstags hörten wir immer schon um Viertel vor drei auf.»

«Wissen Sie, was die Abkürzung PW bedeuten könnte?»

«PW? Nein. Nicht aus dem Stegreif.»

Vanja nickte. Es wurde immer besser. Roger hatte seine Treffen mit PW jedenfalls vor Beatrice verheimlicht. Das war sicherlich wichtig. Sie war ja nicht nur seine Lehrerin gewesen, sondern sie hatten sich auch außerhalb der Schule gekannt.

«Hat er mittwochs einen PW getroffen?», fragte Beatrice nach einer Weile. Offenbar hatte sie weiter über die Abkürzung nachgedacht.

«Ja, genau.»

«Das könnte Peter Westin sein.»

«Wer ist das?»

«Ein Psychologe, der mit unserer Schule zusammenarbeitet. Ich weiß, dass Roger ein paarmal bei ihm gewesen ist, als er neu an der Palmlövska war. Ich habe ihm sogar selbst geraten, Peter aufzusuchen. Aber ich wusste nicht, dass er immer noch zu ihm ging.»

Vanja notierte sich Peter Westins Kontaktdaten, die Beatrice ihr durchgab, und dankte ihr für die Hilfe. Dann rief sie ihn an. Niemand ging ans Telefon, aber der Anrufbeantworter teilte ihr mit, dass die Praxis um 9 Uhr öffnete, und ein kurzer Blick auf den Stadtplan verriet ihr, dass sie nur zehn Minuten von der Schule entfernt lag. Roger hatte in seiner Freistunde unbemerkt dort hingehen können, und wenn es etwas gab, das man auf jeden Fall mit einem Psychologen besprach, dann waren es Geheimnisse. Etwas, worüber man mit niemandem sonst sprechen wollte.

Ihr Handy piepste. Eine SMS.

*Habe Axel Johanssons Ex ausfindig gemacht. Willst du mitkommen und mit ihr sprechen?/Billy*

Eine schnelle Antwort.

*YES.*

Diesmal fügte sie einen Smiley ein.


Axel Johanssons Exfreundin Linda Beckman war gerade auf der Arbeit gewesen, als Billy sie anrief. Sie hatte mehrmals darauf hingewiesen, dass sie nicht mehr mit Axel zusammen sei und nicht wisse, wo er sich derzeit aufhielt oder was er gerade trieb. Es hatte Billy viel Überzeugungskraft gekostet, sie zu einem Treffen zu überreden. Als sie sich am Ende darauf einließ, konnte sie unter keinen Umständen aufs Polizeipräsidium kommen. Wenn sie heute Abend mit ihr sprechen wollten, müssten sie sie auf der Arbeit besuchen, dann würde sie eine kurze Pause einlegen. Also saßen Vanja und Billy jetzt am Tisch einer Pizzeria am Stortorget. Sie bestellten sich jeder eine Tasse Kaffee.

Linda kam und setzte sich ihnen gegenüber. Sie war eine blonde, ziemlich durchschnittliche Frau um die dreißig. Ihre Haare waren schulterlang, mit einem Pony, der direkt über ihren blaugrauen Augen endete. Sie trug einen schwarz-weiß gestreiften, engen Strickpullover, der ihrer Figur nicht gerade schmeichelte, und einen kurzen, schwarzen Rock. Um ihren Hals baumelte ein Goldherz an einer dünnen Kette.

«Ich habe eine Viertelstunde.»

«Dann versuchen wir, das Ganze in einer Viertelstunde abzuhandeln», sagte Billy und griff nach dem Zucker. Er nahm immer Zucker in den Kaffee. Und nicht gerade wenig.

«Wie ich schon am Telefon sagte, würden wir gern ein bisschen mehr über Axel Johansson erfahren.»

«Aber Sie haben nicht gesagt, warum.»

Vanja ergriff das Wort. Sie hatte nicht vor zu erzählen, was sie über Axels Nebeneinkünfte wussten, bevor sie ein Gefühl für Lindas Einstellung zu ihrem Ex bekommen hatten. Daher begann Vanja lieber vorsichtig.

«Wissen Sie, warum man ihn gefeuert hat?»

Linda lächelte die Polizisten an. Sie hatte genau erfasst, worum es ging.

«Ja, wegen des Alkohols.»

«Alkohol?»

«Er hat ihn an die Jugendlichen weiterverkauft. Dieser Idiot!»

Vanja sah Linda an und nickte. Axel schien in ihr keine Verbündete zu haben.

«Richtig.»

Linda schüttelte resigniert den Kopf, als wolle sie ihre negative Einstellung zu Axels Geschäften noch verdeutlichen.

«Ich habe ihm ja gesagt, dass es dumm ist. Aber glauben Sie, er hätte auf mich gehört? Und dann wurde er gefeuert, genau, wie ich es vorausgesagt habe. Dieser Volltrottel.»

«Hat er jemals von einem Roger Eriksson erzählt?», fragte Vanja hoffnungsvoll.

«Roger Eriksson?» Linda schien nachzudenken, aber ihre Mimik ließ keine Rückschlüsse zu, ob sie ihn kannte.

«Ein sechzehnjähriger Junge», ergänzte Billy und schob ihr das Foto von Roger über den Tisch zu.

Linda nahm das Bild und betrachtete es. Jetzt erkannte sie ihn wieder.

«Der tote Junge?»

Vanja nickte.

Linda sah sie an.

«Ja, ich glaube, er war mal da.»

«Wissen Sie, warum die beiden sich trafen? Kaufte er Alkohol von Axel?»

«Nein, das glaube ich nicht. Er war eher zum Reden da. Soweit ich weiß, hatte er nichts dabei, als er ging.»

«Und wann war das?»

«Vor zwei Monaten vielleicht, ich bin kurz danach ausgezogen.»

«Haben Sie Roger mehr als einmal gesehen? Denken Sie nach, es ist wichtig.»

Linda schwieg eine Zeitlang. Dann schüttelte sie den Kopf. Vanja wechselte das Thema.

«Wie hat Axel Ihren Auszug verkraftet?»

Linda schüttelte erneut den Kopf. Das schien ihre normale körperliche Reaktion zu sein, wenn sie an Axel dachte.

«Das war ein Aha-Erlebnis für mich. Er wurde weder wütend noch traurig noch irgendwas. Er tat nichts, um mich zum Bleiben zu bewegen. Er machte einfach nur weiter. Als würde es keine Rolle spielen, ob ich da bin oder nicht. Es war einfach unglaublich.»

Als sich Vanja und Billy zwanzig Minuten später bei Linda Beckman bedankten und zum Polizeipräsidium zurückgingen, hatte das Bild von Axel Johansson nicht nur Konturen angenommen, nein, es stimmte bis ins letzte Detail.

Zu Beginn war Axel der perfekte Gentleman gewesen. Aufmerksam, großzügig, witzig. Schon nach wenigen Wochen war Linda bei ihm eingezogen. Da war es noch immer schön mit ihm, zumindest anfangs. Dann waren nach und nach Dinge vorgefallen. Zunächst nichts Ernstes. Ein bisschen weniger Geld im Portemonnaie, als sie gedacht hatte, solche Dinge. Dann verschwand ein Schmuckstück, das sie von ihrer Oma geerbt hatte, und sie hatte allmählich eingesehen, dass ihre Beziehung für Axel vor allem eine Möglichkeit darstellte, um sich zu bereichern. Linda hatte ihn zur Rede gestellt, und er hatte Reue gezeigt. Angeblich hatte er Spielschulden und gefürchtet, dass sie ihn verlassen würde, wenn er es ihr gestand. Deshalb tat er alles, um die Schulden zu begleichen. Einzig und allein für einen Neuanfang mit Linda. Keine Altlasten im Gepäck. Sie hatte seine Erklärung geschluckt. Doch schon bald gab es neue Rückfälle, bei denen Geld verschwand. Und als sie einen versteckten Mietnachweis fand und entdeckte, dass sie in Wirklichkeit die volle Miete zahlte und nicht die Hälfte, wie sie immer geglaubt hatte, brachte dies das Fass zum Überlaufen. Dann verpasste Linda dem Bild von Axel noch einen farbigen Anstrich: Das Sexleben war mies gewesen. Er hatte nur selten Interesse, und wenn es doch mal dazu kam, war er dominant. An der Grenze zum Gewalttätigen. Er wollte sie immer nur von hinten nehmen, wobei er ihr Gesicht in die Kissen drückte. Too much information, dachte Vanja, nickte Linda jedoch aufmunternd zu. Axel war immer zu merkwürdigen Zeiten unterwegs, manchmal nächtelang, und kam erst frühmorgens oder sogar erst am späten Vormittag zurück. Die Zeit, die er nicht in der Schule arbeitete, verbrachte er damit, unterschiedliche Methoden zu erkunden, um Geld zu scheffeln. Axels Welt drehte sich ausschließlich darum, das System zu hintergehen.

*Nur Idioten machen, was die da oben sagen,* war sein Motto. Er hatte sich nur an der Palmlövska beworben, weil die Schüler dort reiche Eltern hatten und strenger erzogen wurden, Axels Meinung nach also weniger Probleme hatten. Denn diese Familien neigten tendenziell dazu, Probleme im Stillen zu lösen. Genau wie der Rektor es am Ende getan hatte.

*Verkauf immer denen was, die am meisten bezahlen können und am meisten verlieren würden, wenn man sie entdeckt.* Das hatte er gesagt. Aber Linda bekam nie Geld zu sehen. Das war von allen Dingen am schwierigsten zu begreifen. Trotz all seiner «Geschäfte» war Axel permanent blank. Wohin das ganze Geld verschwand, stellte ein großes Rätsel für sie dar. Er schien nur wenige Freunde zu haben, und über diese wenigen fluchte er immer, weil sie ihm kein Geld leihen wollten. Und wenn sie es doch einmal taten, fluchte er darüber, dass sie es zurückhaben wollten. Er war immer unzufrieden, mit allem und jedem.

Die wichtigste Frage für Vanja und Billy war, was Roger mit Axel zu tun hatte. Roger war bei ihm zu Hause gewesen, das wussten sie jetzt. Hatte es einen Vorfall gegeben, weswegen Roger einige Wochen später für Axels Rausschmiss gesorgt hatte? Das wäre auf jeden Fall ein denkbares Szenario. Als sich Vanja und Billy an diesem Abend trennten, waren sie ziemlich zufrieden mit der Arbeit des Tages. Axel Johansson war interessanter geworden. Und morgen würden sie einem Psychologen mit den Initialen PW einen Besuch abstatten.

Torkel nickte der Frau an der Rezeption zu und ging zum Aufzug. Als er die Schlüsselkarte in das Lesegerät im Lift steckte, zögerte er kurz, bevor er den Knopf mit der Vier drückte. Er hatte das Zimmer 302, Ursula wohnte im vierten Stock. Aus den Lautsprechern drangen die Rolling Stones. Sie waren das Härteste gewesen, was er in seiner Jugend gehört hatte, erinnerte sich Torkel. Und heutzutage war das Fahrstuhlmusik. Die Türen glitten auf, und Torkel blieb stehen. Sollte er es versuchen? Er wusste ja nicht, ob sie immer noch böse auf ihn war, er vermutete es nur. An ihrer Stelle wäre er immer noch wütend. Aber er konnte es ebenso gut direkt herausfinden. Torkel ging den Flur entlang bis zu Raum 410 und klopfte. Es dauerte einige Sekunden, bis Ursula öffnete. Ihr vollkommen neutraler Gesichtsausdruck bot Torkel einen beredten Anhaltspunkt dafür, was sie von seinem Besuch hielt.

«Es tut mir leid, dass ich dich störe.»

Torkel tat sein Bestes, sich seine Nervosität nicht anhören zu lassen. Jetzt, wo er vor ihr stand, wurde ihm bewusst, dass er sich auf keinen Fall mit ihr zerstreiten wollte.

«Ich wollte nur mal sehen, wie es um uns bestellt ist.»

«Was glaubst du denn, wie es um uns bestellt ist?»

Wie er befürchtet hatte. Sie war noch immer wütend, verständlicherweise. Aber es war Torkel noch nie schwergefallen, um Verzeihung zu bitten, wenn er einen Fehler gemacht hatte.

«Entschuldige bitte, ich hätte dir erzählen sollen, dass ich vorhatte, Sebastian einzustellen.»

«Nein! Du hättest ihn gar nicht erst einstellen dürfen!»

Für einen kurzen Moment verspürte Torkel eine leichte Irritation. Jetzt war sie starrköpfig. Er bat um Verzeihung. Er erkannte an, dass er die Situation unglücklich gelöst hatte, aber er war immerhin der Chef. Er war gezwungen, Entscheidungen zu treffen und die Mitarbeiter hinzuzuziehen, die seiner Meinung nach am besten für die Ermittlung waren. Auch wenn sie nicht bei allen beliebt waren. Dazu musste man sich professionell verhalten. Torkel entschied jedoch schnell, keinen dieser Gedanken auszusprechen. Einerseits wollte er es sich nicht noch mehr mit Ursula verderben, andererseits war er noch immer nicht hundertprozentig davon überzeugt, dass Sebastians Anwesenheit wirklich das Beste für die Ermittlungen war. Torkel spürte, dass er sein Verhalten nicht nur vor Ursula erklären, sondern auch vor sich selbst rechtfertigen musste. Warum hatte er an jenem Vormittag im Frühstückssaal nicht einfach «nein danke» und «auf Wiedersehen» zu Sebastian gesagt? Er sah Ursula beinahe flehend an.

«Du, ich muss wirklich mit dir sprechen. Darf ich reinkommen?»

«Nein.»

Ursula öffnete die Tür keinen Spaltbreit weiter. Im Gegenteil. Sie schob sie ein Stück zu, als erwarte sie, dass er gleich versuchen würde, einen Fuß in die Ritze zu stellen. Aus dem Zimmer drangen drei kurze, drei lange und wieder drei kurze Signale. SOS. Ursulas Klingelton.

«Das ist Mikael. Er wollte anrufen.»

«Okay.»

Torkel sah ein, dass das Gespräch beendet war.

«Schöne Grüße.»

«Die kannst du ihm persönlich überbringen, er kommt nämlich morgen her.»

Ursula schloss die Tür. Torkel blieb noch einige Sekunden stehen und ließ die Information sacken. Ein Besuch Mikaels bei einer auswärtigen Ermittlung, das hatte es schon ewig nicht mehr gegeben seit ... Noch nie gegeben, so weit Torkel zurückdenken konnte. Er hatte nicht einmal Lust, sich auszumalen, was das bedeutete. Mit schweren Schritten ging er in Richtung der Treppe, die zu seinem eigenen Zimmer führte. Sein Leben schien bedeutend komplizierter als noch vor vierundzwanzig Stunden.

Aber was hatte er auch anderes erwartet?

Er hatte Sebastian Bergman eingestellt.

Sebastian erwachte auf dem Sofa. Er lag auf dem Rücken und musste eingedöst sein. Der Fernseher lief auf niedriger Lautstärke, gerade kamen die Nachrichten. Seine rechte Hand war so stark geballt, dass es bis weit in den Unterarm hinauf schmerzte. Vorsichtig versuchte er, die Finger aus dem verkrampften Zustand zu lösen. Er schloss die Augen wieder. Es hatte zu stürmen begonnen. Die Böen drückten von außen gegen das Haus, sie donnerten durch den Schornstein bis in den offenen Kamin, doch in seinem halbwachen Zustand verschmolz das Geräusch mit dem Traum, aus dem er gerade erwacht war. Der Donner, die Kraft, diese übermenschliche Stärke in einer Wand aus Wasser.

Er hielt sie. Hielt sie fest. Zwischen all den Schreien, zwischen allen, die schrien. Der aufgewirbelte Sand. Die Kraft. Es war das Einzige, was er inmitten dieses Wahnsinns wusste: dass er sie festhielt. Er konnte sogar ihre beiden Hände sehen. Natürlich war es eigentlich unmöglich, aber doch, er sah ihre Hände wirklich, konnte sie noch immer sehen. Ihre kleine Hand mit dem Ring. Von seiner rechten Hand umschlossen. Er hielt sie fester, als er sie jemals gehalten hatte. Es blieb keine Zeit nachzudenken, über nichts, aber dennoch wusste er, was er dachte. Ein Gedanke, der wichtiger war als alle anderen: Er durfte nie, nie loslassen. Es war das Einzige, was er dachte: Nicht loslassen, niemals. Aber er tat es. Sie entglitt ihm.

Plötzlich war sie nicht mehr da. Etwas musste ihn in den Wassermassen getroffen haben. Ihn getroffen? Oder war ihr kleiner Körper an etwas hängen geblieben? Oder seiner? Er wusste es nicht. Als er grün und blau zerschlagen und schockiert zu sich kam, mehrere hundert Meter von dem entfernt, was einmal der Strand gewesen war, wusste er nur, dass sie nicht mehr da war. Sie war auch nicht in der Nähe. Nirgendwo. Seine rechte Hand war leer. Sabine war weg.

Er hatte sie nie gefunden.

Lily hatte sie am Morgen allein zurückgelassen, um am Strand zu joggen. Wie sie es jeden Morgen tat. Und ihn damit langweilte. Ihre Predigten über den positiven Effekt der Bewegung. Wie sie ihren Finger in das weiche Etwas stieß, das einmal seine Taille gewesen war. Er hatte ihr versprochen, auch laufen zu gehen. Irgendwann einmal, in den Ferien, das hatte er versprochen. Aber nicht wann. An diesem zweiten Urlaubstag jedenfalls nicht. Den wollte er gemeinsam mit seiner Tochter verbringen. Lily war spät dran. Meistens lief sie, bevor es zu warm wurde, aber jetzt hatten sie in dem breiten Doppelbett zusammen gefrühstückt und waren liegen geblieben und hatten Unfug gemacht. Die ganze Familie. Zuletzt war Lily doch aufgestanden, hatte ihn geküsst, Sabine einen letzten Schmatzer verpasst und fröhlich winkend das Hotelzimmer verlassen. Sie werde heute nicht so lange laufen, hatte sie gesagt. Es sei zu warm jetzt, sie sei in einer halben Stunde zurück.

Auch sie fand er nie.

Sebastian stand vom Sofa auf. Ihn fröstelte. Es war kühl in diesem stillen Raum. Wie viel Uhr war es eigentlich? Kurz nach zehn. Er räumte das Geschirr vom Couchtisch und ging in die Küche. Als er nach Hause gekommen war, hatte er sich in der Mikrowelle ein rustikales Tiefkühlgericht der Marke «Landgasthof» aufgewärmt und sich mit seinem Teller und einem Leichtbier vor den Fernseher gesetzt. Schon beim ersten Bissen hatte er gedacht, dass ein Landgasthof, der solche Gerichte servierte, wahrscheinlich umgehend wieder dichtmachen müsste. Geschmacksarm war gar kein Ausdruck. Aber das Abendessen passte ausgezeichnet zum Fernsehprogramm. Verwässert, phantasielos und ohne den geringsten Biss. In jedem zweiten Sender blickte irgendein junger Moderator in die Kamera, um ihn, den Zuschauer, dazu zu bringen, anzurufen und seine Stimme für irgendwas abzugeben. Sebastian hatte die halbe Portion gegessen, sich zurückgelehnt und war dann offenbar eingeschlafen. Und er hatte geträumt.

Jetzt stand er in der Küche und wusste nicht, was er tun sollte. Er stellte den Teller und die Flasche neben die Spüle. Blieb stehen. Er war unvorbereitet gewesen. Normalerweise erlaubte er es sich nicht, einfach einzuschlafen. Niemals ein Nickerchen nach dem Essen oder ein Wegdösen bei einer Zug- oder Flugreise. Denn in der Regel zerstörte es das, was vom Rest des Tages noch übrig war. Aber aus irgendeinem Grund hatte er sich heute entspannt. Dieser Tag war anders gewesen. Er hatte gearbeitet. Er war ein Teil des Ganzen gewesen, das war ihm seit 2004 nicht mehr passiert. Er wollte nicht so weit gehen zu sagen, dass es ein guter Tag gewesen war, aber er war immerhin anders gewesen. Anscheinend hatte er geglaubt, dass der Traum sich daher heute nicht an ihn heranschleichen würde. Er hatte so falschgelegen. Und jetzt stand er hier. In der Küche der Eltern.

Rastlos und gereizt.

Unbewusst öffnete und schloss er die rechte Hand. Wenn er nicht den Rest der Nacht wach liegen wollte, gab es nur eins.

Erst würde er duschen.

Dann brauchte er Sex.


Das Haus sah wirklich schlimm aus. Überall Bügelwäsche, Schmutzwäsche, Staub und Abwasch. Die Bettbezüge mussten gewechselt und die Kleider gelüftet werden. Tagsüber machte die Frühlingssonne schmerzhaft bewusst, dass die Fenster geradezu nach einer Reinigung schrien. Beatrice wusste nicht einmal, wo sie anfangen sollte, also tat sie stattdessen gar nichts, genauso wie immer in der letzten Zeit, an jedem Abend und jedem Wochenende. Sie wagte nicht einmal daran zu denken, wie lange «in der letzten Zeit» gewesen war. Ein Jahr? Zwei? Sie wusste es nicht. Sie wusste nur, dass sie keine Lust hatte. Zu nichts hatte sie Lust. Sie verwendete all ihre Energie darauf, das Bild der beliebten, erfolgreichen Pädagogin und Arbeitskollegin in der Schule zu wahren. Die Fassade aufrechtzuerhalten, damit niemand merkte, wie müde sie war. Wie einsam und unglücklich.

Jetzt schob sie einen Haufen sauberer Unterwäsche beiseite, der nicht einsortiert worden war, und setzte sich mit ihrem zweiten Glas Wein an diesem Abend aufs Sofa. Wenn jemand durchs Fenster sehen würde – und die Unordnung im Zimmer ignorierte –, hätte er leicht das Bild einer Geschäftsfrau, Ehegattin und Mutter haben können, die nach einem anstrengenden Tag auf dem Sofa entspannte. Die Füße hochgezogen, ein Glas Wein auf dem Tisch, ein gutes Buch und sanfte Hintergrundmusik. Fehlte nur noch ein knisterndes, offenes Feuer. Eine reife Frau, die das Alleinsein und etwas Zeit für sich genoss. Doch nichts traf weniger zu. Beatrice war einsam, das war ihr Problem. Auch wenn Ulf und Johan zu Hause waren, war sie einsam. Johan war sechzehn Jahre alt, mitten im Prozess der Befreiung und des Sichloslösens, dabei ein Papasöhnchen. So war es immer gewesen. Und als Johan auf dem Palmlövska-Gymnasium angefangen hatte, hatte es sich noch verschlimmert. In gewisser Weise konnte Beatrice ihn verstehen, es war sicherlich nicht besonders lustig, immer seine eigene Mutter als Klassenlehrerin zu haben. Aber sie fühlte sich dennoch ausgeschlossener, als sie es ihrer Meinung nach verdient hätte. Sie hatte darüber mit Ulf gesprochen, oder es zumindest versucht. Natürlich ergebnislos. Ulf. Ihr Mann, der morgens ging und abends zurückkehrte. Ihr Mann, mit dem sie aß, Fernsehen guckte und in einem Bett schlief. Der Mann, mit dem sie gemeinsam einsam war. Er war im Haus, aber nie war er bei ihr. War es seit seiner Rückkehr nicht gewesen. Und früher auch nicht.

Es klingelte. Beatrice warf einen Blick zur Tür. Wer konnte das sein? Um diese Zeit? Sie ging in den Flur, schob automatisch ein paar Turnschuhe beiseite und öffnete die Tür. Es dauerte einige Sekunden, bis sie das flüchtig bekannte Gesicht einordnen konnte. Der Polizist, der in der Schule gewesen war. Sebastian Soundso.

«Hallo, entschuldigen Sie bitte die späte Störung, aber ich war gerade in der Nähe.»

Beatrice nickte und warf aus reinem Reflex einen Blick an ihrem Gast vorbei. Kein Auto zu sehen, weder in der Auffahrt noch auf der Straße. Sebastian begriff es im selben Moment, als sie ihn wieder ansah.

«Ich war gerade spazieren und dachte, dass Sie vielleicht jemandem zum Reden brauchen.»

«Warum sollte ich?»

Jetzt kam es darauf an. Sebastian hatte auf dem Weg dorthin seine Strategie ausgeklügelt. Ausgehend davon, was er von ihr und ihrem Mann zu wissen glaubte. Beide hatten sich als Eltern ihres Sohnes vorgestellt und nicht als jeweilige Ehepartner. So etwas hatte er nicht zum ersten Mal erlebt. In einer Paarbeziehung war es ein unbewusster Weg, den anderen zu bestrafen. «Ich verstehe mich nicht in erster Linie als deine bessere Hälfte.» Dass Vater und Sohn dann auch noch gemeinsam weggefahren waren, um die Geschehnisse der letzten Tage zu verarbeiten, anstatt im Kreis der Familie darüber zu sprechen, deutete Sebastian als unzweifelhafte Signale dafür, dass es Mutter und Vater derzeit nicht sonderlich gutging. Deshalb hatte er sich für die Rolle des aufmerksamen Zuhörers entschieden. Es war gleichgültig, was er sich anhörte. Es konnte um Rogers Tod gehen, um Beatrices schlechte Ehe, im Prinzip konnte sie aber auch einen Vortrag über Quantenphysik halten. Er war davon überzeugt, dass ein Zuhörer genau das war, was Beatrice gerade am dringendsten brauchte – abgesehen von einer Putzfrau.

«Als wir uns in der Schule begegnet sind, hatte ich den Eindruck, dass Sie für Ihre Schüler stark sein mussten. Und hier zu Hause müssen Sie das wohl auch, nehme ich an, wo Ihr Sohn doch Rogers bester Freund war. Ich meine, dass Sie Ihre eigenen Gefühle zurückstellen müssen.»

Beatrice nickte unbewusst. Sebastian fuhr fort.

«Aber Roger war Ihr Schüler. Ein junger Mann. Man muss über so eine Sache auch reden können. Man braucht jemanden, der zuhört.»

Sebastian schloss seine Vorstellung damit, dass er den Kopf schief legte und sein einfühlsamstes Lächeln aufsetzte. Eine Kombination, die ihn als jemanden zeigte, der nur das Beste der anderen im Blick hatte und keinerlei Hintergedanken verfolgte. Er konnte sehen, wie Beatrice aufnahm, was er sagte, es aber immer noch nicht richtig einordnen konnte.

«Aber ich verstehe nicht ganz ... Sie ermitteln doch als Polizist in diesem Fall.»

«Ich bin Psychologe. Ab und zu arbeite ich mit der Polizei zusammen, als Profiler zum Beispiel, aber deshalb bin ich nicht hier. Ich wusste, dass Sie heute Abend allein sein und vielleicht ins Grübeln geraten würden.»

Sebastian überlegte, ob er seine Worte mit einer leichten Berührung unterstreichen sollte. Einer Hand auf ihrem Oberarm. Aber er beherrschte sich. Beatrice nickte. Wurden ihre Augen ein wenig feucht? Er hatte genau den richtigen Ton getroffen. Unglaublich, wie gut er war ... Er musste sich ein Lächeln verkneifen, als Beatrice zur Seite trat, um ihn hereinzulassen.


Der Mann, der kein Mörder war, klopfte sein Kissen zurecht. Er war müde. Es war ein langer und in mehrfacher Hinsicht anstrengender Tag gewesen. Er ertappte sich dabei, ständig daran zu denken, dass er sich natürlich verhalten musste. Was wiederum dazu führte, dass er Angst davor hatte, sich zu sehr anzustrengen und sich aus diesem Grund unnatürlich zu verhalten. Also versuchte er, nicht daran zu denken, sich natürlich verhalten zu müssen, was nach einer gewissen Zeit jedoch dazu führte, dass er das Gefühl hatte, sich unnatürlich zu verhalten – und so dachte er erneut daran. Es war ermüdend. Außerdem hatte die Polizei Leonard Lundin auf freien Fuß gesetzt. Das bedeutete, dass sie wieder aktiver nach einem anderen suchten. Nach ihm.

Der Mann, der kein Mörder war, machte es sich auf dem Rücken bequem und faltete die Hände. Ein kurzes Abendgebet vor dem Schlafen. Ein Dank dafür, dass er die Kraft erhalten hatte, noch einen Tag durchzuhalten. Ein Wunsch, dass das Leben so bald wie möglich wieder normale Formen annehmen würde, alltäglich würde. Irgendwo hatte er gelesen, dass die ersten vierundzwanzig Stunden in einem Mordfall die wichtigsten seien, um den Mörder zu finden. Hier hatte man erst nach drei Tagen angefangen, überhaupt nach dem Jungen zu suchen. Diese Verzögerung konnte nur bedeuten, dass seine Tat gerechtfertigt war. Zum Abschluss seines Gebets formulierte er noch den Wunsch, er möge die ganze Nacht durchschlafen und nicht wieder träumen. So wie letzte Nacht.

Es war ein so merkwürdiger Traum gewesen: Er stand hinter dem Wall am Fußballplatz, der von Autoscheinwerfern erleuchtet war. Der Junge lag vor ihm auf dem Boden. Blutüberströmt. Der Mann, der kein Mörder war, hielt das verstümmelte Herz in seiner Hand. Es war noch immer warm. Hatte es geschlagen? Ja, im Traum schon. Ein langsames Pochen, abnehmend. Ersterbend.

Jedenfalls hatte er sich im Traum nach rechts gewandt, im plötzlichen Bewusstsein, dass dort jemand stand, nur wenige Meter entfernt. Vollkommen still. Er war sich sicher, wer es war. Wer hätte es sonst sein sollen. Aber er täuschte sich. Denn zu seiner Verwunderung sah er seinen Vater, der stumm dastand und ihn betrachtete. Obwohl es ein Traum war, entstand ein Gefühl der Unwirklichkeit. Sein Vater war schon viele Jahre tot. Der Mann, der kein Mörder war, machte eine Geste in Richtung des blutenden Jungen.

«Steh nicht einfach rum. Willst du mir nicht helfen?»

Seine Stimme war hell und überschlug sich wie die eines verzweifelten Kindes. Der Vater rührte sich nicht vom Fleck, beobachtete die Szene lediglich mit seinen starrgrauen Augen.

«Manchmal ist es das Beste, darüber zu reden, wenn man Sorgen hat.»

«Worüber reden? Was gibt es zu reden?!», schrie der Mann, der kein Mörder war, mit seiner kindlichen Stimme. «Der Junge ist tot. Ich halte sein Herz in den Händen. Hilf mir!»

«Mitunter sagt man aber auch zu viel, wenn man darüber redet.»

Dann war der Vater verschwunden.

Der Mann, der kein Mörder war, sah sich um. Verwirrt, ängstlich und enttäuscht.

Sein Vater konnte doch nicht einfach verschwinden. Nicht jetzt. Er musste ihm helfen. Wie er es immer getan hatte. Das war er ihm verdammt nochmal schuldig. Doch der Vater blieb verschwunden, und der Mann, der kein Mörder war, bemerkte, dass das Herz, das er noch immer hielt, erkaltet war. Kalt und starr.

Dann war er aufgewacht und hatte nicht wieder einschlafen können. Er hatte tagsüber immer wieder an den Traum gedacht. Was hatte er zu bedeuten, falls er überhaupt etwas bedeutete? Doch mit den Stunden verblasste die Erinnerung daran immer mehr.

Jetzt musste er schlafen. Er brauchte die Erholung, denn er musste den anderen immer einen Schritt voraus sein.

Der Tipp, den er von der Schule aus geschickt hatte, hatte nicht das gewünschte Ergebnis gebracht. Irgendwie musste die Polizei sich gedacht haben, dass Leonard die Jacke nicht selbst in der Garage versteckt hatte. Dass sie ein gefälschtes Indiz war. Was sollte er jetzt tun? Er las alles, was er an Berichten über den toten Jungen finden konnte, aber da stand nicht viel Neues. Er überlegte, ob er jemanden bei der Polizei kannte, der ihm ein paar Insiderinformationen zukommen lassen könnte, aber ihm fiel niemand ein. Offenbar war die Ermittlergruppe erweitert worden. *Expressen* schrieb, dass sich die Polizei Verstärkung geholt hatte. Sebastian Bergman. Offenbar eine Größe auf seinem Gebiet. Hatte eine herausragende und entscheidende Rolle bei der Verhaftung des Serienmörders Edward Hinde gespielt; das war 1996 gewesen. Bergman war Psychologe.

Der Mann, der kein Mörder war, spürte, wie seine Gedanken immer mehr abschweiften und er am Eindösen war, bis er plötzlich hochschreckte. Sich aufsetzte. Jetzt verstand er.

«Wenn du Sorgen hast, sprich darüber.»

Sein Vater hatte doch versucht, ihm zu helfen, wie immer. Er war nur zu dumm gewesen, den Hinweis zu verstehen. Mit wem sprach man, wenn man Sorgen hatte? Mit einem Psychologen, einem Therapeuten.

«Aber manchmal sagt man zu viel.»

Er wusste es doch. Hatte es die ganze Zeit gewusst, ohne die Verbindung herstellen zu können. Hatte nie geglaubt, so etwas tun zu müssen. Aber es gab einen Mann in dieser Stadt, der alles zunichte machen konnte, was er bisher erreicht hatte. Alles, wofür er gekämpft hatte. Es gab einen Mann, der eine Gefahr für ihn darstellte.

Einen professionellen Zuhörer.

Peter Westin.

Es war zwanzig nach zwei und saukalt. Nicht gerade Minusgrade, aber um den Gefrierpunkt. Jedenfalls stand Haraldssons Atem als weißer Dampf vor seinem Mund, als er im Auto saß, den Blick starr auf das Mietshaus auf der gegenüberliegenden Straßenseite geheftet. Irgendwo hatte er einmal gehört, Erfrieren sei ein schmerzfreier, fast schöner Tod. Angeblich wurde der ganze Körper warm und entspannte sich, bevor man starb. Demnach war Haraldssons Leben zum jetzigen Zeitpunkt noch nicht in Gefahr. Er saß mit verschränkten Armen auf dem Fahrersitz und fror wie ein Hund. Sobald er sich das kleinste bisschen bewegte, zuckte er unkontrolliert zusammen und glaubte zu spüren, wie seine Körpertemperatur um ein weiteres Zehntelgrad sank. Vereinzelt brannte noch Licht in den Fenstern des Hauses, das er beobachtete, doch in den meisten war es erloschen. Dort schliefen die Menschen bereits. Unter einer warmen Decke. Haraldsson konnte nicht umhin, sie zu beneiden. Er war an diesem Abend das eine oder andere Mal kurz davor gewesen, aufzugeben und nach Hause zu fahren. Aber jedes Mal, wenn er schon den Zündschlüssel drehen wollte, stellte er sich vor, wie es wäre, am nächsten Morgen als derjenige ins Präsidium zu kommen, der den Mord an Roger Eriksson aufgeklärt hatte. Als derjenige, der den Mörder gefasst und den Fall gelöst hatte. Er sah die Reaktionen vor sich. Die Huldigungen, den Neid.

Er konnte in Gedanken hören, wie der Polizeidirektor ihm dankte, seine Eigeninitiative und seine persönliche

Aufopferung lobte, kraft der er einen Schritt weitergegangen war, als es sein Job erforderte, sogar einen Schritt weiter, als es die Reichsmordkommission für notwendig gehalten hatte. Den Schritt, den nur ein echter Polizist ging. Letzteres würde der Polizeidirektor mit einem vielsagenden Blick an Hanser richten, die ein wenig verschämt zu Boden sehen würde. Vielleicht hatte Haraldsson durch seinen außerordentlichen Einsatz sogar verhindert, dass noch mehr Menschen ihr Leben lassen mussten.

Angesichts dieser Gedanken wurde Haraldsson in seinem tiefgefrorenen Toyota ganz warm. Nicht auszudenken, was für ein Gefühl es erst wäre, wenn es wirklich passierte. Alles würde sich für ihn ändern. Die Abwärtsspirale, in der sein Leben sich drehte, wäre unterbrochen, und er wäre wieder zurück. In jeder Hinsicht.

Haraldsson schreckte aus seinen dösigen, unterkühlten Träumereien hoch. Jemand näherte sich dem Hauseingang. Eine große, schlaksige Gestalt. Ein Mann. Er ging mit schnellen Schritten, die Hände tief in den Jackentaschen vergraben, die Schultern hochgezogen. Offenbar war Haraldsson nicht der Einzige, der in dieser Nacht fror. Der Mann ging an einer Laterne vorbei, die an der Hauswand hing, und für einen kurzen Moment konnte Haraldsson sein Gesicht im Lichtschein deutlich erkennen. Er warf einen Blick auf das Foto, das er mit einer Büroklammer am Armaturenbrett befestigt hatte. Kein Zweifel. Der Mann, der auf das Haus zuging, war Axel Johansson.

Willkommen daheim, dachte Haraldsson, und seine fröstelnde Müdigkeit war wie weggeblasen. Axel Johansson hatte die Haustür erreicht und gab den vierstelligen Schlüsselcode ein. Das Schloss klickte, und er zog die Tür auf. Er wollte gerade in die Dunkelheit und ins Warme treten, als er ein weiteres Klicken und ein dumpfes Geräusch hörte, das nur von einer Autotür stammen konnte. Johansson hielt in der geöffneten Tür inne und sah sich um. Haraldsson saß für einen Moment regungslos da. Er war übereifrig gewesen. Er hätte die Autotür erst öffnen dürfen, wenn der Verdächtige im Haus verschwunden war. Was sollte er jetzt tun? Axel Johansson blieb an der Tür stehen und fixierte den Toyota. Bei angelehnter Autotür sitzen zu bleiben, wirkte womöglich noch suspekter, also öffnete Haraldsson die Tür und stieg aus. Er sah, wie Axel Johansson zwanzig Meter entfernt den Türgriff losließ und einen Schritt zurücktrat. Entschlossen überquerte Haraldsson die Straße.

«Axel Johansson!»

Haraldsson tat sein Bestes, so zu klingen, als hätte er völlig überraschend einen alten Freund wiedergetroffen. Freudig überrascht, nicht im Geringsten bedrohlich. Offenbar gelang es ihm nicht.

Axel Johansson machte auf dem Absatz kehrt und rannte los.

Haraldsson lief ihm nach und verfluchte, dass er so lange im Auto gesessen hatte und dadurch untergekühlt und langsam war. Als er um die Hausecke bog, bemerkte er, dass der Abstand zu Axel Johansson größer geworden war. Haraldsson erhöhte das Tempo und pfiff darauf, dass seine Oberschenkel steif und überhaupt nicht kooperativ waren. Er bewegte sich mit reiner Willenskraft. Johansson rannte schnell und leichtfüßig zwischen den Häusern hindurch. Sprang über die niedrigen Holzplanken mit dem Schild «Privatparkplatz», hastete über den Asphalt zur nächsten Rasenfläche und setzte seinen Lauf fort. Doch Haraldsson war ihm dicht auf den Fersen. Er spürte, wie seine Schritte immer größer wurden und sein Körper sich warm lief. Er wurde immer schneller. Der Abstand zu Johansson vergrößerte sich nicht mehr, im Gegenteil: Haraldsson holte auf. Zunächst nicht viel, aber seine Kondition war gut, und es schien unwahrscheinlich, dass er müde werden und den Anschluss verlieren würde. Wenn er den Flüchtigen nicht aus den Augen verlieren oder auf dem feuchten Gras ausrutschen würde, holte er ihn nach und nach ein, davon war er überzeugt.

Nicht schlecht für einen Typen mit einem schwer verstauchten Fuß.

Wie kam er plötzlich darauf?

Haraldsson wurde aus Reflex langsamer, schimpfte innerlich und erhöhte erneut das Tempo. Er rannte. Hörte, wie der Puls an seinen Schläfen hämmerte. Hatte einen neuen Atemrhythmus gefunden. Seine Beine flogen gleichmäßig und voller Kraft durch die Luft. Aber Axel Johansson wurde auch nicht langsamer. Er überquerte den Skultunavägen und steuerte auf die Brücke über den Bach zu. Haraldsson folgte ihm, doch er wurde den Gedanken nicht los, der ihm durch den Kopf geschossen war. Offiziell war er verletzt und hatte eine schwere Verstauchung. Er hatte viel Mühe investiert, um diese Illusion aufrechtzuerhalten. Noch immer konnte er sich von seinem Schreibtisch kaum bis zum Kaffeeautomaten und wieder zurück schleppen, ohne vor Schmerz das Gesicht zu verziehen. Mitunter war er gezwungen, auf halbem Wege eine Pause bei einem Kollegen einzulegen, weil der Fuß so sehr schmerzte. Wenn er nun einen Verdächtigen nach einer nächtlichen Verfolgungsjagd über mehrere Kilometer fasste, wüssten alle, dass er ihnen etwas vorgespielt und sie angelogen hatte. Sie würden Erklärungen verlangen, warum er seinen Platz in der Suchkette verlassen, sich von der Arbeit geschlichen hatte. Aber würde es überhaupt eine Rolle spielen? Wenn er einen Kindermörder fing, würde doch wohl niemand eine große Sache daraus machen, dass er es einige Tage zuvor mit der Wahrheit nicht so genau genommen hatte? Doch, Hanser schon. Da war er sich sicher. Die Lobgesänge und Reden würden ausbleiben, dafür würde sie sorgen. Ob man eine interne Ermittlung gegen ihn einleiten würde? Vielleicht nicht, aber was würden seine Kollegen sagen? Jedenfalls wäre das nicht der Schritt nach oben, den er so dringend benötigte. In seinem Kopf überschlugen sich die Gedanken. Er sah, wie Axel Johansson den Bach überquerte und links auf den Radweg entlang des Vallbyleden einbog. Mit großem Vorsprung. Bald würde er die Grünzone beim Djäkneberg erreicht haben, und dann wäre es unmöglich, ihn in der Dunkelheit aufzuspüren. Haraldsson drosselte das Tempo. Blieb stehen. Johansson war außer Sichtweite, Haraldsson außer Atem. Er fluchte laut vor sich hin. Warum hatte er ausgerechnet einen verstauchten Fuß erfunden? Warum nicht einfach eine Geschichte darüber, dass Jenny krank geworden war oder eine Lebensmittelvergiftung hatte oder was auch immer es gab, das schnell wieder vorüber war. Haraldsson drehte sich um und ging in Richtung Auto.

Er wollte nach Hause zu Jenny fahren, sie wecken und Sex mit ihr haben.

Um sich nicht völlig wertlos zu fühlen.


Eines der Schlafzimmerfenster war gekippt, und die frische Nachtluft hatte das staubige Zimmer ausgekühlt. Sebastian räkelte sich und öffnete vorsichtig seine geballte Faust. Noch immer spürte er Sabine auf seiner Haut, und er streichelte seine Handfläche, um ihr noch einen Moment nah zu sein. Unter der Decke war es warm, und ein Teil von ihm hatte das

Gefühl, dass es schön wäre, eine Weile liegen zu bleiben und die Begegnung mit der Kälte noch ein wenig hinauszuzögern. Er wandte sich Beatrice zu. Sie lag schweigend neben ihm und blickte ihn an.

«Hattest du einen Albtraum?»

Er hasste es, wenn sie wach waren. Dann wurde der Abschied immer so zäh.

«Nein.»

Sie rückte näher, die Wärme ihres nackten Körpers umschloss ihn. Er ließ es geschehen, obwohl er wusste, dass er besser die Kälte gewählt hätte. Sie streichelte seinen Hals und Rücken.

«Ist das unangenehm?»

«Nein, aber ich sollte jetzt besser gehen.»

«Ich weiß.»

Sie küsste ihn. Nicht zu intensiv. Nicht zu verzweifelt. Sie brachte ihn dazu, den Kuss zu erwidern. Ihr rotes Haar fiel auf seine Wangen. Dann drehte sie sich von ihm weg, richtete ihr Kissen und machte es sich darauf bequem.

«Ich liebe es, wenn es noch früh am Morgen ist. Man hat das Gefühl, als wäre man allein auf der Welt.»

Sebastian setzte sich auf. Seine Füße berührten den kalten Holzboden. Er sah sie an. Er musste sich eingestehen, dass sie ihn erstaunte. Er hatte es vorher nicht erkannt, aber sie war eine potenzielle Wachsende. So bezeichnete Sebastian Frauen, die äußerst gefährlich waren. Frauen, die sich entwickelten, die etwas zurückgaben. Mehr als Sex. An denen man Gefallen fand – und zu denen man gezwungen war, zurückzukehren. Insbesondere, wenn man ein wenig aus der Form war. Er stand auf, um etwas Abstand zu gewinnen. Schon fühlte er sich besser. Für Sebastian waren die meisten Frauen in dem Moment schöner, wenn er mit ihnen ins Bett ging, als wenn er mit ihnen aufwachte. Mit einigen war es genau umgekehrt, und eine Wachsende war eine, die, kurz bevor man sie verließ, am schönsten war.

Sie lächelte ihn an.

«Soll ich dich nach Hause fahren?»

«Nein, danke, ich mache einen Spaziergang.»

«Ich fahre dich.»

Er gab sich geschlagen. Immerhin war sie eine Wachsende.

Sie fuhren durch den stillen Morgen. Die Sonne ruhte hinter dem Horizont und wartete nur darauf, dass die Nacht verschwand. Im Radio lief «Heroes» von David Bowie. Sie sagten nicht viel. Bowie war allein für die Konversation verantwortlich. Sebastian fühlte sich nun stärker. Im bekleideten Zustand war es immer leichter. In den letzten Tagen war viel passiert, das in seinem Kopf umherkreiste. Viele Gefühle, und dann auch noch das. Eine emotionale Verbindung, wenn auch nur eine schwache. Er schob es auf die Situation, er war ganz einfach erschöpft und nicht er selbst.

Beatrice hielt vor seinem Elternhaus und stellte den Motor ab. Sie blickte ihn leicht verwundert an.

«Hier wohnst du?»

«Im Moment, ja.»

«Das Haus passt irgendwie nicht zu dir.»

«Du weißt gar nicht, wie recht du hast.»

Er lächelte sie an und öffnete die Beifahrertür. Die Innenbeleuchtung ging an und ließ ihre Sommersprossen noch schöner aussehen. Er beugte sich zu ihr. Sie roch so gut. Was machte er da bloß? Etwa ein Gutenacht- oder Gutenmorgenkuss? Verdammt, er hatte doch Distanz halten wollen. Sie zog ihn zu sich und küsste ihn mitten auf den Mund, als wollte sie es ihm noch schwerer machen. Im Auto war es eng und zwischen ihnen warm. Ihre Hände streichelten sein Haar und seinen Nacken. Er machte sich los. Behutsam, aber dennoch. Immerhin etwas.

«Ich muss jetzt gehen.»

Schnell schloss er die Beifahrertür und löschte auf diese Weise das tückische Licht, das sie viel zu verlockend aussehen ließ. Beatrice startete den Motor und legte den Rückwärtsgang ein. Die Halogenscheinwerfer blendeten ihn, aber er konnte trotzdem erkennen, wie sie ein letztes Mal winkte, bevor sie die Räder ganz umlenkte, die Scheinwerfer sein Elternhaus streiften und schließlich auf das Nachbarhaus fielen. In ihrem Lichtkegel blitzten ein Augenpaar und eine hellblaue Daunenjacke auf. Clara Lundin saß mit einer Zigarette in der Hand auf der Treppe und sah ihn mit einem Blick an, der zugleich wutgeladen und voller Schmerz war. Sebastian nickte ihr zu und versuchte eine zögerliche Annäherung.

«Hallo!»

Keine Antwort. Damit hatte er nicht gerechnet. Clara drückte die Zigarette aus und ging ins Haus, nachdem sie Sebastian einen langen Blick zugeworfen hatte. Vermutlich kein gutes Zeichen. Aber Sebastian war zu müde, um sich darüber Gedanken zu machen. Er ging die Treppe zu seinem Elternhaus hinauf. In weniger als achtundvierzig Stunden hatte er ein Haus, ein mögliches Kind und einen neuen Job bekommen sowie eine Wachsende und eine potenzielle Rächerin kennengelernt. Er hatte sich getäuscht. In Västerås war doch etwas los.

Die Praxis lag sechshundert Meter vom Palmlövska-Gymnasium entfernt in einem dreistöckigen Haus mit Büroräumen im Erdgeschoss und Mietwohnungen in den darüberliegenden Stockwerken. Vanja hatte bis 8:25 Uhr im Polizeipräsidium auf Sebastian gewartet, dann aber die Geduld verloren und entschieden, allein zu Westin zu fahren. Sie war erleichtert. Normalerweise zog sie es vor, bei einer Vernehmung nicht allein zu sein, ganz gleich, wie belanglos die Sache war. Zum einen war es immer besser, die Geschichte aus mehreren Perspektiven zu betrachten, zum anderen besaßen auf diese Weise gleich mehrere Teammitglieder dieselben Informationen. Und man vermied lange Berichte, die Vanja im Lauf der Jahre immer lästiger fand. Mit Sebastian war es anders. Langweilig auf keinen Fall, aber er hatte das Talent, aus allem einen Kampf zu machen. Also hatte sie nicht übertrieben lange auf ihn gewartet.

«Westin & Lemmel» stand an der Glastür, darunter in kleineren Buchstaben «Dipl.-Psychologen». Vanja ging hinein. Innen herrschte eine freundliche Psychologenatmosphäre, helle Möbel und eine bessere Beleuchtung als in normalen Arztpraxen; kleine, weiße Designerlampen auf dem Couchtisch. Ein gemütliches Sofa im Wartezimmer. Von dort ging eine Glastür ab, hinter der vermutlich die Therapieräume lagen. Sie drückte die Türklinke herunter. Abgeschlossen. Nachdem sie mehrmals energisch angeklopft hatte, kam ein Mann um die vierzig heraus, der sich als Rolf

Lemmel vorstellte. Vanja zeigte ihren Dienstausweis und nannte den Grund ihres Besuchs.

«Peter ist noch nicht da, aber er müsste jeden Moment kommen», sagte Rolf und bat sie, solange Platz zu nehmen. Vanja setzte sich aufs Sofa und blätterte in der gestrigen Ausgabe von *Dagens Nyheter*, die auf dem Tisch lag. Sie war allein im Wartezimmer. Nach einer Weile kam ein etwa fünfzehnjähriges Mädchen herein. Sie war ein wenig pummelig und hatte frischgewaschene Haare. Vanja nickte ihr freundlich zu.

«Hast du einen Termin bei Peter Westin?»

Das Mädchen nickte.

Gut, dachte Vanja, dann kommt er sicher bald.


«Ich muss kurz mit dir reden.» Sebastian wusste sofort, dass etwas vorgefallen war, so gut kannte er Torkel und seinen Tonfall dann doch. Sebastian war ausnahmsweise wieder eingeschlafen, nachdem der Wecker geklingelt hatte, und erst kurz nach neun im Präsidium aufgeschlagen. Aber jetzt ging es wohl kaum um sein Zuspätkommen, sondern um etwas Ernsteres.

«Klar», sagte Sebastian und schlenderte hinter Torkel her, der einen der drei Verhörräume betrat, die nebeneinander im ersten Stock lagen. Mit einem Wink bedeutete er Sebastian, sich zu beeilen. Es *war* ernst. Eile, Gespräch im Einzelzimmer. Noch dazu in einem schalldichten Einzelzimmer. Das sah nicht gut aus. Sebastian wurde etwas langsamer; wie immer bereitete er sich auf das Schlimmste vor, indem er sich besonders nonchalant gab. Doch das beeindruckte Torkel kein bisschen.

«Komm schon, ich hab nicht den ganzen Tag Zeit.»

Torkel schloss die Tür hinter Sebastian und fixierte ihn.

«An dem Tag, bevor du mit dem Anliegen zu mir kamst, bei uns mitarbeiten zu wollen, hattest du Sex mit Leonard Lundins Mutter. Stimmt das?»

Sebastian schüttelte den Kopf.

«Nein, das war am Abend davor.»

«Hör doch auf! Bist du völlig wahnsinnig geworden? Sie ist die Mutter unseres ehemaligen Hauptverdächtigen.»

«Und was spielt das für eine Rolle? Leo war doch unschuldig.»

«Das wusstest du damals aber nicht!»

Sebastian grinste Torkel an. Selbstsicher, an der Grenze zur Überheblichkeit.

«Doch. Ich war mir ganz sicher, das weißt du ja.»

Torkel schüttelte den Kopf und drehte wütend eine Runde in dem kleinen Verhörraum.

«Es war in jeder Hinsicht falsch, und das ist dir auch selbst klar. Jetzt ruft sie mich an und will, dass ich es ebenfalls erfahre. Droht damit, an die Presse zu gehen, wenn ich keine Konsequenzen ziehe. Du musst verdammt nochmal deinen Schwanz unter Kontrolle halten!»

Mit einem Mal hatte Sebastian Mitleid mit Torkel. Er hatte gegen den Willen der meisten seiner Mitarbeiter einen berüchtigten Unruhestifter in sein Team geholt. Bestimmt hatte er seinen Entschluss schon häufig rechtfertigen müssen, nicht zuletzt vor sich selbst. Ein Argument war sicherlich der Klassiker gewesen: Macht euch keine Sorgen, er ist jetzt anders, er hat sich wirklich verändert. Doch die Wahrheit war, dass er sich nicht verändert hatte, das wusste Sebastian. Die Menschen drehten sich ständig um die eigene Achse, sodass die Seiten, die sie von sich zeigten, zwar variierten – das Fundament jedoch blieb immer dasselbe.

«Stimmt. Aber als Clara und ich in diese intime Situation gerieten, hatte ich noch nicht bei euch angefangen, oder?» Torkel sah ihn an. Hatte keine Lust zu antworten.

«Ab sofort wird so etwas nicht mehr vorkommen», sagte Sebastian so ehrlich wie möglich und fügte hinzu: «Ich verspreche es.»

Als ob dieses Versprechen die Erinnerung an die nackte Beatrice von letzter Nacht vertreiben würde. Beatrice Strand, die Klassenlehrerin des Ermordeten. Deren Sohn Rogers bester Freund gewesen war. Wie man es auch drehte und wendete, da hatte er wirklich einen Fehler begangen. Herrgott, er war wirklich ein ziemlicher Trottel, das musste er sich selbst eingestehen.

*Dass ich aber auch immer ausprobieren muss, an welcher Stelle man etwas kaputt machen kann.*

Torkel sah ihn an, und eine Sekunde lang glaubte Sebastian, er würde ihn bitten, auf der Stelle zu gehen. Das wäre die richtige Entscheidung gewesen. Aber es dauerte, bis Torkel fortfuhr, aus einem für Sebastian unerklärlichen Grund zögerte er.

«Bist du sicher?», fragte er schließlich.

Sebastian nickte noch einmal, so ehrlich er konnte.

«Natürlich.»

«Du musst ja nicht gleich mit jeder Frau ins Bett, die dir über den Weg läuft.»

Plötzlich verstand Sebastian, was ihm vorher unbegreiflich erschienen war. Dabei war es eigentlich ganz einfach. Torkel mochte ihn. Sebastian beschloss, sich wenigstens zu bemühen. Irgendwie spürte er, dass Torkel es verdiente.

«Es fällt mir ein bisschen schwer, allein zu sein. Die Nächte sind am schlimmsten.»

Torkel begegnete seinem Blick.

«Eins musst du wissen. Du bekommst keine weitere Chance. Und jetzt hau ab, damit ich dich eine Zeitlang nicht sehen muss.»

Sebastian nickte und ging. Normalerweise wäre er jetzt aufgekratzt und hätte sich überlegen gefühlt. Er hatte sich erneut durchgemogelt. War noch einmal davonkommen.

«Du reitest mich in die Scheiße», hörte er Torkels Stimme hinter sich. «Und dort gefällt es mir nicht besonders.»

Hätte Sebastian eine Veranlagung zu Reue und schlechtem Gewissen gehabt, in diesem Moment hätte er beides verspürt. Immerhin begleitete ihn ein Anflug dieser Gefühle, als er zur Tür ging. Beatrice blieb ein einmaliger Ausrutscher. Das schwor er sich.


Das frischgeduschte Mädchen hatte aufgegeben, als Peter Westin zwanzig Minuten später immer noch nicht aufgetaucht war. Nach einer Weile hatte Vanja eine Runde ums Haus gedreht, um frische Luft zu schnappen. Ihr fiel es von Natur aus schwer, still zu sitzen, und sie nutzte die Gelegenheit, um ihre Eltern anzurufen. Die wollten gerade das Haus verlassen, aber ein bisschen Zeit zum Reden hatten sie trotzdem. Es war wie in guten, alten Zeiten. Erst sprach sie lange mit der Mutter und anschließend kurz mit dem Vater. Ihr Vater und sie brauchten erstaunlicherweise nicht so viele Worte, um das Gleiche auszudrücken. Nachdem sich in den letzten Monaten alles um Leben und Tod gedreht hatte, war nun wieder eine gewisse Portion Alltag in ihre Gespräche zurückgekehrt. Vanja merkte, wie sehr sie diese Normalität vermisst hatte. Als die Mutter eines ihrer Lieblingsthemen anschnitt – Vanjas Liebesbeziehungen beziehungsweise den Mangel an solchen –, lachte Vanja nur. Sie verteidigte sich zwar wie üblich, aber nicht mit derselben Inbrunst wie früher.

*Hatte sie denn in Örebro niemanden kennengelernt?*

Västerås. Und nein, für so was hatte sie neben der Arbeit keine Zeit.

*Dieser sympathische Billy, mit dem sie zusammenarbeitete. Den mochte sie doch schon?*

Ja, aber das wäre so, wie mit seinem eigenen Bruder ins Bett zu gehen.

Dann waren sie bei Jonathan angelangt, der ewigen Endstation in den Überlegungen ihrer Mutter.

*Wollte sie denn wirklich nicht wieder Kontakt zu ihm aufnehmen? Er war doch so nett.*

Noch vor wenigen Monaten hatte sich Vanja immer wütend verteidigt, wenn Jonathan zur Sprache kam. Sie platzte fast vor Wut darüber, dass ihre Mutter die ganze Zeit versuchte, sie mit ihrem Ex zu verkuppeln, ohne zu verstehen, dass Vanja das als Geringschätzung empfand. Jetzt fand sie es einfach nur herrlich normal. Sie ließ das Gerede und Flehen ihrer Mutter sogar noch eine Weile länger über sich ergehen. Ihre Mutter schien selbst darüber verwundert zu sein, dass der große Widerstand ausblieb; ihre Argumente verloren an Kraft, und schließlich gelangte sie an den Punkt, an dem Vanja selbst sonst irgendwann landete.

«Tja, aber du bist ja jetzt schon groß und kannst deine eigenen Entscheidungen treffen.»

«Danke, Mama.»

Dann kam der Vater ans Telefon. Er habe beschlossen, heute Abend zu ihr zu fahren und sie zu besuchen. Er werde keine Ausreden akzeptieren, sagte er, und Vanja versuchte es nicht einmal. Sie, die ihre zwei Welten sonst immer strikt trennte, spürte, dass sie sich an diesem Abend gern überschneiden durften. Er würde den Zug um 18:20 Uhr nehmen. Vanja versprach, ihn am Bahnhof abzuholen. Sie legte auf und ging zurück zur Praxis. Dort erhielt sie von Peter Westins Kollegen dessen Privatadresse. Der Mann schien ein wenig genervt zu sein, versprach aber, Westin Bescheid zu sagen, dass die Polizei mit ihm habe sprechen wollen. Vanja setzte sich ins Auto. Rotevägen 12. Sie gab die Adresse in ihr Navi ein. Die Fahrt dorthin würde fast dreißig Minuten dauern, und sie hatte versprochen, um zehn zur Teambesprechung wieder im Büro zu sein. Westin musste warten.

Torkel betrat den Konferenzraum, in dem sich die anderen bereits versammelt hatten. Ursula warf einen fragenden Blick an Torkel vorbei, als er hereinkam.

«Wo hast du denn Sebastian gelassen?»

War Torkel an diesem Morgen nur besonders empfindlich, oder gab es einen Unterschied zwischen den Fragen «Wo ist Sebastian» und «Wo hast du denn Sebastian gelassen»? Letzteres klang, als wären sie unzertrennlich. Der kleine Bär und der kleine Tiger, Ernie und Bert, Torkel und Sebastian. «Wo hast du denn Sebastian gelassen?» Mit dieser passiven und zugleich aggressiven Art zu fragen konnte sie Torkel klarmachen, dass sie den Eindruck hatte, Sebastian wäre ihm wichtiger als sie. Als ob er eine solche Spitze nötig hätte. Wenn sie wüsste! In diesem Moment wäre Torkel sogar dazu bereit gewesen, Sebastian für qualvolle medizinische Versuche zur Verfügung zu stellen. Aber der Morgen hatte schon schlimm genug angefangen, da brauchte er sich nicht auch noch mit Ursula zu streiten.

«Er ist unterwegs», antwortete er deshalb nur, zog einen Stuhl heran und setzte sich. Über den Tisch hinweg griff er nach der Thermoskanne und schenkte sich Kaffee in einen Pappbecher. «Ist Mikael schon da?»

Neutraler Tonfall, belanglose Frage.

«Kommt erst heute Nachmittag.»

«Schön.»

«In der Tat.»

Vanja horchte auf. Zwischen Ursula und Torkel herrschte ein spezieller Ton. Sie konnte sich nicht erinnern, ihn je gehört zu haben. Oder doch, in ihrer Kindheit, bei ihren Eltern, wenn diese nicht zugeben wollten, dass sie sich gestritten hatten. Wenn sie sich höflich und neutral unterhielten, damit die Tochter glaubte, alles wäre in Ordnung. Das hatte damals schon nicht funktioniert, und tat es auch jetzt nicht. Vanja schielte zu Billy hinüber. Ob er es auch bemerkt hatte? Anscheinend nicht. Er schien völlig auf seinen Laptop konzentriert.

Sebastian kam herein, nickte in die Runde und setzte sich. Vanja beobachtete Ursula heimlich. Sie warf erst Sebastian einen finsteren Blick zu und dann Torkel, bevor sie dazu überging, die Tischplatte anzustarren. Was war hier eigentlich los? Torkel nahm einen Schluck Kaffee und räusperte sich.

«Billy, du kannst dann anfangen.»

Billy richtete sich auf, klappte den Laptop zu, nahm einen kleinen Stapel DIN-A4-Seiten vom Tisch und erhob sich.

«Ich habe gestern Abend die Gesprächslisten von der Telefongesellschaft bekommen und heute Morgen die vom Kriminaltechnischen Labor. Ich habe jetzt alles mal zu einem Dokument zusammengefügt.»

Billy ging um den Tisch herum und teilte die Blätter aus. Vanja wunderte sich, warum er sie nicht einfach in die Mitte legte, damit sich jeder sein Exemplar nehmen konnte, aber sie kommentierte es nicht und studierte stattdessen die erste Seite des Ausdrucks.

«Auf Seite eins stehen die ausgehenden Gespräche. Roger führte sein letztes Gespräch am Freitag um 20 Uhr 17, als er bei seiner Klassenlehrerin anrief.» Billy notierte das Telefonat auf dem Zeitverlauf an der Wand. Sebastian blickte von seinen Papieren auf.

«Kann man erkennen, ob er später nochmal versucht hat anzurufen, ohne dass jemand ans Telefon ging?»

«Ja, aber das war tatsächlich sein letzter Anruf.»

«Woran denkst du?», fragte Vanja Sebastian.

«Er wollte Johan sprechen und rief bei den Strands zu Hause an, nicht wahr? Anschließend versuchte er aber nicht mehr, Johan auf dem Handy zu erreichen, oder?»

Billy kehrte dem Whiteboard den Rücken zu und schüttelte den Kopf.

«Nein, das tat er nicht.»

«Vielleicht kam ihm etwas dazwischen», schlug Torkel vor.

«Zum Beispiel ein Mörder», ergänzte Ursula.

«Die nächste Seite», fuhr Billy fort. «Entgegengenommene Anrufe. Der letzte ging um kurz vor halb sieben ein und stammt von Lisa. Aber das könnt ihr ja selbst sehen.»

Billy notierte auch dieses Gespräch auf dem Whiteboard, wandte sich wieder dem Tisch zu und blätterte um.

«Nächste Seite. Die SMS. Zunächst ist hier aufgeführt, was sich in dem wassergeschädigten Handy noch rekonstruieren ließ. Es sind ziemlich wenige Nachrichten, die meisten an und von Johan, Erik und Lisa. Wir wissen ja bereits, dass Roger keinen riesigen Freundeskreis hatte. Hier findet sich nichts Aufsehenerregendes. Aber wenn ihr zur nächsten Seite weiterblättert ... da haben wir die eingegangenen SMS, die er gelöscht hat und die eindeutig am interessantesten sind.»

Sebastian überflog die Seite, die er vor sich hatte. Er richtete sich auf. Eindeutig am interessantesten war stark untertrieben.

«Zwei der SMS wurden von einem Prepaid-Handy geschickt», fuhr Billy fort. «Eine am Donnerstag und eine am Freitag, wenige Stunden, bevor er verschwand.»

Sebastian las.

«DAS MUSS SOFORT AUFHÖREN! UND ZWAR ZUM WOHLE ALLER BETEILIGTEN!»

Die andere:

«BITTE, MELDE DICH DOCH! ES IST ALLES MEINE SCHULD! NIEMAND VERURTEILT DICH!»

Sebastian legte die Ausdrucke vor sich hin und wandte sich an Billy.

«Die technische Seite war noch nie meine Stärke. Bedeutet Prepaid-Handy das, was ich vermute?»

«Wenn du vermutest, dass wir eine Nummer haben, aber keinen Namen eines Vertragspartners, dann ja», antwortete Billy, während er die Handynummer auf dem Whiteboard notierte. «Ich habe Auflistungen aller Gespräche und Mitteilungen von dieser Nummer angefordert, mal sehen, ob sich daraus etwas ableiten lässt.»

Sebastian beobachtete, wie Vanja offenbar völlig unbewusst den Arm hob und den Zeigefinger in die Luft reckte, als würde sie sich melden, während sie die Seiten studierte. Für einen kurzen Moment stellte Sebastian sie sich in Schuluniform vor, verwarf den Gedanken aber sofort wieder. Er hatte bei diesen Ermittlungen schon genug Grenzen überschritten, und wenn er bei all den kurzweiligen Begegnungen der letzten Jahre etwas hinzugelernt hatte, dann auf jeden Fall, wann er eine Chance hatte und wann nicht.

«Waren die Nachrichten auch auf dem Telefon in Versalien, also in Großbuchstaben, geschrieben, oder liegt das nur an dem Ausdruck?»

Billy sah Vanja leicht entnervt an.

«Ich weiß, was Versalien sind.»

«Tut mir leid.»

«Sie sind genauso geschrieben worden, wie sie dastehen. In Versalien.»

«Das ist ja so, als würde man schreien.»

«Oder der Schreiber ist nicht mit den Handyfunktionen vertraut.»

«Was meistens auf ältere Menschen zutrifft.»

Sebastian las die Kurznachrichten erneut und war geneigt, Vanja zuzustimmen. Er hatte keine Ahnung, ob Großbuchstaben mit Schreien gleichzusetzen waren oder nicht, die Wortwahl deutete jedoch auf eine erwachsene, ältere Person als Absender hin.

«Aber es besteht keine Chance herauszufinden, wer das geschickt hat?», fragte Torkel nicht ohne Resignation in der Stimme. Billy schüttelte den Kopf.

«Hat jemand versucht, bei dieser Nummer anzurufen?»

Im Zimmer wurde es still. Alle Blicke richteten sich zunächst auf Vanja, von der die Frage kam, dann auf Billy. Er ging hastig zu dem Telefon, das in der Mitte des Tisches stand, schaltete die Lautsprecherfunktion ein und wählte die Nummer. Ein gespanntes, erwartungsvolles Schweigen machte sich breit. Doch es tutete nicht einmal. Stattdessen sprang sofort eine Mailbox an: «Ihr Gesprächspartner ist zurzeit persönlich nicht erreichbar. Bitte versuchen Sie es zu einem späteren Zeitpunkt noch einmal.»

Billy stellte den Lautsprecher ab. Torkel warf ihm einen ernsten Blick zu.

«Sorg bitte dafür, dass jemand in regelmäßigen Abständen versucht, dort anzurufen.»

Billy nickte.

«Und was kommt dann?» Ursula deutete mit dem Finger auf die folgenden Textzeilen.

Sebastian betrachtete den Ausdruck.

Die erste SMS lautete: «12 Bier + Wodka».

Die nächste: «20 Bier u Gin». Dahinter ein Smiley.

Die dritte: «1 Fl. Roten & Bier».

So ging es immer weiter.

«Das sind Bestellungen.»

Die anderen sahen auf.

«Von was?»

«Na von dem, was da steht.»

Sebastian sah Billy an.

«Wann bekam er die letzte SMS dieser Art?»

«Vor knapp einem Monat.»

Sebastians und Vanjas Blicke trafen sich. Er konnte ihr ansehen, dass sie bereits wusste, worauf er hinauswollte, aber er sagte es sicherheitshalber trotzdem.

«Genau zu diesem Zeitpunkt wurde Axel Johansson wegen Schwarzhandels gefeuert.»

Vanja erhob sich und sah Sebastian auffordernd an, doch der starrte stur auf seine Blätter. Er wusste genau, wohin sie wollte. Und dort wollte er auf keinen Fall hin.


Vanja ging auf das Haus zu. Sebastian folgte ihr mit einigen Schritten Abstand. Zunächst hatte er geplant, im Auto sitzen zu bleiben, dann aber schnell erkannt, dass es einen merkwürdigen Eindruck machen würde. Nicht, weil es ihn kümmerte, ob Vanja etwas merkwürdig fand oder nicht. Nein, es handelte sich um reinen Überlebensinstinkt. Er hatte entschieden, dass er noch eine Weile an den Ermittlungen teilnehmen musste, jedenfalls so lange, bis Billy ihm die Adresse rausgesucht hatte. Und eine Beatrice Strand, die sich für eine wunderbare Nacht bedankte, konnte diesem Vorhaben gefährlich werden. Noch bevor Vanja klingeln konnte, wurde die Tür geöffnet. Es war Beatrice, sie hatte die Haare hochgesteckt und trug ein schlichtes Oberteil und Jeans. Sie wirkte erstaunt.

«Hallo, ist was passiert?»

«Wir müssen mit Johan sprechen», erklärte Vanja.

«Der ist nicht zu Hause, Ulf und er sind zelten gefahren.» Beatrice sah Sebastian an, ließ sich aber in keiner Weise anmerken, dass ihre letzte Begegnung erst wenige Stunden zurücklag.

«Das wissen wir schon», fuhr Vanja fort, «aber können Sie uns sagen, wo?»


Sie fuhren auf der E18 in Richtung Westen. Beatrices Wegbeschreibung führte sie an der kleinen Ortschaft Dingtuna vorbei und dann in südlicher Richtung auf kleinen Nebenstraßen zu der Bucht Lilla Blacken am Mälarensee, wo Beatrice die beiden vermutete. Vanja und Sebastian schwiegen. Einmal unternahm Vanja einen Versuch, Peter Westin anzurufen, doch es ging niemand ran. Allmählich irritierte es sie, dass der Psychologe nicht in der Lage war, zurückzurufen. Sie hatte bereits vier Nachrichten hinterlassen. Sebastian versuchte zu schlafen und schloss die Augen.

«War es gestern spät bei dir?»

Sebastian schüttelte den Kopf.

«Nein, ich hab nur schlecht geschlafen.»

Dann schloss er die Augen, um deutlich zu machen, dass er nicht an einem Gespräch interessiert war. Doch kurze Zeit später war er gezwungen, sie wieder zu öffnen, denn Vanja legte eine Vollbremsung hin.

«Was ist denn nun schon wieder?»

«Müssen wir rechts oder links abbiegen? Das Navi kennt diesen Weg nicht. Und du bist für das Kartenlesen zuständig.»

«Ach, hör doch auf.»

«Du bestimmst doch so gern. Jetzt hast du die Gelegenheit.»

Sebastian seufzte, nahm die Karte und studierte sie. Er hatte keine Lust, etwas zu entgegnen. Dieses eine Mal durfte sie ausnahmsweise gewinnen.


Billy hasste Västerås. Mein Gott, wie sehr er dieses verdammte Västerås hasste!

Er hatte das Gefühl, mittlerweile jeden Quadratmeter der Stadt auf einem mehr oder weniger körnigen Überwachungsfilm gesehen zu haben. Es wäre schön gewesen, diesen Ort einmal live zu erleben, aber die einzige Gelegenheit, von den Videoaufnahmen wegzukommen, bestand darin, Telefonlisten zusammenzustellen oder ...

Billy zuckte zusammen. Seine Finger flogen über die Tastatur. Stopp. Return. Play. Da, endlich! Meine Damen und Herren, Auftritt von links: Roger Eriksson. Er stoppte den Film erneut und sah auf das Register, das mit den Filmen gekommen war. Was war das für eine Kamera? 1:22. Drottninggatan. Wo lag diese Straße? Billy holte seine Karte von

Västerås hervor, suchte, fand und markierte den Ort. Die Zeitangabe in der einen Ecke zeigte 21:29 Uhr an.

Play.

Billy sah, wie Roger mit hängendem Kopf und schleppenden Schritten auf die Kamera zulief. Nach ungefähr fünfzig Metern sah er auf, bog nach rechts ab und verschwand hinter einem parkenden Auto von der Bildfläche.

Billy seufzte. Das Glück war nur von kurzer Dauer gewesen. Auf den Aufnahmen war der Junge am Leben und setzte seinen Weg fort. Was bedeutete, dass auch Billy seine Arbeit fortsetzen und sich noch mehr von Västerås ansehen musste –, ob er wollte oder nicht. Roger ging in Richtung Norden weiter. Billy sah erneut in das Register und glich es mit der Karte ab. Schloss eine Gruppe Kameras aus, die in der falschen Richtung lagen, und suchte von neuem.

Er hasste Västerås wirklich zutiefst.


Lilla Blacken war ein beliebtes Erholungsgebiet, jedenfalls im Sommer. Jetzt wirkte es völlig verlassen. Sie waren eine Weile auf Nebenstraßen herumgekurvt, bevor sie ihr Ziel gefunden hatten. Vor einer vermoderten Anschlagtafel stand ein Renault Mégane. Sebastian stieg aus und ging zu dem verlassenen Auto. Er glaubte, es gesehen zu haben, als sie Ulf vor Beatrices Haus getroffen hatten.

«Willkommen im Erholungsgebiet Lilla Blacken» war auf einem ramponierten Schild an der Tafel zu lesen. Darunter hingen einige Zettel mit Verkaufs- und Tauschangeboten, deren Schrift vom Winterregen verwischt war. Unter anderem ein Angebot für Angelscheine. Er wandte sich an Vanja.

«Ich glaube, hier ist es.»

Sie sahen sich um. Auf einer freiliegenden Wiese, die sich bis zum Wasser erstreckte, wuchsen vereinzelte Laubbäume. Ganz unten am Uferrand stand ein blaues Zelt, das sich leicht im Wind bewegte.

Sie gingen durch das feuchte Gras zum Zelt. Es war ein grauer Tag, doch die Kälte der Nacht war verflogen. Wie immer übernahm Vanja die Führung. Sebastian lächelte, als er darüber nachdachte. Immer die Erste sein, immer das letzte Wort haben. So war Vanja. Genau wie er selbst, als er noch jung und voller Lebenshunger war. Zurzeit begnügte er sich lediglich damit, das letzte Wort zu haben. Als sie näher kamen, sahen sie zwei Menschen auf einem morschen Steg sitzen, der etwas von ihrem Lager entfernt auf das Wasser hinausführte. Anscheinend angelten sie. Dicht nebeneinander. Als Sebastian und Vanja herankamen, erkannten sie Ulf und Johan. Es war das Klischee eines Vater-und-Sohn-Bildes, etwas, was Sebastian selbst nie erlebt hatte.

Ulf und Johan hatten sich warm angezogen, sie trugen Mützen und grüne Gummistiefel, neben ihnen standen einige Eimer, ein Messer und eine Kiste mit Haken und Angelblei. Beide hielten eine Angelrute in der Hand. Während Johan sitzen blieb, stand Ulf auf und ging ihnen entgegen. Mit besorgtem Blick.

«Ist etwas passiert?»

Nach der Schneeschmelze im Frühjahr hatte der Mälarensee einen hohen Wasserpegel, und die Wasseroberfläche reichte gefährlich nahe an den Steg heran. Durch die Ritzen zwischen den Planken drang kaltes Seewasser, als Ulf auf sie zukam. Sebastian blieb stehen, um nicht nass zu werden.

«Wir müssten noch einmal ausführlicher mit Johan sprechen, weil wir einige neue Informationen haben.»

«Aha. Und wir dachten, wir würden hier ein bisschen

Ruhe finden. Von allem wegkommen. Die Sache hat ihn schwer getroffen.»

«Ja, das sagten Sie bereits, aber leider müssen wir nochmal mit ihm sprechen.»

«Ist schon gut, Papa.»

Ulf nickte resigniert und trat zur Seite, damit sie den Steg betreten konnten. Johan legte die Angelrute beiseite und erhob sich behäbig, als sie näher kamen. Vanja hatte keine Lust, noch länger zu warten, und fragte im Gehen:

«Johan, hat Roger zusammen mit Axel Johansson Alkohol verkauft?»

Johan verharrte einen Moment und blickte Vanja an. Er sah aus wie ein kleiner Junge in viel zu großen Kleidern. Er war blass geworden und nickte. Ulf zuckte zusammen. Dies war offenkundig neu für ihn.

«Was sagst du da?»

Jetzt blickten drei Erwachsene den Sechzehnjährigen an, der noch blasser wurde.

«Es war von Anfang an Rogers Idee. Er nahm die Bestellungen entgegen. Axel kaufte die Ware ein. Dann verkauften sie das Zeug teurer weiter und teilten den Gewinn.»

Ulf blickte seinen Sohn ernst an.

«Warst du auch daran beteiligt?»

Der Junge schüttelte sofort den Kopf.

«Nein, ich wollte nicht.»

Flehend sah Johan seinen Vater an, der ihn streng musterte.

«Johan, ich verstehe ja, dass du das Gefühl hast, Roger beschützen zu müssen, aber du musst mir und den Polizisten hier jetzt alles erzählen, was du weißt.»

Ulf hatte seinem Sohn den Arm um die Schultern gelegt. «Begreifst du das?»

Johan nickte schweigend. Vanja spürte, dass es an der Zeit war, weiterzufragen.

«Wann fing das an?»

«Irgendwann im Herbst. Roger sprach mit Axel, und plötzlich war die Sache am Laufen. Sie verdienten gut dabei.»

«Was lief dann schief? Warum hat Roger Axel angeschwärzt?»

«Axel wollte das Geld nicht mehr teilen, also fing er an, den Alkohol direkt zu verkaufen. Eigentlich brauchte er Roger ja nicht. Er konnte die Bestellungen selbst aufnehmen.»

«Und daraufhin ist Roger zum Rektor gegangen?»

«Ja.»

«Der Axel Johansson feuerte.»

«Ja, noch am selben Tag.»

«Hat Axel denn nicht gesagt, dass Roger von Anfang an dabei war?»

«Ich weiß es nicht. Ich glaube, dass Roger es selbst erzählt hat. Dass er anfangs mitgemacht hat, es dann aber bereute und nicht mehr länger dabei sein wollte.»

Die letzten Fragen hatte Sebastian gestellt. Er konnte sich lebhaft vorstellen, wie Roger vor dem pedantischen Rektor stand und den fleißigen und zerknirschten Schüler spielte. Den Mann verpfiff, der ihn betrogen hatte. Roger war berechnender, als er geglaubt hatte. Er zeigte immer wieder neue Facetten von sich. Es war faszinierend.

«Warum hat Roger so etwas gemacht?»

«Er brauchte Geld.»

Ulf fühlte sich gezwungen, einzugreifen. Wahrscheinlich musste er deutlich machen, dass dies nicht für seine eigene Familie galt.

«Wofür brauchte er Geld?»

«Ist dir denn nicht aufgefallen, wie er früher aussah, Papa? Was er für Sachen anhatte, als er auf die Schule kam. Er wollte auf keinen Fall wieder gemobbt werden.»

Eine Weile blieb es still. Dann fuhr Johan fort.

«Verstehen Sie denn nicht? Er wollte einfach nur dazugehören. Er hätte alles dafür getan.»

Roger, der anfangs so konturlose Jugendliche, nahm nach und nach Formen an. Allmählich gelangten seine verborgenen Seiten ans Tageslicht und mit ihnen seine Beweggründe. Ein junger Mensch, der ein anderer hatte sein wollen. Etwas anderes hatte darstellen wollen. Um jeden Preis. Vanja erinnerte sich an ihre Anfangszeit in Uniform zurück. Wie verwundert sie gewesen war, dass dieser Kampf um Anerkennung in Gewalt münden und sogar mit Mord enden konnte. Vanja holte Billys Ausdrucke der SMS von Rogers Handy hervor.

«Wir haben diese SMS in seinem Telefon gefunden.» Vanja reichte die Blätter mit den beiden verzweifelten Nachrichten Johan, der sie aufmerksam las.

«Kannst du dir vorstellen, wer die geschickt hat?»

Johan schüttelte den Kopf.

«Keine Ahnung.»

«Du erkennst die Nummer nicht wieder?»

«Nein.»

«Sicher? Es könnte ziemlich wichtig sein.»

Johan nickte, um zu signalisieren, dass er verstanden hatte, es aber dennoch nicht wusste. Ulf legte erneut den Arm um seinen Sohn.

«Roger und du, ihr hattet in diesem Halbjahr sowieso ein wenig den Kontakt zueinander verloren, war es nicht so?»

Johan nickte erneut.

«Und warum?», fragte Vanja.

«Das weiß man doch. Jungs entwickeln sich in diesem Alter eben ziemlich unterschiedlich.»

Ulf zuckte mit den Schultern, als wolle er unterstreichen, dass dies geradezu ein Naturgesetz war, gegen das man nichts ausrichten konnte. Doch Vanja gab nicht so schnell nach. Diesmal richtete sie ihre Frage noch direkter an Johan.

«Gab es einen Grund dafür, dass ihr nicht mehr so viel miteinander zu tun hattet?»

Johan zögerte, dachte nach und zuckte dann ebenfalls mit den Schultern.

«Er hatte sich irgendwie verändert.»

«Inwiefern?»

«Ich weiß nicht ... Am Ende ging es immer nur noch um Geld und Sex.»

«Sex?»

Johan nickte.

«Er sprach die ganze Zeit davon. Es war anstrengend.»

Ulf beugte sich vor und umarmte seinen Sohn. Wie typisch, dachte Sebastian. Die meisten Eltern sahen sich gezwungen, ihre Kinder zu schützen, sobald von Sex die Rede war. Meistens taten sie es nur der umstehenden Zuschauer wegen. Um allen zu zeigen, dass man die Kinder in dieser Familie vor dem Animalischen und Schmutzigen bewahrte. Wenn Ulf wüsste, womit Sebastian und seine Frau gestern Abend beschäftigt gewesen waren, während er bibbernd in einem kalten Zelt gelegen hatte ... Wahrscheinlich hätte dieses Wissen die Chancen auf eine konstruktive Vernehmung allerdings deutlich verringert.

Sie unterhielten sich noch einige Minuten mit Johan. Versuchten fieberhaft, weitere Informationen über Roger zu bekommen, doch Johan schien ihnen keine weiteren geben zu können. Er war müde und erschöpft, das sah man ihm an, und sie hatten bereits mehr erfahren, als sie sich erhofft hatten. Daher bedankten sie sich und kehrten zum Auto zurück. Sebastian warf einen letzten Blick über die Schulter zurück auf Vater und Sohn, die am Ufer standen und ihnen nachsahen.

Ein beschützender, liebender Vater und sein Sohn.

Hier war kein Platz für andere.

Vielleicht hatte nicht Sebastian Beatrice verführt.

Vielleicht war es umgekehrt gewesen.


Auf dem Rückweg von Lilla Blacken entschied Vanja, noch einen Abstecher zu Peter Westins Haus im Rotevägen zu machen. Es war kein großer Umweg. Ihre Irritation über Westins Unfähigkeit, sie zurückzurufen, war inzwischen einer leisen Besorgnis gewichen. Immerhin war seither ein ganzer Vormittag verstrichen. Ihre Sorge erwies sich schon bald als berechtigt. Als sie sich der Adresse näherten, drang ein beißender Brandgeruch ins Auto. Durch das Seitenfenster sah Vanja eine schwache, schwarzgraue Rauchsäule zwischen den Bäumen und Häusern aufsteigen. Sie drosselte das Tempo und bog links in eine Querstraße ein, dann wieder links in den Rotevägen. Es war eine von Kastanien gesäumte Straße mit Einfamilienhäusern, deren Beschaulichkeit durch die große Anzahl von Feuerwehrwagen mit Blaulicht gestört wurde, die weiter hinten den Weg blockierten. Feuerwehrmänner liefen hektisch mit ihren Gerätschaften hin und her. Hinter der Absperrung hatten sich Trauben Schaulustiger gebildet. Jetzt wurde sogar Sebastian wach.

«War das etwa unser Ziel?»

«Ich glaube schon.»

Sie stiegen aus dem Wagen und gingen mit schnellen Schritten auf das Haus zu. Je näher sie kamen, desto schlimmer wurde das Szenario. Auf der einen Seite des Obergeschosses fehlten große Teile der Außenwand, dahinter kamen schwarze, verbrannte Möbel und verkohlte Trümmer zum Vorschein. Stinkendes, rabenschwarzes Wasser lief über die Straße und versickerte in den Gullys. Der Geruch wurde immer stechender. Ein halbes Dutzend Feuerwehrleute war mit den letzten Löscharbeiten beschäftigt. An dem grauen Zaun, der vermutlich dieselbe Farbe hatte wie das Haus vor dem Brand, hing ein Schild mit der Nummer 12. Es war Peter Westins Adresse.

Vanja zeigte ihre Dienstmarke und durfte nach einigen Minuten mit dem Koordinator der Löscharbeiten sprechen, der Sundstedt hieß. Er war ein Mann in den Fünfzigern mit einem Schnauzer und einer glänzenden Jacke, deren Aufschrift ihn als Einsatzleiter auswies. Er wunderte sich darüber, dass bereits Zivilbeamte vor Ort waren, obwohl er die Polizei gerade erst telefonisch über den Fund einer Leiche im Obergeschoss informiert hatte. Vanja erstarrte.

«Könnte es sich um den Mann handeln, der hier wohnte? Um Peter Westin?»

«Das wissen wir nicht mit Sicherheit, aber es ist wahrscheinlich. Die Leiche wurde in den Überresten des Wohnzimmers gefunden», sagte Sundstedt und berichtete, dass einer der Feuerwehrmänner einen verkohlten Fuß entdeckt hatte, der unter dem eingestürzten Dach herausragte. Sie würden versuchen, die Leiche so schnell wie möglich zu bergen, aber die Löscharbeiten seien noch im vollen Gange und es drohe Einsturzgefahr, sodass es noch einige Stunden dauern könne.

Der Brand war am frühen Morgen ausgebrochen und der Notruf um 4:17 Uhr bei der Feuerwehr eingegangen. Der Nachbar hatte sie alarmiert. Als die Löschmannschaften eintrafen, standen bereits große Teile des Obergeschosses in Flammen, und sie mussten sich darauf konzentrieren, ein Übergreifen des Feuers auf das umliegende Viertel zu verhindern.

«Haben Sie den Verdacht, dass es sich um Brandstiftung und gezielten Mord handeln könnte?»

«Es ist noch zu früh, um Genaueres sagen zu können, aber der eindeutige Brandherd und die schnelle Ausbreitung deuten darauf hin.»

Vanja sah sich um. Sebastian war zu einer Gruppe schaulustiger Nachbarn gegangen, die ein Stück entfernt stand. Offenbar unterhielt er sich mit einigen von ihnen. Vanja holte ihr Handy hervor und rief Ursula an, erklärte ihr die Situation und bat sie, so schnell wie möglich zu kommen. Anschließend versuchte sie Torkel zu erreichen, der jedoch nicht ans Telefon ging. Sie hinterließ eine Nachricht auf seiner Mailbox.

Sebastian nickte den Nachbarn zu, mit denen er gerade geredet hatte, und ging zu Vanja zurück.

«Ein paar von denen sagen, dass sie Westin gestern am späten Abend noch gesehen haben und dass er heute Nacht hier war. Er übernachtete immer zu Hause.»

Sie sahen sich an.

«Das ist ein bisschen zu viel des Zufalls, finde ich», sagte Sebastian. «Wie sicher bist du dir denn, dass Roger zu seinen Patienten gehörte?»

«Überhaupt nicht sicher. Ich weiß, dass er nach seinem Schulwechsel anfangs einige Male bei ihm war, das hat Beatrice Strand erzählt. Aber ob er kürzlich da war, weiß ich nicht. Alles, was ich habe, sind diese Initialen und die Zeit, jeden zweiten Mittwoch.»

Sebastian nickte und fasste sie am Arm. «Wir müssen es herausfinden. Diese Schule ist zu klein, als dass man dort solche Geheimnisse bewahren könnte. Das kannst du mir glauben, ich war selbst Schüler dort.»

Sie gingen zum Wagen zurück. Wendeten und fuhren

wieder zum Palmlövska-Gymnasium. Dieser Fall schien immer wieder dorthin zurückzuführen.

Zu dieser an der Oberfläche so perfekten Schule, deren Fassade immer größere Risse aufwies.

Vanja rief Billy an und bat ihn, alle Informationen zu einem gewissen Peter Westin zusammenzutragen, die er finden konnte: Psychologe, wohnhaft im Rotevägen 12. Billy versprach, sich so schnell wie möglich darum zu kümmern. Unterdessen telefonierte Sebastian mit Lena Eriksson, um zu hören, ob sie etwas von einem Schulpsychologen wusste. Genau wie Vanja vermutete, hatte Rogers Mutter keine Ahnung. Sebastian bedankte sich und legte den Hörer auf. Vanja sah ihn an. In der letzten Stunde hatte sie völlig vergessen, dass sie sich ursprünglich vorgenommen hatte, ihn nicht ausstehen zu können. Eigentlich war er in kritischen Situationen eine ziemlich gute Unterstützung. Sie konnte sich ein leichtes Lächeln nicht verkneifen. Natürlich ergriff Sebastian sofort die Gelegenheit, es misszudeuten.

«Flirtest du etwa mit mir?»

«Wie bitte? Nein!»

«Aber du schaust mich gerade so mädchenhaft erregt an.»

«Du kannst mich mal.»

«Dafür muss man sich nicht schämen, diese Wirkung habe ich nun mal auf Frauen.»

Sebastian warf ihr ein lächerlich selbstsicheres Grinsen zu.

Sie sah weg und gab Gas. Diesmal hatte er das letzte Wort gehabt.

«Hast du einen Moment Zeit?»

An Hansers Tonfall erkannte Haraldsson sofort, dass sie eigentlich meinte: «Ich will mit dir sprechen! Und zwar sofort!» Und richtig, als er von seiner Arbeit aufsah, stand Hanser mit verschränkten Armen vor ihm und blickte ziemlich verbiestert drein, während sie mit dem Kopf zu ihrer Bürotür deutete. So leicht würde er es ihr trotzdem nicht machen. Worum auch immer es ging, Haraldsson dachte nicht daran, ihr ein Heimspiel zu gönnen.

«Können wir das nicht hier besprechen? Ich versuche, meinen Fuß so weit wie möglich zu schonen.»

Hanser sah sich im Großraumbüro um, damit sie einschätzen konnte, wie viel die Kollegen vom Gespräch mitbekommen würden, bevor sie sich mit einem Seufzer und einer entnervten Geste einen Stuhl von einem leeren Arbeitsplatz heranzog. Sie setzte sich Haraldsson gegenüber, beugte sich vor und dämpfte ihre Stimme.

«Warst du letzte Nacht vor Axel Johanssons Haus?»

«Nein.»

Abstreiten. Kein logischer Gedanke, sondern ein Reflex.

Fragte sie, weil sie bereits wusste, dass er dort gewesen war? Dann wäre ein Ja besser gewesen. Anschließend hätte er sich immer noch einen guten Grund überlegen können, warum er vor Ort gewesen war. Falls das ein Problem darstellte. Und so war es vermutlich, sonst wäre sie wohl kaum hier, um mit ihm zu sprechen. Oder hegte sie lediglich einen Verdacht? In diesem Fall würde das Leugnen funktionieren. Wollte sie ihn vielleicht einfach nur für sein Engagement loben? Kaum denkbar. Haraldssons Gedanken überschlugen sich. Ihn beschlich das Gefühl, dass es um Schadensbegrenzung ging und besser gewesen wäre, seine nächtliche Observierung gleich zuzugeben. Aber dafür war es nun leider zu spät.

«Bist du sicher, dass du nicht da warst?»

Jetzt konnte er sich nicht mehr umentscheiden, aber er brauchte ja nicht direkt zu antworten.

«Warum fragst du?»

«Ich bekam einen Anruf von Desiré Holmin. Sie wohnt im selben Haus wie Axel Johansson. Sie sagte, sie habe ihn heute Nacht gesehen, und jemand habe in einem Auto auf ihn gewartet und ihn zu Fuß verfolgt, als er nach Hause gekommen sei.»

«Und jetzt glaubst du, ich wäre derjenige gewesen?»

«Warst du es denn?»

Haraldsson dachte fieberhaft nach. Holmin. Holmin ... War das nicht die kleine grauhaarige Alte aus demselben Stockwerk wie Johansson? Doch. Sie hatte sich unglaublich engagiert gezeigt, als er bei ihr geklingelt hatte, um sie zu befragen. Er konnte sich nur zu gut vorstellen, wie sie dort oben saß und Privatdetektivin spielte, um der Polizei zu helfen und ein bisschen Spannung in ihr graues, eintöniges Rentnerleben zu bringen. Ebenso vorstellbar war jedoch, dass es dunkel gewesen war und die Alte ziemlich müde und noch dazu halbblind. Vielleicht sogar ein bisschen senil. Er würde irgendwie durchkommen.

«Nein, das war ich nicht.»

Hanser schwieg und beobachtete ihn. Nicht ohne eine gewisse Befriedigung. Haraldsson ahnte nicht, dass er gerade die ersten Spatenstiche getan hatte, um sich sein eigenes Grab zu schaufeln. Sie sagte nichts mehr, überzeugt davon, dass er weiterhin jegliche Schuld von sich weisen würde.

Haraldsson war peinlich berührt. Er hasste ihren Blick. Er hasste ihr Schweigen, das verriet, dass sie ihm nicht glaubte.

Lächelte sie nicht sogar ein wenig? Er beschloss, seinen Trumpf direkt auszuspielen.

«Wie hätte ich denn jemandem hinterherrennen sollen, ich schaffe es ja kaum von hier bis zur Toilette.»

«Wegen deinem Fuß?»

«Genau.»

Hanser nickte. Haraldsson lächelte sie an. Tja, das wäre wohl geklärt. Hanser würde erkennen, wie unwahrscheinlich ihre Behauptung war und wieder gehen. Zu seiner großen Verwunderung blieb sie jedoch in derselben, nach vorn gebeugten Haltung sitzen.

«Was hast du für ein Auto?»

«Warum?»

«Frau Holmin sagte, dass der Mann, der Johansson verfolgte, aus einem grünen Toyota gestiegen sei.»

Okay, dachte Haraldsson, es war an der Zeit, die niedrigeren Karten zu spielen: Nacht, müde, halbblind und senil. Wie weit entfernt vom Haus hatte er gestanden? Zwanzig bis dreißig Meter. Mindestens. Er warf ihr ein entwaffnendes Grinsen zu.

«Nicht dass ich die alte Holmin in Misskredit bringen will, aber wenn das letzte Nacht gewesen sein soll, war es wohl auch dunkel, wie hätte sie da sehen können, was für eine Farbe das Auto hatte, und mal ganz ehrlich, wie alt ist sie? Um die achtzig? Ich habe mit ihr gesprochen, und sie wirkte recht senil. Es würde mich doch sehr wundern, wenn eine wie sie verschiedene Automarken voneinander unterscheiden könnte.»

«Der Wagen stand unter einer Straßenlaterne, und obendrein hatte sie ein Fernglas.»

Hanser lehnte sich zurück und betrachtete Haraldsson. Sie konnte förmlich sehen, wie sein Gehirn arbeitete. Wie wenn sich in einem Zeichentrickfilm die Zahnräder immer schneller drehten. Sie war ein wenig erstaunt, spätestens jetzt musste er doch erkennen, worauf sie hinauswollte.

«Ich bin ja wohl nicht der Einzige, der einen grünen Toyota fährt. Wenn es tatsächlich einer war.»

Nein, bist du nicht, dachte Hanser und staunte noch mehr. Haraldsson schaufelte nicht nur weiter an seinem Grab, er sprang auch noch selbst in die Grube hinein und schüttete sie zu.

«Sie hat sich das Kennzeichen aufgeschrieben. Und das hat kein Zweiter.»

Haraldsson blieb stumm. Ihm fiel nichts mehr ein. Vollkommene Leere. Hanser beugte sich noch weiter über den Schreibtisch.

«Jetzt weiß Axel Johansson, dass wir ihn suchen, und wird sich vermutlich noch besser verstecken.»

Haraldsson versuchte zu antworten, doch es drang kein Wort aus seinem Mund, nichts. Seine Stimmbänder gehorchten ihm nicht mehr.

«Ich muss die Reichsmordkommission darüber informieren. Es – ist – *ihr* – Fall. Das sage ich so deutlich, weil du es anscheinend noch immer nicht begriffen hast.»

Hanser erhob sich und blickte auf Haraldsson herab, dessen Blick flackerte. Wäre es nicht eine so grobe Verfehlung gewesen und – wenn sie ehrlich war – wäre es nicht Haraldsson gewesen, hätte er ihr fast ein bisschen leidgetan.

«Wir müssen auch noch darüber reden, wo du wirklich warst, als du in Listakärr verschwunden bist. Desiré Holmin erzählte, dass der Mann, der Axel hinterherjagte, keineswegs hinkte. Ganz im Gegenteil. Richtig schnell sei er gewesen.»

Hanser drehte sich um und ging. Haraldsson sah ihr mit

leerem Blick nach. Wie hatte es so weit kommen können? Er wollte doch nur irgendwie durchkommen. Schadensbegrenzung war offensichtlich die schlechteste Option gewesen. Und für das, was er gerade angerichtet hatte, gab es keine Worte. Die Dankesrede des Polizeidirektors war in weite Ferne gerückt. Haraldsson spürte, wie sich die Abwärtsspirale seines Lebens immer schneller drehte und immer steiler wurde. Und wie er fiel. Kopfüber.

Ursula kannte Sundstedt noch von früher. Eine Zeitlang war er staatlicher Untersuchungskommissar für Unfallkatastrophen gewesen, bevor er sich erneut bei der Feuerwehr beworben hatte. Sie hatten sich kennengelernt, als sie noch beim SKL war. Damals hatten sie gemeinsam an einem komplizierten Fall gearbeitet, ein Flugzeug war über Sörmland abgestürzt, und der Pilot stand unter dem Verdacht, seine Frau vergiftet zu haben. Sundstedt und Ursula waren sich auf Anhieb sympathisch gewesen. Er war vom gleichen Schlag wie sie, er hatte keine Angst davor, zuzupacken, und ließ sich nicht alles gefallen. Sundstedt hatte sie sofort entdeckt, als sie aus dem Auto stieg, und ihr zugewinkt.

«Oho, solch hoher Besuch, was verschafft mir die Ehre?»

«Das müsste ich dich fragen.»

Sie umarmten sich freundschaftlich und wechselten schnell ein paar Worte darüber, wie lange sie sich schon nicht mehr gesehen hatten. Dann reichte er ihr einen Schutzhelm und ließ sie hinter die Absperrung.

«Du arbeitest also immer noch bei der Reichsmordkommission?»

«Ja.»

«Seid ihr wegen dem Mord an dem Jungen hier?»

363

Ursula nickte. Sundstedt deutete mit dem Kopf zu dem zerstörten Haus.

«Glaubt ihr denn, dass eine Verbindung besteht?»

«Wir wissen es nicht. Konntet ihr die Leiche schon bergen?»

Er schüttelte den Kopf und führte sie um das Haus herum. Dort parkte Sundstedts Wagen, aus dem er einen feuerfesten Mantel hervorkramte und ihn Ursula reichte.

«Zieh den mal über. Ich kann dir genauso gut gleich zeigen, wo das Opfer liegt, du nörgelst ja doch nur herum, wenn du nicht von Anfang an dabei sein darfst.»

«Ich nörgele nicht, ich beschwere mich. Und zwar zu Recht. Das ist ein Unterschied.»

Sie lächelten sich an und setzten ihren Weg zum Haus fort, das sie durch die Maueröffnung betraten, in der vorher die Haustür gewesen war. Jemand hatte sie in den Flur geworfen. Die Küchenmöbel waren von den Flammen verschont geblieben und sahen aus, als warteten sie nur darauf, dass sich jemand darauf niederließ. Der Fußboden hingegen war von rußigem Wasser bedeckt, das noch immer durch die Decke leckte und die Wände hinabrann. Sie gingen die Treppe hoch, die vom Wasser rutschig war. Der beißende Gestank nahm immer mehr zu, er brannte in Ursulas Nase, und ihre Augen tränten leicht. Obwohl Ursula schon viele Brände gesehen hatte, war sie jedes Mal von neuem fasziniert. Feuer verwandelte das Alltägliche auf eine erschreckende und gleichzeitig beinahe verführerische Weise. Zwischen den Trümmern stand ein unversehrter Sessel. Dahinter, wo vorher eine Außenwand gewesen war, kamen nun der Garten und das Nachbarhaus zum Vorschein. Die Vergänglichkeit des Lebens traf auf die Überreste eines Alltags. Sundstedt wurde langsamer und bewegte sich mit größerer

Vorsicht. Er gab Ursula ein Zeichen, dass sie stehen bleiben sollte, wo sie war. Der Fußboden knackte bedenklich unter Sundstedts Gewicht. Er deutete auf ein weißes Tuch, das neben den Überresten eines Bettes lag. Teile des Daches waren eingestürzt, über ihnen war der Himmel sichtbar.

«Hier ist die Leiche. Wir müssen den Boden abstützen, bevor wir sie bewegen können.»

Ursula nickte, ging in die Hocke und holte ihre Kamera hervor. Sundstedt wusste, was sie vorhatte, und beugte sich wortlos nach vorne, fasste den nächstgelegenen Zipfel des Tuchs und zog es beiseite. Es kamen vor allem verkohlte Holzbalken sowie zertrümmerte und unversehrte Dachziegel zum Vorschein. Doch darunter ragte etwas hervor, was eindeutig als Fuß erkennbar war. Er war schwarz vom Feuer, doch das Fleisch war nicht verbrannt. Ursula machte eine Reihe Bilder. Sie begann mit den großen Gesamtaufnahmen. Als sie sich vorsichtig dem Fuß näherte, um Nahaufnahmen zu machen, nahm sie durch den stechenden Brandgeruch einen süßlicheren Gestank wahr, der wie eine Kombination aus Leichenhaus und Waldbrand roch. Man konnte sich im Laufe seiner Arbeit an vieles gewöhnen, aber die Gerüche waren am schwersten zu ertragen.

Sie schluckte.

«Der Größe des Fußes nach zu urteilen handelt es sich vermutlich um einen erwachsenen Mann», begann Sundstedt. «Soll ich dir dabei helfen, eine Gewebeprobe zu nehmen? Am Knöchel sind noch einige weiche Partien übrig.»

«Das kann ich später machen, wenn es nötig ist. Es würde mir mehr helfen, wenn wir einen Zahnabgleich machen könnten.»

«Es wird wie gesagt ein paar Stunden dauern, bis wir ihn bergen können.»

Ursula nickte.

«In Ordnung. Falls ich dann nicht mehr hier sein sollte, ruf mich bitte gleich an.»

Sie kramte eine Visitenkarte hervor und reichte sie Sundstedt. Er steckte sie in die Tasche, breitete das Tuch wieder aus und kam aus der Hocke in den Stand. Ursula tat es ihm gleich.

Gemeinsam begannen sie, die Brandursache zu untersuchen. Ursula war nicht gerade eine Expertin für Brandherde, aber sogar sie entdeckte im Schlafzimmer zahlreiche Anzeichen, die auf eine extrem heftige Brandentwicklung hindeuteten. Viel zu heftig, um eine natürliche Ursache zu haben.


Rolf Lemmel war am Boden zerstört. Ein naher Bekannter hatte ihn angerufen und ihm von dem Brand in Peters Haus erzählt. Er hatte allerdings noch nicht erfahren, dass man im Schlafzimmer eine Leiche gefunden hatte, und als Vanja es ihm sagte, wurde er noch blasser, setzte sich auf das Sofa im Wartezimmer und schlug die Hände vors Gesicht.

«Ist es Peter?»

«Wir wissen es noch nicht, aber die Wahrscheinlichkeit ist ziemlich groß.»

Lemmel krümmte sich zusammen und atmete heftig. Sebastian holte ihm ein Glas Wasser. Rolf nahm ein paar Schlucke und beruhigte sich etwas. Er blickte die Polizisten an. Realisierte, dass die Polizistin Peter schon am Morgen gesucht hatte, als er noch glaubte, der Kollege hätte sich nur verspätet. Da war er vor allem genervt von ihr gewesen. Jetzt wurde ihm bewusst, dass er den Ernst ihres Besuchs nicht begriffen hatte.

«Warum waren Sie heute Vormittag hier, hatte es etwas damit zu tun?», fragte er und blickte Vanja eindringlich an.

«Wir wissen es nicht. Es ging um einen Jungen, der möglicherweise bei ihm Patient gewesen ist.»

«Wer denn?»

«Roger Eriksson, ein sechzehnjähriger Junge von der Palmlövska-Schule.»

Vanja streckte sich, um ihm das Bild zu zeigen, aber er wusste schon Bescheid.

«Der Junge, der ermordet wurde?»

«Genau.»

Sie hielt ihm das Bild vorsichtshalber trotzdem hin. Er starrte darauf und überlegte lange, er wollte keinen Fehler machen.

«Ich bin mir nicht sicher. Peter hatte ja eine Vereinbarung mit der Schule, dadurch waren viele Jugendliche hier. Es ist also möglich, dass er bei ihm war.»

«Hatte er in diesem Schulhalbjahr jeden zweiten Mittwoch um zehn einen Termin?»

Lemmel schüttelte den Kopf.

«Ich bin nur an drei Tagen in der Woche hier, mittwochs und donnerstags arbeite ich im Krankenhaus. Ich weiß es also nicht. Aber wir können in Peters Büro nachsehen. Dort liegt sein Kalender.»

«Haben Sie keine Sprechstundenhilfe?», fragte Sebastian, als sie durch die Glastür in einen kleinen Flur traten.

«Nein, wir kümmern uns selbst um die Termine, alles andere würde nur unnötige Kosten verursachen.»

Lemmel blieb vor der zweiten Tür auf der rechten Seite stehen und zog seine Schlüssel hervor, um die Tür aufzuschließen. Er sah etwas verwundert aus, als er den Schlüssel im Schloss umdrehen wollte und die Tür plötzlich von selbst aufging.

«Komisch ...»

Sebastian schob die Tür weit auf. Im Zimmer herrschte ein einziges Chaos, herausgerissene Akten und Papiere. Offene Schubladen. Leere Mappen. Zerbrochenes Glas. Rolf sah schockiert aus. Vanja streifte sich schnell ein paar weiße Latexhandschuhe über.

«Bleiben Sie draußen. Sebastian, ruf Ursula an und sag ihr, dass wir sie hier brauchen, so schnell es geht.»

«Ich glaube, es wäre besser, wenn du anrufst.» Sebastian versuchte zu lächeln.

«Sag ihr einfach, worum es geht. Möglicherweise hasst sie dich, aber sie ist auch professionell.»

Vanja wandte sich Lemmel zu.

«Sie waren heute noch gar nicht in diesem Raum?»

Lemmel schüttelte den Kopf. Er begann sich umzusehen.

«Können Sie Peters Kalender irgendwo sehen?»

Der Psychologe stand noch immer unter Schock, es dauerte eine Weile, bis er antworten konnte.

«Nein. Es ist ein großes, grünes Buch, fast schon DIN-A4-Format.»

Vanja nickte und begann, vorsichtig zwischen den Papieren am Boden zu suchen, was nicht gerade leicht war, weil sie nicht darauf herumtrampeln und eventuelle Beweise zerstören wollte. Gleichzeitig spürte sie, wie wichtig es war herauszufinden, ob eine aktuelle Verbindung zwischen Peter Westin und Roger bestand. Denn falls es sie gab, nahm dieser Fall eine unerwartete Wendung.

Nach zehn Minuten gab Vanja auf. Soweit sie sehen konnte, gab es in diesem Raum keinen Kalender, und sie durfte bei ihrer Suche nicht alles auf den Kopf stellen. Ursula hatte zurückgerufen und mitgeteilt, dass sie noch mehrere Stunden am Rotevägen beschäftigt wäre, doch sie hatte mit Hanser telefoniert, die versprochen hatte, ihre besten Leute von der Spurensicherung zu schicken. Das gefiel Ursula zwar gar nicht, aber wie schwer konnte es schon sein, einen Raum zu sichern? Vanja schloss mit Lemmels Schlüssel die Tür ab und ging hinaus, um den Psychologen weiter zu befragen. Er hatte sich wieder aufs Sofa gesetzt und telefonierte. Ihm standen die Tränen in den Augen, und seine Stimme klang belegt. Als er Vanja erblickte, versuchte er sich zusammenzureißen.

«Liebling, ich muss Schluss machen. Die Polizei möchte wieder mit mir sprechen.»

«Die Spurensicherung ist auf dem Weg. Vorerst darf niemand dieses Zimmer betreten. Darf ich Ihre Schlüssel behalten?»

Er nickte. Vanja sah sich suchend um.

«Wo ist denn mein Kollege geblieben?»

«Er ist gegangen, weil er irgendetwas nachprüfen wollte.» Vanja seufzte und nahm ihr Handy. Dann fiel ihr allerdings ein, dass sie Sebastians Handynummer gar nicht besaß. Sie hätte nie gedacht, dass sie sie einmal brauchen würde.


Sebastian betrat die Cafeteria des Palmlövska-Gymnasiums. Als er hier Schüler gewesen war, hatte es im unteren Stockwerk noch keinen gemütlichen, caféähnlichen Raum gegeben. Zu dieser Zeit war es ein Lernraum gewesen, in dem die Schüler ihre Hausaufgaben erledigen konnten. Damals waren die Wände nicht weiß gewesen, mit kleinen eingelassenen Lichtern an der Decke. Auch schwarze Ledersessel mit passenden, niedrigen Tischen aus hellem Holz und kleine Wandlautsprecher, die Loungemusik verbreiteten, existierten in Sebastians Erinnerung nicht. Zu seiner Zeit waren die Wände von Bücherregalen verdeckt gewesen, und für die Schüler hatte es Pultreihen und harte Stühlen gegeben. Sonst nichts.

In der psychologischen Praxis war Sebastian es irgendwann leid gewesen, immer die zweite Geige zu spielen. Er hatte sich den ganzen Tag redlich bemüht, sich anzupassen, nicht zu weit zu gehen, ein Teamplayer zu sein und all den Mist. Das war nicht besonders schwer, es ging lediglich darum, im Windschatten zu fahren und in den meisten Situationen die Klappe zu halten. Aber es war langweilig, mordsmäßig geisttötend und sterbenslangweilig. Zwar hatte er im Auto ein paar Sticheleien gegenüber Vanja losgelassen, aber das reichte nicht aus. Er führte momentan eine Existenz am Rande des Minimums, und Sebastian Bergman machte sich nicht gern klein.

Nachdem er eine Weile zugesehen hatte, wie Vanja in dem chaotischen Praxiszimmer äußerst behutsam einige Blätter aufhob, um Ursulas Arbeit nicht allzu sehr zu beeinträchtigen, hatte er beschlossen, das Lager zu wechseln und eine Solorunde zu drehen. Information gab es überall. Irgendjemand wusste immer über irgendwas Bescheid. Man musste nur herausfinden, wen es zu fragen galt.

Aus diesem Grund sah er sich jetzt in der Cafeteria um. Er erblickte Lisa Hansson, die ein Stück entfernt mit ihren Freundinnen ins Gespräch vertieft saß, sie hatten leere Caffè-Latte-Gläser vor sich. Er ging zu ihr. Sie war nicht gerade glücklich über sein Auftauchen, das sah er ihrem Blick an. Aber sie akzeptierte ihn, und das genügte.

«Hallo, Lisa. Hast du mal eine Minute?»

Die anderen Mädchen sahen ihn erstaunt an, aber er wartete die Antwort gar nicht erst ab.

«Ich brauche bei einer Sache deine Hilfe.»


Als Sebastian zweiundzwanzig Minuten später Lemmels und Westins Gemeinschaftspraxis betrat, hatten ihm zwei Zeugen unabhängig voneinander bestätigt, dass Roger Eriksson jeden zweiten Mittwoch um zehn zu Peter Westin gegangen war. Wie in allen menschlichen Gruppen mit großer interner Kontrolle – und es gibt kaum eine Gruppe mit einer größeren internen Kontrolle als Teenager – war es für Roger unmöglich gewesen, sich unbemerkt zu einem Psychologen zu schleichen. Lisa wusste nicht, wen Roger jeden zweiten Mittwoch traf, aber sie kannte die schulischen Hierarchien genau und hatte sich bei der Suche nach jemandem, der es wusste, als sehr hilfreich erwiesen. Ein Mädchen in der zwölften Klasse hatte ihn gesehen, und ein weiteres Mädchen aus Rogers Parallelklasse konnte es bestätigen. Sie waren sich zweimal im Wartezimmer begegnet.

Vanja telefonierte gerade, als er kam. Sie warf Sebastian einen wütenden Blick zu, als er nonchalant in die Praxis spazierte. Er lächelte sie an. Im Hintergrund verteilte ein Mann von der Spurensicherung gerade Fingerabdruckpulver auf dem Türrahmen zu Westins Zimmer. Sebastians Timing war perfekt. Er wartete, bis Vanja das Gespräch beendet hatte.

«Und, wie läuft's? Habt ihr schon Beweise gesichert?»

«Noch nicht. Wo warst du?»

«Ich habe ein bisschen gearbeitet. Du brauchst doch eine Bestätigung dafür, dass Roger jeden zweiten Mittwoch um zehn hier war. Dem ist so.»

«Wer sagt das?»

Sebastian nannte Vanja die Namen der beiden Schülerinnen, deren Kontaktdaten er sogar auf einem kleinen Zettel notiert hatte. Er wusste, dass sie das zusätzlich wütend machen würde.

«Ruf sie an und überprüfe die Angaben, wenn du willst.»

Sie warf einen Blick auf den Zettel.

«Das werde ich auch. Später. Wir müssen ins Büro. Billy hat etwas entdeckt.»


Torkel hoffte, dass etwas Gutes bevorstand. Er sehnte sich nach einem Fortschritt, nach etwas, über das er sich freuen konnte. Im Prinzip würde er sich sogar mit etwas zufriedengeben, das nicht zum völligen Scheitern führte. Soeben hatte er eine Besprechung mit Hanser gehabt. Nach einigen höflichen Floskeln über den gestrigen Abend hatte sie von Thomas Haraldsson berichtet. Es spielte keine Rolle, ob sein Einsatz gut gemeint gewesen war oder nicht. Offenbar war es diesem Tölpel gelungen, ihren derzeit einzigen Verdächtigen in den Untergrund zu jagen. Was zur Folge hatte, dass die Telefonlisten und die wiederhergestellten SMS im Prinzip wertlos waren. Um das Unglück perfekt zu machen, war nun offenbar auch noch Rogers Therapeut ermordet waren. Zumindest war er tot. Torkel hatte zu lange in seinem Beruf gearbeitet, um dabei an einen dummen Zufall zu glauben. Jetzt hatten sie es also mit einem Doppelmörder zu tun. Da war es nur ein geringer Trost, dass Sebastian glaubte, der erste Mord sei nicht geplant gewesen. Der zweite war es definitiv. Offenbar musste Westin sterben, weil er etwas über Roger Eriksson wusste. Torkel fluchte innerlich, dass sie nicht schneller gewesen waren. Nichts verlief bei diesem verdammten Fall zu ihren Gunsten. Es würde wohl nicht mehr lange dauern, bis auch die Presse die Verbindung zwischen den beiden Todesfällen herstellte, genau das brauchte sie, um die Geschichte am Laufen zu halten.

Und noch dazu war Ursula sauer auf ihn.

Mikael würde kommen.

Er öffnete die Tür zum Konferenzraum. Ursula war noch am Tatort beschäftigt, die anderen hatten sich bereits versammelt. Billy hatte alle informiert. Torkel setzte sich und forderte Billy mit einem Nicken dazu auf, anzufangen. Der Projektor an der Decke surrte und ließ darauf schließen, dass sie weitere Überwachungsbilder zu sehen bekämen. Er hatte richtig geraten. Roger schlenderte von rechts ins Bild.

«Um 21:29 Uhr war Roger hier.» Billy kreiste eine Straße auf der Karte an der Wand ein. «Gut einen Kilometer von der Gustavsborgsgatan entfernt. Wie ihr sehen könnt, geht er über die Straße und ist verschwunden. Ich meine wirklich verschwunden.» Billy spulte mit der Fernbedienung zurück und erzeugte ein Standbild von Roger, kurz bevor er hinter einem geparkten Auto verschwand.

«Er biegt vermutlich in die Spränggränd ein, eine kleine Sackgasse, an deren Ende Fußwege in drei Richtungen abzweigen.» Billy zeigte mit dem Stift auf die Karte. «Ich habe alle Kameras nördlich und westlich dieser Sackgasse überprüft. Es sind nicht besonders viele. Und dies ist das letzte Bild von Roger Eriksson.»

Alle betrachteten das Standbild an der Wand. Torkel spürte, wie seine schlechte Laune um weitere Minusgrade fiel. Oder mit welchen Einheiten auch immer man Laune maß, jedenfalls sank sie.

«Angenommen, er wäre geradeaus in Richtung Norden weiter gelaufen, wo wäre er dann hingelangt?» Die Frage kam von Vanja. Torkel war dankbar, dass es noch jemanden im Team gab, der versuchte, so viel wie möglich aus diesem Nichts zu schöpfen.

«Auf der anderen Seite der E18 liegt Vallby, ein Viertel, in dem überwiegend Mietshäuser stehen.»

«Hast du eine Verbindung dorthin finden können? Einen Klassenkameraden, der dort wohnt, oder so?»

Billy schüttelte den Kopf. Sebastian stand auf und ging zur Karte.

«Und was ist das hier?» Er zeigte auf ein größeres frei stehende Gebäude, das ungefähr zwanzig Meter vom Ende der Spränggränd entfernt lag.

«Ein Motel.»

Sebastian ging im Zimmer auf und ab und sprach in ruhigem, erörterndem Tonfall, als kommuniziere er hauptsächlich mit sich selbst.

«Roger und Lisa haben eine Zeitlang eine Beziehung zueinander vorgetäuscht. Lisa sagte, Roger hätte sich mit jemand anders getroffen, aber sie konnte nicht sagen, mit wem. Er machte ein großes Geheimnis daraus.»

Sebastian ging noch einmal zur Karte und tippte mit dem Finger auf das Motel.

«Laut Johans Aussage sprach Roger viel über Sex. Ein Motel ist der perfekte Ort für solche Treffen.»

Er ließ seinen Blick in die Runde schweifen.

«Ja, ich spreche aus eigener Erfahrung.» Er warf Vanja einen vielsagenden Blick zu. «Nicht gerade mit diesem Motel, aber so weit sind wir beide ja auch noch nicht.»

Vanja sah ihn nur müde an. Die zweite sexuelle Anspielung dieses Tages. Wenn er sich noch eine erlaubte, würde sie zusehen, dass er schneller nach Hause geschickt würde, als er gucken konnte. Doch sie sagte nichts, warum sollte sie ihn auch warnen? Torkel verschränkte die Arme und schaute Sebastian skeptisch an.

«Klingt das denn nicht ein bisschen zu ... fortschrittlich, sich mit sechzehn in einem Motel zu treffen? Verabredet man sich in diesem Alter nicht eher zu Hause?»

«Vielleicht war das aus irgendwelchen Gründen nicht möglich.»

Alle schwiegen. Billy und Vanja blickten genauso skeptisch drein wie Torkel. Sebastian breitete theatralisch die Arme aus.

«Nun kommt schon. Wir haben einen notgeilen Sechzehnjährigen und ein Motel. Wäre es nicht wenigstens einen Versuch wert, der Sache nachzugehen?»

Vanja stand auf.

«Billy.»

Billy nickte, und sie verließen gemeinsam den Raum.


Edins Billig-Motel war in den sechziger Jahren erbaut worden und in einem schlechten und heruntergewirtschafteten Zustand. Das Gebäude war nach amerikanischem Vorbild geschaffen worden und bestand aus zwei länglichen Stockwerken mit Außentreppen, von denen aus jedes Zimmer einen direkten Zugang zum Parkplatz hatte. Im Erdgeschoss befand sich eine kleine Rezeption. An der Fassade verkündete ein leuchtendes Neonschild, dass noch Zimmer frei waren, auf dem überdimensionalen Parkplatz standen nur drei Autos. Billy und Vanja ahnten, dass dieses Haus wohl schon seit Jahren nicht mehr gut besucht war. Wollte man heimlich jemanden treffen, war dies der perfekte Ort.

Sie gingen durch die geteilte Glastür mit der Aufschrift «Wir akzeptieren keine American Express». Die Rezeption war ziemlich schummerig und bestand aus einem runden, erhöhten Tresen aus dunklem Holz, einem schmutzigen blauen Teppich und zwei Sesseln an einem runden Kaffeetisch. Der Raum wirkte stickig und verraucht, wogegen auch der kleine surrende Tischventilator auf der einen Seite der Rezeption nicht viel ausrichten konnte. Hinter dem Tresen saß eine Frau Mitte fünfzig mit langem, blondiertem Haar. Sie blätterte in einer jener billigen Klatschzeitschriften, die aus so vielen Bildern und so wenig Text wie möglich bestanden. Daneben lag die heutige Ausgabe des *Aftonbladet*. Ein Artikel über den Mord an Roger war aufgeschlagen. Vanja hatte ihn am Vormittag überflogen. Nichts Neues, abgesehen davon, dass der Rektor der Palmlövska sich dazu äußerte, wie aktiv gerade seine Schule Mobbing und Ausgrenzung bekämpfe und wie Roger bei ihnen «ein Zuhause gefunden» habe. Vanja war angesichts dieser Aneinanderreihung von Lügen fast schlecht geworden. Die Frau blickte von ihrer Zeitschrift zu den Neuankömmlingen auf.

«Hallo, wie kann ich Ihnen helfen?»

Billy lächelte sie an.

«Haben Sie letzten Freitag hier gearbeitet?»

«Warum?»

«Wir sind von der Polizei.»

Billy und Vanja zeigten ihre Dienstausweise. Die Frau nickte beinahe entschuldigend. Vanja holte ein Bild von Roger aus der Jackeninnentasche und legte es vor sie hin, in den Lichtkegel der Lampe.

«Erkennen Sie ihn wieder?»

«Ja, aus der Zeitung.» Die Frau klopfte mit der Hand auf das Boulevardblatt. «Sie schreiben ja jeden Tag über ihn.»

«Aber hier haben Sie ihn noch nie gesehen?»

«Nein, sollte ich?»

«Wir glauben, dass er letzten Freitag hier gewesen sein könnte. Um kurz vor zehn.»

Die Frau hinter dem Tresen schüttelte den Kopf.

«Aber wir bekommen ja selten alle Gäste zu Gesicht, meistens nur den, der zahlt. Er hätte ja trotzdem mit jemandem ein Zimmer teilen können.»

«Hat er sich in einem der Zimmer aufgehalten?»

«Soweit ich weiß nicht. Ich meinte doch nur, dass es so gewesen sein *könnte*.»

«Wir würden gerne etwas mehr über ihre Gäste an diesem Abend erfahren.»

Die Frau blickte sie zunächst skeptisch an, ging dann aber die zwei Schritte zu ihrem viel zu alten Computer hinüber. Mindestens acht Jahre alt, registrierte Billy. Vermutlich älter. Ein Relikt von archäologischem Wert. Die Frau begann, auf der vergilbten Tastatur zu tippen.

«Hier haben wir es, Freitag auf Samstag, insgesamt neun belegte Zimmer.»

«Waren die alle schon um halb neun belegt?»

«Sie meinen abends?»

Billy nickte. Die Frau recherchierte erneut im Computer. Nach einiger Zeit fand sie, wonach sie suchte.

«Nein, zu diesem Zeitpunkt erst sieben.»

«Über diese Gäste brauchen wir alle Informationen, die Sie haben.»

Die Frau runzelte besorgt die Stirn.

«Sind Sie ganz sicher, dass Sie dafür nicht irgendein Dokument brauchen? Ein Formular oder so?»

Vanja beugte sich vor.

«Das wäre mir neu.»

Aber die Frau hatte sich bereits entschieden. Zwar kannte sie sich mit den Datenschutzgesetzen nicht sonderlich gut aus, aber sie hatte im Fernsehen gesehen, dass die Polizei für alles Mögliche verschiedene Genehmigungen vorweisen musste. Sie musste ihre Kunden ja nicht gleich ausliefern, nur weil sie darum gebeten wurde. Sie würde standhaft bleiben.

«Doch, so ist es. Sie brauchen eine Erlaubnis.»

Vanja sah zunächst die Frau wütend an, dann Billy.

«In Ordnung, wir kommen mit einer Genehmigung zurück.»

Die Frau nickte zufrieden. Gut so. Sie hatte das Privatleben ihrer Gäste geschützt und damit auch das Recht auf Meinungsäußerung gewahrt, fand sie.

Doch die Polizistin sprach weiter:

«Dann bringen wir auch gleich einen Steuerfahnder mit, wenn wir sowieso schon einmal da sind. Und vielleicht noch jemandem vom Gesundheitsamt, denn Sie sind bestimmt auch für das Restaurant verantwortlich?»

Die Frau hinter der Rezeption schaute etwas verunsichert drein. Das konnten die doch nicht einfach so machen? Der männliche Polizist sah sich um und ergänzte den Satz mit ernstem Nicken.

«Wir dürfen den Brandschutz nicht vergessen. Wie ich sehe, müssten die Notausgänge dringend mal kontrolliert werden. Denn Sie scheinen ja sehr um das Wohl Ihrer Gäste besorgt.»

Dann gingen die beiden zur Tür.

Die Frau an der Rezeption zögerte.

«Warten Sie. Ich will Ihnen die Arbeit nicht unnötig erschweren. Ich kann Ihnen eine Kopie der Gästedaten ausdrucken.»

Sie lächelte die Polizisten dümmlich an. Ihr Blick fiel auf die aufgeschlagene Zeitung. Plötzlich erkannte sie ihn wieder. Es war ein merkwürdiges Gefühl. Eine Mischung aus Nervenkitzel und Triumph. Eine Chance, ein paar Pluspunkte zu sammeln. Vielleicht konnte sie die Polizisten dazu bringen, die Sache mit dem Gesundheitsamt zu vergessen. Sie sah die Polizistin an, die sich umgewandt hatte.

«Er war letzten Freitag da.»

Die Polizistin kam mit einem neugierigen Blick auf sie zu.

«Was haben Sie da gesagt?»

«Ich habe gesagt», sie tippte auf die aufgeschlagene Zeitung, «dass er letzten Freitag hier war.»

Vanja zuckte zusammen, als sie das Bild sah, auf das die Frau hinter dem Tresen deutete.

In dem großen Konferenzraum herrschte eine Anspannung, die es vorher nicht gegeben hatte. Es waren viele Fragen offen, der Fall hatte sich in verschiedene Richtungen weiterentwickelt, und plötzlich waren sie gezwungen, Prioritäten zu setzen. Die letzte Neuigkeit war die Behauptung der Rezeptionistin, sie habe letzten Freitag im Motel eindeutig Ragnar Groth gesehen, den Rektor des Palmlövska-Gymnasiums. Und zwar nicht zum ersten Mal. Er kam in regelmäßigen Abständen dorthin. Bezahlte immer in bar und nannte sich Robert Soundso. Letzten Freitag hatte sie ihn nur im Vorbeigehen gesehen, als er auf dem Weg zu den Zimmern auf der linken Seite war, er hatte nicht selbst eingecheckt. Die Frau war immer davon ausgegangen, dass der Mann sich mit einer Geliebten träfe. Es gab ja einige Personen, die das Motel für solche Gelegenheiten nutzten, das las man zwar nicht in ihrer Werbung, aber es war dennoch eine Tatsache. Sebastian schmunzelte insgeheim. Die Sache wurde immer besser, ausgerechnet der pedantische Rektor Groth entpuppte sich möglicherweise als einer, der Dreck am Stecken hatte. Torkel sah Vanja und Billy an und nickte ihnen voller Stolz zu.

«Okay, gute Arbeit. Der Rektor hat für uns also ganz klar Priorität. Soweit ich sehe, besteht eine große Wahrscheinlichkeit, dass Roger und er sich am Tag des Mordes am selben Ort aufgehalten haben.»

Billy zog ein Bild von Ragnar Groth hervor und reichte es Torkel.

«Kannst du das bitte noch aufhängen? Ich bin bisher nicht dazu gekommen. Das Interessante dabei ist, dass sowohl Roger als auch Peter Westin eine Verbindung zum Rektor hatten. Westin hatte eine Vereinbarung mit der Schule, und Roger ging zu ihm.»

Torkel hängte das Bild des Rektors auf und malte einen Pfeil, der von ihm aus zu Roger führte, und einen zweiten zu Westin.

«Vielleicht sollten wir unserem Herrn Rektor einen weiteren Besuch abstatten. Mit neuen Fragen im Gepäck.» Torkel wandte sich den anderen zu. Eine Weile lang herrschte Stille im Raum.

«Ich glaube, wir sollten die Sache lieber ein bisschen vorsichtig angehen und mehr Informationen sammeln, bevor wir ihn damit konfrontieren», brach Sebastian schließlich das Schweigen. «Bisher hat er sich ja als besonders clever gezeigt, was das Vertuschen wichtiger Informationen anbetrifft. Das heißt, je mehr wir wissen, wenn wir ihn befragen, desto schwerer wird es für ihn auszuweichen.»

Vanja nickte zustimmend. Sie war zu dem gleichen Schluss gekommen.

«Insbesondere, weil wir immer noch zu wenig über Peter Westin wissen. Wir können nicht einmal sagen, ob er wirklich der Tote im Schlafzimmer ist oder wie das Feuer ausbrach», ergänzte sie. «Ursula ist noch immer im Rotevägen und hat uns versprochen, so schnell wie möglich ihren vorläufigen Bericht vorzulegen.»

«Gibt es etwas Neues über den Einbruch in der Praxis?», erkundigte sich Torkel bei dieser Gelegenheit.

«Nein. Keine DNA-Spuren und kein Kalender. Hier kommen wir zurzeit nicht weiter. Westins Kollege hat erzählt, dass er nicht zu den Psychologen gehörte, die ordentliche

Aufzeichnungen machen. Höchstens ein paar Stichwörter hier und da, und die schrieb er ebenfalls in den Kalender, der verschwunden ist.»

«Wir haben aber auch wirklich kein Glück», seufzte Billy.

«Nein, und das müssen wir durch härtere Arbeit ausgleichen», entgegnete Torkel und warf seinen Leuten einen auffordernden Blick zu.

«Glück erringt man nur durch harte Arbeit, das wissen wir. Momentan gehen wir davon aus, dass der Einbruch mit dem Brand zu tun hat und Peter Westins Kalender wegen des Inhalts gestohlen wurde. So lange, bis wir das Gegenteil bewiesen haben. Ich habe Hanser damit beauftragt, einige Streifen loszuschicken, um in der Umgebung der Praxis Zeugen zu befragen, ob irgendjemand letzte Nacht dort etwas Verdächtiges beobachtet hat.»

«Und Axel Johansson, wie geht es mit dem weiter?» Billy deutete mit dem Kopf auf das Foto des Hausmeisters, das in einer Ecke der Wand hing. «Gibt es da etwas Neues?»

Torkel lachte auf und schüttelte den Kopf.

«Tja, unser aller Lieblingskollege Thomas Haraldsson ist bei ihm gewesen und hat ein bisschen Privatdetektiv gespielt.»

«Wie meinst du das?»

«Wie soll ich anfangen ...»

«Du könntest damit anfangen, mir recht zu geben. Wir hätten ihn sofort loswerden müssen, als wir ihn damals im Foyer trafen, stimmt's?», fragte Vanja mit einem leichten Grinsen auf den Lippen. Torkel nickte.

«Völlig richtig, Vanja, völlig richtig.»

Ein Polizist in Uniform klopfte an die Tür, steckte den Kopf herein und fragte nach Billy und Vanja. Er reichte jedem der beiden einen Umschlag. Billy schielte hinein.

«Wollen wir das gleich durchgehen?» Billy warf Torkel einen fragenden Blick zu.

«Was ist es denn?»

«Ein vorläufiger Bericht über die Motelgäste, die wir uns Vanjas und meiner Meinung nach etwas genauer ansehen sollten.»

Torkel nickte.

«Auf jeden Fall. Aber um die Sache mit Axel Johansson abzuschließen – wir haben keine neue Spur in dieser Angelegenheit. Dank Haraldsson weiß er jetzt, dass wir ihn suchen. Es besteht die Gefahr, dass er Västerås verlassen hat. Hanser hat versprochen, alle Ressourcen darauf zu verwenden, ihn zu finden, also überlassen wir ihr das. Ich darf hinzufügen, dass sie sich wahnsinnig schämt.»

Billy war während Torkels Ausführungen nach vorne gegangen und hatte die Fotos aus dem Umschlag zur Hand genommen. Er wartete, bis Torkel seinen Satz beendet hatte.

«Okay, am Freitagabend um neun waren insgesamt sieben Zimmer belegt. Wir haben drei Familien mit Kindern und ein älteres Ehepaar, das bis Montag blieb, ausgeschlossen. Es ist unwahrscheinlich, dass Roger oder Ragnar Groth Familien mit Kindern oder diese älteren Leute besucht hat. Wenn wir sie beiseitelassen, bleiben drei Namen, die interessant sein könnten.»

Billy hängte die Bilder auf. Sie zeigten zwei Frauen und einen Mann.

«Malin Sten, achtundzwanzig Jahre, Frank Clevén, zweiundfünfzig, und Stina Bokström, sechsundvierzig Jahre alt.» Die anderen rückten näher, um die vergrößerten Passfotos besser sehen zu können.

Malin Sten, geborene Ragnarsson, war der jüngste Gast, eine attraktive Frau mit langen dunklen Locken. Laut den vorliegenden Angaben war sie frisch verheiratet, mit einem Mann namens William Sten. Die Fotografie in der Mitte zeigte Frank Clevén, Vater dreier Kinder, wohnhaft in Eskilstuna, ein Mann mit kurzen dunklen Haaren, Geheimratsecken und grauen Schläfen. Markante Gesichtszüge. Wettergegerbte Haut. Auf dem Foto hatte er einen sehr entschlossenen Gesichtsausdruck. Die Letzte in der Reihe war Stina Bokström. Schmales Gesicht, kurze blonde Haare und ein ziemlich kantiges Aussehen. Unverheiratet. Billy zeigte auf die Dunkelhaarige.

«Malin Sten habe ich schon erreichen können. Sie ist Vertreterin und hat nach einem Vertriebstreffen hier übernachtet. Sten gibt an, sie habe nichts beobachtet, weil sie früh ins Bett gegangen sei. Wohnt in Stockholm. Die anderen beiden habe ich noch nicht erreicht, aber wie ihr sehen könnt, wohnen sie ebenfalls nicht in Västerås, jedenfalls laut Einwohnermeldeamt.»

Torkel nickte und richtete sich an alle.

«Also gut, wir müssen die beiden anderen Gäste erreichen. Und davon ausgehen, dass sie möglicherweise etwas zu verbergen haben. Das gilt natürlich auch für Malin.»

Alle außer Vanja stimmten zu. Die blätterte ein bisschen in den Papieren, die sie gerade erhalten hatte. Dann blickte sie auf.

«Malin kann meiner Meinung nach warten.»

Alle Augen richteten sich auf sie. Sogar Sebastians. Vanja genoss ihre Rolle im Mittelpunkt und machte eine effektvolle Pause, ehe sie fortfuhr.

«War die Waffe, mit der Roger erschossen wurde, nicht eine Kaliber .22? Ein klassisches Sportschützengewehr, oder?»

Torkel sah sie voller Ungeduld an.

«Ja und?»

«Ich habe gerade das Mitgliederverzeichnis des Schützenvereins von Västerås erhalten.»

Vanja legte erneut eine Pause ein und konnte sich ein selbstzufriedenes Lächeln nicht verkneifen, als sie der Reihe nach die anderen ansah.

«Unser lieber Rektor Groth ist seit 1992 dort Mitglied. Noch dazu ein sehr aktives Mitglied.»

Der Schützenverein lag im Norden der Stadt nahe dem Flughafen. Es war ein barackenähnliches Gebäude aus Holz, das sicher einmal dem Militär gehört hatte. Offensichtlich gab es innen und außen Schießstände, und Vanja, Sebastian und Billy hörten das dumpfe Knallen der Gewehrschüsse bereits, als sie sich näherten. Vanja hatte beim Verein angerufen und den Sekretär erreicht, der in der Nähe wohnte und versprochen hatte, vorbeizukommen und einige Fragen zu beantworten. Ein Mann trat auf die Treppe hinaus und hieß sie willkommen. Er sah aus wie ein ehemaliger Militär, war um die vierzig und trug ein kurzärmliges Hemd und abgewetzte Jeans. Er stellte sich als Ubbe Lindström vor. Gemeinsam gingen sie in die Baracke und wurden in den schlichten Raum gebeten, der zugleich als Verwaltungsbüro und Lager diente.

«Sie sagten am Telefon, es gehe um eines unserer Mitglieder?», fragte Lindström, während er sich auf einem zerschlissenen Bürostuhl niederließ.

«Ja, Ragnar Groth.»

«Ragnar, ja. Ein guter Schütze. Hat bei der Schwedischen Meisterschaft zweimal Bronze geholt.» Ubbe ging zu einem der überfüllten Regalbretter, nahm einen abgegriffenen

Aktenordner heraus und schlug ihn auf. Er blätterte ein wenig, bevor er fand, wonach er suchte.

«Seit 1992 Mitglied. Warum fragen Sie nach ihm?»

Billy ignorierte seine Frage.

«Bewahrt er seine Waffen hier im Verein auf?»

«Nein, zu Hause. Das tun die meisten. Was hat er denn getan?»

Erneut wurde Lindströms Frage ignoriert. Diesmal schaltete sich Vanja in die Vernehmung ein.

«Wissen Sie, welche Waffen er besitzt?»

«Ja, er hat mehrere. Sowohl Turnier- als auch Jagdgewehre. Hat es was mit diesem Jungen von seiner Schule zu tun, der starb?»

Er war stur, dieser Ubbe. Sebastian hatte bereits genug von der Diskussion und verdrückte sich aus dem Büro. Um Lindströms Fragen zu ignorieren, mussten sie ja nicht unbedingt zu dritt sein. Billy sah Sebastian kurz hinterher, während Vanja eine Frage nach der anderen abfeuerte.

«Wissen Sie, ob er eine Waffe vom Kaliber .22 hat?»

«Ja, eine Brno CZ 453 Varmint.»

Immerhin hatte Lindström jetzt aufgehört zu fragen und widmete sich stattdessen den Antworten. Ein guter Anfang. Vanja notierte das Modell auf ihrem Block.

«Wie war das? Eine Bruno ...?»

«Eine Brno CZ. Ein Jagdgewehr. Eine hervorragende Waffe. Was haben Sie denn? SIG Sauer P225? Glock 17?»

Vanja sah zu Lindström auf. Es war offenbar wirklich eine Leidenschaft von ihm, jede Antwort mit einer eigenen Frage abzuschließen. Diesmal konnte sie ausnahmsweise auch mit einer Auskunft dienen.

«SIG Sauer. Ist das die einzige Waffe von diesem Kaliber, zu der Ragnar Zugang hatte?»

«Soweit ich weiß ja. Warum fragen Sie eigentlich? Wurde der Junge erschossen?»

Sebastian war den langen Korridor entlanggeschlendert und kam schon bald an einem Gemeinschaftsraum mit Kaffeemaschine und einem großen, verbeulten Kühlschrank vorbei. Hier standen auch zwei mächtige Glasvitrinen, die mit Pokalen und Medaillen gefüllt waren. Davor waren einige Stühle um mehrere Tische mit Brandflecken gruppiert. Sie stammten vermutlich noch aus einer Zeit, als Männer mit Gewehren zum Rauchen nicht vor die Tür mussten. Sebastian spazierte in den Raum hinein. An einem der Tische saß ein etwa dreizehnjähriges Mädchen allein mit einer Coladose und einer Zimtwecke vor sich. Sie musterte Sebastian mit ausdrucksloser Teenagermiene. Sebastian nickte ihr zu. Er ging zu dem Schrank mit den goldglänzenden Pokalen. Es faszinierte ihn, wie stur man in allen Sportarten darauf beharrte, Siege mit Goldpokalen in grotesken Übergrößen zu prämieren. Als hätten die Sportler in Wirklichkeit ein miserables Selbstvertrauen und wüssten tief in ihrer Seele von der Sinnlosigkeit ihres Strebens. Daher rührte wohl die übertriebene Inflation der Pokale – inflationär sowohl in der Größe als auch im Glanz.

An den Wänden hingen Fotos von einzelnen Schützen sowie Gruppenbilder und hier und da ein gerahmter Zeitungsartikel. Es war ein klassischer Klubraum. Sebastian warf einen flüchtigen Blick auf die Bilder. Sie zeigten mehrheitlich breitbeinige Männer mit Waffen, die stolz in die Kamera grinsten. Ihre Mimik hatte in Sebastians Augen etwas lächerlich Aufgesetztes. Konnte es denn wirklich ein so tolles Erlebnis sein, ein Gewehr und einen Pokal hochzuhalten? Er spürte den Blick des Mädchens im Rücken und drehte sich zu ihr um. Ihr Gesicht war noch immer ausdruckslos. Dann öffnete sie den Mund.

«Was machen Sie da?»

«Ich arbeite.»

«Aber womit?»

Sebastian sah sie kurz an.

«Ich bin Polizeipsychologe. Und du?»

«Ich habe gleich Training.»

«Darf man in deinem Alter schon so was machen?»

Das Mädchen lachte.

«Wir beschießen uns ja nicht gegenseitig.»

«Tja, noch nicht ... Und, macht es Spaß?»

Das Mädchen zuckte mit den Achseln.

«Jedenfalls mehr Spaß, als irgendeinem dummen Ball hinterherzurennen. Macht es denn Spaß, Polizeipsychologe zu sein?»

«Geht so. Ich würde lieber auf Sachen schießen, so wie du.»

Das Mädchen blickte ihn stumm an und widmete sich dann wieder ihrer Zimtwecke. Das Gespräch war offenbar beendet. Sebastian fixierte erneut die Wand. Seine Augen blieben an einem Bild mit sechs glücklichen Männern hängen, die sich um einen der überdimensionierten Pokale versammelt hatten. Eine kleine Goldplakette über dem Rahmen kennzeichnete den Augenblick als «SM-Bronze 1999». Sebastian betrachtete das Bild etwas eingehender. Vor allem einen der sechs Männer. Er stand am linken Bildrand und sah ganz besonders glücklich aus. Breites Lächeln, viele Zähne. Resolut nahm Sebastian das Bild von der Wand und stapfte davon.

Bevor Ursula den Rotevägen verließ, waren Sundstedt und sie immer mehr in ihrer Annahme bestätigt worden, dass der Brand in Peter Westins Haus vorsätzlich gelegt worden war. Es stand außer Zweifel, dass das Feuer im Schlafzimmer ausgebrochen war. Die Wand hinter dem Bett und der Boden daneben wiesen klare Zeichen einer explosionsartigen Brandentwicklung auf. Als das Feuer einmal loderte, hatte es bald schon gierig auf das Dach übergegriffen und war durch die zusätzliche Sauerstoffzufuhr angefacht worden, als das Schlafzimmerfenster durch die starke Hitze zersprungen war. Um das Bett herum fand sich zunächst keine Erklärung für die schnelle Ausbreitung. Bei näherer Untersuchung entdeckten sie allerdings Spuren von Brandbeschleuniger. Also Brandstiftung und Mord. Die eigentliche Todesursache des Opfers war noch immer unbekannt, doch es war Sundstedt immerhin gelungen, die Leiche unter den Trümmern auszugraben, was einige Stunden in Anspruch genommen hatte, da er gezwungen gewesen war, den beschädigten Boden erst von unten abzustützen. Ursula sorgte dafür, dass das Opfer vorsichtig in einen Leichensack verpackt wurde, und beschloss, selbst mit zum Rechtsmedizinischen Institut zu fahren, um bei der Obduktion dabei zu sein. Sundstedt versprach, seinen Bericht so schnell wie möglich fertigzustellen.

In der Pathologie hatte man über ihre Anwesenheit zwar ein wenig die Augenbrauen gehoben, aber das war ihr egal. Ursula hatte beschlossen, diesmal immer in der ersten Reihe dabei zu sein. Sonst konnte sich dieser Fall zu einem Albtraum für die Reichsmordkommission entwickeln. Ein Abgleich mit dem angeforderten Zahnabdruck ließ schließlich keinen Zweifel mehr daran, dass die Leiche aus dem abgebrannten Haus tatsächlich Peter Westin war. Daher war sich Ursula sicher, dass sie es ab sofort mit einem Doppel-mörder zu tun hatten. Sie wusste auch, dass jemand, der zu zwei Morden in der Lage war, immer wieder töten konnte. Mit jedem Mord würde es ihm leichter fallen.

Sie rief Torkel an.


Billy und Vanja waren mit Ubbe Lindström nicht besonders weit gekommen. Er war im Verlauf des Gesprächs immer mehr in die Defensive gegangen. Aber das Wichtigste hatten sie aus ihm herausbekommen: Rektor Groth besaß eine Waffe, deren Kaliber zu der Kugel passte, die Roger das Leben gekostet hatte. Lindström hatte permanent versucht, ihnen den Grund für ihr Interesse an einem der treusten und erfolgreichsten Vereinsmitglieder zu entlocken. Je weniger Antworten er bekam, desto wortkarger wurde er. Vanja vermutete, dass Ragnar Groth und er mehr als nur Vereinskameraden waren. Deshalb fürchtete sie, Ubbe Lindström könnte seinen Freund anrufen und ihm von ihrem Besuch erzählen, kaum, dass sie um die nächste Ecke verschwunden waren.

«Sie wissen doch hoffentlich, dass Sie Ihren Waffenschein alle fünf Jahre verlängern lassen müssen. Wenn ich merke, dass Sie dieses Gespräch nicht vertraulich behandeln ...» Vanja ließ den Satz in der Luft hängen.

«Wie meinen Sie das?», fragte der Vereinssekretär wütend. «Wollen Sie mir etwa drohen?»

Billy lächelte ihn an.

«Sie wollte nur sagen, dass dieses Gespräch unter uns bleiben sollte, nicht wahr?»

Ubbes Gesicht verfinsterte sich, doch er nickte gereizt. Immerhin hatten sie es versucht, und er war gewarnt. Im nächsten Moment kam Sebastian ins Büro geschlendert.

«Eine Sache noch.» Er legte Ubbe die eingerahmte Fotografie vor die Nase und zeigte mit dem Finger auf etwas. «Wer ist das hier auf dem Foto? Ganz links?»

Ubbe beugte sich über das Bild. Billy und Vanja konnten gerade noch einen Blick auf den Mann mit dem breiten Grinsen erhaschen.

«Das ist Frank. Frank Clevén.»

Sowohl Billy als auch Vanja erkannten ihn sofort wieder. Er hing bereits an ihrer Wand im Präsidium. Zwar ohne das breite Grinsen, aber es bestand kein Zweifel daran, dass genau dieser Mann, Frank Clevén, am letzten Freitag ein Zimmer in einem heruntergekommenen Motel gebucht hatte.

«Ist er auch Mitglied hier im Verein?»

«Er war es. Nach der Schwedischen Meisterschaft ist er umgezogen. Ich glaube, er wohnt jetzt in Örebro. Oder Eskilstuna. Ist er auch in den Fall verwickelt?»

«Niemand ist in irgendetwas verwickelt. Denken Sie an Ihren Waffenschein», mahnte Vanja und verließ zusammen mit den beiden Männern das Büro. Die drei liefen schneller als sonst zum Auto. Dieser Tag wurde langsam immer besser.

Frank Clevén wohnte im Lärkvägen in Eskilstuna. Dort erreichte Billy jedoch niemandem, und laut Auskunft besaß Frank kein Handy, jedenfalls keines, das auf seinen Namen registriert war. Nach einigen Nachforschungen fand Billy aber Franks Arbeitgeber heraus: die Baufirma H&R. Dort war er als Bauingenieur tätig und besaß ein Firmenhandy. Billy rief ihn an. Frank war erstaunt, als er hörte, dass die Polizei ihn suchte. Aber Billy betonte, es ginge lediglich um ein paar kurze Fragen, die sie gerne vor Ort stellen würden, in dreißig Minuten. Sie bestanden darauf.

Vanja und Sebastian hatten bereits den halben Weg nach Eskilstuna zurückgelegt, als der Anruf von Billy kam, der im Präsidium geblieben war. Er las vor, was das Melderegister über Frank Clevén hergab. Es war nicht viel. Zweiundfünfzig Jahre alt, verheiratet, drei Kinder, in Västervik geboren, im Jugendalter nach Västerås umgezogen, Militärdienst beim Küstenartillerieregiment 3 auf Gotland, seit Ende 1981 Besitzer eines Waffenscheins für Pistole und Gewehr, keine Vorstrafen und keine Schulden. Da war nichts Außergewöhnliches. Aber er gab ihnen die Adresse.

Kurz vor Eskilstuna bogen sie auf einen Bauplatz ein, auf dem gerade ein neues Einkaufscenter errichtet wurde. Momentan deutete noch nichts auf einen künftigen Konsumtempel hin, lediglich ein paar Balken ragten aus dem Boden, wo einmal die Wände stehen würden. Im Hintergrund waren einige Arbeiter mit einer großen gelben Baumaschine beschäftigt. Sebastian und Vanja steuerten auf die Baubaracken zu, die ein Stück von der Baustelle entfernt standen. Sie trafen einen Mann, der offenbar eine Art Vorarbeiter war.

«Wir suchen Frank Clevén.» Der Mann nickte und deutete auf eine der mittleren Baracken.

«Als ich ihn zuletzt gesehen habe, war er jedenfalls dort.»

Vanja und Sebastian bedankten sich und setzten ihren Weg fort.

Frank Clevén zählte zu jenen Menschen, die in Wirklichkeit besser aussahen als auf Fotos. Sein Gesicht wies feine Züge auf, obwohl die Haut von der vielen Arbeit im Freien zerfurcht war. Wache Augen, die Vanja und Sebastian in Marlboroman-Manier anblinzelten, als er ihnen die Hand gab. Das freundliche Lächeln vom Passfoto bekamen sie während des Gesprächs allerdings kein einziges Mal zu sehen. Clevén schlug vor, in sein kleines Büro in einer anderen Baracke zu gehen, wo sie ungestört reden konnten. Vanja und Sebastian folgten ihm dorthin, und Vanja glaubte zu sehen, wie die Last auf seinen Schultern mit jedem Schritt größer wurde, den er auf dem knirschenden Kies ging. Sie waren auf der richtigen Spur, das spürte sie. Endlich.

Clevén schloss die Tür auf und bat sie herein. Das graue Tageslicht fiel durch die staubigen Fenster, als sie die enge Baracke betraten. Innen roch es streng nach Lösungsmittel. Eine eingeschaltete Kaffeemaschine stand in einem Flur, der zwei kleine Zimmer miteinander verband. Clevéns Büro war das erste. Ein unpersönlicher Schreibtisch mit vielen Bauzeichnungen und einige Stühle waren die einzigen Einrichtungsgegenstände, wenn man von ein paar Tesafilmspuren und einem Gratiskalender vom letzten Jahr absah. Clevén blickte die Polizisten an, die stehen blieben, obwohl er sie gebeten hatte, Platz zu nehmen. Er tat es ihnen gleich.

«Ja, meine Zeit ist ziemlich knapp bemessen, also muss es schnell gehen.» Clevén versuchte, mit ruhiger Stimme zu sprechen, was ihm allerdings misslang.

Sebastian beobachtete, wie sich auf Clevéns Oberlippe Schweißperlen bildeten, obwohl es in dem Raum nicht warm war.

«Wir haben alle Zeit der Welt, es liegt also an Ihnen, wie schnell wir vorankommen», entgegnete Sebastian, um klarzustellen, dass nicht Clevén die Gesprächsbedingungen stellte.

«Ich weiß nicht einmal, warum Sie hier sind. Ihr Kollege sagte mir nur, dass Sie mit mir sprechen müssten.»

«Setzen Sie sich doch erst mal, dann wird meine Kollegin Ihnen alles erklären.»

Sebastian sah Vanja an, die nickte, jedoch wartete, bis Clevén sich setzte. Nach einem kurzen Schweigen entschied er sich zur Kooperationsbereitschaft. Er nahm auf der äußersten Stuhlkante Platz, als säße er auf glühenden Kohlen.

«Erzählen Sie doch, warum Sie letzten Freitag in einem Motel in Västerås übernachtet haben.»

Clevén sah sie an.

«Ich habe letzten Freitag in keinem Motel übernachtet. Wer sagt das?»

«Wir.»

Vanja schwieg. Im Normalfall würde die befragte Person jetzt von selbst reden. Wenn man sie mit Fakten konfrontierte. Der Mann müsste eigentlich begriffen haben, dass sie nicht bis nach Eskilstuna kommen würden, wenn sie sich ihrer Sache nicht sicher wären. Bestätigen oder sich rausreden, das waren die üblichen Reaktionen. Und dann gab es noch eine dritte Alternative: das Schweigen. Clevén entschied sich für Letzteres. Er ließ seinen Blick zwischen Vanja und Sebastian hin- und herwandern, ohne ein Wort zu sagen. Vanja seufzte und beugte sich vor.

«Wen haben Sie dort getroffen? Was haben Sie dort gemacht?»

«Ich sage doch, dass ich nicht da war.» Er sah sie beinahe flehend an. «Es muss sich um eine Verwechslung handeln.»

Vanja blickte in ihre Papiere. Brummte vor sich hin und zog die Situation in die Länge. Sebastian ließ Clevén nicht aus den Augen. Der Mann leckte sich über die Lippen, als wären sie trocken. Unter seinem Haaransatz hatten sich Schweißperlen gebildet. Es war noch immer nicht warm im Raum.

«Sind Sie etwa nicht Frank Clevén, Personenkennziffer 58 05 18?», erkundigte sich Vanja in neutralem Tonfall.

«Doch.»

«Und haben Sie letzten Freitag etwa nicht mit Ihrer EC-Karte siebenhundertneunundsiebzig Kronen für ein Zimmer bezahlt?»

Clevén wurde bleich.

«Sie wurde gestohlen. Meine Karte wurde gestohlen.»

«Gestohlen? Haben Sie den Diebstahl denn gemeldet, und wenn ja, wann?»

Er schwieg, sein Gehirn schien fieberhaft zu arbeiten. Ein Schweißtropfen rann seine kreidebleiche Wange hinab.

«Ich habe es nicht gemeldet.»

«Die Karte sperren lassen?»

«Kann sein, dass ich es vergessen habe, ich weiß nicht ...»

«Jetzt kommen Sie schon. Denken Sie wirklich allen Ernstes, wir würden Ihnen glauben, dass Ihre Karte gestohlen wurde?»

Keine Antwort. Vanja spürte, dass es an der Zeit war, Frank Clevén darüber aufzuklären, wie schlecht es für ihn aussah.

«Wir ermitteln in einem Mordfall. Das bedeutet, dass wir all Ihren Angaben nachgehen werden. Ich frage Sie noch einmal, waren Sie letzten Freitag in dem Motel in Västerås, ja oder nein?»

Clevén wirkte schockiert.

«Ein Mordfall?»

«Ja.»

«Aber ich habe doch niemanden ermordet!»

«Was haben Sie stattdessen getan?»

«Nichts. Nichts habe ich getan.»

«Sie waren in der Mordnacht in Västerås und leugnen diese Tatsache. Das klingt in meinen Ohren ziemlich verdächtig.»

Clevén fuhr zusammen, sein ganzer Körper wand sich auf dem Stuhl. Er konnte den beiden, die vor ihm saßen, nur schwer in die Augen blicken. Sebastian stand abrupt auf.

«Vergessen wir die ganze Sache. Ich fahre zu Ihnen nach Hause und überprüfe, ob Ihre Frau etwas weiß. Bleibst du so lange hier bei ihm, Vanja?»

Vanja nickte und beobachtete Clevén. Er starrte Sebastian an, der langsam zur Tür ging.

«Sie weiß nichts», presste er hervor.

«Nein, wahrscheinlich nicht, aber sie kann mir wohl sagen, ob Sie an diesem Tag zu Hause waren oder nicht? Frauen haben meistens einen ganz guten Überblick über solche Dinge.»

Mit seinem breitesten Grinsen demonstrierte Sebastian, wie froh ihn allein der Gedanke daran machte, zu Clevéns Frau und seinen Kindern zu fahren, um ihnen diese Frage zu stellen. Als er die Tür fast erreicht hatte, hielt Clevén ihn auf.

«Okay, ich war im Motel.»

«Aha.»

«Aber meine Frau weiß davon nichts.»

«Nein, das sagten Sie bereits. Mit wem haben Sie sich dort getroffen?»

Keine Antwort.

«Mit wem haben Sie sich getroffen? Wir können gern den ganzen Tag hier sitzen. Wir können einen Streifenwagen rufen und Sie in Handschellen abführen lassen. Es liegt an Ihnen. Aber eine Sache sollten Sie wissen. Wir werden am Ende die Wahrheit herausfinden.»

«Ich kann nicht sagen, wer. Es geht nicht. Es ist schon für mich schlimm genug, wenn es rauskommt, aber für ihn ...»

«Für ihn?»

Frank schwieg und nickte beschämt. Plötzlich sah Sebastian alles genau vor sich.

Der Schützenverein.

Franks beschämter Blick.

Dieses verlogene Palmlövska-Gymnasium.

«Sie haben sich mit Ragnar Groth getroffen?»

Frank nickte still. Er sah zu Boden. Seine Welt war zusammengestürzt.


Auf dem Rückweg im Auto waren Sebastian und Vanja geradezu euphorisch.

Frank Clevén und Ragnar Groth hatten schon seit längerer Zeit eine Affäre. Sie hatten sich im Schützenverein kennengelernt, vor vierzehn Jahren. Ihre Liebe war zunächst zögerlich gewesen, nach einer Zeit jedoch allumfassend. Vernichtend. Clevén war sogar aus Västerås weggezogen, um dem ein Ende zu bereiten, wofür er sich so schämte; schließlich war er verheiratet und hatte Kinder. Er war nicht homosexuell. Aber er hatte es einfach nicht abstellen können. Den Genuss, den Sex, die Scham – all das war wie eine Droge für ihn.

Also ging es weiter. Sie hatten nicht aufgehört, sich zu sehen. Die Initiative für die Treffen war stets von Groth ausgegangen, aber Clevén hatte nie nein gesagt. Er sehnte sich nach den Treffen, die nie bei Groth zu Hause stattfanden. Das Motel mit seinen billigen Zimmern und den weichen Betten wurde zu ihrer Liebesoase. Clevén buchte und zahlte. Er hatte sich Ausreden ausdenken müssen, dem Misstrauen seiner Frau stets etwas entgegengesetzt. So war es meistens einfacher, nicht die ganze Nacht über wegzubleiben. Besser spät nach Hause zu kommen als gar nicht. Ja, die beiden hatten sich an jenem Freitag gesehen. Gegen 16 Uhr. Groth war beinahe unersättlich gewesen, sodass Clevén das Hotel erst um kurz vor zehn verlassen hatte. Groth war etwa eine halbe Stunde zuvor gegangen.

Um kurz nach halb zehn.

Zur selben Zeit, zu der Roger vermutlich am Haus vorbeigegangen war.

Alle fünf spürten, dass etwas in der Luft lag, und sie begrüßten es. Genau so fühlte es sich an, wenn man einen Durchbruch erreicht hatte, wenn die Ermittlungen wieder in Schwung kamen und man bestenfalls sogar ein Ende absehen konnte. Tagelang hatten alle Spuren und Anregungen in eine Sackgasse geführt, aber Ragnar Groths Rendezvous im Motel hatte neue Puzzleteile geliefert, die allem Anschein nach ausgezeichnet zusammenpassten.

«Der Rektor einer Privatschule mit einem christlichen Menschenbild und Wertesystem ist also homosexuell.» Torkel sah seine Mitarbeiter an. In ihren Blicken konnte er erkennen, dass die Gruppe neue Energie gewonnen hatte. «Der Gedanke, dass Groth weit zu gehen bereit war, um das zu verbergen, scheint keineswegs abwegig.»

«Aber wenn man jemanden umbringt, geht man nicht nur weit, sondern extrem weit», warf Ursula ein.

Torkel fand, dass sie müde aussah. Natürlich war sie den ganzen Tag mit dem Brand beschäftigt gewesen. Dennoch konnte Torkel nicht umhin, zu überlegen, ob sie wohl genauso schlecht geschlafen hatte wie er.

«Dass jemand starb, war ja auch nicht geplant.» Sebastian beugte sich zur Obstschale, griff nach einer Birne und biss herzhaft und geräuschvoll hinein.

«Gehen wir denn nicht davon aus, dass derjenige, der Roger Eriksson ermordete, auch für Peter Westins Tod verantwortlich ist?», fragte Ursula. «Es glaubt doch wohl niemand, dass der zweite Mord auch ein Unfall war?»

«Nein, abrchmpf ...» Es war nicht leicht, den Wortbrei zu verstehen, der sich in der halbgekauten Birne verlor. Sebastian nahm sich einige Sekunden Zeit, kaute zu Ende und schluckte. Dann begann er von vorn.

«Ich bleibe dabei, dass der Mord an Roger nicht geplant war. Allerdings haben wir es bei dem Täter mit einem Menschen zu tun, der sehr bewusst und systematisch alles dafür tut, ungeschoren davonzukommen.»

«Also könnte der Mord an Roger ein Versehen gewesen sein, aber der Mörder ist bereit, vorsätzlich zu töten, damit niemand erfährt, dass er es war?»

«Ja.»

«Wie kann er das miteinander vereinbaren?», fragte sich Billy. «In seinem Kopf, meine ich.»

«Vermutlich hält er sich selbst für sehr wichtig. Nicht unbedingt aus egoistischen Gründen. Er könnte glauben, dass eine oder mehrere Personen seinetwegen Schaden nehmen und leiden könnten, wenn er ins Gefängnis kommt. Möglicherweise hat er eine Arbeit, von der er glaubt, nur er könne sie ausführen, oder verfolgt eine Aufgabe, die er zu Ende bringen muss. Um jeden Preis.»

«Erfüllt der Direktor der Palmlövska-Schule diese Kriterien?», fragte Vanja.

Sebastian zuckte mit den Schultern. Aufgrund seiner zwei kurzen Begegnungen mit Ragnar Groth konnte er ihn weder hundertprozentig zuordnen noch freisprechen. Immerhin hatte sein Engagement für die Schule ihn schon einmal davon abgehalten, bei der Polizei Anzeige zu erstatten. War er bereit, noch weiter zu gehen? Mit Sicherheit. Grenzenlos weit? Das musste sich zeigen. Sebastian ließ es offen.

«Es könnte sein.»

«Wissen wir denn, ob Ragnar Groth bekannt war, dass

Roger zu Westin ging?», fragte Ursula, die sich natürlich in die Westin-Spur verbissen hatte.

«Das muss so gewesen sein.» Billys Blick heischte nach Zustimmung. «Westin war doch von der Schule engagiert, also sprach er mit dem Direktor sicherlich darüber, wer seine Dienste in Anspruch nahm. Irgendwie musste er die Sitzungen mit den Schülern ja auch abrechnen.»

«Das werden wir herausfinden.» Torkel unterbrach das Gespräch, bevor sie vor lauter neu gewonnenem Enthusiasmus noch anfingen, Fragen zu beantworten, die sich noch gar nicht stellten. In dieser Ermittlungsphase war der Wunsch nach einem schlüssigen Gesamtbild groß. Aber sie mussten sich jetzt zurücknehmen und genau trennen, was sie wussten, was möglich oder wahrscheinlich war und wovon sie keine Ahnung hatten.

«Sebastian und Vanja haben einen möglichen Tathergang konstruiert. Wir anderen hören jetzt erst einmal zu und konzentrieren uns darauf, die Stellen zu finden, an denen die Fakten oder kriminaltechnischen Beweise nicht passen. In Ordnung?»

Alle nickten. Torkel wandte sich Sebastian zu, der Vanja mit einer Handbewegung bedeutete, dass sie anfangen sollte. Vanja nickte, warf einen Blick in ihre Papiere und setzte an:

«Wir stellen uns Folgendes vor ...»

*... Roger geht in Richtung des Motels. Nach der Begegnung mit Leo Lundin ist er wütend und verzweifelt. Mit blutigem Gesicht und zornig wegen der Demütigung wischt er sich mit dem Jackenärmel die Tränen aus dem Gesicht. Er biegt in den Hof des Motels ein, um dort jemanden zu treffen, mit dem er verabredet ist. Plötzlich hält er inne. Eine Bewegung aus einem der Motelzimmer lässt ihn stutzen. Er sieht hoch und*

erblickt den Direktor seiner Schule. Ragnar Groth dreht sich zu der Tür um, aus der er gerade gekommen ist, als ihn eine Hand zurückhält. Ein Mann, den Roger nicht kennt, taucht im Türrahmen auf, beugt sich vor und küsst Groth auf den Mund. Zunächst scheint er kurz zu protestieren, doch als Roger sich in den Schutz des Schattens zurückzieht, beobachtet er, wie der Direktor nachgibt und den Kuss erwidert. Danach wird die Zimmertür wieder geschlossen, und Ragnar Groth sieht sich wachsam um.

«Wenn Roger tatsächlich jemanden im Motel besuchen wollte, ändert er spätestens zu diesem Zeitpunkt seine Pläne.»

Vanja sah Sebastian an, der von seinem Stuhl aufstand und im Raum auf und ab ging, während er das Wort ergriff.

«Roger schleicht sich auf den Parkplatz ...»

... und als Ragnar bei seinem Auto ankommt, steht Roger dort und fängt ihn ab, mit einem arroganten Lächeln auf den Lippen. Er konfrontiert den Direktor mit dem, was er gerade beobachtet hat. Ragnar streitet es ab, aber Roger bleibt dabei. Wenn nichts passiert wäre, würde es ihm also auch nichts ausmachen, wenn er es weitererzähle? Roger sieht, wie sein Gegenüber fieberhaft nach einer Lösung sucht, und genießt diesen Anblick. Nach seinem Zusammenstoß mit Leo ist es ein gutes Gefühl, nun selbst Macht zu haben. Zu sehen, wie Ragnar schwitzt, wie ausnahmsweise mal ein anderer leidet. Der Überlegene zu sein. Roger erklärt ihm, dass er natürlich über die kleinen amourösen Abenteuer des Rektors schweigen könne, aber dass dies für Ragnar nicht billig werden würde. Er verlangt Schweigegeld, viel Geld. Groth weigert sich. Roger zuckt mit den Schultern – dann werde es in einer Viertelstunde auf Facebook zu lesen sein. Ragnar begreift, dass er kurz davor ist, alles zu verlieren. Roger dreht sich um

*und will gehen. Der Parkplatz ist leer und schlecht beleuch-*
*tet. Als Roger ihm den Rücken zuwendet, hat er unterschätzt,*
*wie viel der Rektor zu verteidigen hat. Ragnar schlägt zu, und*
*Roger sinkt zu Boden.*

«Es hat lange nicht geregnet. Wir sollten zum Parkplatz
vor dem Motel fahren und nachsehen, ob dort Spuren zu
finden sind.»

Ursula nickte und machte sich eine Notiz auf dem Block,
der vor ihr lag. Zwar hatte es abgesehen von einzelnen
Schauern tatsächlich nicht geregnet, seit sie Roger gefunden
hatten. Aber zu glauben, dass auf einem vielfrequentierten
Parkplatz DNA-Spuren zu finden waren, nachdem dort vor
einer guten Woche möglicherweise ein Mord stattgefunden
hatte – das reichte an die Grenzen ihres Optimismus. Aber
sie würde dennoch vorbeifahren. Vielleicht hatten der Junge
oder der Direktor dort doch etwas zurückgelassen ...

Sebastian blickte Vanja an, die einen schnellen Blick in
ihre Papiere warf, bevor sie erneut das Wort ergriff. Torkel
schwieg. Nicht nur, weil die Hypothese, die vor ihm ausgebreitet wurde, tatsächlich stimmig wirkte, sondern auch,
weil Sebastian Vanja einen Teil der Schlussfolgerung überließ. Normalerweise durfte nur Sebastian selbst im Glanz
seiner eigenen Sonne erstrahlen. Er teilte nicht gern. Vanja
musste irgendetwas richtig gemacht haben.

«Mit einer gewissen Anstrengung hievt Ragnar Roger ins
Auto ...»

*Er hat nicht vorgehabt, den Jungen zu verletzen, aber ihn*
*auch nicht einfach gehen lassen können. Er durfte nichts wei-*
*tererzählen, nicht alles zerstören. Sie mussten eine Lösung*
*finden, die für beide akzeptabel war. Auf eine erwachsene und*
*vernünftige Weise darüber sprechen. Ragnar fährt ziellos um-*
*her, in immer menschenverlassenere Gegenden, schwitzend*

und nervös, mit dem bewusstlosen Jungen neben sich. Er grübelt, wie er wieder aus dieser Sache herauskommen und was er seinem Schüler sagen soll, wenn dieser wieder zu sich kommt. Als Roger das Bewusstsein wiedererlangt, versucht Ragnar, die albtraumhafte Situation in den Griff zu kriegen. Doch er kommt gar nicht erst dazu, seine beruhigende und vernünftige Rede zu halten. Roger wirft sich auf ihn und verpasst ihm einen Schlag nach dem anderen. Ragnar ist gezwungen, zu bremsen. Das Auto schlingert und kommt am Straßenrand zum Stehen, und Ragnars Versuch, den Jungen zu beruhigen, misslingt. Nicht genug damit, dass die ganze Welt erfahren soll, dass er es mit Männern treibt. Roger brüllt, er werde ihn verdammt nochmal auch wegen Körperverletzung und Kidnapping anzeigen. Ragnar kann nicht schnell genug reagieren, schon hat Roger die Tür geöffnet und ist hinausgetaumelt. Wütend geht der Junge den schlecht beleuchteten Weg entlang und versucht sich zu orientieren. Wo ist er? Wo hat dieser Wahnsinnige ihn hingefahren? Das Adrenalin pumpt in seinen Adern, sodass Roger nicht spürt, wie sehr er sich eigentlich fürchtet. Vor ihm werfen die Scheinwerfer des Autos lange Schatten. Ragnar steigt aus dem Auto, ruft ihm nach, erhält aber nur einen ausgestreckten Mittelfinger zur Antwort. Ragnar wird immer verzweifelter. Er sieht sein Leben zusammenstürzen wie ein Kartenhaus. Er muss den Jungen aufhalten. Er denkt nicht nach, sondern handelt instinktiv. Rennt um das Auto herum, öffnet den Kofferraum und holt sein Trainingsgewehr heraus. Legt es schnell und geübt an, nimmt den flüchtenden Jungen ins Visier und drückt ab. Roger sackt zusammen.

Es vergeht keine Sekunde, bis Ragnar begreift, was er getan hat. Schockiert sieht er sich um. Niemand kommt, niemand ist in der Nähe. Niemand, der etwas gehört oder ge-

*sehen hat. Also gibt es noch immer die Möglichkeit, aus der Sache rauszukommen. Zu überleben.*

*Ragnar stürzt zu dem Jungen und realisiert zwei Dinge, als er im Licht der Scheinwerfer sieht, wie das Blut aus dem Einschussloch im Rücken pulsiert:*

*Der Junge ist tot.*

*Die Kugel kommt einem Fingerabdruck gleich.*

*Er packt Roger und schleift ihn von der Straße ins Gebüsch. Er holt ein Messer aus dem Auto. Stellt sich breitbeinig über den Jungen und entblößt das Einschussloch. Ohne wirklich zu denken, wie ferngesteuert, schneidet Ragnar das Herz heraus – und die Kugel. Fast verwundert sieht er auf das kleine, blutige Metallstück herab, das einen so großen Schaden angerichtet hat. Dann erst nimmt er den Körper wahr, über den er sich beugt. Zwar ist die Kugel nun weg, aber es ist noch immer deutlich, dass es sich um eine Schussverletzung handelt. Am besten wäre es wohl, wenn er den Mord wie eine Messerattacke aussehen lassen könnte. Sein Überlebensinstinkt hat nun vollkommen die Übermacht gewonnen, und Ragnar beginnt, wie wahnsinnig mit dem Messer auf Roger einzustechen.*

«Anschließend hievt er Rogers Leiche ins Auto und fährt nach Listakärr, versenkt sie dort. Den Rest der Geschichte kennen wir ...»

Sebastian und Vanja hatten ihren Vortrag beendet. Es war die lebendige Schilderung eines möglichen Tatverlaufs gewesen. Zweifellos mit Gedanken und Gefühlen ausgeschmückt, von denen man unmöglich sagen konnte, ob Täter und Opfer sie wirklich gehabt hatten, aber davon abgesehen war es eine Beschreibung, die in Torkels Ohren wahrscheinlich klang. Er sah sein Team an, nahm seine Brille ab und klappte die Bügel ein.

«Dann sollten wir wohl mal mit Ragnar Groth sprechen.»

«Nein, nein, nein, so ist es keinesfalls gewesen!»

Ragnar Groth schüttelte den Kopf, beugte sich auf dem Stuhl vor und machte mit seinen wohlgepflegten Händen eine abwehrende Geste. Die Bewegung wehte einen schwachen Duft von Hugo Boss in Vanjas Richtung. Dasselbe Aftershave, das auch Jonathan getragen hat, dachte Vanja flüchtig, vermutlich war es das Einzige, was die beiden Männer gemein hatten. Sie hatte soeben ihre Theorie über die Mordnacht präsentiert. Dass Ragnar Groth Roger vor dem Motel getroffen haben und es zu einer Auseinandersetzung gekommen sein könnte.

«Wie ist es dann abgelaufen?»

«Gar nichts ist gewesen! Ich habe Roger an dem besagten Freitagabend nicht getroffen, das habe ich doch bereits gesagt.»

Das hatte er in der Tat. Schon vor gut einer Stunde, als sie ihn in der Schule abgeholt hatten. Er hatte müde und gereizt ausgesehen, als Vanja und Billy in seinem Büro aufgetaucht waren, um ihn mit aufs Präsidium zu nehmen. Die Müdigkeit war in der Sekunde verflogen, als sie ihr Anliegen vorbrachten, und wich einem beleidigten Unverständnis. Sie glaubten doch wohl nicht ernsthaft, dass er in diesen tragischen Vorfall verwickelt sei? Doch, das taten sie. Groth erkundigte sich, ob er nun festgenommen oder verhaftet sei, oder wie auch immer es heißen mochte, doch Vanja versicherte ihm, dass es lediglich um ein Gespräch gehe. Daraufhin wollte Groth, dass sie sich wie die beiden Male zuvor in seinem Büro unterhielten, aber Vanja bestand darauf, dass die Unterredung diesmal im Präsidium stattfand. Es dauerte eine ganze Weile, bis Groth alle Formalitäten geklärt hatte, um für einige Zeit das Büro zu verlassen. Der Rektor legte großen Wert darauf, dass es nicht wie eine Verhaftung aussah. Vanja beruhigte ihn, sie gingen ohne Handschellen und uniformierte Polizisten, und er würde auf dem Beifahrersitz eines Zivilfahrzeugs sitzen. Beim Hinausgehen begegneten sie einem Kollegen, der fragte, was Groth vorhabe. Man brauche seine Hilfe auf dem Präsidium, um einige Jugendliche auf Überwachungsbildern zu identifizieren, sprang Vanja dem Rektor bei. Der bedankte sich, als sie die Schule durch das Tor unter dem riesigen Jesusbild auf der Fassade verließen.


Anschließend hatte Ragnar Groth in einem der drei Verhörräume der Reihe nach Kaffee, Wasser, Läkerol-Pastillen und anwaltlichen Beistand abgelehnt. Torkel hatte sich ihm vorgestellt, und die drei hatten sich gesetzt. Vanja und Torkel auf die eine Seite und Groth auf die andere. Er hatte die fleckige Tischplatte so gut es ging mit einem Taschentuch gereinigt, bevor er mit seinen Armen die Oberfläche berührte.

«Was ist das denn?», fragte er, als Vanja einen Kopfhörer vom Tisch nahm.

«Das hier?» Vanja zeigte Groth den Knopf.

Er begriff. «Und wen hören Sie darin?»

Vanja entschied sich, nicht zu antworten, sondern steckte sich den Hörer kommentarlos ins Ohr. Groth hatte sich umgedreht und auf den etwas überdimensionalen Spiegel an der einen Wand geblickt.

«Sitzt Bergman dahinter?»

Er konnte den Widerwillen in seinem Tonfall nicht verbergen. Erneut gab Vanja ihm keine Antwort. Aber der Rektor hatte recht. In dem angrenzenden Raum saß Sebastian, beobachtete das Verhör und konnte bei Bedarf kleine Kommentare direkt an Vanja einwerfen. Sie waren schnell übereingekommen, dass Sebastian nicht im Raum anwesend sein sollte. Es würde ohnehin schwer genug werden, den kontrollierten Ragnar Groth dazu zu bringen, sich zu öffnen, auch ohne die Anwesenheit von Sebastian, der ihn so sehr provozierte.

Vanja hatte das Aufnahmegerät auf den Tisch gelegt, die Anwesenden und die Uhrzeit zu Protokoll gegeben und anschließend dargelegt, wie sie Rogers Weg anhand der Überwachungskameras nachverfolgt hatten und zu der Theorie gelangt waren, dass Ragnar Groth vor dem Motel auf Roger getroffen war. Der Rektor hatte zugehört, ohne eine Miene zu verziehen. Erst als die Rede auf das Motel fiel, reagierte er, schüttelte schweigend den Kopf, verschränkte die Arme vor der Brust und lehnte sich mit einem Gestus zurück, der deutliche Distanzierung signalisierte.

Von Vanja und von allem, was sie sagte. Von der gesamten Situation. Und dann stritt er alles ab.

«Sie sagen also, dass Sie Roger an dem besagten Freitagabend nicht getroffen haben?», fing Vanja nun noch einmal von vorn an. «Aber Sie waren zu diesem Zeitpunkt im Motel?»

Im angrenzenden Raum nickte Sebastian vor sich hin. Sie konnten Groth zweifellos mit Zeit und Ort in Verbindung bringen, und das plagte den Mann ganz offensichtlich sehr. So sehr, dass er nicht einmal auf Vanjas Frage antwortete. Aber sie ließ natürlich nicht locker.

«Das war eine rhetorische Frage, wir wissen, dass Sie am Freitag um halb zehn in diesem Motel waren.»

«Aber ich habe Roger dort nicht getroffen.»

«Bitte ihn, von Frank zu berichten», sprach Sebastian in seinen Sender. Er sah, wie Vanja dort drinnen horchte und einen schnellen Blick zur Spiegelwand warf. Sebastian nickte noch einmal zur Bestätigung, als ob sie es sehen könnte. Vanja beugte sich vor.

«Erzählen Sie uns von Frank Clevén.»

Groth antwortete nicht sofort. Er spielte auf Zeit, indem er die Hemdsärmel unter seinem Jackett herauszog, bis sie exakt eineinhalb Zentimeter herausragten. Dann lehnte er sich zurück und warf Vanja und Torkel einen gelassenen Blick zu.

«Er ist ein alter Freund aus dem Schützenverein. Wir treffen uns hin und wieder.»

«Um was zu tun?», schaltete Torkel sich ein.

Groth richtete sich an ihn.

«Über gemeinsame Erinnerungen aus der Vergangenheit zu sprechen. Wie Sie vielleicht wissen, haben wir zusammen bei der Schwedischen Meisterschaft Bronze geholt. Meistens trinken wir ein Glas Wein, manchmal spielen wir auch Karten.»

«Und warum treffen Sie sich nicht bei Ihnen zu Hause?»

«Meistens treffen wir uns, wenn Frank sowieso auf der Durchreise und auf dem Weg nach Hause ist. Da liegt das Motel günstiger.»

«Wir wissen, dass Sie sich mit Frank Clevén im Motel trafen, weil Sie ein sexuelles Verhältnis mit ihm haben.»

Groth wandte sich Vanja zu, und eine Sekunde lang wirkte es, als würde ihn die bloße Behauptung anwidern. Er beugte sich vor und sah sie direkt an.

«Und wie wollen Sie das *wissen*, wenn ich fragen darf?»

«Frank Clevén hat es uns erzählt.»

«Dann lügt er.»

«Er ist verheiratet und hat drei Kinder. Was für einen Grund hätte er, einfach so zu behaupten, er würde nach Västerås fahren, um Sex mit einem Mann zu haben?»

«Keine Ahnung, das müssen Sie ihn fragen.»

«Ich dachte, Sie wären gut befreundet?»

«Das dachte ich auch, aber was ich nun hören muss, lässt mich daran zweifeln.»

«Wir können beweisen, dass Sie im Motel waren.»

«Ich war ja auch da. Ich traf Frank. Das bestreite ich doch gar nicht. Aber ich betone mit aller Entschiedenheit, dass wir dort nicht sexuell aktiv gewesen sind und ich nicht Roger Eriksson an diesem Abend getroffen habe.»

Vanja und Torkel tauschten einen schnellen Blick aus. Ragnar Groth war schlau. Er gab das zu, was sich beweisen ließ, und leugnete alles andere. Hatten sie ihn zu früh einbestellt? Eigentlich hatten sie nur eine Indizienkette vorzuweisen. Heimliche Sextreffen, eine Mitgliedschaft in einem Schützenverein, eine Position, die es wert war, verteidigt zu werden. Hätten sie mehr gebraucht?

Im Zimmer nebenan hatte Sebastian denselben Gedanken. Sie wussten ja, dass Groth ein Mann mit einer offensichtlichen, wenn nicht gar ernsten psychischen Störung war, die sich in Pedanterie und Zwangshandlungen äußerte. Der Gedanke war keineswegs weit hergeholt, dass er über die Jahre hinweg einen tiefsitzenden und beinahe undurchdringbaren Verteidigungsmechanismus aufgebaut hatte, mit dem er sich vor eigenen Handlungen schützte, die er als unerwünscht einstufte. Sebastian schätzte Groth so ein, dass er ständig Vor- und Nachteile abwägte. Und wenn er eine Entscheidung getroffen hatte, formte er die Wirklichkeit danach – seine Entscheidung wurde zur Wahrheit. Er fasste es sicherlich nicht einmal als Lüge auf, wenn er behauptete, dass er und Frank Clevén in dem Motelzimmer keinen Sex miteinander gehabt hatten. Er glaubte selbst daran. Vermutlich bedurfte es fotografischer Beweise, damit er gestand. Beweise, die sie nicht hatten.

«Peter Westin?»

Vanja griff eine neue Spur auf.

«Was soll mit ihm sein?»

«Sie kennen ihn.»

«Die Schule hat eine Vereinbarung mit seiner Praxis, ja. Was tut das hier zur Sache?»

«Wissen Sie, wo er wohnt?»

«Nein, privat haben wir keinen Kontakt.» Groth schoss ein Gedanke in den Kopf und er beugte sich auf seinem Stuhl vor. «Wollen Sie etwa behaupten, ich hätte auch zu ihm eine sexuelle Beziehung?»

«Ist es denn so?»

«Nein.»

«Wo waren Sie heute früh um vier Uhr?»

«Ich war zu Hause und habe geschlafen. Ich pflege um diese Zeit immer ein wenig zu schlummern, eine schlechte Angewohnheit von mir. Warum fragen Sie?»

Jetzt wurde er sarkastisch. Sebastian seufzte nebenan. Groth hatte sein Selbstvertrauen wiedergewonnen. Er hatte begriffen, dass sie nicht genug gegen ihn in der Hand hatten. Sie würden nichts erreichen. Im Verhörraum versuchte Torkel, dennoch zu retten, was zu retten war.

«Wir müssen uns Ihre Waffen genauer ansehen.»

«Warum das denn?» Groth schien aufrichtig verwundert. Vanja fluchte innerlich. Es war ihnen gelungen, die Information vor der Presse geheim zu halten. Abgesehen von seinem Mörder wusste niemand, dass Roger erschossen worden war. Es hätte ihnen weitergeholfen, wenn Groth sich nicht über ihre Frage gewundert, sondern sich geweigert hätte, seine Gewehre zu zeigen.

«Warum nicht?»

«Ich verstehe nur den Anlass nicht. Der Junge wurde doch nicht erschossen?» Der Rektor warf einen fragenden Blick von Vanja zu Torkel. Keiner von ihnen dachte daran, das zu bestätigen oder zu dementieren.

«Wollen Sie uns einen Blick auf Ihre Waffen verweigern?»

«Keineswegs. Nehmen Sie sich, welche Sie wollen. So lange Sie wollen.»

«Wir würden uns auch gern einmal Ihre Wohnung ansehen.»

«Ich wohne in einer Villa.»

«Dann würden wir uns gern einmal Ihre Villa ansehen.»

«Brauchen Sie dafür denn nicht einen Hausdurchsuchungsbefehl?»

«Doch, es sei denn, der Bewohner erlaubt es uns, dann genügt es, wenn wir mit dem Staatsanwalt sprechen.»

Vanja erkannte, dass sie nicht länger auf die Hilfsbereitschaft des Rektors zählen konnten, also griff sie zu einer Drohung, die als Rücksichtnahme getarnt war.

«Für einen Durchsuchungsbefehl ist ein gewisser Verwaltungsaufwand erforderlich. Und je mehr Mitarbeiter unseren Antrag sehen, desto größer ist das Risiko, dass Informationen an die Öffentlichkeit dringen.»

Groth sah sie an. Sie bemerkte, dass er die falsche Rücksichtnahme schnell durchschaut und die implizierte Drohung voll und ganz verstanden hatte.

«Natürlich. Durchsuchen Sie alles, was Sie wollen. Je schneller Sie die Gewissheit haben, dass ich Roger nicht umgebracht habe, desto besser.»

Vanja hatte das Gefühl, dass sich Rektor Groth soeben zum letzten Mal kooperationsbereit gezeigt hatte.

«Haben Sie ein Handy?»

«Ja. Wollen Sie es sehen?»

«Ja, bitte.»

«Es liegt in der obersten Schreibtischschublade in meinem Arbeitszimmer. Werden Sie jetzt gleich zu mir nach Hause fahren?»

«Ja, bald.»

Ragnar Groth stand auf. Vanja und Torkel erstarrten, aber er steckte nur die Hand in seine Hosentasche und holte ein kleines Schlüsselbund hervor. Drei Schlüssel. Er legte sie auf den Tisch und schob sie mit einer kontrollierten Handbewegung zu Vanja hinüber.

«Der Schlüssel zu meinem Waffenschrank hängt in der Besenkammer rechts. Ich muss noch einmal darauf bestehen, dass Sie sich diskret verhalten. Ich setze voraus, dass Sie auf Uniformen und Blaulicht verzichten. In meiner Nachbarschaft bin ich ein respektierter Mann.»

«Wir werden unser Bestes tun.»

«Ja, das will ich hoffen.» Er setzte sich wieder. Lehnte sich so bequem es ging zurück und verschränkte erneut die Arme über der Brust. Vanja und Torkel sahen einander an. Anschließend warf Vanja einen schnellen Blick zum Spiegel. Sebastian hob das Mikro zum Mund.

«Wir kommen an dieser Stelle wohl nicht weiter.»

Vanja nickte, las die Uhrzeit vor und stellte das Aufnahmegerät ab. Sie blickte Torkel an und erkannte, dass sie beide dasselbe dachten.

Sie hatten Groth zu früh einbestellt.

Genau genommen wohnte Ragnar Groth nicht in einer Villa, sondern in einem kleinen Reihenhaus. Sein Carport war mit dem des Nachbarhauses verbunden. Es war nicht schwer zu erkennen, welches der Häuser in dieser Straße ihm gehörte. Das Haus war – das sauberste.

Der Sand von den Streufahrzeugen des Winters war penibel von der Straße und dem Bürgersteig gefegt, und zwar exakt bis zur Grundstücksgrenze. Im Carport war alles in makelloser Ordnung sortiert. Als Ursula und Billy zum Haus gingen, bemerkten sie, dass nicht ein einziges Blatt aus dem vergangenen Jahr auf dem Gartenweg oder dem perfekt getrimmten Rasen lag. An der Haustür angekommen, strich Ursula mit dem Finger über das Blech unter dem Fenster neben der Tür. Sie zeigte Billy den Finger. Schmutzfrei.

«Er muss seine ganze Zeit darauf verwenden, alles um sich herum ordentlich und rein zu halten», bemerkte Ursula, während Billy den Schlüssel ins Schloss steckte, die Tür öffnete und hineinging.

Das Haus war ziemlich klein. Etwa neunzig Quadratmeter, auf zwei Etagen. Sie betraten einen kleinen Flur, an dessen Ende eine Treppe nach oben führte. Davor waren zwei Türen und zwei Torbögen. Billy schaltete die Flurbeleuchtung ein. Sie tauschten Blicke, dann zogen sie wortlos ihre Schuhe aus. Das taten sie bei Hausdurchsuchungen normalerweise nicht, aber es wirkte fast wie eine Schmähung, dieses Haus mit Straßenschuhen zu betreten. Sie ließen die Schuhe auf der Flurmatte stehen, obwohl auf dem Schuhregal unter dem Kleiderständer rechts vom Eingang noch Platz gewesen wäre. Auf der Ablage lag ein Hut, an einem Haken hing ein Mantel. Darunter stand ein Paar Schuhe. Geputzt, ohne einen einzigen Gras- oder Lehmfleck darauf. Es roch sauber. Nicht nach Putzmittel, sondern eher – steril. Ursula musste an ein neuerbautes Haus denken, das Mikael und sie vor ein paar Jahren einmal besichtigt hatten. Es hatte genauso gerochen, unpersönlich und unbewohnt.

Ursula und Billy gingen weiter hinein, und jeder von ihnen öffnete eine der Türen. Hinter der rechten Tür verbarg sich eine Garderobe, die linke führte in ein Badezimmer. Eine kurze Inspektion zeigte, dass beide Räume genauso tadellos rein und ordentlich waren wie alles andere in Rektor Groths Leben. Dieser Eindruck setzte sich im übrigen Untergeschoss fort. Der Torbogen auf der rechten Seite führte in das kleine, geschmackvoll möblierte Wohnzimmer. Hinter einer Sofagruppe mit passendem Couchtisch stand ein Bücherregal, das zur Hälfte mit Büchern und zur anderen Hälfte mit Vinylplatten gefüllt war. Jazz und Klassik. Mitten im Regal stand ein staubfreier Plattenspieler. Rektor Groth besaß keinen Fernseher, jedenfalls nicht im Wohnzimmer.

Der linke Torbogen führte in eine blitzblanke Küche. Messer, die ordentlich an einem Magnetstreifen an der Wand hingen. Ein Wasserkocher auf der Arbeitsplatte. Ein Salz- und ein Pfefferstreuer auf dem Tisch. Davon abgesehen waren alle Oberflächen leer und rein.

Gemeinsam gingen sie die Treppe hinauf, die in einen kleinen, quadratischen Flur mit drei Türen mündete. Hier gab es ein weiteres Badezimmer, ein Schlafzimmer und ein Arbeitszimmer. Hinter dem dunklen, schweren Eichenschreibtisch hingen Ragnars Waffen ordentlich eingeschlossen in einem zertifizierten Waffenschrank. Billy wandte sich an Ursula.

«Oben oder unten?»

«Mir egal. Was möchtest du lieber?»

«Ich kann gern unten anfangen, dann kannst du die Waffen übernehmen.»

«Okay, und wer zuerst fertig ist, kümmert sich um den Carport und das Auto?»

«Einverstanden.» Billy nickte und ging die Treppe hinunter. Ursula verschwand im Arbeitszimmer.


Erst als Vanja die Arme um ihren Vater schlang, spürte sie den großen Unterschied. Vorher und nachher. Er hatte abgenommen, aber es war nicht nur das. In den Umarmungen der letzten Monate hatte immer die Angst vor der Vergänglichkeit des Lebens mitgeschwungen, eine verzweifelte Zärtlichkeit in dem Bewusstsein, dass jede Berührung die letzte sein konnte. Nach der positiven Mitteilung der Ärzte hatte die Umarmung plötzlich eine andere Bedeutung. Die Medizin hatte ihre gemeinsame Reise verlängert und sie vor dem Abgrund bewahrt, an dessen Rand sie in der letzten Zeit balanciert war. Jetzt versprach die Umarmung eine Fortsetzung. Valdemar lächelte sie an. Seine blaugrünen Augen waren so lebendig wie lange nicht, auch wenn sie jetzt von Freudentränen glänzten.

«Ich habe dich so vermisst.»

«Ich dich auch, Papa.»

Valdemar strich ihr über die Wange.

«Es ist so merkwürdig, ich habe gerade das Gefühl, alles von neuem zu entdecken. Als wäre es das erste Mal.»

Vanja blickte ihn stumm an.

«Das verstehe ich gut.» Sie trat ein paar Schritte zurück. Vanja hatte keine Lust, heulend in einem Hotelfoyer zu stehen, und deutete zum Fenster; draußen dämmerte es bereits.

«Lass uns einen Spaziergang machen. Dann kannst du mir ein bisschen Västerås zeigen.»

«Ich? Ich war schon seit Ewigkeiten nicht mehr hier.»

«Aber du kennst die Stadt besser als ich. Immerhin hast du mal eine Zeitlang hier gewohnt, oder?»

Valdemar lachte, nahm den Arm seiner Tochter und ging mit ihr durch die Drehtür.

«Das ist tausend Jahre her, ich war einundzwanzig und hatte meinen ersten Job bei ASEA.»

«Trotzdem weißt du bestimmt mehr als ich. Ich kenne nur das Hotel, das Polizeipräsidium und einige Tatorte.»

Sie gingen los. Sprachen über die lange zurückliegende Zeit, als Valdemar gerade seine Ausbildung am technischen Gymnasium abgeschlossen hatte und jung und motiviert nach Västerås kam. Beide genossen diesen Moment des Plauderns, das zum ersten Mal seit langem tatsächlich nur harmloses Geplauder war und kein Versuch, von dem abzulenken, was ihre Gedanken rund um die Uhr in Unruhe versetzt hatte.

Allmählich brach die Dunkelheit über die Stadt herein, das Wetter hatte umgeschlagen, und es nieselte leicht. Sie bemerkten es kaum, als sie nebeneinander am Wasser entlanggingen. Erst als es schon eine halbe Stunde lang regnete und die Tropfen immer größer wurden, hielt Valdemar es für angebracht, irgendwo Schutz zu suchen. Vanja schlug vor, zum Hotel zurückzukehren und etwas zu essen.

«Hast du denn überhaupt die Zeit dafür?»

«Ich nehme sie mir einfach.»

«Ich will nicht, dass du meinetwegen in Schwierigkeiten gerätst.»

«Ich verspreche dir, dass die Ermittlungen noch eine weitere Stunde ohne mich auskommen werden.»

Valdemar gab sich zufrieden. Er hakte sich erneut bei seiner Tochter unter, und sie gingen in schnellerem Tempo zum Hotel zurück.

Vanja bestellte eine Cola light und ein Glas Wein, während ihr Vater die Speisekarte der Hotelbar studierte. Vanja betrachtete ihn. Sie liebte ihn wirklich. Natürlich liebte sie auch ihre Mutter, aber mit ihr war es immer etwas komplizierter, es gab mehr Streit, und es war ein größerer Kampf um die persönliche Freiheit. Mit Valdemar hingegen ging alles ruhiger zu. Er war anpassungsfähiger. Natürlich stellte auch er sie vor Herausforderungen, aber nur in Bereichen, in denen sie sich sicher fühlte. Es ging nicht um Beziehungen, nicht um ihr Talent.

Er vertraute ihr, und dadurch fühlte sie sich geborgen. Eigentlich hätte sie auch gern ein Glas Wein getrunken, aber vermutlich würde sie heute Abend noch arbeiten müssen oder sich zumindest auf den neusten Stand bringen, da war es besser, bei klarem Verstand zu sein.

Valdemar sah von der Speisekarte auf.

«Mama lässt grüßen. Sie wollte eigentlich mitkommen.»

«Und warum hat sie es nicht getan?»

«Sie musste noch arbeiten.»

Vanja nickte. Natürlich. Das war ja nicht das erste Mal.

«Drück sie ganz fest von mir.»

Die Kellnerin kam mit ihren Getränken. Sie bestellten.

Vanja wählte einen Chili-Cheeseburger, Valdemar eine Fisch-
suppe mit Aioli und Knoblauchbrot. Die Kellnerin sammelte
die Karten ein und ging. Sie hoben ihre Gläser und stießen
schweigend an. Und dann saß sie also mit ihrem wiederge-
borenen Vater da, so weit von dem Fall und den Herausforderungen des Alltags entfernt, wie es nur ging, als sie plötzlich eine Stimme hörte. Eine Stimme, die in diesem privaten
Moment auf keinen Fall etwas zu suchen hatte.

«Vanja?»

Sie wandte ihren Kopf in die Richtung, aus der die
Stimme kam, und hoffte, dass sie sich verhört hatte. Doch
das war leider nicht der Fall. Sebastian Bergman kam direkt
auf sie zu. Sein Mantel war vom Regen durchnässt.

«He, hast du was über die Hausdurchsuchung bei Groth
gehört?»

Vanja sah ihn mit einem Blick an, der ihm hoffentlich
verdeutlichen würde, dass er störte.

«Nein. Was machst du überhaupt hier? Ich dachte, du
hättest ein Haus, in dem du wohnen kannst?»

«Ich war gerade was essen und auf dem Weg ins Präsidium. Und da dachte ich mir, ich könnte mal hier vorbei-
schauen und herausfinden, ob Billy und Ursula etwas entdeckt haben. Weißt du was?»

«Nein, ich habe gerade frei.»

Sebastian warf einen Blick zu Valdemar, der schweigend
in seinem Sessel saß. Vanja begriff, dass sie schnell handeln
musste, ehe ihr Vater noch auf die Idee käme, sich vorzustellen und Sebastian schlimmstenfalls sogar dazu aufzufor-
dern, ihnen Gesellschaft zu leisten.

«Ich muss nur gerade noch was essen. Geh du doch
schon mal vor, ich komme dann nach. Wir sehen uns im Präsidium.»

Kein normaler Mensch hätte die Distanzierung in ihrer Stimme überhört, doch als sie sah, wie Sebastian Valdemar die Hand entgegenstreckte und lächelte, bemerkte sie, was sie vergessen hatte: Sebastian war kein normaler Mensch.

«Hallo, ich heiße Sebastian Bergman, ich arbeite mit Vanja zusammen.»

Valdemar begrüßte Sebastian freundlich, indem er sich halb aus dem Sessel erhob und seine Hand drückte.

«Hallo. Valdemar, Vanjas Vater.» Vanja wurde noch wütender. Sie wusste genau, wie interessiert ihr Vater an ihrer Arbeit war, und ahnte, dass es kaum bei der kurzen Begrüßung bleiben würde. Und so war es auch. Valdemar erhob sich und sah Sebastian neugierig an.

«Vanja hat mir schon viel über ihre Kollegen erzählt, aber von Ihnen habe ich noch nichts gehört, glaube ich.»

«Ich bin nur vorübergehend als Berater in die Ermittlungen eingeschaltet. Ich bin Psychologe, kein Polizist.»

Sebastian beobachtete, wie sich Valdemars Gesichtsausdruck veränderte, als er sein Arbeitsgebiet erwähnte. So als kramte er in seinem Gedächtnis.

«Bergman ... Sie sind aber nicht zufällig *der* Sebastian Bergman, der dieses Buch über den Serienmörder Hinde geschrieben hat ...»

Sebastian nickte blitzschnell.

«Mehrere Bücher. Doch, der bin ich.»

Valdemar wandte sich Vanja zu. Er wirkte beinahe aufgekratzt.

«Das Buch hast du mir doch sogar vor vielen Jahren mal geschenkt, erinnerst du dich noch daran?»

«Ja.»

Valdemar wandte sich erneut an Sebastian und wies auf den freien Sessel gegenüber von Vanja.

«Wollen Sie sich nicht zu uns setzen?»

«Papa, ich bin mir sicher, dass Sebastian andere Dinge zu tun hat. Wir ermitteln gerade in einem ziemlich komplizierten Fall.»

Sebastian blickte zu Vanja. Sah er da etwa ein Flehen in ihren Augen? Jedenfalls bestand kein Zweifel daran, dass sie ihn nicht hier haben wollte.

«Aber nein, ich habe Zeit.» Sebastian knöpfte seinen nassen Mantel auf, zog ihn aus und legte ihn über die Rückenlehne, bevor er sich setzte. Dabei sah er Vanja die ganze Zeit mit einem unmissverständlich spöttischen Lächeln an. Er genoss die Situation. Sie bemerkte es, und es machte sie noch wütender als der Umstand, dass er sich zu ihnen gesellte.

«Ich wusste gar nicht, dass du eines meiner Bücher gelesen hast», sagte Sebastian zu ihr, nachdem er sich im Sessel niedergelassen hatte. «Das hattest du gar nicht erwähnt.»

«Wahrscheinlich bin ich einfach noch nicht dazu gekommen.»

«Sie hat Ihr Buch geliebt!», ergänzte Valdemar und merkte nicht, wie sich der Blick seiner Tochter mit jedem seiner Worte verfinsterte. «Sie hat mich mehr oder weniger dazu genötigt, es zu lesen. Ich glaube, es war einer der Auslöser dafür, dass sie überhaupt Polizistin wurde.»

«O wirklich? Das ist aber schön zu hören!» Sebastian lehnte sich zufrieden in seinem Sessel zurück. «Kaum zu glauben, dass ich sie so sehr beeinflusst habe.»

Game over. Sebastian grinste sie an. Sie würde nie, nie wieder das letzte Wort haben. Dafür hatte ihr geliebter Vater soeben gesorgt.

Mikael rief Ursula vom Bahnhof aus an und erkundigte sich, ob sie ihn dort abholen wolle. Sonst würde er schon mal mit dem Taxi ins Hotel fahren. Ursula fluchte vor sich hin. Sie hatte zwar nicht völlig vergessen, dass er kommen würde, aber tagsüber kein einziges Mal daran gedacht. Sie warf einen schnellen Blick auf die Uhr. Es war ein schrecklich langer Tag gewesen, und er war noch nicht zu Ende. Sie stand in Groths Schlafzimmer und wollte sich gerade dem Schrank mit den ordentlich zusammengelegten Hemden, Pullovern, Unterhosen und allen anderen Kleidungsstücken widmen, die Ragnar nicht wie alles andere mit einem Zwischenraum von exakt drei Zentimetern auf die Kleiderstange gehängt hatte. Erst wollte sie ihren Mann bitten, noch eine Stunde zu warten. Sie hatte schlechte Laune. Der Mangel an konkreten Funden irritierte sie. Sie hatte mit den Waffen begonnen, aber umgehend eingesehen, dass diese sie nicht weiterbringen würden. Natürlich gab es Anzeichen dafür, dass vor kurzem mit ihnen geschossen worden war, aber Groth war ja Wettkampfschütze. Ohne die Kugel aus dem Herz des Opfers war diese Information wertlos. Die Durchsuchung des übrigen Arbeitszimmers hatte genauso wenig ergeben. Nichts Besonderes im Schreibtisch, im Sekretär neben dem Fenster oder im Bücherregal. Möglicherweise fand sich im Computer etwas Verwertbares, aber darum musste Billy sich kümmern. Auch das Badezimmer war enttäuschend gewesen. Nicht einmal ein Haar im Ausguss.

Und jetzt hatte sie Mikael in der Leitung, der auf sie wartete. Immerhin war sie es gewesen, die ihn gebeten hatte zu kommen. Es war Abendessenszeit. Sie müsste doch wohl ohnehin irgendetwas essen? Ursula gab auf, ging die Treppen hinunter und steckte ihren Kopf in die Küche, wo Billy gerade Schränke und Schubladen durchsuchte.

«Ich bin mal kurz weg. Komme in einer oder in zwei Stunden wieder.»

Billy sah sie überrascht an.

«Okay.»

«Ist es in Ordnung, wenn ich das Auto nehme?»

«Wo musst du denn hin?»

«Ich muss los und ... was essen.»

Billy verstand noch immer nicht. Er konnte sich nicht erinnern, wann Ursula es zum letzten Mal für nötig gehalten hatte, ihren Arbeitsplatz zu verlassen, um zu essen. Er kannte sie als eine Frau, die von eingeschweißten Sandwiches lebte, die sie an irgendwelchen Tankstellen kaufte und an den verschiedenen Tatorten verspeiste.

«Ist was passiert?»

«Mikael ist in der Stadt.»

Billy nickte so verständnisvoll wie möglich, obwohl die ganze Sache immer bizarrere Formen annahm. Mikael, der Mann, den Billy ein einziges Mal für zehn Minuten gesehen hatte, als er Ursula einmal vom jährlichen Weihnachtsfest abholte, kam nach Västerås, um mit ihr essen zu gehen.

Irgendetwas musste definitiv vorgefallen sein. Ursula verließ das Haus und ging wütenden Schrittes zu dem geparkten Wagen. Als sie die Autotür öffnete, bemerkte sie plötzlich, dass sie einen Moment lang völlig vergessen hatte, warum Mikael eigentlich in Västerås war. Nicht auf ihn durfte sie wütend sein, auf keinen Fall. Er war völlig unschuldig. In Wirklichkeit war es schlimm genug, dass sie ihn für ihre Zwecke missbrauchte. Vermutlich ging er davon aus, dass sie ihn angerufen hatte, weil sie ihn treffen wollte, ihn vermisste, und nicht, weil sie Torkel mit Mikaels Anwesenheit einen Denkzettel verpassen wollte.

Sie sollte daran denken, besonders nett zu ihm sein, um nicht den Falschen zu bestrafen.

Ursula setzte sich ins Auto und holte ihr Handy heraus. Auf dem Weg ins Stadtzentrum führte sie zwei kurze Telefonate. Eines mit dem Polizeipräsidium, um sich zu vergewissern, dass Torkel noch dort war, und eines mit Mikael, um einen Treffpunkt zu vereinbaren. Sie drosselte das Tempo, um ganz sicherzugehen, dass sie erst nach ihm ankam. Dann schaltete sie das Radio ein und lauschte eine Weile, ließ ihre Gedanken ruhen. Der Ball war ins Rollen gekommen. Bald würde die Strafe verhängt werden.


«Hallo, Torkel.»

Torkel drehte sich um. Er erkannte den dunkelhaarigen, großen Mann sofort, der in einem der Sofas vor der Rezeption Platz genommen hatte. Torkel nickte ihm zu und tat sein Bestes, sich ein Lächeln abzuringen.

«Mikael, wie schön, dich zu sehen. Ursula hat schon erzählt, dass du kommst.»

«Ist sie hier?»

«Soweit ich weiß nicht, aber ich kann nachschauen.»

«Nein, nicht nötig, sie weiß, dass ich hier warte.»

Torkel nickte erneut. Mikael sah frisch aus. An den Schläfen war sein dunkles Haar leicht ergraut, aber es stand ihm gut. Sie waren ungefähr gleich alt, aber Torkel konnte nicht umhin, sich älter und verlebter zu fühlen. Ihm selbst stand das Alter nicht so gut, und dass Mikael zeitweise mit Alkoholismus zu kämpfen hatte, sah man ihm keinesfalls an. Im Gegenteil, er wirkte sportlicher und gesünder denn je.

Es muss in den Genen liegen, dachte Torkel, überlegte gleichzeitig allerdings auch, ob er sich nicht doch im Fitnessstudio anmelden sollte. Die beiden blieben eine Weile schweigend stehen. Torkel wollte auf keinen Fall unfreundlich wirken, gleichzeitig fiel ihm bei aller Anstrengung aber auch nichts ein, was er sagen konnte. Da es ihm an ehrlichem Interesse mangelte, wählte er die sichere Routinenummer.

«Kaffee? Möchtest du einen Kaffee?» Mikael nickte, und Torkel ging zum Eingang, zückte seine Schlüsselkarte und hielt Mikael die Glastür auf. Sie gingen durch das Großraumbüro zum Aufenthaltsraum.

«Ich habe von dem Mord gelesen. Es scheint ein schwieriger Fall zu sein.»

«Ja, das kann man wohl sagen.»

Schweigend ging Torkel voran. Er und Mikael hatten sich in all den Jahren nur wenige Male gesehen. Vor allem am Anfang, als Ursula neu in der Abteilung war. Damals hatte Torkel die beiden zu Monica und sich nach Hause eingeladen. Zwei-, dreimal vielleicht. Zu dieser Zeit waren er und Ursula lediglich Kollegen gewesen, die sich zusammen mit ihren Partnern trafen. Das war, bevor sie ihre Hotelzimmerbeziehung begonnen hatten. Wie lange ging das nun schon? Vier Jahre? Fünf, wenn man jenen späten Abend in Kopenhagen mitrechnete. Den zumindest er mit kaltem Schweiß auf der Stirn und großer Reue als einmaligen Ausrutscher betrachtet hatte. Etwas, das sich nie mehr wiederholen sollte. Das war damals gewesen.

Heute war es anders. Die Reue und das Beschwören eines einmaligen Ausrutschers waren durch einige ungeschriebene Gesetze ersetzt worden: nur bei der Arbeit, nie zu Hause. Keine Zukunftspläne. Mit dem letzten Punkt hatte Torkel am meisten Probleme. Wenn sie nackt und befriedigt nebeneinanderlagen, war es ihm anfangs schwergefallen, wenn nicht unmöglich gewesen, auf eine Fortsetzung außerhalb der anonymen Hotelzimmer zu verzichten. Aber die wenigen Male, als er die Grenze überschritten und ihre Übereinkunft gebrochen hatte, waren ihre Augen hart geworden, und er hatte wochenlang ohne die gemeinsamen Treffen auskommen müssen. Daraus hatte Torkel gelernt. Keine Zukunftspläne, der Preis war zu hoch.

Jetzt stand er in dem unpersönlichen Aufenthaltsraum und starrte auf den braunen Kaffee, der in den Becher lief. Mikael saß am nächstgelegenen Tisch und nippte an seinem Cappuccino.

Sie hatten den Fall bereits so weit durchgekaut, wie Torkel es für richtig hielt, sodass nun nur noch das Übliche blieb.

Wind und Wetter.

*Jetzt ist der Frühling wirklich da.*

Was machte der Job?

*Eigentlich wie immer, ständig der gleiche Ärger.*

Wie ging es Bella?

*Danke, gut, sie wird ihr Jurastudium in einem Jahr abschließen.*

Spielte Mikael zurzeit Fußball?

*Nein, das Knie macht nicht mit, der Meniskus.*

Torkel musste die ganze Zeit daran denken, dass er noch gestern Morgen mit Mikaels Frau geschlafen hatte. Er fühlte sich falsch. Durch und durch falsch.

Warum um alles in der Welt hatte Ursula entschieden, dass sie sich ausgerechnet hier mit ihrem Mann treffen wollte? Torkel ahnte den Grund und bekam ihn in der nächsten Sekunde bestätigt, als Ursula hinter ihnen auftauchte.

«Hallo, Liebling. Es tut mir leid, dass ich so spät dran bin.»

Ursula schwebte an Torkel vorbei, ohne ihn eines Blickes

zu würdigen, und küsste Mikael zärtlich. Dann wandte sie sich Torkel mit einem kurzen, ironischen Augenzwinkern zu.

«Und du hast also Zeit für ein Kaffeepäuschen?»

Torkel wollte gerade etwas entgegnen, als Mikael ihm zur Hilfe kam.

«Ich habe unten in der Rezeption gesessen und gewartet, Torkel wollte nur höflich sein.»

«Eigentlich haben wir nämlich sehr viel zu tun, sogar so viel, dass wir zusätzliches Personal einstellen mussten, hab ich recht, Torkel?»

Tatsächlich. Mikaels Anwesenheit war als Strafe für Torkel gedacht. Vielleicht nicht gerade die raffinierteste Art der Bestrafung, aber sie wies ihn doch sehr effektiv in die Schranken. Torkel entgegnete nichts. Es hatte keinen Sinn, sich auf diesen Streit einzulassen. Nicht in Mikaels Gegenwart. Wenn Ursula in einer solchen Stimmung war, konnte man nur verlieren.

Torkel entschuldigte sich, achtete jedoch darauf, Mikael anständig die Hand zu schütteln, bevor er ging. Wenigstens ein bisschen Stolz konnte er ja beweisen. Er hasste das Gefühl, sich mit eingekniffenem Schwanz davonzuschleichen.

Ursula hakte sich bei Mikael ein, und die beiden verließen den Aufenthaltsraum.

«Ich kenne mich mit den Restaurants in der Stadt nicht besonders aus, aber Billy sagt, es gebe einen ganz passablen Griechen in der Nähe.»

«Das klingt gut.»

Nachdem die beiden schweigend ein paar Schritte gegangen waren, blieb Mikael stehen.

«Warum bin ich eigentlich hier?»

Ursula blickte ihn fragend an.

«Wie meinst du das?»

«Ich meine es genau so, wie ich es sage. Warum bin ich hier? Was willst du von mir?»

«Ich will nichts. Ich dachte nur, wenn ich nur eine Stunde von Stockholm entfernt bin, könnten wir doch …»

Mikael betrachtete sie forschend. Er wirkte nicht überzeugt.

«Du hast schon in Städten gearbeitet, die näher an Stockholm liegen als Västerås, und mich nie angerufen.»

Ursula seufzte innerlich, zeigte es jedoch nicht.

«Eben drum. Wir sehen uns zu selten. Daran wollte ich etwas ändern. Und jetzt komm.»

Sie nahm seinen Arm und zog ihn sanft mit sich. Während sie sich enger an ihren Mann schmiegte, verfluchte sie die Idee, die ihr gestern noch so gerechtfertigt und einleuchtend erschienen war. Was wollte sie eigentlich erreichen? Torkel eifersüchtig machen? Ihn demütigen? Ihre Selbständigkeit demonstrieren?

Ganz gleich, was es war – Mikaels Anwesenheit hatte offenbar ihre Funktion bereits erfüllt. Torkel war die Situation deutlich unangenehm gewesen. Er hatte seine Schultern schon lange nicht mehr so hängen lassen wie vorhin, als er sich ohne ein Wort davongeschlichen hatte.

Die Frage, die sich Ursula nun auftat, war: Was sollte sie bloß mit ihrem Mann anstellen?

**N**achdem sie eine gute Stunde beim Griechen verbracht hatten, war Ursula gezwungen gewesen, zu Ragnar Groths Haus zurückzukehren. Dennoch war das gemeinsame Abendessen angenehm verlaufen. Netter, als sie gedacht hatte. Mikael hatte zwar noch einige Male nach dem Grund gefragt, warum sie ihn hier haben wollte. Er schien nur schwer glauben zu können, dass sie ihn einfach so treffen wollte, und das war eigentlich kaum verwunderlich.

Ihre Beziehung war viele Jahre lang anstrengend gewesen, und es war eigentlich ein Wunder, dass sie gehalten hatte. Doch während dieses Kampfes hatten sich ihre Bande auch gestärkt. Es war etwas Wahres daran, dass es eine Beziehung entweder stärkte oder zerstörte, wenn man die geheimsten Schwächen seines Partners kennenlernte. Und Schwächen hatten sie beide, nicht zuletzt als Eltern. Was Bella anbelangte, so war es, als existierte ein kleiner, feiner Filter, ein dünnes Häutchen, das Ursula daran hinderte, ihrer Tochter wirklich nahezukommen, und dafür sorgte, dass sie leider allzu oft der Arbeit den Vorrang vor ihrer Familie gab. Ursula quälte sich häufig angesichts der Erkenntnis, dass sie ihrer Tochter unbewusst technische Untersuchungen und Leichen vorzog. Sie gab ihrer Kindheit und ihren Eltern die Schuld daran. Und ihrem Gehirn, das der Logik eine höhere Priorität einräumte als den Gefühlen. Aber das änderte nichts an der Tatsache, dass das Häutchen bestehen blieb und damit auch der Kummer über ihre Bindungsunfähigkeit. Sie hatte immer das Gefühl, dass sie mehr, häufiger und engagierter hätte da sein müssen. Insbesondere in den Zeiten, in denen Mikael wieder in seine Alkoholabhängigkeit zurückfiel. In diesen Jahren waren die Großeltern eine Rettung für Bella gewesen.

Trotz seiner offensichtlichen Schwächen bewunderte Ursula Mikael immer wieder. Seine Abhängigkeit hatte nie ihre Finanzen in Gefahr gebracht oder es unmöglich gemacht, zu Hause wohnen zu bleiben. Wenn es richtig schlimm wurde, zog er sich lieber zurück wie ein verletztes Tier. Am meisten enttäuschte er sich selbst damit, wenn es ihn wieder einmal erwischte. Sein Leben war ein einziger langer Kampf gegen sein eigenes Versagen.

Und genau darin vermutete Ursula den Schlüssel ihrer Liebe zu ihm – dass er nie aufgab. Trotz aller Misserfolge, Fehltritte und geplatzter Hoffnungen kämpfte er immer weiter. Deutlicher als sie, härter als sie. Er stürzte, er versagte, doch er stand wieder auf und machte weiter. Ihretwegen. Bellas wegen. Der Familie wegen. Und Ursula war loyal gegenüber denen, die für sie kämpften. Unerschütterlich loyal. Das war nicht besonders romantisch und keineswegs der Mädchentraum einer perfekten Beziehung, aber Ursula hatte sich noch nie groß von derlei Idealen beeindrucken lassen. Sie hatte Loyalität schon immer für wichtiger gehalten als Liebe. Man brauchte Menschen, die für einen einstanden. Und an denjenigen, die es taten, hielt man fest. Das hatten sie verdient. Und was man in einer Beziehung möglicherweise vermisste, musste man sich eben woanders suchen.

Torkel war nicht ihr erster Geliebter, auch wenn er das sicherlich glaubte. Nein, es hatte andere gegeben. Schon früh in ihrer Beziehung hatte sie Mikael durch andere Männer komplettiert. Anfangs hatte sie versucht, sich selbst böse zu sein, aber es hatte nicht funktioniert. So sehr sie es auch versuchte. Es gelang ihr nicht, es als Betrug an Mikael zu sehen. Ihre außerehelichen Abenteuer waren eine Voraussetzung dafür, dass sie bei ihm bleiben konnte. Sie brauchte sowohl die Komplexität der Gefühle für Mikael als auch die unverbindliche physische Nähe zu jemandem wie Torkel. Ursula fühlte sich wie eine Batterie, die einen Plus- und einen Minuspol brauchte, um zu funktionieren. Sonst fühlte sie sich leer.

Eine Sache forderte sie jedoch von beiden: Loyalität.

Und in diesem Punkt hatte Torkel sie im Stich gelassen. Das war der simple Anlass für sie gewesen, die beiden Pole zusammenzuführen und kurzzuschließen. Es war eine kindische Entscheidung, nicht durchdacht und im Affekt gefällt. Aber es hatte funktioniert.

Und das Abendessen war angenehm gewesen.

Sie hatte sich vor dem Restaurant von Mikael getrennt, versprochen, so schnell es ging ins Hotel zurückzukehren, und ihn gewarnt, dass es aber spät werden konnte. Mikael sagte, er habe ein Buch dabei, also sei er beschäftigt. Sie brauche sich keine Gedanken zu machen.


Nach seiner Begegnung mit Mikael ging Torkels Abend weiter bergab. Billy rief ihn an, er befand sich gerade auf dem Rückweg von Groths Haus und berichtete, dass sie nichts gefunden hatten. Kein Blut auf der Kleidung, keine lehmbeschmutzten Schuhe, keine Spur davon, dass sich Roger – oder irgendein anderer – im Haus aufgehalten hatte. Keine Pirelli-Reifen am Auto und auch dort keine Blutspuren, ebenso wenig im Carport. Kein Kanister mit leichtentzündlicher Flüssigkeit, keine Kleider, die nach Rauch rochen. Nichts, was ihn auf irgendeine Weise mit den Morden an Roger Eriksson oder Peter Westin in Verbindung brachte. Nichts, absolut nichts.

Billy würde den Computer des Rektors noch einmal durchforsten, aber Torkel sollte sich nicht allzu große Hoffnungen machen.

Torkel beendete das Gespräch und seufzte. Er saß am Tisch und betrachtete die Wand mit der Dokumentierung des Falls, ohne dass ihm etwas Neues auffiel. Natürlich würden sie Groth vierundzwanzig Stunden lang festhalten können, aber Torkel konnte nicht ernsthaft erkennen, wie sie den Verdacht gegen ihn erhärten sollten. Kein Staatsanwalt der Welt würde auf der Grundlage des jetzigen Standes Haftbefehl gegen ihn erlassen. Also war es im Prinzip gleich, ob sie ihn heute oder morgen Nachmittag freiließen. Er wollte gerade aufstehen, als zu seiner Verwunderung Vanja in den Raum stürmte. Er hatte nicht mehr damit gerechnet, sie heute noch zu sehen. Eigentlich hatte sie sich um irgendwelche privaten Angelegenheiten kümmern wollen.

«Warum zum Teufel hast du Sebastian eingestellt?»

Ihre Augen blitzten vor Wut. Torkel sah sie müde an.

«Ich glaube, das habe ich jetzt ausreichend oft erklärt.»

«Es war eine idiotische Entscheidung.»

«Ist etwas vorgefallen?»

«Nein, es ist nichts vorgefallen. Aber er soll weg. Er stört.»

Torkels Telefon klingelte. Er blickte aufs Display. Der Kreispolizeidirektor. Torkel warf Vanja einen entschuldigenden Blick zu und ging dran. Sie tauschten eine knappe Minute lang Informationen aus.

Torkel erfuhr, dass die Reporter von *Expressen* die Verbindung zwischen Peter Westin und dem Palmlövska-Gymnasium und damit auch zu Roger Eriksson aufgedeckt hatten. Es war bereits im Internet veröffentlicht.

Der Polizeidirektor erfuhr, dass Torkel Ragnar Groth laufenlassen wollte und weshalb.

Torkel erfuhr, dass der Polizeidirektor nicht zufrieden war. Der Fall musste gelöst werden. So schnell wie möglich.

Der Polizeidirektor bekam zu hören, dass sie ihr Bestes taten.

Und Torkel bekam zu hören, dass der Polizeidirektor von ihm erwartete, dass er sich den Fragen der draußen versammelten Journalisten stellte, bevor er seine Arbeit für diesen Abend beendete.

Der Polizeidirektor legte auf. Torkel auch, doch seine Sorgen war er damit nicht los, das begriff er, als er Vanjas Blick sah.

«Lassen wir Groth laufen?»

«Ja.»

«Aber warum?»

«Du hast doch gehört, was ich eben am Telefon gesagt habe?»

«Ja.»

«Na also.»

Vanja stand einige Sekunden lang schweigend da, als müsse sie die Information verarbeiten, die sie gerade erhalten hatte. Sie kam zu einem schnellen Schluss.

«Ich hasse diesen Fall. Ich hasse diese ganze beschissene Stadt.»

Sie machte auf dem Absatz kehrt und ging in Richtung Tür, öffnete sie, blieb aber im Türrahmen stehen und drehte sich noch einmal zu Torkel um.

«Und ich hasse Sebastian Bergman.»

433

Vanja verließ den Raum und schloss die Tür hinter sich. Torkel sah sie mit schnellen Schritten durch das leere Großraumbüro verschwinden. Müde nahm er sein Sakko von der Stuhllehne. Seine Kurzschlusshandlung, Sebastian einzustellen, war ihm nun wirklich zur Genüge vorgeworfen worden.

Eine halbe Stunde später hatte Torkel alle Formalitäten für die Haftentlassung erledigt. Ragnar Groth war korrekt und einsilbig gewesen. Er hatte seine Hoffnung wiederholt, dass sie sich diskret verhalten würden, und gefordert, von einem Zivilfahrzeug oder einem Taxi nach Hause gebracht zu werden. Vom Hintereingang aus. Er wollte beim Verlassen des Gebäudes nicht zum Freiwild für die Journalisten werden. Ein Zivilfahrzeug ließ sich um diese späte Uhrzeit nicht auftreiben, also rief Torkel ein Taxi. Beim Abschied äußerte Groth die Hoffnung, dass sie sich nie wiedersehen müssten. Ein Wunsch, der auf Gegenseitigkeit beruhte, wie Torkel sich eingestand. Er blieb stehen, bis die roten Rücklichter des Taxis den Hinterhof verlassen hatten. Verharrte noch einen Moment. Versuchte, auf etwas zu kommen, das jetzt unbedingt erledigt werden musste. Etwas, das er guten Gewissens den Journalisten vorziehen konnte.

Doch ihm fiel nichts ein. Er war gezwungen, hinauszugehen und mit der Presse zu sprechen.

Wenn Torkel etwas an seinem Job hasste, dann war es die Tatsache, dass das Verhältnis zur Presse immer wichtiger wurde. Natürlich konnte er den Informationsbedarf der Allgemeinheit nachvollziehen, aber er zweifelte allmählich daran, ob das wirklich noch die wahre Motivation der Journalisten war. Mittlerweile ging es wohl eher darum, Leser zu gewinnen, und nichts verkaufte sich besser als Sex, Angst und Sensationen. Was dazu führte, dass man lieber

Furcht verbreitete als Informationen zu bieten, lieber ein Urteil fällte, als jemanden freizusprechen, und immer früher die Entscheidung traf, dass es dem Wohl der Allgemeinheit diente, die Identität der mutmaßlichen Täter aufzudecken. Mit Namen und Bild. Noch vor dem Prozess.

Und immer schien es in der Berichterstattung diese furchteinflößende, unterschwellige Botschaft zu geben: Es kann auch dich treffen. Du bist nie sicher. Es hätte dein eigenes Kind sein können.

Damit hatte Torkel die meisten Probleme. Die Presse vereinfachte komplizierte Sachverhalte, suhlte sich in Tragödien und erzeugte damit Schrecken und Misstrauen bei den Menschen. Schließ dich ein. Geh nachts nicht raus. Traue niemandem über den Weg. Was sie eigentlich verkauften, war Angst.


Als Ursula zwei Stunden später ins Hotel zurückkehrte, war ihre Laune miserabel. Und es würde noch schlimmer kommen. Als sie nach dem Essen wieder zu Groths Haus gekommen war, hatte Billy schon so gut wie alles erledigt. Sie hatten sich in die Küche gesetzt, wo er sie darüber informierte, was die Durchsuchung ergeben hatte. Das war schnell gesagt: nichts, absolut nichts.

Ursula hatte geseufzt. Anfangs wusste sie Ragnar Groths Ordnungssinn noch zu schätzen, aber jetzt, da sie nicht das Geringste gefunden hatten, beschlich sie das Gefühl, dass seine Pedanterie eigentlich nur einen Nachteil für die Ermittlungen darstellte. Groth würde niemals etwas Unüberlegtes oder Ungeplantes unternehmen. Niemals etwas schlecht verstecken, niemals einen gravierenden Beweis so hinterlassen, dass er entdeckt würde. Wenn er etwas zu verbergen hatte, würde er dafür sorgen, dass es für immer verborgen bliebe.

Nichts, absolut nichts.

Sie fanden keine Pornographie, keine verbotenen Stoffe, keine versteckten Liebesbriefe, keine suspekten Links im Computer, nichts, das eine sexuelle Beziehung zu Frank Clevén oder anderen Männern bestätigte, und die SMS an Roger Eriksson waren nicht von seinem Handy aus verschickt worden. Nicht einmal eine Mahnung hatten sie gefunden. Ragnar Groth war unmenschlich perfekt.

Billy teilte Ursulas Frustration und hatte den Computer abgebaut, um ihn mit ins Büro zu nehmen und zum dritten Mal zu durchsuchen, mit besseren Programmen.

Doch es fehlte nicht nur an Verbotenem, es gab einfach überhaupt keine persönlichen Dinge bei Groths Sachen. Keine Hinweise auf irgendwelche Verbindungen, weder intime noch andere. Keine Bilder von ihm oder jemandem, den er mochte, keine Eltern, keine Verwandten, keine Freunde, keine Briefe, keine beiseitegelegten Weihnachts-, Dankes-, oder Einladungskarten. Das Persönlichste, was sie finden konnten, waren seine Zeugnisse: natürlich perfekt. Billy und Ursula waren immer mehr davon überzeugt, dass sich das Innenleben des Rektors – falls er eines hatte – an einem anderen Ort befinden musste.

Sie beschlossen, dass Billy das Auto nehmen sollte, um Torkel Bericht zu erstatten. Ursula blieb, um sich vor allem das Obergeschoss noch einmal vorzunehmen. Sie wollte sich unbedingt vergewissern, dass sie nichts übersehen hatte, nur weil Mikael aufgetaucht war. Sie fand nichts, absolut nichts.

Sie nahm ein Taxi zum Hotel und ging direkt aufs Zimmer.

Mikael saß vor dem Fernseher und guckte Eurosport. Bereits in dem Moment, als sie das spartanische Zimmer betrat, merkte Ursula, dass etwas nicht stimmte. Mikael stand etwas zu schnell auf und lächelte sie etwas zu fröhlich an. Wortlos ging Ursula zur Minibar und öffnete sie. Leer, bis auf zwei Flaschen Mineralwasser und ein Saftpäckchen. Im Papierkorb erkannte sie die verbotenen, kleinen Plastikflaschen. Er hatte nicht einmal versucht, sie zu verstecken. Es war zu wenig, um ihn betrunken zu machen. Doch für ihn war sogar zu wenig zu viel. Viel zu viel.

Ursula sah ihn an und wollte wütend werden. Aber was hatte sie sich auch dabei gedacht? Es gab einen Grund dafür, dass sich der Plus- und der Minuspol an entgegengesetzten Enden der Batterie befanden.

Sie durften sich nicht zu nahe kommen ...

Haraldsson war betrunken, und das geschah nicht oft. Normalerweise war er im Umgang mit Alkohol sehr zurückhaltend, aber zu Jennys Verwunderung hatte er beim Abendessen eine Flasche Wein geöffnet und sie eigenmächtig im Laufe von zwei Stunden geleert. Jenny hatte sich erkundigt, was passiert sei, aber Haraldsson hatte nur vage irgendetwas über die Arbeit gemurmelt. Was hätte er auch sagen sollen? Jenny wusste nichts von den Lügen, die er an seinem Arbeitsplatz verbreitet hatte. Und auch nichts von seiner eigenmächtigen Überwachung von Axel Johansson und deren Folgen. Sie wusste nichts und sollte es auch nie erfahren.

Sie würde glauben, dass er ein Idiot sei, und das stimmte ja auch. In diesem Moment ein betrunkener Idiot. Er saß auf dem Sofa und zappte zwischen den TV-Kanälen hin und her. Ohne Ton, um Jenny nicht zu wecken. Natürlich hatten sie

Sex gehabt. Er war mit den Gedanken woanders gewesen. Und natürlich hatte das keine Rolle gespielt. Jetzt schlief sie.

Er brauchte einen Plan. Hanser hatte ihm heute einen schweren Schlag versetzt, aber er würde sich wieder aufrappeln. Er würde ihnen zeigen, dass man Thomas Haraldsson nicht einfach so außer Gefecht setzen konnte. Wenn er morgen zur Arbeit käme, würde er sich revanchieren und es ihnen allen zeigen. Es Hanser zeigen. Das Einzige, was ihm noch fehlte, war ein Plan.

Dass er derjenige sein würde, der Roger Erikssons Mörder festnahm, schien immer unwahrscheinlicher. Momentan war die Chance größer, eine Million mit einem Rubbellos zu gewinnen. Ohne ein Los gekauft zu haben. Er würde nie wieder in die Nähe der Ermittlungen kommen, dafür hatte Hanser gesorgt. Aber Axel Johansson war noch immer eine Möglichkeit. Die Reichsmordkommission hatte nach Haraldssons Informationen inzwischen einen anderen Verdächtigen in Gewahrsam genommen. Den Rektor des Jungen. Soweit Haraldsson wusste, war Axel Johansson keinesfalls abgeschrieben, aber er hatte nicht mehr die höchste Priorität.

Haraldsson ärgerte sich, dass er das zugängliche Material über Johansson nicht mit nach Hause genommen hatte. Er verfluchte auch, dass er nicht nüchtern war, denn sonst hätte er jetzt zum Präsidium fahren und es holen können. Ein Taxi hin und zurück zu nehmen, war teuer und umständlich, außerdem wollte er in betrunkenem Zustand auf keinen Fall Kollegen begegnen. Er musste die Unterlagen morgen holen, wenn er einen vollständigen Plan hatte.

Haraldsson wusste, dass die Reichsmordkommission mit Johanssons Exfreundin gesprochen hatte. Er musste

herausbekommen, was sie gesagt hatte. Die Freundin anzurufen oder sie zu besuchen und selbst zu verhören war
nicht möglich. Wenn er das tun würde und Hanser in irgendeiner Weise davon Wind bekäme, würde sich seine Lage
nur weiter verschlimmern. Hanser hatte deutlich, um nicht
zu sagen überdeutlich, gemacht, dass sie Haraldsson wegen
Behinderung von Ermittlungen verhaften würde, wenn er
sich auch nur eine weitere Minute mit dem Fall Roger Eriksson beschäftigte. Das war natürlich ein Scherz gewesen oder
besser gesagt eine Warnung. Eine Art und Weise, Macht zu
demonstrieren und Haraldsson den Kopf zu waschen. Jetzt,
wo er ausnahmsweise einmal einen Fehler begangen hatte,
schlug sie sofort zu. Blöde Kuh ...

Haraldsson holte tief Luft. Konzentration. Er durfte
nicht all seine Zeit und Energie darauf verschwenden, sich
über Hanser zu ärgern. Er musste einen Plan entwerfen. Einen Plan, der sie in die Schranken weisen und klarmachen
würde, wer von ihnen beiden der bessere Polizist war.

Axel Johanssons Exfreundin zu kontaktieren war also
ausgeschlossen, aber auch wenn Haraldsson nun vollständig von den Ermittlungen ausgeschlossen war, gab es andere, die ihm helfen konnten.

Haraldsson holte sein Handy und suchte eine Nummer
in seiner Adressliste. Obwohl es fast Mitternacht war, ging
der andere bereits nach dem zweiten Klingeln dran.

Radjan Micic.

Das war einer der Vorteile, wenn man lange an einem
Ort arbeitete, man hatte Freunde. Freunde, denen man ab
und zu einen kleinen Gefallen tat und die einem deshalb
unter die Arme griffen, wenn man selbst einmal Hilfe benötigte.

Das war weder verwerflich noch illegal, sondern ledig

lich eine Unterstützung in der Bewältigung des Alltags. Für jemanden ein Protokoll schreiben, wenn der andere losmusste, um seine Kinder in der Tagesstätte abzuholen. Freitagnachmittag mit dem Auto einen kleinen Umweg zum Systembolaget zu fahren, um eine Flasche Wein zu besorgen. Einspringen, aushelfen. Kleine Gefälligkeiten, die allen Beteiligten das Leben erleichterten und zur Folge hatten, dass man bei Bedarf einen Gegendienst erwarten durfte.

Nachdem Hanser die Verantwortung dafür übernommen hatte, Axel Johansson ausfindig zu machen, hatte sie Radjan damit beauftragt. Deshalb hatte er Zugang zu allen Informationen, die den verschwundenen Hausmeister betrafen. Das Gespräch dauerte nur zwei Minuten. Radjan arbeitete schon fast genauso lange bei der Polizei Västerås wie Haraldsson. Er verstand sofort. Selbstverständlich wollte er helfen und das Protokoll der Vernehmung der Exfreundin ausdrucken. Es werde am nächsten Morgen auf Haraldssons Schreibtisch liegen. Auf Radjan war wirklich Verlass.

Als Haraldsson das Telefon mit einem zufriedenen Lächeln neben sich auf das Sofa legte, entdeckte er, dass Jenny schlaftrunken in der Tür stand.

«Mit wem hast du telefoniert?»

«Mit Radjan.»

«Um diese Zeit?»

«Ja.»

Jenny setzte sich neben ihn auf das Sofa und zog die Beine an.

«Was machst du?»

«Fernsehen.»

«Und was siehst du dir an?»

«Nichts Besonderes.»

Jenny legte einen Arm auf die Lehne und die andere Hand

auf seinen Kopf. Sie strich ihm über das Haar und legte ihren Kopf auf seine Schulter.

«Es ist doch was passiert. Erzähl.»

Haraldsson schloss die Augen. In seinem Kopf drehte es sich leicht. Er wollte so gern erzählen, von der Arbeit, von Hanser. Und zwar ernsthaft, nicht nur nörgeln und alles ins Lächerliche ziehen. Er hätte zu gern erzählt, wie sehr er sich davor fürchtete, dass ihm sein Leben aus den Händen glitt. Dass er nicht sagen konnte, wo er in zehn Jahren stehen würde. Was er tat. Wer er war. Dass ihm die Zukunft Sorgen bereitete. Von seiner Angst, dass sie vielleicht keine Kinder bekommen konnten. Würde ihre Beziehung dem standhalten? Würde Jenny ihn verlassen? Er wollte ihr sagen, dass er sie liebte. Das tat er viel zu selten. Es gab so vieles, was er erzählen wollte, aber er wusste nicht richtig wie. Also schüttelte er nur den Kopf und lehnte sich mit geschlossenen Augen zurück, in ihre Hand, die ihn massierte.

«Komm, leg dich schlafen.» Jenny beugte sich vor und küsste ihn auf die Wange. Haraldsson spürte, wie müde er war. Müde und betrunken.

Sie legten sich ins Bett und schmiegten sich eng aneinander. Jenny umarmte ihn fest. Er spürte ihren beruhigenden Atem an seinem Hals. Es war eine Nähe, wie er sie schon lange nicht mehr gespürt hatte. Sex war alltäglich, aber Nähe ... Er realisierte, wie sehr er sie vermisst hatte, während der Schlaf ihn langsam übermannte.

Zuvor kam ihm ein letzter, klarer Gedanke. Wer schuldig ist, flieht. Darin lag eine Schlussfolgerung. Ein Muster. Es war da, aber sein alkoholgetrübtes Gehirn konnte es nicht klar erkennen. Thomas Haraldsson dämmerte weg und schlief tief und traumlos.

Um kurz nach Mitternacht gelang es Torkel endlich, die Pressekonferenz zu beenden. Er hatte keine spezifischen Fragen über einen Zusammenhang zwischen den beiden Morden beantwortet. Die Frage, ob sie einen Mitarbeiter des Palmlövska-Gymnasiums wegen des toten Jungen vernommen hätten, hatte er völlig ignoriert. Dennoch hoffte er, einigermaßen überzeugend den Anschein erweckt zu haben, dass sie mit ihren Ermittlungen vorankamen und die Lösung des Falls nur noch eine Frage der Zeit war.

Jetzt machte er einen kurzen Spaziergang zum Hotel zurück. Er hoffte, dass die Küche noch nicht geschlossen war, er hatte einen Mordshunger und wollte einen späten Imbiss im Hotelrestaurant zu sich zu nehmen. Als er dort ankam, sah er, dass er nicht der Einzige war, der heute einen schlechten Tag gehabt hatte. An der Bar saß Mikael mit einem Drink vor sich. Nicht gut. Torkel wollte sich gerade unbemerkt an ihm vorbeischleichen, als Mikael ihn erblickte.

«Torkel!»

Torkel blieb stehen und winkte ihm ein wenig reserviert zu.

«Hallo, Mikael.»

«Komm, trink einen mit mir.»

«Nein danke, ich muss noch ein bisschen arbeiten.»

Lächelnd versuchte Torkel ihn abzuspeisen und dabei möglichst uninteressiert auszusehen, ohne unhöflich zu wirken. Damit hatte er keinen Erfolg, denn jetzt rutschte

Mikael von seinem Barhocker und versuchte, so aufrecht wie möglich auf Torkel zuzugehen. Meine Güte, er ist ja richtig betrunken, dachte Torkel noch, ehe Mikael ihn erreicht hatte. Er kam ihm viel zu nahe, Torkel konnte seinen Atem riechen, eine Mischung aus Whisky und einem süßlicheren Alkohol. Er stand nicht nur zu dicht vor ihm, er sprach auch noch zu laut.

«Verdammt, Torkel, ich habe furchtbaren Mist gebaut.»

«Das sehe ich.»

«Kannst du nicht mal mit ihr reden?»

«Ich glaube nicht, dass das funktionieren würde. Das müsst ihr zwischen euch ausmachen ...»

«Aber sie mag dich. Sie hört auf dich.»

«Mikael, ich finde, du solltest jetzt gehen und dich schlafen legen.»

«Wir können doch wohl noch einen Drink nehmen, nur einen.»

Torkel schüttelte den Kopf und überlegte gleichzeitig fieberhaft, wie er sich aus dieser Situation befreien konnte. Er hatte keine Lust, Mikael näherzukommen. Er fühlte sich schon jetzt schäbig, und allein der Gedanke daran, diesen Mann besser kennenzulernen, war direkt beängstigend. Mit einem Mal verstand er, wie wichtig Ursulas Regelwerk war. Nur bei der Arbeit, nie zu Hause. Dies war schlimmer als zu Hause. Aber sie selbst hatte gegen die Regeln verstoßen. Sie hatte ihren Mann hergeholt, der sich nun an ihm abstützte und jemanden brauchte, dem er seine Gefühle mitteilen konnte.

«Scheiße, was habe ich nur für einen Mist gebaut. Ich liebe sie doch, verstehst du, aber sie ist so kompliziert. Du arbeitest ja mit ihr, du musst das doch auch kennen?»

Torkel entschloss sich zu handeln. Er würde ihn zu Ursulas Zimmer bringen und dort abliefern. Das war das einzig Richtige. Er nahm Mikaels Arm und führte ihn freundlich, aber bestimmt aus der Bar.

«Komm, ich begleite dich nach oben.»

Mikael folgte ihm brav. Der Aufzug hielt bereits im Erdgeschoss, sodass sie schnell an der Rezeption vorbeikamen und an den Blicken des Mädchens, das dort arbeitete. Torkel drückte die vierte Etage. Ob er sich wundern wird, woher ich Ursulas Zimmernummer weiß, überlegte er, verdrängte seine Unruhe aber sofort. Sie waren ja Arbeitskollegen. Natürlich kannte man da die Zimmernummer des anderen. Mikael sah ihn an.

«Du bist wirklich nett. Ursula erzählt immer viel Gutes von dir.»

«Das freut mich zu hören.»

«Es war nur so merkwürdig, dass sie anrief. Du weißt schon, wenn Ursula bei der Arbeit ist, ist sie bei der Arbeit. Sie hat ihre Regeln. Wenn sie arbeitet, dann hört man nichts von ihr. So ist es immer gewesen. Und ich hatte damit nie Probleme.»

Mikael seufzte tief. Torkel schwieg.

«Aber dann rief sie gestern an und sagte, ich solle herkommen. So schnell ich kann. Verstehst du?»

Es war eine der längsten Aufzugfahrten, die Torkel je erlebt hatte. Sie waren erst im zweiten Stock. Vielleicht wäre es besser gewesen, Mikael einfach an der Bar stehen zu lassen und wegzugehen.

«Wir haben schwere Zeiten durchgemacht, weißt du. Also komme ich auf den Gedanken, dass sie irgendwie sagen will, es wäre aus oder so. Dass sie sich entschieden hat, weißt du. Aus welchem Grund sollte sie mich auch sonst herbitten? Das ist noch nie zuvor passiert.»

«Mikael, ich weiß es nicht. Es ist besser, wenn du mit Ursula darüber sprichst.»

«Denn so ist sie ja. Zack, und schon hat sie was entschieden. Dann muss es auf der Stelle passieren. Was hätte ich also glauben sollen?»

«Ich kann mir nicht vorstellen, dass sie sich von dir trennen will.»

Endlich waren sie im vierten Stock angekommen. Torkel öffnete hastig die Glastür und stieg aus. Mikael blieb im Aufzug stehen.

«Vielleicht stimmt es ja auch nicht, aber der Gedanke kam mir. Sie hat ja nichts gesagt. War mit mir essen und hat mich dann auf dem Zimmer sitzenlassen. Ich habe sie gefragt, warum sie mich herbestellt hat, aber sie sagte nur, dass sie mich sehen wollte. Aber das stimmt ja gar nicht.»

«Komm jetzt.» Torkel winkte Mikael herbei, der unter gewissen Schwierigkeiten den Aufzug verließ. Zusammen gingen sie den Korridor entlang.

«Also habe ich eine Flasche aus der Minibar genommen. Ich war nervös. Ich war mir vollkommen sicher, dass sie mich verlassen wollte.»

Torkel entgegnete nichts. Was sollte er auch sagen? Mikaels Sätze wiederholten sich wie eine Endlosschleife. Als sie bei der Tür angekommen waren, klopfte Torkel.

«Ich glaube nicht, dass sie da ist. Sie ist weggegangen. Sie sieht mich nicht gern in diesem Zustand. Aber ich habe eine Schlüsselkarte.»

Mikael kramte in seinen Hosentaschen und holte nach einer gefühlten Ewigkeit eine weiße Karte hervor, die er Torkel reichte. Als Torkel Mikael für den Bruchteil einer Sekunde anblickte, sah er, dass dieser Tränen in den Augen hatte.

«Warum sollte sie mich sonst herbitten?»

«Ich weiß es nicht, ich habe wirklich keine Ahnung», log Torkel.

Er öffnete die Tür. Im Zimmer roch es nach Schnaps und Ursula. Eine Kombination, die Torkel nie zuvor erlebt hatte. Sie gingen hinein, und Mikael ließ sich in einen der beiden Sessel fallen, die in einer Ecke standen. Er sah zerknirscht aus.

«Verdammt, ich habe Mist gebaut.»

Torkel betrachtete das Häufchen Elend im Sessel und verspürte Mitleid mit ihm. Mikael war unschuldig, Ursula und er waren die Schuldigen. Torkel wäre gern gegangen, brachte es aber nicht über sich. Für einen Moment spielte er mit dem Gedanken, alles zu erzählen.

Den eigentlichen Grund dafür zu verraten, warum Mikael betrunken in der Ecke eines Hotelzimmers in Västerås hocken musste.

Dass es Torkels Schuld war, dass er derjenige war, der eine Strafe verdient hatte, nicht Mikael.

Plötzlich stand Ursula im Türrahmen. Sie sagte nichts. Wahrscheinlich fühlte sie genau wie Torkel. Es gab eine Menge Dinge, die sie gern gesagt oder getan hätte, dies war aber nicht der richtige Moment dafür, Schweigen war das einzig Angemessene.

Torkel nickte ihr kurz zu und ging.


Nicht wissend, dass Torkel das Gebäude schon vor über einer Stunde verlassen hatte, saß Billy mit den Füßen auf dem Schreibtisch in dem kleinen Zimmer, in dem er mehr oder weniger gewohnt hatte, als er die Filme der Überwachungskameras durchgegangen war. Er aß ein Stück Schokokuchen, um seinen Blutzuckerspiegel zu erhöhen. Er war von dem langen Tag erschöpft, schloss kurz die Augen, saß einfach nur da und horchte auf die Geräusche aus dem leeren, dunklen Büro. Abgesehen von dem Rauschen der Klimaanlage hörte man nur, wie die neuste Software von Stellar Phoenix Data Recovery mit Ragnar Groths Festplatte kämpfte. Das Programm suchte nach gelöschten Dateien, und das zornige Surren der Festplatte deutete darauf hin, dass es noch immer arbeitete.

Billy wusste, dass irgendwo etwas zu finden war. So war es immer. Die Frage war, ob sie am richtigen Ort suchten. Computer bargen mehr, als man dachte. Die meisten Menschen ahnten nichts von der Informationsmenge, die auf der Festplatte erhalten blieb, nachdem man Dateien gelöscht hatte. Das File Allocation Table, das dafür zuständig war, an welchem Ort der Festplatte die Information gespeichert wurde, entfernte nicht die eigentliche Datei, wenn man auf «Löschen» ging, sondern nur die Referenz zu ihr. Deshalb waren irgendwo in den Tiefen der Harddisk noch immer Informationen gespeichert. Was Groths Computer anging, verspürte Billy jedoch eine gewisse Skepsis. Er hatte ihn bereits zweimal durchsucht, wenn auch mit weniger effektiven Programmen, und nichts von Belang gefunden. Es gab allerdings auch keinerlei Anzeichen dafür, dass Ragnar einen jener kraftvollen Logarithmen verwendete, die ständig die Harddisk überschrieben, ganz im Gegenteil. Billy hatte eine große Anzahl gelöschter Mails und Dokumente gefunden. Leider hatten sich alle als völlig uninteressant für die Ermittlung erwiesen.

Billy räkelte sich. In fünfzehn bis zwanzig Minuten müsste die Harddisk durchsucht sein. Eine zu kurze Zeitspanne, um etwas Neues anzufangen, und zu lange, um einfach sitzen zu bleiben. Er drehte eine Runde im Zimmer, um seinen Kreislauf anzukurbeln, und für eine Sekunde spielte er mit dem Gedanken, sich noch einen Schokokuchen aus der Maschine im Erdgeschoss zu ziehen. Doch er widerstand, sein Zuckerkonsum war sowieso schon viel zu hoch, und er wusste, wenn er jetzt noch einen kaufte, würde sich innerhalb weniger Stunden die Lust auf einen weiteren melden. Sein Blick fiel auf einen der anderen Monitore, die auf dem Tisch standen. Darauf war ein Standbild der letzten Sequenz zu sehen, die Roger zeigte, als er noch am Leben war. Der Junge war ein wenig abgewandt, auf dem Weg zum Motel. Das hatten sie jedenfalls noch heute Vormittag vermutet, aber jetzt schien das nicht mehr so sicher. Billy nahm die Tastatur und klickte langsam Bild für Bild vor. Eines nach dem anderen. In diesem Tempo sah er die letzten Schritte des Jungen. Das Letzte, was von ihm verschwand, war das rechte Bein mit dem Turnschuh. Dann klaffte auf dem Bild nur noch Leere, bis auf den Kotflügel eines Autos, hinter dem Roger verschwand, kaum wahrnehmbar in der einen Bildecke.

Billy kam eine Idee. Er war die ganze Zeit davon ausgegangen, dass Roger seinen Weg fortgesetzt hatte. Deshalb hatte er danach gesucht, ob er auf den Filmen einer anderen Kamera wieder auftauchen würde. Aber es konnte ja sein, dass Roger jemanden getroffen hatte oder etwas erledigen musste und anschließend umkehrte und wieder zurückging. Ganz unwahrscheinlich war das nicht. Immerhin war es einen Versuch wert und definitiv eine sinnvollere Beschäftigung, als noch mehr Schokolade in sich hineinzustopfen. Billy machte es sich bequem und legte los. Er spulte zum letzten, sichtbaren Bildausschnitt von Roger zurück. Dort begann er und vervierfachte die Abspielgeschwindigkeit, damit es schneller ging. Billy starrte auf den leeren Straßen-

448

abschnitt. Die Zeitangabe lief weiter, eine Minute, zwei, drei. Billy erhöhte die Geschwindigkeit um das Achtfache, um noch mehr Zeit zu sparen. Nach dreizehn Minuten sah er, dass das Auto, hinter dem Roger verschwunden war, losfuhr, und eine leere Straße hinterließ. Billy ließ den Film weiterlaufen, jetzt sechzehnmal so schnell. Bald wurden zwei Gestalten sichtbar, die sich in sechzehnfachem Tempo durch das Bild bewegten, was ulkig aussah. Billy stoppte das Bild und spulte zurück, bis er die beiden Personen erneut sah. Es war ein älteres Paar mit Hund, das in die entgegengesetzte Richtung ging. Nichts deutete darauf hin, dass sie mehr taten, als ihren Hund auszuführen. Dennoch notierte Billy sich die Zeitangabe und beschloss, dass er Hanser den Auftrag erteilen würde, das Paar zu finden. Im besten Fall hatten sie etwas gesehen. Billy ließ den Film weiterlaufen. Die Minuten verflogen, doch nichts geschah. Roger kam nicht zurück.

Billy lehnte sich zurück, und plötzlich schoss ihm ein neuer Gedanke durch den Kopf. Dieses Auto? Das Auto, das ungefähr dreizehn Minuten, nachdem Roger vorbeigegangen war, losfuhr, wann war es angekommen? Billy klickte zweimal und gelangte wieder zu dem Bild, auf dem Roger sichtbar war. Sie waren die ganze Zeit davon ausgegangen, dass das Auto am Straßenrand geparkt war, ein lebloses Objekt. Aber dasselbe Auto war dreizehn Minuten später von jemandem weggefahren worden. Billy begann zurückzuspulen und sah, dass das Auto erst sechs Minuten, bevor Roger ins Bild kam, eingeparkt hatte. Alle Anzeichen von Müdigkeit waren wie weggeblasen, als Billy realisierte, dass der Wagen in der kurzen Zeitspanne von nur neunzehn Minuten in Rogers unmittelbarer Nähe geparkt hatte. Billy fühlte sich plötzlich wie ein Idiot. Er hatte den Kardinalfehler begangen, die Deutungsmöglichkeiten des Beweismaterials einzuschränken. Er hatte sich bei der Suche an ein bestimmtes Muster geklammert, anstatt die Tür für neue Möglichkeiten offenzuhalten. Bis hierher war Roger von einer Kamera zur nächsten gelaufen. Weiter und weiter. Anschließend hatte Billy immer wieder danach gesucht, wo Roger weiterging. Zur nächsten Kamera.

Jetzt, da Billy alles neutral noch einmal betrachtete, begriff er, dass es auch andere, höchst wahrscheinliche Szenarien gab. Möglicherweise war das Auto nicht einfach abgestellt worden und keineswegs leer. Es war denkbar, dass derjenige, der den Wagen sechs Minuten vor Rogers Ankunft geparkt hatte, die ganze Zeit darin sitzen geblieben war. Billy sah nur einen Teil vom hinteren Kotflügel und konnte unmöglich ausmachen, ob jemand ausstieg oder nicht, aber er klickte sich dennoch zu dem Bild von Roger zurück und ließ den Film laufen. Er versuchte sich vorzustellen, dass er das Band zum ersten Mal sah. Unbelastet.

Roger kam von der rechten Seite ins Bild, ging einige Schritte geradeaus und überquerte dann die Straße. Billy hielt das Bild an. Ging rückwärts Bild für Bild durch. Da! Plötzlich drehte Roger seinen Kopf zu etwas, das links von ihm war. Als ob irgendeine Sache seine Aufmerksamkeit gefesselt hätte. Dann erst überquerte er die Straße. Billy ließ den Film noch einmal laufen. Neutral gesehen konnte er die Situation nun auch so interpretieren, dass Roger hinter das Auto und auf die Beifahrertür zugegangen war.

Billy holte tief Luft. Keine weiteren übereilten Schlüsse. Er musste alles ordentlich kontrollieren und sich auf das Bild und das Auto konzentrieren. Es sah aus wie ein Volvo. Dunkelblau oder schwarz. Kein Kombi, sondern eine Limousine. Nicht das neuste Modell, eher aus den Jahren 2002 bis

2006, das würde er noch genauer herausfinden müssen, aber definitiv eine viertürige Volvo-Limousine. Billy ging Bild für Bild durch und konzentrierte sich auf nichts anderes als das Auto. Siebenundfünfzig Sekunden und sechs Bilder nach Rogers Verschwinden entdeckte Billy etwas, das er vorher nicht bemerkt hatte. Eine kurze, leichte Erschütterung des Autos, so, als hätte jemand die Autotür zugeschlagen. Es war nicht deutlich sichtbar, und vielleicht irrte er sich auch. Aber das ließ sich schnell nachprüfen.

Billy lud die Sequenz in ein einfaches Bildprogramm mit Bewegungsstabilisator. Er konnte davon ausgehen, dass sich die festinstallierte Überwachungskamera nicht bewegte und somit alle eventuellen Bewegungen von Objekten im Bild herrühren mussten. Billy markierte schnell ein paar Bewegungspunkte auf der Metallkante des Kotflügels über dem Hinterreifen. Bei Zeitabschnitt 00.57.06 bewegten sich die Punkte definitiv einige Millimeter, um sich dann etwas unterhalb des Ausgangspunktes wieder zu stabilisieren. Jemand öffnete eine Autotür, stieg ein und schloss sie mit Schwung wieder. Die veränderte Stabilisierung der Punkte deutete darauf hin, dass das Auto danach schwerer war. Jemand war eingestiegen und hatte sich gesetzt. Vermutlich Roger.

Billy sah auf die Uhr. Bald halb eins. Es war nie zu spät, um Torkel anzurufen. Torkel würde sich eher darüber beschweren, wenn er *nicht* anrief. Er holte sein Handy hervor und wählte eine Kurzwahl. Während er darauf wartete, dass sein Chef dranging, betrachtete er das Bild auf dem Monitor. Der neue Handlungsverlauf würde einiges erklären.

Roger tauchte nicht auf anderen Kameras auf, weil er nicht weitergegangen war. Er hatte sich in einem dunklen Volvo befunden. Vermutlich auf dem Weg in den Tod.

Lena Eriksson saß auf demselben Stuhl wie Billy vor gut sieben Stunden und sah sich verwundert um. In dem kleinen Raum waren viele Menschen versammelt. Lena kannte sie alle bereits von früheren Begegnungen, bis auf den jungen Polizisten, der vor den beiden großen, ausgeschalteten Bildschirmen mit der Tastatur beschäftigt war.

So viele Polizisten konnte nur eines bedeuten: Es war etwas Wichtiges geschehen.

Das hatte sie bereits in dem Moment gespürt, als es an ihrer Tür klingelte, und ihr Gefühl hatte sich seither nur verstärkt. Es war 6:45 Uhr gewesen, als sie sich nach langem Klingeln endlich aus dem Bett gequält und müde die Tür geöffnet hatte. Die junge Polizistin, die einige Tage zuvor bei ihr gewesen war, hatte sich erneut vorgestellt und schnell und eifrig ihr Anliegen vorgetragen.

Sie brauchten ihre Hilfe.

Diese Umstände – die frühe Uhrzeit, der knappe, aber ernste Ton der Polizistin, die Eile, mit der sie Lena mitnehmen wollte – vertrieben auf einen Schlag die Tage der Angst und des schlechten Schlafs. Lena spürte, wie ihr gesamter Körper von einer nervösen Unruhe erfasst wurde.

Sie fuhren schweigend durch den neblig-grauen Morgen und parkten unter dem Polizeipräsidium in einer Garage, von deren Existenz Lena bisher nichts gewusst hatte. Danach gingen sie einige Betontreppen hinauf und betraten das Gebäude durch eine große Stahltür. Die Polizistin ging mit schnellen Schritten die langen Korridore entlang. Unterwegs begegneten sie einigen uniformierte Polizisten, deren Schicht offenbar gerade zu Ende ging. Sie lachten über irgendetwas, und ihre Fröhlichkeit wirkte deplatziert. Alles ging so schnell, dass Lena Schwierigkeiten hatte, ihre Eindrücke zu einem Gesamtbild zu verarbeiten. Es blieb eher bei einer Reihe von verschiedenen Bildern: das Lachen, die Korridore, die mal in die eine, mal in die andere Richtung abzweigten, und die Polizistin, die ging und ging. Nach einer letzten Kurve schienen sie endlich am Ziel. Dort standen bereits einige Personen und warteten auf sie. Sie begrüßten Lena, aber sie hörte nicht richtig zu, sondern dachte vor allem daran, dass sie den Rückweg wohl niemals allein finden würde. Der Mann, der der Chef zu sein schien und mit dem sie vor einer gefühlten Ewigkeit über Leo Lundin gesprochen hatte, berührte sie freundlich an der Schulter.

«Vielen Dank, dass Sie gekommen sind. Wir müssen Ihnen etwas zeigen.»

Sie öffneten die Tür zu dem kleinen Raum und führten sie hinein. So muss es sich anfühlen, wenn man verhaftet wird, dachte sie. Sie begrüßen dich und geleiten dich hier hinein. Sie heißen dich willkommen, und dann überführen sie dich.

Sie holte tief Luft. Einer der Polizisten zog ihr einen Stuhl heran, und der jüngste von ihnen, ein ziemlich großer Kerl, begann an der Tastatur herumzufingern, die vor ihm auf dem Tisch stand.

«Es ist wichtig, dass das, was wir Ihnen jetzt erzählen, in diesem Raum bleibt», sagte der Ältere von ihnen. Der Chef. Torsten, hieß er nicht so? Jedenfalls nickte Lena. Er fuhr fort.

«Wir glauben, dass Roger von einem Auto mitgenommen wurde. Wir wüssten gern, ob Sie es wiedererkennen.»

«Sieht man es auf den Bildern?»

«Leider nicht besonders viel davon, oder besser gesagt, ziemlich wenig. Sind Sie bereit?»

Nach diesen Worten schwieg der Ältere und nickte dem Jüngeren am Computer zu. Der drückte eine Taste, und plötzlich erschien eine leere, asphaltierte Straße auf dem Bildschirm. Am Wegrand sah man eine Rasenfläche, ein niedriges Haus und in der einen Ecke die Reflexion von etwas, das vermutlich der gelbe Schein einer Straßenlaterne war.

«Worauf soll ich achten?», fragte Lena verwirrt.

«Dort. Der junge Mann zeigte auf die untere, linke Ecke des Bildes. Der hintere Kotflügel eines Autos, eines dunklen Autos. Wie um alles in der Welt sollte sie das wiedererkennen?

«Es ist ein Volvo», fuhr der Jüngere fort. «Ein Modell aus den Jahren 2002 bis 2004. Ein S60.»

«Das sagt mir nichts.»

Lena starrte auf das Bild und sah, wie das Auto blinkte und kurz darauf losfuhr und verschwand.

«War das alles?»

«Leider ja. Wollen Sie es noch einmal sehen?»

Lena nickte. Der junge Polizist betätigte schnell einige Tasten, und das Bild sprang zum Anfang zurück. Lena starrte darauf und versuchte fieberhaft, irgendetwas zu entdecken. Aber es war nur ein Teil eines parkenden Autos. Ein kleiner Teil. Gespannt wartete sie darauf, dass etwas anderes passierte, aber es blieb derselbe Straßenabschnitt, dasselbe Auto. Das Bild stoppte, und Lena erkannte an den fragenden Blicken der Polizisten, dass sie nun etwas sagen sollte. Sie sah sie an.

«Ich erkenne es nicht wieder.»

Sie nickten. Damit hatten sie schon gerechnet.

«Kennen Sie jemanden, der einen dunklen Volvo fährt?»

«Vielleicht, es ist ein ziemlich normales Auto, vermute ich, aber ich weiß nicht ... nein, momentan fällt mir niemand ein.»

«Haben Sie jemals gesehen, dass Roger von einem solchen Wagen nach Hause gebracht wurde?»

«Nein.»

Es wurde still. Lena spürte, wie Spannung und Erwartung bei den Polizisten nachließen, jetzt waren sie enttäuscht. Sie wandte sich Vanja zu.

«Woher stammen die Bilder?»

«Von einer Überwachungskamera.»

«Aber wo hing sie?»

«Das dürfen wir leider nicht sagen.»

Lena nickte. Sie vertrauten nicht darauf, dass sie schweigen würde. Deshalb wollten sie es nicht preisgeben. Ihre Vermutung bestätigte sich, als der Chef erneut das Wort ergriff.

«Es würde unsere Ermittlungsarbeit erschweren, wenn etwas an die Öffentlichkeit dringen würde. Ich hoffe, Sie haben Verständnis dafür.»

«Ich werde nichts sagen.»

Lena wandte sich von neuem den Bildschirmen und dem Standbild der leeren Straße zu.

«Ist Roger auf diesen Filmen zu sehen?»

Billy sah Torkel an, der fast unmerklich nickte.

«Ja.»

«Darf ich ihn sehen?»

Wieder warf Billy Torkel einen fragenden Blick zu und bekam ein erneutes Nicken zur Antwort. Er beugte sich über die Tastatur, spulte die Szene weiter zurück und drückte auf Play. Nach einigen Sekunden kam Roger von rechts ins Bild.

Lena beugte sich vor. Sie traute sich nicht einmal zu zwinkern, aus Angst, etwas zu verpassen. Er lebte. Dort ging er. Mit schnellen, leichten Schritten. Er war trainiert, achtete auf seinen Körper und war stolz auf ihn. Jetzt lag er aufgeschnitten und kalt hinter einer rostfreien Tür in der Leichenhalle. Ihre Augen füllten sich mit Tränen, doch sie blinzelte nicht. Er lebte. Drehte kurz seinen Kopf nach links, überquerte die Straße und verschwand hinter einem Auto, aus dem Bild, weg von ihr. Fort. Alles ging so schnell. Lena bekämpfte den Impuls, den Bildschirm berühren zu wollen. Im Raum herrschte Stille, alle Anwesenden waren verstummt. Der junge Polizist näherte sich ihr vorsichtig.

«Wollen Sie es noch einmal sehen?»

Lena schüttelte den Kopf und schluckte. Sie hoffte, dass ihre Stimme nicht versagen würde.

«Nein danke, es ist schon gut ...»

Der Chef ging zu ihr und legte ihr leicht die Hand auf die Schulter.

«Vielen Dank, dass Sie gekommen sind. Wir kümmern uns gleich darum, dass Sie nach Hause gefahren werden.»

Mit diesen Worten war die Sitzung beendet, und sie überließ sich wieder Vanjas Führung. Diesmal hatten sie es nicht mehr ganz so eilig, die Polizistin jedenfalls nicht.

Lena ging es anders. Ihre Unruhe war verflogen. Nun war sie zornerfüllt – es hatte sich bestätigt.

Ein S60, Baujahr 2002 bis 2004. Sie wusste genau, wer ein solches Auto fuhr.

Sie kamen zu einem uniformierten Polizisten, der an einem Schreibtisch arbeitete. Vanja sagte etwas zu ihm, und der Polizist stand auf und nahm seine Jacke. Lena schüttelte den Kopf. Sie konnte erraten, was die Frau gesagt hatte.

«Das ist nicht nötig. Bringen Sie mich einfach zum Ausgang. Ich habe sowieso noch etwas in der Stadt zu erledigen.»

«Sicher? Es ist überhaupt kein Problem für uns.»

«Ganz sicher. Vielen Dank.»

Sie schüttelte Vanja die Hand. Der Polizist hängte seine Jacke zurück und führte sie den Korridor entlang bis zum Ausgang.

Etwas in der Stadt zu erledigen, das war harmlos ausgedrückt. Zumindest eine Sache musste sie erledigen.


Vanja und die anderen versammelten sich im Konferenzraum. Schon von außen konnte sie erkennen, dass Torkel außergewöhnlich frustriert wirkte, mit geballten Fäusten drehte er Runden im Zimmer. Wäre sie nicht immer noch so schlecht gelaunt gewesen, hätte sie es sicherlich komisch gefunden, wie er seine Kreise um den Tisch lief, an dem Sebastian und Billy saßen. Vanja öffnete die Tür. Sebastian verstummte, als sie kam. Sie weigerte sich, ihm in die Augen zu sehen.

Ihre Wut war irrational. Valdemar war es gewesen, der zu viel geplappert hatte. Er hatte ihren gemeinsamen Abend zerstört, hatte Sebastian eingeladen und ihn ihr gegenüber die Oberhand gewinnen lassen. Ihn wichtiger erscheinen lassen und ihm mehr Bedeutung zukommen lassen als angemessen. All das hatte sie Valdemar zu verdanken. Aber Sebastian hatte vor, seine neu gewonnen Kenntnisse maximal auszunutzen, das hatte sie im Gefühl.

Nein, sie war sich sogar sicher, und sie hasste den Gedanken.

Jetzt stellte sie sich neben die Tür und verschränkte die Arme. Torkel blickte sie an. Er sah müde aus. Verdammt, sie waren allesamt müde, erschöpft und gereizt. Vielleicht konnte man das nicht uneingeschränkt dem Sebastian-Effekt zuschreiben. Es war ein ungewohnt verzwickter Fall.

Torkel gab Sebastian durch ein Nicken zu verstehen, dass er fortfahren sollte.

«Ich sagte gerade, wenn er so weit vorn geparkt hat, weil er wusste, dass die Stelle kameraüberwacht ist, dann ist er nicht nur extrem vorausplanend und vorausschauend, sondern er spielt sogar mit uns. Dann können wir wohl damit rechnen, dass es uns noch nicht einmal weiterbringen würde, das richtige Auto zu finden.»

Vanja musste gegen ihren Willen nicken. Das klang plausibel.

«Das ist aber nicht sicher», antwortete Billy. «Dass er etwas von der Kamera wusste, meine ich. Sie deckt nur eine Seite der Straße ab, die eine Sackgasse ist. Er kann hier eingebogen sein ...», er stand auf, ging zu der Karte an der Wand und deutete mit einem Stift darauf, um den möglichen Hergang zu zeigen, bevor er seinen Satz beendete, «... und rückwärts gefahren sein, anstatt zu wenden.»

Torkel unterbrach seinen Gang durchs Zimmer und sah zu Billy und der Karte hinüber.

«Angenommen, er wusste nicht, dass es dort eine Kamera gibt ... Dann wüssten wir also, wer es war, wenn er nur zwei Meter weiter zurückgefahren wäre?»

«Ja.»

Torkel sah aus, als traute er seinen Ohren nicht. Zwei Meter! Waren sie nur zwei Meter davon entfernt, diesen verdammten Fall aufzuklären?

«Warum haben wir diesmal eigentlich immer nur Pech?»

Billy zuckte mit den Schultern. Er hatte sich an Torkels schlechte Laune in den letzten Tagen gewöhnt. Wäre es um etwas gegangen, was er selbst falsch gemacht oder übersehen hätte, wäre seine Reaktion anders ausgefallen, aber hier ging es nicht um ihn, davon war er überzeugt. Wahrscheinlicher war, dass Torkels Übellaunigkeit etwas mit Ursula zu tun hatte. Ursula, die just in diesem Moment mit einer Kaffeetasse und einer Tüte vom Kiosk in der Hand durch die Tür kam.

«Bitte entschuldigt meine Verspätung.» Ursula stellte die Sachen auf den Tisch und zog sich einen Stuhl heran.

«Wie geht es Mikael?»

Bildete sich Billy das nur ein, oder war Torkels Stimme ein wenig weicher? Mitfühlend?

«Er ist nach Hause gefahren.»

Billy sah Ursula erstaunt an. Nicht, dass es ihn etwas anginge, aber interessant war es dennoch.

«Ist er nicht gestern Abend erst gekommen?»

«Doch.»

«Also war es ein Blitzbesuch?»

«Ja.»

Torkel hörte Ursulas Tonfall an, dass dies das Letzte war, was sie von Mikaels Besuch zu hören bekämen, es sei denn, Ursula würde das Thema später selbst wieder aufgreifen, und das war unwahrscheinlich. Er beobachtete, wie sie ein Käsebrötchen und einen Trinkjoghurt aus der Plastiktüte hervorholte und sich im Raum umsah.

«Was habe ich verpasst?»

«Ich bringe dich später auf den neusten Stand. Wir machen da weiter, wo wir stehengeblieben sind.»

Torkel gab Billy einen Wink, woraufhin er wieder zu seinem Platz und seinen Papieren zurückkehrte.

«Die nächste Nachricht wird dich nicht glücklicher machen. Ich bin das Zulassungsregister durchgegangen. Es gibt in Västerås insgesamt zweihundertsechzehn solcher Volvos, die schwarz, dunkelblau oder anthrazitfarben sind. Wenn wir die angrenzenden Kommunen Enköping, Sala, Eskilstuna und ein paar andere mitzählen, kommen wir auf rund fünfhundert.»

Torkel konnte sich nicht zu einer Antwort durchringen, sondern ballte nur seine Fäuste ein wenig mehr zusammen. Stattdessen richtete sich Sebastian an Billy.

«Wie viele davon haben eine Verbindung zur Palmlövska? Wenn wir das Register mit Eltern und Angestellten abgleichen?»

Billy sah Sebastian an.

«Das können wir nicht. Wenn, dann müssen wir es manuell durchgehen. Das wird dauern.»

«Dann würde ich vorschlagen, damit anzufangen. Bisher haben uns alle Spuren zu dieser dämlichen Schule geführt.»

Billy fand, dass Sebastians Vorschlag vernünftig klang. Aber man musste kein Verhaltensforscher sein, um zu begreifen, dass die Irritation innerhalb der Gruppe etwas mit Sebastians Beteiligung an ihrer Arbeit zu tun hatte. Deshalb wollte Billy seine Meinung zu diesem Vorschlag nicht kundtun, bevor Torkel sich geäußert hatte. Aber auch der nickte.

«Gute Idee. Aber ich möchte, dass wir jeden Film von jeder Kamera durchsehen. Wir müssen dieses verdammte Auto finden!»

Billy seufzte laut, als er das hörte.

«Das kann ich nicht allein bewältigen.»

«Kein Problem. Ich werde mit Hanser sprechen. Bis dahin wird Sebastian dir helfen. Dann kann er mal ein bisschen echte Polizeiarbeit leisten.»

Für eine Sekunde überlegte Sebastian, ob er Torkel auffordern sollte, zur Hölle zu fahren. Register abzugleichen und Überwachungsfilme durchzuspulen war das Letzte, worauf er Lust hatte. Aber noch bevor die deftigen Worte über seine Lippen kamen, besann er sich. Jetzt, da er sich so lange hier gehalten hatte, wollte er nicht gefeuert werden. Nicht, bevor der Fall gelöst worden war, und nicht, bevor er seine Adresse bekommen hatte. Es wäre dumm, sich den Einzigen zum Feind zu machen, der ihm bei seiner Suche nach Anna Eriksson behilflich sein konnte. Dem eigentlichen Grund, warum er hier war. Daher lächelte Sebastian Billy ungewohnt wohlwollend zu.

«Klar, Billy, sag mir, was ich tun soll, und ich kümmere mich darum.»

«Kennst du dich gut mit Computern aus?»

Sebastian schüttelte den Kopf. Torkel drehte eine weitere, gereizte Runde im Zimmer. Er hatte versucht, einen verbalen Streit mit seinem alten Freund zu provozieren. Teils, weil er ein wenig von seiner allgemeinen Wut loswerden wollte, und teils, weil er Ursula zeigen wollte, dass er es Sebastian nicht zu leicht machte. Nicht einmal das gelang ihm. Stattdessen stand Sebastian auf und klopfte Billy freundschaftlich auf die Schulter.

«Dann lass uns loslegen.»

Wütend verließ Torkel den Raum.


Lena war nicht auf direktem Wege dorthin gegangen. Die Entschlossenheit, die sie auf dem Polizeipräsidium gespürt hatte, war nach einer Weile an der frischen Luft gedämpft worden. Was wäre, wenn sie sich getäuscht hatte? Wenn es nicht dieses Auto gewesen war. Noch schlimmer, was wäre, wenn sie recht hatte? Was sollte sie dann eigentlich tun?

Sie drehte eine Runde durch die neue Einkaufsgalerie, die letzten Herbst eingeweiht worden war. Ihr Bau hatte mehrere Jahre gedauert, und zwischendurch hatten die Västeråser geglaubt, sie würde nie fertig. Lena ging ziellos über den glänzenden Steinboden und blickte in die großen, beleuchteten Schaufenster. Es war noch immer früh, die Läden hatten noch nicht geöffnet, und sie war im neuen Prachtbau von Västerås so gut wie allein. In den Schaufenstern wurde bereits die neuste Sommermode präsentiert, zumindest behaupteten das die Werbetafeln sehr überzeugend, doch Lena konnte den Unterschied zur Mode des letzten Jahres nicht erkennen. Ohnehin würde nichts von dem, was dort hing, an ihr so aussehen wie an den spindeldürren Schaufensterpuppen.

Außerdem hatte sie wirklich andere Probleme. Die leise Stimme war wieder da, die sie in den letzten Tagen mehr oder weniger erfolgreich verdrängt hatte.

Vielleicht ertönte sie deshalb stärker denn je.

*Du warst es!*

*Jetzt weißt du es!*

*Es war dein Fehler!*

Sie musste herausfinden, ob die Stimme recht hatte, aber es war so schmerzvoll, so furchtbar qualvoll, sich dieser Möglichkeit überhaupt zu nähern. Doch sie war dazu gezwungen, besonders jetzt, wo es so schien, als ließe es sich nicht länger abstreiten. Dafür hatte das schwarze Auto auf dem Film gesorgt.

Mitten in der Einkaufspassage stand ein junges Mädchen und legte frisches Gebäck in die überdimensionale Glastheke eines Cafés. Es verströmte einen süßen Duft von Zucker, Vanille und Zimt und weckte Erinnerungen an ein anderes Leben, fernab von all den quälenden Gedanken. Lena spürte das Bedürfnis, zu diesem Leben zurückzukehren, und sei es nur für einen Moment. Sie konnte das Mädchen überreden, ihr ein Teilchen zu verkaufen, obwohl das Café noch nicht geöffnet hatte. Sie wählte eine übertrieben große Vanilleschnecke, die mit viel zu viel Zucker bestreut war. Das Mädchen steckte das Gebäck in eine kleine Papiertüte und reichte es ihr. Lena bedankte sich und ging einige Schritte in Richtung Ausgang, bevor sie die Vanilleschnecke herausholte. Sie war weich und noch warm. Für einen Moment war das alte Leben wieder da, und sie nahm gierig einen großen Bissen. Als der Geschmack sich entfaltete und sie den allzu süßen Teig im Mund wahrnahm, war ihr plötzlich nur noch schlecht.

Wie konnte sie überhaupt hier sein? Schaufenstershoppen und Kaffeepause machen. Ihr kamen Bilder von Roger ins Gedächtnis, sein erstes Lachen, seine ersten Schritte, Schultage, Geburtstage, Fußballspiele. Seine letzten Worte.

«Ich mache mich jetzt aus dem Staub ...»

Seine letzten Schritte hinter das Auto.

Lena warf die Vanilleschnecke in den Papierkorb und machte sich auf den Weg. Sie hatte bereits genug Zeit verloren. War dem ausgewichen, was sie herauszufinden gezwungen war.

War sie an dieser furchtbaren Tat mitschuldig? Oder mehr als das – war sie schuld? Das behauptete die Stimme beharrlich.

Lena hetzte durch die Stadt. Ihr Körper war das Tempo nicht gewohnt. Ihre Lungen arbeiteten schwer, und sie spürte die Anstrengung in der Brust. Aber sie senkte das Tempo nicht. Zielgerichtet steuerte sie jenen Ort an, der ihr am meisten von allen verhasst war.

Der Ort, der den Anfang vom Ende für Roger und sie bedeutet hatte.

Der Ort, der schuld daran war, dass sie sich so unterlegen, so völlig wertlos fühlte.

Das Palmlövska-Gymnasium.

Hinter der Schule fand Lena, wonach sie suchte. Erst war sie den großen Parkplatz auf der Vorderseite abgelaufen, ohne fündig zu werden, dann hatte sie frustriert eine Runde um die Schule gedreht und hatte ihn schließlich auf einem kleineren Parkplatz direkt neben dem Eingang der Schulcafeteria entdeckt.

Dort stand er, der dunkelblaue Volvo. Genau wie sie geahnt und befürchtet hatte.

Die Übelkeit und die Tränen kamen zurück – und die Gedanken. In dieses Auto war er eingestiegen, ihr Roger. An jenem Freitag, der erst so kurz zurücklag und dennoch eine Ewigkeit her zu sein schien. Nun gab es nur noch eine Sache zu erledigen. Lena näherte sich dem linken Kotflügel und ging in die Hocke. Sie wusste nicht, ob die Polizisten es bemerkt hatten, jedenfalls hatten sie nichts darüber gesagt, aber als das Auto auf dem Film geblinkt und die Straße verlassen hatte, konnte man deutlich erkennen, dass das linke Rücklicht mit Klebeband befestigt war.

Zumindest hatte Lena es gesehen. Roger hatte vor einigen Wochen einen Zettel von der Schule mit nach Hause gebracht. Es war eine trockene und anklagende Erklärung, dass beide Rücklichter des Wagens durch Vandalismus beschädigt worden waren, und dass man sie nun provisorisch reparierte, jedoch erwartete, dass die Schuldigen sich zu erkennen geben und für den Schaden aufkommen würden. Wie die Sache ausgegangen war, wusste sie nicht. Sie strich mit den Fingern über das breite Klebeband. Als ob sie hoffte, dass die Zeit stehenbliebe und nie wieder etwas geschehen würde, niemals.

Doch das würde es. Dies war erst der Anfang, das wusste sie. Sie stand auf und ging ein paar Schritte um das Auto herum, fasste vorsichtig das kalte Metall an. Vielleicht hatte er es genau hier berührt, oder hier. Sie tastete weiter, versuchte sich auszumalen, wo seine Hände das Auto gestreift haben könnten. Auf jeden Fall an einer der Türen. Vermutlich an der vorderen. Sie befühlte sie, kalt und abgeschlossen. Lena beugte sich vor und spähte hinein. Dunkle Bezüge ohne Muster. Nichts auf dem Boden. Ein paar Münzen in dem kleinen Fach zwischen den Sitzen. Sonst nichts.

Lena richtete sich auf und bemerkte zu ihrer Verwunderung, dass ihre Unruhe wie weggeblasen war. Das Schlimmste, was geschehen konnte, war bereits eingetroffen. Ihre Schuld hatte sich bestätigt.

Fernab jeglichen Zweifels.

Jetzt spürte sie innerlich nur eine vollkommene Leere. Kälte breitete sich in ihrem Körper aus. Als sei die kühle, innere Stimme endlich eins mit ihr geworden.

Es war ihr Fehler gewesen. Nirgends in ihrem Körper gab es noch Widerstand gegen diese Erkenntnis – und keinerlei Wärme.

Ein Teil von Lena war an dem Tag gestorben, als man ihr Roger nahm.

Der andere Teil starb jetzt.

Sie nahm ihr Handy heraus und wählte eine Nummer. Es klingelte einige Male, bis sich am anderen Ende eine Männerstimme meldete. Sie hörte ihre eigene Stimme, die genauso kalt war wie ihr Inneres.

«Ich war heute bei der Polizei und habe etwas gesehen. Ihr Auto. Ich weiß, dass Sie es waren.»

Cia Edlund besaß noch nicht sonderlich lange einen Hund. Eigentlich hatte sie sich nie als Hundemensch gesehen. Doch vor zwei Jahren hatte Rodolfo an ihrem Geburtstag plötzlich mit einem entzückenden, wuscheligen kleinen Hundewelpen dagestanden. Einer Cockerspanielhündin. Eine richtige Lady, hatte Rodolfo mit breitem Lächeln verkündet, und seine Augen strahlten dabei so, wie es nur seine Augen konnten. Cia hatte unmöglich nein sagen können, insbesondere, weil Rodolfo ihr sofort seine Hilfe versprach, als er ihr Zögern bemerkte.

«Es ist nicht nur dein Hund. Wir werden uns gemeinsam kümmern, das verspreche ich. Um unser kleines Baby ...»

Doch es kam anders. Sechs Monate später, als Rodolfos Augen weniger häufig strahlten und seine Besuche bei ihr immer seltener wurden, wusste sie, dass die Verantwortung für den Hund bei ihr lag, und nur bei ihr. Obwohl das Tier sogar nach Rodolfos Großmutter benannt war, Lucia Almira, einer Frau in Chile, die Cia nie kennengelernt hatte. Sie hatten immer geplant, die Großmutter zu besuchen, sobald sie es sich leisten konnten.

Auch dazu kam es nie. Also teilte Cia ihr Bett nun mit einem Geschöpf, das nach einer chilenischen Großmutter getauft war, die sie nie treffen würde.

Doch das Organisatorische bereitete ihr schon bald Probleme. Cia arbeitete als Krankenschwester – viel und unregelmäßig. Das Ausführen des Hundes wurde schon bald zu einer konstanten Qual. Häufig kam es nur zu einem kurzen Gang durch die Nachbarschaft. Je nach Dienstplan schaffte Cia es manchmal erst mitten in der Nacht und dann am darauffolgenden Nachmittag. Aber heute hatte sie frei und wollte endlich einen langen Spaziergang machen, der sowohl ihr als auch Almira guttun würde. Sie gingen den Pfad zum Fußballplatz entlang, der zum Wald mit seinen beleuchteten Spazierwegen führte.

Als sie den leeren Fußballplatz erreicht hatten, ließ Cia den Hund von der Leine, der mit Freudengebell in die Büsche und den Nadelwald wetzte. Hin und wieder sah Cia Almiras Stummelschwanz zwischen den kurzen, struppigen Büschen wackeln. Cia lächelte vor sich hin. Ausnahmsweise fühlte sie sich heute einmal wie eine gute Hundebesitzerin.

Jetzt kam Almira zurückgerannt. Sie war nie lange fort, wollte immer genau wissen, wo ihr Frauchen gerade war. Nachdem sie sich durch einen Blick vergewissert hatte, konnte Almira erneut lossausen, um nach einer Weile wieder zurückzukehren. Als sie den Hund aus dem Gestrüpp kommen sah, runzelte sie die Stirn. Amiras Schnauze war von irgendetwas dunkel gefärbt. Cia rief den Hund, und Almira kam zu ihr. Cia erstarrte. Es sah aus wie Blut, doch der Hund war noch immer bester Laune, also konnte es nicht sein eigenes sein. Cia wich den schnüffelnden Annäherungsversuchen ihres Hundes aus und nahm ihn wieder an die Leine.

«Was hast du gefunden? Zeig es mir!»

Schon nach fünfzehn Minuten war Sebastian es leid, auf einen Monitor zu starren und nach dunklen Volvos zu suchen. Es schien völlig zwecklos. Billy hatte versucht, ihm zu erklären, wie sie vorgehen mussten. Da man wusste, wann das

Auto mit Roger davongefahren war, konnte man aufgrund von bla, bla, bla ungefähr errechnen, wo es bla, bla, bla, je nachdem, in welche Richtung es abgebogen war, bla, bla, bla. Sebastian hatte abgeschaltet. Jetzt schielte er zu Billy hinüber, der ein Stück von ihm entfernt mit einer Adressenliste saß, die er gerade aus dem Sekretariat des Rektors der Palmlövska erhalten hatte. Billy wirkte keineswegs gelangweilt, eher verbissen und konzentriert. Er blickte zu Sebastian hinüber, der regungslos vor dem Bildschirm saß.

«Funktioniert etwas nicht?»

«Nein, nein, alles super. Und bei dir?»

Billy lächelte ihn an.

«Ich habe doch gerade erst angefangen. Mach du erst mal weiter. Glaube mir, es gibt genug Kameras.»

Billy widmete sich erneut seinen Listen. Sebastian wandte sich dem Bildschirm zu und seufzte. Die Situation erinnerte ihn daran, wie er vor dreißig Jahren wissenschaftlicher Mitarbeiter bei Professor Erlander gewesen war und dieser ihn gezwungen hatte, Tausende von Fragebögen auszuwerten. Damals hatte er ein paar Studenten dafür bezahlt, seine Arbeit zu erledigen, und war stattdessen in die Kneipe gegangen. Diesmal konnte er sich nicht so leicht durchmogeln.

«Bist du irgendwie mit dem Namen weitergekommen, den ich dir gegeben habe, Anna Eriksson?»

«Leider nein, wie du weißt, kam ja immer wieder irgendwas anderes dazwischen, aber ich werde mich schon noch darum kümmern.»

«Es hat überhaupt keine Eile, ich bin lediglich neugierig.»

Sebastian merkte, wie Billy ihn auffordernd ansah. Er konnte genauso gut mitspielen, es war noch nicht an der Zeit, sein wahres Gesicht zu offenbaren. Sebastian klickte auf die F5-Taste, genau wie Billy es ihm gezeigt hatte, und betrachtete gelangweilt den nächsten blassen, gleichförmigen Straßenabschnitt irgendwo in Västerås. Der eingehende Anruf bewahrte ihn davor, vor Langeweile zu sterben.

Sie kamen mit zwei Autos beim Fußballplatz an. Vanja und Ursula in dem einen, Torkel und Sebastian im anderen. Torkel fühlte sich in seine Schulzeit zurückversetzt, es war, als spielten sie eine Variante von «Die Mädchen gegen die Jungs». Er war Ursula gegenüber keine Spur persönlich geworden, als sie nach der Besprechung geblieben war, damit er sie über die Entwicklungen der letzten Stunde informieren konnte, dennoch hatte sie ihn ignoriert, als sie in die Tiefgarage hinuntergelaufen waren, und war ohne ein Wort auf ihr eigenes Auto zugegangen.

Zwei Polizeiwagen waren bereits vor Ort. Ein uniformierter Polizist empfing sie, als sie aus ihren Wagen stiegen, auf dem Kiesplatz. Er wirkte angespannt und dankbar dafür, dass sie gekommen waren.

«Man hat Blut gefunden. Viel Blut.»

«Wer hat es gefunden?», erkundigte sich Ursula. Bisher handelte es sich lediglich um einen technischen Fund, und in diesem Fall war natürlich sie es, die die Fragen stellte.

«Eine Frau namens Cia Edlund, die ihren Hund ausführte. Sie wartet dort drüben.»

Sie setzten ihren Weg über den Fußballplatz fort und folgten dem Kollegen in den Wald. Schon nach wenigen Schritten endete der Platz an einer Schräge, und wenn man dort hinabging, war man vom Fußballplatz aus nicht mehr sichtbar, registrierte Vanja.

Der Weg machte eine Linkskurve und führte zu einer

kleinen Lichtung. Dort warteten zwei Personen, eine Polizistin, die um ein großes Quadrat herum Absperrband zog, und eine Frau um die fünfundzwanzig, die ein Stück entfernt mit einem Cockerspaniel stand.

«Hier ist die Dame, die den Fund gemacht hat. Wir haben ihr bisher kaum Fragen gestellt, darum hatten Sie uns ja gebeten.»

«Ich möchte mir gern zuerst den Fund ansehen», antwortete Ursula und setzte ihren Weg auf die Lichtung hinaus fort.

Der Polizist zeigte auf einen Platz, der einige Meter vom Weg entfernt lag.

«Von dort aus können Sie es sehen.»

Ursula blieb stehen und bedeutete den anderen dort zu bleiben, wo sie waren. Vor sich sah sie das gelbe Gras des vergangenen Jahres platt auf dem Boden gedrückt. Darunter wuchs schon das neue, grüne, aber es war kürzer, lediglich ein Hauch von Grün in diesem blassgelben Meer. Dazwischen fanden sich jedoch Flecken rostroten Bluts. Im Zentrum der vereinzelten Flecken war etwas erkennbar, das aussah wie eine große Pfütze geronnenen Blutes.

«Es sieht aus wie ein Schlachtplatz», entfuhr es der Polizistin, die das Absperrband befestigt hatte.

«Möglicherweise ist es das auch», antwortete Ursula kühl, ging vorsichtig näher und hockte sich vor die Pfütze. Das meiste Blut war getrocknet, aber im Boden gab es einige Vertiefungen, die aussahen wie Fußspuren und von einer fast gallertartigen, roten Substanz ausgefüllt waren. Bildete sie sich das nur ein oder lag ein schwerer Eisenduft in der Luft? Ursula nickte den anderen zu.

«Ich möchte eine Schnellanalyse davon machen, damit wir unsere Zeit nicht für irgendeinen armen Hirsch vergeu-

470

den, der hier möglicherweise sein Leben lassen musste. Es wird ein paar Minuten dauern.»

Sie öffnete ihre weiße Tasche und machte sich ans Werk. Torkel und Sebastian gingen zu der Hundehalterin. Die Frau sah sie müde an, als hätte sie lange dort gestanden und darauf gewartet, dass sich endlich jemand ihre Geschichte anhörte.

«Almira hat es entdeckt. Ich glaube, sie hat davon getrunken ...»


Als Lena ihre Wohnung betrat und die Tür hinter sich schloss, wurde sie von der Anspannung eingeholt. Sie sank im Flur auf den Fußboden und hatte keine Kraft mehr, auch nur einen Schritt weiterzugehen. Draußen, unter Menschen, war es leichter, die Maske zu wahren. Dort konnte man sich zusammenreißen, seinen Blick auf etwas anderes richten und drauflos marschieren. Etwas vorspielen. Zu Hause war es schwieriger, nahezu unmöglich. Als sie inmitten von Schuhen und Plastiktüten auf dem Boden saß, fiel ihr Blick auf ein altes Schulfoto von Roger, das sie vor Ewigkeiten aufgehängt hatte. Es war das erste, was man ihr nach Hause geschickt hatte, in der ersten Klasse aufgenommen. Roger trug darauf einen blauen Tennispullover und lächelte in die Kamera, wobei zwei Zahnlücken sichtbar wurden. Sie hatte das Bild schon lange nicht mehr betrachtet. Als sie in diese Wohnung gezogen waren, hatte sie es aufgehängt, allerdings ein wenig zu nah bei der Garderobe, sodass es von Jacken und Winterkleidung oft verdeckt wurde. Als Roger dann älter wurde, besaß er immer mehr Jacken, die immer größer wurden, und sie hatte lange nicht mehr an das Bild gedacht. Es war ein merkwürdiges Gefühl, es nun zu entdecken. Jahrelang zwischen Kleidern versteckt und vergessen. Jetzt würden keine neuen Jacken mehr hinzukommen, die Roger weiterhin versteckten. Er würde dort sitzen und sie zahnlos anlächeln, solange sie lebte. Stumm, ohne zu altern. Mit einem Blick voller Leben.

Es klingelte an der Tür. Lena kümmerte sich nicht darum. Dieser Augenblick war wichtiger.

Doch sie hatte vergessen, die Tür abzuschließen, wie sie erst bemerkte, als jemand hereinkam. Sie sah ihn an. Am merkwürdigsten an dieser Situation war nicht, dass er auf einmal in ihrer Wohnung vor ihr stand. Nicht einmal die Verzweiflung in seinen Augen war besonders verwunderlich. Nein – was sie erschauern ließ, war die Tatsache, dass ihre Augen, die eben noch auf das lächelnde Gesicht ihres siebenjährigen Sohnes gerichtet waren, nun denjenigen betrachteten, der sein Leben ausgelöscht hatte.


Haraldsson war spät dran. Eigentlich sah es ihm nicht ähnlich zu verschlafen. Er gab dem Wein und Jenny die Schuld. Der Wein hatte dazu geführt, dass er tiefer geschlafen und weniger geträumt hatte als sonst. Jenny hatte ihn nicht geweckt, bevor sie ins Krankenhaus gefahren war. Er hatte den Wecker gestellt, ihn dann aber offenbar beim ersten Klingeln im Halbschlaf ausgeschaltet. Er konnte sich nicht einmal daran erinnern, dass er überhaupt geklingelt hatte. Um kurz nach halb zehn war er dann aufgestanden. Zunächst wollte er sich schnell in die Kleider werfen und zur Arbeit rasen, aber irgendwie war der Morgen in Zeitlupe weitergegangen, und als er endlich geduscht, gefrühstückt und sich angezogen hatte, war eine weitere Stunde vergangen. Er beschloss, zum Präsidium zu laufen, und kam um Punkt elf dort an.

Radjan hatte tatsächlich erledigt, worum Haraldsson ihn gebeten hatte. Als er sich mit einer Tasse Kaffee an seinen Schreibtisch setzte, lag dort eine einzelne Mappe. Er öffnete sie gespannt und zog drei engbeschriebene DIN-A4-Seiten heraus. Haraldsson lehnte sich mit seiner Kaffeetasse in der einen Hand und dem Ausdruck in der anderen zurück. Konzentriert begann er mit der Lektüre.

Nach fünfundvierzig Minuten hatte er die Vernehmung von Linda Beckman dreimal gelesen. Er legte die Mappe beiseite, schaltete seinen Computer an und gab Axel Johanssons Daten ein. Das Ergebnis war eine recht ansehnliche Liste. Der gute Johansson war häufig umgezogen und hatte offenbar an all seinen Wohnsitzen Bekanntschaft mit der Polizei gemacht. Haraldsson klickte sich durch die protokollierten Daten. Umeå, Sollefteå, Gävle, Helsingborg und einige kleinere Gesetzesverstöße hier in Västerås: Störung der öffentlichen Ordnung, Diebstahl, sexuelle Belästigung ... Haraldsson stutzte. Auch in Sollefteå hatte es eine Anzeige wegen sexueller Belästigung gegeben. Axel wurde nie deswegen verurteilt, beide Voruntersuchungen waren aus Mangel an Beweisen eingestellt worden. Haraldsson sah sich die älteren Protokolle an. Axel Johansson war auch in einem Ermittlungsverfahren wegen Vergewaltigung in Umeå als Zeuge vernommen worden, das elf Jahre zurücklag. Er hatte ein Fest besucht, auf dem ein Mädchen brutal vergewaltigt worden war, als es im Dunkeln zum Rauchen in den Garten ging. Alle Gäste waren verhört worden, aber niemand angeklagt. Die Vergewaltigung wurde nie aufgeklärt.

Erneut schoss Haraldsson seine gestrige Eingebung durch den Kopf: Wer schuldig ist, flieht.

Er lehnte sich in seinem Stuhl zurück und spielte den Gedanken durch. Nahm sich die Mappe vor, die Radjan ihm kopiert hatte. Ein kurzer Passus ließ ihn aufhorchen: Axel Johansson war im Bett gern dominant. Wer schuldig ist, flieht. Es war weit hergeholt. Aber angesichts der Tatsache, dass sich Haraldsson im Expresstempo der Ersatzbank näherte, konnte er auch einfach etwas riskieren. Er setzte sich wieder aufrecht und hieb in die Tasten. Zunächst prüfte er, wann Axel Johansson in Umeå gewohnt hatte, dann suchte er die unaufgeklärten Verbrechen aus derselben Zeit heraus. Es waren eine Menge. Er schloss alle aus, die keinen sexuellen Hintergrund hatten. Nun waren es weniger, aber immer noch viele. Haraldsson grenzte das Suchgebiet noch weiter ein. Zunächst Vergewaltigungen. Noch immer erschreckend viele. Dann Vergewaltigungen, bei denen das Opfer aus dem Hinterhalt überfallen worden war. Viel weniger. Normalerweise handelte es sich hierbei um ein äußerst seltenes Verbrechen – bei den meisten Vergewaltigungen kannten Opfer und Täter einander vorher, und wenn auch nur wenige Stunden. In der Zeit, in der Axel Johansson in Umeå gelebt hatte, waren hingegen fünf solcher Vergewaltigungen begangen worden. Drei davon nach genau demselben Muster.

Einsame Frauen an einsamen Orten. Einsam, aber nicht ganz verlassen, mit Menschen in der Nähe. Offenbar wiegten sich die Frauen in Sicherheit, wenn sie andere in der Nähe wussten. Sie wagten es, zum Rauchen tiefer in den dunklen Garten hinauszuspazieren, denn durch das offene Fenster hörten sie ja weiterhin das Fest. Sie gingen eine Abkürzung durch den Park, weil sie hinter dem Gebüsch noch die Gespräche von der Bushaltestelle vernahmen. Doch diese vermeintliche Sicherheit war eine Illusion. Bei den drei nahezu identischen Vergewaltigungen hatte sich der Mann jeweils von hinten genähert und die Frau zu Boden gestoßen.

Dann hatte er ihr Gesicht auf den Boden gepresst, damit sie nicht schreien konnte, und war von hinten in sie eingedrungen. Alle drei Vergewaltigungen hatte der Täter, der ein körperlich starker Mann sein musste, vollendet. Danach war er unerkannt verschwunden. Vermutlich hatte er sich schnell und unbemerkt unter die Menschen in der Nähe gemischt und war wie ein ganz normaler Mann durch die Straßen der Stadt gelaufen. Die Frauen hatten nichts von ihm gesehen. Es gab keine Personenbeschreibung, keine Zeugen.

Haraldsson wiederholte die Prozedur, diesmal in Sollefteå. Erst suchte er heraus, zu welcher Zeit Axel Johansson dort gewohnt hatte, dann sah er sich die unaufgeklärten Sexualverbrechen an. Es waren zwei Vergewaltigungen angezeigt worden, die beinahe identisch mit denen in Umeå waren. Einsame, aber nicht völlig verlassene Orte. Der Angriff von hinten. Das zu Boden gepresste Gesicht. Keine Personenbeschreibung, keine Zeugen.

Haraldsson lehnte sich zurück und holte tief Luft. Hier war etwas Großes im Gange, das spürte er. Er würde sich doppelt und dreifach revanchieren. Axel Johansson war ein Serienvergewaltiger, der vielleicht schlimmer war als der sogenannte Hagamann, ein berüchtigter Sexualverbrecher, der vor einigen Jahren in Umeå sein Unwesen getrieben hatte.

Und diesem Johansson war Haraldsson auf die Spur gekommen. Die Lobesrede des Kreispolizeidirektors war ihm nun sicherer denn je.

Roger Eriksson und dieser Psychologe in allen Ehren, aber das war ein wirklich großer Fall. Es war ein Fall, auf dem man seine Karriere aufbauen konnte, auch wenn man ganz unten gewesen war. Mit zitternden Händen recherchierte Haraldsson weiter. Gävle. Dort war eine Vergewaltigung in der relativ kurzen Zeitspanne, die Axel in der Stadt gewohnt hatte, angezeigt worden. Dasselbe Muster.

Keine während Axels Jahren in Helsingborg.

Haraldsson hielt inne. Es war, als wäre er joggen gewesen, hätte ein wahnsinnig schnelles Tempo erreicht und dann – eine Vollbremsung hingelegt. Er merkte, wie die Enttäuschung ihn überkam. Natürlich hätte er eigentlich froh sein müssen, dass keine weitere Frau so eine grauenhafte Vergewaltigung hatte durchleiden müssen, aber es machte seine Theorie zunichte; er war so nahe dran gewesen. Haraldsson prüfte die Angaben erneut, kam jedoch zu demselben niederschmetternden Ergebnis. Axel Johansson hatte mehr als zwei Jahre in Helsingborg gewohnt, aber keine der Vergewaltigungen, die in dieser Zeit angezeigt worden waren, stimmte mit dem vorherigen Muster überein. Haraldsson lehnte sich zurück und leerte den letzten Schluck aus seiner Tasse. Der Kaffee war inzwischen kalt geworden. Er grübelte. Es hatte nicht unbedingt etwas zu bedeuten. Vielleicht waren die Straftaten ganz einfach nur nicht angezeigt worden. Nicht alle Sexualdelikte wurden der Polizei gemeldet, ganz im Gegenteil. Die meisten Vergewaltigungen, die von Unbekannten verübt wurden, wahrscheinlich schon, aber es war keineswegs sicher.

Eigentlich benötigte er Helsingborg auch nicht. Bei fast allen anderen Fällen hatte man DNA-Spuren gesichert. Dennoch war es ärgerlich. Es störte die Vollständigkeit. Es war, als ob man beim Malen nach Zahlen plötzlich ein oder zwei Zahlen ausließ. Natürlich konnte man trotzdem erkennen, was das Bild darstellte, und dennoch wurde der Blick immer zu den übersprungenen Zahlen gelenkt, über die man sich ärgerte. Außerdem war sich Haraldsson sicher, dass Axel Johansson keine Pause eingelegt hatte. Jedenfalls keine von mehr als zwei Jahren. Nicht, wenn er einmal damit angefangen hatte und so lange unentdeckt geblieben war.

Haraldsson stand auf und ging in den Aufenthaltsraum, um seine Kaffeetasse nachzufüllen. Er hatte sich etwas schlapp und dösig gefühlt, als er auf dem Präsidium angekommen war, verkatert ganz einfach, aber das Gefühl war schnell von einem Kribbeln gespannter Erwartung abgelöst worden. Er musste das Rätsel um Helsingborg ganz einfach lösen.

Zurück an seinem Platz, ging er nun das Västeråser Archiv durch. Er wusste, wonach er suchen musste. Und tatsächlich fand er zwei Vergewaltigungen, die mit Axel Johanssons Tatmuster übereinstimmten. Beide waren erst verübt worden, nachdem Axel in die Stadt gekommen war.

Blieb nur noch Helsingborg.

Jetzt hatte er ein Bild, von dem er wusste, was es darstellte; dennoch wollte er die letzten Zahlen miteinander verbinden. Jenny und er waren Ende der Neunziger einmal in Helsingborg gewesen, bevor die Öresundbrücke gebaut worden war. Ferien in Schonen mit einem Ausflug nach Dänemark, dank der Fähren, die im Pendelbetrieb hin und her fuhren. Soweit Haraldsson sich erinnerte, hatte es nur zehn Minuten gedauert, in eine andere Stadt, in ein anderes Land. Zehn Minuten. Er suchte die Nummer der Polizei im dänischen Helsingør heraus. Erklärte sein Anliegen, wurde weiterverbunden, bekam eine andere Nummer, rief an, flog aus der Leitung, wählte die Nummer erneut und wurde missverstanden, bis er endlich eine Frau in der Leitung hatte, die Charlotte hieß und ihm helfen konnte. Haraldssons Dänisch war äußerst begrenzt, und nachdem einige Minuten mit Nachfragen und Wiederholungen vergangen waren, einigten sie sich darauf, ins Englische zu wechseln.

Er wusste die Zeit, er kannte das Tatmuster, eigentlich müsste es ziemlich schnell gehen. Und so war es auch. Der Polizei in Helsingør lagen zwei unaufgeklärte Vergewaltigungen aus dieser Zeit vor. Haraldsson musste sich zusammenreißen, um keine Siegergeste zu machen. Der Fall war international.

Und gelöst.

Jetzt musste Axel Johansson nur noch gefunden werden. Aber zuerst würde er Hanser Bericht erstatten.


Hanser blickte kaum von ihrer Arbeit auf, als Haraldsson an die offene Tür klopfte und ihr Büro betrat.

«Wie geht es dem Fuß?»

«Danke, gut.»

Haraldsson dachte nicht daran, ihr Spiel mitzuspielen und sich provozieren oder einschüchtern zu lassen. Ein paar Sekunden lang würde er ihr noch die Oberhand gönnen. Aber bald wäre sie gezwungen einzusehen, dass er trotz seiner kleinen Fehler ein guter Polizist war. Obendrein ein viel besserer, als sie es je gewesen war und werden würde.

«Du hattest ja gesagt, dass ich die Finger von den Ermittlungen im Fall Roger Eriksson lassen soll.»

«Genau. Und ich hoffe auch, dass du dich daran gehalten hast.»

«Nein, eigentlich nicht.» Haraldsson legte seine Worte auf die Goldwaage. Er wollte diesen Moment auskosten und nicht alles auf einmal enthüllen. Er wollte jeden Schritt von Hansers Wandlung erleben, von falschem Misstrauen zu widerwilliger Bewunderung.

«Ich habe mir Axel Johansson ein bisschen näher angesehen.»

Hanser reagierte nicht, sondern interessierte sich weiterhin nur für die Papiere, die vor ihr lagen. Haraldsson trat einen Schritt näher und senkte seine Stimme, um sie intensiver klingen zu lassen, interessanter.

«Ich hatte mit einem Mal das Gefühl, dass mit ihm etwas nicht stimmt. Unabhängig von der Verbindung zu Roger Eriksson. Ein Gefühl ... man könnte es auch Intuition nennen.»

«Mm.»

Sie gab sich uninteressiert.

«Und es stellte sich heraus, dass ich richtiglag. Er ist ein Vergewaltiger, ein Serienvergewaltiger.»

Hanser sah ihn mit einem Blick an, den man nur als totales Desinteresse deuten konnte.

«Ach ja?»

Sie glaubte ihm nicht, wollte ihm einfach nicht glauben. Schon in Kürze würde sie das aber tun müssen. Haraldsson trat an ihren Schreibtisch und legte ihr eine einfache Übersicht über die Arbeit des Tages vor: Orte, Zeitpunkte, Umzüge, Opfer.

«Ich habe einen Zusammenhang gefunden, der vermuten lässt, dass er in den letzten zwölf Jahren in Umeå, Sollefteå, Gävle, Helsingborg und hier in Västerås Vergewaltigungen begangen hat.»

Hanser warf einen schnellen Blick auf die Liste und richtete zum ersten Mal ihre volle Aufmerksamkeit auf Haraldsson.

«Willst du mich auf den Arm nehmen?»

«Was? Nein, natürlich ist zunächst ein DNA-Test erforderlich, aber ich weiß, dass ich recht habe.»

«Das ganze Präsidium weiß doch bereits, dass du recht hast.»

«Was? Wie das denn? Ich weiß noch nicht, wo Johansson ist, aber ...»

«Aber ich», unterbrach ihn Hanser. Haraldsson erstarrte. Das Gespräch hatte sich in eine Richtung entwickelt, mit der er auf keinen Fall gerechnet hatte. Was meinte sie eigentlich?

«Aha?»

«Axel Johansson ist hier. Dein Kollege Radjan hat ihn heute Vormittag verhaftet.»

Haraldsson hörte, was sie sagte, konnte die Information jedoch nicht verarbeiten. Er blieb mit offenem Mund stehen.


Ursula hatte beschlossen, das zwischenmenschliche Fiasko des vergangenen Tages zu vergessen und sich auf das zu konzentrieren, was sie wirklich beherrschte – die Untersuchung von Tatorten. Ihr einfacher Test hatte schnell bestätigt, womit sie bereits gerechnet hatte. Es stand außer Zweifel, dass sie menschliches Blut gefunden hatten, was ihre Sinne nur noch mehr schärfte. Jetzt ging sie umher und verschaffte sich einen Eindruck. Sie nahm sich Zeit. Es galt zunächst, einen Überblick zu gewinnen, sich mit der Gesamtheit vertraut zu machen, um sich später den Details zu widmen, die verschiedenen Spuren zu analysieren und sich eine Meinung darüber zu bilden, welcher Tathergang am wahrscheinlichsten war. Sie spürte Torkels Blick im Nacken, aber es machte sie nicht nervös. Im Gegenteil, sie wusste, dass er beeindruckt war. Dies war ihr Augenblick, nicht seiner. Die anderen sahen ihr zu, wie sie langsam hinter der Absperrung hin und her ging, vorsichtig, um keine Beweise zu zerstören. Nach zehn langen Minuten kam sie zu ihnen zurück. Sie war bereit.

«Über die Menge des Bluts lässt sich nur schwer etwas sagen. Es ist im Boden versickert, und vermutlich haben Krähen und andere Tiere darin herumgepickt, aber es stammt von einem Menschen, und es ist eine große Menge. Und seht einmal hier.»

Sie ging zum anderen Ende der Absperrung und deutete auf den weichen Boden. Vanja, die wie immer am meisten motiviert war, trat behutsam einige Schritte vor und ging in die Hocke, um erkennen zu können, worauf Ursula zeigte.

«Reifenabdrücke.»

«Aller Wahrscheinlichkeit nach ein Pirelli P7, diesen Zick-Zack-Rand in der Mitte erkenne ich wieder. Hier stand ein Auto. Es ist über den kleinen Waldweg dort drüben von hier weggefahren.» Ursula zeigte auf die Spuren im Gras, die zu einem kleinen, ausgefahrenen Weg führte. Sie lächelte die anderen triumphierend an.

«Ich würde sagen, wir haben einen Tatort. Das Labor muss noch bestätigen, dass es sich um Rogers Blut handelt, aber vermutlich gibt es nicht viele andere Menschen in Västerås, die letzte Woche mehrere Liter Blut verloren haben.» Sie machte eine Kunstpause und blickte über die Lichtung.

«Aber er wurde nicht hier ermordet.»

«Du hast doch aber gerade gesagt, wir hätten hier einen Tatort», entgegnete Torkel.

«Es ist ja auch ein Tatort. Aber nicht der Ort der Ermordung. Er wurde hierhergeschleift. Kommt mit.»

Ursula übernahm die Führung und leitete die drei vorsichtig auf dem Weg zurück in Richtung des Fußballplatzes, an der Absperrung vorbei und weiter.

«Und haltet euch bitte am Wegrand. Es ist schlimm genug, dass wir vorhin schon hier entlanggegangen sind. Sie setzten ihren Weg schweigend fort und sahen bald, was Ursula entdeckt hatte. Deutliche Blutspuren in dem blassgelben Gras. Torkel winkte die uniformierte Polizistin zu sich.

«Wir müssen die Absperrung ausweiten.»

Ursula kümmerte sich nicht weiter darum, sondern ging weiter, an Büschen und Gestrüpp vorbei, den Abhang hinauf und zum Fußballplatz.

«Jemand hat ihn hierhergeschleift. Von dort drüben.» Ursula zeigte auf den Platz, und mit einiger Anstrengung konnten sie schwache Schleifspuren in dem grauen Kies am Rand des Spielfelds erkennen. Abdrücke, die eigentlich nur von zwei Fersen stammen konnten. Sie blieben schweigend stehen. Der Ernst der Situation war allen klar, so nah wie jetzt waren sie noch nie dran gewesen. Es war geradezu magisch, wie ein ordinärer, langweiliger Ort allein deswegen mit Bedeutung aufgeladen wurde, dass man ihn mit Ursulas Augen sah. Die kleinen, fast unsichtbaren Flecken verwandelten sich zu Blut, geknickte Zweige zum Abdruck der Leiche, und der schmutzige Kies war nicht mehr nur ein Haufen kleiner Steine, sondern der Platz, an dem das Leben eines jungen Menschen für immer ausgelöscht worden war. Jetzt bewegten sie sich langsamer vorwärts. Motiviert, weiterzumachen, doch zugleich vorsichtig. In erster Linie, um keine Beweise zu zerstören, aber auch, um die befreiende Magie zu bewahren.

Torkel nahm sein Telefon und rief Hanser an. Er musste Verstärkung anfordern, hier musste ein weiträumiges Gelände durchsucht werden. Gerade in dem Moment, als Hanser ans Telefon ging, gelangten sie an die Stelle, wo die fast unsichtbaren Spuren endeten und in einen kreisförmigen, dunklen Fleck übergingen, der nur eines bedeuten konnte. Sie waren an dem Ort angelangt, wo ein sechzehnjähriger

Junge gestorben war. Wo alles seinen Anfang und sein Ende genommen hatte.

Torkel bemerkte mit einem Mal, dass er instinktiv flüsterte, als er Hanser berichtete, wo sie waren.

Sebastian schaute sich um. Sie hatten eine wichtige Entdeckung gemacht. Nicht nur ein paar lose Fährten, sondern Spuren eines ganzes Tathergangs gefunden. Jetzt mussten sie die nächsten Schritte angehen. Schleif- und Blutspuren zu untersuchen war eine Sache, nun galt es aber auch, die ganze Bedeutung daraus abzulesen und damit dem Mörder langsam auf den Leib zu rücken. Der Tatort gehörte zu den wichtigsten Komponenten in einem Mordfall. Von Rogers letzter Reise wussten sie nun eine ganze Menge. Aber was sagte dieser Ort über den Mörder aus?

«Wie merkwürdig, jemanden hier zu erschießen. Mitten auf einem Fußballplatz», sagte Sebastian nach einer Weile. Ursula nickte.

«Besonders in der Nähe der Mietshäuser dort drüben.» Sie zeigte auf die drei großen, grauen Hochhäuser, die ein Stück entfernt auf einer Anhöhe standen.

«Das stärkt zweifellos meine Theorie, dass der Mord nicht geplant war.» Sebastian ging ein paar Schritte vor, zu dem dunklen Fleck. Er brannte darauf, die verschiedenen Möglichkeiten durchzugehen.

«Roger wird hier erschossen. Als er tot am Boden liegt, begreift der Mörder, dass er die Kugel entfernen muss. Dafür wählt er einen geschützteren Ort. Den erstbesten, mehr sagt uns seine Wahl nicht.»

Die anderen nickten.

«Außerdem wissen wir, dass Roger von hinten erschossen wurde, oder? Dann bleiben zwei Alternativen. Entweder war Roger sich der Bedrohung bewusst und versuchte zu fliehen, oder er wurde ohne jede Vorahnung erschossen.»

«Ich glaube, dass er sich der Bedrohung bewusst war», sagte Ursula entschieden. «Definitiv. Er war auf der Flucht.»

«Der Meinung bin ich auch», stimmte Vanja zu.

«Und was veranlasst euch zu dieser Annahme?», fragte Torkel.

«Sieh dir nur einmal den Ort der Ermordung an», erklärte Ursula. «Wir sind weit entfernt an einem Ende des Platzes. Wenn ich mich bedroht fühlte, würde ich zum Wald rennen. Besonders, wenn jemand eine Waffe auf mich richtet.»

Torkel sah sich um. Ursula hatte recht. Der Fußballplatz lag wie ein Rechteck vor ihnen: Die Schmalseite neben dem Klubhaus und einem großen, offenen Parkplatz lag am weitesten entfernt, die eine Längsseite wurde von einem hohen Zaun begrenzt, zehn Meter dahinter befand sich ein Weg und hinter dem Weg ein Feld. Auf der gegenüberliegenden Längsseite lagen die Hochhäuser, und an der anderen Schmalseite begann der Wald. Der Wald war eindeutig der Ort, der den meisten Schutz zu bieten schien, wenn man gezwungen war, blitzschnell eine Entscheidung zu treffen. Sicherlich konnte man meinen, dass die Hochhäuser genauso viel Schutz boten, aber sie lagen auf einer Anhöhe und wirkten daher eher wie eine kaum zu erobernde Burg. Außerdem würde man durch die Steigung beim Laufen an Geschwindigkeit einbüßen.

Sebastian, der regungslos dagestanden und die Umgebung betrachtet hatte, streckte vorsichtig die Hand in die Luft.

«Ich habe eine andere Theorie.»

«Was für eine Überraschung!», flüsterte Vanja übertrieben dramatisch. Sebastian tat so, als hätte er sie nicht gehört.

«Ich stimme mit euch überein. *Wenn* Roger die Bedrohung wahrgenommen hätte, wäre er sicher in Richtung Wald gerannt. Aber ich verstehe nicht ganz, wie er sie hätte ahnen sollen.» Sebastian machte eine Pause. Er hatte die volle Aufmerksamkeit aller.

«Wir setzen voraus, dass Roger mit einem Auto herkam. Der Parkplatz liegt dort drüben.» Sebastian zeigte auf die entgegengesetzte Schmalseite, auf das Klubhaus und den Parkplatz, auf dem nun einige Polizeiwagen standen. In diesem Moment bogen ein paar zivile Fahrzeuge ein und hielten an, Männer stiegen aus und wurden sofort von den Polizisten gestoppt. Die Journalisten hatten hergefunden.

«Wäre Roger den ganzen Weg gemeinsam mit jemandem gegangen, der ein Gewehr bei sich hatte?», fuhr Sebastian fort.

«Aber es gab ja auch im Wald Reifenabdrücke», warf Ursula ein.

«Du meinst, dass er nicht auf dem Weg in den Wald war, sondern aus ihm herausgekommen sein könnte?», fragte Torkel.

«Möglich ist es», antwortete Ursula.

«Möglich, aber nicht wahrscheinlich.» Sebastian schüttelte den Kopf. «Es ist ein unzugänglicher, abgelegener und geschützter Ort. Warum sollte jemand dort hinfahren und sein Auto abstellen, wenn er gar nicht geplant hatte, Roger umzubringen? Und wir sind uns doch einig, dass das nicht der Fall war?»

Die anderen nickten zustimmend. Sebastian machte eine ausholende Geste.

«Seht euch diesen Platz an. Er ist ziemlich einsam. Ein

guter Ort, um jemanden unbemerkt abzusetzen, und sind wir hier nicht ziemlich nahe an Rogers Zuhause?»

«Doch, ich glaube schon. Er müsste hinter der Anhöhe wohnen.» Vanja zeigte auf die großen Hochhäuser. «Einen halben Kilometer entfernt vielleicht.»

«Dann ist das hier eine ziemlich gute Abkürzung, oder?», fragte Sebastian. Die anderen nickten. Torkel sah ihn an und kratzte sich an der Wange. Er bemerkte, dass er heute Morgen vergessen hatte, sich zu rasieren.

«Was vermutest du also? Roger wurde hier von einem Auto abgesetzt und … was dann?»

Alle Blicke waren auf Sebastian gerichtet, genau, wie er es liebte.

«Lisa sagte, dass Roger losging, um jemanden zu treffen …»

*Der Fahrer, der in nicht allzu ferner Zukunft zu einem Mörder wird, wartet im Auto und hupt kurz, als er Roger auf der anderen Straßenseite entlanggehen sieht. Roger überquert die Straße, und nach einem Gespräch durch das heruntergekurbelte Fenster steigt er in den Volvo ein, der anschließend losfährt. Während sie durch die Gegend kurven, diskutieren Roger und der Fahrer. Sie gelangen nicht zu einer Einigung. Der Fahrer biegt auf den Parkplatz beim Fußballplatz ein, und Roger steigt aus. Möglicherweise hat er die Situation missverstanden und ist siegessicher. Vielleicht erlebt er sie aber auch als unbehaglich und beeilt sich nun, über den Platz und nach Hause zu kommen. Was auch immer er empfindet – er ahnt jedenfalls nicht, was sich hinter seinem Rücken abspielt. Der Fahrer durchdenkt die Situation. Er sieht keine Lösung, oder besser gesagt: Er sieht nur eine Lösung. Er fasst einen schnellen, unbedachten Beschluss, verlässt das Auto, öffnet den Kofferraum und holt ein Gewehr heraus. Ro-*

ger überquert gerade den Fußballplatz, ohne zu wissen, dass jemand vom Parkplatz aus mit dem Gewehr auf ihn zielt. Der Abstand ist nicht zu groß, insbesondere dann nicht, wenn jemand mit Waffen umgehen kann. Ein Jäger oder ein Sportschütze. Der Fahrer drückt ab. Roger sackt zu Boden. Der Fahrer begreift, dass man die Kugel zurückverfolgen kann. Er rennt über den Rasen und schleift Roger in den schützenden Wald. Hastet zurück, fährt mit dem Auto dorthin, holt die Kugel heraus, sticht auf die Leiche ein, hievt sie ins Auto und fährt sie anschließend an einen versteckten Ort, wo er sie im Wasser versenkt.

Sebastian verstummte. Drüben auf der Straße fuhren vereinzelt Autos vorbei, im Wald zwitscherte ein Vogel. Torkel brach das Schweigen.

«Du sprichst von einem Sportschützen. Glaubst du immer noch, dass es der Rektor war?»

«Es ist nur eine Theorie. Und jetzt könnt ihr eure Spurensicherung ohne mich fortsetzen.» Sebastian entfernte sich in Richtung der Hochhäuser. Torkel sah ihm nach.

«Wo willst du hin?»

«Zu Lena Eriksson, ich will wissen, ob Roger diese Abkürzung häufiger benutzte. Falls er es tat, stärkt das meine Theorie und erhöht die Chancen, dass jemand ihn und das Auto bei anderer Gelegenheit gesehen hat.»

Die anderen nickten. Sebastian hielt inne und drehte sich mit einer einladenden Geste um.

«Will jemand mitkommen?»

Niemand bot sich an.

Sebastian hatte den kleinen, ausgetretenen Pfad, der zu der Anhöhe mit den grauen Hochhäusern führte, schnell gefunden. Er mündete kurz darauf in einen asphaltierten Fußweg, der sich weiter nach oben und zwischen den Häusern hindurchwand. Sebastian meinte sich zu erinnern, dass die Häuser gebaut wurden, als er noch auf die Palmlövska ging, aber er war ihnen noch nie so nahe gekommen wie jetzt. Sie lagen am falschen Ende der Stadt, und außerdem hatten seine Eltern die angeborene Aversion der Mittelklasse gegen Mietwohnungen. Anständige Menschen wohnten in eigenen Häusern. Hinter sich sah er, wie weitere Polizeiwagen am Fußballplatz ankamen. Sie würden lange dort bleiben, das wusste er. Er hatte Vorbehalte gegen die kriminaltechnische Seite der Polizeiarbeit. Sein Verstand sagte ihm zwar, wie wichtig sie war, sie schaffte unzweifelhafte Beweise, die vor Gericht häufig entscheidend waren und zu mehr Verurteilungen führten als sein eigenes Fachgebiet. Die psychologischen Beweise, wenn man sie überhaupt als solche bezeichnen durfte, waren hingegen mehrdeutiger und konnten in Frage gestellt, hin und her gewendet und widerlegt werden, insbesondere von versierten Strafverteidigern. Es handelte sich mehr um Arbeitshypothesen und Theorien über die dunklen Antriebskräfte des Menschen, was eher in den Voruntersuchungen nützlich war als im heller-leuchteten Gerichtssaal. Doch für Sebastian war der Beweis nie das Wichtige gewesen, seine Motivation bestand nicht darin, bei einer Verurteilung mitzuwirken. Sein Ziel war es, sich in den Täter hineinzuversetzen, und die Möglichkeit, seine nächsten Schritte vorauszusehen, war sein Erfolg.

Einst war diese Art der Arbeit alles gewesen, woran er gedacht und wonach er sich gesehnt hatte, und er vermisste sie, das sah er jetzt ein. In den letzten Tagen hatte er dieses Gefühl wieder ein wenig spüren können, obwohl er zugeben musste, dass er höchstens auf halber Kraft fuhr. Es hatte etwas mit der Konzentration zu tun. Für eine Sekunde konnte er dabei fast die Trauer und den ewigen Schmerz vergessen. Er hielt inne und ließ diese Einsicht sacken. Gab es eine Chance, wieder zurückzufinden?

Die Antriebskraft und die Besessenheit wiederzuerlangen. Den Blick auf etwas anderes zu richten.

Natürlich nicht. Wen wollte er eigentlich belügen? Es würde nie wieder so werden wie früher, nie. Dafür würde sein Traum sorgen.

Sebastian öffnete die gläserne Eingangstür zu dem Miets-haus, in dem Lena Eriksson lebte. In Stockholmer Wohnungen gab es immer einen Türcode, hier konnte man einfach so hineingehen. Er konnte sich nicht erinnern, in welchem Stock Lena wohnte. Das Schild im Flur verriet ihm, dass es der dritte war. Mit schweren, widerhallenden Schritten stieg Sebastian die Stufen in dem schmutzigweißen Treppenhaus empor. Als er den Absatz des dritten Stocks erreicht hatte, blieb er stehen. Merkwürdig. Lena Erikssons Wohnungstür war nur angelehnt. Er ging hin und drückte die Klingel, wobei er gleichzeitig mit dem Fuß sachte die Tür aufschob.

«Hallo?»

Niemand antwortete. Die Tür glitt langsam auf und gab den Blick auf den kleinen Flur frei. Einige Schuhe standen auf dem Boden vor einer braunen Kommode mit einem nachlässig hingeworfenen Werbekatalog.

«Hallo? Ist jemand zu Hause?»

Er betrat die Wohnung. Links führte eine Tür zur Toilette, geradeaus ging es zu dem IKEA-möblierten Wohnzimmer. Es roch verraucht und stickig. Die Jalousien waren herunter-gezogen, und die Wohnung lag im Dunkeln.

Sebastian ging in das Wohnzimmer und sah, dass ein Stuhl und zerbrochenes Porzellan auf dem Boden lagen. Er stockte und spürte eine wachsende Unruhe. Irgendetwas war hier vorgefallen. Die Stille in der Wohnung wirkte mit einem Mal unheilverkündend. Hastig ging er in den nächsten Raum, der seiner Vermutung nach die Küche sein musste. Hier fand er Lena. Sie lag auf dem Linoleumfußboden, ihre Füße zeigten in seine Richtung. Das eine Bein ruhte unter dem anderen. Der Küchentisch war umgefallen und lag auf der Seite. Sebastian rannte zu ihr und beugte sich über sie. Erst jetzt sah er, dass sie aus dem Hinterkopf geblutet hatte. Ihre Haare waren völlig verklebt, und das Blut hatte sich in einer spiegelblanken, kleinen Pfütze unter ihrem Kopf gesammelt. Wie eine tödliche Glorie. Er suchte an ihrem weißen Hals nach einem Pulsschlag, sah aber schnell ein, dass die Kälte an seinen Fingerspitzen nur eines bedeuten konnte: Er war zu spät gekommen. Sebastian stand auf und holte sein Handy hervor. Er wollte Torkel gerade anrufen, als das Telefon in seiner Hand zu vibrieren begann. Er kannte die Nummer nicht, ging aber mit gestresster Stimme dran.

«Ja!»

Es war Billy. Er klang aufgekratzt, und Sebastian kam nicht einmal dazu zu erklären, wo er war und was er gerade entdeckt hatte.

«Hat Torkel dich schon angerufen?»

«Nein, aber ...»

«Stell dir vor, die Palmlövska-Schule besitzt einen Volvo», sagte Billy schnell. «Beziehungsweise die Stiftung, die die Schule betreibt. Einen dunkelblauen S60 Baujahr 2004. Und es kommt noch besser ...»

Sebastian ging einige Schritte ins Wohnzimmer, weg von der Leiche. Die Situation war viel zu absurd, um über irgendwelche eventuellen Volvos mit Billy zu sprechen.

«Billy, hör mal ...»

Doch Billy hörte nicht. Im Gegenteil. Er redete. Schnell und aufgeregt.

«Ich habe jetzt die Anruflisten von diesem Handy, von dem aus die SMS an Roger geschickt wurden. Von derselben Nummer aus wurden auch Frank Clevén und Lena Eriksson angerufen. Begreifst du, was das bedeutet?»

Sebastian holte tief Luft und wollte Billy gerade unterbrechen, als er etwas in Rogers Zimmer erspähte. Etwas, das dort nicht hingehörte. Er nahm kaum noch wahr, was Billy sagte, und ging die letzten Schritte bis zur Tür des Jugendzimmers.

«Jetzt verhaften wir Groth! Wir haben ihn.»

Sebastian spürte förmlich den Triumph in Billys Stimme.

«Hallo, Sebastian, hörst du mich? Wir können den Rektor jetzt festnehmen!»

«Das ist nicht nötig ... Er ist hier.»

Sebastian ließ das Handy sinken und starrte Ragnar Groth an, der in Rogers Zimmer vom Lampenhaken baumelte.

Ragnar Groth starrte mit toten Augen zurück.

**D**en Rest des Tages arbeiteten sie hart. Waren so schnell und effektiv wie möglich, ohne nachlässig zu werden. Die Ereignisse des Tages erforderten eine unerbittliche Konzentration. Sie hatten so lange auf den Durchbruch gewartet, und jetzt schienen sie nur noch wenige Schritte von der Lösung entfernt. Nichts durfte schiefgehen. Rein gar nichts – und das war eine schwer zu bewältigende Aufgabe. Sie brauchten Zeit, um die verschiedenen Informationen abzugleichen und Material und Funde kriminaltechnisch zu bestätigen, und gleichzeitig sollte alles blitzschnell erledigt werden.

Torkel hatte versucht, die Presse so lange wie möglich fernzuhalten. Sie hätten keinen Vorteil davon, wenn Informationen über den Tatort oder die zwei Toten in der Wohnung öffentlich gemacht wurden. Doch wie in allen komplizierten Ermittlungen mit vielen Beteiligten drang die Nachricht von Rektor Groths Tod schnell nach außen. Wilde Spekulationen brachen los. Insbesondere die Lokalpresse schien eine gutunterrichtete Quelle bei der Polizei zu haben, sodass sie es sich bald nicht mehr länger erlauben konnten, Einzelheiten zurückzuhalten. Torkel und Hanser beriefen eine gemeinsame Pressekonferenz ein, um danach wieder etwas mehr Ruhe bei der Arbeit zu haben. Torkel, der normalerweise sehr vorsichtig in seinen Aussagen war, hatte beschlossen, einen baldigen Durchbruch in dem Fall zu versprechen, nachdem er gemeinsam mit Ursula und Hanser die vorläufigen Ergebnisse zusammengetragen hatte.

Als sie ankamen, war der Raum bereits bis zum Bersten mit Journalisten gefüllt, und Torkel verschwendete keine Zeit mit Plaudereien.

Zwei weitere Menschen, eine Frau und ein Mann, waren tot.

Die Frau war eine nahe Angehörige des ermordeten Roger Eriksson, und mit großer Wahrscheinlichkeit war sie von dem Mann umgebracht worden, den man ebenfalls tot aufgefunden hatte.

Vieles deutete darauf hin, dass sich dieser Mann, der in ihren Ermittlungen schon früher eine wichtige Rolle gespielt hatte, nach dem Tod der Frau das Leben genommen hatte.

An einem Punkt wurde Torkel allerdings deutlich: Bei dem Verdächtigen handelte es sich *nicht* um den Jugendlichen, der zu einem früheren Zeitpunkt in Untersuchungshaft gesessen hatte. Er war nach wie vor vom Tatverdacht befreit. Torkel betonte das noch einmal, bevor er seine kurze Ausführung beendete.

Es war, als hätte man einer Horde Wespen ein Glas Sirup vorgesetzt. Hastig schossen Hände in die Luft, es hagelte Fragen. Alle redeten drauflos, ohne darauf zu achten, was die anderen sagten, man forderte Antworten. Einzelne Fragen konnte Torkel heraushören, sie wiederholten sich ohnehin ständig.

Stimmten die Gerüchte, dass es sich bei einem der Opfer um den Rektor des Palmlövska-Gymnasiums handelte?

War er der Tote, den sie gefunden hatten?

War die ermordete Frau Rogers Mutter?

Torkel fiel mit einem Mal auf, was für ein spezielles Spiel zwischen den beiden Parteien in dem engen, warmen Raum gespielt wurde. Auf der einen Seite die Journalisten, die im

Prinzip genauso gut informiert waren wie diejenigen, denen sie ihre Fragen stellten. Auf der anderen Seite die Polizei, deren eigentliche Aufgabe lediglich darin bestand, das bereits Bekannte offiziell zu bestätigen. Die einen kannten die Antwort bereits, die anderen die Fragen.

Das war nicht immer so eindeutig gewesen, aber Torkel hatte schon lange keine Ermittlungen mehr erlebt, bei denen überhaupt nichts an die Öffentlichkeit gesickert war. Sobald die Informationen seine kleine Gruppe verlassen hatten, gab es immer irgendwo ein Leck.

Torkel antwortete so ausweichend wie möglich und verwies stur auf das prekäre Stadium der Ermittlungen. Er war es gewohnt, die Fragen der Journalisten zu umgehen. Wahrscheinlich war er deshalb nicht sonderlich beliebt bei ihnen. Hanser fiel es dagegen schwerer zu widerstehen. Torkel konnte es nachvollziehen. Es war ihre Stadt, ihre Karriere, und der Reiz, die Reporter lieber zum Freund zu haben, als sie sich zum Feind zu machen, war am Ende zu groß für sie.

«Ich kann nur so viel sagen, dass ein Teil der Spuren auf die Schule verweist», setzte sie an, als Torkel sich schnell in ihrer beider Namen bedankte und sie wegzog. Er bemerkte, dass es ihr peinlich war, dennoch versuchte Hanser, ihren Fehltritt zu rechtfertigen.

«Sie wussten das ja ohnehin schon.»

«Darum geht es nicht. *Wir* entscheiden, wie viel wir vor den Journalisten preisgeben, nicht umgekehrt – das ist das Prinzip. Jetzt werden sie an der Schule den reinsten Zirkus veranstalten.»

Und genau das hatte Torkel vermeiden wollen, schließlich war das Gymnasium zu einem potenziellen Fundort geworden. Es gründlich zu durchsuchen, war eine der ersten Maßnahmen, die Torkel nach Sebastians grausigem Fund in

Absprache mit Billy und Ursula veranlasst hatte. In Groths Haus hatte ein geradezu verdächtiger Mangel an persönlichen Gegenständen geherrscht, von Beweisen ganz zu schweigen. Der Volvo war auf die Stiftung des Palmlövska-Gymnasiums zugelassen, sodass nun selbstverständlich das ganze Gebäude in eine Hausdurchsuchung mit einbezogen werden musste. Es war der einzige ihnen bekannte Ort, zu dem Groth ungehindert Zugang hatte. Torkel traf schnell den Beschluss, Ursula dorthin zu schicken, nachdem sie ihre vorläufige Untersuchung des Tatorts abgeschlossen hatte. Aber sie sollte nicht allein fahren, Sebastian würde sie begleiten.

Zu Torkels Erstaunen protestierte Ursula nicht einmal. Die Chance, den Fall zu lösen und die einzelnen Puzzleteile so schnell wie möglich zusammenzufügen, war wichtiger als ihr Ego. Sebastian kannte die Schule und ihre Räumlichkeiten am besten. Ursula bot ihm sogar einen Platz auf dem Beifahrersitz an.

Aber sie redeten auf dem Weg dorthin nicht miteinander.

Es musste eine Grenze geben.


Billy fühlte sich von den Ereignissen völlig abgekoppelt, da man ihn allein im Büro zurückgelassen hatte. Torkel hatte ihn gebeten, den dunkelblauen S60 ausfindig zu machen. An der Schule stand er nicht, das hatten sowohl Ursula als auch das Sekretariat des Rektors bestätigt. Daher schickte Billy eine Suchmeldung an sämtliche Polizeistreifen hinaus und beschloss, wenigstens zur Wohnung von Lena Eriksson zu fahren. Er hatte getan, was er konnte, und wollte sich nun einen eigenen Eindruck vom neuen Tatort verschaffen. Als er durch das Präsidium lief, wirkte es noch verlassener als sonst. Billy vermutete, dass Torkel einen Großteil des Personals losgeschickt hatte, um die Tatorte und das Schulgelände abzusperren. Es gab plötzlich so viele Orte, die untersucht werden mussten. Der Fußballplatz, Lenas Wohnung, die Schule sowie noch einmal Groths Haus. Ein vierblättriges Kleeblatt der Möglichkeiten, das sie gleichzeitig nur schwer in den Griff bekommen konnten. Torkel war gezwungen, Prioritäten zu setzen, welche Orte sie selbst analysieren und welche sie der Spurensicherung der Västeråser Polizei überlassen sollten. Billy hatte ein Kribbeln in der Magengegend, als er den Wagen startete. Zum ersten Mal seit langem hatte er das Gefühl, dass die Lösung im Fall Roger Eriksson in Reichweite war. Mit einem Mal schien alles zu ihren Gunsten zu verlaufen – und so sollte es auch weitergehen.

Als Billy gerade in die Straße zu Lena Erikssons Wohnung einbiegen wollte, informierte ihn eine Polizeistreife, dass der gesuchte Wagen vor genau dem Haus stand, zu dem er gerade fuhr. Eine halbe Minute später parkte Billy hinter dem Volvo und rief Torkel an, um von dem Fund zu berichten. Torkel hielt sich gemeinsam mit Vanja in Lenas Wohnung auf und hatte soeben einen passenden Autoschlüssel für einen Volvo in der Tasche des Rektors entdeckt.

Es schien tatsächlich alles zu ihren Gunsten zu verlaufen.

Ursula und Sebastian hatten sich dreißig Minuten lang durch das Schulgebäude gearbeitet und standen nun vor der schmutzig grauen Tür des Schulkellers. Eine Tür, die weder der Hausmeister noch die Sekretärin kannten, die sie begleiteten. Zu Sebastians Schulzeit war dort ein Luftschutzkeller gewesen, aber heutzutage konnte niemand mehr mit Sicherheit sagen, wofür der Raum eigentlich genutzt wurde. Das Personal war nicht gerade hilfsbereit. Sowohl der Hausmeister als auch die Sekretärin baten darum, erst mit dem Rektor sprechen zu dürfen, bevor sie halfen, irgendeine Tür zu öffnen. Sebastian musterte die beiden und musste daran zurückdenken, wie vorsichtig das Personal damals schon seinem Vater gegenüber gewesen war. Und das Wort Vorsicht reichte im Grunde nicht aus. Der Respekt oder gar die Furcht vor Autoritäten schien tief in dem Schulgebäude verankert. Aber jetzt reichte es.

«Lassen Sie es mich so ausdrücken. Ich weiß, dass es Ragnar Groth scheißegal ist, ob Sie diese Tür öffnen oder nicht. Es kümmert ihn nicht mehr.»

Doch es half nichts, im Gegenteil.

Der Hausmeister straffte den Rücken und behauptete plötzlich, dass er doch keinen Schlüssel zu der betreffenden Tür besäße, ihn nie besessen hätte. Die Sekretärin nickte zustimmend. Sebastian ging auf sie zu, im Blick des Hausmeisters hatte er einen Zweifel aufflackern sehen. Ragnar Groths Macht war am Schrumpfen, das wussten sie beide, aber auf irgendeine Weise spornte vermutlich gerade das den Hausmeister an. Ein letzter Kampf, bevor diese Institution in sich zusammenfiel, die sich den meisten gegenüber immer als überlegen angesehen hatte. Sebastian blickte den Mann an und begriff, dass er in diesem Moment näher denn je daran war, den Traum seines Vaters zu zerstören. Nach diesem Fall würden das Palmlövska-Gymnasium und sein tadelloser Ruf nie mehr so sein wie zuvor. Egal, ob der Rektor schuldig war oder nicht. Das wusste Sebastian, und vermutlich begriff es auch der Mann, der ihm gegenüberstand. Obwohl der Hausmeister noch nichts von Groths Schicksal ahnte, mussten die ständigen Besuche der Polizei ihn hellhörig gemacht haben. Das Unbefleckte war bald nicht mehr unbefleckt. Sie starrten sich gegenseitig an. Sebastian stand plötzlich nicht länger nur Angesicht zu Angesicht dem Hausmeister der Schule gegenüber, sondern den Lügen, der Scheinheiligkeit und allem anderen, was der Vater verkörpert hatte. Er holte tief Luft und tat noch einen Schritt nach vorn, um notfalls jeden einzelnen Schlüssel aus jeder Tasche des kleinen Mannes herauszuschütteln. Die Tür musste geöffnet werden. Doch Ursula, die Sebastian selten so streitlustig gesehen hatte, hielt ihn zurück.

«Nun gehen Sie schon!» Mit einem Wink vertrieb sie das Schulpersonal und blickte dann Sebastian an. «Wir sind Polizisten, vergiss das nicht. Benimm dich vernünftig.»

Dann ging sie ohne ein weiteres Wort an ihm vorbei. Sebastian sah ihr nach. Ausnahmsweise fiel ihm keine spöttische Erwiderung ein. Aber sie hatte unrecht, er war kein Polizist. Er war nur seiner selbst wegen hier, für niemanden sonst. Er würde ihnen – mit großer Freude – helfen, der Palmlövska den Untergang zu bereiten, aber anschließend wäre es vorbei. Er würde weiterziehen und nach einer Frau suchen, mit der er vor langer Zeit einmal geschlafen hatte. Nichts anderes, nichts weiter.

Ursula kehrte schweigend zurück. Sie schleppte einen gewaltigen Werkzeugkoffer, den sie absetzte und öffnete. Dann beugte sie sich vor und tauchte mit einem großen Schlagbohrer in der Hand wieder auf. Schon drei Minuten später flogen ihr die Metallspäne um die Ohren, während sie das Schloss aufbohrte. Mit vereinten Kräften drückten sie die Tür auf und spähten in den dahinterliegenden Raum. Er sah aus wie ein wohlgeordnetes Büro. Zwar ohne Fenster, aber mit weißgestrichenen Wänden, angenehmem Licht und einem großen, dunklen Schreibtisch mit einem Computer darauf. Einige elegante Archivschränke an den Wänden und ein englischer Ledersessel in der Mitte. Angesichts der pedantischen Ordnung erkannte Sebastian sofort, dass sie den richtigen Riecher gehabt hatten. Die Möbel waren symmetrisch angeordnet, um dem Zimmer ein räumliches Gleichgewicht zu verleihen, und die penible Platzierung der Stifte auf dem Tisch schrie geradezu nach Ragnar Groth. Sebastian und Ursula sahen sich an und mussten lächeln. Das kleine Geheimnis des Rektors, was auch immer es beinhalten mochte, war entdeckt.

Ursula reichte Sebastian ein paar weiße Latexhandschuhe und betrat vor ihm den Raum. Er erinnerte Sebastian an die Verhörräume in einem Stasimuseum in Ostdeutschland, das er vor einer Ewigkeit gemeinsam mit Lily besucht hatte. An der Oberfläche schick und zivilisiert, doch darunter schwelten Geheimnisse und Vorkommnisse, die in den Wänden saßen und die niemals an die Öffentlichkeit dringen sollten. Sein Gefühl wurde von dem Geruch verstärkt, den Ursula und er wahrnahmen, als sie hineingingen – frische Zitrone und trockene, verbrauchte Luft.

Vorsichtig begannen sie mit der Durchsuchung. Sebastian nahm sich die blankgeputzten Archivschränke vor, Ursula den Schreibtisch. Es vergingen nur wenige Minuten, bis Sebastian hinter einigen Aktenordnern den ersten Fund machte. Er hielt Ursula einen Stapel mit buntbebilderten DVDs entgegen.

«*Real Men, Hard Cocks.* Folge zwei und drei. Wo er wohl den ersten Teil versteckt hat?»

Ursula lachte trocken.

«Wir haben ja gerade erst angefangen. Du wirst ihn bestimmt noch finden.»

Sebastian ging die losen DVDs durch.

«*Bareback Mountain. Bears Jacking and Fucking*. Nicht besonders abwechslungsreich.» Er legte den DVD-Stapel beiseite und fuhr fort, den Archivschrank zu durchsuchen.

«Guck mal.»

Ursula ging zu ihm und sah hinein. Hinter den Akten lag ein Pappkarton mit einem Samsung-Handy. Der Karton wirkte wie neu.

**D**ie Durchsuchung von Lena Erikssons Wohnung stärkte die Theorie, mit der Torkel und Vanja von Beginn an gearbeitet hatten. Groth hatte aus irgendeinem Grund bei Lena zu Hause die Konfrontation mit ihr gesucht. Sie hatten sich gestritten. Die tiefen Wunden in Lenas Hinterkopf deuteten darauf hin, dass sie gestoßen worden oder gestürzt war und so unglücklich auf der Kante des Küchentischs aufschlug, dass sie an den Folgen der Verletzungen starb. Sie hatten nichts gefunden, was einen anderen Schluss nahelegte, als dass Ragnar Groth sich anschließend selbst das Leben genommen hatte. Auf Rogers Schreibtisch hatte Vanja obendrein einen sehr kurzen Abschiedsbrief gefunden, der auf einer ausgerissenen, linierten Schulheftseite geschrieben worden war.

*Vergebt mir,* stand dort mit blauem Kuli geschrieben.

Nachdem Ursula die Wohnung vorläufig untersucht hatte und mit Sebastian zur Palmlövska-Schule gefahren war, hatte Torkel sich um die weitere Arbeitsverteilung gekümmert. Das größte Problem war dabei, den Durchgangsverkehr in der Wohnung zu vermeiden, um die Spurensicherung nicht zu behindern. Offenbar war das gesamte Polizeipräsidium von Västerås zufällig in der Gegend, um vorbeizuschauen. Torkel musste schon bald einen durchsetzungsfähigen Polizisten am Treppenaufgang postieren, damit nur diejenigen, die ein wirkliches Anliegen hatten, durchkamen.

Zuerst konzentrierten sie sich auf die Leichen. Fotografierten sie aus allen möglichen Winkeln, damit sie die Toten so schnell wie möglich zur Obduktion freigeben konnten. In Lenas Handtasche fand Vanja ein Handy, das weiteren Aufschluss über den Handlungsverlauf gab, der zu dieser Tragödie geführt hatte.

Zwei Stunden, nachdem sie ihr die Bilder von dem dunkelblauen Volvo S60 gezeigt hatten und Lena aus dem Präsidium gegangen war, hatte sie einen Anruf getätigt. Das Gespräch hatte nur fünfundzwanzig Sekunden gedauert – mit dem Mann, der nun im Schlafzimmer ihres Sohnes von der Decke baumelte und Zugang zu genau solch einem Fahrzeug gehabt hatte. Alles sprach dafür, dass Lena das Auto erkannt, es ihnen aber aus irgendeinem Grund verschwiegen hatte. Blieb die Frage, warum.

Warum hatte sie sich dafür entschieden, Groth stattdessen selbst zu kontaktieren?

Vanjas erster Gedanke war, dass es Verbindungen zwischen Lena und dem Rektor gegeben haben musste, von denen sie bislang nichts geahnt hatten. Als Ursula in der nächsten Minute anrief und berichtete, dass Sebastian und sie einen wahren Schatz an Indizien gegen Groth gefunden hatten, wusste Vanja, dass sie mit ihrer Vermutung richtiglag.

Besonders gravierend war das Prepaid-Handy, das in seiner Verpackung im Archivschrank lag und dessen Anrufliste nur drei Nummern enthielt: die von Frank Clevén, Roger und Lena Eriksson. Es war dasselbe Handy, von dem aus kurz vor Rogers Tod die flehenden SMS an ihn geschickt worden waren. Vanja stellte den Lautsprecher an ihrem Telefon an, damit auch Torkel die Neuigkeiten hören konnte. Darüber hinaus hatten Sebastian und Ursula die Buchführung der Schule und eine nicht unbeträchtliche Menge an

Schwulenpornos gefunden. Die vier vereinbarten, sich in einer Stunde auf dem Präsidium zu treffen.

Billy kam ein wenig verspätet, und die anderen hatten gerade mit ihrer Lagebesprechung begonnen, als er auftauchte. Im Konferenzraum war es wärmer als sonst, als hätte die Hitze der Ereignisse auch die Lufttemperatur um sie herum erhöht. Ursula nickte ihm zu, als er hereinkam.

«Ja, wie ich schon sagte, die Palmlövska war wirklich Ragnar Groths persönliche Leidenschaft. Sogar die Buchführung erledigte er selbst. Seht einmal her.» Ursula holte einige Papiere hervor und ließ sie herumgehen.

«Wir haben doch nach einer Verbindung zwischen Groth und Lena Eriksson gesucht. In der Buchführung gab es in den letzten Monaten drei Posten, die herausstechen. Unter ‹Persönliche Ausgaben› finden sich erst zweitausend Kronen und im darauffolgenden Monat zweimal fünftausend Kronen.»

Ursula machte eine Pause. Alle im Raum ahnten, worauf sie hinauswollte, aber niemand sagte etwas, sodass sie fortfuhr.

«Ich habe bei der Bank angerufen. Nur einen Tag später hat Lena Eriksson fast identische Beträge auf ihr Konto eingezahlt.»

Damit hatte Ursula unbestreitbar eine Verbindung zwischen den beiden Toten hergestellt.

«Erpressung?» Torkel ließ die Frage in der Luft hängen.

«Warum hätte er sonst zwölftausend Kronen abheben und sie ihr geben sollen?»

«Insbesondere vor dem Hintergrund, dass Ragnar zur gleichen Zeit zwei SMS an Roger schickt und ihn bittet, dass

‹DAS› – was auch immer – aufhören müsse», ergänzte Vanja und wies auf das Telefon in dem neu wirkenden Karton.

«Die Frage ist, was da aufhören sollte», sagte Billy, der das Gefühl hatte, endlich auch etwas beitragen zu müssen. «Schließlich gibt es mehrere Möglichkeiten.»

«Wir wissen, dass Groth auf Jungs stand», sagte Vanja und deutete auf die Pornofilme in der Mitte des Tisches. «Vielleicht hatte Lena ja Wind davon bekommen.»

«Würdest du zwölftausend Kronen zahlen, damit nicht herauskommt, dass du dir auf dem Computer Schwulenpornos anguckst?» Sebastian klang zu Recht skeptisch. «Er hätte die DVDs ja auch einfach wegwerfen können. Sie muss etwas noch Gravierenderes herausgefunden haben, damit die Erpressung funktionieren konnte.»

«Und was?», fragte Vanja.

«Ich denke an das, was Lisa zu dir sagte. Dass Roger Geheimnisse hatte ...» Sebastian beendete seinen Satz nicht. Vanja begriff sofort, worauf er anspielte. Aufgeregt richtete sie sich auf dem Stuhl auf.

«... und jemanden traf. Ragnar Groth?»

Die anderen sahen zu Vanja und Sebastian hinüber. Vermutlich war etwas dran an ihrer Vermutung. Alle hatten begriffen, dass das Geheimnis, das dieser Tragödie zugrunde lag, ernst, ja schicksalbestimmend für Ragnar Groth gewesen war. Ein sexuelles Verhältnis zu einem sechzehnjährigen Schüler fiel definitiv in diese Kategorie.

«Angenommen, Lena hat das herausgefunden. Und statt ihn anzuzeigen, beschloss sie, ihr Wissen zu ihrem eigenen Vorteil zu nutzen.»

«Wir wissen, dass sie in Geldnot war. Hat sie nicht sogar ihr Interview an den Meistbietenden verkauft?» Vanja sah fragend zu Torkel auf, der zum Whiteboard ging. Er war in

Hochform. All die Gereiztheit der letzten Tage war plötzlich wie weggeblasen, ebenso wie sein privates Desaster.

«In Ordnung, lasst uns diese Theorie einmal durchspielen.» Er schrieb einige unregelmäßige, fast unlesbare Stichpunkte an die Tafel, während er sprach. Seine Handschrift verschlimmerte sich proportional zu seinem Enthusiasmus.

«Einen Monat bevor Roger ermordet wurde, begann Ragnar Groth, Lena Geld zu zahlen. Wir vermuten, dass er es tat, um sie daran zu hindern, etwas preiszugeben. Richtig? Möglich, dass ihr Sohn ein intimes Verhältnis zu Groth pflegte. Was deutet darauf hin? Lasst uns einen Moment bei dieser Frage bleiben.» Auffordernd sah er seine Mitarbeiter an, wollte ihre Überlegungen hören.

Vanja machte den Anfang.

«Wir wissen, dass Groth homosexuell war. Wir wissen, dass er Roger SMS schickte, in denen er forderte, irgendetwas abzubrechen oder einzustellen. Lisa hat erzählt, dass sich Roger heimlich mit jemandem traf.»

«Okay, einen Moment, bitte.»

Torkel kam nicht mit dem Schreiben nach. Vanja verstummte. Als sie etwas an der Tafel sah, was man als «treffen» und «heimlich» deuten konnte, fuhr sie fort.

«Wir wissen, dass Groth am selben Abend im Motel war, an dem sich Roger in der Nähe aufhielt. Wir wissen, dass Groth dieses Motel für Sextreffen nutzte. Wir wissen außerdem, dass der Volvo der Schule an diesem Abend Rogers Weg kreuzte und dass Roger aller Wahrscheinlichkeit nach in den Wagen einstieg. Vieles deutet darauf hin, dass er darin zum Fußballplatz gebracht wurde.»

«Wenn ihr wollt, kann ich ein bisschen was zu dem Volvo sagen», warf Billy ein. «Es gibt einige interessante Neuigkeiten dazu.»

Torkel nickte. «Auf jeden Fall, tu das.»

«Leider konnten wir in dem Wagen keine Blutspuren sichern, aber ich habe Fingerabdrücke von Roger, Ragnar Groth und zwei weiteren Personen darin gefunden. Rogers Abdrücke waren an der Beifahrertür und am Handschuhfach. Außerdem lag im Kofferraum Baufolie, die dazu verwendet worden sein könnte, den Körper einzuwickeln. Ursula wird den Wagen nach unserem Meeting nochmal auf Blut- oder DNA-Spuren untersuchen. Der Volvo hat übrigens sogar die richtigen Reifen, Pirelli P7.»

Billy stand auf und legte ein abgegriffenes Buch mit festem roten Einband auf den Tisch.

«Ich habe auch ein Fahrtenbuch gefunden. Interessanterweise ist eine Fahrt an dem Donnerstag vor Rogers Verschwinden verzeichnet, die nächste jedoch erst wieder am darauffolgenden Montag. Aber dazwischen fehlen siebzehn Kilometer.»

«Also hat jemand das Auto irgendwann zwischen Freitag und Montagvormittag benutzt und ist siebzehn Kilometer damit gefahren?», fragte Torkel und machte gleichzeitig fieberhaft Notizen auf dem Whiteboard.

«Laut Fahrtenbuch ja. Dabei wäre es doch kein Problem, die genaue Fahrdistanz nachzutragen. Trotzdem sind die siebzehn Kilometer nicht verzeichnet.»

Sebastian warf einen Blick auf die Karte, die neben Torkel an der Wand hing.

«Aber von der Schule zum Motel, dann zum Fußballplatz nach Listakärr und wieder zurück zur Schule müssen es doch mehr als siebzehn Kilometer sein?»

Billy nickte.

«Ja, das stimmt natürlich, aber wie gesagt, es ist ein Fahrtenbuch, das man leicht manipulieren kann. Auf jeden Fall ist der Wagen benutzt worden.» Billy setzte sich wieder.

«Gut», schaltete sich Torkel wieder ein. «Ursula sieht sich das Auto nachher noch einmal an. Aber eine Sache dürfen wir unter keinen Umständen vergessen: den Tod von Peter Westin, dem Schulpsychologen.»

Torkel schrieb den Namen an die Tafel.

«Wir wissen, dass Roger im Laufe dieses Jahres mehrmals bei ihm war. Wenn überhaupt jemand von einer eventuellen Beziehung mit Groth erfahren hat, dann doch wahrscheinlich Westin. Vielleicht hat er Groth sogar mit seinem Wissen konfrontiert. Das würde auch erklären, warum sein Kalender mit den Aufzeichnungen verschwunden ist. Oder worüber spricht man sonst mit Psychologen?»

«Das wird Sebastian dir sagen können», antwortete Vanja scherzhaft. Alle außer Sebastian lachten. Stattdessen fixierte er sie eine Weile.

«Ja, allerdings hast du ja mein Buch gelesen, also müsstest du es auch wissen.»

Torkel betrachtete die beiden kopfschüttelnd.

«Könnten wir bitte beim Thema bleiben? Gut, wir dürfen also annehmen, dass Roger seinem Psychologen von einer heimlichen sexuellen Beziehung mit dem Rektor erzählt hat, falls es eine solche gab.»

«Nein, nicht unbedingt», sagte Sebastian. «Es tut mir leid, aber Roger wollte dazugehören, mit den anderen mithalten. Und dafür brauchte er Geld. Möglicherweise hat er Groth seine sexuellen Dienste verkauft. Aber das hätte er Westin nie erzählt. Das wäre ja einer Schlachtung des Goldesels gleichgekommen.»

«Vielleicht wurde er unter Druck gesetzt?», fragte Ursula.

«Das glaube ich nicht. Er ist bei Lisa aufgebrochen, um sich mit jemandem zu treffen.»

«Wie man es auch dreht und wendet, jedenfalls fällt es mir schwer zu glauben, dass Westin nicht aus dem Grund starb, dass er etwas über Roger wusste», fuhr Ursula fort. «Es gibt einfach keinen anderen Grund, insbesondere, weil sein Kalender das Einzige ist, was fehlt.»

Es klopfte an der Tür, und Hanser kam herein. Sie trug ein elegantes Kostüm in Dunkellila, das nagelneu aussah. Torkel wurde den Gedanken nicht los, dass sie dieses Outfit eigens für den Tag gekauft hatte, an dem der Fall gelöst wurde. Um ein gutes Bild auf der nächsten Pressekonferenz abzugeben, bei der sie garantiert noch schwieriger zu bremsen sein würde.

«Ich wollte nicht stören», sagte sie, «ich habe nur überlegt, ob ich mich dazusetzen und zuhören darf?»

Torkel nickte und zeigte auf den freien Stuhl am Kopfende des Tischs. Hanser setzte sich vorsichtig, um ihr Kostüm nicht zu zerknittern.

«Wir sprechen gerade mögliche Szenarien durch», fuhr Torkel fort und deutete auf sein nicht zu entzifferndes Gekritzel an der Tafel.

«Wir wissen jetzt, dass Ragnar Groth heimlich Geld an Lena Eriksson zahlte. Vermutlich Erpressung. Vermutlich weil Roger – freiwillig oder gezwungenermaßen – Groths Liebhaber war.»

Hanser kniff die Augen zusammen und beugte sich interessiert vor.

«Der Dienstwagen der Schule hat die passenden Reifen, und wir haben Fingerabdrücke sowohl von Roger als auch dem Rektor darin gefunden. Außerdem wissen wir, dass das Fahrzeug an jenem Abend auf dem Weg zum Motel war. Bisher haben wir keine Blutspuren finden können und müssen den Volvo daher noch einmal genauer untersuchen. Wir glauben jedoch immer noch nicht, dass der Mord geplant war, sondern dass Groth und Roger gemeinsam zum Fußballplatz fuhren. Dort ging etwas schief. Groth erschoss Roger, anschließend begriff er, dass er die Kugel würde entfernen müssen. Als wir Lena Eriksson heute Morgen fragten, ob sie das Auto wiedererkennt, hat sie uns angelogen. Aber sie erfuhr auf diese Weise, dass Ragnar Groth der Mörder ihres Sohnes war. Sie beschloss, nun noch mehr aus ihm herauszupressen, aber die Situation lief aus dem Ruder.»

Torkel blieb vor Hanser stehen und sah sie an.

«Das klingt meiner Meinung nach plausibel.»

«Es ist jedenfalls eine Indizienkette. Trotzdem müssen wir noch kriminaltechnische Belege finden, die sie bestätigen.»

Vanja und Billy nickten. Der Augenblick, wenn eine Möglichkeit zur Wahrscheinlichkeit wurde, brachte immer ein spezielles Gefühl mit sich. Jetzt mussten sie nur noch einen Weg finden, um das Wahrscheinliche auch zu beweisen.

Plötzlich hob Sebastian die Hände und begann, einen einsamen Applaus zu klatschen, der spöttisch in dem kleinen Raum widerhallte.

«Bravo! Dass es gewisse Kleinigkeiten gibt, die nicht so richtig in eure phantastische Theorie passen wollen, sollte ich wohl lieber nicht thematisieren? Ich will die gute Stimmung ja nicht zerstören.»

Vanja sah den überheblich zurückgelehnten Sebastian wütend an.

«Fällt dir das nicht ein bisschen spät ein?»

Sebastian lächelte ihr übertrieben freundlich zu und wies mit der Hand auf den Stapel DVD-Filme auf dem Tisch.

«Männer. Richtige Männer. Ragnar stand nicht auf kleine Jungs, er mochte Muskeln und große Schwänze. Seht euch doch nur mal Frank Clevén an! Ein reifer Machotyp, kein zarter Sechzehnjähriger. Ihr macht den Fehler zu glauben, Homosexuelle hätten keine Präferenzen. Sobald ein Schwanz dran ist, sind sie zufrieden.»

Ursula wandte sich ihm zu. «Aber gewisse Männer können einfach nicht nein sagen zu Sex. Unabhängig von ihren Vorlieben. Das müsstest du doch wohl am besten wissen?»

«Für mich zählt nicht der Sex, sondern die Eroberung. Das ist etwas ganz anderes.»

«Können wir bitte beim Thema bleiben?» Torkel sah die beiden flehend an. «Das würde die Sache erheblich erleichtern. Und Sebastian, du hast natürlich recht. Wir wissen nicht mit Sicherheit, ob Groth und Roger wirklich eine intime Beziehung hatten.»

«Es gibt da nämlich etwas, das mich an der Sache stört», fuhr Sebastian fort, «und das ist Ragnars Selbstmord.»

«Wie meinst du das?»

«Sieh dir unseren Mörder doch mal genauer an. Möglicherweise hatte er nicht geplant, Roger zu ermorden, aber als es erst einmal geschehen war, hat er keine Mittel und Wege gescheut, um es zu verbergen. Er schneidet dem Jungen sogar das Herz heraus, um die Kugel zu entfernen.»

Sebastian stand auf und begann, im Raum auf und ab zu gehen.

«Als er sich von Peter Westin bedroht sieht, macht er ihn sofort kalt. Er hat falsche Beweise bei Leo platziert und ist in Westins Büro eingebrochen. In extremen Drucksituationen hat er stets äußerst zielgerichtet gehandelt. Und das alles nur, um nicht entdeckt zu werden. Er ist kühl und berechnend. Er lässt sich nicht nervös machen. Er würde sich definitiv nicht in einem Kinderzimmer aufhängen und schon gar nicht um Vergebung bitten. Er kennt keine Reue!»

Nach Sebastians Ausführung breitete sich Schweigen aus. Die anderen hatten widerstreitende Gefühle. Sebastians Autorität und sein überzeugender Gedankengang kollidierten mit dem Wunsch, die Lösung in Reichweite zu haben. Vanja war die Erste, die wieder das Wort ergriff.

«Okay, Doktor Freud, nur eine kleine Frage. Nehmen wir einmal an, du hast recht und es war nicht Groth, der den Mord begangen hat. Groth war nur zufällig gerade im Motel. Sein Auto war nur zufällig dort geparkt, wo Roger vorbeiging. Groth saß am Steuer, und Roger stieg in den Wagen. Sie fahren zum Fußballplatz. Und dann ermordet ihn jemand anders? Ist das etwa deine Theorie?»

Sie lehnte sich zurück, ihr Blick war hart, aber auch ein wenig triumphierend. Sebastian blieb stehen und sah sie ruhig an.

«Nein, das ist nicht meine Theorie. Ich sage nur, dass eure nicht stimmig ist. Wir übersehen irgendetwas.»

Torkels Telefon klingelte. Er entschuldigte sich und nahm den Anruf entgegen. Sebastian ging zu seinem Platz zurück und setzte sich. Torkel lauschte eine Weile mit dem Handy am Ohr, bevor er antwortete. Er klang sehr bestimmt.

«Bringt ihn hierher. Sofort.» Dann legte er auf und richtete sich an Hanser.

«Deine Techniker haben gerade einen neuen Fund in Groths Haus gemacht. Sie haben den Kalender von Peter Westin im Kachelofen entdeckt.»

Hanser lehnte sich lächelnd zurück. Jetzt hatten sie Ragnar Groth. Definitiv. Vanja konnte es nicht lassen, sich erneut an Sebastian zu wenden.

«Und wie passt das zu seinem psychologischen Profil, Sebastian?»

Sebastian kannte die Antwort, aber er hatte keine Lust mehr, sich in dieser Sache noch groß zu engagieren.

Die anderen hatten sich bereits entschieden.


Sebastian verließ das Zimmer.

Diejenigen, die blieben, wollten den Mordfall unbedingt abschließen. Er konnte es verstehen. Es waren komplizierte Ermittlungen gewesen, die an ihnen gezehrt hatten, und sie waren müde. Oberflächlich betrachtet schien die Lösung perfekt. Doch das Oberflächliche lag Sebastian nicht. Er strebte nach dem verborgenen, eigentlichen Zusammenhang. Den reinen Antworten, dem Moment, in dem alles, was er wusste, zusammenpasste: wenn Handlung, Konsequenz, Antriebskraft und Motivation dasselbe sagten, dieselbe Geschichte erzählten.

Und das spielte sich nie an der Oberfläche ab.

Doch was kümmerte es ihn eigentlich? Die Indizienkette war unanfechtbar, und auf persönlicher Ebene hätte er eigentlich mehr als zufrieden sein müssen. Der Wissenstempel, den sein Vater aufgebaut hatte, war besudelt, den Göttern entrissen. Die Palmlövska war von der Wirklichkeit eingeholt und in den Schmutz getreten worden. Die untergehende Sonne schien durch die gewaltigen Fenster, und er ging einige Schritte in die Mitte des großen Raums voller arbeitender Polizisten. Er blieb stehen und blickte zurück durch die Glastür zu Torkel und den anderen in dem kleineren Konferenzraum. Sie suchten gerade ihre Sachen zusammen.

Westins Kalender in Ragnar Groths Kamin, die meisten Seiten davon verbrannt, sodass eventuelle Beweise fehlten. Allein die Tatsache, dass das Buch bei Groth gefunden wurde, hatte Hanser mehr als überzeugt. Für Sebastian war es jedoch ein Fund, der die Geschichte noch unschlüssiger machte. Der Ragnar Groth, den er kennengelernt hatte, hätte sich eine solche Nachlässigkeit nie im Leben erlaubt. Dieser Mann ließ keinen Stift und kein Blatt Papier an der falschen Stelle liegen. Es passte einfach nicht zusammen.

Sebastian hatte Ursula beobachtet, als sie hörte, wo sie den Kalender gefunden hatten. Sie musste einfach derselben Meinung sein wie er, so gut kannte er sie dann doch. Obwohl sie sich ständig über Details stritten, suchten sie eigentlich dasselbe: die Tiefe. Die saubere Gleichung. Und tatsächlich hatte er denselben Zweifel in ihrem Blick gesehen, den er selbst verspürte. Doch ausgerechnet dieses eine Mal war sie nicht sie selbst gewesen, sich nicht treu geblieben. Offensichtlich hatte sie geschlampt und war zwischendurch mit Mikael Essen gewesen, als sie und Billy das Haus durchsucht hatten. Sie war nicht dazu gekommen, diesen Teil des Hauses zu durchsuchen, und hatte gedacht, Billy hätte es übernommen. Billy hatte sie missverstanden und geglaubt, dass sie das bereits erledigt hätte. Etwas so Eindeutiges übersah Ursula normalerweise nicht. Alle im Raum konnten beobachten, wie sehr sie sich schämte, und an dieser Stelle hatte Sebastian seine Entscheidung getroffen. Er war das alles leid. Wenn sie zufrieden waren, dann sollten sie doch. Selbst wenn Ragnar Groths Name durch den Schmutz gezogen würde und der wahre Mörder frei herumliefe.

Sebastian konnte damit leben, deshalb war er aufgestanden und gegangen. Jetzt befand er sich in dem Großraumbüro und betrachtete die Gruppe ein letztes Mal durch die Glastür. Dann zog er seinen Mantel an und ging.

Er hatte das Präsidium schon fast verlassen, als er hinter

sich eine Stimme hörte. Es war Billy. Während er auf Sebastian zulief, sah er sich um und senkte die Stimme, als er ihn erreicht hatte.

«Ich hatte gestern noch etwas Zeit.»

«Ah, schön für dich.»

«Ich weiß nicht, wofür du sie eigentlich brauchst, aber ich habe die Adresse von dieser Anna Eriksson rausgesucht.»

Sebastian sah Billy an. Er wusste nicht mehr, was er fühlte. Plötzlich war sie ganz nah. Wie aus dem Nichts. Dreißig Jahre später. Eine Frau, die er nicht kannte. Doch war er dazu bereit? Wollte er das überhaupt? Vermutlich nicht.

«Das hat eigentlich gar nichts mit unserem Fall zu tun, stimmt's?»

Billy blickte ihn forschend an.

Sebastian hatte keine Lust mehr zu lügen.

«Nein, hat es nicht.»

«Dann darf ich sie dir auch nicht geben, das weißt du.»

Sebastian nickte. Plötzlich beugte Billy sich vor und flüsterte ihm etwas zu.

«Storskärsgatan 12 in Stockholm.» Dann lächelte er und gab Sebastian die Hand. «Ich fand es jedenfalls sehr nett, mit dir zusammenzuarbeiten.»

Sebastian nickte erneut. Aber er war gezwungen, er selbst zu bleiben. Insbesondere jetzt, da er das bekommen hatte, weswegen er von Anfang an gekommen war.

«Ich wünschte, ich könnte dasselbe sagen.»

Dann ging er, entschlossen, nie wieder zurückzukehren. Niemals.


Der Mann, der kein Mörder war, konnte kaum stillsitzen. Nun wurde die Nachricht überall verbreitet, im Internet, im

Fernsehen und im Radio. Der Durchbruch der Polizei schien perfekt. Der Höhepunkt war ein kurzer Beitrag im Staatlichen Fernsehen von der jüngsten Pressekonferenz. Die Polizeichefin trug ein elegantes Kostüm und wurde vom Kommissar der Reichsmordkommission flankiert, den er bereits einige Male im Fernsehen gesehen hatte. Die Polizeichefin strahlte entspannt über das ganze Gesicht, ihr Lächeln war so breit und weiß, dass es fast aussah, als fletschte sie ihre Zähne. Der Kommissar sah beinahe unverändert aus und war wie immer ernst und formell. Die Frau – jetzt wurde eine Bildunterschrift eingeblendet, die verriet, dass sie Kerstin Hanser hieß – berichtete, dass die Polizei einen Mordverdächtigen hatte. Nähere Details würden erst bekannt gegeben, wenn die kriminaltechnischen Analysen abgeschlossen waren. Aber sie waren sich so sicher, dass sie schon jetzt etwas zu dem Fall sagen konnte. Die tragischen Todesfälle am Morgen hatten zum Durchbruch geführt. Der Verdächtige war ein etwa fünfzigjähriger Mann mit Wohnsitz in Västerås, der sich das Leben genommen hatte. Obwohl sie nicht sagten, wer es war, wussten es alle in dieser Gegend:

Rektor Ragnar Groth.

Insbesondere der Mann, der kein Mörder war, wusste es. Er hatte das Gerücht am gestrigen Tag selbst auf einer Internetseite entdeckt. Sie nannte sich «Flashback» und war vollgestopft mit üblem Klatsch und Spekulationen über alles und jeden, allerdings fanden sich darauf auch erstaunlich viele wahre Informationen. In einem Diskussionsforum namens «Ritualmord in Västerås» fand er einen anonymen Beitrag, dessen Verfasser versicherte, dass der Rektor des Palmlövska-Gymnasiums von der Polizei abgeholt und verhört worden war.

Der Mann, der kein Mörder war, hatte sofort im Sekretariat der Schule angerufen und verlangt, den Rektor zu sprechen. Doch ihm war mitgeteilt worden, Ragnar Groth befände sich für den Rest des Tages auf Dienstreise.

Er hatte sich auf der Arbeit entschuldigt und war zu seinem Auto geeilt. Über die Auskunft hatte er die Privatadresse des Rektors erhalten und war sofort dorthin gefahren. Er hatte den Wagen ein Stück entfernt geparkt und war unauffällig an dem zweistöckigen Haus vorbeispaziert. Das Auto, das vor der Haustür parkte, sagte alles. Zwar war es ein Zivilfahrzeug, doch er erkannte es wieder.

Es war dasselbe Auto, das vor wenigen Tagen vor Leo Lundins Haus gestanden hatte.

Im Körper des Mannes, der kein Mörder war, hatte sich Wärme ausgebreitet. Es war, als hätte er gerade den großen Jackpot der Lotterie geknackt, und niemand außer ihm wusste davon. Es war sein Gewinn, mit dem er machen konnte, was er wollte. Als er dort stand, wurde die Tür geöffnet und eine Frau trat heraus. Er ging weiter, um nicht von ihr bemerkt zu werden, aber die Frau war völlig mit sich selbst beschäftigt. Sie war wütend, das erkannte er an der Art und Weise, wie sie die Autotür zuknallte. Er entfernte sich ein Stück, doch als ihr Auto an ihm vorbeigefahren war, drehte er vorsichtig um und ging zu seinem eigenen Wagen zurück.

Zehn Minuten, um den Kalender von zu Hause zu holen, zehn Minuten, bis er wieder hier war. Nur ein Polizist im Haus von Ragnar Groth. Er hatte darauf gebaut, dass es funktionieren würde.

Und es hatte funktioniert.

Sebastian stand vor seinem Elternhaus, das in der Dunkelheit lag, und betrachtete es. Der Abend war kühl, und er war ein wenig zu leicht gekleidet, aber die herankriechende Kälte machte ihm nichts aus. Sie passte sogar irgendwie zu dem Moment. Jetzt war es also Zeit, das zu tun, was er eigentlich schon bei seiner Ankunft hatte tun wollen. Aber die Ereignisse der letzten Tage hatte ihn daran gehindert. Morgen würde er fahren, abhauen, verschwinden. Noch dazu war es ihm gelungen, die Adresse zu bekommen, wegen der er sich anfangs an den Ermittlungen beteiligt hatte.

Storskärsgatan 12. Hier konnte die Antwort liegen – wenn er sie denn wissen wollte.

Wie er so dastand, begriff er, dass in allem, was geschehen war, etwas Positives lag. Die Briefe und die mit ihnen einhergehenden Möglichkeiten, aber auch der Fall und die Arbeit mit der Reichsmordkommission hatten ihm neue Energie verschafft. Seine Tage waren von etwas anderem ausgefüllt worden als der Mixtur aus Vorwürfen und Angst, die ihn nun schon viel zu lange begleitete. Natürlich waren diese Gefühle nicht einfach verschwunden – der Traum war noch da, jede Nacht, und der Duft von Sabine weckte ihn jeden Morgen. Aber die Intensität des Verlusts lähmte ihn nicht länger vollständig. Er hatte die Möglichkeit eines anderen Daseins verspürt, das ihn zugleich ängstigte und lockte. Es lag eine Sicherheit in dem Leben, das er nun schon so lange kannte. So negativ es für ihn sein mochte – die Routine war auch bequem. Ein Schicksal, das er in gewisser Weise selbst gewählt hatte und das sein innerstes Wesen ansprach: dass er das Glück nicht verdiente, dass ein Fluch auf ihm lastete.

Das wusste er schon von Kindesbeinen an, es war, als hätte der Tsunami es lediglich bestätigt. Er blickte zu Claras Haus hinüber. Sie war auf die Treppe hinausgetreten und starrte ihn an. Er ignorierte sie.

Vielleicht befand er sich dennoch gerade an einem Wendepunkt. Etwas war auf jeden Fall geschehen. Seit der Nacht mit Beatrice war er mit keiner Frau zusammen gewesen, ja, er hatte nicht einmal daran gedacht. Das musste etwas zu bedeuten haben. Er sah auf seine Uhr. 19:20 Uhr. Der Makler sollte längst hier sein. Eigentlich hätten sie sich bereits um sieben treffen und schnell den Vertrag unterschreiben wollen, damit er den Zug um 20:30 Uhr nach Stockholm nehmen konnte. Das war sein Plan gewesen. Warum war der Mann noch nicht hier? Verärgert betrat Sebastian das Haus und machte in der Küche Licht. Dann rief er den Makler an, einen gewissen Peter Nylander, der sich entschuldigte, nachdem er nach mehrmaligem Klingeln dranging. Er sei noch bei einer Hausbesichtigung und könne allerfrühestens morgen Vormittag kommen.

Typisch. Noch eine weitere Nacht in diesem verflixten Haus. So viel also zum Thema lebensentscheidender Wendepunkt.

Torkel hatte das Sakko und die Schuhe ausgezogen und sich todmüde auf das weiche Hotelbett fallen lassen. Für einen kurzen Moment schaltete er den Fernseher ein und sofort wieder aus, als die Bilder von der Pressekonferenz gezeigt wurden. Er hasste es nicht nur, sich selbst zu sehen – etwas an dem ganzen Fall störte ihn. Er versuchte, einen Moment lang die Augen zu schließen, doch es gelang ihm nicht. Seine Unzufriedenheit wollte einfach nicht weichen. Die Indizien waren stark, aber es fehlten die unwiderruflichen technischen Beweise. Etwas, das ihn restlos davon überzeugen konnte, dass sie recht hatten. Am meisten vermisste er Blutspuren. Baufolie hin oder her, Blut war eine Substanz, die ein Täter nur schwer restlos entfernen konnte. Eine organische Flüssigkeit, die so komplex war, dass schon mikroskopisch kleine Mengen davon genügten, um sie nachzuweisen. Und Roger hatte enorm viel Blut verloren.

Dennoch hatten sie keine Blutspuren im Volvo gefunden. Ursula ging es genauso wie ihm, das wusste er. Nach ihrem Treffen hatte sie sich noch einige frustrierende Stunden lang mit dem Auto beschäftigt, aber bislang nichts gefunden. So wie er sie einschätzte, war sie noch immer dort und untersuchte den Wagen. Mit Ragnar Groths Kalender, der im Ofen versteckt gewesen war, hatte sie sich einen zu großen Schnitzer geleistet. Nie im Leben würde sie ihre Arbeit nun beenden, bevor sie nicht alles dreifach überprüft hatte.

Und Hanser? Sie war nicht zu bremsen oder wenigstens ein bisschen zu zügeln gewesen. Obendrein war es ihr gelungen, den Kreispolizeidirektor auf ihre Seite zu ziehen. Torkel und Hanser hatten ihn eine halbe Stunde vor der einberufenen Pressekonferenz getroffen. Torkel hatte sie flehend um etwas Aufschub gebeten, ein Tag mehr oder weniger konnte doch wohl nicht ausschlaggebend sein. Aber er musste schnell einsehen, dass die beiden anderen auf der Stelle den Pokal einheimsen wollten. Als er fieberhaft versuchte, sie zu einer zurückhaltenderen Taktik zu bewegen, kamen sie ihm eher wie Politiker vor als wie Polizisten. Für sie war die Lösung des Falles einfach notwendig, um die Karriere ohne Makel fortzusetzen. Für Torkel hingegen bedeutete die Lösung eines Falles mehr. Sie bestand in der Wahrheit. Die Lösung war das, was dem Opfer zustand, und nichts, das mit seiner Karriere zu tun hatte. Am Ende hatten Hanser und der Kreispolizeidirektor ihn jedoch einfach überrannt. Er spürte, dass er härter hätte kämpfen können, aber er war müde und erschöpft und wollte den Fall eigentlich auch nur hinter sich lassen. Er wusste, dass das schlechte Gründe waren, aber so war es nun einmal. Jedenfalls bestimmte nicht er, sondern der Kreispolizeidirektor. Es war nicht das erste Mal, dass er eine solche Situation akzeptieren musste. Daran hatte man sich in einer Organisation wie der Polizei zu gewöhnen. Sonst endete man wie Sebastian und wurde zu einem unerträglichen Sonderling, mit dem niemand mehr zusammenarbeiten wollte.

In der Hoffnung, dass die Nachrichten endlich vorbei waren, streckte sich Torkel erneut nach der Fernbedienung. Doch noch bevor er den Fernseher wieder eingeschaltet hatte, klopfte es plötzlich zaghaft an der Tür. Er erhob sich und öffnete. Draußen stand Ursula. Auch sie sah müde aus.

«Hast du was gefunden?»

Ursula schüttelte den Kopf. «In diesem Auto befinden sich keinerlei Blutproteine, nicht einmal Eiweiß. Sie existieren dort schlichtweg nicht.»

Torkel nickte. Sie standen sich eine Weile gegenüber. Keiner von ihnen schien zu wissen, was er noch sagen sollte.

«Dann fahren wir wohl morgen nach Hause?», fragte sie schließlich.

«Ja, es sieht so aus. Hanser scheint den Fall selbst zu Ende führen zu wollen, und wir sind ihr untergeordnet.»

Ursula nickte verständnisvoll und wandte sich zum Gehen. Doch Torkel hielt sie auf.

«Bist du nur gekommen, um mir von dem Auto zu erzählen?»

«Eigentlich nicht.» Sie sah ihn an. «Aber ich glaube, dabei bleibt es jetzt. Ich weiß ganz einfach nicht, was ich noch sagen soll.»

«Sebastian ist jedenfalls weg.»

Ursula nickte.

«Stattdessen geht alles andere drunter und drüber.»

«Ich weiß, es tut mir leid.»

«Aber ich habe so langsam das Gefühl, dass es nicht nur deine Schuld ist.»

Sie blickte ihn an, ging einen Schritt auf ihn zu und berührte seine Hand.

«Allerdings hatte ich geglaubt, du würdest mich kennen. Ich habe es wirklich geglaubt.»

«Ich glaube, *jetzt* kenne ich dich.»

«Nein, ich muss wohl noch deutlicher werden.»

Torkel lachte auf.

«Du warst deutlich genug. Darf man es wagen, dich hereinzubitten?»

«Du kannst es ja mal versuchen.»

Sie lächelte ihn an und betrat das Zimmer. Er schloss die Tür hinter ihr ab. Sie hängte ihre Tasche und ihre Jacke über den Stuhl und ging duschen. Torkel zog sein Hemd aus und richtete das Bett. So wollte sie es haben. Erst ging sie unter die Dusche, dann er. Anschließend kroch er zu ihr ins Bett. So verlangten es ihre Routine und ihre Regeln. Nur bei der Arbeit, nie zu Hause. Keine Zukunftspläne. Und, dachte Torkel, ihr gegenüber unerschütterlich loyal zu sein, das musste er für die Zukunft ergänzen.

Sebastian konnte nicht einschlafen. Zu viel schwirrte ihm im Kopf herum, zu viel war passiert. Erst dachte er, es läge an der Adresse in Stockholm, die in seinen Gedanken herumgeisterte und ihn daran hinderte, einen Gang runterzuschalten. Durchaus verständlich, wie sollte er auch einschlafen können, wenn eine so unfassbare Möglichkeit und zugleich ein solches Risiko unmittelbar vor ihm lagen? Doch es war nicht nur die Adresse. Da waren auch noch andere Dinge als die möglichen Konsequenzen eines Briefes aus der Vergangenheit. Ein anderes Bild. Viel aktueller, viel deutlicher. Das Bild eines jungen Menschen, der auf einem Fußballplatz seinem Tod entgegenging. Ein Junge, der für ihn nicht greifbar war, und diesen Eindruck hatte er die ganze Zeit über gehabt. Er spürte, dass hier der entscheidende Fehler lag. Er und die anderen hatten zu schnell begonnen, sich anstelle des Zentrums auf die Peripherie zu konzentrieren: Axel Johansson, Ragnar Groth, Frank Clevén. Logischerweise, denn schließlich suchten sie einen Täter.

Aber dabei hatten sie das Opfer aus dem Blick verloren. Roger Eriksson, der Junge im Zentrum der Tragödie, blieb ein Mysterium.

Sebastian stand auf und ging in die Küche. Im Kühlschrank lagen noch immer einige Flaschen Mineralwasser von der Tankstelle. Er öffnete eine davon und setzte sich an den Küchentisch. Dann holte er seine Tasche, kramte Papier, Stift und das Material zum Fall hervor, das er noch immer besaß. Dokumente und Mappen, die er sicherlich hätte abgeben müssen. Er hatte vergessen, dass sie noch in seinem Besitz waren, und er war einfach nicht der Typ, der zurückging, um ein paar Kopien zurückzugeben. Im Gegenteil, am liebsten hatte er so viel Material wie möglich zugänglich, für genau solche Fälle. So war er jedenfalls immer vorgegangen, als er vor langer Zeit noch gearbeitet hatte, und er war froh, dass er sich wenigstens die Gewohnheit, seine Tasche vollzupacken, nicht abgewöhnt hatte. Leider enthielt das Material nicht viel über Roger. Es waren vor allem Unterlagen von seinen zwei Schulen. Sebastian legte sie beiseite, schlug den Block auf, schnappte sich den Stift und begann, ein wenig Ordnung in seine Gedanken zu bringen. Ganz oben schrieb er:

*Schulwechsel*

Er riss die Seite heraus und legte sie in die obere Ecke des Tisches. Früher hatte er gern mit Stichworten auf losen Papieren gearbeitet, um auf diese Weise seine Gedanken zum Fließen zu bringen. Es ging darum, ein Gefühl für die Einzelheiten des Gedankengerüsts zu bekommen, um anschließend zu schauen, wie man sie drehen und wenden und darauf aufbauen konnte. Sebastian fuhr fort:

*Keine Freunde*

Rogers begrenzter Freundeskreis stellte ein Problem für die Polizei dar. Er hatte zu wenige Verbündete, es gab kaum jemanden, der etwas über ihn wusste. Lisa war nur zum Schein seine Freundin gewesen, und sogar Johan, sein Freund aus Kindertagen, hatte sich von ihm losgelöst. Er war ganz einfach ein einsamer Mensch. Und einsame Menschen waren am schwierigsten greifbar.

*War in Therapie*

Bei dem verstorbenen Peter Westin. Vermutlich, um mit jemandem reden zu können, was wiederum die These stärkte, dass er einsam war. Möglicherweise auch, weil er etwas aufarbeiten oder loswerden musste.

*Brauchte Geld*

Der Alkoholhandel und die gesamte Axel-Johansson-Fährte hatte sich als Sackgasse erwiesen. Aber Roger schien ein Jugendlicher zu sein, der für Geld eine ganze Menge zu tun bereit war. Geld, das er brauchte, um dazuzugehören, insbesondere an seiner neuen Schule, dem «feinen» Palmlövska-Gymnasium.

*Mutter bekam Geld vom Rektor*

Das unmoralische Verhältnis zum Geld schien in der Familie zu liegen. Daher wirkte auch die Erpressungshypothese wahrscheinlich. Lena hatte etwas gewusst, für das Ragnar Groth zu zahlen bereit war, damit es nicht herauskam. Es musste etwas mit dem Ruf der Schule zu tun haben, denn dafür lebte er. Roger war das Einzige, was Lena mit Groth verband, soweit Sebastian wusste. Das führte zu:

*Schwuler Liebhaber?*

Aber das strich er schnell wieder.

Diese These in der Indizienkette hatte ihn am meisten gestört. Denkrichtungen solcher Art wurden zu dominant und konnten die Ermittlungen vollständig beherrschen. Stattdessen kam es darauf an, den Gedanken freien Lauf zu lassen, sich nicht zu beschränken, sondern die Zusammenhänge zu betrachten, ohne sie zu sehr mit Bedeutung aufzuladen. Häufig war die Lösung in den kleinen Details zu finden. Das wusste er, also schrieb er stattdessen:

*Heimlicher Geliebter/heimliche Geliebte*

Doch auch diese Spur war eigentlich zu schwach. Ein Gefühl, das Vanja von Lisa aufgegriffen und als wichtig eingestuft hatte. Er teilte diese Ahnung, aber sie konnte auch einfach nur durch ihre eigene, subjektive Färbung des Wortes «Geheimnis» ausgelöst worden sein. Etwas, das man verheimlichte, musste mit Sex zu tun haben. Gab es denn mehr als Lisas Gefühl, das darauf hindeutete, dass sie richtigliegen könnten? Doch! Eine Sache gab es tatsächlich. Er schrieb die nächste Überschrift:

*«Es ging immer nur um Sex»*

Das hatte Johan zu Vanja und ihm gesagt, als sie draußen auf dem Zeltplatz mit ihm sprachen. Vielleicht war es wichtiger, als er zunächst geglaubt hatte. Johan hatte erklärt, dass er deswegen nicht mehr so viel Zeit mit Roger hatte verbringen wollen. Roger schien also ein ausgeprägtes sexuelles Interesse gehabt zu haben, das so stark war, dass es Johan zu anstrengend wurde. Aber mit wem hatte er Sex gehabt? Nicht mit Lisa, aber mit wem dann?

Auch das irritierte Sebastian: Rogers letztes Telefonge-
spräch. Als er an diesem Freitagabend versucht hatte, Johan
zu Hause zu erreichen, der aber nicht da war. Warum hatte
er anschließend nicht auf Johans Handy angerufen? Eine
Zeitlang hatten sie mit der These gearbeitet, dass Roger es
vielleicht nicht mehr geschafft hatte. Jetzt, wo sie dank der
beiden Kameras seinen letzten Weg rekonstruiert hatten,
deutete jedoch nichts mehr darauf hin. Im Gegenteil. Roger spazierte nach dem erfolglosen Anruf noch eine ganze
Weile durch die Stadt, ehe er in das Auto stieg. An Zeit hatte
es ihm also nicht gemangelt. Die wahrscheinlichste Alternative war, dass sein Anliegen Johan gegenüber nicht so wichtig gewesen war. Vielleicht hatte es genügt, eine Nachricht
zu hinterlassen. Vielleicht.

Sebastian holte sich eine weitere Wasserflasche aus dem
Kühlschrank. Hatte er etwas vergessen? Sicherlich eine
ganze Menge. Langsam wurde er müde, und er war frustriert darüber, wie schwer greifbar Roger war. Irgendetwas
hatte er übersehen. Er begann die Schulpapiere, das Schul-
jahrbuch und seine letzten Zeugnisse durchzublättern. Fand
nichts, abgesehen davon, dass Roger in der Schule besser geworden war. Besonders in Beatrices Fächern. Offenbar war
sie eine gute Lehrerin.

Sebastian stand auf und spürte, dass er ein bisschen frische Luft brauchte, um einen klaren Kopf zu bekommen. Er
wusste, wie Denkprozesse bei ihm abliefen. Manchmal dauerte es eine Weile, bis ihm der bestimmte Gedanke kam, der
Puzzleteile an den richtigen Platz setzte. Manchmal kam er
gar nicht. Wie bei den meisten Prozessen gab es keine Garantie.

Der Makler kam gegen halb neun. In der Zwischenzeit hatte Sebastian lustlos seine Tasche gepackt und einen weiteren Spaziergang gemacht. Immer noch nichts. Seine Gedanken hatten sich in den gleichen eingefahrenen Bahnen im Kreis gedreht. Vielleicht war Rogers Geheimnis schlicht undurchdringbar. Jedenfalls mit dem ihm zugänglichen Material. Der Makler fuhr einen großen, glänzenden Mercedes, hatte ein breites, übertrieben fröhliches Lächeln und trug ein perfekt sitzendes, elegantes Sakko. Sebastian hasste ihn auf der Stelle. Nicht einmal die ausgestreckte Hand nahm er.

«Sie wollen also verkaufen?»

«Ich will so schnell wie möglich von hier weg. Geben Sie mir einfach den Vertrag, dann unterschreibe ich. Das sagte ich doch bereits am Telefon, oder?»

«Ja, aber vielleicht sollten wir die Vereinbarung wenigstens durchgehen?»

«Das ist nicht nötig. Sie bekommen doch einen prozentualen Anteil der Verkaufssumme, nicht wahr?»

«Ja?»

«Und je höher sie ausfällt, desto mehr bekommen Sie?»

«Genau.»

«Also gibt es genügend Anreize für Sie, so teuer zu verkaufen, wie es nur geht. Das reicht mir.»

Sebastian nickte dem Makler zu und nahm seinen Stift, um auf der gestrichelten Linie zu unterschreiben. Der Makler betrachtete ihn ein wenig skeptisch.

«Ich sollte mir das Haus allerdings erst ein wenig ansehen.»

«Dann rufe ich jemand anders an. Soll ich jetzt unterschreiben oder nicht?»

Der Makler zögerte.

«Was hat Sie eigentlich dazu bewogen, unser Büro auszuwählen?»

«Sie waren der Erste im Telefonbuch mit einem Anrufbeantworter, auf dem man eine Nachricht hinterlassen konnte. Alles klar? Wenn ich jetzt bitte unterschreiben dürfte.»

Der Makler lachte selbstzufrieden.

«Freut mich, dass Sie das sagen! Wissen Sie, diese Anrufbeantworter, auf denen einfach nur die Öffnungszeiten heruntergerasselt werden und der Kunde gebeten wird, zu einem späteren Zeitpunkt anzurufen, werden immer üblicher. Aber ich habe mir zusammengereimt, dass man dann lieber woanders anruft. Raffiniert, oder?»

Sebastian vermutete, dass die Frage rein rhetorischer Natur war. Jedenfalls hatte er keine Absichten, die Theorie des Maklers zu bestätigen, indem er ihm erzählte, dass es in seinem Fall tatsächlich genau so gewesen war.

«Ich meine, es ist doch unglaublich wichtig, dass man für den Kunden erreichbar ist. Mit der Mappe erhalten Sie auch gleich meine Handynummer», fuhr der Makler fort, ohne die Antwort abzuwarten, die sowieso ausbleiben würde. «Und Sie können mich einfach anrufen, wenn Sie noch Fragen haben, an Wochenenden, Abenden, jederzeit – das ist meine Arbeitsauffassung.»

Und wie um zu demonstrieren, dass er allzeit erreichbar war, klingelte das Handy des Maklers, bevor er weitersprechen konnte. Sebastian warf einen müden Blick auf den Mann, von dem er in diesem Moment wünschte, ihn nie angerufen zu haben.

«Hallo, Liebling, ja, du störst ein wenig ... aber ja.» Der Makler entfernte sich einige Schritte, um etwas privater reden zu können.

«Liebling, du schaffst das. Ich verspreche es. Ich muss jetzt Schluss machen. Küsschen.»

Der Makler drückte das Gespräch weg und wandte sich mit einem entschuldigenden Lächeln Sebastian zu.

«Verzeihung, das war meine Freundin, sie hat heute ein Vorstellungsgespräch, und sie ist vorher immer furchtbar nervös.»

Sebastian starrte den Mann an, der vor ihm stand und von dem er bereits viel zu viel wusste. Schnell kramte er in seinem Inneren nach etwas Vernichtendem, was er dem Makler an den Kopf werfen konnte, um ihn endlich zum Schweigen zu bringen. Am liebsten etwas so Deftiges, dass er nie wieder etwas sagen würde. Da überwältigte es ihn – das, worauf er die ganze Zeit gewartet hatte.

Der Denkprozess.

Der Zusammenhang.

Wen ruft man an?


Vasilios Koukovinos fand diese Fahrt äußerst merkwürdig. Er hatte den Mann mit der Reisetasche vor seinem Haus abgeholt. Der Mann hatte gehetzt gesprochen. Zuerst wollte er zum Palmlövska-Gymnasium chauffiert werden, um von dort aus direkt weiterzufahren. Er wollte nicht einmal aussteigen, sondern nur dorthin, so schnell es ging.

An der Schule angekommen, bat er Vasilios, den Kilometerzähler des Autos auf null zu stellen, zu wenden und den schnellsten Weg zum Motel an der E18 zu fahren. Der Mann holte eine Karte hervor, um ihm zu zeigen, wo das Motel lag, aber Vasilios kannte Västerås wie seine Westentasche und fuhr gleich los. Auf der anschließenden Fahrt schwiegen sie, doch wenn Vasilios hin und wieder einen Seitenblick zu dem Mann warf, sah er, dass dieser kaum still sitzen konnte, so aufgeregt schien er zu sein.

Als sie sich dem Motel näherten, entschied sich der Mann um. Er nannte Vasilios stattdessen den Namen einer Straße in der Nähe. Spränggränd. Plötzlich wollte er dorthin. Doch damit nicht genug. Er verlangte, dass Vasilios in die betreffende Sackgasse hineinfuhr, dann zurücksetzte und einparkte. Nachdem Vasilios das getan hatte, sah der Mann auf den Kilometerzähler, der gerade mal sechs Kilometer anzeigte. Er reichte Vasilios seine Kreditkarte und bat ihn, einen Moment zu warten. Dann stieg er aus und eilte in Richtung des Motels. Vasilios stellte den Motor ab und stieg ebenfalls aus, um eine zu rauchen. Er schüttelte den Kopf. Wenn der Mann eigentlich zum Motel wollte, hätte er ihn doch auch direkt dorthin fahren können.

Er hatte erst wenige Züge nehmen können, als der Mann schon wieder zurückkam. Er sah gestresster aus, fast bleich. In der Hand trug er etwas, das aussah wie das Jahrbuch einer Schule. Der Taxifahrer erkannte das Bild auf der Vorderseite. Es war diese Schnöselschule, von der sie gerade gekommen waren. Die Palmlövska.

Vasilios setzte sich erneut ins Auto, jetzt wollte der Mann zum Fußballplatz bei den Hochhäusern gebracht werden und anschließend wieder zur Schule zurück.

Dabei starrte er ununterbrochen auf den Kilometerzähler.

Es war, wie gesagt, eine merkwürdige Fahrt.

Eine merkwürdige Fahrt von exakt siebzehn Kilometern.

Sebastian hätte es gleich begreifen müssen. Wer, wenn nicht er. Er selbst hatte es aus nächster Nähe erlebt. Die Veränderung, die Stärke und Kraft, die sie ausstrahlte, wenn man sie kennenlernte. Wie man von ihr mitgerissen wurde und sie unbedingt wiedersehen wollte.

Genau wie Roger.

Roger hatte jemanden gebraucht, der für ihn da war, der ihn unterstützte, als er die Schule wechselte. Jemanden, den er anrufen konnte, wenn er nervös war, wenn er verprügelt wurde. Jemanden zum Lieben. Roger hatte an diesem Abend angerufen, aber er hatte nicht Johan sprechen wollen. Sondern Beatrice.

Als Sebastian in das Motel gerannt war, war das eher eine spontane Eingebung gewesen. Ein Gefühl, das er hatte, als das Taxi zurücksetzte und parkte: Das Motel spielte als Ort eine wichtigere Rolle, als er geahnt hatte. Roger war nicht zufällig dorthin gegangen. Er war schon mehrfach da gewesen, aber nicht mit Ragnar Groth. Als Sebastian der Frau in der Rezeption das Jahrbuch mit den Fotos vorlegte, erhielt er die Bestätigung.

O ja, sie war da gewesen. Mehrmals sogar.

Sie war nicht nur eine Wachsende. Sie war bedeutend mehr als das.

Vanja und Torkel saßen im Verhörraum. Ihnen gegenüber hatte Beatrice Strand Platz genommen. Sie trug wieder die dunkelgrüne Bluse und den langen Rock wie beim ersten Mal, als Vanja und Sebastian sie auf der Palmlövska-Schule getroffen hatten. Jetzt allerdings sah sie müde aus, müde und blass. Ihre Sommersprossen traten in dem bleichen Gesicht noch markanter zum Vorschein. Vielleicht war es pure Einbildung, doch Sebastian, der im Zimmer nebenan stand, glaubte sogar zu sehen, dass das rote Haar ein wenig von seinem Glanz verloren hatte. Beatrice presste ein Taschentuch in ihrer Hand zusammen, bemühte sich aber nicht, die Tränen abzutupfen, die langsam ihre Wangen hinabliefen.

«Ich hätte es natürlich erzählen sollen.»

«Das hätte die Sache ein wenig erleichtert, in der Tat.» Vanja war kurz angebunden und klang verärgert, an der Grenze zum Anklagenden. Beatrice sah sie an, als sei ihr gerade eine fürchterliche Erkenntnis gekommen.

«Wären sie dann noch am Leben? Lena und Ragnar? Wenn ich es erzählt hätte?»

Es wurde still am Tisch. Torkel schien zu begreifen, dass Vanja kurz davor war, mit Ja zu antworten, und legte sanft seine Hand auf ihren Unterarm. Vanja zügelte sich.

«Das kann man unmöglich sagen, und es führt zu nichts, darüber zu grübeln.» Torkel sprach ruhig und vertrauensvoll. «Erzählen Sie uns stattdessen von Roger und Ihnen.»

Beatrice holte Luft und hielt kurz den Atem an, als stählte sie sich für das, was nun kam.

«Ich verstehe, dass Sie das für wahnsinnig unpassend halten werden. Ich bin verheiratet, und er war erst sechzehn, aber er war sehr reif für sein Alter und so ... ist es eben einfach passiert.»

«Und wann fing es an?»

«Einige Monate, nachdem er auf die Schule gekommen war. Er brauchte jemanden, von zu Hause bekam er nicht viel Unterstützung. Und ich ... mir fehlte es, gebraucht zu werden. Geliebt. Das klingt für Sie bestimmt schrecklich?»

«Er war sechzehn Jahre alt und stand in einem Abhängigkeitsverhältnis zu Ihnen, was glauben Sie denn selbst, wie das klingt?» Nun sprach Vanja erneut, unbarmherzig und unnötig hart.

Beatrice senkte beschämt den Blick. Sie hatte ihre Hände auf den Tisch gelegt und fingerte nervös an ihrem Taschentuch herum. Wenn Vanja sich nicht bald etwas beruhigte, würden sie Beatrice verlieren. Sie würde zusammenbrechen, und davon hätten sie nichts. Erneut legte Torkel seine Hand leicht auf Vanjas Unterarm. Sebastian beschloss, sich über die Kopfhörer einzuschalten.

«Frag, warum sie es brauchte, sich geliebt zu fühlen. Sie ist doch verheiratet.»

Vanja schielte zum Spiegel, mit einem Blick, der fragte, was das mit der Sache zu tun hatte. Sebastian stellte den Knopf noch einmal auf senden.

«Ihr dürft sie nicht brechen. Frag einfach. Sie möchte gern davon erzählen.»

Vanja zuckte mit den Schultern und richtete ihre Aufmerksamkeit wieder auf Beatrice.

«Wie würden Sie Ihre Ehe beschreiben?»

«Sie ist ...» Beatrice sah erneut auf. Zögerte. Schien nach dem richtigen Wort zu suchen, das ihre häusliche Situa-

tion, ihr Leben, am treffendsten beschrieb. Am Ende fand
sie es.

«Lieblos.»

«Und warum?»

«Ich weiß nicht, ob Ihnen das bekannt ist, Ulf und ich haben uns vor sechs Jahren scheiden lassen und vor ungefähr
eineinhalb Jahren noch einmal geheiratet.»

«Warum ließen Sie sich scheiden?»

«Ich hatte ein Verhältnis mit einem anderen Mann.»

«Sie waren Ihrem Mann untreu?»

Beatrice nickte und senkte beschämt den Blick. Es war
deutlich, was die jüngere Frau, die ihr gegenübersaß, von ihr
hielt. Es war ihrer Stimme anzuhören, ihrem Blick anzusehen. Beatrice nahm es ihr nicht übel. Jetzt, wo sie laut darüber sprach, geradeheraus in den kahlen Raum, erschienen
ihre Taten zutiefst unmoralisch. Doch wenn sie sich dort
befand, mittendrin, wenn sie eine Liebe erlebte, die fast an
Anbetung grenzte, konnte sie nicht widerstehen. Sie hatte
immer gewusst, dass es falsch war. In vielerlei Hinsicht. In
jeglicher Hinsicht.

Aber wie hätte sie die Liebe zurückweisen können, nach
der sie sich so verzweifelt sehnte und die sie nirgendwo
sonst bekam?

«Und Ulf hat Sie verlassen?»

«Ja, Johan und mich. Im Prinzip ging er einfach durch die
Tür und war weg. Es dauerte bestimmt ein Jahr, bis wir wieder miteinander sprachen.»

«Aber jetzt hat er Ihnen verziehen?»

«Nein. Ulf kam Johan zuliebe zurück. Unsere Scheidung
und das Jahr danach haben den Jungen schwer getroffen. Johan war wütend und verwirrt. Er wohnte bei mir, aber in seinen Augen hatte ich allein die Familie zerstört. Es war ein

offener Krieg. Wir fanden einfach keine Lösung. Die meisten Kinder verkraften es, wenn die Eltern sich scheiden lassen, es kann mal länger dauern, mal kürzer, aber am Ende geht es den meisten irgendwann wieder gut. Auf Johan traf das nicht zu. Es half nicht einmal, dass er schließlich jede zweite Woche oder noch öfter bei Ulf wohnte. Er redete sich ein, dass alles sinnlos sei, solange die Familie nicht wieder zusammen wäre. Schließlich wurde es zu einer fixen Idee. Er wurde krank, depressiv. Eine Zeitlang plagten ihn Selbstmordgedanken. Er fing eine Therapie an, doch es wurde nicht besser. Alles drehte sich um die Familie. Wir drei zusammen, so, wie es immer gewesen war.»

«Und dann kam Ulf zurück.»

«Johan zuliebe. Dafür bin ich auch dankbar, aber Ulf und ich ... Es ist keine Ehe, wie Sie es sich vorstellen würden.»

Sebastian nickte in dem angrenzenden Raum vor sich hin. Also hatte er mit seinem Gefühl recht gehabt, dass Beatrice ihn verführt hatte und nicht umgekehrt. Doch ihre Situation war schlimmer, als er geglaubt hatte. Durch welche Hölle sie in den letzten Jahren gegangen sein musste! Was für eine Vorstellung, Tag für Tag mit einem Mann zusammenleben zu müssen, der immer abweisend war und deutlich zeigte, dass er nichts mit ihr zu tun haben wollte. Und dazu der Sohn, der sie für alles Übel verantwortlich machte, das über die Familie hereinbrach. Vermutlich war Beatrice vollkommen isoliert. Kein Wunder, dass sie Liebe und Bestätigung annahm, wann immer sich ihr die Gelegenheit bot.

«Wie hat Lena Eriksson von Ihrer Beziehung erfahren?», fragte Torkel drinnen im Verhörraum. Inzwischen hatte Beatrice aufgehört zu weinen. Es hatte gutgetan, endlich alles erzählen zu können. Sie hatte sogar den Eindruck, dass die junge Frau sie mit etwas mehr Mitgefühl ansah. Natürlich würde sie Beatrices Verhalten nie gutheißen, aber vielleicht konnte sie nun die Ursachen dafür verstehen.

«Ich weiß es nicht. Plötzlich wusste sie es einfach. Doch anstatt zu versuchen, das Verhältnis zu unterbinden, erpresste sie Ragnar und die Schule. Auf diese Weise erfuhr er davon.»

«Und er zahlte?»

«Ich glaube schon. Er stellte den Ruf der Schule über alles. Bis zum Ende des Schulhalbjahrs darf ich noch unterrichten. Da wir bereits dem Hausmeister mitten im Halbjahr gekündigt haben, hätte es nicht gut ausgesehen, wenn noch jemand ging. Aber Groth zwang mich natürlich dazu, die Beziehung zu Roger zu beenden.»

«Und, hielten sie sich daran?»

«Ja, ich versuchte es zumindest. Doch Roger weigerte sich einzusehen, dass es nicht weitergehen konnte.»

«Wann war das?»

«Vor knapp einem Monat vielleicht.»

«Aber an dem betreffenden Freitag trafen Sie ihn wieder?»

Beatrice nickte und holte erneut tief Luft. Ihr Gesicht hatte wieder etwas mehr Farbe. Möglicherweise war ihr Verhalten verwerflich, und die anwesenden Personen verurteilten sie zu Recht, aber darüber sprechen zu dürfen, war eine Erleichterung.

«Er rief mich am Freitagabend an und wollte sich ein letztes Mal mit mir treffen. Er sagte, wir müssten uns aussprechen.»

«Und Sie haben sich darauf eingelassen?»

«Ja. Wir vereinbarten einen Treffpunkt, an dem ich auf

ihn warten sollte. Zu Hause sagte ich, dass ich einen Spaziergang machen würde.»

Sebastian hinter der Glasscheibe nickte bedächtig. Da hatten sie die ganze Zeit gegrübelt, weshalb Roger Johan nicht auf dem Handy angerufen hatte. Dabei hatte Beatrice einfach gelogen. Der Anruf hatte ihr gegolten, und Johan war sehr wohl zu Hause gewesen. Beatrice nahm einen Schluck Wasser und sprach weiter: «Ich ging zu Fuß zur Schule, lieh mir dort den Wagen und fuhr zum Treffpunkt. Er war verzweifelt, als er ankam, und hatte Nasenbluten, weil ihn jemand geschlagen hatte.»

«Leo Lundin.»

«Ja. Jedenfalls unterhielten wir uns, und ich versuchte, ihm zu erklären, dass Schluss sein musste. Ich fuhr ihn zum Fußballplatz. Er wollte es immer noch nicht einsehen, dass wir uns nicht mehr treffen konnten. Er weinte und flehte und war wütend. Fühlte sich von mir verlassen.»

«Was geschah dann?»

«Er stieg aus dem Auto, zornig und verzweifelt. Das Letzte, was ich von ihm sah, war, wie er über den Fußballplatz lief.»

«Sie sind ihm nicht hinterhergelaufen?»

«Nein. Ich fuhr zur Schule zurück und stellte den Wagen ab.»

Schweigen breitete sich im Raum aus. Ein Schweigen, das Beatrice sofort als Misstrauen auffasste. Die glaubten, dass sie log. Erneut stiegen ihr die Tränen in die Augen.

«Ich habe nichts mit seinem Tod zu tun. Das müssen Sie mir glauben. Ich habe ihn geliebt. Sie können davon halten, was Sie wollen, aber so war es.»

Beatrice schluchzte und verbarg ihr Gesicht zwischen den Händen. Vanja und Torkel tauschten Blicke. Torkel nickte leicht zur Tür, und beide standen auf. Torkel sagte, dass sie gleich wiederkämen, aber Beatrice schien es kaum wahrzunehmen.

Sie hatten gerade die Tür zum Flur geöffnet, als Beatrice eine Frage stellte.

«Ist Sebastian hier?»

Torkel und Vanja sahen aus, als hätten sie die weinende Frau auf dem Stuhl falsch verstanden.

«Sebastian Bergman?»

Beatrice nickte unter Tränen.

«Warum?» Vanja versuchte sich zu erinnern, ob sich Sebastian und Beatrice überhaupt schon begegnet waren. Das eine Mal in der Schule natürlich, und als sie nach dem Weg zu Ulfs und Johans Zeltplatz fragten, aber das waren nur kurze Augenblicke gewesen.

«Ich müsste mal mit ihm sprechen.»

«Wir werden sehen, was wir tun können.»

«Bitte. Ich glaube, dass er mich auch treffen will.»

Torkel hielt Vanja die Tür auf, und beide gingen in den Korridor hinaus. In der nächsten Sekunde tauchte Sebastian aus dem anderen Raum auf. Er kam direkt zur Sache.

«Ich glaube, dass sie nichts mit den Morden zu tun hat.»

«Und warum glaubst du das?», fragte Torkel, während sie gemeinsam den Flur entlangliefen. «Du hast uns doch überhaupt erst darauf gebracht, dass sie den Volvo fuhr und eine Beziehung zu Roger hatte.»

«Ich weiß, aber ich habe übereilte Schlüsse daraus gezogen. Ich bin davon ausgegangen, dass derjenige, der den Wagen fuhr, auch der Mörder ist. Aber das ist sie nicht.»

«Das kannst du nicht wissen.»

«Doch, tue ich. Nichts an ihrer Schilderung oder ihrem Verhalten deutet darauf hin, dass sie lügt.»

538

«Das reicht aber nicht ganz, um sie als Verdächtige auszuschließen.»

«Das Ergebnis der Spurensicherung im Auto stimmt mit Beatrices Aussage über den Verlauf des Abends überein. Deshalb haben wir keine Blutspuren im Volvo gefunden.»

Vanja wandte sich an Torkel.

«Ausnahmsweise muss ich Sebastian zustimmen.»

Torkel nickte. Er war derselben Meinung. Beatrice hatte sehr glaubwürdig geklungen. Leider. Offenbar gingen Vanjas Gedanken in die gleiche Richtung. Sie konnte ihre Müdigkeit und Enttäuschung nicht verbergen.

«Das bedeutet, dass es ein anderes Auto mit Spuren geben muss. Wir stehen also zum x-ten Mal wieder ganz am Anfang?»

«Nicht unbedingt», sagte Sebastian. Sie sahen ihn an. «Wenn man betrügt, gibt es auch einen Betrogenen. Was wissen wir über ihren Mann?»

**H**araldsson stand unter Schock.

Anders konnte man seinen Zustand nicht beschreiben. Sein Plan, seine Revanche – alles vernichtet.

Jetzt saß er mit einer Tasse lauwarmem Kaffee vor sich im Aufenthaltsraum und versuchte zu rekapitulieren, wie alles so schieflaufen konnte. Offenbar hatte er Radjan bei seinem Anruf mehr erzählt, als er in Erinnerung hatte. Er hatte wohl darüber geplaudert, dass nur die Schuldigen flohen und dass Axel Johansson mehr auf dem Kerbholz haben musste als Schwarzhandel. Auch wenn er nicht unbedingt etwas mit Roger Eriksson und Peter Westin zu tun hatte, irgendwas war da. Der Alkohol hatte seine Zunge gelockert. Offenbar zu sehr.

Radjan hatte das Dokument nicht nur kopiert, sondern auch mit neuen Augen gelesen, wobei er genau wie Haraldsson auf das gestoßen war, was mit Axel Johansson nicht stimmte. Radjan Micic war kein schlechter Polizist. Er hatte nicht lange gebraucht, um zu denselben Schlüssen zu kommen wie Stunden später Haraldsson. Natürlich hatten bereits andere Polizisten in Gävle, Sollefteå und sogar Kollegen ihres Präsidiums Parallelen zwischen den verschiedenen Vergewaltigungen gesehen und geahnt, dass es sich in sämtlichen Fällen um denselben Täter handelte, aber ohne einen Namen, mit dem sie diese Information abgleichen konnten, kam dabei nicht viel heraus.

Haraldsson kannte den Namen – und hatte ihn an Radjan weitergegeben. Radjan verfügte offenbar über ein bedeutend größeres Netz an Kontakten in der Stadt als Haraldsson, wie dieser jetzt begriff. Auf dem Präsidium erzählte man sich, dass Radjan und sein Kollege Elovsson bereits eine Viertelstunde, nachdem sie das Präsidium verlassen hatten, eine Adresse wussten. Um halb elf hatten sie Axel Johansson festgenommen. Ungefähr zur selben Zeit, als Haraldsson seinen Spaziergang zum Präsidium begann. Als feststand, dass sie eine DNA-Probe nehmen würden, hatte Axel ohne Umschweife gestanden. Und zwar mehr Vergewaltigungen, als im Register verzeichnet waren. Er bestritt jedoch, etwas mit den Morden an Roger Eriksson und Peter Westin zu tun zu haben, und konnte sogar ein Alibi vorweisen, das unter den derzeitigen Erkenntnissen wasserdicht schien. Dennoch war es ein guter Morgen für die Polizei von Västerås gewesen. Fünfzehn Vergewaltigungen waren aufgeklärt worden.

Von Micic und Elovsson.

Gerüchte besagten, dass ihnen der Kreispolizeidirektor noch heute einen Besuch abstatten würde. Haraldsson spürte, wie seine Augen brannten, und er drückte die Finger dagegen. Hielt die Tränen mit aller Kraft zurück. In der Dunkelheit seiner geschlossenen Augen flimmerten Farben und blinkende Lichter. Er wollte tiefer darin versinken, der Wirklichkeit fernbleiben. Sich für immer hinter seinen Augenlidern verschanzen. Jetzt näherten sich Schritte, die vor seinem Tisch stoppten. Er nahm die Hände vom Gesicht und erblickte schemenhaft die Gestalt, die sich ihm genähert hatte.

«Komm», sagte Hanser kurz und wandte sich um.

Haraldsson folgte ihr gehorsam.

Erneut waren sie alle fünf im Konferenzraum versammelt. Billy und Ursula hatten den ganzen Vormittag damit verbracht, den Ermittlungsverlauf nochmals an der Wand zu dokumentieren. Eine lähmende Schwerfälligkeit lag im Raum. Eine Zeitlang hatten sie geglaubt, oder sich wenigstens einreden wollen, dass sie diesen Fall nun gelöst hätten. Nun kam es ihnen vor, als hätten sie gerade einen Langstreckenlauf absolviert und jetzt erfahren, dass sie noch zehn Kilometer weiter laufen mussten. Und sie hatten nicht mehr genug Kraft.

«Ulf Strand ließ sich vor sechs Jahren von Beatrice Strand scheiden, und vor eineinhalb Jahren heirateten sie erneut», sagte Billy, der alles über Beatrices Mann herausgesucht hatte, was er finden konnte.

Vanja seufzte. Sebastian warf ihr einen Blick zu und begriff, dass ihr Seufzer nichts mit Langeweile oder Desinteresse zu tun hatte. Er drückte zwar nicht direkt Sympathie für Ulf Strand aus, aber doch ein gewisses Verständnis für diese aufopfernde Haltung, die offenbar in vielerlei Hinsicht zu einem verkorksten Leben geführt hatte.

«Es liegen zwei Anzeigen gegen ihn vor», fuhr Billy fort. «Wegen Nötigung und Körperverletzung. Beide Anzeigen stammten aus dem Jahr 2004 und sind von einem gewissen Birger Franzén erstattet worden, der damals mit Beatrice Strand zusammen war.»

«War das der Mann, mit dem sie fremdging?» In dem Moment, als sie ihre eigene Stimme hörte, begriff Vanja, dass ihre Frage jeglicher Relevanz entbehrte und sie aus reiner Neugier gefragt hatte. Sie wusste auch, dass sie darauf keine Antwort bekommen würde. Und so war es auch.

«Das weiß ich nicht. Hier steht nur, dass sie zur Zeit der Anzeige eine Partnerschaft führten, aber getrennt lebten.»

542

«Und was wurde aus den Anzeigen?», fragte Torkel ungeduldig. Er wollte weiter, vorankommen, einen Abschluss finden.

«Aus der ersten wurden Tagessätze, aus der zweiten eine Bewährungsstrafe und ein Verbot, sich dem Wohnsitz zu nähern. Franzéns Wohnsitz wohlgemerkt, nicht dem von Beatrice und Johan», verdeutlichte Billy.

«Also zählt er zu den eher eifersüchtigen Typen.» Sebastian lehnte sich im Stuhl zurück. «Es könnte ihn ja wütend gemacht haben, dass seine Frau mit den Freunden seines Sohnes schläft.»

Torkel sah Billy an.

«Fahr fort.»

«Er hat einen Waffenschein.»

«Irgendwelche Waffen?»

«Registriert ist eine Unique T66 Match.»

«Kaliber .22», sagte Ursula, mehr zur Information denn als Frage. Dennoch nickte Billy zustimmend.

«Gibt es noch mehr?»

«Nein, das war im Prinzip alles. Er arbeitet bei einer Personalagentur als Systemadministrator und fährt einen Renault Mégane 2008.»

Torkel erhob sich.

«Na also, dann fahren wir mal los und reden ein bisschen mit Ulf Strand.»

Vanja, Sebastian und Ursula sprangen ebenfalls von ihren Stühlen auf. Billy blieb sitzen. Wenn die anderen mit Ulf zurückkämen, benötigten sie alle relevanten Materialien, die es gab. Es war sein Job, sich darum zu kümmern. Die vier waren gerade dabei, den Raum zu verlassen, als es an der Tür klopfte und Hanser eine Sekunde darauf ihren Kopf hereinsteckte.

«Habt ihr eine Minute Zeit für mich?» Sie kam herein, ohne eine Antwort abzuwarten.

«Wir wollten eigentlich gerade los.» Torkel konnte die Irritation in seiner Stimme nicht ganz verbergen. Hanser registrierte sie, beschloss jedoch, sie zu überhören.

«Gibt es Neuigkeiten im Fall Roger Eriksson?»

«Wir werden Ulf Strand festnehmen, Beatrices Mann.»

«Wie gut, dass ich rechtzeitig gekommen bin. Ich habe gerade mit dem Kreispolizeidirektor gesprochen ...»

Torkel unterbrach sie.

«Ja, der kann wohl zufrieden sein. Ich habe von Axel Johansson gehört, Gratulation.»

Torkel zeigte auf die Tür, eine Geste, die vermitteln sollte, dass sie im Gehen weitersprechen konnten, aber Hanser blieb stehen.

«Danke. Ja, er ist zufrieden, aber er könnte noch zufriedener sein.»

Torkel kannte solche Situationen zur Genüge und wusste, worauf sie hinauswollte.

«Gestern haben wir ziemlich groß verkündet, der Fall wäre aufgeklärt», sagte Hanser.

«Das ist nicht meine Schuld. Gestern deutete vieles darauf hin, dass es Ragnar Groth war, aber bei näherem Hinsehen hielt die Beweisführung nicht stand. So was kommt vor.»

«Der Kreispolizeidirektor ist ein wenig verärgert, dass ihr Beatrice Strand festgenommen habt, ohne uns zu informieren. Er wünscht, dass zukünftig auch jemand von der Polizei Västerås vertreten ist, wenn es zu einer Verhaftung kommt.»

«Ich bin nicht dazu verpflichtet, ihn zu informieren, was ich oder mein Team machen.» Torkels Ton wurde schärfer.

Er pochte nicht gern auf seine Kompetenzen, aber er hatte auch nicht vor, alberne Rücksichten zu nehmen, nur weil der Polizeidirektor nach einer PR-Misere schlecht gelaunt war.

«Wenn er etwas an meiner Arbeit auszusetzen hat, warum kommt er dann nicht selbst her?»

Hanser zuckte mit den Schultern.

«Er hat nun mal mich geschickt.»

Torkel begriff, dass er dabei war, den Boten zu töten und Hanser Unrecht zu tun. Er riss sich zusammen und spielte die Situation im Kopf durch. Was gab es zu gewinnen, was hatte er zu verlieren?

«Okay, in Ordnung. Wir nehmen jemanden mit.»

«Allerdings gibt es im Moment Ausschreitungen bei einer Demonstration für ein Jugendhaus, und obendrein ist auf der E18 ein schwerer Unfall passiert, sodass wir gerade Personalmangel haben.»

«Ich werde auf keinen Fall warten, falls du das meinst. Es gibt Grenzen.»

«Nein, ihr braucht nicht zu warten, ich wollte euch nur erklären, warum ihr denjenigen mitnehmen müsst, den ihr mitnehmen müsst.»

Torkel glaubte, einen Hauch von Mitleid in Hansers Gesicht zu erkennen, bevor sie mit dem Kopf in Richtung des Großraumbüros nickte. Torkel sah durch das Fenster dorthin. Er drehte sich mit einem Gesichtsausdruck zu ihr zurück, als hätte sie einen schlechten Scherz gemacht.

«Du willst mich auf den Arm nehmen!»

Draußen lehnte sich Haraldsson gerade gegen einen Schreibtisch und warf dabei einen Stifthalter samt Inhalt zu Boden.

Die Zivilfahrzeuge parkten zwanzig Meter von dem gelben Haus entfernt, und alle fünf stiegen aus. Haraldsson hatte einsam im Fond des Wagens von Torkel und Vanja gesessen. Als sie das Polizeipräsidium verlassen hatten, hatte er versucht, ein wenig zu plaudern, aber bald eingesehen, dass niemand daran interessiert war, was er zu sagen hatte, und war daraufhin verstummt.

Jetzt überquerten sie die Straße, Haraldsson, Vanja und Torkel ein paar Schritte vor Ursula und Sebastian. Das Wohngebiet lag still in der Nachmittagssonne. Irgendwo in der Ferne hörte man das Brummen eines Rasenmähers. Sebastian wusste nicht viel über Gartenpflege, aber war es im April nicht noch reichlich früh zum Rasenmähen? Vermutlich handelte es sich um einen Enthusiasten.

Die Gruppe näherte sich der Auffahrt zu Strands Haus. Als sie Beatrice am Gymnasium abgeholt hatten, hatte sie gesagt, dass Ulf in der Regel zu Hause war, wenn Johan nachmittags aus der Schule kam. In der Personalagentur hatten sie erklärt, dass er bereits gegangen sei, was offenbar auch stimmte, denn der Renault der Familie stand ordentlich geparkt in der Garageneinfahrt.

Vanja lief zu dem Auto und ging neben dem Hinterreifen in die Hocke. Ihr Augen leuchteten erwartungsvoll, als sie sich den anderen zuwandte.

«Pirelli.»

Ursula war schnell bei Vanja und hockte sich neben sie. Sie holte ihre Kamera heraus und fotografierte den Reifen.

«P7. Das passt doch wunderbar.»

Ursula zog ein kleines Messer aus der Tasche und kratzte etwas Lehm und Schmutz aus dem Profil des Reifens. Vanja erhob sich und ging um Ursula herum zum

Kofferraum. Sie zog am Griff. Unverschlossen. Sie warf einen fragenden Blick zu Torkel, der aufmunternd nickte. Vanja öffnete den Deckel. Torkel kam zu ihr, und gemeinsam blickten sie in den fast leeren Kofferraum. Die Seitenverkleidung war schwarz, und ohne die richtige Ausrüstung war es unmöglich festzustellen, ob es hier Blutspuren gab oder nicht. Am Boden lag eine Plastikmatte. Eine neue Plastikmatte. Darunter verbargen sich zwei große Staufächer mit Deckel. Vermutlich enthielten sie Reservereifen, Warndreieck, Sicherungen und andere uninteressante Dinge. Die darüberliegenden Deckel waren allerdings alles andere als uninteressant. Sie waren mit grauem Nadelfilz bespannt. Jedenfalls war der Stoff an den Rändern grau. Von der Mitte ausgehend hatte sich ein großer, dunkelroter Fleck ausgebreitet. Torkel und Vanja hatten oft genug getrocknetes Blut gesehen, um sofort zu wissen, was dieser Anblick zu bedeuten hatte. Obendrein bestätigte der Geruch ihre Ahnungen zweifelsfrei. Sie schlossen den Kofferraum mit einem Schlag.

Sebastian sah, wie verbissen sie dreinschauten, und ahnte, dass sie etwas gefunden haben mussten. Etwas Entscheidendes.

Endlich lagen sie richtig. Sebastian drehte sich schnell zum Haus um. Er meinte, im Augenwinkel eine Bewegung am Fenster im oberen Stockwerk erkannt zu haben. Er fixierte es. Nichts, alles war ruhig.

«Sebastian ...»

Torkel rief ihn zu sich. Sebastian warf einen letzten Blick zum oberen Fenster, bevor er seine Aufmerksamkeit auf Torkel richtete.

Der Mann, der kein Mörder war, hatte sie die Auffahrt hinaufgehen und stehen bleiben sehen. Am Auto. Er hatte es immer gewusst. Das Auto war seine Achillesferse.

Am Tag nach jenem schicksalhaften Freitag hatte er mit dem Gedanken gespielt, es zu verschrotten, sich dann aber dagegen entschieden. Wie hätte man das erklären sollen? Warum sollte jemand ein vollkommen brauchbares Auto verschrotten wollen? Damit hätte er sich sofort verdächtig gemacht. Stattdessen hatte er getan, was er konnte. Gewaschen und geschrubbt, eine neue Matte für den Kofferraum gekauft und das Auto im Internet in eine Verkaufsbörse gestellt. Zwei Interessenten waren da gewesen und hatten es sich angesehen, doch keiner von ihnen hatte zugeschlagen. Er hatte zwei neue Deckel für die beiden Staufächer im Kofferraum bestellt, sie sollten nächste Woche eintreffen.

Zu spät.

Die Polizei war hier, am Auto. Zwei Frauen knieten neben dem Hinterrad. Hatte er Spuren hinterlassen? Vermutlich. Der Mann, der kein Mörder war, fluchte innerlich. Das hätte er vermeiden können. Neue Reifen waren einfach zu beschaffen. Aber jetzt?

Zu spät.

Es gab nur noch eins: rausgehen und gestehen. Seine Strafe entgegennehmen. Vielleicht würden sie ihn verstehen. Ihn verstehen, ihm aber nicht vergeben.

Niemals vergeben.

Niemand vergab ihm. Vergebung setzte nicht nur ein Geständnis voraus, sondern auch Reue, und die verspürte er noch immer nicht.

Er hatte getan, wozu er gezwungen gewesen war.

So lange er konnte.

Aber jetzt war es zu Ende.

«Wir wissen, dass er Zugang zu Waffen hat, also seid bitte extrem vorsichtig.» Torkel hatte alle um sich versammelt und gab mit tiefer, beinahe flüsternder Stimme Anweisungen für den bevorstehenden Einsatz. «Haltet euch dicht an den Wänden. Vanja, du übernimmst die Rückseite.»

Alle nickten ernst. Vanja zog ihre Waffe, während sie leicht geduckt hinter dem Haus verschwand.

«Ursula, du gehst neben das Haus, falls er durch das Fenster auf das Nachbargrundstück fliehen will. Sebastian, du hältst dich im Hintergrund.»

Es fiel Sebastian nicht schwer, Torkels Anweisung zu befolgen. Dieser Teil der Polizeiarbeit interessierte ihn nicht im Geringsten. Er wusste, dass die anderen diesem Augenblick entgegenfieberten, seit sie zum ersten Mal von einem vermissten Sechzehnjährigen namens Roger Eriksson gehört hatten, aber die eigentliche Festnahme bedeutete Sebastian nichts.

In seinem Fall bedeutete der Weg alles, das Ziel nichts.

Torkel drehte sich zu Haraldsson um.

«Wir beide klingeln. Ich möchte, dass Sie mit gesenkter Waffe an der Seite stehen. Wir dürfen ihn nicht erschrecken, verstehen Sie?»

Haraldsson nickte. Das Adrenalin pumpte in seinen Adern. Dies war ernst und real. Er würde Roger Erikssons Mörder festnehmen, zwar nicht persönlich, aber immerhin.

Er war vor Ort, er war dabei. In seinen Ohren rauschte es, als er seine Waffe zog und sich mit Torkel zusammen der Haustür näherte.

Sie waren erst ein paar Schritte gegangen, als sie sahen, wie der Türgriff leicht nach unten gedrückt wurde. Torkel zog blitzschnell seine Waffe und zielte auf die Tür. Haraldsson warf einen kurzen Blick auf Torkel, begriff, dass der Befehl, die Waffe zu senken, nicht länger galt, und hob seine Pistole ebenfalls. Langsam öffnete sich die Tür.

«Ich komme nach draußen», drang es aus dem Haus. Eine Männerstimme.

«Langsam! Und halten Sie Ihre Hände so, dass ich sie sehen kann!» Torkel blieb vier bis fünf Meter von der Haustür entfernt stehen. Haraldsson tat es ihm gleich. Sie sahen einen Fuß in der Lücke zwischen Tür und Rahmen auftauchen, der die Tür schließlich weiter aufschob. Ulf Strand kam mit erhobenen Händen heraus.

«Ich vermute, dass Sie mich suchen.»

«Bleiben Sie stehen!»

Ulf gehorchte. Ruhig betrachtete er, wie sich die Polizisten mit gezogenen Waffen näherten. Ursula und Vanja kamen von der Rückseite des Hauses, auch sie mit vorgehaltener Waffe.

«Drehen Sie sich um!»

Ulf drehte sich um und blickte gelassen in den staubigen Flur. Torkel bedeutete Haraldsson stehen zu bleiben, während er selbst sich Ulf näherte.

«Gehen Sie auf die Knie!»

Ulf tat, wie ihm geheißen wurde. Die groben Steine der Treppe bohrten sich sofort in seine Knie. Torkel ging die letzten Schritte vor und legte eine Hand auf Ulfs Nacken, während er ihn mit der anderen Hand durchsuchte.

«Ich war es. Ich habe ihn umgebracht.»

Torkel beendete die Durchsuchung und zog Ulf wieder in den Stand. Die anderen Polizisten steckten ihre Waffen in die Halfter zurück.

«Ich war es. Ich habe ihn umgebracht», wiederholte Ulf und blickte Torkel ins Gesicht.

«Ja, ich habe es gehört.» Torkel nickte Haraldsson zu, der Handschellen bereithielt.

«Hände auf den Rücken, bitte.»

Ulf blickte Torkel beinahe flehend an.

«Glauben Sie, Sie könnten mir diese Dinger irgendwie ersparen? Es wäre schön, ganz normal von hier wegzugehen. Dann braucht Johan mich nicht als ... Kriminellen zu sehen.»

«Johan ist zu Hause?»

«Ja, er ist oben in seinem Zimmer.»

Selbst wenn der Junge bisher weder gesehen noch gehört hatte, was passiert war, würde er irgendwann sein Zimmer verlassen. Und dann sollte er das Haus nicht leer vorfinden. Er brauchte jemanden, mit dem er reden konnte. Torkel rief Vanja zu sich.

«Du bleibst bei dem Jungen.»

«Ja.»

Torkel wandte sich erneut Ulf zu.

«Dann gehen wir jetzt.»

Ulf drehte seinen Kopf und rief über die Schulter in das Haus hinein.

«Johan, ich gehe kurz mit der Polizei mit. Mama ist bald zu Hause!»

Keine Antwort. Torkel fasste Ulf am Arm. Haraldsson steckte die Handschellen ein und übernahm die andere Seite. Mit Ulf Strand zwischen sich begannen sie, zum Auto zu marschieren. Als sie an Sebastian vorbeikamen, gesellte er sich zu ihnen.

«Wie lange wissen Sie es schon?»

Ulf blinzelte in die Nachmittagssonne, als er Sebastian einen erstaunten Blick zuwarf.

«Wie lange weiß ich was?»

«Dass Ihre Frau eine Affäre mit Roger Eriksson hatte.»

Sebastian bemerkte, wie sich Ulfs Augen einen Moment lang vor Verwunderung weiteten. Ein Ausdruck von Schock und Ungläubigkeit blitzte in seinem Gesicht auf. Ulf senkte seinen Blick, bis er seine Gesichtszüge wieder unter Kontrolle hatte.

«Ähm ... eine ganze Weile ...»

Sebastian stutzte. Sein Körper erstarrte. Er begriff, was er soeben gesehen hatte. Ein Mann, der vollkommen überrascht worden war. Ein Mann, der keine Ahnung hatte, was seine Frau und der beste Freund ihres Sohnes getrieben hatten, bis Sebastian es ihm gesagt hatte. Blitzschnell wandte sich Sebastian den anderen zu.

«Die Sache ist faul.»

Torkel hielt an, Haraldsson und Ulf ebenso. Letzterer starrte noch immer auf seine Füße.

«Was sagst du da?»

«Er hat überhaupt keine Ahnung!» Sebastian ging mit eiligen Schritten auf Torkel zu.

«Was? Wovon redest du?»

Erst als er sie aussprach, begriff Sebastian die eigentliche Bedeutung seiner Worte.

«Er war es nicht.»

Noch bevor jemand reagieren konnte, waren ein Schuss und ein Schrei zu hören. Sebastian drehte sich zu Ulf und sah, wie sich Haraldsson an die Brust fasste und in der Einfahrt zu Boden sackte.

**W**affe!»

Ursula warf sich nach vorn und schleifte den stark blutenden Haraldsson mit einer einzigen Bewegung hinter den parkenden Renault. In Sicherheit. Torkel reagierte genauso schnell, stieß Ulf Strand beiseite und folgte ihm in geduckter Haltung aus der Schusslinie. Innerhalb weniger Sekunden waren sie von der Ausfahrt weg. Sekunden, in denen Sebastian einen kurzen Blick zurückwarf. Aus dem Fenster des oberen Stockwerks, das er schon vorher im Auge gehabt hatte, ragte nun der Lauf eines Gewehrs. Dahinter war ein blasses, junges Gesicht zu sehen.

«Sebastian!»

Torkel schrie. Für einen Moment erkannte Sebastian, dass die anderen instinktiv handelten; jahrelanges Training hatte dafür gesorgt, dass sie sich sofort in Sicherheit brachten. Er selbst stand noch immer in der Auffahrt, vollständig sichtbar. Er sah erneut zu dem Fenster auf und beobachtete, wie sich der Gewehrlauf ein Stück nach links bewegte. In seine Richtung. Das machte ihm endlich Beine. Er rannte zur Haustür. Als er einige Laufschritte zurückgelegt hatte, hörte er, wie eine Kugel in den Steinplatten hinter ihm einschlug. Er wurde schneller. Jemand tauchte vor ihm in der Türöffnung auf. Vanja, mit gezogener Waffe.

«Was geht hier vor?»

Sebastian war sich ziemlich sicher, dass er nun so nahe am Haus war, dass der Winkel es unmöglich machen würde, ihn durch das obere Fenster zu treffen, aber dennoch dachte er nicht daran, stehen zu bleiben, um Vanja auf den neusten Kenntnisstand zu bringen. Er hechtete in den Flur, in Sicherheit. Vanja war blitzschnell bei ihm.

«Sebastian. Was geht hier vor?»

Sebastian atmete heftig, sein Herz raste, der Puls pochte in seinen Ohren. Nicht vor Anstrengung, sondern weil er in den letzten fünfzehn Sekunden vermutlich eine Jahresration an Adrenalin verbraucht hatte.

«Er ist dort oben», japste Sebastian, «mit einem Gewehr.»

«Wer?»

«Johan. Er hat Haraldsson getroffen.»

Plötzlich hörten sie Schritte im Obergeschoss. Vanja drehte sich hastig um und richtete ihre Pistole auf die Treppe. Doch niemand kam. Es war wieder still.

«Bist du sicher?»

«Ich habe ihn gesehen.»

«Warum sollte er auf Haraldsson schießen?»

Sebastian zuckte mit den Schultern und holte mit zitternden Händen sein Handy aus der Tasche. Er wählte eine Nummer. Besetzt. Sebastian wählte eine neue. Ebenfalls besetzt. Er vermutete, dass Torkel gerade Verstärkung anforderte – bewaffnete Verstärkung.

Sebastian versuchte seine Gedanken zu ordnen. Was wusste er? Im oberen Stockwerk saß ein Teenager, der soeben auf einen Polizisten geschossen hatte. Ein Junge, der psychisch instabil war oder es zumindest früher gewesen war, wenn man seiner Mutter glaubte. Möglicherweise hatte er im Affekt gehandelt, als er sah, dass sie dabei waren, ihm seinen Vater wegzunehmen. Vielleicht war er aber auch auf irgendeine Weise in den Mord an Roger Eriksson verwickelt und hatte nun das Gefühl, dass seine Welt komplett in sich zusammenstürzte.

Sebastian ging zur Treppe. Vanja hielt ihn auf, indem sie die Hand auf seine Brust legte.

«Wo willst du hin?»

«Nach oben. Ich muss mit ihm reden.»

«Nein, musst du nicht. Wir warten auf die Verstärkung.»

Sebastian holte tief Luft.

«Er ist sechzehn Jahre alt. Er fürchtet sich. Er ist in seinem Zimmer gefangen. Wenn er eine ganze Spezialeinheit sieht und spürt, dass es keinen Ausweg mehr gibt, wird er das Gewehr gegen sich selbst richten.»

Sebastian sah Vanja ernst an.

«Das will ich nicht verantworten. Du etwa?»

Vanja begegnete seinem Blick. Sie standen schweigend da. Sebastian konnte sehen, wie Vanja die Argumente gegeneinander abwägte.

Plus und minus, Vernunft und Gefühl.

Sebastian überlegte, wie er sie überzeugen konnte, falls sie ihn nicht die Treppen hinaufgehen ließ. Es würde schwer werden, aber er war gezwungen, irgendetwas zu tun. Er war davon überzeugt, dass Johan bald sterben würde, wenn nicht schnell jemand Kontakt zu ihm aufnahm. Und das durfte einfach nicht passieren. Zu seiner großen Erleichterung nickte Vanja und trat zur Seite. Sebastian ging an ihr vorbei.

«Ruf Torkel an und sag ihm, dass ich zu dem Jungen hochgehe und dass sie abwarten sollen.»

Vanja nickte. Sebastian atmete ein letztes Mal tief ein, griff nach dem Treppengeländer und setzte seinen Fuß auf die erste Treppenstufe.

«Viel Glück.» Vanja berührte sanft seinen Arm.

«Danke.»

Sebastian begann langsam die Treppe hinaufzusteigen.

Sie endete in einem kleinen Korridor, von dem aus man links in das zweite Stockwerk kam. Es gab vier Türen, zwei auf der rechten Seite, eine auf der linken und eine geradeaus am Ende des Flurs. An den weißgestrichenen Wänden hingen ohne sichtbare Ordnung gerahmte Plakate, Fotos und Kinderzeichnungen. Auf dem Fußboden lag ein staubiger roter Teppich, der einige Zentimeter schmaler war als der Flur. Sebastian betrachtete die verschlossenen Türen und überlegte. Die Haustür lag auf derselben Seite wie das Fenster von Johans Zimmer. Wenn er die Position der Treppe mit einbezog, hieß das, dass die verschlossene Tür am Ende des kurzen Flurs zu Johans Zimmer führte. Sebastian ging mit vorsichtigen Schritten dorthin.

«Johan ...?»

Schweigen. Sebastian drückte sich an die rechte Wand, ihm war etwas mulmig dabei, direkt vor der Tür zu stehen. Er hatte keine Ahnung, ob sich die Kugel einer Unique T66 Match durch eine Innentür bohren konnte, aber auch keine Lust, es herauszufinden.

«Johan, ich bin es, Sebastian. Erinnerst du dich an mich?»

«Hauen Sie ab», drang es schwach aus dem Zimmer. Sebastian atmete aus. Kontakt. Ein erster, wichtiger Schritt. Jetzt galt es, die nächsten Schritte anzugehen. Er musste in dieses Zimmer hineinkommen.

«Ich möchte mit dir sprechen. Willst du mir das erlauben?»

Keine Antwort.

«Ich glaube, es wäre gut, wenn wir ein bisschen reden würden. Ich bin ja eigentlich gar kein Polizist, weißt du das noch? Ich bin Psychologe.»

In der Stille, die auf seinen Satz folgte, hörte Sebastian,

wie sich in der Ferne Sirenen näherten. Er fluchte innerlich. Was zum Teufel veranstalteten die da draußen? Es würde den Jungen nur noch nervöser machen. Sebastian musste in dieses Zimmer hinein, und zwar jetzt.

Er wechselte die Seite und drückte sich links von der Tür an die Wand. Vorsichtig legte er die Hand auf den Türgriff. Er fühlte sich kalt an. Sebastian spürte mit einem Mal, wie sehr er schwitzte. Er fuhr sich mit der anderen Hand über die Stirn.

«Ich möchte nur mit dir reden, sonst nichts. Ich verspreche es.»

Keine Antwort. Die Sirenen kamen immer näher. Jetzt mussten sie auf der Straße sein. Sebastian hob seine Stimme.

«Hörst du mich?»

«Können Sie nicht einfach abhauen?!» Johans Stimme klang eher resigniert als drohend, gedämpft. Weinte er? War er kurz davor, aufzugeben? Sebastian holte noch einmal tief Luft.

«Ich öffne jetzt die Tür.» Er drückte den Türgriff nach unten. Drinnen keine sichtbare Reaktion. Die Tür ging nach außen auf, sodass Sebastian sie zunächst einen zentimetergroßen Spalt öffnete und so stehen ließ.

«Ich werde die Tür jetzt ganz öffnen und dann hereinkommen. Ist das okay?»

Erneut nichts als Schweigen. Er ließ den Zeigefinger in den Spalt gleiten und schob die Tür behutsam weiter auf, während er selbst noch immer im Schutz der Wand stand. Er schloss kurz die Augen, um sich zu konzentrieren.

Dann trat er einen Schritt vor und stellte sich mitten in den Türrahmen, die Hände gut sichtbar.

Johan saß unter dem Fenster auf dem Boden und hielt

557

das Gewehr in den Händen. Er wandte sich Sebastian mit einem Gesichtsausdruck zu, als stellte sein Erscheinen eine komplette Überraschung für ihn dar. Verwirrt, unter Schock. Und daher gefährlich. Sebastian blieb regungslos in der Tür stehen. Er betrachtete Johan voller Wärme. Er sah so klein aus, so verletzlich. Sein Gesicht war blass und feucht vom Schweiß. Unter den Augen, die gerötet waren und eingesunken wirkten, hatte er schwarze Ränder. Möglicherweise vom Schlafmangel. Was auch immer geschehen war, was auch immer Johan getan hatte – es hatte ihn verfolgt. Bis hierher, von wo aus es keinen Weg mehr zurück gab. Das größte Risiko bestand darin, dass der Druck zu groß wurde. Dass die dünne Wand, die ihn noch in der Wirklichkeit hielt, einstürzte. Sebastian konnte sehen, wie angespannt der Junge war. Seine Kiefer arbeiteten unter den bleichen Wangen. Plötzlich schien Johan alles Interesse an Sebastian verloren zu haben und wandte seine Aufmerksamkeit wieder dem Fenster und dem Geschehen vor der Haustür zu.

Von seinem Platz im Türrahmen aus konnte Sebastian sehen, wie ein Krankenwagen und zwei weitere Streifenwagen ankamen. Volle Aktivität. Er sah auch, wie Torkel mit einem bewaffneten Mann sprach, der zur hiesigen Spezialeinheit gehören musste. Johan hob sein Gewehr von den Knien und richtete es auf Sebastian.

«Sag ihnen, dass sie von hier verschwinden sollen.»

«Das kann ich nicht.»

«Sie sollen mich einfach nur in Ruhe lassen.»

«Sie werden nicht wieder fahren. Du hast auf einen Polizisten geschossen.»

Johan blinzelte angestrengt, eine Träne lief seine Wange hinunter. Sebastian wagte den Schritt in den Raum hinein.

Johan zuckte zusammen und hob das Gewehr, woraufhin Sebastian sofort stehen blieb. Er hielt die Hände in einer abwehrenden und zugleich beruhigenden Geste nach vorne. Johans Blick flackerte unheilverkündend.

«Ich möchte mich einfach nur hier hinsetzen.»

Sebastian ging einen Schritt beiseite und glitt neben der geöffneten Tür mit dem Rücken an der Wand auf den Boden hinunter. Johan ließ ihn nicht aus den Augen, senkte jedoch das Gewehr.

«Willst du mir erzählen, was passiert ist?»

Johan schüttelte den Kopf, drehte sich um und beobachtete von neuem die Aktivitäten auf der Straße.

«Werden sie kommen und mich holen?»

«Nicht, solange ich hier bin.» Vorsichtig streckte Sebastian die Beine vor sich auf dem Boden aus. «Und ich habe alle Zeit der Welt.»

Johan nickte. Sebastian glaubte zu sehen, wie sich die Schultern des Jungen etwas senkten. Entspannte er sich ein wenig? Es hatte den Anschein. Doch Johans Kopf bewegte sich immer noch ruckartig wie der eines kleinen Vogels, wenn er versuchte, alles mitzubekommen, was draußen vor sich ging. Das Gewehr war erneut auf Sebastian gerichtet.

«Wir versuchen, das zu schützen, was wir lieben. Das ist nur natürlich. Und ich habe verstanden, dass du deinen Vater wirklich liebst.»

Noch immer kam keine Reaktion von dem Jungen. Vielleicht konzentrierte er sich so sehr auf das Geschehen vor dem Haus, dass er nichts mehr mitbekam. Oder er hörte einfach nicht zu. Sebastian schwieg. Sie blieben weiterhin sitzen. Durch das geöffnete Fenster hörte Sebastian, wie eine Bahre auf Rollen über den Asphalt geschoben wurde und die

Türen des Krankenwagens kurz danach wieder zugeschlagen wurden. Haraldsson wurde versorgt. Gedämpfte Stimmen, Schritte. Ein Auto startete und fuhr los. Der Rasenmäher arbeitete weiterhin irgendwo da draußen, wo das Leben noch immer begreiflich und fassbar war.

«Ich habe auch versucht, die zu beschützen, die ich geliebt habe. Aber es ist mir nicht gelungen.»

Vielleicht lag es an Sebastians Tonfall, vielleicht daran, dass die Aktivitäten draußen größtenteils eingestellt worden waren und keine Aufmerksamkeit mehr erforderten. Jedenfalls wandte sich Johan Sebastian zu.

«Was ist passiert?»

«Sie starben, meine Frau und meine Tochter.»

«Wie?»

«Sie sind ertrunken. Bei dem Tsunami, erinnerst du dich daran?»

Johan nickte. Sebastian ließ ihn nicht aus den Augen.

«Ich würde alles dafür tun, um sie zurückzubekommen, damit wir wieder eine Familie sind.»

Genau wie Sebastian erhofft hatte, schien es, als bewegten seine Worte etwas in dem Jungen. Offenbar konnte er hierzu einen Bezug herstellen. Die Familie, die Lücke, die sie hinterließ, wenn sie nicht länger existierte. Beatrice hatte von Johans Sehnsucht erzählt, die ihn krank gemacht hatte. Die Familie, ein Bild der Perfektion. Sebastian begann zu ahnen, wie weit Johan zu gehen bereit war, damit niemand dieses Bild erschütterte.

Johan schwieg. Sebastian saß in einer unbequemen Position. Vorsichtig hob er seine Knie vom Boden und stützte sich mit den Unterarmen darauf ab. Johan reagierte nicht auf die Bewegung. So saßen sie sich eine Zeitlang schweigend gegenüber.

Johan nagte abwesend an seiner Unterlippe. Er sah aus dem Fenster, doch sein Blick war starr, als ob ihn nichts dort draußen länger interessierte.

«Ich wollte Roger nicht umbringen.»

Sebastian konnte die Worte nur schwer verstehen. Johan sprach leise durch seine zusammengebissenen Zähne. Sebastian schloss kurz die Augen. Das war es also. Er hatte es bereits geahnt, als sich herausstellte, dass Ulf kein Motiv hatte, aber er hatte es nicht glauben wollen. Die Tragödie war ohnehin schon groß genug.

«Ich habe es Lena erzählt, seiner Mutter, damit sie das Ganze beenden würde. Aber nichts ist passiert, es ging einfach weiter.»

«Mit Roger und deiner Mutter?»

Johan starrte weiter durch das Fenster. Den Blick noch immer auf einen Punkt dort draußen gerichtet, fern, irgendwo anders.

«Mama hat sich schon einmal mit jemandem getroffen, davor. Wussten Sie das?»

«Ja. Birger Franzén.»

«Damals ist Papa einfach verschwunden.»

Sebastian wartete, doch es kam nichts mehr. Als ob Johan damit rechnete, dass Sebastian sich den Rest selbst zusammenreimen könnte.

«Du hattest Angst, dass er wieder verschwindet.»

«Und das hätte er garantiert auch getan. Denn diesmal war es ja noch schlimmer.»

Johan klang ganz sicher, und Sebastian konnte ihm nicht widersprechen, selbst, wenn er gewollt hätte. Der Altersunterschied. Die Beziehung zwischen Lehrerin und Schüler. Der beste Freund des Sohnes. Dieser Betrug würde zweifelsohne als noch schwerwiegender aufgefasst werden. Und unverzeihlicher. Insbesondere für einen Mann wie Ulf, der noch nicht einmal damit begonnen hatte, ihr den letzten Fehltritt zu vergeben.

«Wie hast du herausgefunden, dass sie etwas miteinander hatten?»

«Ich habe einmal gesehen, wie sie sich küssten. Und ich wusste, dass er mit jemandem zusammen war. Er sprach viel darüber ... was sie taten. Aber ich ...»

Johan beendete seinen Satz nicht. Jedenfalls nicht laut. Sebastian sah, wie der Junge den Kopf schüttelte, als ob er den Gedankengang innerlich fortführte, und wartete ab.

Der Prozess war angestoßen. Da Johan sich nun schon so weit geöffnet hatte, würde er sich nicht so schnell wieder verschließen. Er wollte erzählen. Geheimnisse waren eine schwere Last. In Kombination mit Schuld konnten sie einen Menschen zerstören. Sebastian war sich sicher, dass der Junge bereits Erleichterung verspürte. Er glaubte, ihm die physische Veränderung anzusehen. Die Schultern waren noch weiter nach unten gesunken, die Zähne nicht mehr so stark zusammengepresst. Auch der Rücken, der zuvor kerzengerade gewesen war, schien entspannter.

Also wartete Sebastian weiter ab.

Beinahe schien es, als hätte Johan vergessen, dass jemand mit im Zimmer saß, doch plötzlich begann er erneut zu reden. Als würde in seinem Kopf gerade ein Film ablaufen, und er berichtete, was er sah.

«Er rief hier zu Hause an. Mama ging ran, Papa war noch im Büro. Ich begriff, dass sie sich wieder treffen wollten. Mama wollte angeblich einen Spaziergang machen.» Den letzten Satz stieß Johan verächtlich aus. «Ich wusste, wo sie hingingen und was sie taten.»

Die Worte kamen jetzt schneller, sein Blick war noch immer auf den Punkt in der Ferne gerichtet, zu dem nur Johan Zugang hatte. Als wäre er dort, als ...

*Er wartet am Fußballplatz, versteckt sich am Waldrand. Er weiß, wo sie ihn normalerweise absetzt. Das hat ihm Roger einmal erzählt, bevor er wusste, dass Johan es wusste. Jetzt sieht er, wie sich der S60 der Schule dem Parkplatz nähert. Er hält an, doch niemand steigt aus. Er mag nicht einmal daran denken, womit sie dort drinnen vielleicht gerade beschäftigt sind. Er hat sich hingesetzt, mit dem Fuß berührt er das Gewehr, das er von zu Hause mitgenommen hat und das nun vor ihm auf dem Boden liegt. Nach einiger Zeit sieht er, wie die Innenbeleuchtung des Wagens angeht und jemand aussteigt. Es ist Roger. Johan meint zu hören, dass er etwas ruft, kann aber nicht verstehen, was. Roger geht mit schnellen Schritten über den Platz, er kommt auf ihn zu. Johan steht auf und nimmt das Gewehr. Roger läuft gerade auf den Weg zu, der ihn nach Hause führt, als Johan ihn ruft. Roger hält inne. Späht in den Wald. Johan tritt hervor, er sieht, wie Roger den Kopf schüttelt, als er ihn erblickt. Nicht erfreut. Nicht überrascht. Nicht angsterfüllt. Lediglich so, als stelle Johan ein Problem dar, das er in diesem Moment auf keinen Fall gebrauchen kann. Johan geht einige Schritte auf ihn zu. Es sieht aus, als hätte Roger geweint. Ob er das Gewehr sieht, das neben Johans rechtem Bein baumelt? Falls ja, lässt er es sich nicht anmerken. Er fragt, was Johan von ihm will. Johan erklärt es ihm genau. Er will, dass Roger nie mehr zu ihm nach Hause kommt. Er will, dass Roger sich so weit wie irgend möglich von Johan und seiner Familie fernhält. Er hebt die Waffe, um seinen Worten Gewicht zu verleihen. Aber Roger reagiert überhaupt nicht so, wie Johan es sich gedacht oder erhofft hat. Er schreit.*

*Dass sowieso alles scheiße sei.*

*Dass alles, ja sein gesamtes Leben, sinnlos wäre.*

*Dass Johan ein verdammter Idiot sei.*

*Dass er ihm gerade noch gefehlt habe.*

*Er weint. Dann geht er. Weg von Johan. Aber das darf er nicht. Nicht jetzt. Nicht so. Er hat nicht versprochen, dass sich etwas ändern wird. Er hat nicht versprochen, es zu beenden. Nichts hat er versprochen. Es scheint, als hätte Roger nicht verstanden, wie ernst es Johan ist, wie wichtig. Er muss Roger dazu bringen, es zu begreifen. Doch dazu muss er ihn erst einmal stoppen. Johan legt die Waffe an. Ruft Roger zu, er solle stehen bleiben. Sieht ihn weiterlaufen. Ruft erneut. Roger zeigt ihm über die Schulter hinweg den Mittelfinger.*

*Johan drückt ab.*

«Ich wollte doch nur, dass er mir zuhört.» Johan blickte Sebastian an. Seine Wangen glänzten feucht, seine Energie war aufgebraucht. Die Hände hatten keine Ausdauer und keinen Willen mehr, die Waffe zu halten, die vor ihn auf den Fußboden glitt. «Ich wollte doch nur, dass er zuhört.»

Johans Körper wurde von tiefen Schluchzern erschüttert, als würde er einen Krampf erleiden. Er krümmte sich zusammen, seine Stirn lag auf den Beinen. Langsam kroch Sebastian auf dem Boden zu dem bebenden Häufchen Elend. Vorsichtig nahm er das Gewehr und räumte es beiseite.

Dann legte er den Arm um Johan und gab ihm das Einzige, was er in diesem Moment zu geben in der Lage war.

Zeit und Nähe.

Vanja stand nervös und ungeduldig im Flur. Seit Sebastian die Treppe hochgestiegen war, war nun schon eine halbe Stunde vergangen. Sie hatte ihn durch die verschlossene Tür mit Johan reden hören, aber nachdem er anschließend das Zimmer betreten hatte, konnte sie nur noch gedämpftes Murmeln ausmachen und vereinzelt Scharren, wenn sich einer der beiden bewegte. Sie hoffte, dass dies ein positives Zeichen war. Keine Schreie, keine aufgeregten Stimmen. Und vor allem keine Schüsse mehr.

Haraldsson war auf dem Weg ins Krankenhaus oder bereits dort angekommen. Die Kugel hatte ihn direkt unter dem linken Schulterblatt durchbohrt und war auf der Vorderseite wieder ausgetreten. Er hatte viel Blut verloren und musste operiert werden, aber ersten Berichten zufolge war er nicht lebensgefährlich verletzt.

Vanja blieb die ganze Zeit über in telefonischem Kontakt mit Torkel. Sechs Polizeiwagen waren vor Ort, zwölf schwerbewaffnete Polizisten in schusssicherer Kleidung hatten das Haus umstellt, aber Torkel ließ sie bislang draußen warten. Der gesamte Straßenzug war von uniformierten Beamten abgesperrt worden. An der nächsten Straßenecke hatten sich einige Schaulustige zusammen mit Journalisten und Fotografen versammelt und bemühten sich, näher an das Geschehen heranzukommen. Vanja sah erneut auf die Uhr. Was passierte da oben eigentlich? Sie hoffte inständig, dass sie ihre Entscheidung, Sebastian zu dem Jungen zu lassen, nicht würde bereuen müssen.

Dann hörte sie Schritte. Vanja zog ihre Waffe und stellte sich breitbeinig neben den Fuß der Treppe. Sie war auf alles gefasst.

Sebastian und Johan kamen Seite an Seite nach unten. Sebastian hatte den Arm um den Jungen gelegt, der viel kleiner und jünger aussah als seine sechzehn Jahre. Es wirkte so, als würde Sebastian ihn mehr oder weniger die Treppe hinabtragen. Vanja steckte die Pistole weg und nahm Kontakt zu Torkel auf.

Als Johan versorgt und in psychologische Betreuung gebracht worden war, wo Beatrice ihn bereits erwartete, wandte Sebastian dem Treiben auf der Straße den Rücken zu und ging zurück ins Haus. Schwermütig betrat er das Wohnzimmer, schob ein wenig Wäsche vom Sofa und ließ sich nieder. Er lehnte sich gegen den groben Bezug, legte seine Füße auf den niedrigen Sofatisch und schloss die Augen. Während seiner aktiven Zeit hatte er nur selten zugelassen, dass Fälle, Täter oder Opfer in seinem Bewusstsein zurückblieben. Für ihn waren sie lediglich Werkzeuge gewesen, die man benutzen konnte, Probleme, die es zu lösen, oder Hindernisse, die es zu überwinden galt. Letzten Endes hatten alle und alles in seinen Augen nur existiert, um ihn herauszufordern, seine Begabung zu beweisen, sein Ego zu füttern.

Wenn sie ihre Funktion erfüllt hatten, vergaß er sie und ging weiter. Den Zugriff, die Verhaftung und das gerichtliche Nachspiel fand er völlig uninteressant. Warum also ließen ihn die Strands nicht mehr los? Ein junger Täter, eine zerbrochene Familie. Gewiss war das tragisch, aber dennoch nichts, was er nicht schon häufiger erlebt hatte. Und nichts, was er noch länger mit sich herumtragen wollte.

Er hatte mit dem Fall abgeschlossen, und mit Västerås.

Ihm war völlig klar, was er nun brauchte, um sich eine Weile von den Strands abzulenken.

Sex. Er brauchte Sex. Er musste mit einer Frau schlafen, das Haus endgültig verkaufen und zurück nach Stockholm fahren. So lautete sein Plan.

Sollte er in die Storskärsgatan 12 fahren? Versuchen, mit seinem Sohn oder seiner Tochter Kontakt aufzunehmen? Seiner jetzigen Gemütsverfassung nach zu urteilen besser nicht, aber er wollte keine endgültigen Entscheidungen treffen, bevor es ihm besserging.

Nach dem Sex, nach dem Verkaufsabschluss, nach Västerås.

Sebastian spürte, wie sich das Polster ein wenig senkte, als jemand sich neben ihn setzte. Er öffnete die Augen. Vanja saß an der äußersten Kante. Mit geradem Rücken, die Hände auf den Knien gefaltet. Wachsam. Das genaue Gegenteil von Sebastian, der ausgestreckt auf dem Sofa lümmelte. Als ob sie in aller Form einen möglichst großen Abstand zwischen ihnen demonstrieren wollte.

«Was hat er gesagt?»

«Johan?»

«Ja.»

«Dass er Roger getötet hat.»

«Und hat er einen Grund genannt?»

«Er hatte Angst, dass sein Vater ihn noch einmal verlassen würde. Es ist einfach so passiert.»

Vanja runzelte skeptisch die Stirn.

«Zweiundzwanzig Messerstiche und eine im Tümpel versenkte Leiche, das klingt nicht direkt wie ein Unglück?»

«Auf irgendeine Weise hat der Vater wohl dabei geholfen. Ihr werdet ihn ja verhören. Westin wurde garantiert auch nicht von dem Jungen umgebracht.»

Vanja schien zufrieden. Sie stand auf und ging zum Flur. Im Türrahmen blieb sie stehen und drehte sich noch einmal zu Sebastian um. Er sah sie fragend an.

«Du warst mit ihr im Bett, oder?»

«Wie bitte?»

«Mit der Mutter. Beatrice. Du warst mit ihr im Bett.»

Diesmal formulierte sie den Satz nicht einmal als Frage, also antwortete Sebastian nicht. Das brauchte er auch nicht, wie immer war Schweigen die beste Bestätigung.

Sah er etwa einen enttäuschten Ausdruck im Gesicht seiner künftigen Exkollegin?

«Als du zu dem Jungen hinaufgegangen bist, weil du glaubtest, er würde sich möglicherweise etwas antun, da dachte ich noch, dass du vielleicht nicht durch und durch verkommen bist.»

Sebastian wusste bereits, in welche Richtung das Gespräch ging. Er kannte das schon, von anderen Frauen, aus anderen Zusammenhängen, mit anderen Worten. Und der gleichen Schlussfolgerung.

«Offenbar habe ich mich getäuscht.»

Vanja ließ ihn zurück. Er sah sie gehen und blieb schweigend sitzen. Was hätte er auch sagen sollen?

Sie hatte ja recht.


Ulf Strand saß auf demselben Stuhl wie wenige Stunden zuvor seine Frau. Er machte einen sehr gefassten Eindruck. Höflich, beinahe zuvorkommend. Das Erste, was er fragte, als Vanja und Torkel in den Verhörraum kamen und ihm gegenüber Platz nahmen, war, wie es Johan ging. Als er die beruhigende Nachricht erhalten hatte, dass er betreut wurde und Beatrice bei ihm war, erkundigte er sich nach Haraldssons Zustand. Vanja und Torkel berichteten, dass er operiert worden und außer Gefahr sei, schalteten das Aufnahmegerät ein und baten Ulf, alles von Anfang an zu erzählen. Ab dem Zeitpunkt, als er zum ersten Mal von Rogers Tod hörte.

«An dem besagten Abend rief Johan mich im Büro an. Er weinte und war vollkommen außer sich, er sagte, auf dem Fußballplatz wäre etwas Schreckliches passiert.»

«Also sind Sie hingefahren?»

«Ja.»

«Und was geschah, als Sie dort ankamen?»

Ulf richtete sich auf dem Stuhl auf.

«Roger war tot. Johan war völlig aufgelöst, also versuchte ich, ihn so gut es ging zu beruhigen, und setzte ihn in den Wagen.»

Vanja registrierte, dass Ulfs Stimme keinerlei Gefühlsregung verriet. Als hielte er gerade einen Vortrag vor Kollegen oder Kunden. Er war es gewohnt, korrekt und mit dem richtigen Ton aufzutreten.

«Dann habe ich mich um Roger gekümmert.»

«Inwiefern gekümmert?», fragte Torkel.

«Ich habe ihn außer Sichtweite geschleift, in den angrenzenden Wald. Ich begriff, dass man die Kugel zurückverfolgen konnte und ich somit gezwungen war, sie irgendwie herauszubekommen.»

«Und wie haben Sie das angestellt?»

«Ich ging zum Auto zurück und holte ein Messer.»

Ulf hielt inne und schluckte. Kaum verwunderlich, dachte Sebastian im angrenzenden Zimmer. Bisher hatte Ulf in seiner Erzählung niemandem Schaden zugefügt. Erst jetzt wurde es schwer.

Im Verhörraum bat Ulf nun um ein Glas Wasser. Torkel

holte es ihm. Ulf nahm einige wenige Schlucke. Er stellte das Glas wieder ab und fuhr sich mit der Rückseite der Hand über den Mund.

«Sie haben also ein Messer aus dem Auto geholt. Und dann?» Vanja trieb das Gespräch voran.

Ulf hatte beträchtlich an Stimmkraft eingebüßt, als er antwortete.

«Ich ging zurück und verwendete es, um die Kugel herauszuschneiden.»

Vanja schlug die Mappe auf, die vor ihr auf dem Tisch lag. Sie blätterte einige großformatige Fotografien der übel zugerichteten Leiche des Jugendlichen durch und schien etwas zu suchen. Reine Show, dachte Sebastian. Sie hatte alles parat, was sie wissen musste, um dieses Verhör zu führen, ohne irgendwelche Papiere oder Protokolle. Sie wollte nur, dass Ulf einen Blick auf seine Gräueltaten warf.

Nicht, weil er sie vergessen hatte oder jemals vergessen würde. Vanja tat nun so, als hätte sie das Papier gefunden, nachdem sie gesucht hatte.

«Roger hatte am ganzen Körper zweiundzwanzig Messerstiche, als wir ihn fanden.»

Ulf kämpfte, um seinen Blick von den grausamen Bildern abzuwenden, die nun ausgebreitet auf der Tischplatte um die Mappe herum lagen. Das klassische Gaffersyndrom, wie bei einem Autounfall: nicht hinsehen wollen, aber den Blick auch nicht abwenden können.

«Ja, ich dachte mir, es so aussehen zu lassen, als sei er erstochen worden. Irgendetwas Rituelles, die Tat eines Wahnsinnigen, was weiß ich.» Ulf gelang es, den Blick von den Bildern zu lösen. Er sah Vanja nun direkt an. «Eigentlich wollte ich nur verbergen, dass er erschossen wurde.»

«Okay. Und nachdem sie zweiundzwanzigmal auf ihn

eingestochen hatten und ihm das Herz herausgeschnitten hatten, was taten sie dann?»

«Ich fuhr Johan nach Hause.»

«Wo war Beatrice zu diesem Zeitpunkt?»

«Ich weiß es nicht, jedenfalls nicht zu Hause. Johan musste einen Schock erlitten haben. Auf dem Weg nach Hause schlief er. Ich begleitete ihn nach oben und brachte ihn ins Bett.» Ulf verstummte und blieb in Gedanken bei diesem Moment. Plötzlich fiel ihm auf, dass es vermutlich das Letzte gewesen war, was noch eine gewisse Normalität hatte. Ein Vater, der seinen Sohn ins Bett brachte. Alles, was anschließend kam, war ein einziger, langer Kampf gewesen. Um stillzuhalten, zusammenzuhalten.

«Erzählen Sie weiter.»

«Ich bin zu der Lichtung im Wald zurückgekehrt und habe die Leiche weggeschafft. Ich wollte sie an einen Ort fahren, an den ein Sechzehnjähriger sie nicht hätte bringen können. Um sicherzugehen, dass der Verdacht nicht auf Johan fallen würde.»

Sebastian richtete sich auf seinem Stuhl auf. Er drückte den Sendeknopf seines Headsets. Durch das Fenster sah er, wie Vanja lauschte, als sie das Surren in ihrem Ohr vernahm.

«Er wusste nicht, dass Beatrice und Roger miteinander gevögelt haben. Aber was denkt er dann, warum Johan seinen Freund erschossen hatte?»

Vanja nickte kurz. Gute Frage. Sie richtete ihre Aufmerksamkeit erneut auf Ulf.

«Eine Sache verstehe ich nicht. Wenn Sie nichts vom Verhältnis zwischen Ihrer Frau und Roger wussten, was hielten Sie dann für den Grund, dass Johan seinen Freund erschossen hatte?»

«Es gab keinen Grund. Es handelte sich um ein Versehen. Ein Spiel, das tödlich endete. Sie waren draußen und haben Schießübungen gemacht, und er war unvorsichtig. So hat Johan es mir erzählt.»

Ulf blickte plötzlich mit einer neuen Intensität von Vanja zu Torkel, so, als hätte er bisher geglaubt, dass die Lüge Johans schlimmstes Vergehen gewesen wäre. Als wäre ihm jetzt erst aufgegangen, dass Johan gar nicht unschuldig war. Dass es sich nicht um einen Unfall handelte. Jedenfalls nicht nur.

«Was wird mit Johan geschehen?» Diesmal lag echte Sorge in seiner Stimme.

«Er ist älter als fünfzehn, also ist er strafmündig», erklärte Torkel sachlich.

«Und was bedeutet das?»

«Dass es zu einem Verfahren kommen wird.»

«Erzählen Sie von Peter Westin.» Vanja wechselte das Thema, darauf erpicht, endlich zu einem Abschluss zu kommen.

«Er ist Psychologe.»

«Das ist uns bekannt. Wir möchten wissen, warum er tot ist. Was hat Roger Ihrer Meinung nach zu ihm gesagt, das so gefährlich war, dass er sterben musste?»

Ulf sah sie völlig verständnislos an.

«Roger?»

«Ja, Peter Westin war Rogers Psychologe. Wussten Sie das nicht?»

«Nein. Er ist Johans Psychologe, schon seit mehreren Jahren. Seit der Scheidung. Johan war sehr aufgewühlt nach ... ja, nach der ganzen Sache. Mit Roger. Also ging er zu Westin. Hinterher. Ich weiß nicht, was er gesagt hat. Ich fragte ihn danach, aber er konnte sich nicht richtig daran erinnern. Ich

572

verstand nur so viel, dass er kein Geständnis abgelegt hatte, denn dann wäre die Polizei gekommen, aber möglicherweise hatte er über bestimmte Sachen gesprochen, sodass Westin später eins und eins zusammenzählen konnte und auf diese Weise begriff, was passiert war. Ich wollte einfach kein Risiko eingehen.»

Vanja suchte die Fotografien zusammen, die sie ausgebreitet hatte, und schlug die Mappe zu. Sie hatten alles Notwendige erfahren. Jetzt lag die Entscheidung beim Gericht. Johan würde vermutlich mit einer milden Strafe davonkommen. Ulf dagegen ... es würde lange dauern, bis die Familie Strand wieder vollzählig war.

Vanja beugte sich gerade vor, um das Aufnahmegerät zu stoppen, als Torkel sie zurückhielt. Eine Frage war noch offen, über die er grübelte, seit er begriffen hatte, wie alles zusammenhing.

«Warum haben Sie nicht die Polizei gerufen? Ihr Sohn berichtet Ihnen, dass er aus Versehen seinen Freund erschossen hat. Warum haben Sie nicht einfach die Polizei angerufen?»

Ruhig begegnete Ulf Torkels neugierigem Blick. Es war ganz einfach. Wenn Torkel auch Kinder hätte, würde er es verstehen.

«Johan wollte es nicht. Er war außer sich vor Angst. Ich hätte ihn nicht enttäuschen dürfen. Das hatte ich schon einmal getan. Als ich die Familie verließ. Diesmal war ich gezwungen, ihm zu helfen.»

«Vier Menschen sind tot, Sie kommen ins Gefängnis, und er ist traumatisiert, möglicherweise für den Rest seines Lebens. Wie ist ihm damit geholfen?»

«Ich habe versagt. Ich gebe zu, dass ich versagt habe. Aber ich habe alles in meiner Macht Stehende getan. Das Einzige, was ich damit bezwecken wollte, war, ein richtig guter Vater zu sein.»

«Ein guter Vater?» Die Zweifel in Torkels Stimme wurden mit einem Blick konfrontiert, der hundertprozentige Überzeugung ausstrahlte.

«Ich war einige wichtige Jahre seines Lebens weg. Aber ich glaube, es ist nie zu spät, ein guter Vater zu sein.»

Ulf Strand wurde abgeführt. Er sollte noch am Abend dem Haftrichter vorgeführt werden. Ihre Arbeit war größtenteils beendet. Sebastian blieb im angrenzenden Zimmer sitzen und beobachtete durch das Fenster, wie Vanja und Torkel ihre Sachen zusammensuchten. Gutgelaunt unterhielten sie sich darüber, bald nach Hause zu kommen. Vanja hoffte, einen Abendzug nach Stockholm nehmen zu können. Torkel blieb noch ein oder zwei Tage in Västerås, Ursula ebenso. Torkel würde alle Details der Ermittlung zu einem endgültigen Gesamtbild zusammenfügen, Ursula das Haus der Strands durchsuchen und dafür sorgen, dass bei der Spurensicherung nichts übersehen wurde. Bevor die Tür zum Flur hinter ihnen zuschlug, hörte Sebastian noch, wie Torkel sagte, sie würden hoffentlich noch zusammen essen gehen können, bevor Vanja sie verließe.

Ihre Stimmen und Bewegungen strahlten Leichtigkeit aus. Eine Erleichterung darüber, dass das Gute gesiegt hatte. Mission completed. Es war Zeit, mit einem fröhlichen Lied auf dem Lippen dem Sonnenuntergang entgegenzureiten.

Sebastian hatte keine Lust zu singen und keine Lust zu feiern. Nicht einmal mehr Lust auf Sex.

Er konnte nur an zwei Dinge denken: Storskärsgatan 12 und Ulfs Stimme.

*Es ist nie zu spät, ein guter Vater zu sein.*

Merkwürdigerweise hatte Sebastian begriffen, dass er sich im Grunde schon entschieden hatte. Nicht bewusst, aber tief im Inneren war er sich ziemlich sicher, dass er Anna Eriksson nicht aufsuchen würde, wenn er wieder in Stockholm war. Und er war zufrieden mit dem Entschluss.

Was würde es ihm auch bringen, wohin sollte es führen.

Aus Anna würde nie eine neue Lily werden, aus dem Kind nie eine neue Sabine. Und eigentlich waren sie es ja, die er vermisste und sehnlichst zurückhaben wollte. Und nur sie, Lily und Sabine.

Doch Ulfs Worte hatten gegen Sebastians Willen etwas in ihm bewegt. Nicht was er gesagt hatte, sondern wie er es gesagt hatte.

Mit dieser Gewissheit und Selbstverständlichkeit. Als handele es sich dabei um eine unumstößliche Tatsache. Eine universelle Wahrheit.

*Es ist nie zu spät, ein guter Vater zu sein.*

Sebastian hatte einen Sohn oder eine Tochter. Er hatte mit großer Wahrscheinlichkeit ein Kind, das noch immer am Leben war. Irgendwo ging ein menschliches Wesen umher, das zur Hälfte er war. Das sein war.

*Es ist nie zu spät, ein guter Vater zu sein.*

Diese einfachen Worte stellten ihn vor schwere Fragen. Sollte er wirklich noch einmal ein Kind aus seinen Händen gleiten lassen? Konnte er das? Wollte er es?

Sebastian tendierte plötzlich immer mehr dazu, diese drei Fragen mit Nein zu beantworten.

Der Zug, der Sebastian nach Stockholm zurückbringen würde, ging in einer guten Stunde. Fast drei Tage waren vergangen, seit er aus dem Polizeipräsidium gekommen und wieder zu seinem Elternhaus zurückgekehrt war, Ulfs Worte noch immer in den Ohren. Er hatte Torkel und Ursula nicht mehr angerufen, obwohl er wusste, dass sie ebenfalls noch ein paar Tage in der Stadt blieben. Er hatte keine Ahnung, ob sie immer noch da waren. Der Fall war abgeschlossen, und niemand schien ein Interesse daran zu haben, den Kontakt über die Arbeit hinaus aufrechtzuerhalten. Was für Sebastian völlig in Ordnung war. Er hatte das erhalten, wofür er gekommen war.

Gestern war der Makler erneut da gewesen, und sie hatten die letzten Dinge geregelt, die vor dem endgültigen Verkauf des Hauses noch geklärt werden mussten. Am Abend hatte Sebastian den Zettel mit dem Namen und der Telefonnummer der lesenden Frau hervorgekramt, die er im Zug nach Västerås kennengelernt hatte. Eine Begegnung, die schon eine Ewigkeit zurückzuliegen schien. Sie war zunächst zögerlich gewesen, als er angerufen hatte. Er hatte sich entschuldigt, erklärt, dass er sich vor Arbeit kaum noch habe retten können, dieser Mordfall, von dem sie möglicherweise gehört habe. Der tote Junge vom Palmlövska-Gymnasium. Genau wie er geahnt hatte, war sie neugierig geworden und mit einem Treffen am nächsten Tag einverstanden gewesen. Das hatte gestern stattgefunden. Sie hatten den Abend bei ihm zu Hause beendet, und er war sie erst am nächsten Vormittag wieder losgeworden. Sie wollte ihn wiedersehen, er machte keine Versprechen. Wenn er nichts von sich hören ließe, würde sie sich melden, hatte sie lachend verkündet. Er würde ihr nicht entkommen, denn jetzt wisse sie ja, wo er wohne. Drei Stunden später hatte Sebastian alles mitgenommen, was er aus dem Haus schaffen wollte, und die Tür hinter sich geschlossen, um nie wieder zurückzukehren.

Jetzt stand er an dem Ort, von dem er geglaubt hatte, er würde ihn niemals wieder aufsuchen. Eigentlich hatte er sich sogar geschworen, niemals wieder dorthin zu gehen. Diesem Mann nie wieder einen Besuch abzustatten. Nun lagen sie beide dort, auf dem Friedhof. Er stand am Grab seiner Eltern.

Die Blumen von der Beerdigung waren verwelkt. Das Grab sah ungepflegt aus. Sebastian fragte sich, warum niemand die verdorrten Sträuße und die von Rehen umgestoßenen und zur Hälfte aufgefressenen Gestecke entfernt hatte. Musste er etwa irgendwelche Formulare oder Ähnliches unterschreiben, damit sich die Friedhofsverwaltung um das Grab kümmerte? Er hatte jedenfalls nicht vor, es zu pflegen. Selbst wenn er in Västerås leben würde, täte er es nicht. Es war ein völlig abwegiger Gedanke.

Auf dem Grabstein aus rotem Granit war eine Sonne eingraviert, die auf- oder unterging, dahinter standen zwei hochgeschossene Kiefern. Die Grabinschrift lautete: «Bergmans Familiengrab», und darunter stand der Name seines Vaters: Ture Bergman. Esthers Name war noch nicht hinzugefügt worden, das Grab musste sich erst setzen, bevor man den Grabstein für eine neue Gravur wegtransportieren konnte. Sechs Monate dauerte das, hatte Sebastian irgendwo gehört.

Ture war 1988 gestorben. Zweiundzwanzig Jahre lang

hatte seine Mutter allein gelebt. Sebastian ertappte sich bei der Überlegung, ob sie jemals mit dem Gedanken gespielt hatte, ihn zu besuchen. Ihm die Hand zur Versöhnung zu reichen. Und wenn sie es getan hätte, hätte er sie dann genommen?

Vermutlich nicht.

Sebastian stand einige Meter von dem ungepflegten Grab entfernt. Unentschlossen. Um ihn herum war es still, die Sonne wärmte seinen Rücken durch den Mantel hindurch. Ein einzelner Vogel zwitscherte in einer der Birken, die hier und da zwischen den Gräbern gepflanzt worden waren. Eine Frau und ein Mann radelten draußen auf dem Fußweg vorbei. Sie lachte über etwas. Ein perlendes Lachen, das zum strahlend blauen Himmel aufstieg und fehl am Platz schien. Was hatte er hier eigentlich zu suchen? Er konnte sich nicht überwinden, näher an das Grab heranzutreten. Immerhin lag eine tragische Ironie darin, dass der letzte Ruheplatz seiner Mutter, die zeit ihres Lebens eine überaus ordentliche Frau gewesen war, einem Komposthaufen glich.

Sebastian ging die letzten Schritte bis zum Grab und kniete sich davor. Unbeholfen begann er, die verwelkten Blumen zu entfernen.

«Das hättest du nicht erwartet, dass ich kommen würde, was Mutter?»

Der Klang seiner eigenen Stimme verwunderte und verwirrte ihn zugleich. Er hätte nie von sich gedacht, dass er sich einmal hockend als Grabpfleger betätigen würde, während er mit seiner toten Mutter sprach. Was war mit ihm geschehen?

Es hatte etwas mit diesen Zahlen zu tun.

1988. Zweiundzwanzig Jahre allein. An Geburtstagen, an Werktagen, an Weihnachten, in den Ferien. Auch wenn sie Freunde hatte, musste es in dem großen Haus doch die meiste Zeit über still gewesen sein. Viel Zeit, um nachzudenken, was gewesen war und was kam. Ihr Stolz war größer gewesen als ihre Sehnsucht, die Furcht vor einer Zurückweisung größer als das Bedürfnis nach Liebe.

Mutter eines Sohnes, von dem sie nie etwas hörte. Einige kurze Jahre lang Großmutter eines Kindes, das sie nie sah. Sebastian beendete sein unbeholfenes Zupfen an den Pflanzen und stand auf. Er wühlte in seiner Tasche nach der Geldbörse und holte das Foto von Sabine und Lily hervor, das auf dem Klavier im Haus gestanden hatte.

«Du hast sie nie zu Gesicht bekommen. Dafür habe ich gesorgt.» Seine rechte Hand krampfte sich um das Portemonnaie. Er spürte, dass er den Tränen nah war. Die Trauer. Auf keinen Fall um seinen Vater, und nicht um seine Mutter, auch wenn er eine gewisse Traurigkeit darüber empfinden konnte, wie banal ihr Konflikt im Verhältnis zu seinen weitreichenden Folgen erschien. Er weinte nicht einmal um Lily und Sabine, sondern um sich selbst. Über seine Erkenntnis.

«Erinnerst du dich noch daran, was du bei unserer letzten Begegnung zu mir gesagt hast? Du sagtest, Gott hätte mich verlassen. Er hätte seine schützende Hand von mir genommen.»

Sebastian blickte auf das Bild seiner verstorbenen Frau und seines verstorbenen Kindes, auf den unfertigen Grabstein, auf den Friedhof der Stadt, in der er aufgewachsen war und in der niemand ihn mehr kannte, niemand nach ihm fragte, niemand ihn vermisste. Eine Tatsache, die für jede andere Stadt auch zutraf. Sebastian wischte sich mit der Rückseite der linken Hand die Tränen von den Wangen.

«Du hattest recht.»

**S**torskärsgatan 12.

Er war immerhin dort angekommen. An dem großen Mehrfamilienhaus im funktionalistischen Stil. Sebastian hatte keine Ahnung von Architektur und war auch nicht daran interessiert, etwas darüber zu lernen, aber er wusste, dass die Häuser im Westen des Stadtteils Gärdet dem Funktionalismus zuzuordnen waren.

Und er wusste, dass in dem Gebäude, vor dem er stand, Anna Eriksson wohnte. Die Mutter seines Kindes. Hoffentlich. Oder?

Sebastian war nun schon seit fast einer Woche wieder in Stockholm. Seither war er jeden Tag an dem Haus in der Storskärsgatan 12 vorbeigelaufen. Manchmal sogar mehrmals täglich. Bisher war er allerdings noch nicht hineingegangen. Am nächsten war er dem Haus gekommen, als er durch das Fenster am Eingang in den Hausflur gesehen hatte und einen Blick auf die Übersichtstafel über die Bewohner erhaschen konnte. Anna Eriksson wohnte im dritten Stock.

Sollte er es wagen? Oder lieber doch nicht?

Seit seiner Ankunft hatte Sebastian ernsthaft mit dieser Frage zu kämpfen. In Västerås war sie ihm in vielerlei Hinsicht abstrakter vorgekommen. Wie ein Gedankenspiel. Er konnte die Vor- und Nachteile abwägen. Einen Entschluss fassen. Ihn rückgängig machen. Den rückgängig gemachten Entschluss rückgängig machen. Ganz ohne Konsequenzen.

Jetzt war er hier. Die Entscheidung, die er traf, konnte unwiderruflich sein.

Umdrehen und gehen. Oder nicht.

Sich zu erkennen geben. Oder nicht.

Er schwankte hin und her. Manchmal mehrmals am Tag. Die Argumente waren dieselben, die er sich schon in Västerås zurechtgelegt hatte. Es fasste keinen neuen Gedanken, kam zu keinen neuen Erkenntnissen. Er verfluchte seine Unentschlossenheit.

Manchmal trat er seinen Spaziergang nach Gärdet in der Überzeugung an, dass er direkt durch die Tür treten, die Treppen hinaufgehen und klingeln würde. Dann geschah es mitunter, dass er nicht einmal in die Storskärsgatan einbog.

Andere Male, wenn er gar nicht daran dachte, sich dem Haus zu nähern, konnte er stundenlang vor der dunklen Holztür am Eingang der Hausnummer 12 verharren. Als wäre er von fremden Mächten gesteuert. Aber bisher war er nie im Treppenhaus gewesen, noch nicht.

Doch heute sollte der Tag sein, das fühlte er. Es war ihm gelungen, den ganzen Weg hierher einen geraden Kurs einzuhalten. Nachdem er seine Wohnung auf der Grev Magnigatan verlassen hatte, war er der Storgatan gefolgt, rechts in den Narvavägen eingebogen und in Richtung Karlaplan gegangen, hatte das Einkaufszentrum Fältöversten passiert, den Valhallavägen überquert – und schon war er da. Ein Spaziergang von einer knappen Viertelstunde. Falls Anna Eriksson hier auch schon gewohnt hatte, als ihr Kind jünger war, waren sie ihm vielleicht im Fältöversten begegnet. Vielleicht hatten sein Kind und dessen Mutter vor ihm in der Schlange an der Wursttheke des Supermarkts gestanden. Diese Gedanken beschäftigten Sebastian, als er auf der anderen Straßenseite stand und zum Haus Nummer 12 hinüberblickte.

Die Dämmerung brach langsam herein. Es war ein ausgesprochen schöner Frühlingstag in Stockholm gewesen, beinahe vorsommerlich warm.

Heute würde er sich zu erkennen geben und mit ihr sprechen.

Er hatte sich endlich entschieden.

Er überquerte die Straße und ging zur Haustür. Just in dem Moment, als er überlegte, wie er ins Haus gelangen sollte, verließ eine Frau Mitte dreißig den Aufzug im Treppenaufgang und ging zur Haustür. Er deutete es als Zeichen dafür, dass er Anna Eriksson genau heute treffen sollte.

Sebastian sprang genau im selben Moment heran, als die Frau auf den Bürgersteig hinaustrat. Er erreichte die Tür rechtzeitig, bevor sie zufiel.

«Hallo, danke, was für ein Glück.»

Die Frau würdigte Sebastian kaum eines Blickes. Sebastian betrat das Treppenhaus, und die Tür fiel mit einem dumpfen Schlag hinter ihm ins Schloss. Er betrachtete erneut die Tafel mit den Namen der Bewohner, obwohl er genau wusste, was darauf stand. Dritter Stock. Er überlegte eine Zeitlang, ob er den Aufzug nehmen sollte, der in einem schwarzen Quadrat aus Stahlnetz mitten durchs Haus fuhr, aber er entschied sich dagegen. Er brauchte alle Zeit, die er bekommen konnte. Er spürte, wie sein Herz schneller schlug und er an den Händen schwitzte. Er war nervös, und das geschah nicht oft.

Langsam begann er die Treppen hinaufzusteigen.

Im dritten Stock gab es zwei Türen. Auf der einen las er Eriksson und einen weiteren Namen. Er brauchte einen kurzen Moment, um sich zu sammeln, schloss die Augen und atmete zweimal tief durch. Dann trat er vor und klingelte. Nichts geschah. Sebastian war beinahe erleichtert. Keiner zu Hause. Er hatte es versucht, doch niemand hatte ihm geöffnet. Er hatte sich also getäuscht – und Anna Eriksson doch nicht treffen sollen. Jedenfalls nicht heute. Sebastian wollte sich gerade umdrehen und die Treppe hinuntergehen, als er in der Wohnung Schritte hörte. Eine Sekunde darauf wurde die Tür geöffnet.

Eine Frau, die einige Jahre jünger war als er, blickte ihn fragend an. Sie hatte schulterlanges, dunkles Haar und blaue Augen. Hohe Wangenknochen. Schmale Lippen. Sebastian erkannte sie nicht wieder. Er hatte keinerlei Erinnerung daran, je mit dieser Frau geschlafen zu haben, die gerade ihre Hände an einem rotkarierten Geschirrtuch abwischte und ihn fragend ansah.

«Hallo, sind Sie ...» Sebastian verlor den Faden. Wusste nicht, wo er anfangen sollte. Sein Kopf war vollkommen leer, und gleichzeitig wirbelten Tausende von Gedanken darin herum. Die Frau blieb stehen und sah ihn schweigend an.

«Anna Eriksson?», presste Sebastian am Ende hervor. Die Frau nickte.

«Ich heiße Sebasti...»

«Ich weiß, wer du bist», unterbrach ihn die Frau. Sebastian erstarrte.

«Wirklich?»

«Ja. Was machst du hier?»

Sebastian schwieg. Er hatte diese Begegnung viele Male im Kopf durchgespielt, seit er die Briefe gefunden hatte. Aber jetzt hatte sie eine Wendung genommen, mit der er überhaupt nicht gerechnet hatte. So hatte er sich ihr erstes Treffen niemals vorgestellt. Er hatte geglaubt, dass sie schockiert sein, vielleicht sogar ein wenig wanken würde. Zumindest völlig überrascht wäre. Ein dreißig Jahre zurückliegender Geist stand vor ihrer Tür. In jedem Fall hätte er gedacht, sich ausweisen zu müssen, damit sie ihm überhaupt glaubte. Seine Vorstellung stimmte ganz und gar nicht mit der Frau überein, die einen Zipfel des Küchenhandtuchs in ihrem Hosenbund feststeckte und ihn herausfordernd ansah.

«Ich ...» Sebastian verstummte. Auch das war er in Gedanken durchgegangen. Daran konnte er sich halten. Er konnte mit dem Anfang beginnen.

«Meine Mutter starb, und als ich ihr Haus entrümpelte, habe ich einige Briefe gefunden.»

Die Frau schwieg, nickte jedoch. Offenbar wusste sie, um welche Briefe es sich handelte.

«Darin stand, dass du schwanger seist, und zwar von mir. Ich bin nur gekommen, um herauszufinden, ob das stimmt, und was seither geschehen ist.»

«Komm rein.»

Die Frau trat zur Seite, und Sebastian kam in den relativen kleinen Flur. Anna schloss die Tür hinter sich, und er beugte sich hinab, um seine Schuhe auszuziehen.

«Das ist nicht nötig. Lange sollst du nicht hier bleiben.»

Sebastian richtete sich mit einer fragenden Miene wieder auf.

«Ich wollte dich nur aus dem Treppenhaus weg haben. Es hallt so sehr.» Anna stellte sich in dem engen Flur vor ihn und verschränkte ihre Arme.

«Es stimmt. Ich war schwanger und habe nach dir gesucht, dich aber nicht gefunden. Und wenn ich ehrlich sein soll, habe ich schon vor langer Zeit mit der Suche aufgehört.»

«Ich verstehe, dass du wütend bist, aber ...»

«Ich bin nicht wütend.»

«Die Briefe haben mich nie erreicht. Ich wusste von nichts.»

Sie standen sich schweigend gegenüber. Einen Augenblick lang überlegte Sebastian, was passiert wäre, wenn er es erfahren hätte. Damals. Ob er zu Anna Eriksson zurückgekehrt und Vater geworden wäre. Wie hätte sein Leben mit dieser Frau ausgesehen? Natürlich war es idiotisch, auch nur daran zu denken. Es war sinnlos, über eine mögliche Zukunft, eine alternative Gegenwart zu spekulieren. Außerdem wäre er nie zu ihr zurückgekehrt, auch nicht, wenn er die Briefe erhalten hätte. Nicht damals. Nicht der alte Sebastian.

«Ich habe dich vor, wie lange mag das her sein ... fünfzehn Jahren gesehen.» Anna sprach in ruhigem Ton. «Als du mitgeholfen hast, diesen Serienmörder zu fassen.»

«Hinde. 1996.»

«Damals habe ich dich jedenfalls gesehen. Im Fernsehen. Wenn ich dich immer noch hätte erreichen wollen, hätte ich dich damals bestimmt gefunden.»

Sebastian verarbeitete das Gesagte eine Sekunde lang.

«Aber ... habe ich ein Kind?»

«Nein. *Ich* habe eine Tochter. Mein Mann hat eine Tochter. Du hast keine. Jedenfalls nicht hier und nicht mit mir.»

«Also weiß sie gar nicht, dass ...»

«... dass du ihr Vater bist?», ergänzte Anna. «Nein. Mein Mann weiß natürlich, dass er es nicht ist, aber sie nicht, und wenn du es ihr erzählst, wirst du alles zerstören.»

Sebastian nickte und sah zu Boden. Eigentlich war er nicht überrascht. Das war eines der Szenarien, die er im Kopf durchgespielt hatte – dass das Kind nichts wusste. Nicht ahnte, dass es einen anderen Vater hatte. Dass er eine intakte Familie zerstören würde. Das hatte er schon mehrmals getan, wenn er mit verheirateten Frauen ins Bett gegangen und möglicherweise nicht allzu diskret gewesen war, aber dies war etwas anderes.

«Sebastian ...»

Er hob seinen Kopf. Anna hatte ihre Arme nicht mehr resolut verschränkt und sah ihn nun mit einem Blick an, der seine volle Aufmerksamkeit forderte.

«Du würdest wirklich etwas zerstören. Für alle. Sie liebt uns. Sie liebt ihren Vater. Wenn sie erfahren würde, dass wir sie über all die Jahre angelogen haben ... Ich glaube, das würden wir nicht durchstehen.»

«Obwohl sie mein Kind ist, kann ich ...» Ein lahmer, letzter Versuch. Von Anfang an zum Scheitern verurteilt.

«Das ist sie nicht. Vielleicht war sie es einmal. Eine Zeitlang. Hätte es werden können, wenn du dich bei mir gemeldet hättest. Aber jetzt ist sie es nicht.»

Sebastian nickte. Er verstand die Logik ihrer Worte. Wozu sollte es auch gut sein? Was hätte er davon? Fast schien es, als könnte Anna seine Gedanken lesen.

«Was kannst du ihr schon geben? Ein vollkommen Fremder, der nach dreißig Jahren plötzlich auftaucht und behauptet, er sei ihr Vater? Was soll denn dabei herauskommen, außer dass alles zerbricht?»

Sebastian nickte erneut und ging zur Tür.

«Ich gehe jetzt.»

Als er den Türgriff berührte, legte Anna kurz ihre Hand auf seinen Oberarm. Er wandte sich ihr zu.

«Ich kenne meine Tochter. Du würdest nur eines erreichen: Sie würde dich hassen, und unsere Familie wäre zerstört.»

Sebastian nickte.

Er hatte verstanden.

Er verließ die Wohnung und das alternative Leben, das seines hätte sein oder werden können. Anna schloss die Tür hinter ihm, und er blieb auf der Treppe stehen.

Das war alles. Es war vollbracht.

Er hatte eine Tochter, die er nie sehen und nie kennenlernen würde. Die ganze Anspannung, die sich so lange in ihm aufgestaut hatte, fiel von ihm ab, und eine plötzliche, körperliche Müdigkeit überkam ihn. So sehr, dass seine Beine ihn kaum noch zu tragen vermochten. Sebastian wankte zu der Treppe, die ins nächste Stockwerk führte, setzte sich und starrte vor sich hin. Leer, vollkommen leer.

In der Ferne hörte er das dumpfe Geräusch der Haustür, die drei Stockwerke unter ihm ins Schloss fiel. Er überlegte, wie er es nach Hause schaffen sollte. Es war nicht weit, aber in diesem Moment kam ihm die Strecke unendlich vor. Er brauchte einige Sekunden, um zu registrieren, dass der Aufzug unmittelbar links neben ihm in Bewegung war. Er stand auf. Wenn er in diesem Stockwerk hielt, würde er einsteigen und nach unten fahren. Das wäre ein erster Schritt auf der Wanderung zu seiner leeren Wohnung. Er hatte Glück, der Aufzug hielt im dritten Stock. Sebastian hatte überhaupt keine Lust, irgendjemandem zu begegnen, noch nicht einmal zu einem sinnlosen Lächeln in der Aufzugtür hätte er sich in diesem Moment durchringen können. Während die Person im Lift die Gittertür beiseiteschob, ging Sebastian einige Schritte rückwärts die Treppe hoch.

Sie verließ den Aufzug, und Sebastian konnte durch die Gitter über der Aufzugkabine einen Blick auf sie erhaschen.

Irgendetwas an der Gestalt kam ihm bekannt vor, ziemlich bekannt.

«Hallo, Mama, ich bin's», hörte er Vanja sagen. Sie ließ die Tür offenstehen, während sie aus ihren Schuhen schlüpfte, und für einen kurzen Moment sah Sebastian noch einmal Anna im Flur stehen, bis Vanja die Tür hinter sich schloss.

Jetzt erinnerte er sich. Der Name an der Tür. Er hatte sich so sehr auf Annas Nachnamen konzentriert, dass er den anderen Namen, den ihres Mannes, nicht einmal registriert hatte.

Lithner. Vanja Lithner.

Vanja war seine Tochter.

Auf diese Information hätte ihn nichts in der Welt vorbereiten können. Nichts.

Sebastian spürte, wie seine Beine weich wurden und er erneut gezwungen war, sich hinzusetzen.

Es dauerte lange, bis er wieder aufstand.

# HJORTH & ROSENFELDT

## DIE FRAUEN, DIE ER KANNTE

EIN FALL
FÜR
SEBASTIAN
BERGMAN

Leseprobe

rowohlt
POLARIS

**A**ls das Taxi am Abend um kurz vor halb acht in den Tolléns Väg abbog, hätte Richard Granlund nicht geglaubt, dass dieser Tag noch schlimmer werden könnte. Vier Tage in München und Umgebung. Auf Vertreterreise. Die Deutschen arbeiteten auch im Juli weitgehend Vollzeit. Kundengespräche von morgens bis abends. Fabriken, Konferenzräume und unzählige Tassen Kaffee. Er war müde, aber zufrieden. Das Fachgebiet Transport- und Prozessbänder war vielleicht nicht unbedingt sexy, und sein Job weckte nur selten Neugier und wurde bei Abendessen oder anderen Zusammenkünften nie selbstverständlich thematisiert. Aber sie verkauften sich gut, die Bänder. Richtig gut.

Das Flugzeug hätte in München um 9.05 Uhr starten und er um 11.20 Uhr in Stockholm sein sollen. Dann hätte er kurz im Büro vorbeigeschaut und gegen eins zu Hause sein können. Ein spätes Mittagessen mit Katharina und den Rest des Nachmittags mit ihr zusammen im Garten. Das war sein Plan gewesen – bis er erfahren hatte, dass sein Flug nach Arlanda gestrichen worden war.

Er stellte sich am Lufthansa-Schalter in der Schlange an und wurde auf den Flug um 13.05 Uhr umgebucht. Noch vier weitere Stunden am Franz-Josef-Strauß-Flughafen. Seine Begeisterung hielt sich in Grenzen. Mit einem resignierten Seufzer zog er sein Handy aus der Tasche und schrieb Katharina eine SMS: Sie musste ohne ihn essen. Aber die Hoffnung auf ein paar Stunden im Garten war noch nicht gestorben. Wie war das Wetter? Vielleicht würden sie ja später noch einen Drink auf der Terrasse nehmen? Jetzt, da er Zeit hatte, konnte er auch noch eine Flasche besorgen.

Katharina antwortete sofort. Dumm mit der Verspätung. Sie vermisse ihn. Das Wetter in Stockholm sei phantastisch, ein Drink wäre super. Er solle sie überraschen. Kuss.

Richard ging in einen der Läden, die noch immer mit dem Schild «Tax free» warben, obwohl das sicher für den Großteil der Reisenden keine Bedeutung mehr hatte. Er fand das Regal mit den fertiggemixten Getränken und wählte eine Flasche, die er aus der Werbung kannte. Mojito Classic.

Auf dem Weg zum Zeitschriftenladen kontrollierte er seine Flugdaten auf der Anzeigetafel. Gate 26. Er schätzte, dass er bis dorthin ungefähr zehn Minuten brauchte.

Nach dem Einkauf setzte sich Richard mit einem Kaffee und einem Sandwich in ein Café und blätterte in seiner gerade erstandenen Ausgabe des *Garden Illustrated*. Die Zeit kroch nur langsam vorwärts. Eine Weile verbrachte er mit einem Schaufensterbummel entlang der vielen Flughafenboutiquen, kaufte noch eine Zeitschrift, diesmal ein Lifestyle-Magazin, zog dann in ein anderes Café um und trank eine Flasche Mineralwasser. Nach einem Gang zur Toilette war es endlich Zeit, zum Gate aufzubrechen. Dort erlebte er eine böse Überraschung: Der Flug um 13.05 Uhr war verspätet, neue Boardingzeit war 13.40 Uhr. Voraussichtliche Abflugzeit 14.00 Uhr. Richard griff wieder zu seinem Handy, informierte Katharina über die neuerliche Verspätung und empörte sich über das Fliegen im Allgemeinen und die Lufthansa im Besonderen. Dann suchte er sich einen freien Platz und setzte sich. Es kam keine SMS zurück.

Er rief sie an, aber sie hob nicht ab.

Vielleicht hatte sie jemanden gefunden, der mit ihr in der Stadt essen ging. Er steckte das Handy ein und schloss die Augen. Es bestand kein Anlass, sich über die Verspätung aufzuregen, er konnte ohnehin nichts daran ändern.

Um kurz vor zwei öffnete eine junge Frau den Schalter und bat die Fluggäste um Entschuldigung für die Verspätung. Als alle im Flugzeug Platz genommen hatten und das Personal gerade routiniert die Sicherheitshinweise erklärte, denen sowieso niemand lauschte, meldete sich der Flugkapitän zu Wort. Eine Kontrolllampe des Flugzeugs blinke. Vermutlich handele es sich nur um einen Defekt der Lampe, aber man wolle kein Risiko eingehen, weshalb ein Techniker unterwegs sei, um die Sache zu überprüfen. Der Pilot entschuldigte sich für die Verspätung und erklärte, er hoffe auf das Verständnis der Passagiere. Im Flugzeug wurde es bald stickig. Richard spürte, wie seine Verständnisbereitschaft und seine trotz allem relativ gute Laune im gleichen Takt verflogen, wie sein Hemd am Rücken und unter den Armen feuchter wurde. Dann meldete sich der Pilot erneut mit zwei Nachrichten. Die gute: Der Fehler sei behoben. Die schlechtere: Inzwischen hätten sie ihre Startposition verloren, weshalb nun noch etwa neun Flugzeuge vor ihnen starten würden, aber sobald sie an der Reihe seien, würden sie ihren Flug nach Stockholm antreten.

Er bat um Entschuldigung.

Sie landeten um 17.20 Uhr in Arlanda, mit zwei Stunden und zehn Minuten Verspätung. Oder sechs Stunden, je nachdem, wie man die Dinge sah.

Auf dem Weg zur Gepäckausgabe rief Richard wieder zu Hause an. Katharina meldete sich nicht. Er versuchte es auf ihrem Handy, doch nach dem fünften Klingeln sprang die Mailbox an. Vermutlich war sie draußen im Garten und hörte das Telefon nicht. Richard betrat die große Halle mit den Gepäckbändern. Dem Monitor über Band 3 zufolge sollte es acht Minuten dauern, bis die Koffer des Fluges 2416 eintreffen würden.

Es waren zwölf Minuten.

Und weitere fünfzehn Minuten vergingen, bis Richard begriff, dass sein Koffer nicht dabei war.

Wieder musste er warten, diesmal in der Schlange vor dem Serviceschalter, um der Lufthansa den Verlust zu melden. Nachdem er seinen Gepäckabschnitt, seine Adresse und eine möglichst genaue Beschreibung seines Koffers hinterlassen hatte, durchquerte Richard die Ankunftshalle und passierte die Schiebetür, um sich ein Taxi zu nehmen. Die Wärme schlug ihm entgegen. Jetzt war der Sommer wirklich da. Katharina und er würden einen schönen Abend verbringen. Er spürte, wie sich seine gute Laune bei dem Gedanken an einen Rum-Cocktail in der Abendsonne auf der Terrasse zurückmeldete.

Er reihte sich in der Warteschlange für ein Taxi ein. Als sie in Richtung Arlandastad abbogen, erklärte der Taxifahrer, dass der Verkehr in Stockholm heute völlig verrückt gewesen sei. Und zwar so was von verrückt! Gleichzeitig bremste er auf unter fünfzig Stundenkilometer ab, und sie wurden von der scheinbar unendlichen Blechlawine auf der E4 in Richtung Süden eingesaugt.

Aus all diesen Gründen hätte Richard Granlund nicht geglaubt, dass dieser Tag noch schlimmer werden könnte, als das Taxi endlich in den Tolléns Väg einbog.

Er zahlte mit seiner Kreditkarte und ging durch den blühenden, gepflegten Garten zum Haus. Im Flur stellte er seine Aktentasche und die Plastiktüte ab.

«Hallo!»

Keine Antwort. Richard zog seine Schuhe aus und ging in die Küche. Er warf einen Blick durch das Fenster, um zu sehen, ob Katharina draußen war, doch der Garten war leer. Genau wie die Küche. Kein Zettel an der Stelle, wo er gelegen hätte, wenn sie ihm einen hinterlassen hätte. Richard nahm sein Handy und warf einen prüfenden Blick darauf. Keine entgangenen Anrufe oder SMS. Im Haus war es stickig, die Sonne brannte direkt darauf, aber Katharina hatte die Markisen nicht heruntergekurbelt. Richard schloss die Terrassentür auf und öffnete sie weit. Dann ging er die Treppe hinauf. Er wollte duschen und sich umziehen. Nach der langen Heimreise fühlte er sich durchgeschwitzt bis auf die Unterhose. Bereits auf dem Weg nach oben nahm er die Krawatte ab und knöpfte sein Hemd auf, hielt jedoch inne, als er die geöffnete Schlafzimmertür erreichte. Katharina lag auf dem Bauch. Das war das Erste, was er feststellte. Dann hatte er drei schnelle Einsichten.

Sie lag auf dem Bauch. Sie war gefesselt. Sie war tot.

Die U-Bahn ruckelte beim Bremsen. Eine Mutter, die mit ihrem Kinderwagen direkt vor Sebastian Bergman stand, umklammerte die Haltestange und sah sich nervös um. Schon seit sie am St. Eriksplan eingestiegen war, wirkte sie angespannt, und obwohl ihr weinender Junge schon nach wenigen Stationen eingeschlafen war, schien sie nicht ruhiger zu werden. Es gefiel ihr ganz eindeutig nicht, mit so vielen Fremden auf engstem Raum eingesperrt zu sein. Sebastian beobachtete mehrere Anzeichen dafür. Ihre offensichtlichen Versuche, die minimale Privatsphäre zu wahren, indem sie ständig ihre Füße bewegte, um an niemanden zu stoßen. Die Schweißperlen auf der Oberlippe. Der wachsame Blick, der keine Sekunde innehielt. Sebastian lächelte ihr beruhigend zu, doch sie sah nur hastig zur Seite und musterte weiter ihre Umgebung, alarmbereit und gestresst. Also sah sich Sebastian in dem überfüllten Wagen um, der kurz hinter der Station Hötorget erneut unter metallischem Knirschen zum Stehen gekommen war. Nach einigen Minuten Stillstand in der Dunkelheit ratterte die Bahn langsam weiter und kroch bis zum T-Centralen.

Normalerweise fuhr er nicht mit der U-Bahn, schon gar nicht im Berufsverkehr oder während der Touristensaison. Es war ihm zu unkomfortabel und zu chaotisch. Er würde sich nie an die dicht gedrängten Menschen mit all ihren Geräuschen und Gerüchen gewöhnen können. Meistens ging er zu Fuß oder nahm sich ein Taxi. Um Distanz zu wahren.

Ein Außenstehender zu bleiben. So hatte er es bisher immer gehalten. Aber nichts war mehr so wie bisher.

Nichts.

Sebastian lehnte sich gegen die Tür am Ende des Wagens und warf einen Blick in den nächsten Waggon. Er konnte sie durch das kleine Fenster beobachten. Das blonde Haar, das Gesicht, über eine Tageszeitung gebeugt. Ihm wurde bewusst, dass er vor sich hin lächelte, wenn er sie sah.

Sie stieg wie immer am T-Centralen um und lief mit schnellen Schritten die Steintreppe zur roten U-Bahn-Linie hinunter. Er konnte ihr leicht folgen. Solange er nur genügend Abstand hielt, wurde er von den vielen herbeiströmenden Pendlern und stadtplanlesenden Touristen verdeckt.

Und er hielt Abstand.

Er wollte sie nicht aus den Augen verlieren, durfte aber auf keinen Fall entdeckt werden. Es war eine schwierige Balance, aber er schlug sich immer besser.

Als die U-Bahn der roten Linie zwölf Minuten später bei der Station Gärdet hielt, wartete Sebastian einen Moment, ehe er den hellblauen Waggon verließ. Hier war größere Vorsicht geboten. Auf dem Bahnsteig waren weniger Menschen unterwegs, die meisten waren schon eine Station früher ausgestiegen. Sebastian hatte den Wagen vor ihr gewählt, damit sie ihm nach dem Aussteigen den Rücken zukehrte. Sie ging jetzt noch schneller und war bereits auf halber Höhe der Rolltreppe, als er sie wieder sehen konnte. Offenbar war Gärdet auch die Zielstation der Frau mit dem Kinderwagen, und Sebastian beschloss, sich hinter ihr zu halten. Die Frau schob ihren Kinderwagen gemächlich hinter den Menschen her, die zu den Rolltreppen strömten, vermutlich in der Hoffnung, nicht ins Gedränge zu geraten. Als er hinter der Mutter herging, fiel Sebastian auf, wie ähnlich sie beide sich waren.

Zwei Menschen, die immer Abstand halten mussten.

**E**ine Frau war tot zu Hause aufgefunden worden.

Normalerweise war das kein Grund, gleich die Reichsmordkommission und Torkel Höglunds Team hinzuzuziehen.

Meistens handelte es sich um das tragische Ende eines Familienstreits, eines Sorgerechtskonflikts, Eifersuchtsdramas oder eines alkoholseligen Abends in – wie sich erst im Nachhinein herausstellte – falscher Gesellschaft.

Jeder Polizist wusste, dass man den Täter am häufigsten unter den nächsten Angehörigen fand, wenn eine Frau zu Hause ermordet worden war. Deshalb war es nicht weiter verwunderlich, dass Stina Kaupin überlegte, ob sie gerade mit einem Mörder sprach, als sie um kurz nach halb acht Uhr abends den Notruf entgegennahm.

«SOS 112, was ist passiert?»

«Meine Frau ist tot.»

Was der Mann noch sagte, war nur schwer zu verstehen. Seine Stimme klang gebrochen von Trauer und Schock. Er machte immer wieder so lange Pausen, dass Stina mehrmals glaubte, er hätte aufgelegt, bis sie hörte, wie er seine Atmung zu kontrollieren versuchte. Stina hatte Probleme, ihm eine Adresse zu entlocken. Der Mann am anderen Ende der Leitung wiederholte nur ständig, dass seine Frau tot sei und alles voller Blut. Überall Blut. Ob sie kommen könnten? Bitte?

Stina stellte sich einen Mann mittleren Alters mit blutigen Händen vor, dem langsam, aber sicher bewusst wurde, was er angerichtet hatte. Schließlich nannte er doch eine Adresse in Tumba. Sie bat den Anrufer – der vermutlich der Mörder war – zu bleiben, wo er war, und nichts im Haus anzurühren. Sie würde Polizei und Krankenwagen zu ihm schicken. Dann legte sie auf und gab die Angelegenheit an die Södertorn-Polizei in Huddinge weiter, die wiederum einen Streifenwagen losschickte.

Erik Lindman und Fabian Holst hatten gerade ihr Fastfood-Abendessen im Polizeiauto verschlungen, als sie den Auftrag erhielten, in den Tolléns Väg 19 zu fahren.

Zehn Minuten später waren sie vor Ort. Sie stiegen aus dem Wagen und sahen zum Haus hinüber. Obwohl sich keiner der beiden Beamten besonders für Gartenpflege interessierte, fiel ihnen auf, dass hier jemand unzählige Stunden und Kronen investiert hatte, um die fast perfekte, prunkvolle Pflanzenpracht anzulegen, die das gelbe Holzhaus umgab.

Als sie den Gartenweg zur Hälfte zurückgelegt hatten, wurde die Haustür geöffnet. Beide griffen reflexartig zum Holster an ihrer rechten Hüfte. Der Mann in der Tür trug ein halb aufgeknöpftes Hemd und starrte die uniformierten Polizisten geistesabwesend an.

«Ein Krankenwagen ist nicht nötig.»

Die beiden Beamten wechselten einen kurzen Blick. Der Mann in der Tür stand eindeutig unter Schock. Und Menschen unter Schock reagierten oft nach ganz eigenen Regeln. Unvorhersehbar. Unlogisch. Der Mann wirkte zwar ziemlich niedergeschlagen und kraftlos, aber sie wollten auf keinen Fall ein Risiko eingehen. Lindman setzte seinen Weg fort, Holst verlangsamte seine Schritte und behielt die Hand an der Dienstwaffe.

«Richard Granlund?», fragte Lindman, während er die

letzten Schritte auf den Mann zu tat, der einen Punkt irgendwo schräg hinter ihm fixierte.

«Ein Krankenwagen ist nicht nötig», wiederholte der Mann mit tonloser Stimme. «Die Frau am Telefon hat gesagt, sie würde einen Krankenwagen schicken. Das ist nicht nötig. Das hatte ich vorhin vergessen zu sagen ...»

Jetzt war Lindman bei dem Mann angekommen. Er berührte ihn leicht am Arm. Der Körperkontakt ließ den Mann zusammenzucken, dann wandte er sich dem Polizisten zu und blickte ihn mit erstauntem Gesichtsausdruck an, als sähe er ihn gerade zum ersten Mal und wundere sich darüber, wie er ihm so nah hatte kommen können.

Kein Blut auf Händen oder Kleidung, registrierte Lindman.

«Richard Granlund?»

Der Mann nickte.

«Ich kam nach Hause, und sie lag da ...»

«Wo sind Sie denn gewesen?»

«Bitte?»

«Von wo kamen Sie? Wo sind Sie vorher gewesen?» Vielleicht war es nicht der richtige Zeitpunkt, um den Mann zu befragen, da er so offensichtlich unter Schock stand. Aber es konnte hilfreich sein, wenn man die Aussagen bei der ersten Begegnung mit jenen aus einem möglichen späteren Verhör vergleichen konnte.

«Deutschland. Geschäftlich. Mein Flug hatte Verspätung. Beziehungsweise ... der erste wurde gestrichen, der zweite war verspätet, und dann kam ich sogar noch später, weil mein Gepäck ...»

Der Mann verstummte. Anscheinend war ihm ein Gedanke gekommen. Er sah Lindman mit einer plötzlichen Klarheit in den Augen an.

«Hätte ich sie retten können? Wenn ich pünktlich gekommen wäre, hätte sie dann noch gelebt?»

Diese Was-wäre-wenn-Überlegungen waren eine natürliche Reaktion bei Todesfällen. Lindman hatte sie schon oft gehört. Er hatte häufig erlebt, dass Menschen starben, weil sie zur falschen Zeit am falschen Ort waren. Sie liefen genau in dem Moment auf die Straße, in dem ein betrunkener Autofahrer heranraste. Sie schliefen genau in jener Nacht im Wohnwagen, in der die Gasflasche zu lecken begann. Sie überquerten in dem Augenblick die Gleise, in dem der Zug kam. Herabfallende Stromleitungen, alkoholisierte Schläger, Autos auf falschen Straßenseiten. Höhere Gewalt, Zufälle. Durch einen vergessenen Schlüsselbund konnte man sich exakt um jene Sekunden verspäten, deretwegen man dann den unbewachten Bahnübergang überquerte. Und wegen eines verspäteten Fluges konnte es sein, dass die Frau lange genug allein zu Hause war, damit der Mörder zuschlagen könnte. Die Was-wäre-wenn-Überlegungen.

Ganz natürlich bei Todesfällen, aber schwer zu beantworten.

«Wo ist Ihre Frau, Herr Granlund?», fragte Lindman also stattdessen mit ruhiger Stimme. Der Mann in der Tür schien über die Frage nachzudenken. Er war gezwungen, sich von den Reiseerlebnissen und der eventuellen Schuld, die ihm so plötzlich auferlegt worden war, ins Hier und Jetzt zurückzubegeben. Dem Grauen ins Auge zu sehen.

Dem, was er nicht hatte verhindern können.

Schließlich war er so weit.

«Da oben.» Richard zeigte schräg hinter sich und brach in Tränen aus.

Lindman bedeutete seinem Kollegen mit einem Nicken, dass er nach oben gehen solle, während er selbst dem weinenden Mann ins Haus folgte. Natürlich konnte man nie sicher sein, aber Lindman hatte das Gefühl, dass der Mann, den er gerade an den Schultern fasste und in die Küche schob, kein Mörder war.

Am Fuß der Treppe zog Holst seine Dienstwaffe und hielt sie mit ausgestrecktem Arm nach unten. Wenn der gebrochene Mann, um den sich sein Kollege kümmerte, nicht der Mörder war, bestand immerhin ein geringes Risiko, dass sich der wahre Täter noch im Haus aufhielt. Oder die Täterin – auch wenn das eher unwahrscheinlich war.

Die Treppe führte in einen kleineren Raum. Dachfenster, ein Zweisitzer, Fernseher und Blu-Ray. Regalwände mit Büchern und Filmen. Von dort gingen vier Türen ab, zwei davon standen offen, zwei waren geschlossen. Von der obersten Treppenstufe aus erblickte Holst ein Bein der toten Frau im Schlafzimmer. Im Bett. Das bedeutete, dass sie die Reichsmordkommission informieren mussten, dachte er und ging schnell durch die zweite geöffnete Tür, die zu einem Arbeitszimmer führte. Leer. Hinter den geschlossenen Türen befanden sich eine Toilette und ein begehbarer Kleiderschrank. Beide leer. Holst steckte seine Waffe wieder weg und näherte sich dem Schlafzimmer. Im Türrahmen blieb er abrupt stehen.

Seit etwa einer Woche lag ihnen eine Aufforderung der Reichsmordkommission vor. Die Kollegen wollten über Todesfälle informiert werden, bei denen folgende Kriterien zutrafen:

Das Opfer wurde im Schlafzimmer gefunden.

Das Opfer war gefesselt.

Dem Opfer war die Kehle durchgeschnitten worden.

Torkels Handy übertönte die letzte Strophe von «Hoch soll sie leben», und er nahm das Gespräch an und zog sich in die Küche zurück, während im Hintergrund gerade ein vierfaches «Hoch! Hoch! Hoch! Hoch!» gerufen wurde.

Vilma hatte Geburtstag.

Sie war dreizehn geworden, ein Teenie.

Eigentlich schon am Freitag, aber da hatten ein Abendessen mit ihren Freundinnen und ein anschließender Filmabend auf dem Programm gestanden. Ältere, langweilige Verwandte wie beispielsweise ihr Vater mussten an einem Wochentag kommen. Gemeinsam mit Yvonne hatte Torkel seiner Tochter ein Handy geschenkt. Ein nagelneues, eigenes. Bisher hatte Vilma immer das abgelegte Handy ihrer großen Schwester übernehmen müssen oder die alten Diensthandys von ihm oder Yvonne. Jetzt hatte sie also ein neues. Eines mit Android, wenn er sich richtig erinnerte, so wie es Billy ihm geraten hatte, als Torkel ihn bei der Auswahl von Modell und Marke um Hilfe gebeten hatte. Yvonne hatte erzählt, dass Vilma das Handy seit Freitag am liebsten jede Nacht mit ins Bett nehmen würde.

Der Küchentisch war für den Abend zu einem Gabentisch umfunktioniert worden. Die große Schwester hatte Vilma Mascara, Lidschatten, Lipgloss und eine Foundation gekauft. Vilma hatte die Sachen schon am Freitag bekommen, aber jetzt dazugelegt, um die ganze Fülle an Geschenken zu präsentieren. Torkel nahm die Mascara in die Hand, die bis zu zehnmal mehr Wimpernvolumen versprach, während er den Informationen am Telefon lauschte.

Ein Mord. In Tumba. Eine gefesselte Frau mit durchgeschnittener Kehle in einem Schlafzimmer.

Eigentlich war Torkel der Meinung gewesen, Vilma sei viel zu jung für Schminke, hatte jedoch zu hören bekommen, dass sie weit und breit die Einzige in der sechsten Klasse sei, die sich noch nicht schminke, und dass es in der Siebten ganz und gar undenkbar war, ohne Make-up in die Schule zu kommen. Torkel kämpfte nicht lange dagegen an. Die Zeiten änderten sich, und er wusste, dass er froh sein konnte, weil er diese Diskussion nicht schon hatte führen müssen, als Vilma in der vierten Klasse war. Denn so war es anderen Eltern auf Vilmas Schule ergangen, und sie hatten sich ganz offensichtlich nicht durchsetzen können.

Torkel beendete das Gespräch, legte die Wimperntusche zurück auf den Tisch und ging wieder ins Wohnzimmer.

Alles deutete darauf hin, dass dies das dritte Opfer war.

Er rief Vilma zu sich, die sich gerade mit ihren Großeltern unterhielt. Sie schien nicht besonders traurig darüber zu sein, das Gespräch mit den alten Verwandten unterbrechen zu müssen. Mit erwartungsvollem Blick kam sie Torkel entgegen, als glaubte sie, er hätte in der Küche heimlich eine Überraschung vorbereitet.

«Ich muss los, Liebes.»

«Ist es wegen Kristoffer?»

Es dauerte einige Sekunden, bis Torkel die Frage verstand. Kristoffer war der neue Mann in Yvonnes Leben. Torkel wusste, dass sie sich schon seit einigen Monaten kannten, aber er war Kristoffer an diesem Abend zum ersten Mal begegnet. Ein Gymnasiallehrer. Knapp fünfzig Jahre alt. Geschieden. Kinder. Er schien ein netter Kerl zu sein. Torkel war überhaupt nicht auf die Idee gekommen, dass man ihre Begegnung als angespannt, unangenehm oder in irgendeiner Weise problematisch hätte auffassen können. Deshalb hatte er im ersten Moment nichts mit der Frage seiner Tochter anfangen können. Vilma dagegen nahm die kurze Bedenkzeit sofort als Beweis dafür, dass sie ins Schwarze getroffen hatte.

«Ich habe ihr gesagt, dass sie ihn nicht einladen soll», erklärte sie und zog einen Schmollmund.

In diesem Moment verspürte Torkel große Zärtlichkeit für seine Tochter. Sie wollte ihn beschützen. Dreizehn Jahre alt, wollte sie ihn vor Liebeskummer bewahren. In ihrer Welt war diese Situation vermutlich auch schrecklich unangenehm. Sicher wollte sie ihren Exfreund auf keinen Fall mit seiner Neuen treffen. Falls sie überhaupt schon mal einen Freund gehabt hatte, da war sich Torkel nicht sicher. Er strich ihr sanft über die Wange.

«Nein, ich muss arbeiten. Es hat nichts mit Kristoffer zu tun.»

«Sicher?»

«Ganz sicher. Ich müsste auch dann fahren, wenn wir beide allein hier wären. Du weißt doch, wie das ist.»

Vilma nickte. Sie hatte lange genug mit ihm zusammengelebt, um zu verstehen, dass er verschwand, wenn er dazu gezwungen war, und so lange fortblieb, wie es nötig war.

«Ist jemand gestorben?»

«Ja.»

Mehr wollte Torkel nicht erzählen. Er hatte schon früh beschlossen, sich bei seinen Kindern nicht interessant zu machen, indem er spannende und groteske Details von seiner Arbeit erzählte. Das wusste Vilma. Also fragte sie nicht weiter, sondern nickte nur noch einmal. Torkel sah sie ernst an.

«Ich glaube, es ist gut, dass Mama wieder jemanden kennengelernt hat.»

«Warum denn?», fragte sie.

«Warum nicht? Nur, weil sie nicht mehr mit mir zusammen ist, muss sie ja nicht allein bleiben.»

«Hast du auch jemanden kennengelernt?»

Torkel zögerte kurz. Hatte er das? Er hatte lange Zeit eine Affäre mit Ursula, seiner verheirateten Kollegin, gehabt. Aber sie hatten nie definiert, was für eine Art von Beziehung das eigentlich war. Sie waren miteinander ins Bett gegangen, wenn sie beruflich unterwegs waren. Nie in Stockholm. Keine gemeinsamen Abendessen oder alltäglichen Gespräche über Persönliches und Privates. Sex und berufliche Themen, das war alles. Und jetzt war es nicht mal mehr das. Vor einigen Monaten hatte er seinen alten Kollegen Sebastian Bergman bei einer Ermittlung hinzugezogen, und seither hatten Torkel und Ursula nur noch miteinander gearbeitet. Das störte ihn mehr, als er sich eingestehen wollte. Weniger die Tatsache, dass ihre Beziehung oder wie auch immer man es nennen wollte, so eindeutig nach Ursulas Bedingungen ablief. Damit konnte er leben. Aber er vermisste sie. Mehr, als er gedacht hätte. Das ärgerte ihn. Und als wäre das nicht schon schlimm genug, schien sie sich neuerdings wieder Micke, ihrem Mann, anzunähern. Sogar einen Wochenendtrip nach Paris hatten die beiden vor ein paar Wochen unternommen.

War er also mit jemandem zusammen?

Wohl eher nicht, und die Komplexität seiner Beziehung mit Ursula gehörte garantiert nicht zu den Dingen, die er einem frischgebackenen Teenie erklären wollte.

«Nein», antwortete er, «ich habe niemanden kennengelernt. Aber jetzt muss ich wirklich los.»

Er umarmte sie. Fest.

«Alles Gute zum Geburtstag», flüsterte er. «Ich liebe dich.»

«Ich liebe dich auch», antwortete sie, «und mein Handy.» Sie drückte ihren frisch bemalten Glanzmund auf seine Wange.

Als er sich ins Auto setzte und nach Tumba fuhr, hatte Torkel noch immer ein Lächeln auf den Lippen.

Er rief Ursula an. Sie war bereits unterwegs.

Torkel hatte sich im Auto selbst dabei ertappt, dass er hoffte, diesmal würde es keinen Zusammenhang zu den anderen toten Frauen geben. Aber so war es nicht. Das musste er sofort einsehen, als er ins Schlafzimmer blickte.

Die Nylonstrümpfe. Das Nachthemd. Die Lage.

Sie war die Dritte.

«Von einem Ohr zum anderen» genügte nicht, um die klaffende Wunde am Hals zu beschreiben. Sie reichte eher von der einen Seite der Halswirbelsäule zur anderen. Wie wenn man eine Konservenbüchse öffnete und ein kleines Stück übrig ließ, um den Deckel nach hinten biegen zu können. Man hatte der Frau fast komplett den Hals abgeschnitten. Es musste eine enorme Kraft gekostet haben, ihr solche Verletzungen zuzufügen. Überall war Blut, die Wände hoch und auf dem ganzen Fußboden.

Ursula war schon dabei, Fotos zu machen. Sie ging vorsichtig im Zimmer umher und achtete darauf, nicht ins Blut zu treten. Sie war immer die Erste vor Ort, wenn sie konnte. Jetzt sah sie kurz auf, nickte zum Gruß und setzte ihre Arbeit fort. Torkel stellte die Frage, deren Antwort er bereits kannte.

«Derselbe?»

«Auf jeden Fall.»

«Auf dem Weg hierher habe ich noch mal in Lövhaga angerufen. Er sitzt noch immer da, wo er sitzt.»

«Das wussten wir doch aber schon?»

Torkel nickte. Dieser Fall gefällt mir nicht, dachte er, während er in der Schlafzimmertür stand und die tote Frau betrachtete. Er hatte bereits in anderen Türen gestanden, von anderen Schlafzimmern, und andere Frauen im Nachthemd gesehen, die man an Händen und Füßen mit Nylonstrümpfen gefesselt, vergewaltigt und nahezu enthauptet hatte. 1995 hatten sie die erste gefunden. Es folgten weitere drei, ehe sie im Frühsommer 1996 den Mörder fassen konnten.

Hinde war zu lebenslanger Haft verurteilt worden und in die Justizvollzugsanstalt Lövhaga gekommen.

Er hatte nicht einmal Berufung eingelegt.

Und er saß dort noch immer ein.

Die neuen Opfer sahen allerdings wie identische Kopien seiner Opfer aus. Hände und Füße waren auf dieselbe Weise gefesselt. Extreme Gewalteinwirkung am Hals. Sogar der blaue Farbstich der weißen Nachthemden war derselbe. Was bedeutete, dass die gesuchte Person nicht nur ein Serienmörder war, sondern auch ein Nachahmungstäter. Jemand, der aus irgendeinem Grund fünfzehn Jahre alte Morde kopierte. Torkel warf einen Blick auf seinen Notizblock und wandte sich dann erneut Ursula zu. Auch sie war damals in den Neunzigern bei den Ermittlungen dabei gewesen. Sie, Sebastian und Trolle Hermansson, der später in den unfreiwilligen Vorruhestand versetzt wurde.

«Ihr Mann hat gesagt, dass sie ihm heute Vormittag gegen neun auf eine SMS geantwortet hat, um eins aber nicht mehr», sagte er.

«Kann stimmen. Sie ist mehr als fünf Stunden tot, aber weniger als fünfzehn.»

Torkel nickte nur. Er wusste, dass Ursula recht hatte. Hätte er nachgefragt, hätte sie auf den Rigor hingewiesen, der das Bein noch nicht erreicht hatte, auf den Mangel an Autolyse, den Tache noir und anderes Pathologenlatein von sich gegeben, das zu lernen er sich nie bemüht hatte, trotz all seiner Jahre bei der Polizei. Fragte man ihn, bekam man die Antwort in normalem Schwedisch.

Ursula wischte sich mit dem Handrücken den Schweiß von der Stirn. Im Obergeschoss war es mehrere Grad wärmer als im Parterre. Die Julisonne hatte den ganzen Tag auf das Haus heruntergebrannt. Fliegen schwirrten im Zimmer umher, angelockt vom Blut und von der für das menschliche Auge noch unsichtbaren, aber bereits einsetzenden Verwesung.

«Das Nachthemd?», fragte Torkel, nachdem er seinen Blick ein letztes Mal über das Bett hatte schweifen lassen.

«Was soll damit sein?» Ursula senkte ihre Kamera und nahm das unmoderne Bekleidungsstück aus Baumwolle in Augenschein.

«Es ist nach unten gezogen.»

«Das kann ihr Mann gewesen sein. Vielleicht wollte er ihre Blöße ein wenig bedecken.»

«In Ordnung. Ich frage ihn, ob er sie berührt hat.»

Torkel verließ seinen Platz an der Tür. Er musste zu dem untröstlichen Mann in der Küche zurück. Dieser Fall gefiel ihm wirklich ganz und gar nicht.

Der große Mann hatte einige Stunden geschlafen. War nach Hause gekommen und sofort ins Bett gefallen. Das tat er immer. Rituale. Das Adrenalin war durch seine Adern gerauscht. Er wusste nicht, was genau in seinem Körper passierte, aber danach hatte er immer das Gefühl, dass er innerhalb der kurzen Zeit, in der er aktiv gewesen war, die Energiereserven einer ganzen Woche aufgebraucht hatte. Aber jetzt war er wieder wach. Der Wecker hatte geklingelt. Es war an der Zeit, erneut tätig zu werden. Er stieg aus dem Bett. Es blieb noch so viel zu tun, und alles musste ganz exakt ausgeführt werden. Zum richtigen Zeitpunkt. In der richtigen Reihenfolge.

Rituale.

Ohne sie wäre alles Chaos. Chaos und Angst. Rituale schafften Kontrolle. Rituale ließen das Böse weniger böse erscheinen. Den Schmerz weniger schmerzhaft. Rituale hielten die Dunkelheit fern.

Der Mann schloss die Nikon-Kamera an den Computer an und lud schnell und routiniert die sechsunddreißig Bilder auf die Festplatte.

Die ersten zeigten die weinende Frau, wie sie mit verschränkten Händen über der Brust dastand und darauf wartete, dass er ihr das Nachthemd überzog. Aus ihrem einen Nasenloch rann Blut auf die Unterlippe. Zwei Tropfen hatten ihre rechte Brust gestreift und rote Spuren hinterlassen. Zuerst hatte sie sich geweigert, sich auszuziehen. Geglaubt, ihre Kleider könnten sie vielleicht schützen. Sie retten.

Auf dem sechsunddreißigsten und letzten Bild starrte sie mit leeren Augen direkt in die Kamera. Er hatte sich neben das Bett gekniet und so nah zu ihr heruntergebeugt, dass er fast die Wärme des Blutes gespürt hatte, das nun nur noch langsam aus dem klaffenden Spalt in ihrem Hals sickerte. Das meiste Blut hatte ihren Körper zu dieser Zeit schon verlassen und war mehr oder weniger vom Bettzeug und von der Matratze aufgesaugt worden.

Schnell kontrollierte er die Fotos dazwischen. Nachthemd an. Nylonstrümpfe. Die Knoten. Slip aus. Vor dem Akt. Nach dem Akt. Das Messer und sein Werk.

Die Angst.

Die Einsicht.

Das Ergebnis.

Alles sah gut aus. Er würde alle sechsunddreißig Fotos verwenden können. Das war das Beste. Trotz der unbegrenzten Kapazität der Digitalkamera wollte er im Rahmen einer altmodischen Filmrolle bleiben. Sechsunddreißig Bilder. Nicht mehr. Nicht weniger.

Das Ritual.

Als Torkel die Treppe herunterkam, kniete Billy vor der Haustür und untersuchte das Schloss. Er wandte sich seinem Chef zu.

«Soweit ich sehen kann, gibt es an der Tür keine Einbruchspuren. Vieles deutet darauf hin, dass sie ihn hereingelassen hat.»

«Die Terrassentür stand offen, als wir eintrafen», sagte Torkel.

Billy nickte. «Der Mann hat sie geöffnet, als er nach Hause kam», erklärte er.

«Ist er sich sicher? Er wirkte ziemlich verwirrt durch den Schock.»

«Er klang so, als wäre er sicher.»

«Ich frage ihn noch mal. Wo ist Vanja?»

«Draußen. Sie ist gerade angekommen.»

«Oben im Arbeitszimmer steht ein Computer.» Torkel machte eine Kopfbewegung in Richtung Treppe. «Nimm ihn mit und sieh nach, ob du was findest. Idealerweise etwas, das sie mit den anderen Frauen in Verbindung bringt.»

«Also ist sie die Dritte?»

«Das ist gut möglich.»

«Holen wir jemanden ins Team oder ...?»

Billy ließ die Frage im Raum stehen. Torkel verstand, dass er eigentlich sagen wollte: Holen wir Sebastian Bergman ins Team? Torkel war dieser Gedanke auch schon gekommen, aber er hatte ihn sofort wieder verworfen. Die Nachteile lagen auf der Hand und überwogen eindeutig die Vorteile.

Das war allerdings vor dem heutigen Abend gewesen.

Vor der dritten Toten.

«Wir werden sehen.»

«Ich meine, in Anbetracht dessen, wen er kopiert ...»

«Wir werden sehen, habe ich gesagt!»

Torkels Tonfall signalisierte Billy, besser nicht weiterzufragen. Er nickte und stand auf. Billy konnte Torkels Frustration verstehen. Sie hatten keine konkrete Spur, obwohl es eigentlich mehr als genug Spuren gab: Schuh- und Fingerabdrücke, Sperma und Haare. Und dennoch waren sie einem Durchbruch nicht einen Schritt näher als vor neunundzwanzig Tagen, als sie die erste Frau gefunden hatten, auf dieselbe Weise gefesselt und ermordet. Da dieser Täter mit einer geradezu nonchalanten Art Beweise hinterließ, wusste er vermutlich, dass er in keinem Register zu finden war. Er war viel zu organisiert, um einfach nur nachlässig zu sein. Demnach handelte es sich nicht um jemanden, der bereits verurteilt worden war, jedenfalls nicht für ein schwereres Verbrechen. Aber er schien gewillt, Risiken einzugehen. Oder gezwungen, sie auf sich zu nehmen. Beide Möglichkeiten waren beunruhigend, denn sie bedeuteten, dass er mit größter Wahrscheinlichkeit erneut zuschlagen würde.

«Nimm Vanja mit zurück ins Präsidium, und dann geht ihr alles noch mal von vorn durch.»

Wenn sie einen Zusammenhang zwischen den Opfern herstellen konnten, wäre schon viel gewonnen. So könnten sie mehr über den Täter erfahren und ihn allmählich einkreisen. Am schlimmsten wäre es, wenn der Mörder seine Opfer willkürlich auswählte; wenn er einer Frau in der Stadt folgte, sie ausspionierte, seine Tat plante und den richtigen Moment abwartete. Wäre das der Fall, würden sie ihm so lange nicht auf die Schliche kommen, bis er einen Fehler beging. Und bisher hatte er sich keinen einzigen geleistet.

Billy sprang mit schnellen Schritten die Treppen hinauf, warf einen kurzen Blick in das Schlafzimmer, in dem Ursula immer noch arbeitete, und ging dann ins Arbeitszimmer. Es war ziemlich klein, vielleicht sechs Quadratmeter. In der einen Ecke stand ein Schreibtisch mit einem Bürostuhl, darunter lag eine Plexiglasscheibe, damit die Rollen das Parkett nicht zerkratzten. Daneben eine Ablage, darauf der Drucker, Modem, Router, Papiere, Akten und Büromaterial. An der Wand über dem Schreibtisch hing ein länglicher Rahmen mit Platz für acht Fotos. Auf einem Bild war das Opfer – Katharina hieß sie, mit «th», wenn Billy sich recht erinnerte – allein zu sehen, in einem weißen Sommerkleid vor einem Apfelbaum, in die Kamera lächelnd, einen Strohhut auf den dunklen Haaren. Es wirkte wie ein Werbefoto für den schwedischen Sommer. Österlen vielleicht. Auch der Mann – Richard – war auf einem der Bilder allein zu sehen. Achtern auf einem Segelboot. Mit Sonnenbrille, braun gebrannt, konzentriert. Auf den anderen sechs Bildern waren die beiden zusammen. Immer eng nebeneinander, sich umarmend, lächelnd. Sie schienen viel zu reisen. Eine der Aufnahmen war an einem kreideweißen Strand mit Palmen im Hintergrund aufgenommen worden, und auf zwei anderen Bildern konnte Billy New York und Kuala Lumpur erkennen. Kinder hatten sie anscheinend keine.

Also hatte diesmal wenigstens niemand seine Mutter verloren.

Billy blieb vor den Fotos stehen und betrachtete das liebevolle Lachen des Paares. Auf allen Bildern umarmten sie einander. Vielleicht posierten sie vor der Kamera immer so.

Vielleicht war es nur gespielt, um der Umgebung zu zeigen, wie prächtig es ihnen zusammen ging. In diesem Fall sah man ihnen das aber nicht an, sie schienen beide aufrichtig verliebt, wie sie da so ineinander verschlungen standen. Billy konnte sich nicht so recht von den Bildern losreißen. Es hatte etwas mit dem darauf eingefangenen Glück zu tun, das ihn mit voller Wucht traf. Sie sahen so glücklich aus. So verliebt. So lebendig. Normalerweise war Billy nie derart berührt und konnte ohne Schwierigkeiten einen professionellen Abstand zwischen den Opfern und sich selbst wahren. Natürlich war er jedes Mal bewegt und litt mit den Angehörigen, aber die Spitze der Trauer drang nie ganz so tief in ihn ein. Er wusste genau, was diesmal anders war. Er hatte gerade eine Frau kennengelernt, deren Blick und deren offenes Lachen ihn an die Frau auf den Fotos erinnerte. Das machte die Tragödie dreidimensional und wirklich. Er dachte an My. Heute Morgen hatte sie sich die Decke über die Ohren gezogen und ihn schlaftrunken umarmt. Sie hatte versucht, ihn zum Bleiben zu bewegen, noch ein bisschen und noch ein bisschen und noch ein bisschen länger, bis irgendwann der ganze Vormittag verflogen war. Das Bild von der lächelnden My passte mit den Bildern dort an der Wand zusammen, aber auf keinen Fall mit der grotesk verrenkten, gefesselten und vergewaltigten Frau im Zimmer nebenan. Und dennoch war es dieselbe Frau. Für eine Sekunde sah er My vor sich, wie sie dort in der großen Blutlache lag. Er wandte den Kopf ab und schloss die Augen. Eine solche Furcht hatte ihn noch nie zuvor heimgesucht. Nie.

Und er durfte sie nicht wieder nahekommen lassen. Das wusste er. Er durfte die Gewalt und den Schrecken nie an sich heranlassen, sich nie davon vergiften lassen. Das würde die Liebe zerstören, sie angstvoll und unsicher machen. Das Bedürfnis, Privatleben und Arbeit voneinander zu trennen, wurde ihm mit einem Mal glasklar bewusst, denn ohne diese Distanz konnte er alles verlieren. Er konnte My umarmen, sie an sich drücken, aber dieses Gefühl würde er nicht mit ihr teilen können. Es war zu dunkel und abgründig, um es in ihre Beziehung zu lassen. Er würde My lange umarmen, wenn er nach Hause kam. Sehr lange. Sie würde fragen, warum. Und er würde lügen müssen. Leider. Aber die Wahrheit wollte er ihr nicht zumuten. Billy wandte sich um, nahm den Laptop vom Schreibtisch und ging nach unten, um Vanja abzuholen.

**D**er große Mann erteilte seinem Computer den Befehl, alle Bilder auszudrucken, und der Drucker reagierte sofort mit einem effektiven Surren. Während das Gerät die Bilder im Format 10 × 15 Zentimeter auf Hochglanzfotopapier auswarf, legte der Mann auf dem Desktop einen neuen Ordner für die Fotos an, kopierte ihn, loggte sich auf einer geschützten Website ein, meldete sich als Administrator an und speicherte den Ordner dort ab. Die Seite hatte die nichtssagende Adresse «fyghor.se». Eigentlich war dieser Name nur eine willkürliche Buchstabenkombination, deren einziger Sinn darin bestand, von keiner Suchmaschine auf den ersten Plätzen gelistet zu werden. Sollte irgendjemand, der nichts auf der Seite zu suchen hatte, trotzdem darauf stoßen, würde er lediglich Textblöcke in miserablem Layout vorfinden, die vor dem grellbunten und flimmernden Hintergrund kaum lesbar waren. Die Texte, die sowohl ihre Schriftart als auch die Farbe sporadisch wechselten, waren Auszüge aus Büchern, staatlichen Untersuchungen, Abhandlungen, anderen Internetseiten oder auch reiner Nonsens, ohne Absätze und teils sogar ohne Leerzeichen, lediglich hin und wieder von merkwürdigen Bildern oder Zeichnungen ohne erkennbare Logik unterbrochen. Die Seite sah aus, als hätte sich jemand nicht zwischen den vielen graphischen Möglichkeiten, die ein Computer bot, entscheiden können und deshalb alle auf einmal ausprobiert. Von den dreiundsiebzig Personen, die aus unerfindlichen Gründen auf die Seite gelangt waren, hatte es der geduldigste Besucher gerade mal eine Minute und sechsundzwanzig Sekunden dort ausgehalten. Genau das hatte der große Mann bezweckt. Niemand hatte sich bis zur fünften Seite vorgeklickt oder den kleinen roten Punkt entdeckt, der mitten in einem Textausschnitt über ein Baudenkmal in der Kommune Katrineholm saß. Wenn man darauf klickte, öffnete sich eine neue Seite, die nach einem Kennwort und einer Benutzer-ID fragte. Erst danach gelangte man zu dem Ordner mit den Bildern, den er soeben dort abgelegt hatte. Er trug den nichtssagenden Namen «3».

Mittlerweile war der Drucker mit seiner Arbeit fertig. Der Mann nahm die Seiten, blätterte sie durch und zählte. Alle sechsunddreißig. Er nahm eine große Papierklammer und heftete die Bilder damit zusammen. Dann ging er zum anderen Ende des Raums, wo eine Masonittafel an die Wand genagelt war, und hängte die Klammer mit den Bildern an einen Nagel in der rechten oberen Ecke der Tafel. Über dem Nagel stand mit schwarzem Filzstift die Nummer 3 geschrieben. Er warf einen kurzen Blick auf die darüberhängenden Fotos, die an Nagel «1» und «2» hingen. Frauen. In ihren Schlafzimmern. Halb nackt. Weinend. Außer sich vor Angst. Die Klammer links enthielt nur vierunddreißig Bilder. Zwei waren ihm misslungen. Vor dem Akt. Er war übereifrig gewesen. War vom Ritual abgewichen. Danach hatte er sich selbst verflucht und sich hoch und heilig geschworen, dass so etwas nie wieder vorkäme. Das zweite Bündel mit Fotos war hingegen vollzählig. Jetzt nahm er die Kamera erneut zur Hand und fotografierte die Masonittafel mit ihren makabren Objekten. Die erste Phase war überstanden. Er legte die Kamera auf den Schreibtisch, nahm die schwarze Sporttasche, die auf dem Boden neben der Tür stand, und ging in die Küche.

Der Mann stellte die Tasche auf den leeren Küchenboden, öffnete den Reißverschluss und nahm die Zellophanhülle und den Karton heraus, in die die Nylonstrümpfe, die er verwendet hatte, verpackt gewesen waren. Philippe Matignon Noblesse 50 Cammello Beige.

Wie immer.


Er öffnete den Schrank unter der Spüle, warf die Verpackung weg und schloss den Schrank wieder. Dann widmete er sich erneut der Tasche, holte die Plastiktüte mit dem Messer hervor, nahm es heraus, legte es in die Spüle und öffnete erneut den Unterschrank, um die blutige Tüte zu entsorgen. Er schloss die Schranktür, drehte den Hahn auf und ließ lauwarmes Wasser über die breite Klinge rinnen. Das geronnene Blut löste sich vom Metall und verschwand in einem kleinen Linksstrudel im Ausguss. Dann nahm er den Schaft und drehte das Messer unter dem Strahl. Als sich das restliche Blut nicht von selbst löste, griff er zu Spülmittel und Bürste. Anschließend trocknete er die Waffe behutsam ab, ehe er sie zurück in die Tasche legte. Er öffnete die dritte Schublade von oben im Schrank links neben dem Herd und holte eine Rolle mit Drei-Liter-Gefrierbeuteln heraus. Er riss eine Tüte ab, legte die Rolle zurück, schob die Schublade wieder zu und steckte die Tüte zu dem Messer in seine Tasche. Danach verließ er die Küche und ging ins Schlafzimmer.


Mit der Tasche in der Hand ging der große Mann direkt zu der Kommode, die an der Fensterseite stand. Er stellte die Sporttasche auf der Kommode ab und zog die oberste Schublade auf. Dann hob er ein sorgfältig zusammengelegtes Nachthemd vom rechten Stapel und stopfte es in die Tasche. Vom linken Stapel nahm er eine eingepackte Philippe Matignon Noblesse 50 Cammello Beige und ließ auch sie in der schwarzen Sporttasche verschwinden. Er zog den Reißverschluss wieder zu und legte die Tasche in die Lücke zwischen den beiden Stapeln. Sie passte genau hinein.

Natürlich.

Dann schob er die Schublade wieder zu.

Er ging zurück in die Küche.

Dort nahm er eine penibel zusammengelegte Papiertüte aus dem Besenschrank und faltete sie auf, während er zum Kühlschrank ging. In der Kühlschranktür standen Limonade – Fruchtsoda – in einer Dreiunddreißig-Zentiliter-Glasflasche und eine Rolle Kekse der Marke «Marie». Im Gemüsefach lagen Bananen. Er nahm zwei heraus und legte sie in die Tüte, zusammen mit der Limonade, den Keksen und einer Keksschokolade, die er von der oberen Ablage holte. Zum dritten Mal öffnete er die Tür des Unterschranks und griff eine leere Plastikflasche, die einmal Chlorin enthalten hatte. Er nahm den schwachen Geruch von Desinfektionsmittel wahr, als er die Flasche ebenfalls in die Papiertüte steckte und diese dann in den Flur rechts neben die Eingangstür stellte.

Er drehte sich um und ließ den Blick durch die Wohnung schweifen. Stille. Zum ersten Mal seit vielen Stunden. Das Ritual war ausgeführt. Er war fertig – und bereit.

Für die Nächste. Die Vierte. Jetzt musste er nur noch abwarten.